I0748393

АЙВЕНГО

Вальтер Скотт

Айвенго

Вальтер Скотт

Перевод Е. Г. Бекетовой

В сложное для Англии время молодой рыцарь Айвенго тайком возвращается из крестового похода домой: король Ричард Львиное Сердце взят в плен, а его брат принц Джон сеет смуту по всей стране и намеревается захватить престол. Айвенго копьём и мечом защищает свою честь и права, свою возлюбленную прекрасную леди Ровену. На помощь ему приходят сам король, сбежавший из плена, и легендарный разбойник Робин Гуд.

ISBN: 978-1-7637956-9-3

АЙВЕНГО

SIR IVANHOE

ПРЕДИСЛОВИЕ

До сих пор автор «Уэверли» неизменно пользовался успехом у читателей и в избранной им области литературы мог по праву считаться баловнем судьбы. Однако было ясно, что, слишком часто появляясь в печати, он в конце концов должен был исчерпать благосклонность публики, если бы не изобрёл способа придать видимость новизны своим последующим произведениям. Прежде для оживления повествования автор обращался к шотландским нравам, шотландскому говору и шотландским характерам, которые были ему ближе всего знакомы. Но такая односторонность, несомненно, должна была привести его к некоторому однообразию и повторениям и заставила бы наконец читателя заговорить языком Эдвина из «Повести» Парнелла:

Кричит он: «Прекрати рассказ!
Уже довольно! Хватит с нас!
Брось фокусы свои!»[1]

Нет ничего опаснее для репутации профессора изящных искусств (если только в его возможностях избежать этого), чем приклеенный к нему ярлык художникаманьериста или предположение, что он способен успешно творить лишь в одном и весьма узком плане. Публика вообще склонна считать, что художник, заслуживший её симпатии за какую-нибудь одну своеобразную композицию, именно благодаря своему дарованию не способен взяться за другие темы. Публика недоброжелательно относится к тем, кто её развлекает, когда они пробуют разнообразить используемые ими средства; это проявляется в отрицательных суждениях, высказываемых обычно по поводу актёров или художников, которые осмелились испробовать свои силы в новой области, для того чтобы расширить возможности своего искусства.

---

[1] Стихотворные переводы, кроме особо оговорённых, выполнены В. Ивановым.

В этом мнении есть доля правды, как и во всех общепринятых суждениях. В театре часто бывает, что актёр, обладающий всеми внешними данными, необходимыми для совершённого исполнения комедийных ролей, лишён из-за этого возможности надеяться на успех в трагедии. Равным образом и в живописи и в литературе художник или поэт часто владеет лишь определёнными изобразительными средствами и способами передачи некоторых настроений, что ограничивает их в выборе предметов для изображения. Но гораздо чаще способности, доставившие человеку популярность в одной области, обеспечивают ему успех и в других. Это в значительно большей степени относится к литературе, чем к театру или живописи, потому что здесь автор в своих исканиях не ограничен ни особенностями своих черт лица, ни телосложением, ни навыками в использовании кисти, соответствующими лишь известному роду сюжетов.

Быть может, эти рассуждения и неправильны, но, во всяком случае, автор чувствовал, что если бы он ограничился исключительно шотландскими темами, он не только должен был бы надоесть читателям, но и чрезвычайно сузил бы возможности, которыми располагал для доставления им удовольствия. В высокопросвещенной стране, где столько талантов ежемесячно занято развлечением публики, свежая тема, на которую автору посчастливилось натолкнуться, подобна источнику в пустыне:

Хваля судьбу, в нём люди видят счастье.

Но когда люди, лошади, верблюды и рогатый скот замутят этот источник, его вода становится противной тем, кто только что пил её с наслаждением, а тот, кому принадлежит заслуга открытия этого источника, должен найти новые родники и тем самым обнаружить свой талант, если он хочет сохранить уважение своих соотечественников.

Если писатель, творчество которого ограничено кругом определённых тем, пытается поддержать свою репутацию, подновляя сюжеты, которые уже доставили ему успех, его, без сомнения, ожидает неудача. Если руда ещё не вся добыта, то, во всяком случае, силы рудокопа неизбежно истощились. Если он в точности подражает прозаическим произведениям, которые прежде ему удавались, он обречён «удивляться тому, что они больше не имеют успеха».

Если он пробует по-новому подойти к прежним темам, он скоро понимает, что уже не может писать ясно, естественно и изящно, и вынужден прибегнуть к карикатурам, для того чтобы добиться необходимого очарования новизны. Таким образом, желая избежать повторений, он лишается естественности.

Быть может, нет необходимости перечислять все причины, по которым автор шотландских романов, как их тогда называли, попытался написать роман на английскую тему В то же время он намеревался сделать свой опыт возможно более полным, представив публике задуманное им произведение как создание нового претендента на её симпатии, чтобы ни малейшая степень предубеждения, будь то в пользу автора или против него, не воспрепятствовала беспристрастной оценке нового романа автора «Уэверли», но впоследствии он оставил это намерение по причинам, которые изложит позднее.

Автор избрал для описания эпоху царствования Ричарда I: это время богато героями, имена которых способны привлечь общее внимание, и вместе с тем отмечено резкими противоречиями между саксами, возделывавшими землю, и норманнами, которые владели этой землёй в качестве завоевателей и не желали ни смешиваться с побеждёнными, ни признавать их людьми своей породы. Мысль об этом противопоставлении была взята из трагедии талантливого и несчастного Логана «Руннемед», посвящённой тому же периоду истории; в этой пьесе автор увидел изображение вражды саксонских и норманских баронов. Однако, сколько помнится, в этой трагедии не было сделано попытки противопоставить чувства и обычаи обоих этих племён; к тому же было очевидно, что изображение саксов как ещё не истреблённой воинственной и высокомерной знати было грубым насилием над исторической правдой.

Ведь саксы уцелели именно как простой народ; правда, некоторые старые саксонские роды обладали богатством и властью, но их положение было исключительным по сравнению с униженным состоянием племени в целом. Автору казалось, что если бы он выполнил свою задачу, читатель мог бы заинтересоваться изображением одновременного существования в одной стране двух племён: побеждённых, отличавшихся простыми, грубыми и прямыми нравами и духом вольности, и победителей, замечательных стремлением к воинской славе, к личным подвигам — ко всему, что могло сделать их цветом рыцарства, и эта картина, дополненная изображением иных характеров, свойственных тому времени и той же стране, могла бы заинтересовать читателя своей пестротой, если бы автор, со своей стороны оказался на высоте положения.

Однако последнее время именно Шотландия служила по преимуществу местом действия так называемого исторического романа, и вступительное послание мистера Лоренса Темплтона тем самым становится здесь уместным.

Что касается этого предисловия, то читатель должен рассматривать его как выражение мнений и намерений автора, предпринявшего этот литературный труд с той оговоркой, что он далёк от мысли, что ему удалось достичь конечной цели. Едва ли необходимо добавить, что здесь не было намерения выдавать предполагаемого мистера Темплтона за действительное лицо. Однако недавно каким-то анонимным автором были сделаны попытки написать продолжение «Рассказов трактирщика». В связи с этим можно предположить, что это посвящение будет принято за такую же мистификацию и поведёт любопытных по ложному следу, заставляя их думать, что перед ними произведение нового претендента на успех.

После того как значительная часть этой книги была закончена и напечатана, издатели, которым казалось, что она должна иметь успех, выступили против того, чтобы произведение появилось в качестве анонимного. Они утверждали, что книгу нельзя лишать преимущества, заключающегося в её принадлежности перу автора «Уэверли». Автор не очень стойко сопротивлялся им, так как он начал думать вместе с доктором Уилером (из прекрасной повести мисс Эджуорт «Ловкость»), что «хитрость, прибавленная к хитрости», может вывести из терпения снисходительную публику, которая может подумать, что автор пренебрегает её милостями.

Поэтому книга появилась просто как один из романов Уэверли, и было бы неблагодарностью со стороны автора не отметить, что она была принята так же благосклонно, как и предыдущие его произведения.

Примечания, которые могут помочь читателю разобраться в характере еврея, тамплиера, капитана наёмников, или, как они назывались, вольных товарищей, и проч., даны в сжатой форме, так как все сведения по этому предмету могут быть найдены в книгах по всеобщей истории.

Тот эпизод романа, который имел успех у многих читателей, заимствован из сокровищницы старинных баллад. Я имею в виду встречу короля с монахом Туком в келье этого весёлого отшельника. Общая канва этой истории встречается во все времена и у всех народов, соревнующихся друг с другом в описании странствий переодетого монарха, который, спускаясь из любопытства или ради развлечений в низшие слои общества, встречается с приключениями, занятными для читателя или слушателя благодаря противоположности между подлинным положением короля и его наружностью. Восточный сказочник повествует о путешествиях переодетого Харуна ар-Рашида и его верными слугами, Месруром и Джафаром, по полуночным улицам Багдада; шотландское предание говорит о сходных подвигах Иакова V, принимавшего во время таких похождений дорожное имя хозяина Балленгейха, подобно тому как повелитель верующих, когда он желал оставаться инкогнито, был известен под именем Иль Бондокани. Французские менестрели не уклонились от столь распространённой темы. Должен существовать норманский источник шотландской стихотворной повести «Rauf Colziar», в которой Карл предстаёт в качестве безвестного гостя угольщика, — как будто и другие произведения этого рода были подражаниями указанной повести.

В весёлой Англии народным балладам на эту тему нет числа. Стихотворение «Староста Джон», упомянутое епископом Перси в книге «Памятники старой английской поэзии», кажется, посвящено подобному случаю; кроме того, имеются «Король и Бамвортский дубильщик», «Король и Мэнсфилдский мельник» и другие произведения на ту же тему. Но произведение этого рода, которому автор «Айвенго» особенно обязан, на два века старше тех, что были упомянуты выше.

Впервые оно было опубликовано в любопытном собрании произведений древней литературы, составленном соединёнными усилиями сэра Эгертона Бриджа и мистера Хейзлвуда, выходившем в виде периодического издания под названием «Британский библиограф». Отсюда он был перепечатан достопочтенным Чарлзом Генри Хартшорном, издателем весьма интересной книги, озаглавленной «Старинные повести в стихах, напечатанных главным образом по первоисточникам, 1829 г.». Мистер Хартшорн не указывает для интересующего» нас отрывка никакого другого источника, кроме публикации «Библиографа», озаглавленной «Король и отшельник». Краткий пересказ содержания этого отрывка покажет его сходство с эпизодом встречи короля Ричарда с монахом Туком.

Король Эдуард (не указывается, какой именно из монархов, носивших это имя, но, судя по характеру и привычкам, мы можем предположить, что это Эдуард IV) отправился со всем своим двором на славную охоту в Шервудские леса, где, как это часто случается с королями в балладах, он напал на след необычайно большого и быстрого оленя; король преследовал его до тех пор, пока не потерял из виду свою свиту и не замучил собак и коня. С приближением ночи король очутился один в сумраке огромного леса. Охваченный беспокойством, естественным в таком положении, король вспомнил рассказы о том, что бедняки, которые боятся остаться ночью без крова, молятся святому Юлиану, считающемуся, согласно католическому календарю, главным квартирмейстером, доставляющим убежище всем сбившимся с дороги путникам, которые почитают его должным образом. Эдуард помолился и, очевидно благодаря заступничеству этого святого, набрёл на узкую тропу, которая привела его к келье отшельника, стоящей у лесной часовни. Король услышал, как благочестивый муж вместе с товарищем, разделявшим его одиночество, перебирал в келье чётки, и смиренно попросил у них приюта на ночь.

— Моё жилище не подходит для такого господина, как вы, — сказал отшельник. — Я живу здесь в глуши, питаюсь корнями и корой и не могу принять у себя даже самого жалкого бродягу, разве что речь шла бы о спасении его жизни».

Король осведомился о том, как ему попасть в ближайший город. Когда он понял, что дорогу туда он мог бы найти только с большим трудом, даже если бы ему помогал дневной свет, он заявил: как отшельнику угодно, а он, король, решил стать его гостем на эту ночь.

Отшельник согласился, намекнув, однако, что если бы он не был в монашеском одеянии, то не обратил бы внимания на угрозы, и что уступил бы не из страха, а просто чтобы не допустить бесчинства.

Короля впустили в келью. Ему дали две охапки соломы, чтобы он мог устроиться поудобнее. Он утешался тем, что теперь у него есть кров и что наступит скоро день.

Но в госте пробуждаются новые желания. Он требует ужина, говоря:

Прошу вас помнить об одном:
Что б ни было со мною днём,
Всегда я веселился ночью.

Но хотя он и сказал, что знает толк в хорошей еде, а также объяснил, что он придворный, заблудившийся во время большой королевской охоты, ему не удалось вытянуть у скупого отшельника ничего, кроме хлеба и сыра, которые не были для него особенно привлекательны; ещё менее приемлемым показался ему «трезвый напиток». Наконец король стал требовать от хозяина, чтобы тот ответил на вопрос, который гость несколько раз безуспешно задавал ему:

Дичь ты не умеешь бить?
Этого не может быть!
В славных ты живёшь местах;
Как уйдёт лесничий спать,
Можешь вволю дичь стрелять.
Здесь олени есть в лесах.
Я б с тобой поспорить мог,
Что отличный ты стрелок,
Хоть, конечно, ты монах.

В ответ на это отшельник выражает опасение, не хочет ли гость вырвать у него признание в том, что он нарушал лесные законы; а если бы такое признание дошло до короля, оно могло бы стоить монаху жизни. Эдуард уверяет отшельника, что он сохранит тайну, и снова требует, чтобы тот достал оленину. Отшельник возражает ему, ссылаясь на свои монашеские обеты, и продолжает отвергать подобные подозрения:

Я питаюсь молоком,
А с охотой незнаком,
Хоть живу здесь много дней.
Грейся перед очагом,
Тихо спи себе потом,
Рясою укрыт моей.

По-видимому, рукопись здесь неисправна, потому что нельзя понять, что же, в конце концов, побуждает несговорчивого монаха удовлетворить желание короля. Но, признав, что его гость — на редкость «славный малый», святой отец вытаскивает всё лучшее, что припрятано в его келье. На столе появляются две свечи, освещающие белый хлеб и пироги; кроме того, подаётся солёная и свежая оленина, от которой они отрезают лакомые куски. «Мне пришлось бы есть хлеб всухомятку, — сказал король, — если бы я не выпросил у тебя твоей охотничьей добычи. А теперь я бы поужинал по-царски, если бы только у нас нашлось что выпить».

Гостеприимный отшельник соглашается и на это и приказывает служке извлечь из тайника подле его постели бочонок в четыре галлона, после чего все трое приступают к основательной выпивке. Этой попойкой руководит отшельник, который следит за тем, чтобы особо торжественные слова повторялись всеми участниками пирушки по очереди перед каждым стаканом; с помощью этих весёлых восклицаний они упорядочивали свои возлияния, подобно тому как в новое время это стали делать с помощью тостов. Один пьяница говорит «Fusty bondias»[1], другой должен ответить «Ударь пантеру»; монах отпустил немало шуток насчёт забывчивости короля, который иногда забывал слова этого святого обряда.

В таких забавах проходит ночь. Наутро, расставаясь со своим почтенным хозяином, король приглашает его ко двору, обещая отблагодарить за гостеприимство и выражая полное удовлетворение оказанным ему приёмом. Весёлый монах соглашается явиться ко двору и спросить Джека Флетчера (этим именем назвался король). После того как отшельник показал королю своё искусство в стрельбе из лука, весёлые приятели расстаются. Король отправляется домой и по дороге находит свою свиту. Баллада дошла до нас без окончания, и поэтому мы не знаем, как раскрывается истинное положение вещей; по всей вероятности, это происходит так же, как и в других произведениях сходного содержания: хозяин ждёт казни за вольное обращение с монархом, скрывшим своё имЗ, и приятно поражён, когда вместо этого получает почести и награды.

В собрании мистера Хартшорна имеется баллада на тот же сюжет под названием: «Король Эдуард и пастух»; с точки зрения описания нравов она гораздо интереснее «Короля и отшельника»; но приводить её не входит в наши задачи. Читатель уже познакомился с первоначальной легендой, из которой мы

[1] Набор слов, не имеющий смысла.

заимствовали этот эпизод романа, и отождествление грешного монаха с братом Туком из истории Робина Гуда должно показаться ему вполне естественным.

Имя Айвенго было подсказано автору старинным стихотворением. Всем романистам случалось высказывать пожелание, подобное восклицанию Фальстафа, который хотел бы узнать, где продаются хорошие имена. В подобную минуту автор случайно вспомнил стихотворение, где упоминались названия трех поместий, отнятых у предка знаменитого Хемпдена в наказание за то, что он ударил Чёрного принца ракеткой, поссорившись с ним во время игры в мяч:

Тогда был в наказанье взят
У Хемпдена поместий рядом
Тринг, Винт, Айвенго. Был он рад
Спастись ценой таких утрат.

Это имя соответствовало замыслу автора в двух отношениях: во-первых, оно звучит на староанглийский лад; во-вторых, в нём нет никаких указаний относительно характера произведения. Последнему обстоятельству автор придавал большое значение. Так называемые «захватывающие» заглавия прежде всего служат интересам книгопродавцев или издателей, которые с помощью этих заглавий продают книгу прежде, чем она вышла из печати. Но автор, допустивший, чтобы к его ещё не изданному произведению было искусственно привлечено внимание публики, ставит себя в затруднительное положение: если, возбудив всеобщие ожидания, он не сможет их удовлетворить, это может стать роковым для его литературной славы. Кроме того, встречая такое заглавие, как «Пороховой заговор» или какое-нибудь другое, связанное со всемирной историей, всякий читатель ещё до того, как он увидит книгу, составляет себе определённое представление о том, как должно развиваться повествование и какое удовольствие оно ему доставит. По всей вероятности, читатель будет обманут в своих ожиданиях, и в таком случае он осудит автора или его произведение, причинившее ему разочарование. В этом случае писателя осуждают не за то, что он не попал в намеченную им самим цель, а за то, что он не пустил стрелу в том направлении, о котором и не помышлял. Опираясь на непринуждённость отношений, которые автор завязал с читателями, он может, между прочим, упомянуть о том, что Окинлекская рукопись, приводящая имена целой орды норманских баронов, подсказала ему чудовищное имя Фрон де Беф.

«Айвенго» имел большой успех при появлении и, можно сказать, дал автору право самому предписывать себе законы, так как с этих пор ему позволяется изображать в создаваемых им сочинениях как Англию, так и Шотландию.

Образ прекрасной еврейки возбудил сочувствие некоторых читательниц, которые обвинили автора в том, что, определяя судьбу своих героев, он предназначил руку Уилфреда не Ревекке, а менее привлекательной Ровене. Но, не говоря уже о том, что предрассудки той эпохи делали подобный брак почти невозможным, автор позволяет себе попутно заметить, что временное благополучие не возвышает, а унижает людей, исполненных истинной добродетели и высокого благородства. Читателем романов является молодое поколение, и было бы слишком опасно преподносить им роковую доктрину, согласно которой чистота поведения и принципов естественно согласуется или неизменно вознаграждается удовлетворением наших страстей или исполнением наших желаний. Словом, если добродетельная и самоотверженная натура обделена земными благами, властью, положением в свете, если на её долю не достаётся удовлетворение внезапной и несчастной страсти, подобной страсти Ревекки к Айвенго, то нужно, чтобы читатель был способен сказать — поистине добродетель имеет особую награду. Ведь созерцание великой картины жизни показывает, что самоотречение и пожертвование своими страстями во имя долга редко бывают вознаграждены и что внутреннее сознание исполненных обязанностей даёт человеку подлинную награду — душевный покой, который никто не может ни отнять, ни дать.

Эбботсфорд, 1 сентября 1830 года.

ПОСВЯЩЕНИЕ ДОСТОПОЧТЕННОМУ Д-РУ ДРАЙЕЗДАСТУ Ф. А. С. В КАСЛ-ГЕЙТ, ЙОРК

Многоуважаемый и дорогой сэр,

Едва ли необходимо перечислять здесь разнообразные, но чрезвычайно веские соображения, побуждающие меня поместить ваше имя перед нижеследующим произведением. Однако, если мой замысел не увенчается успехом, основная из этих причин может отпасть. Если бы я мог надеяться, что эта книга достойна Вашего покровительства, читатели сразу поняли бы полную уместность посвящения труда, в котором я пытаюсь изобразить быт старой Англии и в особенности быт наших саксонских предков, учёному автору очерков о Роге короля Ульфуса и о землях, пожертвованных им престолу св. Петра.

Однако я сознаю, что поверхностное, далеко не удовлетворительное и упрощённое изложение результатов моих исторических разысканий на страницах этого романа ставит моё сочинение гораздо ниже тех, которые носят гордый девиз: Detur digniori [1] . Напротив, я боюсь подвергнуться осуждению за самонадеянность, помещая достойное, уважаемое всеми имя д-ра Джонаса Драйездаста на первых страницах книги, которую более серьёзные знатоки старины поставят на одну доску с современными пустыми романами и повестями. Мне было бы очень желательно снять с себя это обвинение, потому что, хотя я и надеюсь заслужить снисхождение в Ваших глазах, рассчитывая на Вашу дружбу, мне бы отнюдь не хотелось быть обвинённым читателями в столь серьёзном проступке, который предвидит моё боязливое воображение.

Поэтому я хочу напомнить Вам, что, когда мы впервые совместно обсуждали этого рода произведения, в одном из которых так неделикатно затронуты частные и семейные дела Вашего

---

[1] Да будет дано достойнейшему (лат.).

учёного северного друга мистера Олдбока из Монкбарнса, у нас возникли разногласия относительно причин популярности этих произведений в наш пустой век. Каковы бы ни были их многочисленные достоинства, нужно согласиться, что все они написаны чрезвычайно небрежно и нарушают все законы эпических произведений.

Тогда Вы, казалось, придерживались мнения, что весь секрет очарования заключается в искусстве, с которым автор, подобно второму Макферсону, использует сокровища старины, разбросанные повсюду, обогащая своё вялое и скудное воображение готовыми мотивами из недавнего прошлого родной страны и вводя в рассказ действительно существующих людей, порою даже не изменяя имён.

Вы отмечали, что не прошло ещё шестидесяти — семидесяти лет с тех пор, как весь север Шотландии находился под управлением, почти таким же простым и патриархальным, как управление наших добрых союзников мохоков и ирокезов. Признавая, что сам автор мог и не быть уже свидетелем событий того времени, Вы указывали, что он всё же должен был общаться с людьми, которые жили и страдали в ту эпоху. Но уже за последние тридцать лет нравы Шотландии претерпели такие глубокие изменения, что сами шотландцы смотрят на нравы и обычаи своих прямых предков как мы на нравы времён царствования королевы Анны или даже времён Революции. При таких условиях единственное, что могло бы, по Вашему мнению, смутить автора, при наличии огромного количества отдельных фактов и материалов, — это трудность выбора. Поэтому не было ничего удивительного, что, начав разрабатывать столь богатую жилу, он получил от своих работ выгоду и славу, не оправдываемые сравнительной лёгкостью его труда.

Соглашаясь в общем с правильностью Вашей точки зрения, я не могу не удивляться тому, что до сих пор никто не попытался возбудить интерес к преданиям и нравам старой Англии, тогда как по отношению к нашим бедным и менее знаменитым соседям мы имеем целый ряд таких попыток.

Зелёное сукно, несмотря на то, что оно древнее, должно, конечно, быть не менее дорого нашему сердцу, чем пёстрый тартан северянину. Имя Робина Гуда, если с умом им воспользоваться, может так же воодушевлять, как и имя Роб Роя, а английские патриоты заслуживают не меньших похвал в нашей среде, чем Брюс и Уоллес в Каледонии. Если южные пейзажи не так романтичны и величественны, как северные горные ландшафты, то зато они превосходят их своей мягкой и спокойной красотой. Всё это даёт им право воскликнуть вместе с патриотом Сирии: «Не прекрасней ли всех рек Израиля — Фарфар и Авана, реки Дамаска?»

Ваши возражения против такого рода попыток, дорогой доктор, если Вы разрешите напомнить, были двоякими. С одной стороны. Вы настаивали на преимуществах шотландцев, в чьей стране ещё совсем недавно существовал тот самый быт, который должен был служить фоном для развивающегося действия. Ещё и теперь многие хорошо помнят людей, которые не только видели знаменитого Роя Мак-Грегора, но и пировали и даже сражались вместе с ним. Все мельчайшие подробности, относящиеся к частной жизни и быту того времени, всё, что придаёт правдоподобие рассказу и своеобразие выведенным характерам, — все это хорошо знают и помнят в Шотландии. Напротив, в Англии цивилизация уже давно достигла такого высокого уровня, что единственным источником сведений о наших предках стали старые летописи, авторы которых как бы сговорились замалчивать все интересные подробности для того, чтобы дать место цветам монашеского красноречия и избитым рассуждениям о морали. Вы утверждали, что было бы несправедливо равнять английских и шотландских писателей, соперничающих в воплощении и оживлении преданий своих стран. Вы говорили, что шотландский волшебник, подобно лукановской колдунье, может свободно бродить по ещё свежему полю битвы, выбирая, чтобы воскресить своим колдовством, те тела, где только что трепетала жизнь и на чьих устах только что замерли последние стоны.

А ведь сама могущественная Эрихто должна была выбирать именно таких мертвецов, ибо только их могло воскресить её искусное волшебство:

… gelidas leto scrutata medullas,
Pulmonis rigidi stantes sine vulnere fibras
Invenit, et vocem defuncto in corpore quaerit».[1]

А в то же время английскому писателю, — будь он столь же могущественен, как Северный Волшебник, — предоставлено, в поисках своих сюжетов, рыться в пыли веков, где ничего нельзя найти, кроме сухих, безжизненных, истлевших и размётанных костей, подобных тем, какими была усеяна Иосафатова долина. С другой стороны, Вы выражали опасения, что лишённые патриотизма предрассудки моих земляков не позволяет им справедливо оценить то произведение, возможность успеха которого мне хотелось доказать. Это обстоятельство, говорили Вы, лишь отчасти обусловлено всеобщим предпочтением иностранного своему; оно зависит ещё также от той особой обстановки, в которой находится английский читатель.

Если Вы будете рассказывать ему о первобытном состоянии общества и диких нравах, существующих в горной Шотландии, он охотно согласится со всеми Вашими рассказами. И это вполне понятно. Рядовой читатель либо вообще никогда не бывал в этих отдалённых районах, либо проезжал эти пустынные области во время своих летних поездок. Плохие обеды, убогие ночлеги, нищета и разорение, встречаемые на каждом шагу, достаточно подготовили его к самым необыкновенным рассказам о необузданном, своеобразном народе, так хорошо гармонирующем с диким пейзажем. Но тот же самый уважаемый читатель, очутившись в своей уютной гостиной, окружённый комфортом английского

---

[1] …роясь во внутренностях, замороженных смертью, она находит застывшие не от раны волокна окоченевшего лёгкого и ищет голос в мёртвом теле (лат.).

семейного очага, будет не особенно склонён выслушивать рассказы о том, что его предки вели совершенно иной образ жизни, что покачнувшаяся башня, виднеющаяся из его окна, некогда принадлежала барону, который не задумываясь вздёрнул бы его на воротах его собственного дома без всякого суда, что батраки, работающие в его маленьком поместье, два или три века тому назад были бы его рабами и что неограниченная власть феодальной тирании простиралась на соседнюю деревушку, где сейчас адвокат играет более видную роль, чем землевладелец.

Хоть я и понимаю всю серьёзность этих возражений, однако должен сознаться, что они не кажутся мне решающими. Конечно, недостаток материала — трудно преодолимое препятствие, но кому же, как не д-ру Драйездасту, знать, что для тех, кто умеет хорошо читать и любить нашу старину, мелкие указания на нравы и обычаи наших предков разбросаны повсюду, в различных исторических трудах; конечно, они представляют совсем ничтожный процент по отношению ко всему содержанию этих сочинений, но всё же, собранные вместе, они могут пролить свет на vie privee[1] наших предков. Конечно, сам я могу потерпеть неудачу в предпринятом труде. Однако я убеждён, что более упорные поиски подходящего материала и более удачное использование найденного всегда обеспечат успех способному художнику, как это показывают труды доктора Генри, покойного мистера Стратта, а более всего мистера Шерона Тернера. И потому я заранее протестую против каких бы то ни было общих выводов в случае неудачи настоящего опыта.

Но повторяю: если мне удастся нарисовать правдивую картину старых английских нравов, я хочу надеяться, что добродушие и здравый смысл моих соотечественников обеспечат мне благоприятный приём.

Ответив, насколько было возможно, на Ваши первые возражения или по крайней мере высказав твёрдое намерение преодолеть все трудности, о которых Вы меня предупреждали, я

[1] Частная жизнь (франц.).

хочу сказать несколько слов о том, что более непосредственно относится к моему произведению. Вы, по-видимому, придерживаетесь мнения, что сама профессия исследователя старины, занимающегося трудными и, как принято утверждать, кропотливыми и мелочными изысканиями, делает его неспособным создать занимательный рассказ из этого материала. Разрешите мне сказать, дорогой доктор, что это возражение имеет скорее формальный характер, нежели касается существа дела. Конечно, подобные легкомысленные произведения не гармонируют со строгим умонастроением нашего друга мистера Олдбока. Однако Гораций Уолпол сумел написать леденящий кровь рассказ о нечистой силе, а Джорджу Эллису удалось вложить живое очарование юмора, столь же восхитительного, как и своеобразного, в свои переложения древних стихотворений. Так что если мне придётся пожалеть о своей смелости, я могу сослаться в своё оправдание на уважаемых предшественников.

Всё же строгий историк может подумать, что, перемешивая таким образом правду с вымыслом, я засоряю чистые источники истории современными измышлениями и внушаю подрастающему поколению ложное представление о веке, который описываю. Соглашаясь лишь в незначительной степени с справедливостью этих суждений, я попытаюсь противопоставить им следующие соображения.

Правда, я не могу, да и не пытаюсь, сохранить абсолютную точность даже в вопросе о костюмах, не говоря уже о таких более существенных моментах, как язык и нравы.

Но те же причины, которые не позволяют мне передавать диалоги моего романа на англосакском или франко-норманском языке или предложить его публике напечатанным шрифтом Кэкстона или Винкен де Ворда, мешают мне строго придерживаться рамок того времени, в котором происходит действие.

Для того чтобы пробудить в читателе хоть некоторый интерес, необходимо изложить избранную Вами тему языком и в манере той эпохи, в какую Вы живёте. Ни одно произведение восточной литературы не пользовалось таким успехом, как первый перевод арабских сказок мистером Гэлландом: сохранив дикость восточного вымысла вместе с пышными восточными костюмами, он ввёл в них простые чувства и естественные поступки героев, что сделало их интересными и понятными для всех; а в то же время он сократил растянутые эпизоды и однообразные рассуждения и отбросил бесконечные повторения арабского оригинала. Конечно, в таком виде рассказы меньше отзываются Востоком, но зато значительно больше соответствуют потребностям европейского рынка; благодаря этому они вызвали такое одобрение, какого никогда бы не заслужили, если бы по своей форме и стилю не были до известной степени приспособлены к чувствам и привычкам западных читателей. Учитывая вкусы толпы, которая, я надеюсь, с жадностью набросится на эту книгу, я постарался в такой мере переложить старые нравы на язык современности и так подробно развить характеры и чувства моих героев, чтобы современный читатель не испытывал никакого утомления от сухого изображения неприкрашенной старины. Но я считаю, что, приспособляясь к этим вкусам, я не превысил здесь прав и полномочий автора художественного произведения.

Талантливый писатель — покойный мистер Стратт в своём романе «Куинху-холл» действовал по другому принципу: противопоставляя старину современности, он, казалось, совершенно забыл о нравах и чувствах, общих как для наших предков, так и для нас самих — частью полученных нами по наследству, частью же в такой мере общечеловеческих по своей природе, что их существование во все эпохи не подлежит никакому сомнению. Исключив из своей работы всё, что недостаточно старо, чтобы быть чуждым и забытым, этот человек, обладавший огромной эрудицией и талантом, тем самым лишил своё произведение значительной доли общедоступности. Права художника на некоторую вольность в обращении с материалом, которые я отстаиваю, настолько важны для успешного осуществления моего замысла, что я буду умолять Вас терпеливо выслушать мои дальнейшие доказательства.

Тот, кто впервые открывает сочинения Чосера или какого-нибудь другого старого поэта, до такой степени пугается при виде устарелого правописания бесчисленных согласных и старого языка вообще, что в отчаянии откладывает эту книгу, как слишком загромождённую обломками древних развалин и потому чересчур трудную для понимания её достоинства и восприятия её красот. Но если умный и образованный друг укажет ему, что пугающие его трудности только кажущиеся, если он прочтёт это произведение вслух, если он заменит старинное правописание знакомых слов современным, — он докажет своему ученику, что, быть может, только одна десятая слов в этой книге действительно вышла из употребления. Таким образом, начинающего легко будет уговорить подойти к «источнику чисто английского» с полной уверенностью, что при небольшом терпении он вскоре сможет наслаждаться тем юмором и пафосом, которыми старый Джефри восхищал век Кресси и Пуатье.

Пойдём дальше. Предположим, что наш неофит в своём новоявленном увлечении древностью попытается подражать тому, что вызывает его восхищение; он поступит крайне неразумно, если извлечёт из словаря устарелые слова и будет пользоваться ими вместо слов и выражений, употребительных в наши дни. Именно такие ошибки нередко совершал Чаттертон. Стараясь придать своему языку старинный характер, он отбросил всё современные слова и создал наречие, не имевшее ничего общего ни с одним из тех, на которых когда-либо говорили в Великобритании. Тот, кто хочет подражать старинному языку, должен уловить общий характер его грамматических форм, выражений, оборотов, принципов сочетания слов, а отнюдь не изощряться в выискивании редкостных и устарелых слов. Как я уже говорил, в произведениях старых авторов устаревшие слова встречаются гораздо реже, чем слова, до сих пор употребительные, но взятые с изменённым значением и с иной орфографией. Отношение между ними равно приблизительно одному к десяти.

Всё, что я говорил о языке, тем более применимо для изображения чувств и нравов. Важнейшие человеческие страсти во всех своих проявлениях, а также и источники, которые их питают, общи для всех сословий, состояний, стран и эпох; отсюда с несомненностью следует, что хотя данное состояние общества влияет на мнения, образ мыслей и поступки людей, эти последние по самому своему существу чрезвычайно сходны между собой. Наши предки отличались от нас, конечно, не более, чем еврей отличается от христианина. «Разве у них нет рук, органов, членов тела, чувств, привязанностей, страстей? Разве не та же самая пища насыщает его, разве не то же оружие ранит его, разве он не подвержен тем же недугам, разве не те же лекарства исцеляют его, разве не согревают и не студят его те же лето и зима, как и христианина?» Поэтому их чувства и страсти по своему характеру и по своей напряжённости приближаются к нашим. И когда автор приступает к роману или другому художественному произведению, вроде того, какое я решился написать, то оказывается, что материал, которым он располагает, как языковой, так и исторически-бытовой, в такой же мере принадлежит современности, как и эпохе, избранной им для изображения. Это обстоятельство предоставляет автору свободу выбора и облегчает его задачу в большей мере, чем кажется на первый взгляд. Возьмём пример из области смежного искусства. Можно сказать, что в картинах антикварные детали придают ландшафту специфические черты. Феодальный замок должен возвышаться во всём своём величии, художник должен изображать людей в костюмах и позах, свойственных эпохе; местность, которую художник избрал для изображения, должна быть передана со всеми своими особенностями, с возвышающимися утёсами или стремительным падением водопада. Колорит также должен отличаться естественностью. Небо должно быть ясным или облачным, соответственно климату, а краски именно теми, которые преобладают в самой натуре.

В этих пределах законы искусства вынуждают художника строго следовать природе. Но вовсе не обязательно, чтобы он погружался в воспроизведение мельчайших черт оригинала, чтобы он с совершённой точностью изображал траву, цветы и деревья, украшающие местность. Всё это, так же как и детали распределения света и тени, принадлежит любому месту действия, естественно для любой страны и потому может быть подсказано личными вкусами и пристрастиями художника.

Правда, этот произвол всегда строго ограничен. Художник должен избегать всех тех красивых подробностей, которые не соответствуют климатическим или географическим особенностям изображаемого пейзажа: не следует сажать кипарисы на Меррейских островах или шотландские ели среди развалин Персеполиса; такого же рода ограничениям подлежит и писатель. Писатель может себе позволить обрисовать чувства и страсти своих героев гораздо подробнее, чем это имеет место в старинных хрониках, которым он подражает, но, как бы далеко он тут ни зашёл, он не должен вводить ничего не соответствующего нравам эпохи; его рыцари, лорды, оруженосцы и иомены могут быть изображены более подробно и живо, нежели в сухом и жёстком рассказе старинной иллюстрированной рукописи, но характер и внешнее обличье эпохи должны оставаться неприкосновенными; все эти фигуры должны остаться теми же, но только нарисованными более искусным карандашом или, чтобы быть скромнее, должны соответствовать требованиям эпохи с более развитым пониманием задач искусства. Язык не должен быть сплошь устарелым и неудобным, но он, по возможности, должен избегать оборотов явно новейшего происхождения. Одно дело — вводить в произведение слова и чувства, общие у нас с нашими предками, другое дело — наделять предков речью и чувствами, свойственными исключительно их потомкам.

Именно это, дорогой друг, оказалось самой трудной частью моей задачи; и, откровенно говоря, я почти не имею надежды Вас удовлетворить; ведь я едва кажусь приемлемым для самого себя, тогда как Ваши суждения гораздо менее пристрастны, а Ваши познания в области истории гораздо обширнее моих. Полагаю, что поведение и внешний облик моих героев заслужат немало упрёков со стороны лиц, расположенных строго разбирать мою повесть, учитывая нравы того времени, когда жили её герои. Возможно, что я ввёл мало таких бытовых черт и поступков, которые можно было бы назвать явно современными; но, с другой стороны, весьма возможно, что я смешал нравы двух или трех столетий и приписал царствованию Ричарда I явления, имевшие место либо гораздо раньше, либо значительно позже изображённого мною времени. Я утешаюсь тем, что ошибки такого рода ускользнут от внимания среднего читателя, и что я смогу разделить незаслуженный успех с теми архитекторами, которые, без всякой системы и правил, не задумываясь вводили в модную готику орнаменты, свойственные различным стилям и различным периодам искусства. Те же читатели, которым их обширные научные изыскания позволят строго судить мои промахи, проявят известную снисходительность именно в силу своего понимания всей трудности моей задачи. Мой почтенный, но находящийся в пренебрежении друг Ингульфус доставил мне много ценных указаний; но свет, излучаемый Кройдонским монахом и Джефри де Винсау, затемнён таким нагромождением неинтересного и неудобопонятного материала, что я с радостью обратился за помощью к страницам любезного Фруассара, хотя он и процветал в эпоху, весьма отдалённую от описываемых мною событий. Но если, дорогой друг. Вы всё же будете достаточно великодушны, чтобы простить мне самонадеянную попытку сплести себе венок менестреля частью из чистейших жемчужин древности, частью из бристольских подделок, которыми я пытался подменить настоящие, я убеждён, что Ваше понимание трудностей моей задачи примирит Вас с несовершенством её выполнения. О материалах мне остаётся сказать немного: они все содержатся в одной англо-норманской рукописи; сэр Артур Уордор ревностно хранит её в третьем ящике своего дубового стола; он никому не позволяет к ней прикоснуться, сам же не в силах прочесть из неё ни одного слова. Во время моего пребывания в Шотландии я никогда не получил бы разрешения надолго углубиться в эти драгоценные страницы, если бы не обещал отметить её каким-нибудь необыкновенным шрифтом под именем «рукопись Уордора», выделив её тем самым из всех других и придав ей такую же значительность, какой обладают рукописи Бэннетайн, Окинлек и другие памятники терпения средневековых переписчиков. Я послал Вам для ознакомления оглавление этой любопытной вещи, которое я с Вашего разрешения приложу к третьему тому моего романа, если только дьявол книгопечатания всё ещё не будет удовлетворён после набора всего моего произведения.

Прощайте, дорогой друг, я сказал достаточно для того, чтобы объяснить, если не оправдать, мою попытку. Несмотря на Ваши сомнения и мою собственную неспособность, я всё ещё хочу надеяться, что эта попытка сделана мною не напрасно. Я надеюсь, что Вы уже оправились после весеннего припадка подагры, и буду счастлив, если Ваши учёные врачи посоветуют Вам поездку в здешние края. Недавно при раскопках возле стен древнего Габитанкума были найдены интересные древности. Кстати, Вы, вероятно, уже знаете, что грубый, неотёсанный невежда уничтожил старинную статую или, вернее, барельеф, известный под названием Робина из Ридесдаля. По-видимому, слава Робина привлекала слишком много посетителей и помешала росту вереска на болоте, стоящем по шилингу за акр. — Достопочтенный сэр, — как Вы себя сами именуете, — будьте раз в жизни мстительны и молитесь вместе со мной, чтобы у этого человека появились камни в печени такой величины, как если бы все обломки бедного Робина скопились у него в этом органе. Не рассказывайте об этом в Гэте, не подавайте шотландцам повода радоваться тому, что наконец их соседи совершили поступок столь же варварский, как уничтожение Артуровой печи. Но нет конца сетованиям, когда речь заходит о таких вещах. Передайте мой почтительный привет мисс Драйездаст. Во время моего последнего пребывания в Лондоне я пытался подобрать по её поручению очки; надеюсь, что она получила их в сохранности и что они оказались подходящими. Я посылаю это письмо с нарочным, и оно, вероятно, задержится в пути. По последним известим из Эдинбурга джентльмен, занимающий место секретаря Общества любителей шотландской старины, — лучший в королевстве любитель рисовальщик, и можно многого ожидать от его усердия и искусства в области реставрации образцов национальных памятников, либо разрушаемых медленным действием времени, либо сметённых духом современности при помощи той же разрушительной метлы, какой пользовался Джон Нокс во время реставрации.

Ещё раз прощайте: vale tandem, non immemor mei[1]. Остаюсь, достопочтенный сэр, Вашим покорным слугой.

Лоренс Темплтон Топингвод, близ Эгремонта, Камберленд, 17 ноября 1817 года.

[1] Прощай, но не забывай меня (лат.).

ГЛАВА I

Они беседовали той порой,
Когда стада с полей брели домой,
Когда, наевшись, но не присмирев,
Шли свиньи с визгом нехотя в свой хлев.

Поп, «Одиссея»

В той живописной местности весёлой Англии, которая орошается рекою Дон, в давние времена простирались обширные леса, покрывавшие большую часть красивейших холмов и долин, лежащих между Шеффилдом и Донкастером. Остатки этих огромных лесов и поныне видны вокруг дворянских замков Уэнтворт, Уорнклиф-парк и близ Ротерхема. По преданию, здесь некогда обитал сказочный уонтлейский дракон; здесь происходили ожесточённые битвы во время междоусобных войн Белой и Алой Розы; и здесь же в старину собирались ватаги тех отважных разбойников, подвиги и деяния которых прославлены в народных песнях.

Таково главное место действия нашей повести, по времени же — описываемые в ней события относятся к концу царствования Ричарда I, когда возвращение короля из долгого плена казалось желанным, но уже невозможным событием отчаявшимся подданным, которые подвергались бесконечным притеснениям знати. Феодалы, получившие непомерную власть в царствование Стефана, но вынужденные подчиняться королевской власти благоразумного Генриха II, теперь снова бесчинствовали, как в прежние времена; пренебрегая слабыми попытками английского государственного совета ограничить их произвол, они укрепляли свои замки, увеличивали число вассалов, принуждали к повиновению и вассальной зависимости всю округу; каждый феодал стремился собрать и возглавить такое войско, которое дало бы ему возможность стать влиятельным лицом в приближающихся государственных потрясениях.

Чрезвычайно непрочным стало в ту пору положение мелкопоместных дворян, или, как их тогда называли, Франклинов, которые, согласно букве и духу английских законов, должны были бы сохранять свою независимость от тирании крупных феодалов. Франклины могли обеспечить себе на некоторое время спокойное существование, если они, как это большей частью и случалось, прибегали к покровительству одного из влиятельных вельмож их округи, или входили в его свиту, или же обязывались по соглашениям о взаимной помощи и защите поддерживать феодала в его военных предприятиях; но в этом случае они должны были жертвовать своей свободой, которая так дорога сердцу каждого истого англичанина, и подвергались опасности оказаться вовлечёнными в любую опрометчивую затею их честолюбивого покровителя. С другой стороны, знатные бароны, располагавшие могущественными и разнообразными средствами притеснения и угнетения, всегда находили предлог для того, чтобы травить, преследовать и довести до полного разорения любого из своих менее сильных соседей, который попытался бы не признать их власти и жить самостоятельно, думая, что его безопасность обеспечена лояльностью и строгим подчинением законам страны.

Завоевание Англии норманским герцогом Вильгельмом значительно усилило тиранию феодалов и углубило страдания низших сословий. Четыре поколения не смогли смешать воедино враждебную кровь норманнов и англосаксов или примирить общностью языка и взаимными интересами ненавистные друг другу народности, из которых одна всё ещё упивалась победой, а другая страдала от последствий своего поражения. После битвы при Гастингсе власть полностью перешла в руки норманских дворян, которые отнюдь не отличались умеренностью. Почти все без исключения саксонские принцы и саксонская знать были либо истреблены, либо лишены своих владений; невелико было и число мелких саксонских собственников, за которыми сохранились земли их отцов. Короли непрестанно стремились законными и противозаконными мерами ослабить ту часть населения, которая испытывала врождённую ненависть к завоевателям. Все монархи норманского происхождения оказывали явное предпочтение своим соплеменникам; охотничьи законы и другие предписания, отсутствовавшие в более мягком и более либеральном саксонском уложении, легли на плечи побеждённых, ещё увеличивая тяжесть и без того непосильного феодального гнёта.

При дворе и в замках знатнейших вельмож, старавшихся ввести у себя великолепие придворного обихода, говорили исключительно по-нормано-французски; на том же языке велось судопроизводство во всех местах, где отправлялось правосудие. Словом, французский язык был языком знати, рыцарства и даже правосудия, тогда как несравненно более мужественная и выразительная англосаксонская речь была предоставлена крестьянам и дворовым людям, не знавшим иного языка.

Однако необходимость общения между землевладельцами и порабощённым народом, который обрабатывал их землю, послужила основанием для постепенного образования наречия из смеси французского языка с англосаксонским, говоря на котором, они могли понимать друг друга. Так мало-помалу возник английский язык настоящего времени, заключающий в себе счастливое смешение языка победителей с наречием побеждённых и с тех пор столь обогатившийся заимствованиями из классических и так называемых южноевропейских языков.

Я счёл необходимым сообщить читателю эти сведения, чтобы напомнить ему, что хотя история англосаксонского народ после царствования Вильгельма II не отмечена никакими значительными событиями вроде войн или мятежей, всё же раны, нанесённые завоеванием, не заживали вплоть до царствования Эдуарда III. Велики национальные различия между англосаксами и их победителями; воспоминания о прошлом и мысли о настоящем бередили эти раны и способствовали сохранению границы, разделяющей потомков победоносных норманнов и побеждённых саксов.

Солнце садилось за одной из покрытых густой травою просек леса, о котором уже говорилось в начале этой главы. Сотни развесистых, с невысокими стволами и широко раскинутыми ветвями дубов, которые, быть может, были свидетелями величественного похода древнеримского войска, простирали свои узловатые руки над мягким ковром великолепного зелёного дёрна. Местами к дубам примешивались бук, остролист и подлесок из разнообразных кустарников, разросшихся так густо, что они не пропускали низких лучей заходящего солнца; местами же деревья расступались, образуя длинные, убегающие вдаль аллеи, в глубине которых теряется восхищённый взгляд, а воображение создаёт ещё более дикие картины векового леса. Пурпурные лучи заходящего солнца, пробиваясь сквозь листву, отбрасывали то рассеянный и дрожащий свет на поломанные сучья и мшистые стволы, то яркими и сверкающими пятнами ложились на дёрн. Большая поляна посреди этой просеки, вероятно, была местом, где друиды совершали свои обряды. Здесь возвышался холм такой правильной формы, что казался насыпанным человеческими руками; на вершине сохранился неполный круг из огромных необделанных камней. Семь из них стояли стоймя, остальные были свалены руками какого-нибудь усердного приверженца христианства и лежали частью поблизости от прежнего места, частью — по склону холма. Только один огромный камень скатился до самого низа холма, преградив течение небольшого ручья, пробивавшегося у подножия холма, — он заставлял чуть слышно рокотать его мирные и тихие струи.

Два человека оживляли эту картину; они принадлежали, судя по их одежде и внешности, к числу простолюдинов, населявших в те далёкие времена лесной район западного Йоркшира. Старший из них был человек угрюмый и на вид свирепый. Одежда его состояла из одной кожаной куртки, сшитой из дублёной шкуры какого-то зверя, мехом вверх; от времени мех так вытерся, что по немногим оставшимся клочкам невозможно было определить, какому животному он принадлежал. Это первобытное одеяние покрывало своего хозяина от шеи до колен и заменяло ему все части обычной одежды. Ворот был так широк, что куртка надевалась через голову, как наши рубашки или старинная кольчуга. Чтобы куртка плотнее прилегала к телу, её перетягивал широкий кожаный пояс с медной застёжкой. К поясу была привешена с одной стороны сумка, с другой — бараний рог с дудочкой. За поясом торчал длинный широкий нож с роговой рукояткой; такие ножи выделывались тут же, по соседству, и были известны уже тогда под названием шеффилдских. На ногах у этого человека были башмаки, похожие на сандалии, с ремнями из медвежьей кожи, а более тонкие и узкие ремни обвивали икры, оставляя колени обнажёнными, как принято у шотландцев. Голова его была ничем не защищена, кроме густых спутанных волос, выцветших от солнца и принявших тёмно-рыжий, ржавый оттенок и резко отличавшихся от светло-русой, скорей даже янтарного цвета, большой бороды. Нам остаётся только отметить одну очень любопытную особенность в его внешности, но она так примечательна, что нельзя пропустить её без внимания: это было медное кольцо вроде собачьего ошейника, наглухо запаянное на его шее. Оно было достаточно широко для того, чтобы не мешать дыханию, но в то же время настолько узко, что снять его было невозможно, только распилив пополам. На этом своеобразном воротнике было начертано саксонскими буквами:

«Гурт, сын Беовульфа, прирождённый раб Седрика Ротервудского».

Возле свинопаса (ибо таково было занятие Гурта) на одном из поваленных камней друидов сидел человек, который выглядел лет на десять моложе первого. Наряд его напоминал одежду свинопаса, но отличался некоторой причудливостью и был сшит из лучшего материала. Его куртка была выкрашена в ярко-пурпурный цвет, а на ней намалёваны какие-то пёстрые и безобразные узоры. Поверх куртки был накинут непомерно широкий и очень короткий плащ из малинового сукна, изрядно перепачканного, отороченный ярко-жёлтой каймой. Его можно было свободно перекинуть с одного плеча на другое или совсем завернуться в него, и тогда он падал причудливыми складками, драпируя его фигуру. На руках у этого человека были серебряные браслеты, а на шее — серебряный ошейник с надписью: «Вамба, сын Безмозглого, раб Седрика Ротервудского». Он носил такие же башмаки, что и его товарищ, но ремённую плетёнку заменяло нечто вроде гетр, из которых одна была красная, а другая жёлтая. К его шапке были прикреплены колокольчики величиной не более тех, которые подвязывают охотничьим соколам; каждый раз, когда он поворачивал голову, они звенели, а так как он почти ни одной минуты не оставался в покое, то звенели они почти непрерывно. Твёрдый кожаный околыш этой шапки был вырезан по верхнему краю зубцами и сквозным узором, что придавало ему сходство с короной пэра; изнутри к околышу был пришит длинный мешок, кончик которого свешивался на одно плечо, подобно старомодному ночному колпаку, треугольному ситу или головному убору современного гусара. По шапке с колокольчиками, да и самой форме её, а также по придурковатому и в то же время хитрому выражению лица Вамбы можно было догадаться, что он один их тех домашних клоунов или шутов, которых богатые люди держали для потехи в своих домах, чтобы как-нибудь скоротать время» по необходимости проводимое в четырех стенах.

Подобно своему товарищу, он носил на поясе сумку, но ни рога, ни ножа у него не было, так как предполагалось, вероятно, что он принадлежит к тому разряду человеческих существ, которым опасно давать в руки колющее или режущее оружие. Взамен всего этого у него была деревянная шпага наподобие той, которой арлекин на современной сцене производит свои фокусы.

Выражение лица и поведение этих людей было не менее различно, чем их одежда. Лицо раба или крепостного было угрюмо и печально; судя по его унылому виду, можно было подумать, что его мрачность делает его ко всему равнодушным, но огонь, иногда загоравшийся в его глазах, говорил о таившемся в нём сознании своей угнетённости и о стремлении к сопротивлению. Наружность Вамбы, напротив того, обличала присущее людям этого рода рассеянное любопытство, крайнюю непоседливость и подвижность, а также полное довольство своим положением и своей внешностью. Они вели беседу на англосаксонском наречии, на котором, как уже говорилось раньше, в ту пору изъяснялись в Англии все низшие сословия, за исключением норманских воинов и ближайшей свиты феодальных владык. Однако приводить их разговор в оригинале было бы бесполезно для читателя, незнакомого с этим диалектом, а потому мы позволим себе привести его в дословном переводе.

— Святой Витольд, прокляни ты этих чёртовых свиней! — проворчал свинопас после тщетных попыток собрать разбежавшееся стадо пронзительными звуками рога. Свиньи отвечали на его призыв не менее мелодичным хрюканьем, однако нисколько не спешили расстаться с роскошным угощением из буковых орехов и желудей или покинуть топкие берега ручья, где часть стада, зарывшись в грязь, лежала врастяжку» не обращая внимания на окрики своего пастуха.

— Разрази их, святой Витольд! Будь я проклят, если к ночи двуногий волк не задерёт двух-трех свиней». Сюда, Фанге! Эй, Фанге! — закричал он во весь голос мохнатой собаке, не то догу, не то борзой, не то помеси борзой с шотландской овчаркой. Собака, прихрамывая, бегала кругом и, казалось, хотела помочь своему хозяину собрать непокорное стадо.

Но то ли не понимая знаков, подаваемых свинопасом, то ли забыв о своих обязанностях, то ли по злому умыслу, пёс разгонял свиней в разные стороны, тем самым увеличивая беду, которую он как будто намеревался исправить.

— А, чтоб тебе чёрт вышиб зубы! — ворчал Гурт. — Провалиться бы этому лесничему. Стрижёт когти нашим собакам, а после они никуда не годятся. Будь другом, Вамба, помоги. Зайди с той стороны холма и пугни их оттуда. За ветром они сами пойдут домой, как ягнята.

— Послушай, — сказал Вамба, не трогаясь с места. — Я уже успел посоветоваться по этому поводу со своими ногами: они решили, что таскать мой красивый наряд по трясине было бы с их стороны враждебным актом против моей царственной особы и королевского одеяния. А потому, Гурт, вот что я скажу тебе: покличь-ка Фангса, а стадо предоставь его судьбе. Не всё ли равно, повстречаются ли твои свиньи с отрядом солдат, или с шайкой разбойников, или со странствующими богомольцами! Ведь к утру свиньи всё равно превратятся в норманнов, и притом к твоему же собственному удовольствию и облегчению.

— Как же так — свиньи, к моему удовольствию и облегчению, превратятся в норманнов? — спросил Гурт. — Ну-ка, объясни. Голова у меня тупая, а на уме одна досада и злость. Мне не до загадок.

— Ну, как называются эти хрюкающие твари на четырех ногах? — спросил Вамба.

— Свиньи, дурак, свиньи, — отвечал пастух. — Это всякому дураку известно.

— Правильно, «суайн» — саксонское слово. А вот как ты назовёшь свинью, когда она зарезана, ободрана, и рассечена на части, и повешена за ноги, как изменник?

— Порк, — отвечал свинопас.

— Очень рад, что и это известно всякому дураку, — заметил Вамба. — А «порк», кажется, нормано-французское слово. Значит, пока свинья жива и за ней смотрит саксонский раб, то зовут её по-саксонски; но она становится норманном и её называют «порк», как только она попадает в господкий замок и является на пир знатных особ. Что ты об этом думаешь, друг мой Гурт?

— Что правда, то правда, друг Вамба. Не знаю только, как эта правда попала в твою дурацкую башку.

— А ты послушай, что я тебе скажу ещё, — продолжал Вамба в том же духе. — Вот, например, старый наш олдермен бык: покуда его пасут такие рабы, как ты, он носит свою саксонскую кличку «оке», когда же он оказывается перед знатным господином, чтобы тот его отведал, бык становится пылким и любезным французским рыцарем Биф. Таким же образом и телёнок — «каф» — делается мосье де Во: пока за ним нужно присматривать — он сакс, но когда он нужен для наслаждения — ему дают норманское имя.

— Клянусь святым Дунстаном, — отвечал Гурт, — ты говоришь правду, хоть она и горькая. Нам остался только воздух, чтобы дышать, да и его не отняли только потому, что иначе мы не выполнили бы работу, наваленную на наши плечи. Что повкусней да пожирнее, то к их столу; женщин покрасивее — на их ложе; лучшие и храбрейшие из нас должны служить в войсках под началом чужеземцев и устилать своими костями дальние страны, а здесь мало кто остаётся, да и у тех нет ни сил, ни желания защищать несчастных саксов. Дай бог здоровья нашему хозяину Седрику за то, что он постоял за нас, как подобает мужественному воину; только вот на днях прибудет в нашу сторону Реджинальд Фрон де Беф, тогда и увидим, чего стоят все хлопоты Седрика... Сюда, сюда! — крикнул он вдруг, снова возвышая голос. — Вот так, хорошенько их. Фанге! Молодец, всех собрал в кучу.

— Гурт, — сказал шут, — по всему видно, что ты считаешь меня дураком, иначе ты не стал бы совать голову в мою глотку. Ведь стоит мне намекнуть Реджинальду Фрон де Бефу или Филиппу де Мальвуазену, что ты ругаешь норманнов, вмиг тебя вздёрнут на одно из этих деревьев. Вот и будешь качаться для острастки всем, кто вздумает поносить знатных господ.

— Пёс! Неужели ты способен меня выдать? Сам же ты вызвал меня на такие слова! — воскликнул Гурт.

— Выдать тебя? Нет, — сказал шут, — так поступают умные люди, где уж мне, дураку... Но тише... Кто это к нам едет? — прервал он сам себя, прислушиваясь к конскому топоту, который раздавался уже довольно явственно.

— А тебе не всё равно, кто там едет? — спросил Гурт, успевший тем временем собрать всё своё стадо и гнавший его вдоль одной из сумрачных просек.

— Нет, я должен увидеть этих всадников, — отвечал Вамба. — Может быть, они едут из волшебного царства с поручением от короля Обсрона...

— Замолчи! — перебил его свинопас. — Охота тебе говорить об этом, когда тут под боком страшная гроза с громом и молнией. Послушай, какие раскаты. А дождь-то! Я в жизни не видывал летом таких крупных и отвесных капель. Посмотри, ветра нет, а дубы трещат и стонут, как в бурю. Помолчи-ка лучше, да поспешим домой, прежде чем налетит гроза! Ночь будет страшной.

Вамба, по-видимому, постиг всю силу этих доводов и последовал за своим товарищем, который взял длинный посох, лежавший возле него на траве, и пустился в путь. Этот новейший Эвмей торопливо шёл к опушке леса, подгоняя с помощью Фангса пронзительно хрюкающее стадо.

Глава II

Монах был монастырский ревизор,
Наездник страстный, он любил охоту
И богомолье — только не работу,
И хоть таких аббатов и корят,
Но превосходный был бы он аббат:
Его конюшню вся округа знала,
Его уздечка пряжками бренчала,
Как колокольчики часовни той,
Доход с которой тратил он, как свой.[1]

Чосер

Конский топот всё приближался, и, несмотря на увещевания и брань своего спутника, Вамба, которому не терпелось поскорее увидеть всадников, то и дело останавливался под разными предлогами: то рвал с высокого куста незрелые орехи, то заглядывался под проходившую мимо деревенскую девицу, и поэтому всадники довольно скоро настигли их.

Кавалькада состояла из десяти человек; двое, ехавшие впереди, были, по-видимому, важные особы, а остальные — их слуги. Сословие и звание одной из этих особ нетрудно было установить: это было, несомненно, духовное лицо высокого ранга. На нём была одежда монахафранцисканца, сшитая из прекрасной материи, что противоречило уставу этого ордена; плащ с капюшоном из самого лучшего фламандского сукна, ниспадая красивыми широкими складками, облекал его статную, хотя и немного полную фигуру.

Его лицо так же мало говорило о смирении, как и одежда — о презрении к мирской роскоши. Черты его лица были бы приятны, если бы глаза не блестели из-под нависших век тем лукавым эпикурейским огоньком, который изобличает осторожного сластолюбца. Впрочем, его профессия и положение приучили его

---

[1] Перевод И. Кашкина.

так владеть собой, что при желании он мог придать своему лицу торжественность, хотя от природы оно выражало благодушие и снисходительность. Вопреки монастырскому уставу, равно как и эдиктам пап и церковных соборов, одежда его была роскошна: рукава плаща у этого церковного сановника были подбиты и оторочены дорогим мехом, а мантия застёгивалась золотой пряжкой, и вся орденская одежда была столь изысканна и нарядна, как в наши дни платья красавиц квакерской секты: они сохраняют положенные им фасоны и цвета, но выбором материалов и их сочетанием умеют придать своему туалету кокетливость, свойственную светскому тщеславию.

почтенный прелат ехал верхом на сытом, шедшем иноходью муле, сбруя которого была богато украшена, а уздечка, по тогдашней моде, увешана серебряными колокольчиками. В посадке прелата не было заметно монашеской неуклюжести — напротив, она отличалась грацией и уверенностью хорошего наездника. Казалось, что как ни приятна была спокойная иноходь мула, как ни роскошно его убранство, всё же щеголеватый монах пользовался таким скромным средством передвижения только для переездов по большой дороге. Один из служителей-мирян, составлявших его свиту, вёл в поводу превосходного испанского жеребца, на котором монах выезжал в торжественных случаях. В те времена купцы с величайшим для себя риском и бесконечными затруднениями вывозили из Андалузии таких лошадей, бывших в моде у богатых и знатных вельмож. Седло и сбруя на этом великолепном коне были покрыты длинной попоной, спускавшейся почти до самой земли и расшитой изображениями крестов и иных церковных эмблем. Другой служитель вёл в поводу вьючного мула, нагруженного, вероятно, поклажей настоятеля; двое монахов того же ордена, но низших степеней, ехали позади всех, пересмеиваясь, оживлённо разговаривая и не обращая никакого внимания на остальных всадников.

Спутником духовной особы был человек высокого роста, старше сорока лет, худощавый, сильный и мускулистый. Его атлетическая фигура вследствие постоянных упражнений, казалось, состояла из одних костей, мускуле» и сухожилий; видно было, что он перенёс множество тяжёлых испытаний и готов перенести ещё столько же. На нём была красная шапка с меховой опушкой из тех, что французы зовут mortier за сходство её формы со ступкой, перевёрнутой вверх дном. На лице его ясно выражалось желание вызвать в каждом встречном чувство боязливого почтения и страха. Очень выразительное, нервное лицо его с крупными и резкими чертами, загоревшее под лучами тропического солнца до негритянской черноты, в спокойные минуты казалось как бы задремавшим после взрыва бурных страстей, но надувшиеся жилы на лбу и подёргивание верхней губы показывали, что буря каждую минуту может снова разразиться. Во взгляде его смелых, тёмных, проницательных глаз можно было прочесть целую историю об испытанных и преодолённых опасностях. У него был такой вид, точно ему хотелось вызвать сопротивление своим желаниям — только для того, чтобы смести противника с дороги, проявив свою волю и мужество. Глубокий шрам над бровями придавал ещё большую суровость его лицу и зловещее выражение одному глазу, который был слегка задет тем же ударом и немного косил.

Этот всадник, так же как и его спутник, был одет в длинный монашеский плащ, но красный цвет этого плаща показывал, что всадник не принадлежит ни к одному из четырех главных монашеских орденов. На правом плече был нашит белый суконный крест особой формы. Под плащом виднелась несовместимая с монашеским саном кольчуга с рукавами и перчатками из мелких металлических колец; она была сделана чрезвычайно искусно и так же плотно и упруго прилегала к телу, как наши фуфайки, связанные из мягкой шерсти. Насколько позволяли видеть складки плаща, его бёдра защищала такая же кольчуга; колени были покрыты тонкими стальными пластинками, а икры — металлическими кольчужными чулками. За поясом был заткнут большой обоюдоострый кинжал — единственное бывшее при нём оружие.

Ехал он верхом на крепкой дорожной лошади, очевидно для того, чтобы поберечь силы своего благородного боевого коня, которого один из оруженосцев вёл позади. На коне было полное боевое вооружение; с одной стороны седла висел короткий бердыш с богатой дамасской насечкой, с другой — украшенный перьями шлем хозяина, его колпак из кольчуги и длинный обоюдоострый меч. Другой оруженосец вёз, подняв вверх, копьё своего хозяина; на острие копья развевался небольшой флаг с изображением такого же креста, какой был нашит на плаще. Тот же оруженосец держал небольшой треугольный щит, широкий вверху, чтобы прикрывать всю грудь, а книзу заострённый. Щит был в чехле из красного сукна, а поэтому нельзя было увидеть начертанный на нём девиз.

Вслед за этими двумя оруженосцами ехали ещё двое слуг; тёмные лица, белые тюрбаны и особый покрой одежды изобличали в них уроженцев Востока. Вообще в наружности этого воина и его свиты было что-то дикое и чужеземное. Одежда его оруженосцев блистала роскошью, восточные слуги носили серебряные обручи на шеях и браслеты на полуобнажённых смуглых руках и ногах. Их одежда из шёлка, расшитая узорами, указывала на знатность и богатство их господина и составляла в то же время резкий контраст с простотой его собственной военной одежды. Они были вооружены кривыми саблями с золотой насечкой на рукоятках и ножнах и турецкими кинжалами ещё более тонкой работы. У каждого торчал при седле пучок дротиков фута в четыре длиною, с острыми стальными наконечниками. Этот род оружия был в большом употреблении у сарацин и поныне ещё находит себе применение в военной игре, любимой восточными народами и называемой «эль-джерид». Лошади, на которых ехали слуги, были арабской породы; сухощавые, лёгкие, с упругим шагом, тонкогривые, они ничем не напоминали тех тяжёлых и крупных жеребцов, которых разводили в Нормандии и Фландрии для воинов в полном боевом вооружении. Рядом с этим громадными животными арабские лошади казались изящной, лёгкой тенью.

— Необычный вид этой кавалькады возбудил любопытство не только Вамбы, но и его менее легкомысленного товарища. В монахе он тотчас узнал приора аббатства Жорво, известного по всей округе за большого любителя охоты, весёлых пирушек, а также, если верить молве, и других мирских утех, ещё менее совместимых с монашескими обетами.

Но в те времена не слишком строго относились к поведению монахов и священников, так что приор Эймер пользовался доброй славой среди соседей своего аббатства. Его весёлый и вольный нрав и постоянная готовность даровать отпущение мелких прегрешений делали его любимцем всех местных дворян, титулованных и нетитулованных, со многими из которых он был в родстве, так как принадлежал к именитой норманской фамилии. Дамы в особенности были расположены относиться без излишней суровости к поведению человека, который не только являлся неизменным поклонником прекрасного пола, но и отличался умением прогонять смертельную скуку, слишком часто одолевавшую их в старинных покоях феодальных замков. Настоятель с азартом увлекался охотой, у него были лучшие соколы и борзые во всей северной округе, этим видом спорта он завоевал симпатии дворянской молодёжи; с людьми почтенного возраста он разыгрывал другую роль, что отлично ему удавалось, когда это было нужно. Его поверхностная начитанность была достаточно велика, чтобы внушать окружающим невеждам почтение к его учёности, а важная осанка и возвышенные рассуждения об авторитете церкви и духовенства поддерживали мнение о его святости. Даже простой народ, который всех строже судит поведение высших сословий, относился снисходительно к легкомыслию приора Эймера. Дело в том, что Эймер был очень щедр, а за милосердие, как известно, отпускается множество грехов. Большая часть монастырских доходов находилась в его полном распоряжении. Это давало ему возможность не только много тратить на свои прихоти, но и оказывать щедрую помощь соседним крестьянам. Если и случалось приору Эймеру с излишней пылкостью скакать на охоте или чересчур засиживаться на пиру, если кому-нибудь приходилось видеть, как на рассвете он пробирается через боковую калитку в стене своего аббатства, возвращаясь домой после свидания, продолжавшегося целую ночь, люди только пожимали плечами и примирялись с такими проступками настоятеля, вспоминая, что точно так же грешили и многие из его собратий, не искупая своих грехов теми качествами, какими отличался этот монах. Словом, приор Эймер был очень хорошо известен и нашим саксам. Они неуклюже поклонились ему и получили его благословение: «Benedicite, mes filz».[1]

Но диковинная внешность спутника Эймера и его свиты поразила воображение свинопаса и Вамбы так, что они не слыхали вопроса настоятеля, когда он осведомился, не знают ли они, где можно было бы остановиться на ночлег. Особенно удивила их полумонашеская-полувоенная одежда загорелого иностранца и странный наряд и невиданное вооружение его восточных слуг. Очень вероятно также, что для слуха саксонских крестьян неприятен был язык, на котором было им преподано благословение и задан вопрос, хотя они и понимали, что это значит.

— Я вас спрашиваю, дети мои, — повторил настоятель, возвысив голос и перейдя на тот диалект, на котором объяснялись между собой норманны и саксы, — нет ли по соседству доброго человека, который из любви к богу и по усердию к святой нашей матери-церкви оказал бы на нынешнюю ночь гостеприимство и подкрепил бы силы двух смиреннейших её служителей и их спутников? — Несмотря на внешнюю скромность этих слов, он произнёс их с большой важностью.

«Двое смиреннейших служителей матери-церкви! Хотел бы я поглядеть, какие же у неё бывают дворецкие, кравчие и иные старшие слуги», — подумал про себя Вамба, однако же, хотя и слыл дураком, остерёгся произнести свою мысль вслух.

---

[1] Священнослужитель не платит десятину священнослужителю (лат.).

Сделав мысленно такое примечание к речи приора, он поднял глаза и ответил:

— Если преподобным отцам угодны сытные трапезы и мягкие постели, то в нескольких милях отсюда находится Бринксвортское аббатство, где им, по их сану, окажут самый почётный приём; если же они предпочтут провести вечер в покаянии, то вон та лесная тропинка доведёт их прямёхонько до пустынной хижины в урочище Копменхерст, где благочестивый отшельник приютит их под своей крышей и разделит с ними вечерние молитвы.

Но приор отрицательно покачал головой, выслушав оба предложения.

— Мой добрый друг, — сказал он, — если бы звон твоих бубенчиков не помутил твоего разума, ты бы знал, что Clericus clericum non decimal[1], то есть у нас, духовных лиц, не принято просить гостеприимства друг у друга, и мы обращаемся за этим к мирянам, чтобы дать им лишний случай послужить богу, оказывая, помощь его служителям.

— Я всего лишь осёл, — отвечал Вамба, — и даже имею честь носить такие же колокольчики, как и мул вашего преподобия. Однако мне казалось, что доброта матери-церкви и её служителей проявляется, как и у всех прочих людей, прежде всего к своей семье.

— Перестань грубить, нахал! — крикнул вооружённый всадник, сурово перебивая болтовню шута. — И укажи нам, если знаешь, дорогу к замку… Как вы назвали этого франклина, приор Эймер?

— Седрик, — отвечал приор, — Седрик Сакс… Скажи мне, приятель, далеко ли мы от его жилья и можешь ли ты показать нам дорогу?

— Найти дорогу будет трудновато, — отвечал Гурт, в первый раз вступая в беседу. — Притом у Седрика в доме рано ложатся спать.

---

[1] Священнослужитель не платит десятину священнослужителю (лат.).

— Ну, не мели пустяков! — сказал воин. — Могут и встать, чтобы принять таких путников, как мы. Нам не пристало унижаться и просить гостеприимства там, где мы вправе его требовать.

— Уж не знаю, — угрюмо сказал Гурт, — хорошо ли я сделаю, если укажу дорогу к дому моего господина таким людям, которые хотят требовать то, что другие рады получить из милости.

— Ты вздумал ещё спорить со мной, раб! — воскликнул воин.

С этими словами он пришпорил свою лошадь, заставил её круто повернуть и поднял хлыст, собираясь наказать дерзкого простолюдина.

Гурт метнул на него злобный и мстительный взгляд и с угрозой, хотя и нерешительно, схватился за нож; но в ту же минуту приор Эймер двинул своего мула вперёд и, встав между воином и свинопасом, предупредил опасное столкновение.

— Нет, именем святой Марии прошу вас, брат Бриан, помнить, что вы теперь не в Палестине, где владычествовали над турецкими язычниками и неверными сарацинами; здесь, на нашем острове, мы не любим ударов и принимаем их только от святой церкви, которая карает любя... Скажи мне, добрый человек, — продолжал он, обращаясь к Вамбе и подкрепляя свою речь небольшой серебряной монетой, — как проехать к Седрику Саксу. Ты должен знать туда дорогу и обязан указать её любому путнику, а тем более духовным лицам вроде нас.

— Право же, честной отец, — отвечал шут, — сарацинская голова вашего преподобного брата до того перепугала мою, что я позабыл дорогу домой... Не знаю даже, попаду ли и сам туда сегодня...

— Вздор! — сказал настоятель. — Коли захочешь, так вспомнишь. Этот преподобный собрат мой всю жизнь сражался с сарацинами за обладание гробом господним. Он принадлежит к ордену рыцарей Храма, о которых ты, может быть, слышал: он наполовину монах, наполовину воин.

— Если он хоть наполовину монах, — сказал шут, — то ему не пристало так неразумно обращаться с прохожими, если они замедлят с ответом на вопросы, до которых им нет дела.

— Ну, я прощаю тебя с тем условием, что ты покажешь мне дорогу к дому Седрика, — сказал аббат.

— Ладно, — отвечал Вамба. — Извольте, ваше преподобие, ехать по этой тропинке до того места, где увидите вросший в землю крест; от него едва одна верхушка виднеется, да и то не больше как на локоть вышиной. От этого креста в разные стороны идут четыре дороги. Но вы поверните влево, и надеюсь, что ваше преподобие достигнет ночлега прежде, чем разразится гроза.

Аббат поблагодарил мудрого советчика, и вся кавалькада, пришпорив коней, поскакала с той быстротой, с какой люди спешат достигнуть ночлега, спасаясь от ночной бури.

Когда топот копыт замер в отдалении, Гурт сказал своему товарищу:

— Если преподобные отцы последуют твоему умному совету, вряд ли они доедут сегодня до Ротервуда.

— Да, — сказал шут ухмыляясь, — но зато они могут доехать до Шеффилда, коли им посчастливится, а для них и то хорошо. Не такой уж я плохой лесничий, чтоб указывать собакам, где залегла дичь, если не хочу, чтобы они её задрали.

— Это ты хорошо сделал, — сказал Гурт. — Плохо будет, если Эймер увидит леди Ровену, а ещё хуже, пожалуй, если Седрик поссорится с этим монахом, что легко может случиться. А мы с тобой — добрые слуги: будем только смотреть да слушать и помалкивать.

Возвратимся к обоим всадникам, которые вскоре оставили рабов Седрика далеко позади и вели беседу на нормано-французском языке, как и все тогдашние особы высшего сословия, за исключением тех немногих, которые ещё гордились своим саксонским происхождением.

— Чего хотели эти наглецы, — спросил рыцарь Храма у аббата, — и почему вы не позволили мне наказать их?

— Но, брат Бриан, — отвечал приор, — один из них совсем дурак, и странно было бы требовать у него ответа за его глупости; что же касается другого грубияна, то он из породы тех неукротимых, свирепых дикарей, которые, как я вам не раз говорил, всё ещё встречаются среди потомков покорённых саксов: для них нет большего удовольствия, чем показывать при каждом удобном случае свою ненависть к победителям.

— Ну, вежливость я бы живо в них вколотил! — ответил храмовник. — С подобными людьми я умею обращаться. Наши турецкие пленные в своей неукротимой ярости кажутся страшнее самого Одина; однако, пробыв два месяца у меня в доме под руководством моего смотрителя за невольниками, они становились смирными, послушными, услужливыми и даже раболепными. Правда, сэр, с ними приходится постоянно остерегаться яда и кинжала, потому что они при каждом удобном случае охотно пускают в ход и то и другое.

— Но ведь у всякого народа свои обычаи и нравы, — возразил приор Эймер. — Прибей вы этого малого, мы так и не узнали бы дороги к дому Седрика; кроме того, если бы нам самим и удалось добраться туда, то Седрик непременно затеял бы с вами ссору из-за побоев, нанесённых его рабам. Помните, что я вам говорил: этот богатый франклин горд, вспыльчив, ревнив и раздражителен, он настроен против нашего дворянства и в ссоре даже со своими соседями — Реджинальдом Фрон де Бефом и Филиппом Мальвуазеном, которые шутить не любят. Он так крепко держится за права своего рода и так гордится тем, что происходит по прямой линии от Херварда, одного из знаменитых поборников семицарствия, что его не называют иначе, как Седрик Сакс. Он похваляется своим кровным родством с тем самым народом, от которого многие из его соплеменников охотно отрекаются, чтобы избегнуть — vae victis [1] — бедствий, выпадающих на долю побеждённого.

— Приор Эймер, — сказал храмовник, — вы большой любезник, знаток женской красоты и не хуже трубадуров знакомы со всем, что касается уставов любви; но эта хвалёная Ровена должна быть поистине чудом красоты, чтобы вознаградить меня за снисходительность и терпение, которые мне придётся проявить, чтобы снискать расположение такого мужлана и мятежника, каков, по вашим словам, её отец Седрик.

— Седрик ей не отец, а только дальний родственник, — сказал аббат.

— Она происходит из более знатного рода, чем он. Он сам напросился ей в опекуны и привязан к ней так, что и собственная дочь не была бы ему дороже. О красоте её вы в скором времени сможете судить сами. И пусть я буду еретиком, а не истинным сыном церкви, если белизна её лица и величественное и вместе кроткое выражение голубых глаз не изгонят из вашей памяти черноволосых дев Палестины или гурий мусульманского рая.

— Ну, а если ваша прославленная красавица, — сказал храмовник, — окажется не так хороша, вы помните ваш заклад?

— Моя золотая цепь, — отвечал аббат, — а ваш заклад — десять бочек хиосского вина. Я могу считать их своими, словно они уже стоят в монастырском подвале под ключом у старого Дениса, моего келаря.

— Но вы предоставляете мне самому решение спора, — сказал рыцарь Храма, — и я проиграю только в том случае, если сознаюсь, что с троицына дня прошедшего года не видывал такой красивой девицы. Так ведь мы с вами уговорились? Ну, приор, прощайтесь со своей золотой цепью. Я надену ее поверх своего нагрудника на ристалище в Ашби де ля Зуш.

— Если выиграете честно, то и носите когда вам заблагорассудится, — сказал приор. — Я поверю вам на слово, как

[1] Горе побеждённому (лат.).

рыцарю и церковнику. А всё-таки, брат, примите мой совет и будьте повежливей: ведь вам придётся иметь дело не с пленными язычниками или восточными рабами. Седрик Сакс такой человек, что если сочтёт себя оскорблённым — а он очень чувствителен к оскорблениям, — то не обратит внимания на ваше рыцарство, и моё высокое положение, и на наш священный сан и выгонит нас ночевать под открытое небо, хотя бы на дворе стояла полночь. И, кроме того, остерегайтесь слишком пристально смотреть на Ровену: он охраняет её чрезвычайно ревниво. Если мы дадим ему малейший повод к опасениям с этой стороны, мы с вами пропали. Говорят, что он изгнал из дому единственного сына только за то, что тот дерзнул поднять влюблённые глаза на эту красавицу. По-видимому ей можно поклоняться только издали; приближаться же к ней разрешается лишь с такими мыслями, с какими мы подходим к алтарю пресвятой девы.

— Ну, так и быть, — отвечал храмовник, — постараюсь сдержаться и вести себя как скромная девица. Во всяком случае, не опасайтесь, что кто-нибудь посмеет выгнать нас из дому. Мы с моими оруженосцами и слугами, Аметом и Абдаллой, достаточно сильны, чтобы добиться хорошего приёма.

— Ну, так далеко нам нельзя заходить… — отвечал приор. — Но вот и вросший в землю крест, о котором говорил нам шут. Однако ночь такая тёмная, что трудно различить дорогу. Он, кажется, сказал, что нужно повернуть влево.

— Нет, вправо, — сказал Бриан, — мне помнится, что вправо.

— Налево, конечно, налево. Я помню, что он именно налево указывал концом своей деревянной шпаги.

— Да, но шпагу-то он держал в левой руке и указывал поперёк своего тела в противоположную сторону, — сказал храмовник.

Как это всегда бывает, каждый упрямо защищал своё мнение; спросили слуг, но свита всё время держалась поодаль и потому не слыхала того, что говорил Вамба. Наконец Бриан, вглядывавшийся в темноту, заметил у подножия креста какую-то фигуру и сказал:

— Тут кто-то лежит: либо спящий, либо мёртвый. Гуго, потрогай-ка его концом твоего копья.

Оруженосец не успел дотронуться до лежавшего, как тот вскочил, воскликнув на чистом французском языке:

— Кто бы ты ни был, но невежливо так прерывать мои размышления!

— Мы только хотели спросить тебя, — сказал приор, — как проехать в Ротсрвуд, к жилищу Седрика Сакса.

— Я сам иду в Ротервуд, — сказал незнакомец. — Будь у меня верховая лошадь, я бы проводил вас туда. Дорогу, хотя она и очень запутана, я знаю отлично.

— Мой друг, мы тебя поблагодарим и вознаградим, — сказал приор, — если ты проведёшь нас к Седрику.

Аббат приказал одному из служителей уступить свою лошадь незнакомцу, а самому пересесть на своего испанского жеребца.

Проводник направился в сторону, как раз противоположную той, которую указал Вамба. Тропинка скоро углубилась в самую чащу леса, пересекая несколько ручьёв с топкими берегами; переправляться через них было довольно рискованно, но незнакомец, казалось, чутьём выбирал самые сухие и безопасные места для переправы. Осторожно продвигаясь вперёд, он вывел наконец отряд на широкую просеку, в конце которой виднелось огромное, неуклюжее строение.

Указав на него рукою, проводник сказал аббату:

— Вот Ротервуд, жилище Седрика Сакса.

Это известие особенно обрадовало Эймера, который обладал не очень крепкими нервами и во время переезда по топким низинам испытывал такой страх, что не имел ни малейшего желания разговаривать со своим проводником. Зато теперь, чувствуя себя в безопасности и недалеко от пристанища, он мигом оправился; любопытство его тотчас пробудилось, и приор спросил проводника, кто он такой и откуда.

— Я пилигрим и только что вернулся из Святой Земли, — отвечал тот.

— Лучше бы вы там и оставались воевать за обладание святым гробом, — сказал рыцарь Храма.

— Вы правы, достопочтенный господин рыцарь, — ответил пилигрим, которому наружность храмовника была, по-видимому, хорошо знакома. — Но что же удивляться, если простой поселянин вроде меня вернулся домой; ведь даже те, кто клялся посвятить всю жизнь освобождению святого города, теперь путешествуют вдали от тех мест, где они должны были бы сражаться согласно своему обету?

Храмовник уже собрался дать гневный ответ на эти слова, но аббат вмешался в разговор, выразив удивление, как это проводник, давно покинувший эти места, до сих пор ещё так хорошо помнит все лесные тропинки.

— Я здешний уроженец, — отвечал проводник.

И в ту же минуту они очутились перед жилищем Седрика. Это было огромное, неуклюжее здание с несколькими внутренними дворами и оградами. Его размеры указывали на богатство хозяина, однако оно резко отличалось от высоких, обнесённых каменными стенами и защищённых зубчатыми башнями замков, где жили норманские дворяне; впоследствии эти дворянские жилища стали типичным архитектурным стилем во всей Англии.

Впрочем, и в Ротервуде имелась защита. В те смутные времена ни одно поместье не могло обойтись без укреплений, иначе оно немедленно было бы разграблено и сожжено. Вокруг всей усадьбы шёл глубокий ров, наполненный водой из соседней речки. По обеим сторонам этого рва проходил двойной частокол из заострённых брёвен, которые доставлялись из соседних лесов. С западной стороны в наружной ограде были сделаны ворота; подъёмный мост вёл от них к воротам внутренней ограды. Особые выступы по бокам ворот давали возможность обстреливать противника перекрёстным огнём из луков и пращей.

Остановившись перед воротами, храмовник громко и нетерпеливо затрубил в рог. Нужно было торопиться, так как дождь, который так долго собирался, полил в эту минуту как из ведра.

Глава III

Тогда — о горе! — доблестный
Саксонец,
Золотокудрый и голубоглазый,
Пришёл из края, где пустынный берег
Внимает рёву Северного моря.
Томсон, «Свобода»

В просторном, но низком зале, на большом дубовом столе, сколоченном из грубых, плохо оструганных досок, приготовлена была вечерняя трапеза Седрика Сакса.

Комнату ничто не отделяло от неба, кроме крыши, крытой тёсом и тростником и поддерживаемой крепкими стропилами и перекладинами.

В противоположных концах зала находились огромные очаги, их трубы были устроены так плохо, что большая часть дыма оставалась в помещении. От постоянной копоти бревенчатые стропила и перекладины под крышей были густо покрыты глянцевитой коркой сажи, как чёрным лаком. По стенам висели различные принадлежности охоты и боевого вооружения, а в углах зала были створчатые двери, которые вели в другие комнаты обширного дома.

Вся обстановка отличалась суровой саксонской простотой, которой гордился Седрик. Пол был сделан из глины с известью, сбитой в плотную массу, какую и поныне нередко можно встретить в наших амбарах. В одном конце зала пол был немного приподнят; на этом месте, называвшемся почётным помостом, могли сидеть только старшие члены семейства и наиболее уважаемые гости. Поперёк помоста стоял стол, покрытый дорогой красной скатертью; от середины его вдоль нижней части зала тянулся другой, предназначенный для трапез домашней челяди и простолюдинов.

Все столы вместе имели сходство с формой буквы «Т» или с теми старинными обеденными столами, сделанными по тому же принципу, какие и теперь встречаются в старомодных колледжах Оксфорда и Кембриджа. Вокруг главного стола на помосте стояли крепкие стулья и кресла из резного дуба. Над помостом был устроен суконный балдахин, который до некоторой степени защищал сидевших там важных лиц от дождя, пробивавшегося сквозь плохую крышу.

Возле помоста на стенах висели пёстрые, с грубым рисунком, драпировки, а пол был устлан таким же ярким ковром. Над длинным нижним столом, как мы уже говорили, совсем не было никакого потолка, не было ни балдахина, ни драпировок на грубо выбеленных стенах, ни ковра на глиняном полу; вместо стульев тянулись массивные скамьи.

У середины верхнего стола стояли два кресла повыше остальных, предназначавшиеся для хозяйки и хозяина, которые присутствовали и возглавляли все трапезы и потому носили почётное звание «Раздаватели хлеба». К каждому из этих кресел была подставлена скамеечка для ног, украшенная резьбой и узором из слоновой кости, что указывало на особое отличие тех, кому они принадлежали.

На одном из этих кресел сидел сейчас Седрик Сакс, нетерпеливо ожидая ужина. Хотя он был по своему званию не более как тан или, как называли его норманны, Франклин, однако всякое опоздание обеда или ужина приводило его в не меньшее раздражение, чем любого олдермена старого или нового времени.

По лицу Седрика было видно, что он человек прямодушный, нетерпеливый и вспыльчивый. Среднего роста, широкоплечий, с длинными руками, он отличался крепким телосложением человека, привыкшего переносить суровые лишения на войне или усталость на охоте. Голова его была правильной формы, зубы белые, широкое лицо с большими голубыми глазами дышало смелостью и прямотой и выражало такое благодушие, которое легко сменяется вспышками внезапного гнева. В его глазах блистали гордость и постоянная настороженность, потому что этот человек всю жизнь защищал свои права, посягательства на которые непрестанно повторялись, а его скорый, пылкий и решительный нрав всегда держал его в тревоге за своё исключительное положение. Длинные русые волосы Седрика, разделённые ровным пробором, шедшим от темени до лба, падали на плечи; седина едва пробивалась в них, хотя ему шёл шестидесятый год.

На нём был кафтан зелёного цвета, отделанный у ворота и обшлагов серым мехом, который ценится ниже горностая и выделывается, как полагают, из шкурок серой белки. Кафтан не был застёгнут, и под ним виднелась узкая, плотно прилегающая к телу куртка из красного сукна. Штаны из такого же материала доходили лишь до колен, оставляя голени обнажёнными. Его обувь была той же формы, что и у его крестьян, но из лучшей кожи и застёгивалась спереди золотыми пряжками. На руках он носил золотые браслеты, на шее — широкое ожерелье из того же драгоценного металла, вокруг талии — пояс, богато выложенный драгоценными камнями; к поясу был прикреплён короткий прямой двусторонний меч с сильно заострённым концом. За его креслом висели длинный плащ из красного сукна, отороченный мехом, и шапка с нарядной вышивкой, составлявшие обычный выходной костюм богатого землевладельца. К спинке его кресла была прислонена короткая рогатина с широкой блестящей стальной головкой, служившая ему во время прогулок вместо трости или в качестве оружия.

Несколько слуг, одежды которых были как бы переходными ступенями между роскошным костюмом хозяина и грубой простотой одежды свинопаса Гурта, смотрели в глаза своему властелину и ожидали его приказаний. Из них двое или трое старших стояли на помосте, за креслом Седрика, остальные держались в нижней части зала. Были тут слуги и другой породы: три мохнатые борзые собаки из тех, с которыми охотились в ту пору за волками и оленями; несколько огромных поджарых гончих и две маленькие собачки, которых теперь называют терьерами.

Они с нетерпением ожидали ужина, но, угадывая своим особым собачьим чутьём, что хозяин не в духе, не решались нарушить его угрюмое молчание; быть может, они побаивались и белой дубинки, лежавшей возле его прибора и предназначенной для того, чтобы предупреждать назойливость четвероногих слуг. Один только страшный старый волкодав с развязностью избалованного любимца подсел поближе к почётному креслу и время от времени отваживался обратить на себя внимание хозяина, то кладя ему на колени свою большую лохматую голову, то тычась носом в его ладонь. Но даже и его отстраняли суровым окриком: «Прочь, Болдер, прочь! Не до тебя теперь!»

Дело в том, что Седрик, как мы уже заметили, был в дурном настроении. Леди Ровена, ездившая к вечерне в какую-то отдалённую церковь, только что вернулась домой и замешкалась у себя, меняя платье, промокшее под дождём. О Гурте не было ни слуху ни духу, хотя давно уже следовало пригнать стадо домой. Между тем времена стояли тревожные, и можно было опасаться, что стадо задержалось из-за встречи с разбойниками, которых в окрестных лесах было множество, или нападения какого-нибудь соседнего барона, настолько уверенного в своей силе, чтобы пренебречь чужой собственностью. А так как большая часть богатств саксонских помещиков заключалась именно в многочисленных стадах свиней, особенно в лесистых местностях, где эти животные легко находили корм, то у Седрика были основательные причины для беспокойства.

Вдобавок ко всему этому наш саксонский тан соскучился по любимому шуту Вамбе, который своими шутками приправлял вечернюю трапезу и придавал особый вкус вину и элю. Обычный час ужина Седрика давно миновал, а он ничего не ел с самого полудня, что всегда способно испортить настроение почтенному землевладельцу, как это нередко случается даже и в наше время. Он выражал своё неудовольствие отрывистыми замечаниями, то бормоча их про себя, то обращаясь к слугам, чаще всего к своему кравчему, подносившему ему для успокоения время от времени серебряный стаканчик с вином.

— Почему леди Ровена так замешкалась?

— Она сейчас придёт, только переменит головной убор, — отвечала одна из женщин с той развязностью, с какой любимая служанка госпожи обыкновенно разговаривает в наше время с главою семейства. — Вы же сами не захотите, чтобы она явилась к столу в одном чепце и в юбке, а уж ни одна дама в нашей округе не одевается скорее леди Ровены.

Такой неопровержимый довод как будто удовлетворил Сакса, который в ответ промычал что-то нечленораздельное, потом заметил:

— Дай бог, чтобы в следующий раз была бы ясная погода, когда она поедет в церковь святого Иоанна. Однако, — продолжал он, обращаясь к кравчему и внезапно повышая голос, словно обрадовавшись случаю сорвать свою досаду, не опасаясь возражений, — какого чёрта Гурт до сих пор торчит в поле? Того и гляди дождёмся плохих вестей о нашем стаде. А ведь он всегда был старательным и осмотрительным слугой! Я уже подумывал дать ему лучшую должность — хотел даже назначить его одним из своих телохранителей.

Тут кравчий Освальд скромно осмелился заметить, что сигнал к тушению огней был подан не более часа тому назад. Это заступничество было малоудачным, потому что кравчий коснулся предмета, упоминание о котором было невыносимо для слуха Сакса.

— Дьявол бы побрал этот сигнальный колокол, — воскликнул Седрик, — и того мучителя, который его выдумал, да и безголового раба, который смеет говорить о нём по-саксонски саксонским же ушам!.. Сигнальный колокол, — продолжал он, помолчав. — Как же… Сигнальный колокол заставляет порядочных людей гасить у себя огонь, чтобы в темноте воры и разбойники могли легче грабить. Да, сигнальный колокол! Реджинальд Фрон де Беф и Филипп де Мальвуазен знают пользу сигнального колокола не хуже самого Вильгельма Ублюдка и всех прочих норманских проходимцев, сражавшихся под Гастингсом. Того и гляди услышу, что моё имущество отобрано, чтобы спасти от голодной смерти их разбойничью шайку, которую они могут содержать только грабежами. Мой верный раб убит, моё добро украдено, а Вамба... Где Вамба? Кажется, кто-то говорил, что и он ушёл с Гуртом?

Освальд ответил утвердительно.

— Ну вот, час от часу не легче! Стало быть, и саксонского дурака тоже забрали служить норманскому лорду. Да и правда: все мы дураки, коли соглашаемся им служить и терпеть их насмешки; будь мы от рождения полоумными, и то у них было бы меньше оснований издеваться над нами. Но я отомщу! — воскликнул он, вскакивая с кресла и хватаясь за рогатину при одной мысли о воображаемой обиде. — Я подам жалобу в Главный совет — у меня есть друзья, есть и сторонники. Я вызову норманна на честный бой, как подобает мужчине. Пускай выступит в панцире, в кольчуге, во всех доспехах, придающих трусу отвагу. Мне случалось вот таким же дротиком пробивать ограды втрое толще их боевых щитов. Может, они считают меня стариком, но я им покажу, что, хотя я и одинок и бездетен, всё-таки в жилах Седрика течёт кровь Херварда! О Уилфред, Уилфред, — произнёс он горестно, — если бы ты мог победить свою безрассудную страсть, твой отец не оставался бы на старости лет как одинокий дуб, простирающий свои поломанные и оголённые ветви навстречу налетающей буре!

Эти мысли, по-видимому, превратили его гнев в тихую печаль. Он отложил в сторону дротик, сел на прежнее место, понурил голову и глубоко задумался. Вдруг его размышления прервал громкий звук рога; в ответ на него все собаки в зале, да ещё штук тридцать псов со всей усадьбы, подняли оглушительный лай и визг. Белой дубинке и слугам пришлось немало потрудиться, пока удалось утихомирить псов.

— Эй, слуги, ступайте же к воротам! — сказал Седрик, как только в зале поутихло и можно было расслышать его слова. — Узнайте, какие вести принёс нам этот рог. Посмотрим, какие бесчинства и хищения учинены в моих владениях.

Минуты через три возвратившийся слуга доложил, что приор Эймер из аббатства Жорво и добрый рыцарь Бриан де Буагильбер, командор доблестного и досточтимого ордена храмовников, с небольшою свитой просят оказать им гостеприимство и дать ночлег на пути к месту турнира, назначенного неподалёку от Ашби де ла Зуш на послезавтра.

— Эймер? Приор Эймер? И Бриан де Буагильбер? — бормотал Седрик. — Оба норманны... Но это всё равно, норманны они или саксы, — Ротервуд не должен отказать им в гостеприимстве. Добро пожаловать, раз пожелали здесь ночевать. Приятнее было бы, если б они проехали дальше. Но неприлично отказать путникам в ужине и ночлеге; впрочем, я надеюсь, что в качестве гостей и норманны будут держать себя поскромнее. Ступай, Гундиберт, — прибавил он, обращаясь к дворецкому, стоявшему за его креслом с белым жезлом в руке. — Возьми с собой полдюжины слуг и проводи приезжих в помещение для гостей. Позаботься об их лошадях и мулах и смотри, чтобы никто из их свиты ни в чём не терпел недостатка. Дай им переодеться, если пожелают, разведи огонь, подай воды для омовения, поднеси вина и эля. Поварам скажи, чтобы поскорее прибавили что-нибудь к нашему ужину, и вели подавать на стол, как только гости будут готовы. Скажи им, Гундиберт, что Седрик и сам бы вышел приветствовать их, но не может, потому что дал обет не отходить дальше трех шагов от своего помоста навстречу гостям, если они не принадлежат к саксонскому королевскому дому. Иди. Смотри, чтобы всё было как следует: пусть эти гордецы не говорят потом, что грубиян Сакс показал себя жалким скупцом.

Дворецкий и несколько слуг ушли исполнять приказания хозяина, а Седрик обратился к кравчему Освальду и сказал:

— Приор Эймер... Ведь это, если не ошибаюсь, родной брат того самого Жиля де Мольверера, который ныне стал лордом Миддлгемом.

Освальд почтительно наклонил голову в знак согласия.

— Его брат занял замок и отнял земли и владения, принадлежавшие гораздо более высокому роду — роду Уилфгора

Миддлгемского. А разве все норманские лорды поступают иначе? Этот приор, говорят, довольно весёлый поп и предпочитает кубок с вином и охотничий рог колокольному звону и требнику. Ну, да что говорить. Пускай войдёт, я приму его с честью. А как ты назвал того, храмовника?

— Бриан де Буагильбер.

— Буагильбер? — повторил в раздумье Седрик, как бы рассуждая сам с собой, как человек, который живёт среди подчинённых и привык скорее обращаться к себе самому, чем к другим, — Буагильбер?.. Это имя известное. Много говорят о нём и доброго и худого. По слухам, это один из храбрейших рыцарей ордена Храма, но он погряз в обычных для них пороках: горд, дерзок, злобен и сластолюбив. Говорят, что это человек жестокосердый, что он не боится никого ни на земле, ни на небе. Так отзываются о нём те немногие воины, что воротились из Палестины. А впрочем, он переночует у меня только одну ночь; ничего, милости просим и его. Освальд, начни бочку самого старого вина; подай к столу лучшего мёду, самого крепкого эля, самого душистого мората, шипучего сидра, пряного пигмента и налей самые большие кубки! Храмовники и аббаты любят добрые вина и большие кубки. Эльгита, доложи леди Ровене, что мы не станем сегодня ожидать её выхода к столу, если только на то не будет её особого желания.

— Сегодня у неё будет особое желание, — отвечала Эльгита без запинки, — последние новости из Палестины ей всегда интересно послушать.

Седрик метнул на бойкую служанку гневный взор. Однако леди Ровена и все, кто ей прислуживал, пользовались особыми привилегиями и были защищены от его гнева. Он сказал только:

— Придержи язык! Иди передай твоей госпоже моё поручение, и пусть она поступает как ей угодно. По крайней мере здесь внучка Альфреда может повелевать как королева.

Эльгита ушла из зала.

— Палестина! — проговорил Сакс. — Палестина... Сколько ушей жадно прислушивается к басням, которые приносят из этой роковой страны распутные крестоносцы и лицемерные пилигримы. И я бы мог спросить, и я бы мог осведомиться и с замирающим сердцем слушать сказки, которые рассказывают эти хитрые бродяги, втираясь в наши дома и пользуясь нашим гостеприимством... Но нет, сын, который меня ослушался, — не сын мне, и я забочусь о его судьбе не более, чем об участи самого недостойного из тех людишек, которые, пришивая себе на плечо крест, предаются распутству и убийствам да ещё уверяют, будто так угодно богу.

Нахмурив брови, он опустил глаза и минуту сидел в таком положении. Когда же он снова поднял взгляд, створчатые двери в противоположном конце зала распахнулись настежь, и, предшествуемые дворецким с жезлом и четырьмя слугами с пылающими факелами, поздние гости вошли в зал.

ГЛАВА IV

Свиней, козлов, баранов кровь текла;
На мрамор туша брошена вола;
Вот мясо делят, жарят на огне,
И свет играет в розовом вине.
Без почестей Улисс на пир пришёл:
Его в сторонке за треногий стол
Царевич усадил…

«Одиссея», книга 21

Аббат Эймер воспользовался удобным случаем, чтобы сменить костюм для верховой езды на ещё более великолепный, поверх которого надел затейливо вышитую мантию. Кроме массивного золотого перстня, являвшегося знаком его духовного сана, он носил ещё множество колец с драгоценными камнями, хотя это и запрещалось монастырским уставом, обувь его была из тончайшего испанского сафьяна, борода подстрижена так коротко, как только это допускалось его саном, темя прикрыто алой шапочкой с нарядной вышивкой.

Храмовник тоже переоделся — его костюм был тоже богат, хотя и не так старательно и замысловато украшен, но сам он производил более величественное впечатление, чем его спутник. Он снял кольчугу и вместо неё надел тунику из тёмно-красной шёлковой материи, опушённую мехом, а поверх неё — длинный белоснежный плащ, ниспадавший крупными складками. Восьмиконечный крест его ордена, вырезанный из чёрного бархата, был нашит на белой мантии. Он снял свою высокую дорогую шапку: густые чёрные как смоль кудри, под стать смуглой коже, красиво обрамляли его лоб. Осанка и поступь, полные величавой грации, были бы очень привлекательны, если бы не надменное выражение лица, говорившее о привычке к неограниченной власти.

Вслед за почётными гостями вошли их слуги, а за ними смиренно вступил в зал и проводник, в наружности которого не было ничего примечательного, кроме одежды пилигрима. С ног до головы он был закутан в просторный плащ из чёрной саржи, который напоминал нынешние гусарские плащи с такими же висячими клапанами вместо рукавов и назывался склавэн, или славянский. Грубые сандалии, прикреплённые ремнями к обнажённым ногам, широкополая шляпа, обшитая по краям раковинами, окованный железом длинный посох с привязанной к верхнему концу пальмовой ветвью дополняли костюм паломника. Он скромно вошёл позади всех и, видя, что у нижнего стола едва найдётся место для прислуги Седрика и свиты его гостей, отошёл к очагу и сел на скамейку под его навесом. Там он стал сушить своё платье, терпеливо дожидаясь, когда у стола случайно очистится для него место или дворецкий даст ему чего-нибудь поесть тут же у очага.

Седрик с величавой приветливостью встал навстречу гостям, сошёл с почётного помоста и, ступив три шага им навстречу, остановился.

— Сожалею, — сказал он, — достопочтенный приор, что данный мною обет воспрещает мне двинуться далее навстречу даже таким гостям, как ваше преподобие и этот доблестный рыцарь-храмовник. Но мой дворецкий должен был объяснить вам причину моей кажущейся невежливости. Прошу вас также извинить, что буду говорить с вами на моём родном языке, и вас попрошу сделать то же, если вы настолько знакомы с ним, что это вас не затруднит; в противном случае я сам настолько разумею по-нормански, что разберу то, что вы пожелаете мне сказать.

— Обеты, — сказал аббат, — следует соблюдать, почтенный франклин, или, если позволите так выразиться, почтенный тан, хотя этот титул уже несколько устарел. Обеты суть те узы, которые связуют нас с небесами, или те вервии, коими жертва прикрепляется к алтарю; а потому, как я уже сказал, их следует держать и сохранять нерушимо, если только не отменит их святая наша матьцерковь. Что же касается языка, я очень охотно объяснюсь на том наречии, на котором говорила моя покойная бабушка Хильда Миддлгемская, блаженная кончина которой была весьма сходна с кончиною её достославной тёзки, если позволительно так выразиться, блаженной памяти святой и преподобной Хильды в аббатстве Витби — упокой боже её душу!

Когда приор кончил эту речь, произнесённую с самыми миролюбивыми намерениями, храмовник сказал отрывисто и внушительно:

— Я всегда говорил по-французски, на языке короля Ричарда и его дворян; но понимаю английский язык настолько, что могу объясниться с уроженцами здешней страны.

Седрик метнул на говорившего один из тех нетерпеливых взоров, которыми почти всегда встречал всякое сравнение между нациями-соперницами; но, вспомнив, к чему его обязывали законы гостеприимства, подавил свой гнев и движением руки пригласил гостей сесть на кресла пониже его собственного, но рядом с собою, после чего велел подавать кушанья.

Прислуга бросилась исполнять приказание, и в это время Седрик увидел свинопаса Гурта и его спутника Вамбу, которые только что вошли в зал.

— Позвать сюда этих бездельников! — нетерпеливо крикнул Седрик.

Когда провинившиеся рабы подошли к помосту, он спросил:

— Это что значит, негодяи? Почему ты, Гурт, сегодня так замешкался? Что ж, пригнал ты своё стадо домой, мошенник, или бросил его на поживу бродягам и разбойникам?

— Стадо всё цело, как угодно вашей милости, — ответил Гурт.

— Но мне вовсе не угодно, мошенник, — сказал Седрик, — целых два часа проводить в тревоге, представлять себе разные несчастия и придумывать месть соседям за те обиды, которых они мне не причиняли! Помни, что в другой раз колодки и тюрьма будут тебе наказанием за подобный проступок.

Зная вспыльчивый нрав хозяина, Гурт и не пытался оправдываться; но шут, которому многое прощалось, мог рассчитывать на большую терпимость со стороны Седрика и поэтому решился ответить за себя и за товарища:

— Поистине, дядюшка Седрик, ты сегодня совсем не дело говоришь.

— Что такое? — отозвался хозяин. — Я тебя пошлю в сторожку и прикажу выдрать, если ты будешь давать волю своему дурацкому языку!

— А ты сперва ответь мне, мудрый человек, — сказал Вамба, — справедливо и разумно ли наказывать одного за провинности другого?

— Конечно, нет, дурак.

— Так что же ты грозишься заковать в кандалы бедного Гурта, дядюшка, за грехи его собаки Фангса? Я готов хоть сейчас присягнуть, что мы ни единой минуты не замешкались в дороге, как только собрали стадо, а Фангс еле-еле успел загнать их к тому времени, когда мы услышали звон к вечерне.

— Стало быть, Фангса и повесить, — поспешно объявил Седрик, обращаясь к Гурту, — он виноват. А себе возьми другую собаку.

— Постой, постой, дядюшка, — сказал шут, — ведь и такое решение, выходит, не совсем справедливо: чем же виноват Фангс, коли он хромает и не мог быстро собрать стадо? Это вина того, кто обстриг ему когти на передних лапах; если б Фангса спросили, так, верно, бедняга не согласился бы на эту операцию.

— Кто же осмелился так изувечить собаку, принадлежащую моему рабу? — спросил Сакс, мигом приходя в ярость.

— Да вот старый Губерт её изувечил, — отвечал Вамба, — начальник охоты у сэра Филиппа Мальвуазена. Он поймал Фангса в лесу и заявил, будто тот гонялся за оленем. А это, видишь ли, запрещено хозяином. А сам он лесной сторож, так вот…

— Чёрт бы побрал этого Мальвуазена, да и его сторожа! — воскликнул Седрик. — Я им докажу, что этот лес не входит в число охотничьих заповедников, установленных великой лесной хартией… Но довольно об этом. Ступай, плут, садись на своё место.

А ты. Гурт, достань себе другую собаку, и если этот сторож осмелится тронуть её, я его отучу стрелять из лука. Будь я проклят, как трус, если не отрублю ему большого пальца на правой руке! Тогда он перестанет стрелять… Прошу извинить, почтенные гости. Мои соседи — не лучше ваших язычников в Святой Земле, сэр рыцарь. Однако ваша скромная трапеза уже перед вами. Прошу откушать, и пусть добрые пожелания, с какими предлагаются вам эти яства, вознаградят вас за их скромность.

Угощение, расставленное на столах, не нуждалось, однако, в извинениях хозяина дома. На нижний стол было подано свиное мясо, приготовленное различными способами, а также множество кушаний из домашней птицы, оленины, козлятины, зайцев и рыбы, не говоря уже о больших караваях хлеба, печенье и всевозможных сластях, варенных из ягод и мёда. Мелкие сорта дичи, которой было также большое количество, подавались не на блюдах, а на деревянных спицах или вертелах. Пажи и прислуга предлагали их каждому из гостей по порядку; гости уже сами брали себе столько, сколько им хотелось. Возле каждого почётного гостя стоял серебряный кубок; на нижнем столе пили из больших рогов.

Только что собрались приняться за еду, как дворецкий поднял жезл и громко произнёс:

— Прошу прощения — место леди Ровене! Позади почётного стола, в верхнем конце зала, отворилась боковая дверь, и на помост взошла леди Ровена в сопровождении четырех прислужниц.

Седрик был удивлён и недоволен тем, что его воспитанница по такому случаю появилась на людях, тем не менее он поспешил ей навстречу и, взяв за руку, с почтительной торжественностью подвёл к предназначенному для хозяйки дома креслу на возвышении, по правую руку от своего места. Все встали при её появлении. Ответив безмолвным поклоном на эту любезность, она грациозно проследовала к своему месту за столом. Но не успела она сесть, как храмовник шепнул аббату:

— Не носить мне вашей золотой цепи на турнире, а хиосское вино принадлежит вам!

— А что я вам говорил? — ответил аббат. — Но умерьте свои восторги — франклин наблюдает за вами.

Бриан де Буагильбер, привыкший считаться только со своими желаниями, не обратил внимания на это предостережение и впился глазами в саксонскую красавицу, которая, вероятно, тем более поразила его, что ничем не была похожа на восточных султанш.

Ровена была прекрасно сложена и высока ростом, но не настолько высока, однако ж, чтобы это бросалось в глаза. Цвет её кожи отличался ослепительной белизной, а благородные очертания головы и лица были таковы, что исключали мысль о бесцветности, часто сопровождающей красоту слишком белокожих блондинок. Ясные голубые глаза, опушённые длинными ресницами, смотрели из-под тонких бровей каштанового цвета, придававших выразительность её лбу. Казалось, глаза эти были способны как воспламенять, так и умиротворять, как повелевать, так и умолять. Кроткое выражение больше всего шло к её лицу. Однако привычка ко всеобщему поклонению и к власти над окружающими придала этой саксонской девушке особую величавость, дополняя то, что дала ей сама природа. Густые волосы светлорусого оттенка, завитые изящными локонами, были украшены драгоценными камнями и свободно падали на плечи, что в то время было признаком благородного происхождения. На шее у неё висела золотая цепочка с подвешенным к ней маленьким золотым ковчегом. На обнажённых руках сверкали браслеты. Поверх её шёлкового платья цвета морской воды было накинуто другое, длинное и просторное, ниспадавшее до самой земли, с очень широкими рукавами, доходившими только до локтей. К этому платью пунцового цвета, сотканному из самой тонкой шерсти, была прикреплена лёгкая шёлковая вуаль с золотым узором. Эту вуаль при желании можно было накинуть на лицо и грудь, на испанский лад, или набросить на плечи.

Когда Ровена заметила устремлённые на неё глаза храмовника с загоревшимися в них, словно искры на углях, огоньками, она с чувством собственного достоинства опустила покрывало на лицо в знак того, что столь пристальный взгляд ей неприятен. Седрик увидел её движение и угадал его причину.

— Сэр рыцарь, — сказал он, — лица наших саксонских девушек видят так мало солнечных лучей, что не могут выдержать столь долгий и пристальный взгляд крестоносца.

— Если я провинился, — отвечал сэр Бриан, — прошу у вас прощения, то есть прошу леди Ровену простить меня; далее этого не может идти моё смирение.

— Леди Ровена, — сказал аббат, — желая покарать смелость моего друга, наказала всех нас. Надеюсь, что она не будет столь жестока к тому блестящему обществу, которое мы встретим на турнире.

— Я ещё не знаю, отправимся ли мы на турнир, — сказал Седрик. — Я не охотник до этих суетных забав, которые были неизвестны моим предкам в ту пору, когда Англия была свободна.

— Тем не менее, — сказал приор, — позвольте нам надеяться, что в сопровождении нашего отряда вы решитесь туда отправиться. Когда дороги так небезопасны, не следует пренебрегать присутствием сэра Бриана де Буагильбера.

— Сэр приор, — отвечал Сакс, — где бы я ни путешествовал в этой стране, до сих пор я не нуждался ни в чьей защите, помимо собственного доброго меча и верных слуг. К тому же, если мы надумаем поехать в Ашби де ла Зуш, нас будет сопровождать мой благородный сосед Ательстан Конингсбургский с такой свитой, что нам не придётся бояться ни разбойников, ни феодалов. Поднимаю этот бокал за ваше здоровье, сэр приор, — надеюсь, что вино моё вам по вкусу, — и благодарю вас за любезность. Если же вы так строго придерживаетесь монастырского устава, — прибавил он, — что предпочитаете пить кислое молоко, надеюсь, что вы не будете стесняться и не станете пить вино из одной только вежливости.

— Нет, — возразил приор, рассмеявшись, — мы ведь только в стенах монастыря довольствуемся свежим или кислым молоком, в миру же мы поступаем как миряне; поэтому я отвечу на ваш любезный тост, подняв кубок этого честного вина, а менее крепкие напитки предоставляю моему послушнику.

— А я, — сказал храмовник, наполняя свой бокал, — пью за здоровье прекрасной Ровены. С того дня как ваша тёзка вступила в пределы Англии, эта страна не знала женщины, более достойной поклонения. Клянусь небом, я понимаю теперь несчастного Вортигерна! Будь перед ним хотя бы бледное подобие той красоты, которую мы видим, и то этого было бы достаточно, чтобы забыть о своей чести и царстве.

— Я не хотела бы, чтобы вы расточали столько любезностей, сэр рыцарь, — сказала Ровена с достоинством и не поднимая покрывала, — лучше я воспользуюсь вашей учтивостью, чтобы попросить вас сообщить нам последние новости о Палестине, так как это предмет, более приятный для нашего английского слуха, нежели все комплименты, внушаемые вам вашим французским воспитанием.

— Не много могу сообщить вам интересного, леди, — отвечал Бриан де Буагильбер. — Могу лишь подтвердить слухи о том, что с Саладином заключено перемирие.

Его речь была прервана Вамбой. Шут пристроился шагах в двух позади кресла хозяина, который время от времени бросал ему подачки со своей тарелки. Впрочем, такой же милостью пользовались и любимые собаки, которых, как мы уже видели, в зале было довольно много. Вамба сидел перед маленьким столиком на стуле с вырезанными на спинке ослиными ушами. Подсунув пятки под перекладину своего стула, он так втянул щёки, что его челюсти стали похожи на щипцы для орехов, и наполовину зажмурил глаза, что не мешало ему ко всему прислушиваться, чтобы не упустить случая совершить одну из тех проделок, которые ему разрешались.

— Уж эти мне перемирия! — воскликнул он, не обращая внимания на то, что внезапно перебил речь величавого храмовника. — Они меня совсем состарили!

— Как, плут? Что это значит? — сказал Седрик, с явным удовольствием ожидая, какую шутку выкинет шут.

— А то как же, — отвечал Вамба. — На моём веку было уже три таких перемирия, и каждое — на пятьдесят лет. Стало быть, выходит, что мне полтораста лет.

— Ну, я ручаюсь, что ты умрёшь не от старости, — сказал храмовник, узнавший в нём своего лесного знакомца. — Тебе на роду написано умереть насильственной смертью, если ты будешь так показывать дорогу проезжим, как сегодня приору и мне.

— Как так, мошенник? — воскликнул Седрик. — Сбивать с дороги проезжих! Надо будет тебя постегать: ты, значит, такой же плут, как и дурак.

— Сделай милость, дядюшка, — сказал шут, — на этот раз позволь моей глупости заступиться за моё плутовство. Я только тем и провинился, что перепутал, которая у меня правая рука, а которая левая. А тому, кто спрашивает у дурака совета и указания, надо быть поснисходительнее.

Тут разговор был прерван появлением слуги, которого привратник прислал доложить, что у ворот стоит странник и умоляет впустить его на ночлег.

— Впустить его, — сказал Седрик, — кто бы он ни был, всё равно. В такую ночь, когда гроза бушует на дворе, даже дикие звери жмутся к стадам и ищут покровительства у своего смертельного врага — человека, лишь бы не погибнуть от расходившихся стихий. Дайте ему всё, в чём он нуждается. Освальд, присмотри за этим хорошенько.

Кравчий тотчас вышел из зала и отправился исполнять приказания хозяина.

Глава V

Разве у евреев нет глаз?

Разве у них нет рук, органов, членов тела, чувств, привязанностей, страстей? Разве не та же самая пища насыщает его, разве не то же оружие ранит его, разве он не подвержен тем же недугам, разве не те же лекарства исцеляют его, разве не согревают и не студят его те же лето и зима, как и христианина?

«Венецианский купец»

Освальд воротился и, наклонившись к уху своего хозяина, прошептал:

— Это еврей, он назвал себя Исааком из Йорка. Хорошо ли будет, если я приведу его сюда?

— Пускай Гурт исполняет твои обязанности, Освальд, — сказал Вамба с обычной наглостью. — Свинопас как раз подходящий церемониймейстер для еврея.

— Пресвятая Мария, — молвил аббат, осеняя себя крёстным знамением, — допускать еврея в такое общество!

— Как! — отозвался храмовник. — Чтобы собака еврей приблизился к защитнику святого гроба!

— Вишь ты, — сказал Вамба, — значит, храмовники любят только еврейские денежки, а компании их не любят!

— Что делать, почтенные гости, — сказал Седрик, — я не могу нарушить законы гостеприимства, чтобы угодить вам. Если господь бог терпит долгие века целый народ упорных еретиков, можно и нам потерпеть одного еврея в течение нескольких часов. Но я никого не стану принуждать общаться с ним или есть вместе с ним. Дайте ему отдельный столик и покормите особо. А впрочем, — прибавил он, улыбаясь, — быть может, вон те чужеземцы в чалмах примут его в свою компанию?

— Сэр франклин, — отвечал храмовник, — мои сарацинские невольники — добрые мусульмане и презирают евреев ничуть не меньше, чем христиане.

— Клянусь, уж я не знаю, — вмешался Вамба, — чем поклонники Махмуда и Термаганта лучше этого народа, когда-то избранного самим богом!

— Ну, пусть он сядет рядом с тобой, Вамба, — сказал Седрик. — Дурак и плут — хорошая пара.

— А дурак сумеет по-своему отделаться от плута, — сказал Вамба, потрясая в воздухе костью от свиного окорока.

— Тсс!.. Вот он идёт, — сказал Седрик.

Впущенный без всяких церемоний, в зал боязливой и нерешительной поступью вошёл худощавый старик высокого роста; он на каждом шагу отвешивал смиренные поклоны и казался ниже, чем был на самом деле, от привычки держаться в согбенном положении. Черты его лица были тонкие и правильные; орлиный нос, проницательные чёрные глаза, высокий лоб, изборождённый морщинами, длинные седые волосы и большая борода могли бы производить благоприятное впечатление, если бы не так резко изобличали его принадлежность к племени, которое в те тёмные века было предметом отвращения для суеверных и невежественных простолюдинов, а со стороны корыстного и жадного дворянства подвергалось самому лютому преследованию.

Одежда еврея, значительно пострадавшая от непогоды, состояла из простого бурого плаща и тёмно-красного хитона. На нём были большие сапоги, отороченные мехом, и широкий пояс, за который были заткнуты небольшой ножик и коробка с письменными принадлежностями. На голове у него была высокая четырехугольная жёлтая шапка особого фасона: закон повелевал евреям носить их, в знак отличия от христиан. При входе в зал он смиренно снял шапку.

Приём, оказанный этому человеку под кровом Седрика Сакса, удовлетворил бы требованиям самого ярого противника израильского племени. Сам Седрик в ответ на многократные поклоны еврея только кивнул головой и указал ему на нижний конец стола. Однако там никто не потеснился, чтобы дать ему место. Когда он проходил вдоль ряда ужинавших, бросая робкие и умоляющие взгляды на каждого из сидевших за нижним концом стола, слуги-саксы нарочно расставляли локти и, приподняв плечи, продолжали поглощать свой ужин, не обращая ни малейшего внимания на нового гостя. Монастырская прислуга крестилась, оглядываясь на него с благочестивым ужасом; даже сарацины, когда Исаак проходил мимо них, начали гневно крутить усы и хвататься за кинжалы, готовые самыми отчаянными мерами предотвратить его приближение.

Очень вероятно, что по тем же причинам, которые побудили Седрика принять под свой кров потомка отверженного народа, он настоял бы и на том, чтобы его люди обошлись с Исааком учтивее, но как раз в ту пору аббат завёл с ним такой интересный разговор о породах и повадках его любимых собак, что Седрик никогда не прервал бы его и для более важного дела, чем вопрос о том, пойдёт ли еврей спать без ужина.

Исаак стоял в стороне от всех, тщетно ожидая, не найдётся ли для него местечка, где бы он мог присесть и отдохнуть. Наконец пилигрим, сидевший на скамье у камина, сжалился над ним, встал с места и сказал:

— Старик, моя одежда просохла, я уже сыт, а ты промок и голоден.

Сказав это, он сгрёб на середину широкого очага разбросанные и потухавшие поленья и раздул яркое пламя; потом пошёл к столу, взял чашку горячей похлёбки с козлёнком, отнёс её на столик, у которого сам ужинал, и, не дожидаясь изъявлений благодарности со стороны еврея, направился в противоположный конец зала: быть может, он не желал дальнейшего общения с тем, кому услужил, а может быть, ему просто захотелось стать поближе к почётному помосту.

Если бы в те времена существовали живописцы, способные передать подобный сюжет, фигура этого еврея, склонившегося перед огнём и согревающего над ним свои окоченевшие и дрожащие руки, могла бы послужить им хорошей натурой для изображения зимнего времени года. Несколько отогревшись, он с жадностью принялся за дымящуюся похлёбку и ел так поспешно и с таким явным наслаждением, словно давно не отведывал пищи.

Тем временем аббат продолжал разговаривать с Седриком об охоте; леди Ровена углубилась в беседу с одной из своих прислужниц, а надменный рыцарь Храма, поглядывая то на еврея, то на саксонскую красавицу, задумался о чём-то, по-видимому, очень для него интересном.

— Дивлюсь я вам, достопочтенный Седрик, — говорил аббат. — Неужели же вы при всей вашей большой любви к мужественной речи вашей родины не хотите признать превосходство нормано-французского языка во всём, что касается охотничьего искусства? Ведь ни в одном языке не найти такого обилия специальных выражений для охоты в поле и в лесу.

— Добрейший отец Эймер, — возразил Седрик, — да будет вам известно, что я вовсе не гонюсь за всеми этими заморскими тонкостями; я и без них очень приятно провожу время в лесах. Трубить в рог я умею, хоть не называю звук рога receat или mort[1], умею натравить собак на зверя, знаю, как лучше содрать с него шкуру и как его распластать, и отлично обхожусь без этих новомодных словечек: curee, arbor, nombles[2] и прочей болтовни в духе сказочного сэра Тристрама.

— Французский язык, — сказал храмовник со свойственной ему при всех случаях жизни надменной заносчивостью, — единственный приличный не только на охоте, но и в любви и на войне. На этом языке следует завоёвывать сердца дам и побеждать врагов.

---

[1] Receat (от старофранц. racheter — созывать) — сигнал для созывания охотничьих собак в начале или в конце охоты. Mort — сигнал охотничьего рога, означающий смерть затравленной добычи (от франц. mort — смерть).

[2] Французские охотничьи термины.

— Выпьем-ка с вами по стакану вина, сэр рыцарь, — сказал Седрик, — да кстати и аббату налейте! А я тем временем расскажу вам о том, что было лет тридцать тому назад. Тогда простая английская речь Седрика Сакса была приятна для слуха красавиц, хотя в ней и не было выкрутасов французских трубадуров. Когда мы сражались на полях Норталлертона, боевой клич сакса был слышен в рядах шотландского войска не хуже cri de guerre[1] храбрейшего из норманских баронов. Помянем бокалом вина доблестных бойцов, бившихся там. Выпейте вместе со мною, мои гости.

Он выпил свой стакан разом и продолжал с возрастающим увлечением:

— Сколько щитов было порублено в тот день! Сотни знамён развевались над головами храбрецов. Кровь лилась рекой, а смерть казалась всем краше бегства. Саксонский бард прозвал этот день праздником мечей, слётом орлов на добычу; удары секир и мечей по шлемам и щитам врагов, шум битвы и боевые клики казались певцу веселее свадебных песен. Но нет у нас бардов. Наши подвиги стёрты деяниями другого народа, наш язык, самые наши имена скоро предадут забвению. И никто не пожалеет об этом, кроме меня, одинокого старика... Кравчий, бездельник, наполняй кубки! За здоровье храбрых в бою, сэр рыцарь, к какому бы племени они ни принадлежали, на каком бы языке ни говорили! За тех, кто доблестнее всех воюет в Палестине в рядах защитников креста!

— Я сам ношу знамение креста, и мне не пристало говорить об этом, — сказал Бриан де Буагильбер, — но кому же другому отдать пальму первенства среди крестоносцев, как не рыцарям Храма — верным стражам гроба господня!

— Иоаннитам, — сказал аббат. — Мой брат вступил в этот орден.

— Я и не думаю оспаривать их славу, — сказал храмовник, — но...

---

[1] Боевого клича (франц.).

— А знаешь, дядюшка Седрик, — вмешался Вамба, — если бы Ричард Львиное Сердце был поумнее да послушался меня, дурака, сидел бы он лучше дома со своими весёлыми англичанами, а Иерусалим предоставил бы освобождать тем самым рыцарям, которые его сдали.

— Разве в английском войске никого не было, — сказала вдруг леди Ровена, — чьё имя было бы достойно стать наряду с именами рыцарей Храма и иоаннитов?

— Простите меня, леди, — отвечал де Буагильбер, — английский король привёл с собой в Палестину толпу храбрых воинов, которые уступали в доблести только тем, кто своею грудью непрерывно защищал Святую Землю.

— Никому они не уступали, — сказал пилигрим, который стоял поблизости и всё время с заметным нетерпением прислушивался к разговору.

Все взоры обратились в ту сторону, откуда раздалось это неожиданное утверждение.

— Я заявляю, — продолжал пилигрим твёрдым и сильным голосом, — что английские рыцари не уступали никому из обнаживших меч на защиту Святой Земли. Кроме того, скажу, что сам король Ричард и пятеро из его рыцарей после взятия крепости Сен-Жан д'Акр дали турнир и вызвали на бой всех желающих. Я сам видел это, потому и говорю. В тот день каждый из рыцарей трижды выезжал на арену и всякий раз одерживал победу. Прибавлю, что из числа их противников семеро принадлежали к ордену рыцарей Храма. Сэру Бриану де Буагильберу это очень хорошо известно, и он может подтвердить мои слова.

Невозможно описать тот неистовый гнев, который мгновенно вспыхнул на ещё более потемневшем лице смуглого храмовника. Разгневанный и смущённый, схватился он дрожащими пальцами за рукоять меча, но не обнажил его, вероятно сознавая, что расправа не пройдёт безнаказанно в таком месте и при таких свидетелях. Но простой и прямодушный Седрик, который не привык одновременно заниматься различными делами, так обрадовался известиям о доблести соплеменников, что не заметил злобы и растерянности своего гостя.

— Я бы охотно отдал тебе этот золотой браслет, пилигрим, — сказал он, — если бы ты перечислил имена тех рыцарей, которые так благородно поддержали славу нашей весёлой Англии.

— С радостью назову их по именам, — отвечал пилигрим, — и никакого подарка мне не надо: я дал обет некоторое время не прикасаться к золоту.

— Хочешь, друг пилигрим, я за тебя буду носить этот браслет? — сказал Вамба.

— Первым по доблести и воинскому искусству, по славе и по положению, им занимаемому, — начал пилигрим, — был храбрый Ричард, король Англии.

— Я его прощаю! — воскликнул Седрик. — Прощаю то, что он потомок тирана, герцога Вильгельма.

— Вторым был граф Лестер, — продолжал пилигрим, — а третьим — сэр Томас Малтон из Гилсленда.

— О, это сакс! — с восхищением сказал Седрик.

— Четвёртый — сэр Фолк Дойли, — молвил пилигрим.

— Тоже саксонец, по крайней мере с материнской стороны, — сказал Седрик, с величайшей жадностью ловивший каждое его слово. Охваченный восторгом по случаю победы английского короля и сородичей-островитян, он почти забыл свою ненависть к норманнам. — Ну, а кто же был пятый? — спросил он.

— Пятый был сэр Эдвин Торнхем.

— Чистокровный сакс, клянусь душой Хенгиста! — крикнул Седрик. — А шестой? Как звали шестого?

— Шестой, — отвечал пилигрим, немного помолчав и как бы собираясь с мыслями, — был совсем юный рыцарь, малоизвестный и менее знатный; его приняли в это почётное товарищество не столько ради его доблести, сколько для круглого счёта. Имя его стёрлось из моей памяти.

— Сэр пилигрим, — сказал Бриан де Буагильбер с пренебрежением, — такая притворная забывчивость после того, как вы успели припомнить так много, не достигнет цели. Я сам назову имя рыцаря, которому из-за несчастной случайности — по вине моей лошади — удалось выбить меня из седла. Его звали рыцарь Айвенго; несмотря на его молодость, ни один из его соратников не превзошёл Айвенго в искусстве владеть оружием. И я громко, при всех, заявляю, что, будь он в Англии и пожелай он на предстоящем турнире повторить тот вызов, который послал мне в Сен-Жан д'Акре, я готов сразиться с ним, предоставив ему выбор оружия. При том коне и вооружении, которыми я теперь располагаю, я отвечаю за исход поединка.

— Ваш вызов был бы немедленно принят, — отвечал пилигрим, — если бы ваш противник здесь присутствовал. А при настоящих обстоятельствах не подобает нарушать покой этого мирного дома, похваляясь победою в поединке, который едва ли может состояться. Но если Айвенго когда-либо вернётся из Палестины, я вам ручаюсь, что он будет драться с вами.

— Хороша порука! — возразил храмовник. — А какой залог вы мне можете предложить?

— Этот ковчег, — сказал пилигрим, вынув из-под плаща маленький ящик из слоновой кости и творя крёстное знамение. — В нём хранится частица настоящего креста господня, привезённая из Монт-Кармельского монастыря.

Приор аббатства Жорво тоже перекрестился и набожно стал читать вслух «Отче наш». Все последовали его примеру, за исключением еврея, мусульман и храмовника. Не обнаруживая никакого почтения к святыне, храмовник снял с шеи золотую цепь, швырнул её на стол и сказал:

— Прошу аббата Эймера принять на хранение мой залог и залог этого безымённого странника в знак того, что, когда рыцарь Айвенго вступит на землю, омываемую четырьмя морями Британии, он будет вызван на бой с Брианом де Буагильбером. Если же означенный рыцарь не ответит на этот вызов, он будет провозглашён мною трусом с высоты стен каждого из существующих в Европе командорств ордена храмовников.

— Этого не случится, — вмешалась леди Ровена, прерывая своё продолжительное молчание. — За отсутствующего Айвенго скажу я, если никто в этом доме не желает за него вступиться. Я заявляю, что он примет любой вызов на честный бой. Если бы моя слабая порука могла повысить значение бесценного залога, представленного этим праведным странником, я бы поручилась своим именем и доброй славой, что Айвенго даст этому гордому рыцарю желаемое удовлетворение.

В душе Седрика поднялся такой вихрь противоречивых чувств, что он не в состоянии был проронить ни слова во время этого спора. Радостная гордость, гнев, смущение сменялись на его открытом и честном лице, точно тени от облаков, пробегающих над сжатым полем. Домашние слуги, на которых имя Айвенго произвело впечатление электрической искры, затаив дыхание ждали, что будет дальше, не спуская глаз с хозяина. Но когда заговорила Ровена, её голос как будто заставил Седрика очнуться и прервать молчание.

— Леди Ровена, — сказал он, — это излишне. Если бы понадобился ещё залог, я сам, несмотря на то, что Айвенго жестоко оскорбил меня, готов своей собственной честью поручиться за его честь. Но, кажется, предложенных залогов и так достаточно — даже по модному уставу норманского рыцарства. Так ли я говорю, отец Эймер?

— Совершенно верно, — подтвердил приор, — ковчег со святыней и эту богатую цепь я отвезу в наш монастырь и буду хранить в ризнице до тех пор, пока это дело не получит должного исхода.

Он ещё несколько раз перекрестился, бормоча молитвы и совершая многократные коленопреклонения, и передал ковчег в руки сопровождавшего его монаха — брата Амвросия; потом уже без всякой церемонии, но, может быть, с неменьшим удовольствием сгрёб со стола золотую цепь и опустил её в надушённую сафьяновую сумку, висевшую у него на поясе.

— Ну, сэр Седрик, — сказал аббат, — ваше доброе вино так крепко, что у меня в ушах уже звонят к вечерне. Позвольте нам ещё раз выпить за здоровье леди Ровены, да и отпустите нас на отдых.

— Клянусь бромхольским крестом, — сказал Сакс, — вы плохо поддерживаете свою добрую славу, сэр приор. Молва отзывается о вас как об исправном монахе: говорят, будто вы только тогда отрываетесь от доброго вина, когда зазвонят к заутрене, и я на старости лет боялся осрамиться, состязаясь с вами. Клянусь честью, в моё время двенадцатилетний мальчишка-сакс дольше вашего просидел бы за столом.

Однако у приора были причины настойчиво придерживаться на этот раз правил умеренности. Он не только по своему званию был присяжным миротворцем, но и на деле терпеть не мог всяких ссор и столкновений. Это происходило, впрочем, не от любви к ближнему или к самому себе; он опасался вспыльчивости старого сакса и предвидел, что запальчивое высокомерие храмовника, уже не раз прорывавшееся наружу, в конце концов вызовет весьма неприятную ссору. Поэтому он стал распространяться о том, что по части выпивки ни один народ не может сравниться с крепкоголовыми и выносливыми саксами, намекнув даже, как бы мимоходом, на святость своего сана, и закончил настойчивой просьбой позволить удалиться на покой.

Вслед за тем прощальный кубок обошёл круг. Гости, низко поклонившись хозяину и леди Ровене, встали и разбрелись по залу, а хозяева в сопровождении ближайших слуг удалились в свои покои.

— Нечестивый пёс, — сказал храмовник еврею Исааку, проходя мимо него, — так ты тоже пробираешься на турнир?

— Да, собираюсь, — отвечал Исаак, смиренно кланяясь, — если угодно будет вашей досточтимой доблести.

— Как же, — сказал рыцарь, — затем и идёшь, чтобы своим лихоимством вытянуть все жилы из дворян, а женщин и мальчишек разорять красивыми безделушками. Готов поручиться, что твой кошелёк битком набит шекелями.

— Ни одного шекеля, ни единого серебряного пенни, ни полушки нет, клянусь богом Авраама! — сказал еврей, всплеснув руками. — Я иду просить помощи у собратий для уплаты налога, который взыскивает с меня палата еврейского казначейства. Да ниспошлёт мне удачу праотец Иаков. Я совсем разорился. Даже плащ, что я ношу, ссудил мне Рейбен из Тадкастера.

Храмовник жёлчно усмехнулся и проговорил:

— Проклятый лгун!

С этими словами он отошёл от еврея и, обратившись к своим мусульманским невольникам, сказал им что-то на языке, не известном никому из присутствующих.

Бедный старик был так ошеломлён обращением к нему воинственного монаха, что тот успел уже отойти на другой конец зала, прежде чем бедняга решился поднять голову и изменить свою униженную позу. Когда же он наконец выпрямился и оглянулся, лицо его выражало изумление человека, только что ослеплённого молнией и оглушённого громом.

Вскоре храмовник и аббат отправились в отведённые им спальни. Провожали их дворецкий и кравчий. При каждом из них шло по два прислужника с факелами, а ещё двое несли на подносах прохладительные напитки; в то же время другие слуги указывали свите храмовника и приора и остальным гостям места, где для них был приготовлен ночлег.

ГЛАВА VI

С ним подружусь, чтобы войти в доверье:
Получится — прекрасно, нет — прощай.
Но я прошу, меня не обессудь!
«Венецианский купец»

Когда пилигрим, сопровождаемый слугою с факелом, проходил по запутанным переходам этого огромного дома, построенного без определённого плана, его нагнал кравчий и сказал ему на ухо, что если он ничего не имеет против кружки доброго мёда, то в его комнате уже собралось много слуг, которым хотелось бы послушать рассказы о Святой Земле, а в особенности о рыцаре Айвенго. Вслед за кравчим с той же просьбой явился Вамба, уверяя, будто один стакан вина после полуночи стоит трех после сигнала к тушению огней.

Не оспаривая этого утверждения, исходившего от такого сведущего лица, пилигрим поблагодарил обоих за любезное приглашение, но сказал, что данный им обет воспрещает ему беседовать на кухне о том, о чём нельзя говорить за господским столом.

— Ну, такой обет, — сказал Вамба, обращаясь к кравчему, — едва ли подходит слуге.

— Я было собирался дать ему комнату на чердаке, — сказал кравчий, с досадой пожимая плечами, — но раз он не хочет водить компанию с добрыми христианами, пускай ночует рядом с Исааком. Энвольд, — продолжал он, обращаясь к факельщику, — проводи пилигрима в южную келью. Какова любезность, такова и благодарность. Спокойной ночи, сэр пилигрим.

— Спокойной ночи, и награди вас пресвятая дева, — невозмутимо отвечал пилигрим и последовал за своим провожатым.

В небольшой, освещённой простым железным фонарём прихожей, откуда несколько дверей вели в разные стороны, их остановила горничная леди Ровены, которая повелительным тоном объявила, что её госпожа желает поговорить с пилигримом, и, взяв факел из рук Энвольда и велев ему подождать своего возвращения, она подала знак пилигриму следовать за ней. По-видимому, пилигрим считал неприличным отклонить это приглашение, как отклонил предыдущее; по крайней мере он повиновался без всяких возражений, хотя и казалось, что он был удивлён таким приказанием.

Небольшой коридор и лестница, сложенная из толстых дубовых брёвен, привели его в комнату Ровены, грубое великолепие которой соответствовало почтительному отношению к ней хозяина дома. Все стены были завешены вышивками, на которых разноцветными шелками с примесью золотых и серебряных нитей были изображены различные эпизоды псовой и соколиной охоты. Постель под пурпурным пологом была накрыта богато вышитым покрывалом. На стульях лежали цветные подушки; перед одним стулом, более высоким, чем все остальные, стояла скамеечка из слоновой кости с затейливой резьбой.

Комната освещалась четырьмя восковыми факелами в серебряных подсвечниках. Однако напрасно современная красавица стала бы завидовать роскошной обстановке саксонской принцессы. Стены комнаты были так плохо проконопачены и в них были такие щели, что нарядные драпировки вздувались от ночного ветра. Жалкое подобие ширм защищало факелы от сквозняка, но, несмотря на это, их пламя постоянно колебалось от ветра, как развёрнутое знамя военачальника. Конечно, в убранстве комнаты чувствовалось богатство и даже некоторое изящество; но комфорта не было, а так как в те времена о нём не имели представления, то и отсутствие его не ощущалось.

Три горничные, стоя за спиной леди Ровены, убирали на ночь её волосы. Сама она сидела на высоком, похожем на трон стуле. Весь её вид и манеры были таковы, что, казалось, она родилась на свет для преклонения. Пилигрим сразу признал её право на это, склонив перед ней колени.

— Встань, странник, — сказала она приветливо, — заступник отсутствующих достоин ласкового приёма со стороны каждого, кто дорожит истиной и чтит мужество.

Потом, обратясь к своей свите, она сказала:

— Отойдите все, кроме Эльгиты. Я желаю побеседовать со святым пилигримом.

Девушки отошли в другой конец комнаты и сели на узкую скамью у самой стены, где оставались неподвижны и безмолвны, как статуи, хотя свободно могли бы шептаться, не мешая разговору их госпожи со странником.

Леди Ровена помолчала с минуту, как бы не зная, с чего начать, потом сказала:

— Пилигрим, сегодня вечером вы произнесли одно имя. Я хочу сказать, — продолжала она с усилием, — имя Айвенго; по законам природы и родства это имя должно было бы встретить более тёплый и благосклонный отклик в здешнем доме; но таковы странные превратности судьбы, что хотя у многих сердце дрогнуло при этом имени, но только я решаюсь вас спросить, где и в каких условиях оставили вы того, о ком упомянули. Мы слышали, что он задержался в Палестине из-за болезни и что после ухода оттуда английского войска он подвергся преследованиям со стороны французской партии, а нам известно, что к этой же партии принадлежат и храмовники.

— Я мало знаю о рыцаре Айвенго, — смущённо ответил пилигрим, — но я хотел бы знать больше, раз вы интересуетесь его судьбой. Кажется, он избавился от преследований своих врагов в Палестине и собирался возвратиться в Англию. Вам, леди, должно быть известно лучше, чем мне, есть ли у него здесь надежда на счастье.

Леди Ровена глубоко вздохнула и спросила, не может ли пилигрим сказать, когда именно следует ожидать возвращения рыцаря Айвенго на родину, а также не встретит ли он больших опасностей в пути.

Пилигрим ничего не мог сказать относительно времени возвращения Айвенго; что же касается второго вопроса леди Ровены, пилигрим уверил её, что путешествие может быть безопасным, если ехать через Венецию и Геную, а оттуда — через Францию и Англию.

— Айвенго, — сказал он, — так хорошо знает язык и обычаи французов, что ему ничто не угрожает в этой части его пути.

— Дай бог, — сказала леди Ровена, — чтобы он доехал благополучно и был в состоянии принять участие в предстоящем турнире, где всё рыцарство здешней страны собирается показать своё искусство и отвагу. Если приз достанется Ательстану Конингсбургскому, Айвенго может услышать недобрые вести по возвращении в Англию. Скажите мне, странник, как он выглядел, когда вы его видели в последний раз? Не уменьшил ли недуг его телесные силы и красоту?

— Он похудел и стал смуглее с тех пор, как прибыл в Палестину с острова Кипра в свите Ричарда Львиное Сердце. Мне казалось, что лицо его омрачено глубокой печалью. Но я не подходил к нему, потому что незнаком с ним.

— Боюсь, — молвила Ровена, — то, что он увидит на родине, не сгонит с его чела мрачной тени… Благодарю, добрый пилигрим, за вести о друге моего детства. Девушки, — обратилась она к служанкам, — подайте этому святому человеку вечерний кубок. Пора дать ему покой, я не хочу его задерживать долее.

Одна из девушек принесла серебряный кубок горячего вина с пряностями, к которому Ровена едва прикоснулась губами, после чего его подали пилигриму. Он низко поклонился и отпил немного.

— Прими милостыню, друг, — продолжала леди Ровена, подавая ему золотую монету. — Это — знак моего уважения к твоим тяжким трудам и к святыням, которые ты посетил.

Пилигрим принял дар, ещё раз низко поклонился и вслед за Эльгитой покинул комнату.

В коридоре его ждал слуга Энвольд. Взяв факел из рук служанки, Энвольд поспешно и без всяких церемоний повёл гостя в пристройку, где целый ряд чуланов служил для ночлега низшему разряду слуг и пришельцев простого звания.

— Где тут ночует еврей? — спросил пилигрим.

— Нечестивый пёс проведёт ночь рядом с вашим преподобием, — отвечал Энвольд. — Святой Дунстан, ну и придётся же после него скоблить и чистить этот чулан, чтобы он стал пригодным для христианина!

— А где спит Гурт, свинопас? — осведомился странник.

— Гурт, — отвечал слуга, — спит в том чулане, что по правую руку от вас, а еврей — по левую, держитесь подальше от сына этого неверного племени. Вам бы дали более почётное помещение, если бы вы приняли приглашение Освальда.

— Ничего, мне и здесь будет хорошо, — сказал пилигрим.

С этими словами он вошёл в отведённый ему чулан и, приняв факел из рук слуги, поблагодарил его и пожелал спокойной ночи. Притворив дверь своей кельи, он воткнул факел в деревянный подсвечник и окинул взглядом свою спальню, всю обстановку которой составляли грубо сколоченный деревянный стул и заменявший кровать плоский деревянный ящик, наполненный чистой соломой, поверх которой были разостланы две или три овечьи шкуры.

Пилигрим потушил факел, не раздеваясь растянулся на этом грубом ложе и уснул или по крайней мере лежал неподвижно до тех пор, пока первые лучи восходящего солнца не заглянули в маленькое решётчатое окошко, сквозь которое и свет и свежий воздух проникали в его келью. Тогда он встал, прочитал утренние молитвы, поправил на себе одежду и, осторожно отворив дверь, вошёл к еврею.

Исаак тревожно спал на такой же точно постели, на какой провёл ночь пилигрим. Все части одежды, которые снял накануне вечером, он навалил на себя или под себя, чтобы их не стащили во время сна. Лицо его выражало мучительное беспокойство; руки судорожно подёргивались, как бы отбиваясь от страшного призрака; он бормотал и издавал какие-то восклицания на еврейском языке, перемешивая их с целыми фразами на местном наречии; среди них можно было разобрать следующие слова: «Ради бога Авраамова, пощадите несчастного старика! Я беден, у меня нет денег, можете заковать меня в цепи, разодрать на части, но я не могу исполнить ваше желание».

Пилигрим не стал дожидаться пробуждения Исаака и слегка дотронулся до него концом своего посоха. Это прикосновение, вероятно, связалось в сознании спящего с его сном: старик вскочил, волосы его поднялись дыбом, острый взгляд чёрных глаз впился в стоявшего перед ним странника, выражая дикий испуг и изумление, пальцы судорожно вцепились в одежду, словно когти коршуна.

— Не бойся меня, Исаак, — сказал пилигрим, — я пришёл к тебе как друг.

— Награди вас бог Израиля, — сказал еврей, немного успокоившись. — Мне приснилось... Но будь благословен праотец Авраам — то был сон.

Потом, очнувшись, он спросил обычным своим голосом:

— А что же угодно вашей милости от бедного еврея в такой ранний час?

— Я хотел тебе сказать, — отвечал пилигрим, что, если ты сию же минуту не уйдёшь из этого дома и не постараешься отъехать как можно дальше и как можно скорее, с тобой может приключиться в пути большая беда.

— Святой отец, — воскликнул Исаак, — да кто захочет напасть на такого ничтожного бедняка, как я?

— Это тебе виднее, — сказал пилигрим, — но знай, что, когда рыцарь Храма вчера вечером проходил через зал, он обратился к своим мусульманским невольникам на сарацинском языке, который я хорошо знаю, и приказал им сегодня поутру следить за тем, куда поедет еврей, схватить его, когда он подальше отъедет от здешней усадьбы, и отвести в замок Филиппа де Мальвуазена или Реджинальда Фрон де Бефа.

Невозможно описать ужас, овладевший евреем при этом известии; казалось, он сразу потерял всякое самообладание. Каждый мускул, каждый нерв ослабли, руки повисли, голова поникла на грудь, ноги подкосились, и он рухнул к ногам пилигрима, как бы раздавленный неведомыми силами; это был не человек, поникший в мольбе о сострадании, а скорее безжизненное тело.

— Бог Авраама! — воскликнул он. Не подымая седой головы с полу, он сложил свои морщинистые руки и воздел их вверх. — О Моисей! О блаженный Аарон! Этот сон приснился мне недаром, и видение посетило меня не напрасно! Я уже чувствую, как они клещами тянут из меня жилы. Чувствую зубчатые колёса по всему телу, как те острые пилы, бороны и секиры железные, что полосовали жителей Раббы и чад Аммоновых.

— Встань, Исаак, и выслушай, что я тебе скажу, — с состраданием, но не без презрения сказал пилигрим, глядя на его муки. — Мне понятен твой страх: принцы и дворяне безжалостно расправляются с твоими собратьями, когда хотят выжать из них деньги. Но встань, я тебя научу, как избавиться от беды. Уходи из этого дома сию же минуту, пока не проснулись слуги, — они крепко спят после вчерашней попойки.

Я провожу тебя тайными тропинками через лес, который мне так же хорошо известен, как и любому из лесных сторожей. Я тебя не покину, пока не сдам с рук на руки какому-нибудь барону или помещику, едущему на турнир; по всей вероятности, у тебя найдутся способы обеспечить себе его благоволение.

Как только у Исаака появилась надежда на спасение, он стал приподниматься, всё ещё оставаясь на коленях; откинув назад свои длинные седые волосы и расправив бороду, он устремил пытливые чёрные глаза на пилигрима. В его взгляде отразились страх, и надежда, и подозрение.

Но при последних словах пилигрима ужас вновь овладел им, он упал ничком и воскликнул:

— У меня найдутся средства, чтобы обеспечить себе благоволение! Увы! Есть только один способ заслужить благоволение христианина, но как получить его бедному еврею, если вымогательства довели его до нищеты Лазаря? Ради бога, молодой человек, не выдавай меня! Ради общего небесного отца, всех нас создавшего, евреев и язычников, сынов Израиля и сынов Измаила, не предавай меня. — Снова подозрительность взяла верх над остальными его чувствами, и он воскликнул: — У меня нет таких средств, чтобы обеспечить доброе желание христианского странника, даже если он потребует всё, до последнего пенни.

При этих словах он с пламенной мольбой ухватился за плащ пилигрима.

— Успокойся, — сказал странник. — Если бы ты имел все сокровища своего племени, зачем мне обижать тебя. В этой одежде я обязан соблюдать обет бедности, и если променяю её, то единственно на кольчугу и боевого коня. Впрочем, не думай, что я навязываю тебе своё общество, оставайся здесь, если хочешь. Седрик Сакс может оказать тебе покровительство.

— Увы, нет! — воскликнул еврей. — Не позволит он мне ехать в своей свите. Саксонец и норманн одинаково презирают бедного еврея. А одному проехать по владениям Филиппа де Мальвуазена или Реджинальда Фрон де Бефа... Нет! Добрый юноша, я поеду с тобой! Поспешим! Препояшем чресла, бежим! Вот твой посох... Скорее, не медли!

— Я не медлю, — сказал пилигрим, уступая настойчивости своего компаньона, — но мне надо прежде всего найти средство отсюда выбраться. Следуй за мной!

Он вошёл в соседнюю каморку, где, как уже известно читателю, спал Гурт.

— Вставай, Гурт, — сказал пилигрим, — вставай скорее. Отопри калитку у задних ворот и выпусти нас отсюда.

Обязанности Гурта, которые в наше время находятся в пренебрежении, в ту пору в саксонской Англии пользовались таким же почётом, каким Эвмей пользовался в Итаке. Гурту показалось обидным, что пилигрим заговорил с ним в таком повелительном тоне.

— Еврей уезжает из Ротервуда, — надменно молвил он, приподнявшись на одном локте и не двигаясь с места, — а с ним за компанию и пилигрим собрался.

— Я бы скорее подумал, — сказал Вамба, заглянувший в эту минуту в чулан, — что еврей с окороком ветчины улизнёт из усадьбы.

— Как бы то ни было, — сказал Гурт, снова опуская голову на деревянный обрубок, служивший ему вместо подушки, — и еврей и странник могут подождать, пока растворят главные ворота. У нас не полагается, чтобы гости уезжали тайком, да ещё в такой ранний час.

— Как бы то ни было, — сказал пилигрим повелительно, — я думаю, что ты не откажешь мне в этом.

С этими словами он нагнулся к лежавшему свинопасу и прошептал ему что-то на ухо по-саксонски. Гурт мгновенно вскочил на ноги, а пилигрим, подняв палец в знак того, что надо соблюдать осторожность, прибавил:

— Гурт, берегись! Ты всегда был осмотрителен. Слышишь, отопри калитку. Остальное скажу после.

Гурт повиновался с необычайным проворством, а Вамба и еврей пошли вслед за ним, удивляясь внезапной перемене в поведении свинопаса.

— Мой мул! Где же мой мул? — воскликнул еврей, как только они вышли из калитки.

— Приведи сюда его мула, — сказал пилигрим, — да и мне достань тоже мула, я поеду с ним рядом, пока не выберемся из здешних мест. После я доставлю мула в целости кому-нибудь из свиты Седрика в Ашби. А ты сам... — Остальное пилигрим сказал Гурту на ухо.

— С величайшей радостью всё исполню, — отвечал Гурт и убежал исполнять поручение.

— Желал бы я знать, — сказал Вамба, когда ушёл его товарищ, — чему вас, пилигримов, учат в Святой Земле.

— Читать молитвы, дурак, — отвечал пилигрим, — а ещё каяться в грехах и умерщвлять свою плоть постом и долгой молитвой.

— Нет, должно быть чему-нибудь покрепче этого, — сказал шут. — Виданное ли дело, чтобы покаяние и молитвы заставили Гурта сделать одолжение, а за пост и воздержание он дал бы кому-нибудь мула! Думаю, что ты мог бы с таким же успехом толковать о воздержании и молитвах его любимому чёрному борову.

— Эх, ты! — молвил пилигрим. — Сейчас видно, что ты саксонский дурак, и больше ничего.

— Это ты правильно говоришь, — сказал шут, — будь я норманн, как и ты, вероятно на моей улице был бы праздник, а я сам слыл бы мудрецом.

В эту минуту на противоположном берегу рва показался Гурт с двумя мулами. Путешественники перешли через ров по узкому подъёмному мосту, шириной в две доски, размер которого соответствовал ширине калитки и того узкого прохода, который был устроен во внешней ограде и выходил прямо в лес. Как только они достигли того берега, еврей поспешил подсунуть под седло своего мула мешочек из просмолённого синего холста, который он бережно вытащил из-под хитона, бормоча всё время, что это «перемена белья, только одна перемена белья, больше ничего». Потом взобрался в седло с таким проворством и ловкостью, каких нельзя было ожидать в его преклонные годы, и, не теряя времени, стал расправлять складки своего плаща.

Пилигрим сел на мула менее поспешно и, уезжая, протянул Гурту руку, которую тот поцеловал с величайшим почтением.

Свинопас стоял, глядя вслед путешественникам, пока они не скрылись в глубине леса. Наконец голос Вамбы вывел его из задумчивости.

— Знаешь ли, друг мой Гурт, — сказал шут, — сегодня ты удивительно вежлив и сверх меры благочестив. Вот бы мне стать аббатом или босоногим пилигримом, тогда и я попользовался бы твоим рвением и усердием. Но, конечно, я бы захотел большего, чем поцелуй руки.

— Ты неглупо рассудил, Вамба, — отвечал Гурт, — только ты судишь по наружности; впрочем, и умнейшие люди делают то же самое... Ну, мне пора приглядеть за стадом.

С этими словами он воротился в усадьбу, а за ним поплёлся и шут.

Тем временем путешественники торопились и ехали с такой скоростью, которая выдавала крайний испуг еврея: в его годы люди обычно не любят быстрой езды. Пилигрим, ехавший впереди, по-видимому отлично знал все лесные тропинки и нарочно держался окольных путей, так что подозрительный Исаак не раз подумывал — уж не собирается ли паломник завлечь его в какую-нибудь ловушку.

Впрочем, его опасения были простительны, если принять во внимание, что в те времена не было на земле, в воде и воздухе ни одного живого существа, только, пожалуй, за исключением летающих рыб, которое подвергалось бы такому всеобщему, непрерывному и безжалостному преследованию, как еврейское племя. По малейшему и абсолютно безрассудному требованию, так же как и по нелепейшему и совершенно неосновательному обвинению, их личность и имущество подвергались ярости и гневу. Норманны, саксонцы, датчане, британцы, как бы враждебно ни относились они друг к другу, сходились на общем чувстве ненависти к евреям и считали прямой религиозной обязанностью всячески унижать их, притеснять и грабить.

Короли норманской династии и подражавшая им знать, движимые самыми корыстными побуждениями, неустанно теснили и преследовали этот народ. Всем известен рассказ о том, что принц Джон, заключив какого-то богатого еврея в одном из своих замков, приказал каждый день вырывать у него по зубу. Это продолжалось до тех пор, пока несчастный израильтянин не лишился половины своих зубов, и только тогда он согласился уплатить громадную сумму, которую принц стремился у него вытянуть. Наличные деньги, которые были в обращении, находились главным образом в руках этого гонимого племени, а дворянство не стеснялось следовать примеру своего монарха, вымогая их всеми мерами принуждения, не исключая даже пыток. Пассивная смелость, вселяемая любовью к приобретению, побуждала евреев пренебрегать угрозой различных несчастий, тем более что они могли извлечь огромные прибыли в столь богатой стране, как Англия. Несмотря на всевозможные затруднения и особую налоговую палату (о которой уже упоминалось), называемую еврейским казначейством, созданную именно для того, чтобы обирать и причинять им страдания, евреи увеличивали, умножали и накапливали огромные средства, которые они передавали из одних рук в другие посредством векселей; этим изобретением коммерция обязана евреям. Векселя давали им также возможность перемещать богатства из одной страны в другую, так что, когда в одной стране евреям угрожали притеснения и разорения, их сокровища оставались сохранными в другой стране. Упорством и жадностью евреи до некоторой степени сопротивлялись фанатизму и тирании тех, под властью которых они жили; эти качества как бы увеличивались соразмерно с преследованиями и гонениями, которым они подвергались; огромные богатства, обычно приобретаемые ими в торговле, часто ставили их в опасное положение, но и служили им на пользу, распространяя их влияние и обеспечивая им некоторое покровительство и защиту. Таковы были условия их существования, под влиянием которых складывался их характер: наблюдательный, подозрительный и боязливый, но в то же время упорный, непримиримый и изобретательный в избежании опасностей, которым их подвергали.

Путники долго ехали молча окольными тропинками леса, наконец пилигрим прервал молчание.

— Видишь старый, засохший дуб? — сказал он. — Это — граница владений Фрон де Бефа. Мы давно уже миновали земли Мальвуазена. Теперь тебе нечего опасаться погони.

— Да сокрушатся колёса их колесниц, — сказал еврей, — подобно тому как сокрушились они у колесниц фараоновых! Но не покидай меня, добрый пилигрим. Вспомни о свирепом храмовнике и его сарацинских рабах. Они не посмотрят ни на границы, ни на усадьбы, ни на звание владельца.

— С этого места наши дороги должны разойтись. Не подобает человеку моего звания ехать рядом с тобой дольше, чем этого требует прямая необходимость. К тому же какой помощи ты ждёшь от меня, мирного богомольца, против двух вооружённых язычников?

— О добрый юноша! — воскликнул еврей. — Ты можешь заступиться за меня, я сумею наградить тебя — не деньгами, у меня их нет, помоги мне отец Авраам.

— Я уже сказал тебе, — прервал его пилигрим, — что ни денег, ни наград твоих мне не нужно. Проводить тебя я могу. Даже сумею защитить тебя, так как оказать покровительство еврею против сарацин едва ли запрещается христианину. А потому я провожу тебя до места, где ты можешь добыть себе подходящих защитников. Мы теперь недалеко от города Шеффилда. Там ты без труда отыщешь многих соплеменников и найдёшь у них приют.

— Да будет над тобой благословение Иакова, добрый юноша! — сказал еврей. — В Шеффилде я найду пристанище у моего родственника Зарета, а там поищу способов безопасно проехать дальше.

— Хорошо, — молвил пилигрим. — Значит, в Шеффилде мы расстанемся. Через полчаса мы подъедем к этому городу.

В течение этого получаса оба не произнесли ни одного слова; пилигрим, быть может, считал для себя унизительным разговаривать с евреем, когда в этом не было необходимости, а тот не смел навязываться с беседой человеку, который совершил странствие к гробу господню и, следовательно, был отмечен некоторой святостью. Остановившись на вершине отлогого холма, пилигрим указал на город Шеффилд, раскинувшийся у его подножия, и сказал:

— Вот где мы расстанемся.

— Но не прежде, чем бедный еврей выразит вам свою признательность, хоть я и не осмеливаюсь просить вас заехать к моему родственнику Зарету, который помог бы мне отплатить вам за доброе дело, — сказал Исаак.

— Я уже говорил тебе, — сказал пилигрим, — что никакой награды не нужно. Если в длинном списке твоих должников найдётся какой-нибудь бедняк христианин и ты ради меня избавишь его от оков и долговой тюрьмы, я сочту свою услугу вознаграждённой.

— Постой! — воскликнул Исаак, хватая его за полу. — Мне хотелось бы сделать больше, чем это, для тебя самого. Богу известно, как я беден… Да, Исаак — нищий среди своих соплеменников. Но прости, если я возьмусь угадать то, что в настоящую минуту для тебя всего нужнее…

— Если бы ты и угадал, что мне всего нужнее, — сказал пилигрим, — ты всё равно не мог бы доставить мне это, хотя бы ты был настолько же богат, насколько представляешься бедным.

— Представляюсь бедным? — повторил еврей. — О, поверь, я сказал правду: меня разорили, ограбили, я кругом в долгу. Жестокие руки лишили меня всех моих товаров, отняли деньги, корабли и всё, что я имел… Но я всё же знаю, в чём ты нуждаешься, и, быть может, сумею доставить тебе это. Сейчас ты больше всего хочешь иметь коня и вооружение.

Пилигрим невольно вздрогнул и, внезапно обернувшись к нему, торопливо спросил:

— Как ты это угадал?

— Всё равно, как бы я ни угадал, лишь бы догадка моя была верна. Но раз я знаю, что тебе нужно, я всё достану.

— Прими же во внимание моё звание, мою одежду, мои обеты…

— Знаю я вас, христиан, — ответил еврей. — Знаю и то, что даже самые знатные среди вас в суеверном покаянии берут иногда страннический посох и пешком идут в дальние страны поклониться могилам умерших.

— Не кощунствуй! — сурово остановил его странник.

— Прости, — сказал Исаак. — Я выразился необдуманно. Но вчера вечером, да и сегодня поутру ты проронил несколько слов, которые, подобно искрам, высекаемым кремнём, озарили для меня твоё сердце. Кроме того, под твоим страническим одеянием спрятаны рыцарская цепь и золотые шпоры. Они блеснули, когда ты наклонился к моей постели сегодня утром.

Пилигрим не мог удержаться от улыбки и сказал:

— А что, если бы и в твои одежды заглянуть такими же зоркими глазами, Исаак? Думаю, что и у тебя нашлось бы немало интересного.

— Что об этом толковать! — сказал еврей, меняясь в лице, и, поспешно вынув из сумки письменные принадлежности, он поставил на седло свою жёлтую шапку и, расправив на ней листок бумаги, начал писать, как бы желая этим прекратить щекотливый разговор. Дописав письмо, он, лукаво сощурив глаза, вручил его пилигриму со словами:

— В городе Лестере всем известен богатый еврей Кирджат Джайрам из Ломбардии. Передай ему это письмо. У него есть теперь на продажу шесть рыцарских доспехов миланской работы — худший из них годится и для царской особы; есть у него и десять жеребцов — на худшем из них не стыдно выехать и самому королю, если б он отправился на битву за свой трон. По этой записке он даст тебе на выбор любые доспехи и боевого коня. Кроме того, он снабдит тебя всем нужным для предстоящего турнира. Когда минует надобность, возврати ему в целости товар или же, если сможешь, уплати сполна его стоимость.

— Но, Исаак, — сказал пилигрим улыбаясь, — разве ты не знаешь, что если рыцаря вышибут из седла во время турнира, то его конь и вооружение делаются собственностью победителя? Такое несчастье и со мной может случиться, а уплатить за коня и доспехи я не могу.

Еврей, казалось, был поражён мыслью о такой возможности, но, собрав всё своё мужество, он поспешно ответил:

— Нет, нет, нет. Это невозможно, я и слышать не хочу об этом. Благословение отца нашего будет с тобою… И копьё твоё будет одарено такою же мощной силой, как жезл Моисеев.

Сказав это, он поворотил мула в сторону, но тут пилигрим сам поймал его за плащ и придержал:

— Нет, постой, Исаак, ты ещё не знаешь, чем рискуешь. Может случиться, что коня убьют, а панцирь изрубят, потому что я не буду щадить ни лошади, ни человека. К тому же сыны твоего племени ничего не делают даром. Чем-нибудь же придётся заплатить за утрату имущества.

Исаак согнулся в седле, точно от боли, но великодушие, однако, взяло верх над чувствами более для него привычными.

— Нужды нет, — сказал он, — всё равно. Пусти меня. Если случатся убытки, ты за них не будешь отвечать. Кирджат Джайрам простит тебе этот долг ради Исаака, своего родственника, которого ты спас. Прощай и будь здоров. Однако послушай, добрый юноша, — продолжал он, ещё раз обернувшись, — не суйся ты слишком вперёд, когда начнётся эта сумятица. Я это не с тем говорю, чтобы ты берёг лошадь и панцирь, но единственно ради сохранения твоей жизни и тела.

— Спасибо за попечение обо мне, — отвечал пилигрим улыбаясь, — я воспользуюсь твоей любезностью и во что бы то ни стало постараюсь вознаградить тебя.

Они расстались и разными дорогами направились в город Шеффилд.

Глава VII

Идёт со свитой рыцарей отряд,
На каждом — пёстрый щегольской наряд.
Несёт один оруженосец щит,
Со шлемом — этот, тот с копьём спешит;
Нетерпеливый конь копытом бьёт
И золотые удила грызёт;
В руках напильники и молотки
У оружейников — они ловки:
Щиты они починят и древки.
Толпа богатых иоменов идёт,
С дубинками в руках валит простой народ.

«Паламон и Арсит»

В ту пору английский народ находился в довольно печальном положении. Ричард Львиное Сердце был в плену у коварного и жестокого герцога Австрийского. Даже место заключения Ричарда было неизвестно; большинство его подданных, подвергавшихся в его отсутствие тяжёлому угнетению, ничего не знало о судьбе короля.

Принц Джон, который был в союзе с французским королём Филиппом — злейшим врагом Ричарда, использовал всё своё влияние на герцога Австрийского, чтобы тот как можно дольше держал в плену его брата Ричарда, который в своё время оказал ему столько благодеяний.

Пользуясь этим временем, Джон вербовал себе сторонников, намереваясь в случае смерти Ричарда оспаривать престол у законного наследника — своего племянника Артура, герцога Британского, сына его старшего брата, Джефри Плантагенета. Впоследствии, как известно, он осуществил своё намерение и незаконно захватил власть. Ловкий интриган и кутила, принц Джон без труда привлёк на свою сторону не только тех, кто имел причины опасаться гнева Ричарда за преступления, совершённые во время его отсутствия, но и многочисленную ватагу «отчаянных беззаконников» — бывших участников крестовых походов. Эти люди вернулись на родину, обогатившись всеми пороками Востока, но обнищав, и теперь только и ждали междоусобной войны, чтобы поправить свои дела.

К числу причин, вызывавших общее беспокойство и тревогу, нужно отнести также и то обстоятельство, что множество крестьян, доведённых до отчаяния притеснениями феодалов и беспощадным применением законов об охране лесов, объединялись в большие отряды, которые хозяйничали в лесах и пустошах, ничуть не боясь местных властей. В свою очередь, дворяне, разыгрывавшие роль самодержавных властелинов, собирали вокруг себя целые банды, мало чем отличавшиеся от разбойничьих шаек.

Чтобы содержать эти банды и вести расточительную и роскошную жизнь, чего требовали их гордость и тщеславие, дворяне занимали деньги у евреев под высокие проценты. Эти долги разъедали их состояние, а избавиться от них удавалось путём насилия над кредиторами. Не мудрено, что при таких тяжёлых условиях существования английский народ испытывал великие бедствия в настоящем и имел все основания опасаться ещё худших в будущем. В довершение всех зол по всей стране распространилась какая-то опасная заразная болезнь. Найдя для себя благоприятную почву в тяжёлых условиях жизни низших слоёв общества, она унесла множество жертв, а оставшиеся в живых нередко завидовали покойникам, избавленным от надвигавшихся бед.

Но, несмотря на эти несчастья, все — богатые и бедные, простолюдины и дворяне — с одинаковой жадностью стремились на турнир. Это было самое интересное и великолепнейшее из зрелищ того времени, и население относилось к нему с такой же страстью, с какой полуголодный обитатель Мадрида, вместо того чтобы купить еды для своей семьи, тратит всё, до последнего реала, чтобы насладиться зрелищем боя быков. Никакие обязанности, никакие немощи не в силах были удержать старых и молодых от такого спектакля. Прошёл слух, что боевая потеха, назначенная близ города Ашби, в графстве Лестерском, произойдёт между прославленными рыцарями в присутствии принца Джона, что вызвало ещё больший интерес, и наутро того дня, когда назначено было начало состязания, бесчисленное множество людей всех званий и сословий устремилось толпами к месту боевой потехи.

Место турнира было чрезвычайно живописно. У опушки большого леса, в расстоянии одной мили от города Ашби, расстилалась покрытая превосходным зелёным дёрном обширная поляна, окаймлённая с одной стороны густым лесом, а с другой — редкими старыми дубами. Отлогие склоны её образовывали в середине широкую и ровную площадку, обнесённую крепкой оградой. Ограда имела форму четырехугольника с закруглёнными для удобства зрителей углами.

Для въезда бойцов на арену в северной и южной стенах ограды были устроены ворота, настолько широкие, что двое всадников могли проехать в них рядом. У каждых ворот стояли два герольда, шесть трубачей и шесть вестников и, кроме того, сильный отряд солдат для поддержания порядка. Герольды обязаны были проверять звание рыцарей, желавших принять участие в турнире.

С наружной стороны южных ворот на небольшом холме стояло пять великолепных шатров, украшенных флагами коричневого и чёрного цветов; таковы были цвета, выбранные рыцарями — устроителями турнира. Шнуры на всех пяти шатрах были тех же цветов. Перед каждым шатром был вывешен щит рыцаря, которому принадлежал шатёр, а рядом со щитом стоял оруженосец, наряжённый дикарём, или фавном, или каким-нибудь другим сказочным существом, смотря по вкусам своего хозяина. Средний шатёр, самый почётный, был предоставлен Бриану де Буагильберу. Молва о его необычайном искусстве во всех рыцарских упражнениях, а также его близкие связи с рыцарями, затеявшими настоящее состязание, побудили устроителей турнира не только принять его в свою среду, но даже избрать своим предводителем, несмотря на то, что он совсем недавно прибыл в Англию. Рядом с его шатром с одной стороны были расположены шатры

Реджинальда Фрон де Бефа и Филиппа де Мальвуазена, а с другой — Гуго де Гранмениля, знатного барона, один из предков которого был лордом-сенешалем Англии во времена Вильгельма Завоевателя и его сына Вильгельма Рыжего. Пятый шатёр принадлежал иоанниту Ральфу де Випонту, крупному землевладельцу из местечка Гэсер, расположенного неподалёку от Ашби де ла Зуш. Площадка с шатрами была обнесена крепким частоколом и соединялась с ареной широким и отлогим спуском, также огороженным. Вдоль частокола стояла стража.

За северными воротами арены на такой же огороженной площадке помещалась палатка, предназначенная для рыцарей, которые пожелали бы выступить против зачинщиков турнира. Здесь были приготовлены всевозможные яства и напитки, а рядом расположились кузнецы, оружейники и иные мастера и прислужники, готовые во всякую минуту оказать бойцам надлежащие услуги.

Вдоль ограды были устроены особые галереи. Эти галереи были увешаны драпировками и устланы коврами. На коврах были разбросаны подушки, чтобы дамы и знатные зрители могли здесь расположиться с возможно большими удобствами. Узкое пространство между этими галереями и оградой было предоставлено мелкопоместным фермерам, так называемым йоменам, так что эти места можно приравнять к партеру наших театров. Что же касается простонародья, то оно должно было размещаться на дерновых скамьях, устроенных на склонах ближайших холмов, что давало зрителям возможность созерцать желанное зрелище поверх галерей и отлично видеть всё, что совершалось на арене.

Кроме того, несколько сот человек уселось на ветвях деревьев, окаймлявших поляну; даже колокольня ближайшей сельской церкви была унизана зрителями.

По самой середине восточной галереи, как раз против центра арены, было устроено возвышение, где под балдахином с королевским гербом стояло высокое кресло вроде трона. Вокруг этой почётной ложи толпились пажи, оруженосцы, стража в богатой одежде, и по всему было видно, что она предназначалась для принца Джона и его свиты. Напротив королевской ложи, в центре западной галереи, возвышался другой помост, украшенный ещё пестрее, хотя не так роскошно. Там также был трон, обитый алой и зелёной тканью, он был окружён множеством пажей и молодых девушек, самых красивых, каких могли подобрать, все они были нарядно одеты в причудливые костюмы, тоже зелёного и алого цветов. Ложа была убрана флагами и знамёнами, на которых были изображены пронзённые сердца, пылающие сердца, истекающие кровью сердца, луки, колчаны со стрелами и тому подобные эмблемы торжества Купидона. Тут же красовалась пышная надпись, гласившая, что этот почётный трон предназначен для королевы любви и красоты. Но кто будет этой королевой, было неизвестно.

А тем временем зрители разных званий толпами направлялись к арене. Уже немало ссорились из-за того, что многие пытались занять неподобающие им места. В большинстве случаев споры довольно бесцеремонно разрешались стражей, которая для убеждения наиболее упорных спорщиков пускала в ход рукояти своих мечей и древки секир. Когда же препирательства из-за мест происходили между более важными лицами, их претензии решались двумя маршалами ратного поля: Уильямом де Вивилем и Стивеном де Мартивалем. Эти маршалы, вооружённые с головы до ног, разъезжали взад и вперёд по арене, поддерживая среди публики строгий порядок.

Мало-помалу галереи наполнились рыцарями и дворянами; их длинные мантии тёмных цветов составляли приятный контраст с более светлыми и весёлыми нарядами дам, которых здесь было ещё больше, чем мужчин, хотя казалось бы, что такие кровавые и жестокие забавы малопривлекательны для прекрасного пола. Нижние галереи и проходы вскоре оказались битком набиты зажиточными йоменами и мелкими дворянами, которые по бедности или незначительному положению в свете не решались занять более почётные места. Само собою разумеется, что именно в этой части публики чаще всего происходили недоразумения из-за прав на первенство.

— Нечестивый пёс! — восклицал пожилой человек, потёртая одежда которого свидетельствовала о бедности, а меч на боку, кинжал за поясом и золотая цепь на шее говорили о претензиях на знатность. — Сын волчицы, ублюдок! Как ты смеешь толкать христианина, да ещё и норманна из благородной дворянской фамилии Мондидье!

Эти резкие слова были обращены не к кому другому, как к нашему знакомому, Исааку, который, на этот раз богато разодетый, в великолепном плаще, протискивался сквозь толпу, стараясь найти место в переднем ряду нижней галереи для своей дочери, красавицы Ревекки. Она приехала к нему в Ашби и теперь, уцепившись за его руку, тревожно оглядывалась кругом, испуганная общим недовольством, вызванным, по-видимому, поведением её отца. Мы видели, что Исаак бывал труслив в некоторых случаях, но здесь он знал, что ему бояться нечего. При таком стечении народа ни один из самых корыстных и злобных его притеснителей не решился бы его обидеть. На подобных сборищах евреи находились под защитой общих законов, а если этого было недостаточно, в толпе дворян всегда оказывалось несколько знатных баронов, которые из личных выгод были готовы за них вступиться. Кроме того, Исааку было хорошо известно, что принц Джон хлопочет о том, чтобы занять у богатых евреев в Йорке крупную сумму денег под залог драгоценностей и земельных угодий. Исаак сам имел близкое отношение к этому и отлично знал, как хотелось принцу поскорее его уладить. А потому он был уверен, что в случае неприятных столкновений принц непременно заступится за него.

Исаак смело протискивался вперёд и неосторожно толкнул норманского дворянина. Однако жалобы старика возбудили негодование окружающих. Рослый иомен в зелёном суконном платье, с дюжиной стрел за поясом, с серебряным значком на груди и огромным луком в руке, резко повернулся, лицо его, потемневшее от загара и ветров как калёный орех, вспыхнуло гневом, и он посоветовал еврею запомнить, что хоть он и надулся, как паук, высасывая кровь своих несчастных жертв, но что пауков терпят, пока они смирно сидят по углам, а как только они вылезут на свет — их давят. Его угрозы, резкий голос и суровый взгляд заставили еврея попятиться. Очень вероятно, что Исаак и убрался бы подальше от столь опасного соседства, если бы в эту минуту общее внимание не было отвлечено появлением на арене принца Джона и его многочисленной и весёлой свиты. Свита эта состояла частью из светских, частью из духовных лиц, столь же нарядно одетых и державших себя не менее развязно, чем их сотоварищи-миряне. В числе духовных был и приор из Жорво, в самом изящном костюме, какой по своему сану он мог себе позволить. Мех и золото обильно украшали его одежду, а носки его сапог были загнуты так высоко, что перещеголяли и без того нелепую тогдашнюю моду. Они были такой величины, что подвязывались не к коленям, а к поясу, мешая всаднику вставить ногу в стремя. Впрочем, это не смущало галантного аббата. Быть может, он даже рад был случаю выказать в присутствии такой многочисленной публики и в особенности дам своё искусство держаться на коне, обходясь без стремян. Остальная свита принца Джона состояла из его любимцев — начальников наёмного войска, нескольких баронов, распутной шайки придворных и рыцарей ордена Храма и иоаннитов.

Здесь не лишним будет заметить, что рыцари этих двух орденов считались врагами Ричарда: во время бесконечных распрей в Палестине между Филиппом Французским и английским королём они приняли сторону Филиппа. Всем было известно, что именно благодаря этим распрям все победы Ричарда над сарацинами оказались бесплодными, а его попытки взять Иерусалим закончились неудачей; плодом же завоёванной славы было только ненадёжное перемирие, заключённое с султаном Саладином. По тем же политическим соображениям, которые руководили их собратьями в Святой Земле, храмовники и иоанниты, жившие в Англии и Нормандии, присоединились к партии принца Джона, не имея причин желать ни возвращения Ричарда в Англию, ни воцарения его законного наследника, принца Артура.

Со своей стороны, принц Джон ненавидел и презирал уцелевшую саксонскую знать и старался при любом случае всячески её унизить. Он понимал, что саксонские феодалы вместе с остальным саксонским населением Англии враждебно относятся к его проискам, опасаясь дальнейшего ограничения своих старинных прав, чего они могли ожидать от такого необузданного тирана, каким был принц Джон.

Окружённый своими приближёнными, принц Джон выехал на арену верхом на резвом коне серой масти и с соколом на руке. На нём был великолепный пурпурный с золотом костюм, а на голове — роскошная меховая шапочка, украшенная драгоценными каменьями, из-под которой падали на плечи длинные локоны. Он ехал впереди, громко разговаривая и пересмеиваясь со своей свитой и дерзко, как это свойственно членам королевской фамилии, рассматривал красавиц, украшавших своим присутствием верхние галереи.

Даже те, кто замечал в наружности принца выражение разнузданной дерзости, крайнего высокомерия и полного равнодушия к чувствам других людей, не могли отрицать того, что он не лишён некоторой привлекательности, свойственной открытым чертам лица, правильным от природы и приученным воспитанием к выражению приветливости и любезности, которые легко принять за естественное простодушие и честность. Такое выражение лица часто и совершенно напрасно также принимают за признак мужественности и чистосердечия, тогда как под ними обычно скрываются беспечное равнодушие и распущенность человека, сознающего себя, независимо от своих душевных качеств, стоящим выше других благодаря знатности происхождения, или богатства, или каким-нибудь иным случайным преимуществам.

Однако большинство зрителей не вдавалось в такие глубокие размышления. Для них достаточно было увидеть великолепную меховую шапочку принца Джона, его пышную мантию, отороченную дорогими соболями, его сафьяновые сапожки с золотыми шпорами и, наконец, ту грацию, с какой он управлял своим конём, чтобы прийти в восторг и приветствовать его громкими кликами.

Принц весело гарцевал вокруг арены. Внезапно внимание его было привлечено продолжавшейся суматохой, вызванной притязаниями Исаака на лучшее место. Зоркий взгляд Джона мигом разглядел еврея, но гораздо более приятное впечатление произвела на него красивая дочь Сиона, боязливо прильнувшая к руке своего старого отца.

И в самом деле, даже на взгляд такого строгого ценителя, каким был Джон, прекрасная Ревекка могла с честью выдержать сравнение с самыми знаменитыми английскими красавицами. Она была удивительно хорошо сложена, и восточный наряд не скрывал её фигуры. Жёлтый шёлковый тюрбан шёл к смуглому оттенку её кожи; глаза блестели, тонкие брови выгибались горделивой дугой, белые зубы сверкали, как жемчуг, а густые чёрные косы рассыпались по груди и плечам, прикрытым длинной симаррой из пурпурного персидского шёлка с вытканными по нему цветами всевозможных оттенков, спереди прикреплённой множеством золотых застёжек, украшенных жемчугом, — все вместе создавало такое чарующее впечатление, что Ревекка могла соперничать с любой из прелестнейших девушек, сидевших вокруг. Её платье было застёгнуто жемчужными запонками; три верхние запонки были расстёгнуты, так как день был жаркий, и на открытой шее было хорошо видно бриллиантовое ожерелье с подвесками огромной ценности; страусовое перо, прикреплённое к тюрбану алмазным аграфом, также сразу бросалось в глаза, и хотя горделивые дамы, сидевшие на верхней галерее, презрительно поглядывали на прелестную еврейку, втайне они завидовали её красоте и богатству.

— Клянусь лысиной Авраама, — сказал принц Джон, — эта еврейка — образец тех чар и совершенств, что сводили с ума мудрейшего из царей. Как ты думаешь, приор Эймер? Клянусь тем храмом мудрого Соломона, которого наш ещё более мудрый братец Ричард никак не может взять, она хороша, как сама возлюбленная в Песни Песней.

— Роза Сарона и Лилия Долин, — отвечал приор. — Однако, ваша светлость, вы не должны забывать, что она не более как еврейка.

— Эге! — молвил принц, не обратив никакого внимания на его слова.

— А вот и мой нечестивый толстосум... Маркиз червонцев и барон сребреников препирается из-за почётного места с оборванцами, у которых в карманах, наверно, не водится ни одного пенни. Клянусь святым Марком, мой денежный вельможа и его хорошенькая еврейка сейчас получат места на верхней галерее. Эй, Исаак, это кто такая? Кто она тебе, жена или дочь? Что это за восточная гурия, которую ты держишь под мышкой, точно это шкатулка с твоей казной?

— Это дочь моя Ревекка, ваша светлость, — отвечал Исаак с низким поклоном, нимало не смутившись приветствием принца, в котором сочетались насмешка и любезность.

— Ну, ты, мудрец! — сказал принц с громким хохотом, которому тотчас начали подобострастно вторить его спутники. — Но всё равно, дочь ли она тебе или жена, её следует чествовать, как то подобает её красоте и твоим заслугам... Эй, кто там сидит наверху? — продолжал он, окинув взглядом галерею. — Саксонские мужланы... Ишь как развалились. Выгнать их вон отсюда! Пускай потеснятся и дадут место моему князю ростовщиков и его прекрасной дочери. Я покажу этим неучам, что лучшие места в синагоге они обязаны делить с теми, кому синагога принадлежит по праву!

Зрители, к которым была обращена эта грубая и оскорбительная речь, были Седрик Сакс со своими домашними и его союзник и родственник Ательстан Конингсбургский, который, как потомок последнего короля саксонской династии, пользовался величайшим почётом со стороны всех саксов, уроженцев северной Англии. Но вместе с царственной кровью своих предков Ательстан унаследовал и многие из их слабостей. Он был высокого роста, крепкого телосложения, в цвете лет, но его красивое лицо было так вяло, глаза смотрели так тупо и сонно, движения были так ленивы и он был так медлителен в своих решениях, что его прозвали Ательстаном Неповоротливым. Его друзья, а их было немало, и все они, так же как Седрик, были к нему страстно привязаны, утверждали, что эта вялость объяснялась не недостатком мужества, а только нерешительностью. По мнению других, пьянство, бывшее его наследственным пороком, ослабило его волю, а длительные периоды запоя были причиной того, что он утратил все свои лучшие качества, за исключением храбрости и вялого добродушия.

И вот именно к нему обратился принц Джон с приказанием посторониться и очистить место для Исаака и Ревекки. Ательстан, ошеломлённый таким требованием, которое, по тогдашнему времени и понятиям, было неслыханно оскорбительным, не был расположен повиноваться принцу. Однако он не знал, как ему ответить на подобный приказ. Он ограничился полным бездействием. Не сделав ни малейшего движения для исполнения приказа, он широко открыл свои огромные серые глаза и смотрел на принца с таким изумлением, которое могло бы вызвать смех. Но нетерпеливому Джону было не до смеха.

— Этот саксонский свинопас или спит, или не понимает меня! — сказал он. — Де Браси, пощекочи его копьём, — продолжал Джон, обратившись к ехавшему рядом с ним рыцарю, предводителю отряда вольных стрелков-кондотьеров, то есть наёмников, не принадлежавших ни к какой определённой нации и готовых служить любому принцу, который платил им жалованье.

Даже в свите принца послышался ропот. Но де Браси, чуждый по своей профессии всякой щепетильности, протянул длинное копьё и, вероятно, исполнил бы приказание принца прежде, чем

Ательстан Неповоротливый успел подумать, что надо увернуться от оружия, если бы Седрик с быстротою молнии не выхватил свой короткий меч и одним ударом не отсёк стальной наконечник копья.

Кровь бросилась в лицо принцу Джону. Он злобно выругался и хотел было разразиться не менее сильной угрозой, но замолчал, отчасти потому, что свита принялась всячески его уговаривать и успокаивать, отчасти потому, что толпа приветствовала поступок Седрика громкими возгласами одобрения.

Принц с негодованием обвёл глазами зрителей, как бы выбирая более беззащитную жертву для своего гнева. Взгляд его случайно упал на того самого стрелка в зелёном кафтане, который только что грозил Исааку. Увидев, что этот человек громко и вызывающе выражает своё одобрение Седрику, принц спросил его, почему он так кричит.

— А я всегда кричу ура, — отвечал иомен, — когда вижу удачный прицел или смелый удар.

— Вот как! — молвил принц. — Пожалуй, ты и сам ловко попадаешь в цель?

— Да не хуже любого лесничего, — сказал иомен.

— Он и за сто шагов не промахнётся по мишени Уота Тиррела, — произнёс чей-то голос из задних рядов, но чей именно — разобрать было нельзя.

Этот намёк на судьбу его деда, Вильгельма Рыжего, одновременно рассердил и испугал принца Джона.

Однако он ограничился тем, что приказал страже присматривать за этим хвастуном иоменом.

— Клянусь святой Гризельдой, — прибавил он, — мы испытаем искусство этого поклонника чужих подвигов.

— Я не против такого испытания, — сказал иомен со свойственным ему хладнокровием.

— Что же вы не встаёте, саксонские мужланы? — воскликнул раздосадованный принц. — Клянусь небом, раз я сказал — еврей будет сидеть рядом с вами!

— Как же можно? С позволения вашей светлости, нам совсем не подобает сидеть рядом с важными господами, — сказал Исаак; хотя он и поспорил из-за места с захудалым и разорённым представителем фамилии Мондидье, но отнюдь не собирался нарушать привилегии зажиточных саксонцев.

— Полезай, нечестивый пёс, я приказываю тебе! — крикнул принц Джон. — Не то я велю содрать с тебя кожу и выдубить её на конскую сбрую.

Услышав такое приглашение, Исаак начал взбираться по узкой и крутой лесенке на верхнюю галерею.

— Посмотрим, кто осмелится его остановить, — сказал принц, пристально глядя на Седрика, который явно намеревался сбросить еврея вниз головой.

Но шут Вамба предотвратил несчастье неожиданным вмешательством: он выскочил вперёд и, став между своим хозяином и Исааком, воскликнул:

— А ну-ка, я попробую! — С этими словами он выхватил из-под полы плаща большой кусок свинины и поднёс его к самому носу Исаака.

Без сомнения, он захватил с собой этот запас продовольствия на случай, если турнир затянется дольше, чем в состоянии выдержать его аппетит. Увидав перед собой этот омерзительный для него предмет и заметив, что шут занёс над его головой свою деревянную шпагу, Исаак резко попятился назад, оступился и покатился вниз по лестнице. Отличная шутка для зрителей, вызвавшая взрывы смеха, да и сам принц Джон и вся его свита расхохотались от души.

— Ну-ка, брат принц, давай мне приз, — сказал Вамба. — Я победил врага в честном бою: мечом и щитом, — прибавил он, размахивая шпагой в одной руке и куском свинины — в другой.

— Кто ты такой и откуда взялся, благородный боец? — сказал принц Джон, продолжая смеяться.

— Я дурак по праву рождения, — отвечал шут, — зовут меня Вамба, я сын Безмозглого, который был сыном Безголового, а тот, в свой черёд, происходил от олдермена.

— Ну, очистите место еврею в переднем ряду нижней галереи, — сказал принц Джон, быть может радуясь случаю отменить своё первоначальное распоряжение. — Нельзя же сажать побеждённого с победителем? Это противоречит правилам рыцарства.

— Всё лучше, чем сажать мошенника рядом с дураком, а еврея — рядом со свиньёй.

— Спасибо, приятель, — воскликнул принц Джон, — ты меня потешил! Эй, Исаак, дай-ка мне взаймы пригоршню червонцев!

Озадаченный этой просьбой, Исаак долго шарил рукой в меховой сумке, висевшей у его пояса, пытаясь выяснить, сколько монет может поместиться в руке, но принц сам разрешил его сомнения: он, наклонясь с седла, вырвал из рук еврея сумку, вынул оттуда пару золотых монет, бросил их Вамбе и поскакал дальше вдоль края ристалища. Зрители начали осыпать насмешками еврея, а принца наградили такими одобрительными возгласами, как будто он совершил честный и благородный поступок.

Глава VIII

Труба зачинщика надменный вызов шлёт,
И рыцаря труба в ответ поёт,
Поляна вторит им и небосвод,
Забрала опустили седоки,
И к панцирям прикреплены древки;
Вот кони понеслись, и наконец
С бойцом вплотную съехался боец.

«Паламон и Арсит»

Во время дальнейшего объезда арены принц Джон внезапно остановил коня и, обращаясь к аббату Эймеру, заявил, что совсем было позабыл о главной заботе этого дня.

— Святые угодники, — сказал он, — знаете ли, сэр приор, что мы позабыли назначить королеву любви и красоты, которая своей белой рукой будет раздавать награды! Что касается меня, я подам голос за черноокую Ревекку. У меня нет предрассудков.

— Пресвятая дева, — сказал приор, с ужасом подняв глаза к небу, — за еврейку!.. После этого нас непременно побьют камнями и выгонят с турнира, а я ещё не так стар, чтобы принять мученический венец. К тому же, клянусь моим святым заступником, Ревекка далеко уступает в красоте прелестной саксонке Ровене.

— Не всё ли равно, — отвечал принц, — саксонка или еврейка, собака или свинья! Какое это имеет значение? Право, изберём Ревекку, хотя бы для того, чтобы хорошенько подразнить саксонских мужланов.

Тут даже свита принца зароптала.

— Это уж не шутка, милорд, — сказал де Браси, — ни один рыцарь не поднимет копья, если нанести такую обиду здешнему собранию.

— К тому же это очень неосторожно, — сказал один из старейших и наиболее влиятельных вельмож в свите принца,

Вальдемар Фиц-Урс. — Такая выходка может помешать осуществлению намерений вашей светлости.

— Сэр, — молвил принц надменно, придержав свою лошадь и оборачиваясь к нему, — я вас пригласил состоять в моей свите, а не давать мне советы.

— Всякий, кто следует за вашей светлостью по тем путям, которые вы изволили избрать, — сказал Вальдемар, понизив голос, — получает право подавать вам советы, потому что ваши интересы и безопасность неразрывно связаны с нашими собственными.

Это было сказано таким тоном, что принц счёл себя вынужденным уступить своим приближённым.

— Я пошутил, — сказал он, — а вы уж напали на меня, как гадюки! Чёрт возьми, выбирайте кого хотите!

— Нет, нет, — сказал де Браси, — оставьте трон незанятым, и пусть тот, кто выйдет победителем, сам изберёт прекрасную королеву. Это увеличит прелесть победы и научит прекрасных дам ещё более ценить любовь доблестных рыцарей, которые могут так их возвысить.

— Если победителем окажется Бриан де Буагильбер, — сказал приор, — я уже заранее знаю, кто будет королевой любви и красоты.

— Буагильбер, — сказал де Браси, — хороший боец, но здесь немало рыцарей, сэр приор, которые не побоятся помериться с ним силами.

— Помолчим, господа, — сказал Вальдемар, — и пускай принц займёт своё место. И зрители и бойцы приходят в нетерпение — время позднее, давно пора начинать турнир.

Хотя принц Джон и не был ещё монархом, но благодаря Вальдемару Фиц-Урсу уже терпел все неудобства, сопряжённые с существованием любимого первого министра, который согласен служить своему повелителю, но не иначе, как на свой собственный лад. Принц был склонён к упрямству в мелочах, но на этот раз уступил. Он сел в своё кресло и, когда свита собралась вокруг него, подал знак герольдам провозгласить правила турнира. Эти правила были таковы.

Пять рыцарей-зачинщиков вызывают на бой всех желающих.

Каждый рыцарь, участвующий в турнире, имеет право выбрать себе противника из числа пяти зачинщиков. Для этого он должен только прикоснуться копьём к его щиту. Прикосновение тупым концом означает, что рыцарь желает состязаться тупым оружием, то есть копьями с плоскими деревянными наконечниками или «оружием вежливости», — в таком случае единственной опасностью являлось столкновение всадников. Но если бы рыцарь прикоснулся к щиту остриём копья, это значило бы, что он желает биться насмерть, как в настоящих сражениях.

После того как каждый из участников турнира преломит копьё по пяти раз, принц объявит, кто из них является победителем в состязании первого дня, и прикажет выдать ему приз — боевого коня изумительной красоты и несравненной силы. Вдобавок к этой награде победителю предоставлялась особая честь самому избрать королеву любви и красоты.

В заключение объявлялось, что на другой день состоится всеобщий турнир; в нём смогут принять участие все присутствующие рыцари. Их разделят на две равные партии, и они будут честно и мужественно биться, пока принц Джон не подаст сигнала к окончанию состязания. Вслед за тем избранная накануне королева любви и красоты увенчает рыцаря, которого принц признает наиболее доблестным из всех, лавровым венком из чистого золота.

На третий день были назначены состязания в стрельбе из луков, бой быков и другие развлечения для простого народа. Подобным праздником принц Джон думал приобрести расположение тех самых людей, чувства которых он непрерывно оскорблял своими опрометчивыми и часто бессмысленными нападками.

Место ожидаемых состязаний представляло теперь великолепнейшее зрелище. Покатые галереи были заполнены всем, что было родовитого, знатного, богатого и красивого на севере Англии и в средних её частях; разнообразные цвета одежды этих важных зрителей производили впечатление весёлой пестроты, составляя приятный контраст с более тёмными и тусклыми оттенками платья солидных горожан и иоменов, которые, толпясь ниже галерей вдоль всей ограды, образовали как бы тёмную кайму, ещё резче оттенявшую блеск и пышность верхних рядов.

Герольды закончили чтение правил обычными возгласами: «Щедрость, щедрость, доблестные рыцари!» В ответ на их призыв со всех галерей посыпались золотые и серебряные монеты. Герольды вели летописи турниров, и рыцари не жалели денег для историков своих подвигов. В благодарность за полученные дары герольды восклицали: «Любовь к дамам! Смерть противникам! Честь великодушному! Слава храброму!» Зрители попроще присоединяли к этим возгласам свои радостные клики, между тем как трубачи оглашали воздух воинственными звуками своих инструментов. Когда стих весь этот шум, герольды блистательной вереницей покинули арену. Одни лишь маршалы, в полном боевом вооружении, верхом на закованных в панцири конях, неподвижно, как статуи, стояли у ворот по обоим концам поля.

К этому времени все огороженное пространство у северного входа на арену наполнилось толпой рыцарей, изъявивших желание принять участие в состязании с зачинщиками. С верхних галерей казалось, что там целое море колышущихся перьев, сверкающих шлемов и длинных копий; прикреплённые к копьям значки в ладонь шириною колебались и реяли, подхваченные ветром, придавая ещё больше движения и без того чрезвычайно оживлённой картине.

Наконец ворота открыли, и пять рыцарей, выбранных по жребию, медленно въехали на арену: один впереди, остальные за ним попарно. Все они были великолепно вооружены, и саксонский летописец, рассказ которого служит для меня первоисточником, чрезвычайно подробно описывает их девизы, цвета, даже вышивки на чепраках их коней. Но нам нет надобности распространяться обо всём этом. Говоря словами одного из современных поэтов, автора очень немногих произведений:

Рыцарей нет,
На оружии — ржавчины след,
Души воинов этот покинули свет.

Их гербы без следа исчезли со стен замков, да и сами замки превратились в зелёные холмы и жалкие развалины. Там, где их знали когда-то, теперь не помнят — нет! Много поколений сменилось и было забыто в том самом краю, где царили эти могущественные феодальные властелины. Какое же дело читателю до их имён и рыцарских девизов!

Но не предвидя, какому полному забвению будут преданы их имена и подвиги, бойцы выехали на арену, сдерживая своих горячих коней и принуждая их медленно выступать, чтобы похвастать красотой их шага и своей собственной ловкостью и грацией. И тотчас же из-за южных шатров, где были скрыты музыканты, грянула дикая, варварская музыка: обычай этот был вывезен рыцарями из Палестины. Оркестр состоял из цимбал и колоколов и производил такое впечатление, словно зачинщики посылали одновременно и привет и вызов рыцарям, которые к ним приближались. На глазах у зрителей пятеро рыцарей проехали арену, поднялись на пригорок, где стояли шатры зачинщиков, разъехались в разные стороны, и каждый слегка ткнул тупым концом копья щит того, с кем желал сразиться. Зрители попроще, да, впрочем, и многие знатные особы и даже, как говорят, некоторые дамы были несколько разочарованы тем, что рыцари пожелали биться тупым оружием. Определённый сорт людей, который в наши дни восхищается самыми страшными трагедиями, в те времена интересовался турнирами лишь в той мере, насколько эта забава являлась опасной для сражающихся.

Поставив в известность о своих относительно мирных намерениях, рыцари отъехали в другой конец арены и выстроились в ряд. Тогда зачинщики вышли из своих шатров, сели на коней и под предводительством Бриана де Буагильбера, спустившись с пригорка, также стали рядом, каждый против того рыцаря, который дотронулся до его щита.

Заиграли трубы и рожки, и противники помчались друг на друга. Схватка продолжалась недолго: искусство и счастье зачинщиков были таковы, что противники Буагильбера, Мальвуазена и Фрон де Бефа разом свалились с лошадей на землю. Противник Гранмениля, вместо того чтобы направить копьё в шлем или в щит врага, переломил его о туловище рыцаря, что считалось более позорным, чем просто свалиться с лошади: последнее можно было приписать случайности, тогда как первое доказывало неловкость и даже неумение обращаться со своим оружием. Один лишь пятый рыцарь поддержал честь своей партии: он схватился с иоаннитом, оба переломили копья и расстались, причём ни один из них не добился преимущества.

Крики зрителей, возгласы герольдов и звуки труб возвестили торжество победителей и поражение побеждённых. Победители возвратились в свои шатры, а побеждённые, кое-как поднявшись с земли, со стыдом удалились с арены; им предстояло теперь вступить с победителями в переговоры о выкупе своих доспехов и коней, которые, по законам турниров, стали добычею победивших. Один лишь пятый несколько замешкался и погарцевал по арене, так что дождался рукоплесканий публики, что, без сомнения, способствовало унижению его соратников.

Вслед за первой вторая и третья партии рыцарей выезжали на арену попытать своё боевое счастье. Однако победа решительно оставалась на стороне зачинщиков. Ни один из них не был вышиблен из седла и не сделал постыдного промаха копьём, тогда как подобные неудачи постоянно случались у их противников. Поэтому та часть зрителей, которая не сочувствовала зачинщикам, весьма приуныла, видя их неизменный успех. В четвёртую очередь выехало только три рыцаря; они обошли щиты Буагильбера и Фрон де Бефа и вызвали на состязание только троих остальных — тех, которые выказали меньшую ловкость и силу. Но такая осторожность ни к чему не привела. Зачинщики по-прежнему имели полный успех. Один из их противников вылетел из седла, а два других промахнулись, то есть потерпели поражение в приёме боя, который требовал точности и сильного удара копьём, причём копьё могло ударить по шлему или о щит противника, переломиться от силы этого удара или сбросить самого нападающего на землю.

После четвёртого состязания наступил довольно долгий перерыв. Как видно, охотников возобновить битву не находилось. Среди зрителей начался ропот; дело в том, что из числа пяти зачинщиков Мальвуазен и Фрон де Беф не пользовались расположением народа за свою жестокость, а остальных, кроме Гранмениля, не любили, потому что они были чужестранцы.

Никто не был так огорчён исходом турнира, как Седрик Сакс, который в каждом успехе норманских рыцарей видел новое оскорбление для чести Англии. Сам он смолоду не был обучен искусному обращению с рыцарским оружием, хотя и не раз показывал свою храбрость и твёрдость в бою. Теперь он вопросительно поглядывал на Ательстана, который в своё время учился этому модному искусству. Седрик, казалось, хотел, чтобы Ательстан попытался вырвать победу из рук храмовника и его товарищей. Но, несмотря на свою силу и храбрость, Ательстан был так ленив и настолько лишён честолюбия, что не мог сделать усилия, которого, по-видимому, ожидал от него Седрик.

— Не посчастливилось сегодня Англии, милорд, — сказал Седрик многозначительно. — Не соблазняет ли это вас взяться за копьё?

— Я собираюсь побиться завтра, — отвечал Ательстан. — Я приму участие в melee. Не стоит уж сегодня надевать ратные доспехи.

Этот ответ вдвойне был не по сердцу Седрику: во-первых, его покоробило от норманского слова melee, означавшего общую схватку, а во-вторых, в этом ответе сказалось равнодушие

Ательстана к чести своей родины. Но так как это говорил человек, к которому Седрик питал глубокое почтение, он не позволил себе обсуждать его мотивы или недостатки. Впрочем, его опередил Вамба, который поспешил вставить своё словечко.

— Куда лучше! — сказал он. — Хоть оно и труднее, зато куда почётнее быть первым из ста человек, чем первым из двух.

Ательстан принял эти слова за похвалу, сказанную всерьёз, но Седрик, понявший затаённую мысль шута, бросил на него суровый и угрожающий взгляд. К счастью для Вамбы, время и обстоятельства не позволили хозяину расправиться с ним.

Состязание всё ещё не возобновлялось; были слышны только голоса герольдов, восклицавших:

— Вас ждёт любовь дам, преломляйте копья в их честь! Выступайте, храбрые рыцари! Прекрасные очи взирают на ваши подвиги!

Время от времени музыканты оглашали воздух дикими звуками фанфар, выражавшими торжество победы и вызов на бой. В толпе ворчали, что вот наконец выдался праздничный денёк, да и то ничего хорошего не увидишь. Старые рыцари и пожилые дворяне шёпотом делились между собой замечаниями, вспоминали триумфы своей молодости, жаловались на то, что совсем вымирает воинственный дух, но, впрочем, соглашались, что ныне нет уже больше таких ослепительных красавиц, какие в старые годы воодушевляли бойцов. Принц Джон со своими приближёнными начал толковать о приготовлении пиршества и о присуждении приза Бриану де Буагильберу, который одним и тем же копьём сбросил двух противников с сёдел, а третьего победил.

Наконец, после того как сарацинские музыканты ещё раз сыграли какой-то продолжительный марш, на северном конце арены из-за ограды послышался звук одинокой трубы, означавший вызов. Все взоры обратились в ту сторону, чтобы посмотреть, кто этот новый рыцарь, возвещающий о своём прибытии. Ворота поспешили отпереть, и он въехал на ристалище.

Насколько можно было судить о человеке, закованном в боевые доспехи, новый боец был немногим выше среднего роста и казался скорее хрупкого, чем крепкого телосложения. На нём был стальной панцирь с богатой золотой насечкой; девиз на его щите изображал молодой дуб, вырванный с корнем; под ним была надпись на испанском языке: «Desdichado», что означает «Лишённый наследства». Ехал он на превосходном вороном коне. Проезжая вдоль галерей, он изящным движением склонил копьё, приветствуя принца и дам. Ловкость, с которой он управлял конём, и юношеская грация его движений сразу расположили к нему сердца большинства зрителей, и из толпы раздались крики:

— Тронь копьём щит Ральфа де Випонта! Вызывай иоаннита: он не так-то крепок в седле, с ним легче будет сладить!

Сопутствуемый такими благосклонными советами, рыцарь поднялся на пригорок и, к изумлению всех зрителей, приблизившись к среднему шатру, с такой силой ударил острым концом своего копья в щит Бриана де Буагильбера, что тот издал протяжный звон. Все были крайне удивлены такой смелостью, но больше всех удивился сам грозный рыцарь, получивший вызов на смертный бой. Нисколько не ожидая столь решительного вызова, он в самой непринуждённой позе стоял в ту минуту у входа в свой шатёр.

— Были ли вы сегодня у исповеди, братец? — сказал он. — Сходили ли к обедне, раз так отважно рискуете своей жизнью?

— Я лучше тебя приготовился к смерти, — отвечал рыцарь Лишённый Наследства, который под этим именем и был занесён в список участников турнира.

— Так ступай, становись на своё место на арене, — сказал де Буагильбер, — да полюбуйся на солнце в последний раз: нынче же вечером ты уснёшь в раю.

— Благодарю за предупреждение, — ответил рыцарь Лишённый Наследства. — Прими же и от меня добрый совет: садись на свежую лошадь и бери новое копьё: клянусь честью, они тебе понадобятся.

Сказав это, он заставил свою лошадь задом спуститься с холма и пятиться через всю арену вплоть до северных ворот. Тут он остановился как вкопанный в ожидании своего противника. Удивительное искусство, с которым он управлял конём, снова вызвало громкие похвалы большинства зрителей.

Как ни досадно было де Буагильберу выслушивать советы от своего противника, тем не менее он последовал им в точности: его честь зависела от исхода предстоявшей борьбы, и поэтому он не мог пренебречь ничем, что содействовало бы его успеху. Он приказал подать себе свежую лошадь, сильную и резвую, выбрал новое, крепкое копьё, опасаясь, что древко старого не так уже надёжно после предыдущих стычек, и переменил щит, повреждённый в прежних схватках. На первом щите у него была обычная эмблема храмовников — двое рыцарей, едущих на одной лошади, что служило символом смирения и бедности. В действительности вместо этих качеств, считавшихся первоначально необходимыми для храмовников, рыцари Храма в то время отличались надменностью и корыстолюбием, что и послужило поводом к уничтожению их ордена. На новом щите де Буагильбера изображён был летящий ворон, держащий в когтях череп, а под ним надпись: «Берегись ворона».

Когда оба противника, решившие биться насмерть, стали друг против друга на противоположных концах арены, тревожное ожидание зрителей достигло высшего предела. Немногие полагали, чтобы состязание могло окончиться благополучно для рыцаря Лишённого Наследства, но его отвага и смелость расположили большинство зрителей в его пользу.

Как только трубы подали сигнал, оба противника с быстротою молнии ринулись на середину арены и сшиблись с силой громового удара. Их копья разлетелись обломками по самые рукояти, и какое-то мгновение казалось, что оба рыцаря упали, потому что кони под ними взвились на дыбы и попятились назад. Однако искусные седоки справились с лошадьми, пустив в ход и шпоры и удила. С минуту они смотрели друг на друга в упор; казалось, взоры их мечут пламя сквозь забрала шлемов; потом, поворотив коней, они поехали каждый в свою сторону и у ворот получили новые копья из рук своих оруженосцев.

Громкие восклицания, возгласы одобрения многочисленных зрителей, которые при этом махали платками и шарфами, доказывали, с каким интересом все следили за этим поединком; впервые в тот день выехали на арену бойцы, столь равные по силе и ловкости. Но как только они снова стали друг против друга, крики и рукоплескания смолкли, народ вокруг ристалища замер, и настала такая глубокая тишина, как будто зрители боялись перевести дыхание.

Дав лошадям и всадникам отдохнуть несколько минут, принц Джон подал знак трубачам играть сигнал к бою. Во второй раз противники помчались на середину ристалища и снова сшиблись с такой же быстротой, такой же силой и ловкостью, но не с равным успехом, как прежде.

На этот раз храмовник метил в самую середину щита своего противника и ударил в него так метко и сильно, что копьё разлетелось вдребезги, а рыцарь покачнулся в седле. В свою очередь, Лишённый Наследства, вначале также метивший в щит Буагильбера, в последний момент схватки изменил направление копья и ударил по шлему противника. Это было гораздо труднее, но при удаче удар был почти неотразим. Так оно и случилось, удар пришёлся по забралу, а остриё копья задело перехват его стальной решётки. Однако храмовник и тут не потерял присутствия духа и поддержал свою славу. Если б подпруга его седла случайно не лопнула, быть может он и не упал бы. Но вышло так, что седло, конь и всадник рухнули на землю и скрылись в столбе пыли.

Выпутаться из стремян, вылезть из-под упавшей лошади и вскочить на ноги было для храмовника делом одной минуты. Вне себя от ярости, которая увеличивалась от громких и радостных криков зрителей, приветствовавших его падение, он выхватил меч и замахнулся им на своего победителя. Рыцарь Лишённый Наследства соскочил с коня и также обнажил меч. Но маршалы, пришпорив коней, подскакали к ним и напомнили бойцам, что по законам турнира они не имеют права затевать подобный поединок.

— Мы ещё встретимся, — сказал храмовник, метнув гневный взгляд на своего противника, — и там, где нам никто не помешает.

— Если встретимся, в том будет не моя вина, — отвечал рыцарь Лишённый Наследства. — Пешим или на коне, копьём ли, секирой или мечом — я всегда готов сразиться с тобой.

Они бы, вероятно, ещё долго обменивались гневными речами, если бы маршалы, скрестив копья, не принудили их разойтись. Рыцарь Лишённый Наследства возвратился на своё прежнее место, а Бриан де Буагильбер — в свой шатёр, где провёл весь остаток дня в гневе и отчаянии.

Не слезая с коня, победитель потребовал кубок вина и, отстегнув нижнюю часть забрала, провозгласил, что пьёт «за здоровье всех честных английских сердец и на погибель иноземным тиранам!» После этого он приказал своему трубачу протрубить вызов зачинщикам и попросил герольда передать им, что не хочет никого выбирать, но готов сразиться с каждым из них в том порядке, какой они сами установят.

Первым выехал на ристалище Фрон де Беф, громадный богатырь, в чёрной броне и с белым щитом, на котором была нарисована чёрная бычья голова, изображение которой наполовину стёрлось в многочисленных схватках, с хвастливым девизом: «Берегись, вот я». Над этим противником рыцарь Лишённый Наследства одержал лёгкую, но решительную победу: у обоих рыцарей копья переломились, но при этом Фрон де Беф потерял стремя, и судьи решили, что он проиграл.

Третья стычка незнакомца произошла с сэром Филиппом де Мальвуазеном и была столь же успешна: он с такой силой ударил барона копьём в шлем, что завязки лопнули, шлем свалился, и только благодаря этому сам Мальвуазен не упал с лошади, однако был объявлен побеждённым.

Четвёртая схватка была с Гранменилем. Тут рыцарь Лишённый Наследства выказал столько же любезности, сколько до сих пор выказывал мужества и ловкости. У Гранмениля лошадь была молодая и слишком горячая; во время стычки она так шарахнулась в сторону, что всадник не мог попасть в цель, противник же его, вместо того чтобы воспользоваться таким преимуществом, поднял копьё и проехал мимо. Вслед за тем он воротился на своё место в конце арены и через герольда предложил Гранменилю ещё раз помериться силами. Но тот отказался, признав себя побеждённым не только искусством, но и любезностью своего противника.

Ральф де Випонт дополнил список побед незнакомца, с такой силой грохнувшись оземь, что кровь хлынула у него носом и горлом, и его замертво унесли с ристалища.

Тысячи радостных голосов приветствовали единодушное решение принца и маршалов, присудивших приз этого дня рыцарю Лишённому Наследства.

Глава IX

... Другими девами окружена,
Стояла как владычица она -
Царицей быть могла она одна.
Там не было красавиц, равных ей,
Её убор был всех одежд милей.
Её венец и праздничный наряд
Красив без пышности, без роскоши богат;
И вербы ветвь в руке её бела -
Она её в знак власти подняла.

«Цветок и лист»

Уильям де Вивиль и Стивен де Мартиваль, маршалы турнира, первые поздравили победителя.

Они попросили его снять шлем или поднять забрало, прежде чем он предстанет перед принцем Джоном, чтобы получить из его рук приз. Однако рыцарь Лишённый Наследства с изысканной вежливостью отклонил их просьбу, говоря, что на этот раз не может предстать с открытым лицом по причинам, которые объяснил герольдам перед выступлением на арену. Маршалы вполне удовлетворились этим ответом, тем более что в те времена рыцари часто произносили самые странные обеты и нередко давали клятву хранить полное инкогнито на определённый срок или пока не случится то или другое намеченное ими происшествие. Поэтому они не стали доискиваться причин, по которым победитель желает оставаться неизвестным, а просто доложили о том принцу Джону и попросили разрешения у его светлости представить ему рыцаря, чтобы принц лично вручил ему награду за доблесть.

Любопытство Джона было сильно возбуждено этой таинственностью. Он и так был недоволен исходом турнира, во время которого зачинщики, бывшие его любимцами, потерпели поражение от руки одного и того же рыцаря. Поэтому он высокомерно ответил маршалам:

— Клянусь пресвятой девой, этот рыцарь, очевидно, лишён не только наследства, но и вежливости, раз он желает предстать перед нами с закрытым лицом! Как вы думаете, господа, — обратился он к своей свите, — кто этот гордый храбрец?

— Не могу догадаться, — отвечал де Браси. — Вот уж не думал, чтобы в пределах четырех морей, омывающих Англию, нашёлся боец, способный в один и тот же день победить этих пятерых рыцарей! Клянусь честью, мне не забыть, как он сбил де Випонта! Бедняга иоаннит вылетел из седла, точно камень из пращи.

— Ну, об этом нечего особенно распространяться, — сказал один из рыцарей иоаннитского ордена, — храмовнику также порядком досталось. Я сам видел, как ваш знаменитый Буагильбер трижды перевернулся на земле, каждый раз захватывая целые пригоршни песку.

Де Браси, который был в дружеских отношениях с храмовниками, собирался возразить иоанниту, но принц Джон остановил его.

— Молчите, господа! — сказал он. — Что вы спорите попусту?

— Победитель, — молвил маршал де Вивиль, — всё ещё ожидает решения вашей светлости.

— Нам угодно, — отвечал Джон, — чтобы он дожидался, пока не найдётся кто-нибудь, кто мог бы угадать его имя и звание. Даже если ему бы пришлось простоять в ожидании до ночи, он не озябнет после такой горячей работы.

— Плохо же вы изволите чествовать победителя! — сказал Вальдемар Фиц-Урс. — Вы хотите заставить его ждать до тех пор, пока мы не скажем вашей светлости того, о чём мы понятия не имеем. Я по крайней мере ума не приложу. Разве что это один из тех доблестных воинов, которые вслед за королём Ричардом ушли в Палестину, а теперь пробираются домой из Святой Земли.

— Может быть, это граф Солсбери? — сказал де Браси. — Он примерно его роста.

— Скорее сэр Томас де Малтон, рыцарь Гилслендский, — заметил Фиц-Урс, — Солсбери шире в кости.

И вдруг в свите зашептались, но кто шепнул первым, трудно было сказать:

— Уж не король ли это? Быть может, это сам Ричард Львиное Сердце?

— Помилуй бог! — сказал принц Джон, побледнев как смерть и попятившись назад, как будто рядом ударила молния. — Вальдемар!.. Де Браси… И все вы, храбрые рыцари и джентльмены, не забывайте своих обещаний, будьте моими верными сторонниками!

— Бояться нечего! — сказал Вальдемар Фиц-Урс. — Неужели вы так плохо помните богатырское сложение сына вашего отца, что подумали, будто он мог уместиться в панцире этот бойца? Де Вивиль и Мартиваль, вы окажете наилучшую услугу принцу, если сию же минуту приведёте победителя к подножию трона и положите конец сомнениям, от которых у его светлости не осталось румянца на лице! Всмотритесь в него хорошенько, — продолжал Вальдемар, обращаясь к принцу, — и вы увидите, что он на три дюйма ниже короля Ричарда и вдвое уже в плечах. И лошадь под ним не такая, чтобы могла выдержать тяжесть короля Ричарда.

Во время его речи маршалы подвели рыцаря Лишённого Наследства к подножию деревянной лестницы, подымавшейся с арены к трону принца. Джон был чрезвычайно расстроен мыслью, что его царственный брат, которому он был так много обязан и которого столько раз оскорблял, внезапно появился в пределах своего королевства, и даже все доводы Фиц-Урса не могли окончательно рассеять его подозрения. Прерывающимся голосом принц сказал несколько слов в похвалу доблести рыцаря Лишённого Наследства и велел подвести боевого коня, приготовленного в награду победителю; сам же он всё время тревожно ждал, не раздастся ли из-под опущенного забрала этого покрытого стальными доспехами рыцаря низкий и грозный голос Ричарда Львиное Сердце!

Но рыцарь Лишённый Наследства ни слова не сказал в ответ на приветствие принца, а только низко поклонился.

Двое богато одетых конюхов вывели на арену великолепного коня в полном боевом снаряжении самой тонкой работы. Упёршись одной рукой о седло, рыцарь Лишённый Наследства вскочил на коня, не дотронувшись до стремян, и, подняв копьё, дважды объехал арену с искусством первоклассного наездника, испытывая прекрасные стати лошади и заставляя её менять аллюр.

При других обстоятельствах можно было бы подумать, что им руководит простое тщеславие. Но теперь все усмотрели в этом лишь вполне естественное желание получше ознакомиться со всеми достоинствами полученного в дар коня, и зрители снова приветствовали рыцаря хвалебными криками.

Между тем неугомонный аббат Эймер шёпотом напомнил принцу, что теперь настало время, когда победитель должен проявить уже не доблесть, а изящный вкус, избрав среди прелестных дам, украшавших галереи, ту, которая займёт престол королевы любви и красоты и вручит приз победителю на завтрашнем турнире. Поэтому принц Джон поднял жезл, как только рыцарь, во второй раз объезжая арену, поравнялся с его ложей. Рыцарь тотчас повернул лошадь и, став перед троном, опустил копьё почти до самой земли и замер, как бы ожидая дальнейших приказаний принца. Все были восхищены искусством, с которым седок мгновенно справился с разгорячённым конём и заставил его застыть, как изваяние.

— Сэр рыцарь Лишённый Наследства, — сказал принц Джон, — раз это единственный титул, каким мы можем именовать вас… Вам предстоит теперь почётная обязанность избрать прекрасную даму, которая займёт трон королевы любви и красоты и будет главенствовать на завтрашнем празднике. Если вы, как чужестранец, затрудняетесь сделать выбор и пожелаете прислушаться к советам другого лица, мы можем только заметить, что леди Алисия, дочь доблестного рыцаря Вальдемара Фиц-Урса, давно считается при нашем дворе первой красавицей и занимает в то же время наиболее почётное положение. Тем не менее вам предоставляется полное право вручить этот венец кому вам будет угодно. Та дама, которой вы его передадите, и будет провозглашена королевой завтрашнего турнира. Поднимите ваше копьё.

Рыцарь повиновался, и принц Джон надел на конец копья венец из зелёного атласа, который был окружён золотым обручем, украшенным зубцами в виде сердец и наконечников стрел, наподобие того, как герцогская корона представляет ряд земляничных листьев, чередующихся с шариками.

Делая прозрачный намёк относительно дочери Вальдемара Фиц-Урса, принц Джон думал одновременно достигнуть нескольких целей, ибо ум его представлял странную смесь беспечности и самонадеянности с хитростью и коварством. Во-первых, ему хотелось изгладить из памяти свиты неуместную шутку по поводу Ревекки, а во-вторых — расположить к себе отца Алисии, Вальдемара, которого он побаивался и чьё неудовольствие он навлёк на себя уже несколько раз на протяжении этого дня. Да и к самой Алисии он не прочь был войти в милость, потому что Джон был почти так же распутен в своих забавах, как безнравствен в своём честолюбии. Кроме того, он мог создать рыцарю Лишённому Наследства (к которому он уже чувствовал сильнейшее нерасположение) могущественного врага в лице Вальдемара Фиц-Урса, который был бы оскорблён, если бы его дочь обошли выбором, что было весьма вероятно.

Именно так и случилось. Рыцарь Лишённый Наследства миновал расположенную вблизи от трона принца ложу, где Алисия восседала во всей славе своей горделивой красоты, и медленно проехал дальше вдоль арены, пользуясь своим правом пристально разглядывать многочисленных красавиц, украшавших своим присутствием это блистательное собрание.

Любопытно было наблюдать, как различно они себя вели в то время, когда рыцарь объезжал арену: одни краснели, другие старались принять гордый и неприступный вид; иные смотрели прямо перед собой, притворяясь, что ничего не замечают. Многие откидывались назад с несколько деланным испугом, тогда как их подруги с трудом удерживались от улыбки; две или три открыто смеялись. Были и такие, что поспешили скрыть свои прелести под покрывалом; но, по свидетельству саксонской летописи, это были красавицы, уже лет десять известные в свете. Возможно, что мирская суета несколько им наскучила, и они добровольно отказывались от своих прав, уступая место более молодым.

Наконец рыцарь остановился перед балконом, где сидела леди Ровена, и ожидание зрителей достигло высшей степени напряжения.

Должно сознаться, что если бы, намечая свой выбор, рыцарь Лишённый Наследства руководствовался тем, где во время турнира наиболее интересовались его успехами, ему следовало отдать предпочтение именно этой части галереи. Седрик Сакс, восхищённый поражением храмовника, а ещё более неудачей, постигшей обоих его злокозненных соседей — Фрон де Бефа и Мальвуазена, — перегнувшись через перила балкона, следил за подвигами победителя не только глазами, но всем сердцем и душой. Леди Ровена не меньше его была захвачена событиями дня, хотя она ничем не выдавала своего волнения. Даже невозмутимый Ательстан как будто вышел из своей обычной апатии: он потребовал большую кружку мускатного вина и объявил, что пьёт за здоровье рыцаря Лишённого Наследства.

Другая группа, помещавшаяся как раз под галереей, занятой саксами, не меньше их интересовалась исходом турнира.

— Праотец Авраам! — говорил Исаак из Йорка в ту минуту, как происходило первое столкновение между храмовником и рыцарем Лишённым Наследства. — Как прытко скачет этот христианин! Доброго коня привезли издалека, из самой Берберии, а он с ним так обходится, как будто это ослёнок! А великолепные доспехи, которые так дорого обошлись Иосифу Перейре, оружейнику в Милане! Он совсем не бережёт их, словно нашёл их на большой дороге!

— Но если рыцарь рискует собственной жизнью и телом, отец, — сказала Ревекка, — можно ли ожидать, что он будет беречь коня и доспехи в такой страшной битве.

— Дитя, — возразил Исаак с раздражением, — ты сама не знаешь, что говоришь! Его тело и жизнь принадлежат ему самому, тогда как конь и вооружение… О отец наш Иаков, о чём я говорю… Он хороший юноша. Молись, дитя моё, за спасение этого доброго юноши, его коня и доспехов. Смотри, Ревекка, смотри! Он опять собирается вступить в бой с филистимлянином. Бог отцов моих! Он победил! Нечестивый филистимлянин пал от его копья, подобно тому как Ог, царь Бешана, и Сихон, царь Армаритов, пали от мечей отцов наших! Ну, теперь он отберёт их золото и серебро, их боевых коней и доспехи. Всё будет его добычей!

Такую же тревогу и такое же волнение испытывал почтенный еврей при каждом новом подвиге рыцаря, всякий раз пытаясь наскоро вычислить стоимость лошади и доспехов, которые должны были поступить во владение победителя. Стало быть, в той части публики, перед которой остановился рыцарь Лишённый Наследства, особенно интересовались его успехами.

То ли по нерешительности, то ли в силу каких-либо других причин победитель с минуту стоял неподвижно. Зрители молча, с напряжённым вниманием следили за каждым его движением. Потом он медленно и грациозно склонил копьё и положил венец к ногам прекрасной Ровены. В ту же минуту заиграли трубы, а герольды провозгласили леди Ровену королевой любви и красоты, угрожая покарать всякого, кто дерзнёт оказать ей неповиновение. Затем они повторили свой обычный призыв к щедрости, и Седрик в порыве сердечного восторга вручил им крупную сумму, да и Ательстан, хотя и не так быстро, прибавил со своей стороны такую же солидную подачку.

Среди норманских девиц послышалось недовольное перешёптывание, они так же мало привыкли к тому, чтобы им предпочитали саксонок, как норманские рыцари не привыкли к поражениям в введённых ими же самими рыцарских играх. Но эти выражения неудовольствия потонули в громких криках зрителей: «Да здравствует леди Ровена — королева любви и красоты!» А из толпы простого народа слышались восклицания: «Да здравствует саксонская королева! Да здравствует род бессмертного Альфреда!»

Как ни неприятно было принцу Джону слышать такие возгласы, тем не менее он был вынужден признать выбор, сделанный победителем, вполне законным. Приказав подавать лошадей, он сошёл с трона, сел на своего скакуна и в сопровождении свиты вновь выехал на арену. Приостановившись на минуту у галереи, где сидела леди Алисия, принц Джон приветствовал её с большой любезностью и сказал, обращаясь к окружающим:

— Клянусь святыми угодниками, господа, хотя подвиги этого рыцаря показали нам сегодня крепость его мышц и костей, но надо признать, что, судя по его выбору, глаза у него не слишком зоркие.

Но на этот раз, как и в течение всей своей жизни, принц Джон, к несчастью для себя, не мог угадать характер тех, кого стремился задобрить. Вальдемар Фиц-Урс скорее обиделся, нежели почувствовал себя польщённым тем, что принц так явно подчеркнул пренебрежение, оказанное его дочери.

— Я не знаю ни одного правила рыцарства, — сказал Фиц-Урс, — которое было бы так драгоценно для каждого свободного рыцаря, как право избрать себе даму. Моя дочь ни у кого не ищет предпочтения; в своём кругу она, конечно, всегда будет получать ту долю поклонения, которой она достойна.

Принц Джон на это ничего не сказал, но так пришпорил своего коня, как будто хотел сорвать на нём свою досаду. Лошадь рванулась с места и вмиг очутилась подле той галереи, где сидела леди Ровена, у ног которой всё ещё лежал венец.

— Прекрасная леди, — сказал принц, — примите эмблему вашей царственной власти, которой никто не подчинится более искренне, чем Джон, принц Анжуйский. Не будет ли вам угодно вместе с вашим благородным родителем и друзьями украсить своим присутствием наш сегодняшний пир в замке Ашби, чтобы дать нам возможность познакомиться с королевой, служению которой мы посвящаем завтрашний день?

Ровена осталась безмолвной, а Седрик отвечал за неё на своём родном языке.

— Леди Ровена, — сказал он, — не знает того языка, на котором должна была бы ответить на вашу любезность, поэтому же она не может принять участия в вашем празднестве. Так же и я и благородный Ательстан Конингсбургский говорим только на языке наших предков и следуем их обычаям. Поэтому мы с благодарностью отклоняем любезное приглашение вашего высочества. А завтра леди Ровена примет на себя обязанности того звания, к которому призвал её добровольный выбор победившего рыцаря, утверждённый одобрением народа.

С этими словами он поднял венец и возложил его на голову Ровены в знак того, что она принимает временную власть.

— Что он говорит? — спросил принц Джон, притворяясь, что не знает по-саксонски, тогда как на самом деле отлично знал этот язык.

Ему передали смысл речи Седрика по-французски.

— Хорошо, — сказал он, — завтра мы сами проводим эту безмолвную царицу к её почётному месту. Но по крайней мере вы, сэр рыцарь, — прибавил он, обращаясь к победителю, всё ещё стоявшему перед галереей, — разделите с нами трапезу?

Тут рыцарь впервые заговорил. Ссылаясь на усталость и на то, что ему необходимо сделать некоторые приготовления к предстоящему завтра состязанию, он тихим голосом скороговоркой принёс свои извинения принцу.

— Хорошо, — сказал принц Джон высокомерно, — хотя мы и не привыкли к подобным отказам, однако постараемся как-нибудь переварить свой обед, несмотря на то, что его не желают удостоить своим присутствием ни рыцарь, наиболее отличившийся в бою, ни избранная им королева красоты.

Сказав это, он собрался покинуть ристалище и повернул коня назад, что было сигналом к окончанию турнира.

Но уязвлённая гордость бывает злопамятна, особенно при остром сознании неудачи. Джон не успел отъехать и трех шагов, как, оглянувшись, бросил гневный взгляд на того иомена, который так рассердил его поутру, и, обратясь к страже, сказал повелительно:

— Вы мне отвечаете головой, если этот молодец ускользнёт.

Иомен спокойно и твёрдо выдержал суровый взгляд принца и сказал с улыбкой:

— Я и не намерен уезжать из Ашби до послезавтра. Хочу посмотреть, хорошо ли стаффордширские и лестерские ребята стреляют из лука. В лесах Нидвуда и Чарнвуда должны водиться хорошие стрелки.

Не обращаясь прямо к иомену, принц Джон сказал своим приближённым:

— Вот мы посмотрим, как он сам стреляет, и горе ему, если его искусство не оправдает его дерзости.

— Давно пора, — сказал де Браси, — примерно наказать когонибудь из этих мужланов. Они становятся чересчур нахальны.

Вальдемар Фиц-Урс только пожал плечами и ничего не сказал. Про себя он, вероятно, подумал, что его патрон избрал не тот путь, который ведёт к популярности. Принц Джон покинул арену. Вслед за ним начали расходиться все зрители.

Разными дорогами, судя по тому, кто откуда пришёл, потянулись группы людей по окружающей поляне. Большая часть зрителей устремилась в Ашби, где многие знатные гости проживали в замке, а другие нашли себе пристанище в самом городе. В число их входило и большинство рыцарей, участвовавших в турнире или собиравшихся принять участие в завтрашнем состязании. Они медленно ехали верхом, толкуя между собой о происшествиях этого дня, а шедший мимо народ приветствовал их громкими кликами. Такими же кликами проводили и принца Джона, хотя эти приветствия скорее были вызваны пышностью одежды и великолепием блестящей свиты, чем его достоинствами.

Гораздо более искренними и единодушными возгласами был встречен победитель. Но ему так хотелось поскорее уклониться от этих знаков всеобщего внимания, что он с благодарностью принял любезное предложение маршалов ратного поля занять один из шатров, раскинутых у дальнего конца ограды. Как только он удалился в свой шатёр, разошлась и толпа народа, собравшаяся поглазеть на него и обменяться на его счёт различными соображениями и догадками.

Шум и движение, неразлучные с многолюдным сборищем, мало-помалу затихли. Некоторое время доносился говор людей, расходившихся в разные стороны, но вскоре и он замолк в отдалении. Теперь слышались только голоса слуг, убиравших на ночь ковры и подушки, да раздавались их споры и брань из-за недопитых бутылок вина и остатков различных закусок, которые разносили зрителям в течение дня.

На лугу, за оградой, во многих местах расположились кузнецы. По мере того как сумерки сгущались, огни их костров разгорались всё ярче и ярче; это говорило о том, что оружейники всю ночь проведут за работой, занимаясь починкой или переделкой оружия, которое понадобится назавтра.

Сильный отряд вооружённой стражи, сменявшийся через каждые два часа, окружил ристалище и охранял его всю ночь.

Глава X

Как вещий ворон — прорицатель жуткий.
Летит во мраке молчаливой ночи,
Когда больному предрекает гибель,
Заразу сея с чёрных крыл своих,
Так в ужасе бежит Варавва бедный,
Жестоко проклиная христиан.

«Мальтийский еврей»

Едва рыцарь Лишённый Наследства вошёл в свой шатёр, как явились оруженосцы, пажи и иные приспешники, прося позволения помочь ему снять доспехи и предлагая свежее бельё и освежительное омовение. За их любезностью скрывалось, вероятно, желание узнать, кто этот рыцарь, стяжавший в один день столько лавров и не соглашавшийся ни поднять забрало, ни сказать своего настоящего имени, несмотря на приказание самого принца Джона. Но их назойливое любопытство не получило удовлетворения. Рыцарь Лишённый Наследства наотрез отказался от всяких услуг, говоря, что у него есть свой оруженосец. На этом мужиковатом на вид слуге, похожем на иомена, был широкий плащ из тёмного войлока, а на голове чёрная норманская меховая шапка. По-видимому, опасаясь, как бы его не узнали, он надвинул её на самый лоб. Выпроводив всех посторонних из палатки, слуга снял с рыцаря тяжёлые доспехи и поставил перед ним еду и вино, что было далеко не лишним после напряжения этого дня.

Рыцарь едва успел наскоро поесть, как слуга доложил, что его спрашивают пятеро незнакомых людей, каждый из которых привёл в поводу коня в полном боевом снаряжении. Когда рыцарь снял доспехи, он накинул длинную мантию с большим капюшоном, под которым можно было почти так же хорошо скрыть своё лицо, как под забралом шлема. Однако сумерки уже настолько сгустились, что в такой маскировке не было надобности: рыцаря мог бы узнать только очень близкий знакомый.

Поэтому рыцарь Лишённый Наследства смело вышел из шатра и увидел оруженосцев всех пятерых зачинщиков турнира: он узнал их по коричнево-чёрным кафтанам и по тому, что каждый из них держал в поводу лошадь своего хозяина, навьюченную его доспехами.

— По правилам рыцарства, — сказал первый оруженосец, — я, Болдуин де Ойлей, оруженосец грозного рыцаря Бриана де Буагильбера, явился от его имени передать вам, ныне именующему себя рыцарем Лишённым Наследства, того коня и то оружие, которые служили упомянутому Бриану де Буагильберу во время турнира, происходившего сегодня. Вам предоставляется право удержать их при себе или взять за них выкуп. Таков закон ратного поля.

Четверо остальных оруженосцев повторили почти то же самое и выстроились в ряд, ожидая решения рыцаря Лишённого Наследства.

— Вам четверым, господа, — отвечал рыцарь, — равно как и вашим почтенным и доблестным хозяевам, я отвечу одинаково: передайте благородным рыцарям мой привет и скажите, что я бы дурно поступил, лишив их оружия и коней, которые никогда не найдут себе более храбрых и достойных наездников. К сожалению, я не могу ограничиться таким заявлением. Я не только по имени, но и на деле лишён наследства и принуждён сознаться, что господа рыцари весьма обяжут меня, если выкупят своих коней и оружие, ибо даже и то, которое я ношу, я не могу назвать своим.

— Нам поручено, — сказал оруженосец Реджинальда Фрон де Бефа, — предложить вам по сто цехинов выкупа за каждого коня вместе с вооружением.

— Этого вполне достаточно, — сказал рыцарь Лишённый Наследства. — Обстоятельства вынуждают меня принять половину этой суммы. Из остающихся денег прошу вас, господа оруженосцы, половину разделить между собой, а другую раздать герольдам, вестникам, менестрелям и слугам.

Оруженосцы сняли шапки и с низкими поклонами стали выражать глубочайшую признательность за такую исключительную щедрость. Затем рыцарь обратился к Болдуину, оруженосцу Бриана де Буагильбера:

— От вашего хозяина я не принимаю ни доспехов, ни выкупа. Скажите ему от моего имени, что наш бой не кончен и не кончится до тех пор, пока мы не сразимся и мечами и копьями, пешие или конные. Он сам вызвал меня на смертный бой, и я этого не забуду. Пусть он знает, что я отношусь к нему не так, как к его товарищам, с которыми мне приятно обмениваться любезностями: я считаю его своим смертельным врагом.

— Мой господин, — отвечал Болдуин, — умеет на презрение отвечать презрением, за удары платить ударами, а за любезность — любезностью. Если вы не хотите принять от него хотя бы часть того выкупа, который назначили за доспехи других рыцарей, я должен оставить здесь его оружие и коня. Я уверен, что он никогда не снизойдёт до того, чтобы снова сесть на эту лошадь или надеть эти доспехи.

— Отлично сказано, добрый оруженосец! — сказал рыцарь Лишённый Наследства. — Ваша речь обличает смелость и горячность, подобающие тому, кто отвечает за отсутствующего хозяина. И всё же не оставляйте мне ни коня, ни оружия и возвратите их хозяину. А если он не пожелает принять их обратно, возьмите их себе, друг мой, и владейте ими сами. Раз я имею право ими распоряжаться, охотно дарю их вам.

Болдуин низко поклонился и ушёл вместе с остальными, а рыцарь Лишённый Наследства возвратился в шатёр.

— До сих пор. Гурт, — сказал он своему служителю, — честь английского рыцарства не пострадала в моих руках.

— А я, — подхватил Гурт, — для саксонского свинопаса недурно сыграл роль норманского оруженосца.

— Это правда, — отвечал рыцарь Лишённый Наследства. — А всё-таки я всё время был в тревоге, как бы твоя неуклюжая фигура не выдала тебя.

— Ну, вот этого, — сказал Гурт, — я нисколько не боюсь! Если кто может меня узнать, то разве только шут Вамба! До сих пор я не знаю в точности, дурак он или плут. Ох, и трудно же мне было удержаться от смеха, когда старый мой хозяин проходил так близко от меня; он-то думал, что Гурт пасёт его свиней за много миль отсюда, среди кустов и болот Ротервуда! Если меня узнают…

— Ну, довольно об этом, — прервал его рыцарь. — Ты знаешь, что я обещал тебе.

— Не в этом дело! — сказал Гурт. — Я никогда не предам друга из страха перед наказанием. Шкура у меня толстая, выдержит и розги и скрёбки не хуже любого борова из моего стада.

— Поверь, я вознагражу тебя за те опасности, которым ты подвергаешься из любви ко мне, Гурт, — сказал рыцарь. — А пока что возьми, пожалуйста, десять золотых монет.

— Я теперь богаче, — сказал Гурт, пряча деньги в сумку, — чем любой раб или свинопас во все времена.

— А вот этот мешок с золотом, — продолжал его хозяин, — снеси в Ашби. Разыщи там Исаака из Йорка. Пускай он из этих денег возьмёт себе то, что следует за коня и доспехи, которые он достал мне в долг.

— Нет, клянусь святым Дунстаном, этого я не сделаю! — воскликнул Гурт.

— Как не сделаешь плут? — спросил рыцарь. — Как же ты смеешь не исполнять моих приказаний?

— Всегда исполняю, коли то, что вы приказываете, честно, и разумно, и по-христиански, — отвечал Гурт. — А это что ж такое! Чтобы еврей сам платил себе — нечестно, так как это всё равно, что надуть своего хозяина; да и неразумно, ибо это значит остаться в дураках; да и не по-христиански, так как это значит ограбить единоверца, чтобы обогатить еретика.

— По крайней мере уплати ему как следует, упрямец! — сказал рыцарь Лишённый Наследства.

— Вот это я исполню, — ответил Гурт, сунув мешок под плащ. Но, выходя из шатра, он проворчал себе под нос:

— Не будь я Гурт, коли не заставлю Исаака согласиться на половину той суммы, которую он запросит!

С этими словами он ушёл, предоставив рыцарю Лишённому Наследства углубиться в размышления о своих личных делах. По многим причинам, которых мы пока не можем разъяснить читателю, эти размышления были самого тяжёлого и печального свойства.

Теперь мы должны перенестись мысленно в селение возле Ашби, или, скорее, в усадьбу, стоявшую в его окрестностях и принадлежавшую богатому еврею, у которого поселился на это время Исаак со своей дочерью и прислугой. Известно, что евреи оказывали широкое гостеприимство своим единоверцам и, напротив, сухо и неохотно принимали тех, кого считали язычниками; впрочем, те и не заслуживали лучшего приёма, так как сами притесняли евреев.

В небольшой, но роскошно убранной в восточном вкусе комнате Ревекка сидела на вышитых подушках, нагромождённых на низком помосте, устроенном у стен комнаты в замену стульев и скамеек. Она с тревогой и дочерней нежностью следила за движениями своего отца, который взволнованно шагал взад и вперёд. По временам он всплёскивал руками и возводил глаза к потолку, как человек, удручённый великим горем.

— О Иаков, — восклицал он, — о вы, праведные праотцы всех двенадцати колен нашего племени! Я ли не выполнял всех заветов и малейших правил Моисеева закона, за что же на меня такая жестокая напасть? Пятьдесят цехинов сразу вырваны у меня когтями тирана!

— Мне показалось, отец, — сказала Ревекка, — что ты охотно отдал принцу Джону золото.

— Охотно? Чтоб на него напала язва египетская! Ты говоришь — охотно? Так же охотно, как когда-то в Лионском заливе собственными руками швырял в море товары, чтобы облегчить корабль во время бури. Я одел тогда кипящие волны в свои лучшие шелка, умастил их пенистые гребни миррой и алоэ, украсил подводные пещеры золотыми и серебряными изделиями! То был час неизречённой скорби, хоть я и собственными руками приносил такую жертву!

— Но эта жертва была угодна богу для спасения нашей жизни, — сказала Ревекка, — и разве с тех пор бог отцов наших не благословил твою торговлю, не приумножил твоих богатств?

— Положим, что так, — отвечал Исаак, — а что, если тиран вздумает наложить на них свою руку, как он сделал сегодня, да ещё заставит меня улыбаться, пока он будет меня грабить? О дочь моя, мы с тобой обездоленные скитальцы! Худшее зло для нашего племени в том и заключается, что, когда нас оскорбляют и грабят, все кругом только смеются, а мы обязаны глотать обиды и смиренно улыбаться!

— Полно, отец, — воскликнула Ревекка, — и мы имеем некоторые преимущества! Правда, эти язычники жестоки и деспотичны, однако и они до некоторой степени зависят от детей Сиона, которых преследуют и презирают. Если бы не наши богатства, они были бы не в состоянии ни содержать войско во время войны, ни давать пиров после побед; а то золото, что мы им даём, с лихвою возвращается снова в наши же сундуки. Мы подобны той траве, которая растёт тем пышнее, чем больше её топчут. Даже сегодняшний блестящий турнир не обошёлся без помощи презираемого еврея и только по его милости мог состояться.

— Дочь моя, — сказал Исаак, — ты затронула ещё одну струну моей печали! Тот добрый конь и богатые доспехи, что составляют весь чистый барыш моей сделки с Кирджат Джайрамом в Лестере, пропали. Да, пропали, поглотив заработок целой недели, целых шести дней, от одной субботы до другой! Впрочем, ещё посмотрим, может быть это дело будет иметь лучший конец. Он, кажется, в самом деле добрый юноша!

— Но ведь ты, — возразила Ревекка, — наверное, не раскаиваешься в том, что отплатил этому рыцарю за его добрую услугу.

— Это так, дочь моя, — сказал Исаак, — но у меня так же мало надежды на то, что даже лучший из христиан добровольно уплатит свой долг еврею, как и на то, что я своими глазами увижу стены и башни нового храма.

Сказав это, он снова зашагал по комнате с недовольным видом, а Ревекка, понимая, что её попытки утешить отца только заставляют его жаловаться на новые и новые беды и усиливают мрачное настроение, решила воздержаться от дальнейших замечаний. (Решение в высшей степени мудрое, и мы бы посоветовали всем утешителям и советчикам в подобных случаях следовать её примеру.)

Между тем совсем стемнело, и вошедший слуга поставил на стол две серебряные лампы, горящие фитили которых были погружены в благовонное масло; другой слуга принёс драгоценные вина и тончайшие яства и расставил их на небольшом столе из чёрного дерева, выложенном серебром. В то же время он доложил Исааку, что с ним желает поговорить назареянин (так евреи называли между собою христиан). Кто живёт торговлей, тот обязан во всякое время отдавать себя в распоряжение каждого посетителя, желающего вести с ним дело. Исаак поспешно поставил на стол едва пригубленный кубок с греческим вином, сказал дочери: «Ревекка, опусти покрывало» — и приказал слуге позвать пришедшего.

Едва Ревекка успела опустить на своё прекрасное лицо длинную фату из серебряной вуали, как дверь отворилась и вошёл Гурт, закутанный в широкие складки своего норманского плаща. Наружность его скорее внушала подозрение, чем располагала к доверию, тем более что, входя, он не снял шапки, а ещё ниже надвинул её на хмурый лоб.

— Ты ли Исаак из Йорка? — сказал Гурт по-саксонски.

— Да, это я, — отвечал Исаак на том же наречии; ведя торговлю в Англии, он свободно говорил на всех языках, употребительных в пределах Британии. — А ты кто такой?

— До этого тебе нет дела, — сказал Гурт.

— Столько же, сколько и тебе до моего времени, — сказал Исаак. — Как же я стану с тобой разговаривать, если не буду знать, кто ты такой?

— Очень просто, — отвечал Гурт, — платя деньги, я должен знать, тому ли лицу я плачу, а тебе, я думаю, совершенно всё равно, из чьих рук ты их получишь.

— О бог отцов моих! Ты принёс мне деньги? Ну, это совсем другое дело. От кого же эти деньги?

— От рыцаря Лишённого Наследства, — сказал Гурт. — Он вышел победителем на сегодняшнем турнире, а деньги шлёт тебе за боевые доспехи, которые, по твоей записке, доставил ему Кирджат Джайрам из Лестера. Лошадь уже стоит в твоей конюшне; теперь я хочу знать, сколько следует уплатить за доспехи.

— Я говорил, что он добрый юноша! — воскликнул Исаак в порыве радостного волнения. — Стакан вина не повредит тебе, — прибавил он, подавая свинопасу бокал такого чудесного напитка, какого Гурт сроду ещё не пробовал. — А сколько же ты принёс денег?

— Пресвятая дева! — молвил Гурт, осушив стакан и ставя его на стол. — Вот ведь какое вино пьют эти нечестивцы, а истинному христианину приходится глотать один только эль, да ещё такой мутный и густой, что он не лучше свиного пойла! Сколько я денег принёс? — продолжал он, прерывая свои нелюбезные замечания. — Да небольшую сумму, однако для тебя будет довольно. Подумай, Исаак, надо же и совесть иметь.

— Как же так, — сказал Исаак, — твой хозяин завоевал себе добрым копьём отличных коней и богатые доспехи. Но, я знаю, он хороший юноша. Я возьму доспехи и коней в уплату долга, а что останется сверх того, верну ему деньгами.

— Мой хозяин уже сбыл с рук весь этот товар, — сказал Гурт.

— Ну, это напрасно! — сказал еврей. — Никто из здешних христиан не в состоянии скупить в одни руки столько лошадей и доспехов. Но у тебя есть сотня цехинов в этом мешке, — продолжал Исаак, заглядывая под плащ Гурта, — он тяжёлый.

— У меня там наконечники для стрел, — соврал Гурт без запинки.

— Ну хорошо, — сказал Исаак, колеблясь между страстью к наживе и внезапным желанием выказать великодушие. — Коли я скажу, что за доброго коня и за богатые доспехи возьму только восемьдесят цехинов, тут уж мне ни одного гульдена барыша не перепадёт. Найдётся у тебя столько денег, чтобы расплатиться со мной?

— Только-только наберётся, — сказал Гурт, хотя еврей запросил гораздо меньше, чем он ожидал, — да и то мой хозяин останется почти ни с чем. Ну, если это твоё последнее слово, придётся уступить тебе.

— Налей-ка себе ещё стакан вина, — сказал Исаак. — Маловато будет восьмидесяти цехинов: совсем без прибыли останусь. А как лошадь, не получила ли она каких-нибудь повреждений? Ох, какая жестокая и опасная была эта схватка! И люди и кони ринулись друг на друга, точно дикие быки бешанской породы. Немыслимо, чтобы коню от того не было никакого вреда.

— Конь совершенно цел и здоров, — возразил Гурт, — ты сам можешь осмотреть его. И, кроме того, я говорю прямо, что семидесяти цехинов за глаза довольно за доспехи, а слово христианина, надеюсь, не хуже еврейского: коли не хочешь брать семидесяти, я возьму мешок (тут он потряс им так, что червонцы внутри зазвенели) и снесу его назад своему хозяину.

— Нет, нет, — сказал Исаак, так и быть, выкладывай таланты... то есть шекели... то есть восемьдесят цехинов, и увидишь, что я сумею тебя поблагодарить.

Гурт выложил на стол восемьдесят цехинов, а Исаак, медленно пересчитав деньги, выдал ему расписку в получении коня и денег за доспехи.

У еврея руки дрожали от радости, пока он завёртывал первые семьдесят золотых монет; последний десяток он считал гораздо медленнее, разговаривая всё время о посторонних предметах, и по одной спускал монеты в кошель. Казалось, что скаредность борется в нём с лучшими чувствами, побуждая опускать в кошель цехин за цехином, в то время как совесть внушает, что надо хоть часть возвратить благодетелю или по крайней мере наградить его слугу. Речь Исаака была примерно такой:

— Семьдесят один, семьдесят два; твой хозяин — хороший юноша. Семьдесят три... Что и говорить, превосходный молодой человек... Семьдесят четыре... Эта монета немножко обточена сбоку... Семьдесят пять... А эта и вовсе лёгкая... Семьдесят шесть... Если твоему хозяину понадобятся деньги, пускай обращается прямо к Исааку из Йорка... Семьдесят семь... То есть, конечно, с благонадёжным обеспечением...

Тут он помолчал, и Гурт уже надеялся, что остальные три монеты избегнут участи предыдущих.

Однако счёт возобновился:

— Семьдесят восемь... И ты тоже славный парень... Семьдесят девять... И, без сомнения, заслуживаешь награды.

Тут Исаак запнулся и поглядел на последний цехин, намереваясь подарить его Гурту. Он подержал его на весу, покачал на кончике пальца, подбросил на стол, прислушиваясь к тому, как он зазвенит. Если бы монета издала тупой звук, если бы она оказалась хоть на волос легче, чем следовало, великодушие одержало бы верх; но, к несчастью для Гурта, цехин покатился звонко, светился ярко, был новой чеканки и даже на одно зерно тяжелее узаконенного веса. У Исаака не хватило духу расстаться с ним, и он, как бы в рассеянности, уронил его в свой кошель, сказав:

— Восемьдесят штук; надеюсь, что твой хозяин щедро наградит тебя. Однако ж, — прибавил он, пристально глядя на мешок, бывший у Гурта, — у тебя тут, наверное, ещё есть деньги?

Гурт осклабился, что означало у него улыбку, и сказал:

— Пожалуй, будет ещё столько же, как ты сейчас сосчитал.

Гурт сложил расписку, бережно спрятал её в свою шапку и заметил:

— Только смотри у меня, коли ты расписку написал неправильно, я тебе бороду выщиплю.

С этими словами, не дожидаясь приглашения, он налил себе третий стакан вина, выпил его и вышел не прощаясь.

— Ревекка, — сказал еврей, — этот измаилит чуть не надул меня. Впрочем, его хозяин — добрый юноша, и я рад, что рыцарь добыл себе и золото и серебро, и всё благодаря быстроте своего коня и крепости своего копья, которое, подобно копью Голиафа, могло соперничать в быстроте с ткацким челноком.

Он обернулся, ожидая ответа от дочери, но оказалось, что её нет в комнате: она ушла, пока он торговался с Гуртом.

Между тем Гурт, выйдя в тёмные сени, оглядывался по сторонам, соображая, где же тут выход. Вдруг он увидел женщину в белом платье с серебряной лампой в руке. Она подала ему знак следовать за ней в боковую комнату. Гурт сначала попятился назад. Во всех случаях, когда ему угрожала опасность со стороны материальной силы, он был груб и бесстрашен, как кабан, но он был боязлив во всём, что касалось леших, домовых, белых женщин и прочих саксонских суеверий так же, как его древние германские предки. Притом он помнил, что находится в доме еврея, а этот народ, помимо всех других неприятных черт, приписываемых ему молвою, отличался ещё, по мнению простонародья, глубочайшими познаниями по части всяких чар и колдовства. Однако же после минутного колебания он повиновался знакам, подаваемым привидением. Последовав за ним в комнату, он был приятно изумлён, увидев, что это привидение оказалось той самой красивой еврейкой, которую он только что видел в комнате её отца и ещё днём заметил на турнире.

Ревекка спросила его, каким образом рассчитался он с Исааком, и Гурт передал ей все подробности дела.

— Мой отец только подшутил над тобой, добрый человек, — сказала Ревекка, — он задолжал твоему хозяину несравненно больше, чем могут стоить какие-нибудь боевые доспехи и конь. Сколько ты заплатил сейчас моему отцу?

— Восемьдесят цехинов, — отвечал Гурт, удивляясь такому вопросу.

— В этом кошельке, — сказала Ревекка, — ты найдёшь сотню цехинов. Возврати своему хозяину то, что ему следует, а остальное возьми себе. Ступай! Уходи скорее! Не трать времени на благодарность! Да берегись: когда пойдёшь через город, легко можешь потерять не только кошелёк, но и жизнь... Рейбен, — позвала она слугу, хлопнув в ладоши, — посвети гостю, проводи его из дому и запри за ним двери!

Рейбен, темнобровый и чернобородый сын Израиля, повиновался, взял факел, отпер наружную дверь дома и, проведя Гурта через мощёный двор, выпустил его через калитку у главных ворот. Вслед за тем он запер калитку и задвинул ворота такими засовами и цепями, какие годились бы и для тюрьмы.

— Клянусь святым Дунстаном, — говорил Гурт, спотыкаясь в темноте и ощупью отыскивая дорогу, — это не еврейка, а просто ангел небесный! Десять цехинов я получил от молодого хозяина да ещё двадцать от этой жемчужины Сиона. О, счастливый мне выдался денёк! Ещё бы один такой, и тогда конец твоей неволе, Гурт! Внесёшь выкуп и будешь свободен, как любой дворянин! Ну, тогда прощай мой пастуший рожок и посох, возьму добрый меч да щит и пойду служить моему молодому хозяину до самой смерти, не скрывая больше ни своего лица, ни имени.

Глава XI

Первый разбойник
Остановитесь! Всё отдайте нам!
Не то в карманах ваших станем шарить.
Спид
Сэр, мы пропали! Это те мерзавцы,
Которые на всех наводят страх.
Валентин
Друзья мои…
Первый разбойник
Нет, сэр, мы вам враги.
Второй разбойник
Постой, послушаем его.
Третий разбойник
Конечно!
Он по сердцу мне.
«Два веронца»

Ночные приключения Гурта этим не кончились. Он и сам начал так думать, когда, миновав одну или две усадьбы, расположенные на окраине селения, очутился в овраге. Оба склона его густо заросли орешником и остролистом; местами низкорослые дубы сплетались ветвями над дорогой. К тому же она была вся изрыта колеями и выбоинами, потому что ко дню турнира по ней проезжало множество повозок со всякими припасами. Склоны оврага были так высоки и растительность так густа, что сюда вовсе не проникал слабый свет луны.

Из селения доносился отдалённый шум гулянья — взрывы громкого смеха, крики, отголоски дикой музыки. Все эти звуки, говорившие о беспорядках в городке, переполненном воинственными дворянами и их развращённой прислугой, стали внушать Гурту некоторое беспокойство.

«Еврейка-то была права, — думал он про себя. — Помоги мне бог и святой Дунстан благополучно добраться до дому со своей казной! Здесь такое сборище не то чтобы записных воров, а странствующих рыцарей, странствующих оруженосцев, странствующих монахов да музыкантов, странствующих шутов да фокусников, что любому человеку с одной монеткой в кармане станет страшновато, а уж про свинопаса с целым мешком цехинов и говорить нечего. Скорее бы миновать эти проклятые кусты! Тогда по крайней мере заметишь этих чертей раньше, чем они вскочат тебе на плечи».

Гурт ускорил шаги, чтобы выйти из оврага на открытую поляну. Однако это ему не удалось. В самом конце оврага, где чаща была всего гуще, на него накинулись четыре человека, по двое с каждой стороны, и схватили его за руки.

— Давай свою ношу, — сказал один из них, — мы подносчики чужого добра, всех избавляем от лишнего груза.

— Не так-то легко было бы вам избавить меня от груза, — угрюмо пробормотал честный Гурт, который не мог смириться даже перед непосредственной опасностью, — кабы я поспел хоть три раза стукнуть вас по шее.

— Посмотрим, — сказал разбойник. — Тащите плута в лес, — обратился он к товарищам. — Как видно, этому парню хочется, чтобы ему и голову проломили и кошелёк отрезали.

Гурта довольно бесцеремонно поволокли по склону оврага в густую рощу, отделявшую дорогу от открытой поляны. Он поневоле должен был следовать за своими свирепыми провожатыми в самые густые заросли. Вдруг они неожиданно остановились на открытой лужайке, залитой светом луны. Здесь к ним присоединились ещё два человека, по-видимому из той же шайки. У них были короткие мечи на боку, а в руках — увесистые дубины. Гурт только теперь заметил, что все шестеро были в масках, это настолько явно свидетельствовало о характере их занятий, что не вызывало никаких дальнейших сомнений.

— Сколько при тебе денег, парень? — спросил один.

— Тридцать цехинов моих собственных денег, — угрюмо ответил Гурт.

— Отобрать, отобрать! — закричали разбойники. — У сакса тридцать цехинов, а он возвращается из села трезвый! Тут не о чем толковать! Отобрать у него всё без остатка! Отобрать непременно!

— Я их копил, чтобы внести выкуп и освободиться, — сказал Гурт.

— Вот и видно, что ты осёл! — возразил один из разбойников. — Выпил бы кварту-другую доброго эля и стал бы так же свободен, как и твой хозяин, а может быть, даже свободнее его, коли он такой же саксонец, как ты.

— Это горькая правда, — отвечал Гурт, — но если этими тридцатью цехинами я могу от вас откупиться, отпустите мне руки, я вам их сейчас же отсчитаю.

— Стой! — сказал другой, по виду начальник. — У тебя тут мешок. Я его нащупал под твоим плащом, там гораздо больше денег, чем ты сказал.

— То деньги моего хозяина, доброго рыцаря, — сказал Гурт. — Я бы про них и не заикнулся, если бы вам хватило моих собственных денег.

— Ишь какой честный слуга! — сказал разбойник. — Это хорошо. Ну, а мы не так уж преданы дьяволу, чтобы польститься на твои тридцать цехинов. Только расскажи нам всё по чистой правде. А пока давай сюда мешок.

С этими словами он вытащил у Гурта из-за пазухи кожаный мешок, внутри которого вместе с оставшимися цехинами лежал и кошелёк, данный Ревеккой. Затем допрос возобновился.

— Кто твой хозяин?

— Рыцарь Лишённый Наследства, — отвечал Гурт.

— Это тот, кто своим добрым копьём выиграл приз на нынешнем турнире? — спросил разбойник. — Ну-ка, скажи, как его зовут и из какого он рода?

— Ему угодно скрывать это, — отвечал Гурт, — и, уж конечно, не мне выдавать его тайну.

— А тебя самого как зовут?

— Коли скажу вам своё имя, вы, пожалуй, отгадаете имя хозяина, — сказал Гурт.

— Однако ты изрядный нахал! — сказал разбойник. — Но об этом после. Ну, а как это золото попало к твоему хозяину? По наследству он его получил или сам раздобыл?

— Добыл своим добрым копьём, — отвечал Гурт. — В этих мешках лежит выкуп за четырех добрых коней и за полное вооружение четырех рыцарей.

— Сколько же тут всего?

— Двести цехинов.

— Только двести цехинов! — сказал разбойник. — Твой хозяин великодушно поступил с побеждёнными и взял слишком мало выкупа. Назови по именам, от кого он получил это золото.

Гурт перечислил имена рыцарей.

— А как же доспехи и конь храмовника Бриана де Буагильбера? Сколько же он за них назначил? Ты видишь, что меня нельзя надуть.

— Мой хозяин, — отвечал Гурт, — ничего не возьмёт от храмовника, кроме крови. Они в смертельной вражде, и потому между ними не может быть мира.

— Вот как! — молвил разбойник и слегка задумался. — А что же ты делал теперь в Ашби, имея при себе такую казну?

— Я ходил платить Исааку, еврею из Йорка, за доспехи, которые он доставил моему хозяину к этому турниру.

— Сколько же ты уплатил Исааку? Судя по весу этого мешка, мне сдаётся, что там всё ещё есть двести цехинов.

— Я уплатил Исааку восемьдесят цехинов, — сказал Гурт, — а он взамен дал мне сто.

— Как! Что ты мелешь! — воскликнули разбойники. — Уж не вздумал ли ты подшутить над нами?

— Я говорю чистую правду, — сказал Гурт. — Это такая же святая правда, как то, что месяц светит на небе. Можете сами проверить: ровно сто цехинов в шёлковом кошельке лежат в этом мешке отдельно от остальных.

— Опомнись, парень, — сказал старший. — Ты говоришь о еврее: да они не расстанутся с золотом, как сухой песок в пустыне — с кружкой воды, которую выльет на него странник. Раздуйте огонь. Я посмотрю, что у него там в мешке. Если этот парень сказал правду, щедрость еврея — поистине такое же чудо, как та вода, которую его предки иссекли из камня в пустыне.

Мигом добыли огня, и разбойник принялся осматривать мешок. Остальные столпились вокруг; даже те двое, что держали Гурта, увлечённые общим примером, перестали обращать внимание на пленника. Гурт воспользовался этим, стряхнул их с себя и мог бы бежать, если бы решился бросить хозяйские деньги на произвол судьбы. Но об этом он и не думал. Выхватив дубину у одного из разбойников, он хватил старшего по голове, как раз когда тот меньше всего ожидал подобного нападения. Ещё немного, и Гурт схватил бы свой мешок. Однако разбойники оказались проворнее и снова овладели как мешком, так и верным оруженосцем.

— Ах ты, мошенник! — сказал старший, вставая. — Ведь ты мог мне голову проломить! Попадись ты в руки другим людям, которые промышляют тем же, чем мы, плохо бы тебе пришлось за такую дерзость! Но ты сейчас узнаешь свою участь. Поговорим сначала о твоём хозяине, а потом уж о тебе; впереди рыцарь, а за ним — его оруженосец, так ведь по рыцарским законам? Стой смирно! Если ты только шелохнёшься, мы тебя успокоим на всю жизнь. Друзья мои, — продолжал он, обращаясь к своей шайке, — кошелёк вышит еврейскими письменами, и я думаю, что этот иомен сказал правду. Хозяин его — странствующий рыцарь и похож на нас самих, пусть пройдёт через наши руки без пошлины: ведь и собаки не грызутся между собой в таких местах, где водится много лисиц и волков.

— Чем же он похож на нас? — спросил один из разбойников. — Желал бы я послушать, как это можно доказать!

— Глупый ты человек! — сказал атаман. — Да разве этот рыцарь не так же беден и обездолен, как мы? Разве он не добывает себе хлеб насущный острым мечом? Не он ли побил Фрон де Бефа и Мальвуазена так, как мы сами побили бы их, если б могли? И не он ли объявил вражду не на жизнь, а насмерть Бриану де Буагильберу, которого нам самим приходится бояться по множеству причин? Так неужели же у нас меньше совести, чем её оказалось у иудея?

— Нет, это было бы стыдно! — проворчал другой. — Однако, когда я был в шайке старого крепыша Ганделина, мы в такие тонкости не входили... А как же быть с этим наглецом? Так и отпустить его не проучивши?

— Попробуй-ка сам проучить его, — отвечал старший. — Эй, слушай! — продолжал он, обращаясь к Гурту. — Коли ты с такой охотой ухватился за дубину, может быть ты умеешь ею орудовать?

— Про то тебе лучше знать, — сказал Гурт.

— Да, признаться, ты знатно меня хватил, — сказал атаман. — Отколоти этого парня, тогда и ступай на все четыре стороны; а коли не сладишь с ним... Нечего делать, ты такой славный малый, что я, кажется, сам внесу за тебя выкуп. Ну-ка, Мельник, бери свою дубину и береги голову, а вы, ребята, отпустите пленника и дайте ему такую же дубину. Здесь теперь света довольно, и они смогут отлично оттузить друг друга.

Вооружённые одинаковыми дубинками, бойцы выступили на освещённую середину лужайки, а разбойники расположились вокруг.

Мельник, ухватив дубину по самой серёдке и быстро вертя ею над головой, тем способом, который французы называют faire le moulinet, хвастливо вызывал Гурта на поединок:

— Ну-ка, деревенщина, выходи! Только сунься, я тебе покажу, каково попадаться мне под руку!

— Коли ты и вправду мельник, — отвечал Гурт, с таким же проворством вертя своей дубинкой, — значит, ты вдвойне грабитель. А я честный человек и вызываю тебя на бой!

Обменявшись такими любезностями, противники сошлись и в течение нескольких минут с одинаковой силой и храбростью наносили друг другу удары и отражали их. Это делалось с такой ловкостью и быстротой, что по поляне шёл непрерывный стук и треск их дубинок и издали могло показаться, что здесь дерутся по крайней мере по шесть человек с каждой стороны. Менее упорные и менее опасные побоища не раз бывали описаны в звучных героических балладах. Но бой Мельника с Гуртом так и останется невоспетым за неимением поэта, который воздал бы им должное. Все же, хотя бой на дубинках уже вышел из моды, мы постараемся если не в стихах, то в прозе отдать дань справедливости этим отважным бойцам.

Долго они сражались с равным успехом. Наконец Мельник, встретив упорное сопротивление, которое сопровождали насмешки и хохот его товарищей, потерял всякое терпение. Такое состояние духа очень неблагоприятно для этой благородной забавы, где выигрывает наиболее хладнокровный. Это обстоятельство дало решительный перевес Гурту, который с редким мастерством сумел воспользоваться ошибками своего противника.

Мельник яростно наступал, нанося удары обоими концами своей дубины и стараясь подойти поближе. Гурт только защищался, вытянув руки и быстро вращая палкой. На этой оборонительной позиции он держался до тех пор, пока не заметил, что противник начинает выдыхаться. Тогда он наотмашь занёс дубину. Мельник только что собрался отпарировать этот удар, как Гурт проворно перехватил дубину в правую руку и изо всей силы треснул его по голове. Мельник тут же растянулся на траве.

— Молодец, честно побил! — закричали разбойники. — Многие лета доброй потехе и старой Англии! Сакс унесёт в целости и казну и свою собственную шкуру, а Мельник-то сплоховал перед ним.

— Ну, друг мой, можешь идти своей дорогой, — сказал Гурту предводитель разбойников, выражая общее мнение. — Я дам тебе в провожатые двух товарищей. Они тебя доведут кратчайшим путём до палатки твоего хозяина и в случае чего защитят от ночных бродяг, у которые совесть не такая чувствительная, как у нас. Нынешней ночью много их шатается по здешним местам. Берегись, однако, — прибавил он сурово. — Ты ведь не сказал нам своего имени, так и наших имён не спрашивай и не пытайся узнавать, кто мы и откуда. Если не послушаешься, пеняй на себя.

Гурт поблагодарил предводителя и обещал следовать его советам. Двое разбойников взяли свои дубины и повели Гурта окольной тропинкой через чащу вниз, к оврагу. На опушке им навстречу вышли двое людей. Они обменялись несколькими словами с проводниками и опять скрылись в глубине леса. Отсюда Гурт заключил, что шайка большая и сборное место охраняется зорко.

Выйдя на открытую равнину, поросшую вереском, Гурт не знал бы, куда ему направить свои шаги, если бы разбойники не повели его прямо на вершину холма. Оттуда были видны освещённые луной частокол, окружавший ристалище, шатры, раскинутые у обоих его концов, знамёна, развевавшиеся над ними. Гурт мог даже расслышать тихое пение, которым развлекалась ночная стража.

Разбойники остановились.

— Дальше мы не пойдём, — сказал один из них, — иначе нам самим несдобровать. Помни, что тебе сказано: помалкивай о том, что с тобой приключилось сегодня, и увидишь, что всё будет хорошо. Но, если позабудешь наши советы, от мщения не убережёшься, хотя бы ты и спрятался в Тауэре.

— Спокойной ночи, милостивые господа, — сказал Гурт, — я ваших приказаний не забуду и надеюсь, что вы не примете за обиду, коли я пожелаю вам заняться более безопасным и честным ремеслом.

На этом они расстались. Разбойники повернули обратно, а Гурт направился к шатру своего хозяина и, невзирая на только что выслушанные увещевания, не замедлил рассказать ему все свои приключения.

Рыцарь Лишённый Наследства был удивлён щедростью Ревекки, которой он, впрочем, решил не пользоваться, не менее, чем великодушием разбойников. Впрочем, он недолго размышлял об эти странных событиях, потому что хотел поскорее лечь спать. Ему было необходимо как следует отдохнуть, чтобы набраться сил для завтрашнего состязания.

Итак, рыцарь лёг на роскошную постель, приготовленную в его шатре, а верный Гурт растянулся на полу, покрытом вместо ковра медвежьими шкурами, у самого входа, чтобы никто не мог проникнуть к ним, не разбудив его.

Глава XII

Герольды уж не ездят взад-вперёд,
Гремит труба, и в бой рожок зовёт.
Вот в западной дружине и в восточной
Втыкаются древки в упоры прочно,
Вонзился шип преострый в конский бок.
Тут видно, кто боец и кто ездок.
О толстый щит ломается копьё,
Боец под грудью чует остриё.
На двадцать футов бьют обломки ввысь…
Вот, серебра светлей, мечи взвились,
Шишак в куски раздроблён и расшит,
Потоком красным грозно кровь бежит[1].

Чосер

Настало безоблачное, великолепное утро. Солнце только что показалось на горизонте, и наиболее праздные — или самые ревностные — зрители уже потянулись с разных сторон по зелёному лугу к ристалищу, чтобы пораньше занять удобные места. Вслед за ними явились маршалы со своими прислужниками и герольды. Они должны были составить списки участников общего турнира; каждый рыцарь обязан был указать, на чьей стороне он собирается выступить. Подобная предосторожность была нужна для того, чтобы равномерно распределить сражающихся и не давать численного перевеса ни той, ни другой партии.

В соответствии с обычаями турниров рыцарь Лишённый Наследства был признан главой первой партии, Бриан де Буагильбер, как лучший после него боец предыдущего дня, назначен был главой второй. К нему примкнули, конечно, все зачинщики турнира, за исключением Ральфа де Випонта, который всё ещё не оправился после своего падения. С обеих сторон не было недостатка в доблестных и знатных рыцарях.

---

[1] Перевод О. Румера.

Несмотря на то, что общие турниры были гораздо опаснее одиночных состязаний, они всегда пользовались большим успехом среди рыцарей. Многие рыцари, которые не отваживались на единоборство с прославленными бойцами из числа зачинщиков, охотно выступали в общем турнире, где могли выбрать себе равного по силам противника. Так и на этот раз: в каждую партию записалось по пятидесяти рыцарей, и маршалы, к великой досаде опоздавших, объявили, что больше не могут принять.

К десяти часам утра всё поле, окружавшее ристалище, было усеяно всадниками, всадницами и пешеходами, опешившими на турнир. Вскоре затрубили трубы, возвещавшие прибытие принца Джона и его свиты, а за ними — и целой толпы рыцарей, как желавших сразиться, так и других, не имевших такого намерения.

К этому времени приехал и Седрик Сакс с леди Ровеной, но без Ательстана, который облёкся в боевой панцирь и заявил, что станет в ряды бойцов. К немалому удивлению Седрика, он записался в партию Бриана де Буагильбера.

Седрик решительно возражал против неблагоразумного выбора своего друга, но Ательстан дал ему такой ответ, какие могут давать люди, которые упорствуют, но не в состоянии доказать свою правоту.

У него была особая причина присоединиться к партии храмовника, но он умолчал о ней из осторожности. Хотя по вялости характера он ничем не проявил своей особой преданности леди Ровене, тем не менее он был далеко не равнодушен к её красоте. Ательстан считал, что его брак с Ровеной дело решённое, так как Седрик и другие родственники красавицы выразили своё согласие. Поэтому гордый властитель Конингсбурга с затаённым неудовольствием смотрел на то, как герои вчерашнего по праву победителя избрал Ровену королевой праздника. Ательстан вознамерился наказать его за такое предпочтение, которое, как ему казалось, чем-то вредило его собственному сватовству. Уверенный в своей несокрушимой силе и убеждённый льстецами в том, что он в бою обладает большим искусством, он решился не только оставить рыцаря Лишённого Наследства без своей могучей помощи, но и при случае обрушиться на него всею тяжестью своей боевой секиры.

Так как принц Джон намекнул, что ему хотелось бы обеспечить победу партии зачинщиков, де Браси и другие приближённые к принцу рыцари записались в их партию. С другой стороны, много славных рыцарей саксонского и норманского происхождения, как уроженцев Англии так и чужих стран, записалось в противную партию, желая выступить под началом такого превосходного бойца, каким оказался рыцарь Лишённый Наследства.

Как только принц Джон заметил, что избранная королева турнира подъехала к ристалищу, он с самым любезным видом, который умел принять, когда хотел. поскакал к ней навстречу, снял шляпу и сам помог ей сойти с лошади, а вся его свита обнажила головы, и один из важнейших сановников спешился и взял под уздцы её лошадь.

— Как видите, — сказал принц Джон, — мы первые подаём пример проявления верноподданнических чувств королеве любви и красоты и сами возведём её на трон. Благородные дамы, — обратился он к галерее, — извольте следовать за вашей повелительницей, если желаете, в свою очередь, удостоиться таких же почестей.

С этими словами принц провёл леди Ровену к тронной ложе, а самые красивые и знатные из присутствующих дам поспешили вслед за нею, стараясь сесть как можно ближе к своей временной королеве.

Когда леди Ровена заняла своё место, раздалась торжественная музыка, наполовину заглушаемая приветственными криками толпы. Блестящее оружие и доспехи рыцарей ослепительно сверкали на солнце; бойцы толпились по обоим концам ристалища и с жаром обсуждали расположение своих сил.

Герольды призвали к молчанию на время чтения правил турнира. Правила эти были введены для того, чтобы по возможности уменьшить опасность состязания, во время которого рыцари должны были сражаться отточенными мечами и заострёнными копьями.

Бойцам воспрещалось колоть мечами, а позволено было только рубить. Им предоставлялось право пустить в ход палицу или секиру, но отнюдь не кинжал. Упавший с коня мог продолжать бой только с пешим противником. Всадникам же воспрещалось нападать на пешего. Если бы рыцарю удалось загнать противника на противоположный конец ристалища, где он сам, или его оружие, или лошадь коснулись бы внешней ограды, противник был бы обязан признать себя побеждённым и предоставить своего коня и доспехи в распоряжение победителя. Рыцарь, потерпевший такое поражение, не имел права участвовать в дальнейших состязаниях. Если выбитый из седла не в состоянии был подняться сам, его оруженосец или паж имел право выйти на арену и помочь своему хозяину выбраться из свалки, но в таком случае рыцарь считался побеждённым и проигрывал своего коня и оружие. Бой должен был прекратиться, как только принц Джон бросит на арену свой жезл или трость. Это была мера предосторожности на случай, если состязание окажется слишком кровопролитным и долгим. Каждый рыцарь, нарушивший правила турнира или как-нибудь иначе погрешивший против законов рыцарства, подвергался лишению доспехов; вслед за тем ему на руку надевали щит, перевёрнутый нижним концом вверх, и сажали верхом на ограду, на всеобщее посмеяние.

После того как были объявлены эти правила, герольды в заключение призвали всех добрых рыцарей дополнить свой долг и заслужить благосклонность королевы любви и красоты. Возвестив всё это, герольды стали на свои места. Тогда с обоих концов арены длинными вереницами выступили рыцари и выстроились друг против друга двойными рядами; предводитель каждой партии занял место в центре переднего ряда, после того как разместил в полном порядке всех бойцов.

Красивое и вместе с тем устрашающее зрелище представляли эти рыцари, молодцевато сидевшие на конях, в богатых доспехах, готовые устремиться в ожесточённый бой. Словно железные изваяния возвышались они на своих боевых сёдлах и с таким же нетерпением ожидали сигнала к битве, как их резвые кони, которые звонко ржали и били копытами, выражая желание ринуться вперёд.

Рыцари подняли длинные копья, на их отточенных остриях засверкало солнце, а плюмажи и вымпелы заколебались над их шлемами. Так они стояли, пока маршалы проверяли ряды обеих партий, желая убедиться, что в каждой из них равное число бойцов. Счёт подтвердил, что все в сборе. Тогда маршалы удалились с ристалища, и Уильям де Вивиль громовым голосом воскликнул:

— Laissez aller![1]

Трубы затрубили, копья разом склонились и укрепились в упорах, шпоры вонзились в бока коней, передние ряды обеих партий полным галопом понеслись друг на друга и сшиблись посреди арены с такой силой, что гул был слышен за целую милю. Задние ряды с обеих сторон медленно двинулись вперёд, чтобы оказать поддержку тем из своих, которые пали, либо попытать своё счастье с теми, кто победил.

Об исходе схватки сразу нельзя было ничего сказать, так как поднялось густое облако пыли. Только через минуту взволнованные зрители получили возможность увидеть, что происходит на поле битвы. Оказалось, что добрая половина рыцарей обеих партий выбита из седла. Одни упали от ловкого удара копьём, другие были смяты непомерной силой и тяжестью противника на коне, иные лежали на арене, не имея сил подняться; иные успели вскочить на ноги и вступить в рукопашный бой с теми из врагов, которых постигла та же участь; получившие тяжёлые раны шарфами зажимали льющуюся кровь и пытались выбраться из толпы.

Всадники, лишившиеся копий, сломанных в яростной схватке, снова сомкнулись и, обнажив мечи, с боевыми кликами

---

[1] Пусть едут! (франц.).

обменивались такими ударами с противниками, как будто от исхода этого боя зависели их честь и самая жизнь.

Сумятица увеличилась ещё более, когда к месту схватки подоспели вторые ряды, бросившиеся на помощь своим товарищам. Сторонники Бриана де Буагильбера кричали: «Босеан, Босеан! За храм, за храм!» А противники их отвечали на это криками: «Desdichado! Desdichado!», превратив девиз, начертанный на щите их вождя, в свой боевой клич.

По мере того как бойцы сражались с возрастающей яростью и с переменным успехом, волна победы перекатывалась то к южному, то к северному концу ристалища, смотря по тому, которая партия одерживала верх. Лязг оружия, возгласы сражающихся и звуки труб сливались в ужасающий шум, заглушая стоны раненых, беспомощно распростёртых на арене под копытами коней. Блестящие доспехи рыцарей покрывались пылью и кровью, а удары мечей и секир оставляли на них вмятины и трещины. Пышные перья, сорванные со шлемов, падали, как снежные хлопья. Вид рыцарского войска утратил воинское великолепие и пышность и мог внушать только ужас или сострадание.

Но такова сила привычки, что не только простолюдины, всегда жадные до кровавых зрелищ, но даже знатные дамы, наполнявшие галереи, глядели, не отрываясь, на побоище с захватывающим интересом и волнением; однако они не выражали желания отвести глаза от столь ужасного зрелища. Правда, иные прелестные щёчки бледнели; по временам, когда чей-нибудь возлюбленный, брат или муж внезапно падал с лошади, раздавались испуганные возгласы. Но большинство дам поощряли бойцов рукоплесканиями, махали платками и шарфами и восклицали: «Молодецкое копьё! Добрый меч!», когда ловкий удар или толчок попадал в поле их зрения.

Если даже прекрасный пол принимал такое живое участие в кровавой потехе, можно себе представить, с каким азартом следили за ней мужчины. Их волнение выражалось громкими кликами при каждом новом повороте боя; взоры всех были прикованы к происходящему на арене; глядя на зрителей, можно было подумать, что они сами раздают или получают удары. В минуты затишья слышались громкие восклицания герольдов:

— Сражайтесь, храбрые рыцари! Человек умирает, а слава живёт! Сражайтесь! Смерть лучше поражения! Сражайтесь, храбрые рыцари, ибо прекрасные очи взирают на ваши подвиги.

Битва шла с переменным успехом. Каждый из зрителей старался отыскать глазами предводителей, державшихся в самой гуще сражения и ободрявших товарищей восклицаниями и собственным примером. Оба совершали славные подвиги, оба не находили среди всех остальных рыцарей равных противников. Побуждаемые взаимной враждой, прекрасно понимая, что падение одного из них равносильно решительной победе другого, они всё время искали встречи. Но сумятица и беспорядок в начале боя были таковы, что все их старания ни к чему не приводили: их постоянно разлучали другие участники турнира, в свою очередь стремившиеся помериться силами с предводителем враждебной партии.

Но мало-помалу ряды сражавшихся стали редеть: одни признали себя побеждёнными, других прижали к ограде в конце арены, третьи лежали на земле раненые, и храмовник с рыцарем Лишённым Наследства сошлись наконец лицом к лицу. Соперники схватились со всей яростью смертельной вражды. Искусство, с каким они наносили и отражали удары, было таково, что у зрителей невольно вырывались единодушные возгласы восторга и одобрения.

Но именно в эту минуту партия рыцаря Лишённого Наследства оказалась в очень трудном положении: на одном фланге его сторонников теснила богатырская рука Реджинальда Фрон де Бефа, на другом — могучий Ательстан опрокидывал и рассеивал всех, попадавшихся ему на пути. Видя, что перед ними нет более непосредственных противников, оба эти рыцаря, по-видимому, подумали одновременно, что доставят решительную победу своей партии, если помогут храмовнику сладить с его врагом. Поэтому оба разом повернули коней и с разных сторон помчались на рыцаря

Лишённого Наследства. Невероятно, чтобы один человек мог устоять против такого неожиданного и неравного нападения, если бы его не предупредили общие крики зрителей, которые не могли оставаться безучастными свидетелями такой неминуемой опасности.

— Берегись, берегись, сэр Лишённый Наследства! — кричали со всех сторон, так что рыцарь успел вовремя заметить новых противников.

Изо всей силы ударив храмовника, он осадил свою лошадь назад и увернулся от нападения Ательстана и Реджинальда Фрон де Бефа. Оба эти рыцаря едва не столкнулись друг с другом и, не удержав вовремя своих лошадей, промчались между соперниками. Однако они тотчас исправили свой промах и вместе с Брианом де Буагильбером втроём напали на рыцаря Лишённого Наследства.

Ничто не могло бы спасти его, если бы не удивительная сила и резвость благородного коня, доставшегося ему накануне после победы. Это его выручило, тем более что лошадь Буагильбера была ранена, а кони Ательстана и Реджинальда Фрон де Бефа изнемогали под грузом своих гигантских хозяев, закованных в тяжёлые доспехи. Рыцарь Лишённый Наследства с таким искусством управлял своим конём, а благородное животное так быстро ему повиновалось, что в течение нескольких минут он мог отбиваться сразу от трех противников. С быстротою сокола увёртывался он от врагов, бросаясь то на одного, то на другого, на лету ударяя мечом и тотчас отскакивая назад, не получая предназначенных ему ответных ударов.

Все зрители бешено рукоплескали его искусству, однако было ясно, что он всё-таки должен пасть под напором троих противников. Тогда вся знать, окружавшая принца Джона, стала единодушно упрашивать его поскорее бросить жезл на арену, чтобы спасти доблестного рыцаря от бесславного поражения, вызванного численным превосходством противников.

— Ну нет, клянусь небом, — отвечал принц Джон, — этот выскочка, скрывающий своё имя да ещё пренебрегающий нашим хлебосольством, уже получил приз, пускай теперь выигрывают другие.

Едва он произнёс эти слова, как неожиданный случай решил судьбу турнира.

В числе сторонников Desdichado был один рыцарь в чёрных доспехах, верхом на вороной лошади, такой же крепкой и мощной, как и сам всадник. У этого рыцаря на щите не было никакого девиза, и до сих пор он почти не принимал участия в битве, ограничиваясь отражением случайных противников, никого не преследуя и сам никого не вызывая. Словом, он играл скорее роль зрителя, нежели деятельного участника в турнире, и зрители прозвали его Le noir Faineant — Чёрным Лентяем. Теперь этот рыцарь словно проснулся. Видя, как яростно теснят предводителя его партии, он вонзил шпоры в бока своей лошади и, как молния, помчался на помощь товарищу, зычным голосом крикнув:

— Desdichado! Иду на выручку! И пора было выручать его. В то время как рыцарь Лишённый Наследства бился с храмовником, Фрон де Беф занёс над ним меч. Однако, прежде чем Фрон де Беф успел нанести удар, чёрный всадник хватил его по голове. Скользнув по гладкому шлему, меч со страшной силой обрушился на броню коня, и Фрон де Беф, оглушённый яростным ударом, рухнул на землю вместе с лошадью. Тогда Чёрный Лентяй направил коня к Ательстану Конингсбургскому. Бросив меч, сломавшийся в схватке с Фрон де Бефом, он выхватил из рук увальня сакса тяжёлую секиру и так ударил его по гребню шлема, что Ательстан без чувств растянулся на земле. Совершив эти два подвига, за которые зрители наградили его тем более бурными выражениями восторга, что их не ожидали, Чёрный Рыцарь, казалось, снова впал в состояние вялого безучастия и спокойно отъехал в северный конец ристалища, предоставляя своему предводителю самому расправиться с Брианом де Буагильбером. Теперь это было уже не такой трудной задачей, как раньше. Потеряв много крови, лошадь храмовника не выдержала последнего столкновения с рыцарем Лишённым Наследства и свалилась. Бриан де Буагильбер скатился на землю, запутавшись ногой в стремени. Его противник мигом соскочил с коня и, занеся роковой меч над головой поверженного врага, велел ему сдаваться. Тогда принц Джон, взволнованный опасностью, в какой находился рыцарь Храма, избавил Буагильбера от унижения признать себя побеждённым: принц бросил на арену свой жезл и тем положил конец состязанию.

Впрочем, последние вспышки битвы догорали сами собой, так как большинство рыцарей, остававшихся ещё на поле битвы, как бы по взаимному соглашению воздерживалось от дальнейшей борьбы, предоставив предводителям самим решать судьбу партии.

Оруженосцы, благоразумно избегавшие подавать помощь своим хозяевам во время битвы, толпой устремились на арену, чтобы подобрать раненых, которых с величайшей заботливостью и вниманием перенесли в соседние шатры и в другие помещения, заготовленные в ближайшем селении.

Так кончилась достопамятная ратная потеха при Ашби де ла Зуш — один из самых блестящих турниров того времени. Правда, только четыре рыцаря встретили смерть на ристалище, а один из них попросту задохнулся от жары в своём панцире, однако более тридцати получили тяжкие раны и увечья, от которых четверо или пятеро вскоре также умерли, а многие на всю жизнь остались калеками. А потому в старинных летописях этот турнир именуется «благородным и весёлым ратным игрищем при Ашби».

Теперь принцу Джону предстояло рассудить, кто из рыцарей наиболее отличился в бою, и он решил отдать пальму первенства тому рыцарю, которого народная молва окрестила Чёрным Лентяем.

Некоторые из присутствовавших возражали принцу, указывая, что честь победы на турнире принадлежала рыцарю Лишённому Наследства: он один одолел шестерых противников и выбил из седла и поверг на землю предводителя противной партии. Но принц Джон стоял на своём, утверждая, что рыцарь Лишённый Наследства и его сторонники непременно проиграли бы состязание, если не подоспел на выручку могучий рыцарь в чёрных доспехах, а потому ему и следует присудить приз.

Однако, к удивлению всех присутствующих. Чёрного Рыцаря нигде не могли отыскать. В ту минуту, как кончилось состязание, он покинул ристалище, и некоторые из зрителей видели, как он медленно ехал к лесу с тем апатичным и равнодушным видом, за который его и прозвали Чёрным Лентяем. Тщетно дважды трубили, трубы и герольды громким голосом вызывали его вперёд — он не явился. Принцу Джону пришлось снова решать, кому следует вручить приз. Теперь уже нельзя было долее откладывать признание прав рыцаря Лишённого Наследства; потому он и был провозглашён героем дня.

По залитому кровью, усеянному обломками оружия и трупами лошадей полю маршалы повели победителя к подножию трона принца Джона.

— Рыцарь Лишённый Наследства, — сказал принц Джон, — если вы всё ещё не согласны объявить нам своё настоящее имя, мы под этим титулом вторично признаем вас победителем на турнире и заявляем, что вы имеете право получить из рук королевы любви и красоты почётный венец, который вы своею доблестью вполне заслужили.

Рыцарь почтительно и изящно поклонился, но не произнёс ни слова в ответ.

Опять зазвучали трубы, и герольды громогласно провозгласили честь храбрым и славу победителю. Дамы замахали своими шёлковыми платками и вышитыми покрывалами. Зрители всех сословий единодушно изъявляли свой восторг, а маршалы проводили рыцаря к подножию почётного трона, где сидела леди Ровена.

Победителя поставили на колени на нижней ступени подножия трона. Казалось, что с той минуты, как прекратилась битва, он двигался и действовал уже не по собственной воле, а скорей по указке окружавших его людей. Некоторые заметили, что, когда его вторично вели через ристалище, он шатался. Ровена величавой поступью сошла с возвышения и только хотела возложить венец, который она держала в руках, на шлем рыцаря, как все маршалы воскликнули в один голос:

— Так нельзя. Нужно, чтоб он обнажил голову.

Рыцарь слабым голосом пробормотал несколько слов, которые глухо и неясно прозвучали из-под забрала. Только и можно было разобрать, что он просит не снимать с него шлема.

Но маршалы — из желания ли соблюсти все формальности или из любопытства — не обратили внимания на его заявление и, разрезав завязки шлема, расстегнув латный нашейник, обнажили его голову. Перед взорами присутствующих предстало красивое, потемневшее от загара лицо молодого человека лет двадцати пяти, обрамлённое короткими светлыми волосами. Это лицо было бледно как смерть и в одном или двух местах запятнано кровью.

Слабый крик вырвался из груди Ровены, когда она увидела его. Однако, овладев собой и вся дрожа от сдерживаемого волнения, она принудила себя выдержать роль до конца. Она возложила на склонённую перед ней голову рыцаря великолепный венок, назначенный в награду победителю, и произнесла внятно и спокойно следующие слова:

— Жалую тебе этот венец, сэр рыцарь, как награду, предназначенную доблестному победителю на сегодняшнем турнире. — Тут она замолкла на несколько секунд, но потом прибавила с твёрдостью: — И никогда венец рыцарства не был возложен на более достойное чело.

Рыцарь склонил голову и поцеловал руку прекрасной королевы, вручившей ему награду за храбрость, потом внезапно пошатнулся и упал у её ног.

Последовало всеобщее смятение. Седрик, онемевший от изумления при внезапном появлении своего изгнанного сына, бросился было вперёд, словно желая разлучить его с Ровеной. Но маршалы успели предупредить его: угадав причину обморока Айвенго, они поспешили расстегнуть его панцирь и увидели, что у него в боку зияет рана, нанесённая ударом копья.

Глава XIII

«Пусть каждый, кто искусством знаменит,
Ко мне приблизится, — сказал Атрид, —
Пускай ко мне героя подойдут,
Которым строгий ваш не страшен суд,
И тучного быка получит тот,
Кто всех стрелков уменьем превзойдёт».
«Илиада»

Как только было произнесено имя Айвенго, оно стало передаваться из уст в уста со всею быстротой, какую могло сообщить усердие одних и любопытство других. Очень скоро оно достигло слуха принца Джона, лицо его омрачилось, когда он услышал эту новость, затем, оглянувшись вокруг, сказал с пренебрежительным видом:

— Что вы думаете, господа, а в особенности вы, сэр приор, о рассуждениях учёных относительно не зависящих от нас симпатий и антипатий? Недаром я сразу почувствовал неприязнь к этому молодцу, хотя и не подозревал, что под его доспехами скрывается любимчик моего брата.

— Фрон де Беф, пожалуй, должен будет возвратить своё поместье Айвенго, — сказал де Браси, который, с честью выполнил свои обязанности на турнире, успел снять щит и шлем и присоединился к свите принца.

— Да, — молвил Вальдемар Фиц-Урс, — этот воин, вероятно, потребует обратно замок и поместье, пожалованные ему Ричардом, а потом благодаря великодушию вашего высочества перешедшие во владение Фрон де Бефа.

— Фрон де Беф, — возразил принц Джон, — скорее способен поглотить ещё три таких поместья, как поместье Айвенго, чем вернуть обратно хоть одно. Впрочем, я полагаю, что никто из вас не станет отрицать моего права раздавать ленные поместья тем верным слугам, которые сомкнулись вокруг меня и готовы нести воинскую службу не так, как те бродяги, которые скитаются по чужим странам и не способны ни охранять отечество, ни показать нам свою преданность.

Окружающие были лично заинтересованы в этом вопросе, и потому никто и не подумал оспаривать мнимые права принца.

— Щедрый принц! Вот истинно благородный властелин: он принимает на себя труд вознаграждать своих преданных сторонников!

Таковы были слова, раздавшиеся среди приближённых принца: каждый из них сам надеялся поживиться за счёт любимцев и сторонников короля Ричарда, а многие уже преуспели в этом.

Аббат Эймер присоединился к общему мнению, заметив только, что «благословенный Иерусалим» нельзя, собственно, причислять к чужим странам, ибо он есть наш общий отец, отец всех христиан.

— Однако я не вижу, — продолжал аббат, — какое отношение имеет рыцарь Айвенго к Иерусалиму? Насколько мне известно, крестоносцы под начальством Ричарда не бывали дальше Аскалона, который, как всем ведомо, есть город филистимлян и не может пользоваться привилегиями священного города.

Вальдемар, ходивший из любопытства взглянуть на Айвенго, воротился в ложу принца.

— Этот храбрец, — сказал он, — вряд ли наделает много хлопот вашему высочеству, а Фрон де Беф может спокойно владеть своими поместьями: рыцарь очень серьёзно ранен.

— Какова бы ни была его судьба, он всё-таки победитель нынешнего дня, — сказал принц Джон, — и, будь он самым опасным из наших врагов или самым верным из друзей нашего брата — что почти одно и тоже, — следует залечить его раны: наш собственный врач подаст ему помощь.

При этих словах коварная улыбка появилась на губах принца. Вальдемар поспешил ответить, что Айвенго уже унесён с ристалища и находится на попечении друзей.

— Мне было грустно смотреть, — продолжал он, — на печаль королевы любви и красоты: ей предстояло царствовать всего один день, да и тот по милости этого происшествия превратился в день скорби. Я вообще не такой человек, чтобы женская печаль могла меня растрогать, но эта леди Ровена с таким достоинством сдерживала свою скорбь, что о ней можно было догадываться лишь по её стиснутым рукам и сухим глазам, смотревшим на бездыханное тело у её ног.

— Кто эта леди Ровена, о которой столько говорят? — спросил принц Джон.

— Она богатейшая наследница знатного саксонского рода, — отвечал аббат Эймер, — роза красоты и бесценная жемчужина, прекраснейшая из тысячи, зерно ладана, благовонная мирра.

— Мы утешим её скорбь, — сказал принц Джон, — и заодно улучшим её род, выдав замуж за норманна. Она, должно быть, несовершеннолетняя, а следовательно, мы имеем королевское право располагать её рукой. Что ты на это скажешь, де Браси? Не желаешь ли получить землю и доходы, сочетавшись браком с саксонкой, по примеру соратников Завоевателя?

— Если земли окажутся мне по вкусу, невеста мне наверняка понравится, и я буду крайне признателен вашему высочеству за это доброе дело, — отвечал де Браси. — Оно с избытком покроет все обещания, данные вашему верному слуге и вассалу.

— Мы этого не забудем, — сказал принц Джон. — А чтобы не терять даром времени, вели нашему сенешалю распорядиться, чтобы на сегодняшнем вечернем пиру была эта леди Ровена. Пригласите также и того мужлана — её опекуна, да и саксонского быка, которого Чёрный Рыцарь свалил нынче на турнире. Де Бигот, — продолжал принц, обращаясь к своему сенешалю, — постарайся передать им наше вторичное приглашение в такой учтивой форме, чтобы польстить их саксонской гордости и лишить их возможности отказать нам ещё раз. Хотя, клянусь костями Бекета, оказывать им любезность — всё равно что метать бисер перед свиньями!

Сказав это, принц Джон собрался уже подать сигнал к отбытию с ристалища, когда ему вручили маленькую записку.

— Откуда? — спросил принц, оглянувшись на подателя.

— Из-за границы, государь, но не знаю откуда, — отвечал слуга, — это письмо привёз сюда француз, который говорит, что скакал день и ночь, чтобы вручить его вашему высочеству.

Принц Джон внимательно посмотрел на адрес, потом на печать, скреплявшую шёлковую нить, которой была обмотана свёрнутая записка: на печати были изображены три лилии. Принц с явным волнением развернул письмо и, когда прочёл его, встревожился ещё сильнее. Записка гласила:

«Будьте осторожны — дьявол спущен с цепи».

Принц побледнел как смерть, сначала потупился, потом поднял глаза к небу, как человек, только что узнавший, что он приговорён к смерти. Оправившись от первого потрясения, он отвёл в сторону Вальдемара Фиц-Урса и де Браси и дал им поочерёдно прочесть записку.

— Это значит, — сказал он упавшим голосом, — что брат мой Ричард получил свободу.

— Быть может, это ложная тревога или поддельное письмо? — спросил де Браси.

— Нет, это подлинный почерк и печать самого короля Франции, — возразил принц Джон.

— В таком случае, — предложил Фиц-Урс, — пора нашей партии сосредоточиться в каком-нибудь сборном месте, например в Йорке. Через несколько дней, наверно, будет уже слишком поздно. Вашему высочеству следует прекратить эти забавы.

— Однако, — сказал де Браси, — нельзя распустить простолюдинов и иоменов без обещанных состязаний.

— Ну что ж, — сказал Вальдемар, — ещё далеко до ночи, пускай стрелки выпустят в цель несколько десятков стрел, а потом можно присудить приз. Тогда всё, что принц обещал этому стаду саксонских рабов, будет выполнено с избытком.

— Спасибо, Вальдемар, — сказал принц. — Между прочим, ты мне напомнил, что я должен ещё отплатить тому дерзкому простолюдину, который осмелился вчера оскорбить нашу особу. Пускай и вечерний пир пройдёт своим чередом, как было назначено сначала. Даже если это — последний час моей власти, я посвящу его мщению и удовольствиям: пусть новые заботы приходят завтра.

Вскоре звуки труб вновь собрали зрителей, начавших было расходиться. Вслед за тем было объявлено, что принц Джон ввиду неотложных дел вынужден отменить завтрашний праздник. Тем не менее ему не хотелось отпускать добрых иоменов, не испытав их искусства и ловкости. Поэтому он соблаговолил распорядиться, чтобы назначенное на завтра состязание в стрельбе из луков состоялось теперь же, до захода солнца. Наилучшему стрелку полагается приз: рог в серебряной оправе и шёлковая перевязь с великолепной вышивкой и медальоном святого Губерта, покровителя охоты.

Сначала более тридцати иоменов явились на состязание. Среди них были и королевские лесничие из Нидвуда и Чарнвуда. Но когда стрелки поняли, с кем им придётся мериться силами, человек двадцать сразу же отказались от своего намерения, так как никому не хотелось идти на заведомый проигрыш. В те времена каждый искусный стрелок был хорошо известен во всей округе, и все состязавшиеся знали, чего они могут ждать друг от друга, вроде того, как в наши дни известны каждому любителю спорта приметы и свойства лошади, которая бежала на скачках в Ньюмаркете.

Однако и после этого в списке соперников значилось восемь иоменов. Желая поближе рассмотреть этих отборных стрелков, принц Джон спустился на арену. Некоторые из них носили форму королевских стрелков. Удовлетворив своё любопытство, он огляделся вокруг, отыскивая ненавистного ему иомена. Оказалось, что тот спокойно стоит там же, где вчера.

— Эй, молодец! — сказал принц Джон. — Я так и думал, что ты только нахальный хвастун, а не настоящий стрелок! Я вижу, ты не решаешься выступить рядом с этими ребятами.

— Прошу извинить, сэр, — отвечал иомен, — у меня есть другая причина, чтобы воздержаться от стрельбы, а не боязнь поражения.

— Какая же именно? — осведомился принц Джон. Сам не зная почему, он испытывал мучительный интерес к этому человеку.

— Я не знаю, — отвечал иомен, — та ли у них мишень, что у меня, привыкли ли они к ней, как я? И ещё потому, что сомневаюсь, будет ли приятно вашей светлости, если и третий приз достанется человеку, невольно заслужившему ваше неудовольствие.

Принц Джон покраснел и спросил:

— Как тебя зовут?

— Локсли, — отвечал иомен.

— Ну, Локсли, — продолжал принц, — ты непременно примешь участие в состязании после того, как эти иомены покажут своё искусство. Если выиграешь приз, я надбавлю тебе двадцать червонцев, но если проиграешь, с тебя сдерут твой зелёный кафтан и прогонят с арены кнутом, как наглого болтуна.

— А что, если я не захочу стрелять на таких условиях? — сказал иомен. — Ваша милость — человек могущественный, что и говорить! У вас большая стража, так что содрать с меня одежду и отстегать легко, но принудить меня натянуть лук и выстрелить нельзя.

— Если ты откажешься от моего предложения, начальник стражи сломает твой лук и стрелы и выгонит тебя отсюда, как малодушного труса.

— Вы не по совести ставите мне условия, гордый принц, — сказал иомен. — Принуждаете меня к соперничеству с лучшими стрелками Лестера и Стаффордшира, а в случае неудачи грозите мне таким позором. Но я повинуюсь вашему желанию.

— Воины, присматривать за ним хорошенько! — сказал принц Джон. — Он уже струсил, а я не хочу, чтобы он уклонился от испытания. А вы, друзья, стреляйте смелее. Жареный олень и бочонок вина приготовлены для вас вон в той палатке. После вручения приза вы можете подкрепить свои силы и отведать прекрасного вина.

Мишень установили в верхнем конце южного проезда на ристалище. Участники состязания должны были поочерёдно становиться на нижнем конце проезда; отсюда до мишени было достаточное расстояние для стрельбы из лука, что называлось «на ветер». Очередь устанавливалась по жребию, каждый стрелок должен был выпустить по три стрелы. Состязанием заведовал старшина низшего звания, носивший титул «старшины игр», так как маршалы турнира считали для себя унизительным руководить забавами йоменов.

Выступая один за другим, стрелки уверенно посылали в цель свои стрелы. Из двадцати четырех стрел десять вонзились в мишень, а остальные расположились так близко от неё, что попадание можно было считать хорошим. Из десяти стрел, попавших в мишень, две вонзились во внутренний круг, и обе принадлежали Губерту — лесничему, состоявшему на службе у Мальвуазена. Его и признали победителем.

— Ну что же, Локсли? — со злой усмешкой сказал принц Джон, обращаясь к смелому йомену. — Хочешь ты помериться с Губертом или предпочитаешь сразу отдать свой лук и колчан?

— Коли иначе нельзя, — сказал Локсли, — я не прочь попытать счастья. Только с одним условием: если я дважды попаду в цель Губерта, он должен будет стрелять в ту цель, которую я выберу.

— Это справедливое требование, — сказал принц Джон, — и мы на него согласны. Губерт, если ты побьёшь этого хвастуна, я насыплю тебе полный рог серебра.

— Человек может сделать только то, что в его силах, — отвечал Губерт. — Мой дедушка отлично стрелял из лука в битве при Гастингсе, и я надеюсь, что не посрамлю его памяти.

Первую мишень сняли и поставили другую такую же. Губерт, как победивший на предварительном состязании, стрелял первым. Он долго целился, прикидывая глазом расстояние, в то же время держал лук натянутым, наложив стрелу на тетиву. Наконец он ступил шаг вперёд и, вытянув левую руку так, что середина или прицел лука пришёлся вровень с лицом, оттянул тетиву вплоть до самого уха. Стрела засвистела в воздухе и вонзилась в круг, но не в центр мишени.

— Вы не приняли в расчёт ветра, Губерт, — сказал его соперник, натягивая свой лук, — а то вы попали бы ещё лучше.

С этими словами Локсли стал на назначенное место и спустил стрелу с беспечным видом, почти не целясь. Его стрела вонзилась в мишень на два дюйма ближе к центру, чем у Губерта.

— Клянусь небом, — сказал принц Джон Губерту, — тебя стоит повесить, если ты потерпишь, чтобы этот негодяй тебя превзошёл в стрельбе.

Но у Губерта на все случаи был только один ответ.

— Да хоть повесьте меня, ваше высочество, — сказал он, — человек может сделать только то, что в его силах. А вот мой дедушка важно стрелял из лука…

— Чёрт побери твоего деда и всё его потомство! — прервал его принц Джон. — Стреляй, бездельник, да хорошенько, а не то тебе будет плохо!

Понукаемый таким образом, Губерт снова стал на место и, помня совет своего соперника, принял в расчёт только что поднявшийся слабый ветерок, прицелился и выстрелил так удачно, что попал в самую середину мишени.

— Ай да Губерт! Ай да Губерт! — закричала толпа, которая гораздо более сочувствовала известному ей стрелку, чем незнакомцу. — В самую серединку! В самую серёдку! Да здравствует Губерт!

— Лучше этого выстрела тебе не удастся сделать, Локсли, — сказал принц со злорадной улыбкой.

— Ну-ка, я подшибу его стрелу, — отвечал Локсли и, прицелившись, расщепил торчащую в мишени стрелу Губерта. Зрители, теснившиеся вокруг, были так потрясены этим чудом искусства, что даже не выражали своего изумления обычными в таких случаях возгласами.

— Это, должно быть, не человек, а дьявол! — шептали друг другу иомены. — С тех пор как в Англии согнули первый лук, такого стрелка ещё не видывали.

— Теперь, — сказал Локсли, — разрешите мне, ваша милость, поставить такую мишень, какая в обычае у нас в северной области, и прошу пострелять по ней любого доблестного иомена, который хочет заслужить улыбку своей красотки.

С этими словами он направился за пределы ограды, но, оглянувшись, прибавил:

— Если угодно, пошлите со мной стражу. Мне нужно срезать ветку с ближайшей ивы.

Принц Джон подал было знак сторожам следовать за ним. Но со всех сторон раздались крики: «Позор, позор!» — и принцу пришлось отменить своё оскорбительное распоряжение.

Через минуту Локсли воротился и принёс прямой прут толщиной в палец и футов в шесть длиной. Он принялся сдирать с него кору, говоря, что предлагать хорошему охотнику стрелять по такой широченной мишени, какая была поставлена раньше, — значит насмехаться над ним. У него на родине всякий сказал бы, что тогда уж лучше сделать мишенью круглый стол короля Артура, вокруг которого умещалось шестьдесят человек.

— У нас, — говорил он, — семилетний ребёнок попадает тупой стрелой в такую мишень.

Потом он степенным шагом перешёл на противоположный конец ристалища, воткнул ивовый прут отвесно в землю и сказал:

— А вот если кто попадёт в эту палку за сто ярдов, того я назову достойным носить лук и стрелы в присутствии короля, будь это сам славный Ричард.

— Мой дед, — сказал Губерт, — изрядно стрелял из лука в битве при Гастингсе, но в такие мишени не стреливал, да и я не стану. Коли этот иомен подшибет такую тростинку, я охотно уступлю первенство ему или, скорее, тому бесу, что носит его куртку, потому что человек не может так стрелять. Человек может сделать только то, что в его силах. Я не стану стрелять, раз сам знаю, что наверняка промахнусь. Ведь это всё равно, что стрелять в остриё ножа, или в соломинку, или в солнечный луч… Эта белая чёрточка так тонка, что я и разглядеть-то её не могу.

— Трусливый пёс! — воскликнул принц Джон. — Ну, Локсли, плут, стреляй хоть ты, и, если попадёшь в такую цель, я скажу, что ты первый человек, которому это удалось. Нечего хвастать своим превосходством, пока оно не подтверждено делом.

— Я сделаю то, что в моих силах, — отвечал Локсли. — Большего от человека нельзя требовать, как говорит Губерт.

Сказав это, он снова взялся за лук, но предварительно переменил тетиву, находя, что она недостаточно кругла и успела немного перетереться от двух предыдущих выстрелов. На этот раз он прицеливался гораздо тщательнее, и толпа народа, затаив дыхание, ждала, что будет. Стрелок оправдал общую уверенность в его искусстве: стрела расщепила ивовый прут, в который была направлена. Последовал взрыв восторженных восклицаний. Сам принц Джон позабыл на минуту свою неприязнь к Локсли, так он был поражён его ловкостью.

— Вот тебе двадцать золотых, — сказал принц, — и охотничий рог. Ты честно заслужил приз. Мы дадим тебе пятьдесят золотых, если ты согласишься носить нашу форму и поступить к нам на службу телохранителем. Ещё никогда ни у кого не было такой сильной руки и верного глаза, как у тебя.

— Простите меня, благородный принц, — сказал Локсли. — Я дал обет, что если когда-либо поступлю на службу, то не иначе, как к царственному брату вашего величества, королю Ричарду. Эти двадцать золотых я предоставляю Губерту: он сегодня стрелял из лука ничуть не хуже, чем его покойный дед в битве при Гастингсе. Если бы Губерт из скромности не отказался от состязания, он бы так же попал в прутик, как и я.

Губерт покачал головой и неохотно принял щедрый подарок незнакомца. Вслед за тем Локсли, желая поскорее избегнуть общего внимания, смешался с толпой и больше не показывался.

Быть может, победоносный стрелок не ускользнул бы так легко от принца, если бы принц Джон не был в эту минуту занят гораздо более важными и тревожными мыслями. Подав знак к окончанию состязаний, он подозвал своего камергера и приказал ему немедленно скакать в Ашби и разыскать там еврея Исаака.

— Скажи этой собаке, — сказал он, — чтобы он сегодня же, до солнечного заката, непременно прислал мне две тысячи крон. Он знает, какое я дам обеспечение, но ты всё-таки покажи ему этот перстень, чтобы он не сомневался, что ты от меня. Остальную сумму пусть он доставит мне в Йорк не позже, чем через шесть дней. Если он не исполнит этого, я с него голову сниму. Поглядывай повнимательнее, не пропусти его невзначай по дороге — этот поганый нечестивец ещё сегодня щеголял перед нами своими крадеными нарядами.

Сказав это, принц сел на коня и поехал в Ашби, а после этого стали расходиться и все остальные зрители.

ГЛАВА XIV

Была одета пышно рать,
И было рыцарям под стать
Великолепье их забав,
Когда, бывало, всех собрав -
И дам и воинов — в кружок
Звучал в старинном замке рог.
Уортон

Принц Джон давал роскошный пир в замке Ашби. Это было не то здание, величавые развалины которого и поныне интересуют путешественников; последнее было выстроено в более поздний период лордом Гастингсом, обергофмейстером английского двора, одной из первых жертв тирании Ричарда III; впрочем, этот лорд более известен как лицо, выведенное на сцену Шекспиром, нежели славой исторического деятеля.

В ту пору замок и городок Ашби принадлежали Роджеру де Квинси, графу Уинчестеру, который отправился вместе с Ричардом в Палестину. Принц Джон занял его замок и без зазрения совести распоряжался его имуществом. Желая ослепить всех своим хлебосольством и великолепием, он приказал приготовить пиршество как можно роскошней.

Поставщики принца, используя полномочия короля, опустошили всю округу. Приглашено было множество гостей. Принц Джон, сознавая необходимость снискать популярность среди местного населения, пригласил несколько знатных семейств саксонского и датского происхождения, а также местных нетитулованных дворян. Многочисленность презираемых и угнетаемых саксов должна была сделать их грозной силой во время приближавшейся смуты, и поэтому, по политическим соображениям, необходимо было заручиться поддержкой их вождей.

В связи с этим принц намеревался обойтись со своими гостями-саксами с непривычной любезностью. Не было человека, который мог бы с такой готовностью, как принц Джон, подчинять свои чувства корыстным интересам, но свойственные ему легкомыслие и вспыльчивость постоянно разрушали и сводили на нет всё, что успевало завоевать его лицемерие.

В этом смысле особенно показательно было его поведение в Ирландии, куда послал его отец, Генрих II, с целью завоевать симпатии жителей этой страны, только что присоединённой к Англии. Ирландские вожди старались оказать юному принцу всевозможные почести, выразить верноподданнические чувства и стремление к миру. Вместо того чтобы любезно отнестись к встретившим его ирландским вождям, принц Джон и его свита не могли удержаться от искушения подёргать их за длинные бороды. Подобное поведение, разумеется, жестоко оскорбило именитых представителей Ирландии и роковым образом повлияло на отношение этой страны к английскому владычеству. Нужно помнить об этой непоследовательности, свойственной принцу Джону, для того чтобы понять его поведение на пиру.

Следуя решению, принятому в более спокойные минуты, принц Джон встретил Седрика и Ательстана с отменной вежливостью и выразил только сожаление, а не гнев, когда Седрик извинился, говоря, что леди Ровена по нездоровью не могла принять его любезное приглашение. Седрик и Ательстан были в старинной саксонской одежде. Их костюмы, сшитые из дорогой материи, вовсе не были безобразны, но по своему покрою они так отличались от модных нарядов остальных гостей, что принц и Вальдемар Фиц-Урс при виде саксов насилу удержались от смеха. Однако, с точки зрения здравого смысла, короткая и плотно прилегающая к телу туника и длинный плащ саксов были красивее и удобнее, чем костюм норманнов, состоявший из широкого и длинного камзола, настолько просторного, что он более походил на рубашку или кафтан извозчика, поверх которого надевался короткий плащ. Плащ этот не защищал ни от дождя, ни от холода и только на то и годился, чтобы на него нашивали столько дорогих мехов, кружев и драгоценных камней, сколько удавалось уместить здесь портному.

Карл Великий, в царствование которого эти плащи впервые вошли в употребление, был поражён их нелепостью. «Скажите, ради бога, — говорил он, — к чему эти кургузые плащи? В постели они вас не прикроют, на коне не защитят от ветра и дождя, а в сидячем положении не предохранят ног от сырости или мороза».

Тем не менее короткие плащи всё ещё были в моде в то время, в особенности при дворах принцев из дома Анжу. Они были широко распространены и среди свиты принца Джона. Понятно, что длинные мантии, составляющие верхнюю одежду саксов, казались тут очень смешными.

Гости сидели за столом, ломившимся под бременем вкусных яств. Сопровождавшие принца многочисленные повара, стремясь как можно больше разнообразить блюда, подаваемые на стол, ухитрялись так приготовить кушанья, что они приобретали необычайный вид, вроде того, как и нынешние мастера кулинарного искусства доводят обыкновенные съестные припасы до степени полной неузнаваемости. Помимо блюд домашнего изготовления, тут было немало тонких яств, привезённых из чужих краёв, жирных паштетов, сладких пирогов и крупитчатого хлеба, который подавался только за столом у знатнейших особ. Пир увенчивался наилучшими винами, как иностранными, так и местными.

Норманское дворянство, привыкшее к большой роскоши, было довольно умеренно в пище и питьё. Оно охотно предавалось удовольствию хорошо поесть, но отдавало предпочтение изысканности, а не количеству съеденного. Норманны считали обжорство и пьянство отличительными качествами побеждённых саксов и считали эти качества свойственными низшей породе людей.

Однако принц Джон и его приспешники, подражавшие его слабостям, сами были склонны к излишествам в этом отношении. Как известно, принц Джон оттого и умер, что объелся персиками, запивая их молодым пивом. Но он, во всяком случае, составлял исключение среди своих соотечественников.

С лукавой важностью, лишь изредка подавая друг другу таинственные знаки, норманские рыцари и дворяне взирали на бесхитростное поведение Седрика и Ательстана, не привыкших к подобным пирам. И пока их поступки были предметом столь насмешливого внимания, эти не обученные хорошим манерам саксы несколько раз погрешили против условных правил, установленных для хорошего общества. Между тем, как известно, человеку несравненно легче прощаются серьёзные прегрешения против благовоспитанности или даже против нравственности, нежели незнание малейших предписаний моды или светских приличий. Седрик после мытья рук обтёр их полотенцем, вместо того чтобы обсушить их, изящно помахав ими в воздухе. Это показалось присутствующим гораздо смешнее того, что Ательстан один уничтожил огромный пирог, начинённый самой изысканной заморской дичью и носивший в то время название карум-пай. Но когда после перекрёстного допроса выяснилось, что конингсбургский тан не имел никакого понятия о том, что он проглотил, и принимал начинку карум-пая за мясо жаворонков и голубей, тогда как на самом деле это были беккафичи и соловьи, его невежество вызвало гораздо больше насмешек, чем проявленная им прожорливость.

Долгий пир наконец кончился. За круговой чашей гости разговорились о подвигах прошедшего турнира, о неизвестном победителе в стрельбе из лука, о Чёрном Рыцаре, отказавшемся от заслуженной славы, и о доблестном Айвенго, купившем победу столь дорогой ценой. Обо всём говорилось с военной прямотой, шутки и смех звучали по всему залу. Один принц Джон сидел, угрюмо нахмурясь; видно было, что какая-то тяжкая забота легла на его душу. Только иногда под влиянием своих приближённых он на минуту принуждал себя заинтересоваться окружающими. В такие минуты он хватал со стола кубок с вином, выпивал его залпом и, чтобы поднять настроение, вмешивался в общий разговор, нередко невпопад.

— Этот кубок, — сказал он, — мы поднимем за здоровье Уилфреда Айвенго, героя нынешнего турнира. Мы сожалеем, что рана препятствует его участию в нашем пире. Пускай же выпьют вместе со мной за его здоровье. В особенности же Седрик Ротервудский, почтенный отец подающего большие надежды сына.

— Нет, государь, — возразил Седрик, вставая и ставя обратно на стол невыпитый кубок, — я не считаю больше сыном непокорного юношу, который ослушался моих приказаний и отрёкся от нравов и обычаев предков.

— Не может быть! — воскликнул принц Джон с хорошо разыгранным изумлением. — Возможно ли, чтобы столь доблестный рыцарь был непокорным и недостойным сыном?

— Да, государь, — отвечал Седрик, — таков Уилфред. Он покинул отчий дом и присоединился к легкомысленным дворянам, составляющим двор вашего брата. Там он и научился наездническим фокусам, которые вы так высоко цените. Он покинул меня, вопреки моему запрещению. В дни короля Альфреда такой поступок назывался бы непослушанием, а это считалось преступлением, которое наказывалось очень строго.

— Увы! — молвил принц Джон с глубоким вздохом притворного сочувствия. — Уж если ваш сын связался с моим несчастным братом, так нечего спрашивать, где и от кого он научился неуважению к родителям.

И это говорил принц Джон, намеренно забывая, что из всех сыновей Генриха II именно он больше всех отличался своим непокорным нравом и неблагодарностью по отношению к отцу.

— Мне кажется, — сказал он, помолчав, — что мой брат намеревался даровать своему любимцу богатое поместье.

— Он так и сделал, — отвечал Седрик. — Одной из главных причин моей ссоры с сыном и послужило его унизительное согласие принять на правах вассала именно те поместья, которыми его предки владели по праву, независимо ни от чьей воли.

— Стало быть, вы не будете возражать, добрый Седрик, — сказал принц Джон, — если мы закрепим это поместье за лицом, которому не будет обидно принять землю в подарок от британской короны. Сэр Реджинальд Фрон де Беф, — продолжал он, обращаясь к барону, — надеюсь, вы сумеете удержать за собой доброе баронское поместье Айвенго. Тогда сэр Уилфред не навлечёт на себя вторично родительского гнева, снова вступив во владение им.

— Клянусь святым Антонием, — отвечал чернобровый богатырь, — я согласен, чтобы ваше высочество зачислили меня в саксы, если Седрик, или Уилфред, или даже самый родовитый англичанин сумеет отнять у меня имение, которое вы изволили мне пожаловать!

— Ну, сэр барон, — молвил Седрик, обиженный этими словами, в которых выразилось обычное презрение норманнов к англичанам, — если бы кому вздумалось назвать тебя саксом, это была бы для тебя большая и незаслуженная честь.

Фрон де Беф хотел было возразить, но принц Джон со свойственными ему легкомыслием и грубостью перебил его.

— Разумеется, господа, — сказал он, — благородный Седрик вполне прав: их порода первенствует над нашей как длиною родословных списков, так и длиною плащей.

— И в ратном поле они тоже бегут впереди нас, — заметил Мальвуазен, — как олень, преследуемый собаками.

— Им не следует идти впереди нас, — сказал приор Эймер. — Не забудьте их превосходство в манерах и знании приличий.

— А также их умеренность в пище и трезвое поведение, — прибавил де Браси, позабыв, что ему обещали саксонскую невесту.

— И мужество, которым они отличались при Гастингсе и в других местах, — заметил Бриан де Буагильбер.

Пока придворные с любезной улыбкой наперебой изощрялись в насмешках, лицо Седрика багровело от гнева, и он с яростью переводил взгляд с одного обидчика на другого, как будто столь быстро наносимые обиды лишали его возможности ответить на каждую в отдельности. Словно затравленный бык, окружённый своими мучителями, он, казалось, не мог сразу решить, на ком из них сорвать свою злобу.

Наконец, задыхаясь от бешенства, он обратился к принцу Джону, главному зачинщику полученных оскорблений.

— Каковы бы ни были недостатки и пороки нашего племени, — сказал он, — каждый сакс счёл бы себя опозоренным, если бы в своём доме допустил такое обращение с безобидным гостем, какое ваше высочество изволил допустить сегодня. А кроме того, каковы бы ни были неудачи, испытанные нашими предками в битве при Гастингсе, об этом следовало бы помолчать тем (тут он взглянул на Фрон де Бефа и храмовника), кто за последние два-три часа не раз был выбит из седла копьём сакса.

— Клянусь богом, ядовитая шутка! — сказал принц Джон. — Как вам это нравится, господа? Наши саксонские подданные совершенствуются в остроумии и храбрости. Вот какие настали времена! Что скажете, милорды? Клянусь солнцем, уж не лучше ли нам сесть на суда да вовремя убраться назад, в Нормандию?

— Это со страху-то перед саксами! — подхватил де Браси со смехом.

— Нам не надо иного оружия, коме охотничьих рогатин, чтобы этих кабанов припереть к стене.

— Полноте шутить, господа рыцари, — сказал Фиц-Урс. — А вашему высочеству пора уверить почтенного Седрика, что в подобных шутках никакой обиды для него нет, хотя наше зубоскальство и может показаться обидным непривычному человеку.

— Обиды? — повторил принц Джон, снова становясь чрезвычайно вежливым. — Надеюсь, никто не может подумать, что я позволю в своём присутствии нанести обиду гостю. Ну вот, я снова наполняю кубок и пью за здоровье самого Седрика, раз он отказывается пить за здоровье своего сына.

И снова пошла кругом заздравная чаша, сопровождаемая лицемерными речами придворных, которые, однако, не произвели на Седрика желаемого действия. Хотя от природы он был не особенно сметлив, но всё же обладал достаточной чуткостью, чтобы не поддаться на все эти любезности. Он молча выслушал следующий тост принца, провозглашённый «за здравие сэра Ательстана Конингсбургского», и выпил вместе со всеми.

Сам Ательстан только поклонился и в ответ на оказанную ему честь разом осушил огромный кубок.

— Ну, господа, — сказал принц Джон, у которого от выпитого вина начинало шуметь в голове, — мы оказали должную честь нашим саксам. Теперь их очередь отплатить нам любезностью. почтенный тан, — продолжал он, обратясь к Седрику, — не соблаговолите ли вы назвать нам такого норманна, имя которого менее всего вам неприятно. Если оно всё-таки оставит после себя неприятный вкус на ваших губах, то вы заглушите его добрым кубком вина.

Фиц-Урс поднялся со своего места и, остановившись за креслом Седрика, шепнул ему, что он не должен упускать удобного случая восстановить доброе согласие между обойма племенами, назвав имя принца Джона.

Сакс ничего не ответил на это дипломатическое предложение, встал со своего места и, налив полную чашу вина, обратился к принцу с такой речью:

— Ваше высочество выразили желание, чтобы я назвал имя норманна, достойного упоминания на нашем пиру. Для меня это довольно тяжёлая задача: всё равно что рабу воспеть своего властелина или побеждённому, переживающему все бедственные последствия завоевания, восхвалять своего победителя. Однако я хочу назвать такого норманна — первого среди храбрых и высшего по званию, лучшего и благороднейшего представителя своего рода. Если же кто-нибудь откажется признать со мною его вполне заслуженную славу, я назову того лжецом и бесчестным человеком и готов ответить за это моей собственной жизнью. Подымаю мой кубок за Ричарда Львиное Сердце!

Принц Джон, ожидавший, что сакс закончит свою речь провозглашением его имени, вздрогнул, услышав имя оскорблённого им брата. Он машинально поднёс к губам кубок с вином, но тотчас поставил его на стол, желая посмотреть, как будут вести себя при этом неожиданном тосте его гости. Не поддержать тост было, пожалуй, так же опасно, как и присоединиться к нему. Иные из придворных, постарше и опытнее других, поступили точно так же, как принц, то есть поднесли кубок к губам и поставили его обратно. Другие, одушевляемые более благородными чувствами, воскликнули: «Да здравствует король Ричард! За его скорейшее возвращение к нам!» Некоторые, в том числе Фрон де Беф и храмовник, вовсе не притронулись к своим кубкам, причём лица их не выражали угрюмое презрение. Однако никто не дерзнул открыто возразить против тоста в честь законного короля.

Насладившись своим торжеством, Седрик обратился к своему спутнику:

— Пойдём, благородный Ательстан, — сказал он. — Мы пробыли здесь достаточно долго, отплатив за любезность принца Джона, пригласившего нас на свой гостеприимный пир. Кому угодно ближе ознакомиться с нашими простыми саксонскими обычаями, милости просим к нам, под кров наших отцов. На королевское пиршество мы довольно насмотрелись. Довольно с нас норманских учтивостей.

С этими словами он встал и вышел из зала, а за ним последовали Ательстан и некоторые другие гостисаксы, которые также сочли себя оскорблёнными издевательством принца Джона и его приближённых.

— Клянусь костями святого Фомы, — сказал принц Джон, когда они ушли, — эти саксонские чурбаны сегодня отличились на турнире и с пира ушли победителями!

— Conclamatum est, poculatum est, — сказал приор Эймер, — то есть выпили мы довольно, покричали вдоволь — пора оставить наши кубки в покое.

— Должно быть, монах собирается исповедовать на ночь какую-нибудь красавицу, что так спешит выйти из-за стола, — сказал де Браси.

— Нет, ошибаетесь, сэр рыцарь, — отвечал аббат, — мне необходимо сегодня же отправиться домой.

— Начинают разбегаться, — шёпотом сказал принц, обращаясь к Фиц-Урсу. — Заранее струсили! И этот подлый приор первый отрекается от меня.

— Не опасайтесь, государь, — сказал Вальдемар, — я приведу ему такие доводы, что он сам поймёт, что необходимо примкнуть к нам, когда мы соберёмся в Йорке... Сэр приор, мне нужно побеседовать с вами наедине, перед тем как вы сядете на коня.

Между тем остальные гости быстро разъезжались. Остались только лица, принадлежавшие к партии принца, и его слуги.

— Вот результат ваших советов, — сказал принц, гневно обратившись к Фиц-Урсу. — За моим собственным столом меня одурачил пьяный саксонский болван, и при одном имени моего брата люди разбегаются от меня, как от прокажённого!

— Потерпите, государь, — сказал советник, — я бы мог возразить на ваше обвинение, сославшись на то, что ваше собственное легкомыслие разрушило мои планы и увлекло вас за пределы благоразумной осторожности. Но теперь не время попрекать друг друга. Де Барси и я тотчас отправимся к этим нерешительным трусам и постараемся доказать им, что они уж слишком далеко зашли, чтобы отступать.

— Ничего из этого не выйдет, — сказал принц Джон, шагая по комнате в сильном возбуждении, которому отчасти способствовало и выпитое им вино. — Они уже видели на стене начертанные письмена; заметили на песке следы львиной лапы; слышали приближающийся львиный рёв, потрясший лес. Теперь ничто не воскресит их мужества.

— Дай бог, чтобы сам-то он не струсил, — шепнул Фиц-Урс, обращаясь к де Браси. — От одного имени брата его трясёт как в лихорадке! Плохо быть советником принца, которому не хватает твёрдости и постоянства как в добрых, так и в худых делах.

Глава XV

Смешно! Он думает, что я всего лишь
Его орудие, его слуга.
Ну что ж, пускай. Но в путанице бед,
Его коварством низким порождённых,
Я проложу дорогу к высшим целям,
И кто меня осудит?

«Базиль», трагедия

Никогда паук не затрачивал столько усилий на восстановление своей разорванной паутины, сколько затратил Вальдемар Фиц-Урс, чтобы собрать разбежавшихся сторонников клики принца Джона. Немногие из них присоединились к нему, разделяя его стремления, и никто — из личной привязанности. Поэтому Фиц-Урсу приходилось напоминать им о преимуществах, которыми они пользовались, и сулить им новые выгоды. Распутных молодых дворян он прельщал картинами необузданного разгула; честолюбивым он обещал власть, корыстным — богатство и увеличение их поместий. Вожаки наёмных отрядов получили денежные подарки, как довод, наиболее доступный их пониманию, и притом такой, без которого всякие другие были бы совершенно напрасны. Деятельный агент принца сыпал обещаниями ещё щедрее, чем деньгами. Было сделано всё для того, чтобы положить конец колебаниям сомневающихся и ободрить малодушных. Он отзывался о возвращении короля Ричарда как о событии совершенно невероятном; но когда по сомнительным ответам и недоверчивому виду своих сообщников замечал, что именно этого они опасаются больше всего, он тотчас менял тактику и смело утверждал, что если бы и случилось такое происшествие, оно не должно оказать никакого влияния на их политические расчёты.

«Если Ричард вернётся, — говорил Фиц-Урс, — он вернётся с тем, чтобы обогатить своих обедневших и обнищавших крестоносцев за счёт тех, кто не последовал за ним в Святую Землю.

Он вернётся, чтобы предать страшной каре тех, кто в его отсутствие провинился против законов государства или привилегий короны. Он отомстит рыцарям Храма и иоаннитского ордена за то предпочтение, которое они оказывали Филиппу, королю французскому, во время войн в Палестине. Короче говоря, вернувшись, он будет карать, как изменников, всех сторонников своего брата, принца Джона... Неужели вы так страшитесь его могущества? — продолжал хитрый наперсник принца. — Мы признаём его за храброго и сильного рыцаря, но теперь уже не то время, что было при короле Артуре, когда один воин шёл против целой армии. Если Ричард действительно вернётся, нужно, чтобы он оказался один... Да за ним и некому прийти. Пески Палестины побелели от костей его рыцарского войска, а те из его сторонников, которые вернулись на родину, стали нищими бродягами вроде Уилфреда Айвенго».

«К чему вы говорите о правах Ричарда на престол? — продолжал Фиц-Урс, возражая тем, кого смущала эта сторона дела. — Разве герцог Роберт, старший сын Вильгельма Завоевателя, не имел таких же прав? Между тем престол заняли его младшие братья — сначала Уильям Рыжий, потом Генрих. Роберт был одарён теми же хорошими качествами, какие выдвигаются теперь в пользу Ричарда: он был отважный рыцарь, искусный полководец, щедрый к своим сторонникам, усердный к церкви; вдобавок участвовал в крестовом походе и освободил гроб господень. И, однако же, сам он умер жалким, слепым пленником в Кардиффском замке, потому что противился воле народа, который не пожелал иметь его своим королём! Мы вправе, — говорил Фиц-Урс, — выбрать из числа принцев королевской крови того, кто всех достойней высшей власти... То есть, — поспешил он оговориться, — того, кто, будучи королём, будет более полезен для дворян, чем остальные. Возможно, что Ричард превосходит принца Джона своими личными достоинствами; но когда мы примем во внимание, что Ричард вернётся с мечом мстителя, тогда как Джон обеспечит нам награды, льготы, права, богатства и почести, мы поймём, кого из них должно поддерживать дворянство».

Оратор выставлял ещё и другие доводы в том же духе, стараясь приспособиться к воззрениям каждого, с кем имел дело; подобные доводы произвели нужное впечатление на дворян, примыкавших к партии принца Джона. Большинство из них согласилось явиться в Йорк, где они должны были окончательно договориться о короновании принца Джона.

Поздним вечером Вальдемар Фиц-Урс, измученный всеми этими хлопотами, хотя и довольный результатами своих трудов, возвратился в замок Ашби. При входе в один из залов он встретился с де Браси, который сменил свой нарядный костюм на зелёный короткий камзол и штаны того же цвета, надел кожаную шапочку, повесил сбоку короткий меч, через плечо перекинул охотничий рог, за пояс заткнул пучок стрел, а в руках держал длинный лук. Если бы Фиц-Урс встретил его при входе в замок, он прошёл бы мимо, приняв его за иомена из стражи; но тут он присмотрелся внимательнее и под одеждой английского иомена узнал норманского рыцаря.

— Что за маскарад, де Браси? — сказал Фиц-Урс с досадой. — Время ли заниматься ряженьем, как на вятках, теперь, когда решается участь нашего вождя, принца Джона! Почему ты вместе со мной не пошёл к этим малодушным трусам, которые от одного имени короля Ричарда приходят в ужас, как дети от слова «сарацин»?

— Я занимался своими делами, — отвечал де Браси спокойно, — так же как и вы, Фиц-Урс, занимались вашими.

— Это я-то занимался своими делами! — воскликнул Вальдемар. — Нет, я улаживал дела принца Джона, нашего общего патрона.

— Но разве при этом ты думал о чём-нибудь другом, — сказал де Браси, — кроме своего личного блага? Полно, Фиц-Урс, мы с тобой отлично знаем друг друга. Тобой руководит честолюбие — я стремлюсь к наслаждению, и то и другое соответствует нашим возрастам. А о принце Джоне мы одного мнения. Он слишком слабый человек, чтобы стать решительным монархом, слишком деспотичен, чтобы быть приятным монархом, слишком самонадеян и дерзок, чтобы быть популярным монархом, и слишком неустойчив и труслив, чтобы долгое время оставаться монархом. Но это тот монарх, в царствование которого Фиц-Урс и де Браси надеются возвыситься и процветать; а потому вы помогайте ему своей политикой, а я — добрыми копьями моих вольных дружинников.

— Хорош союзник! — молвил Фиц-Урс нетерпеливо. — В самый решительный час разыгрывает из себя шута! Скажи на милость, к чему ты затеял этот нелепый маскарад?

— Чтобы добыть себе жену, — хладнокровно отвечал де Браси. — По способу колена Вениаминова.

— Колена Вениаминова? — повторил Фиц-Урс. — Не понимаю, о чём ты говоришь!

— Как, разве тебя тут не было вчера вечером, когда приор Эймер рассказывал нам историю, после того как менестрель спел романс?.. Он рассказал, что в отдалённые времена в Палестине возникла смертельная вражда между племенем Вениамина и остальными коленами израильского народа. И вот они перебили почти всех рыцарей этого племени, а те поклялись именем пресвятой богородицы, что не допустят, чтобы оставшиеся в живых женились на женщинах из вражеских колен. Впоследствии они раскаялись, что дали такой обет, и послали к его святейшеству папе спросить совета, как бы им снять с себя эту клятву; и тогда, по совету святого отца, молодёжь из колена Вениаминова отправилась на великолепный турнир и похитила оттуда всех присутствовавших дам и таким образом добыла себе жён, не спрашивая согласия ни самих невест, ни их семейств.

— Я слышал эту историю, — сказал Фиц-Урс, — но только сдаётся мне, что либо ты, либо приор всё спутали — и время этих событий и самые обстоятельства дела.

— Э, не всё ли равно! — сказал де Браси. — Я тебе сказал, что собираюсь добыть себе жену по способу колена Вениаминова. Это значит, что в этом самом наряде я намерен напасть на стадо саксонских быков, ехавших сегодня из Ашби, и отнять у них красавицу Довену.

— Да ты с ума сошёл, де Браси! — сказал Фиц-Урс. — Подумай, ведь эти люди, хотя они и саксы, богаты и влиятельны. Они пользуются уважением среди своих соплеменников; таких знатных саксов осталось немного.

— А нужно, чтобы ни одного не осталось, — сказал де Браси. — Следует довершить дело завоевания.

— Во всяком случае, теперь не время заниматься этим, — сказал Фиц-Урс. — Близится смута. Нам необходимо заручиться сочувствием народа. Помни, что принцу Джону придётся покарать всякого, кто обидит народных любимцев.

— Посмотрим, пусть только он посмеет! — сказал де Браси. — Тогда он узнает разницу между поддержкой таких славных молодцов, как мои, и этого сброда саксонских чурбанов. Впрочем, я и не думаю сразу объявлять своё имя и звание. Разве я в этой одежде не похож на смелого охотника из тех, что весело трубят в рожок? Во всём будут винить разбойников из йоркширских лесов. У меня верные лазутчики, и я знаю, как и куда поедут саксы. Сегодня они ночуют в монастыре святого Витоля или, как его называют саксы, Витольда в Бёртоне на Тренте. А завтра они доберутся как раз до нашей засады, и мы, как соколы, налетим на них. Тут я вдруг предстану в своём обычном наряде, разыграю роль любезного рыцаря и освобожу несчастную красавицу из рук грубых похитителей. Я провожу её в замок Арон де Бефа или увезу в Нормандию, коли понадобится, и до тех пор не покажу родственникам, пока она не превратится в законную супругу Мориса де Браси.

— Нечего сказать, план хоть куда, — сказал Фиц-Урс. — Я даже думаю, что ты не сам его придумал. Слушай, де Браси, скажи откровенно, кто тебе его подсказал и кто взялся тебе содействовать?

Ведь твой собственный отряд, кажется, далеко отсюда, чуть ли не в Йорке.

— Если тебе непременно хочется это знать — изволь, — сказал де Браси. — Это задумал Бриан де Буальбер, а первоначальная мысль принадлежит мне и пришла мне в голову после того, как я услышал о приключениях Вениаминова племени. Буагильбер поможет мне совершить нападение; он со своими людьми будет изображать разбойников, а я потом, переменив платье, отобью у них красавицу.

— Клянусь моим спасением, — сказал Фиц-Урс, — вот план, достойный ваших умных голов! Твоя предусмотрительность, де Браси, как нельзя лучше показана в этом плане: оставить красотку в руках своего почтенного союзника. Возможно, что тебе посчастливится отнять её у саксов, но как ты вырвешь её из когтей Буагильбера? Это такой сокол, который привык сам хватать куропаток и умеет крепко держать свою добычу.

— Да ведь он храмовник, — сказал де Браси. — Ему нельзя жениться, значит он не может быть мне соперником. Ну, а если бы он попытался нанести бесчестье будущей невесте де Браси, — клянусь небом, даже если бы он один представлял собой весь свой орден, и тогда он не посмел бы нанести мне такое оскорбление!

— Ну, я вижу, что все мои речи ни к чему не ведут, — сказал Фиц-Урс. — Мне хорошо известно твоё упрямство. Я только прошу тебя: не теряй времени даром, пусть эта глупая и неуместная затея кончится как можно скорее.

— Уверяю тебя, — отвечал де Браси, — что через несколько часов всё будет кончено. Я вовремя попаду в Йорк со своими молодцами и поддержу любой твой смелый замысел... Но я слышу, что мои товарищи уже собрались, — на заднем дворе топот и ржание коней... Прощай. Как истый рыцарь, я лечу заслужить улыбку красавицы.

— «Как истый рыцарь»! — повторил Фиц-Урс, глядя ему вслед. — Вернее сказать — как глупец, как дитя, способное бросить важное дело, чтобы ловить пушинку, летящую мимо. Да, вот с какими людьми предстоит мне действовать, и ради кого? Чтобы добыть корону этому легкомысленному и развратному принцу, который, наверно, окажется таким же неблагодарным монархом, каким был непокорным сыном и бессердечным братом. Но ведь и он не более как орудие в моих руках. Сколько бы он ни гордился своей знатностью, вздумай он поступить наперекор моим желаниям, он тотчас же узнает, чем это ему грозит.

Тут размышления этого государственного мужа были прерваны голосом принца, послышавшимся из внутренних покоев:

— Благородный Вольдемар Фиц-Урс! И, сняв с головы шапочку, будущий канцлер (ибо таково было звание, к которому стремился этот хитрый норманн) поспешил на зов будущего монарха.

Глава XVI

В глуши, от суеты мирской вдали,
Отшельника святого дни текли;
Он спал на мху, в пещере жизнь влача,
Он ел плоды, пил воду из ключа,
О боге думал, избегал людей
И лишь молитвой занят был своей.

Парнелл

Читатель, вероятно, не забыл, что исход турнира был решён вмешательством неизвестного рыцаря — того самого, кто за своё равнодушие и безучастность получил сначала прозвище Чёрного Лентяя. Оказав помощь Айвенго, рыцарь, когда поединок закончился победой, тотчас покинул арену, и его нигде не могли отыскать, чтобы вручить награду за доблесть. Пока трубачи и герольды призывали его, рыцарь давно уже углубился в лес, держа путь к северу, избегая торных дорог. Он остановился на ночлег в маленькой харчевне, стоявшей в стороне от большой дороги. Там он узнал от странствующего менестреля, чем кончился турнир.

На другой день рыцарь выехал рано, предполагая совершить длинный переезд; накануне он так заботливо берёг силы своего коня, что теперь имел полную возможность ехать без длительных остановок. Но чрезвычайно запутанные тропинки помешали ему выполнить своё намерение. К наступлению сумерек он достиг лишь западной границы Йоркшира. А между тем ночь надвигалась быстро. Всадник и его лошадь были крайне утомлены. Необходимо было подумать о ночлеге.

Казалось, в местах, где очутился к тому времени рыцарь, негде было найти кров для ночлега и ужин. По-видимому, ему, как это часто случалось со странствующими рыцарями, оставалось одно: пустить свою лошадь пастись, а самому лечь под дубом и предаться мечтам о своей возлюбленной. Но у Чёрного Рыцаря, должно быть, не было возлюбленной; или, обладая таким же хладнокровием в любви, какое проявлял в битве, он не мог настолько погрузиться в мысли о её красоте и непреклонности, чтобы забыть о собственной усталости и голоде; любовные мечты, как видно, не могли заменить ему существенных радостей ночлега и ужина. Поэтому он с большим неудовольствием озирался вокруг, видя, что забрался в такую глушь, где хоть и много было лужаек, следов и тропинок, но было ясно, что они протоптаны пасущимися стадами или дикими оленями и теми охотниками, которые за ними гонялись.

До сих пор рыцарь держал свой путь по солнцу; но оно уже скрылось за Дербиширскими холмами, и легко было сбиться с дороги. Тщетно пробовал он выбирать торные тропы в надежде наткнуться на пастушеский шалаш или домик лесного сторожа. Всё было напрасно. Тогда, не надеясь больше на себя, рыцарь решился положиться на чутьё своего коня. По собственному опыту он хорошо знал, что лошади нередко обладают удивительной способностью находить нужное направление.

Как только добрый конь, изнемогающий под тяжёлым седоком в боевых доспехах, почувствовал по ослабленным поводьям, что он предоставлен собственной воле, силы его как бы удвоились. До сир пор он только жалобным ржаньем отзывался на понукания и пришпоривание. Теперь же, словно гордясь оказанным ему доверием, он насторожил уши и пошёл гораздо быстрее. Выбранная им тропинка круто сворачивала в сторону от прежнего пути, но, видя, с какой уверенностью его конь двинулся по новой дороге, рыцарь не противился ему.

Конь оправдал такое доверие. Тропинка стала шире, утоптаннее, а слабый звон небольшого колокола указывал на то, что где-то поблизости есть часовня или хижина отшельника.

Вскоре рыцарь выехал на открытую поляну; на другой стороне её возвышался огромный утёс с крутыми, изъеденными ветром и дождём серыми склонами. Кое-где в его расщелинах пустили корни и росли дубки и кусты остролиста, местами густой плющ зелёной мантией окутывал склоны и колыхался над обрывами, подобно султанам над шлемами воинов, придавая изящество тому, что само по себе было грозно и внушительно. У подножия скалы, прилепившись к ней одной стеной, стояла хижина, сложенная из нетесаных брёвен, добытых в соседнем лесу; щели, которые оставались между ними, были замазаны глиной, смешанной со мхом. Перед дверью воткнуто было в землю очищенное от ветвей молодое сосновое деревце с перекладиной наверху, служившее бесхитростной эмблемой креста. Немного правее из расселины утёса выбивалась прозрачная струя воды, падавшая на широкий камень, выдолбленный наподобие чащи. Переполняя этот естественный бассейн, вода переливалась через край на поляну и, проложив себе естественное русло, журча текла по ней, чтобы потеряться в ближайшем лесу.

Возле источника видны были развалины очень маленькой часовни с обвалившейся крышей. Всё здание когда-то было никак не больше шестнадцати футов в длину и двенадцати в ширину, а низкая крыша покоилась на четырех концентрических сводах, опиравшихся по углам на короткие и толстые колонны; ещё были целы две арки, хотя крыша между ними обрушилась. Низкий, закруглённый вверху вход в эту старинную часовню был украшен высеченными из камня зубцами наподобие зубов акулы, что нередко встречается на древних образцах орнамента саксонского зодчества. Над порталом на четырех небольших колоннах возвышалась колокольня, где висел позеленевший от времени и непогод колокол. Его слабый звон и слышал в лесу Чёрный Рыцарь.

В полумраке сгустившихся сумерек открылась взорам путника эта мирная и спокойная картина, внушая ему твёрдую надежду на пристанище, так как одной из непременных обязанностей отшельников, удалявшихся на житьё в леса, было гостеприимство, оказываемое запоздавшим или сбившимся с дороги путникам.

Рыцарь не терял времени на то, чтобы рассматривать в подробностях описанную нами картину, а, соскочив с коня и поблагодарив святого Юлиана — покровителя путешественников за ниспослание ему надёжного ночлега, древком копья постучал в дверь хижины.

Довольно долго никто не отзывался. И когда он наконец добился ответа, нельзя сказать, чтобы он был приятным.

— Проходи мимо, — послышался низкий, сиплый голос, — не мешай служителю господа и святого Дунстана читать вечерние молитвы.

— Преподобный отец, — сказал рыцарь, — я бедный странник, заблудившийся в этих лесах; воспользуйся случаем проявить милосердие и гостеприимство.

— Добрый брат мой, — отвечал обитатель хижины, — пресвятой деве и святому Дунстану угодно было, чтобы я сам нуждался и в милосердии и в гостеприимстве, где уже тут оказывать их. Моя пища такова, что и собака от неё отвернётся, а постель такая, что любая лошадь из барской конюшни откажется от неё. Проходи своей дорогой, бог тебе поможет.

— Как же мне искать дорогу, — возразил рыцарь, — в такой глуши, да ещё тёмной ночью? Прошу тебя, честной отец, если ты христианин, отопри дверь и укажи мне по крайней мере, в какую сторону ехать.

— А я тебя прошу, брат мой во Христе, не приставай ко мне, сделай милость! — сказал пустынник. — Ты и так заставил меня пропустить молитвы — одну pater, две aves и одну credo, которые я, окаянный грешник, должен был, согласно своему обету, прочитать до восхода луны.

— Дорогу! Укажи мне дорогу! — заорал рыцарь. — Хоть дорогу-то укажи, если ничего больше от тебя не дождёшься!

— Дорогу, — отвечал отшельник, — указать нетрудно. Как выйдешь по тропинке из лесу, тут тебе будет болото, а за ним — река. Дождей на этих днях не было, так через неё, пожалуй, можно переправиться. Когда переправишься через брод, ступай по левому берегу. Только смотри не оборвись, потому что берег-то крут. Да ещё я слыхал, что тропинка в некоторых местах осыпалась. Оттуда уже всё прямо…

— Что же это — и тропинка осыпалась, и крутизна, и брод, да ещё и болото! — прервал его рыцарь. — Ну, сэр отшельник, будь ты хоть рассвятой, не заставишь ты меня пуститься ночью по такой дороге. Я тебе толком говорю… Ты живёшь подаянием соседей и не имеешь права отказать в ночлеге заблудившемуся путнику. Скорей отпирай дверь, не то, клянусь небом, я её выломаю!

— Ах, друг мой, — сказал отшельник, — перестань надоедать мне! Если ты принудишь меня защищаться мирским оружием, тебе же будет хуже.

В этот момент отдалённое ворчанье и тявканье собак, которое путник слышал уже давно, превратилось в яростный лай. Рыцарь догадался, что отшельник, испуганный его угрозой ворваться насильно, кликнул на помощь собак, находившихся внутри. Взбешённый этими приготовлениями, рыцарь ударил в дверь ногой с такой силой, что стены и столбы хижины дрогнули.

Пустынник, как видно не желая вторично подвергать дверь такому удару, громким голосом закричал:

— Имей же терпение! Подожди, добрый странник, сейчас я сам отопру дверь, хотя не ручаюсь, что этим доставлю тебе удовольствие.

Дверь распахнулась, и перед рыцарем предстал отшельник — человек высокого роста, крепкого телосложения, в длинной власянице, подпоясанной соломенным жгутом. В одной руке он держал зажжённый факел, а в другой — толстую и увесистую дубинку. Две большие мохнатые собаки, помесь борзой с дворняжкой, стояли по сторонам, готовые по первому знаку броситься на непрошеного гостя. Но когда при свете факела сверкнули высокий шлем и золотые шпоры рыцаря, стоявшего снаружи, отшельник изменил своё первоначальное намерение. Он усмирил разъярённых псов и вежливо пригласил рыцаря войти, объяснив свой отказ отпереть дверь боязнью воров и разбойников, которые не почитают ни пресвятую богородицу, ни святого Дунстана, а потому не щадят и святых отшельников, проводящих жизнь в молитвах.

— Однако, мой отец, — сказал рыцарь, рассматривая жалую обстановку хижины, где не было ничего, кроме кучи сухих листьев, служивших постелью, деревянного распятия, молитвенника, грубо обтёсанных стола и двух скамеек, — вы так бедны, что могли бы, кажется, не бояться грабителей; к тому же ваши собаки так сильны, что, по-моему, могут свалить и оленя, а не то что человека.

— Это добрый лесной сторож привёл мне собак, — сказал отшельник, — чтобы они охраняли моё одиночество до тех пор, пока не наступят более спокойные времена.

Говоря это, он воткнул факел в согнутую полосу железа, заменявшую подсвечник, поставил трехногий дубовый стол поближе к очагу, подбросил на угасавшие уголья несколько сухих поленьев, придвинул скамью к столу и движением руки пригласил рыцаря сесть напротив.

Они уселись и некоторое время внимательно смотрели друг на друга. Каждый из них думал, что редко ему случалось встречать более крепкого и атлетически сложенного человека, чем тот, который в эту минуту сидел перед ним.

— Преподобный отшельник, — сказал рыцарь, долго и пристально смотревший на хозяина, — позвольте ещё раз прервать ваши благочестивые размышления. Мне бы хотелось спросить вашу святость о трех вещах: во-первых, куда мне поставить коня, во-вторых, чем мне поужинать и, в-третьих, где я могу отдохнуть?

— Я тебе отвечу жестом, — сказал пустынник, — потому что я придерживаюсь правила не употреблять слова, когда можно объясниться знаками. — Сказав это, он указал на два противоположных угла хижины и добавил: — Вот тебе конюшня, а вот постель, а вот и ужин, — закончил он, сняв с полки деревянную тарелку, на которой было горсти две сушёного гороха, и поставил её на стол.

Рыцарь, пожав плечами, вышел из хижины, ввёл свою лошадь, которую перед тем привязал к дереву, заботливо расседлал её и покрыл собственным плащом.

На отшельника, видимо, произвело впечатление то, с какой заботой и ловкостью незнакомец обращался с конём. Пробормотав что-то насчёт корма, оставшегося после лошади лесничего, он вытащил откуда-то охапку сена и положил её перед рыцарским конём, потом принёс сухого папоротника и бросил его в том углу, где должен был спать рыцарь. Рыцарь учтиво поблагодарил его за любезность. Сделав всё это, оба снова присели к столу, на котором стояла тарелка с горохом. Отшельник произнёс длинную молитву, от латинского языка которой осталось всего лишь несколько слов; по окончании молитвы он показал гостю пример, скромно положив себе в рот с белыми и крепкими зубами, похожими на кабаньи клыки, три или четыре горошины — слишком жалкий помол для такой большой и благоустроенной мельницы.

Желая последовать этому похвальному примеру, гость отложил в сторону шлем, снял панцирь и часть доспехов. Перед пустынником предстал статный воин с густыми курчавыми светло-русыми волосами, орлиным носом, голубыми глазами, сверкавшими умом и живостью, и красиво очерченным ртом, оттенённым усами более тёмными, чем волосы; вся его осанка изобличала смелого и предприимчивого человека.

Отшельник, как бы желая ответить доверием на доверчивость гостя, тоже откинул на спину капюшон и обнажил круглую, как шар, голову человека в расцвете лет. Его бритая макушка была окружена венцом жёстких чёрных волос, что придавало ей сходство с приходским загоном для овец, обнесённым высокой живой изгородью. Черты его лица не обличали ни монашеской суровости, ни аскетического воздержания. Напротив, у него было открытое свежее лицо с густыми чёрными бровями, чёрная курчавая борода, хорошо очерченный лоб и такие круглые пунцовые щёки, какие бывают у трубачей. Лицо и могучее сложение отшельника говорили скорее о сочных кусках мяса и окороках, нежели о горохе и бобах, и это сразу бросилось в глаза рыцарю.

Рыцарь с большим трудом прожевал горсть сухого гороха и попросил благочестивого хозяина дать ему запить эту еду. Тогда отшельник поставил перед ним большую кружку чистейшей родниковой воды.

— Это из купели святого Дунстана, — сказал он. — В один день, от восхода до заката солнца, он окрестил там пятьсот язычников — датчан и британцев. Благословенно имя его!

С этими словами он приник своей чёрной бородой к кружке и отпил маленький глоточек.

— Мне кажется, преподобный отче, — сказал рыцарь, — что твоя скудная пища и священная, но безвкусная влага, который ты утоляешь свою жажду, отлично идут тебе впрок. Тебе куда больше подходило бы драться на кулачках или дубинках, чем жить в пустыне, читать молитвенник да питаться сухим горохом и холодной водой.

— Ах, сэр рыцарь, — отвечал пустынник, — мысли у вас, как и у всех невежественных мирян, заняты плотью. Владычице нашей богородице и моему святому покровителю угодно было благословить мою скудную пищу, как издревле благословенны были стручья и вода, которыми питались отроки Содрах, Мисах и Авденаго, не пожелавшие вкушать от вин и яств, присылаемых им сарацинским царём.

— Святой отец, — сказал рыцарь, — поистине бог творит чудеса над тобою, а потому дозволь грешному мирянину узнать твоё имя.

— Можешь звать меня, — отвечал отшельник, — причетником из Копменхерста, ибо так меня прозвали в здешнем краю. Правда, прибавляют ещё к этому имени прозвище святой, но на этом я не настаиваю, ибо недостоин такого титула. Ну, а ты, доблестный рыцарь, не скажешь ли, как мне называть моего почтенного гостя?

— Видишь ли, святой причетник из Копменхерста, — сказал рыцарь, — в здешнем краю меня зовут Чёрным Рыцарем; многие прибавляют к этому титул Лентяй, но я тоже не гонюсь за таким прозвищем.

Отшельник едва мог скрыть улыбку, услыхав такой ответ.

— Вижу, сэр Ленивый Рыцарь, что ты человек осмотрительный и разумный, — сказал он, — и вижу, кроме того, что моя бедная монашеская пища тебе не по нутру; может, ты привык к роскоши придворной жизни, избалован городскими излишествами... Помнится мне, сэр Лентяй, что когда здешний щедрый лесной сторож привёл мне этих собак и сложил у часовни корм для своей лошади, он как будто оставил здесь кое-какие съестные припасы. Так как они для меня непригодны, то я едва не позабыл о них, обременённый своими размышлениями.

— Готов поклясться, что он оставил, — сказал рыцарь. — С той минуты, как ты откинул свой капюшон, святой причетник, я убедился, что у тебя в келье водится пища получше гороха. Сдаётся мне, что твой сторож — добрый малый и весельчак. Да и всякий, кто видел, как твои крепкие зубы грызут этот горох, а горло глотает такую пресную жидкость, не мог бы оставить тебя на этом лошадином корме и захотел бы снабдить чем-нибудь посытнее. Ну-ка, доставай скорее, что там принёс тебе сторож.

Отшельник внимательно посмотрел на рыцаря. Видно было, что он колебался, не зная, благоразумно ли откровенничать с гостем.

Но у рыцаря было открытое и смелое лицо, а усмехнулся он так добродушно и забавно, что поневоле внушил хозяину доверие и симпатию.

Обменявшись с ним молчаливыми взглядами, отшельник пошёл в дальний конец хижины и открыл потайной чулан, доступ к которому скрыт был очень тщательно и даже довольно замысловато. Из глубины тёмного сундука, стоявшего внутри чулана, он вытащил громадный запечённый в оловянном блюде пирог. Это кушанье он поставил на стол, и гость, не теряя времени, своим кинжалом разрезал корку, чтобы познакомиться с начинкой.

— Как давно приходил сюда добрый сторож? — спросил рыцарь у хозяина, проглотив несколько кусков этого блюда.

— Месяца два назад, — отвечал отшельник, не подумав.

— Клянусь истинным богом, — сказал рыцарь, — в твоей хижине то и дело натыкаешься на чудеса! Я готов поклясться, что жирный олень, послуживший начинкой этому пирогу, ещё на днях бегал по лесу.

Отшельник смутился; он сидел с довольно жалким видом, глядя, как быстро убывает пирог, на который гость набросился с особым рвением. После всего, что он наговорил о своём воздержании, ему было неловко самому последовать примеру гостя, хотя он бы тоже с удовольствием отведал пирога.

— Я был в Палестине, сэр причетник, — сказал рыцарь, вдруг сразу перестав есть, — и вспоминаю, что, по тамошним обычаям, каждый хозяин, угощая гостя, должен сам принимать участие в трапезе, чтобы не подумали, что в пище есть отрава. Я, конечно, не дерзаю заподозрить святого человека в предательстве, однако буду тебе премного благодарен, если ты последуешь этому восточному обычаю.

— Чтобы рассеять ваши неуместные опасения, сэр рыцарь, я согласен на этот раз отступить от своих правил, — отвечал отшельник, и так как в те времена ещё не было в употреблении вилки, он немедленно погрузил пальцы во внутренность пирога.

Когда таким образом лёд был сломан и церемонии отброшены в сторону, гость и хозяин начали состязаться в том, кто из них окажется лучшим едоком; но хоть гость, вероятно, постился дольше, отшельник съел гораздо больше его.

— Святой причетник, — сказал рыцарь, утолив голод, — я готов прозакладывать своего коня против цехина, что тот честный малый, которому мы обязаны этой отличной дичью, оставил здесь и бутыль с вином, или бочонок канарского, или что-нибудь в этом роде, чтобы запить этот чудеснейший пирог. Конечно, это такой пустяк, что он не мог удержаться в памяти строгого постника. Но я думаю, что если ты хорошенько поищешь в той норе, то убедишься, что я не ошибаюсь.

Вместо ответа отшельник только ухмыльнулся и вытащил из своего сундука кожаную бутыль вместимостью в полведра. Потом он принёс два больших кубка из буйволового рога в серебряной оправе; полагая, что теперь уже можно не стесняться, он налил их до краёв и, сказав по обычаю саксов: «Твоё здоровье, сэр Ленивый Рыцарь», — разом осушил свой кубок.

— Твоё здоровье, святой причетник из Копменхерста, — ответил рыцарь и также осушил свой кубок.

— А знаешь ли, святой причетник, — сказал затем пришелец, — я никак не могу понять, почему это такой здоровенный молодец и мастер покушать, как ты, задумал жить один в этой глуши. По-моему, тебе куда больше подошло бы жить в замке, есть жирно, пить крепко, а не питаться стручками да запивать их водой или хотя бы подачками какого-то сторожа... Будь я на твоём месте, я бы нашёл себе и забаву и пропитание, охотясь за королевской дичью. Мало ли добрых стад в этих лесах, и никто не подумает хватиться того оленя, который пойдёт на пользу служителю святого Дунстана.

— Сэр Ленивый Рыцарь, — отвечал причетник, — это опасные слова, прошу, не произноси их. Я поистине отшельник перед королём и законом. Если бы я вздумал пользоваться дичью моего владыки, не миновать бы мне тюрьмы, а может, если не спасёт моя ряса, — и виселицы.

— А всё-таки, — сказал рыцарь, — будь я на твоём месте, я бы выходил в лунные ночи, когда лесники и сторожа завалятся спать, и, бормоча молитвы, нет-нет да и пускал бы стрелу в стадо бурых оленей, что пасутся на зелёных лужайках... Разреши мои сомнения, святой причетник: неужели ты никогда не занимаешься такими делами?

— Друг Лентяй, — отвечал отшельник, — ты знаешь о моём хозяйстве всё, что тебе нужно, и даже больше того, что заслуживает непрошеный гость, врывающийся силою. Поверь мне, пользуйся добром, которое посылает тебе Бог, и не допытывайся, откуда что берётся. Наливай свою чашу на здоровье, но, пожалуйста, не задавай мне больше дерзких вопросов. Не то я тебе докажу, что, кабы не моя добрая воля, ты бы не нашёл здесь пристанища.

— Клянусь честью, это ещё больше разжигает моё любопытство! — сказал рыцарь. — Ты самый таинственный отшельник, какого мне доводилось встречать. Прежде чем мы расстанемся, я хочу хорошенько с тобой познакомиться. А что до твоих угроз, знай, святой человек, что моё ремесло в том и состоит, чтобы выискивать опасности всюду, где они водятся.

— Сэр Ленивый Рыцарь, пью за твоё здоровье, — сказал пустынник. — Я высоко ценю твою доблесть, но довольно низкого мнения о твоей скромности. Если хочешь сразиться со мной равным оружием, я тебя поприятельски и по братской любви так отделаю, что на целых двенадцать месяцев отучу от греха излишнего любопытства.

Рыцарь выпил с ним и попросил назначить род оружия.

— Да нет такого оружия, начиная от ножниц Далилы и копеечного гвоздя Иаили до меча Голиафа, — отвечал отшельник, — с которым я не был бы тебе под пару... Но раз уж ты предоставляешь мне выбор оружия, что ты скажешь, друг мой, о таких безделках?

С этими словами он отпер другой чулан и вынул оттуда два палаша и два щита, какие обычно носили иомены. Рыцарь, следивший за его движениями, заметил в этом втором потайном чулане два или три отличных лука, арбалет, связку прицелов для него и шесть колчанов со стрелами. Между прочими предметами, далеко не приличествующими для особ духовного звания, в глубине тёмного чулана бросилась ему в глаза арфа.

— Ну, брат причетник, обещаю тебе, что не стану больше приставать с обидными расспросами, — сказал рыцарь. — То, что я вижу в этом шкафу, разрешает все мои недоумения. Кроме того, я заметил там одну вещицу, — тут он наклонился и сам вытащил арфу, — на которой буду состязаться с тобой гораздо охотнее, чем на мечах.

— Думается мне, сэр рыцарь, — сказал отшельник, — что тебя понапрасну прозвали Лентяем. Признаюсь, ты кажешься мне очень подозрительным молодцом. Тем не менее ты у меня в гостях, и я не стану испытывать твоё мужество иначе, как по твоему собственному желанию. Садись, наполни свой кубок, будем пить, петь и веселиться. Коли знаешь хорошую песню, всегда будешь приятным гостем в Копменхерсте, пока я состою настоятелем при часовне святого Дунстана, а это, Бог даст, продлится до тех пор, пока вместо серой рясы не покроют меня зелёным дёрном. Ну, что же ты не пьёшь? Наливай чашу полнее, потому что эту арфу теперь не скоро настроишь. А ничто так не прочищает голос и не обостряет слух, как чаша доброго вина. Что до меня, я люблю, чтобы винцо пробрало меня до кончиков пальцев; вот тогда я могу ловко перебирать струны.

Глава XVII

Я вечером в углу своём
Читаю книгу перед сном,
Немало в книгах есть моих
Рассказов о делах святых;
И, затушив свечу свою,
Церковный мерный гимн пою.
Кто не уйдёт от всех забав,
Отшельнический посох взяв,
И кто не предпочтёт покой
Безумной суёте мирской?

Уортон

Гость исполнил в точности совет гостеприимного отшельника, однако довольно долго возился с арфой, прежде чем её настроил.

— Мне кажется, святой отец, — сказал он, — что тут не хватает одной струны, да и остальные в плохом виде.

— Ага, так ты заметил это? — сказал отшельник. — Значит, ты мастер своего дела. Вино и яблочная настойка, — прибавил он, с важностью подняв глаза к небу. — Вся беда от вина и яблочной настойки. Я уж говорил Аллену из Лощины, северному менестрелю, что после седьмой кружки лучше не трогать арфы. Но уж больно он упрям, с ним не сговоришься… Друг, пью за успех твоего исполнения.

Сказав это, он с важным видом опорожнил свой кубок, всё время покачивая головой при воспоминании о пьяном шотландском певце.

Тем временем рыцарь кое-как привёл струны в порядок и после краткой прелюдии спросил хозяина, что ему больше нравится: спеть ли сервенту на языке ок или же на языке уа, или виреле, или балладу на простонародном английском языке?

— Балладу, балладу, — сказал отшельник. — Это будет лучше всякой французской дребедени. Я чистейший англичанин, сэр рыцарь, такой же англичанин, каким был мой заступник святой Дунстан, а он, наверно, так же чурался этих ок и уа, как чёртова копыта. У меня в келье допускаются только английские песни.

— Ну хорошо, — согласился рыцарь, — я попробую припомнить балладу, сочинённую одним саксом, которого я знавал в Святой Земле.

Оказалось, что если рыцарь и не был вполне искусным менестрелем, то по крайней мере его вкус развился под влиянием наставников. Голос его, который от природы был грубоват и обладал небольшим диапазоном, был хорошо обработан. Поэтому он пел очень недурно и мог бы удовлетворить и более взыскательного критика, чем наш отшельник; рыцарь пел выразительно, то протяжными, то задорными звуками, оттенял слова и придавал силу и значение стихам.

ВОЗВРАЩЕНИЕ КРЕСТОНОСЦА

Из Палестины прибыл он,
Военной славой осенён,
Он через вихри битв и гроз
Крест на плечах своих пронёс.
В боях рубцами был покрыт
Его победоносный щит.
Когда темнеет небосвод,
Любимой песню он поёт:
«Возлюбленная! Рыцарь твой
Вернулся из страны чужой;
Добыча не досталась мне:
Богатство всё моё — в коне,
В моём копье, в мече моём,
Которым я сражусь с врагом.
Пусть воина вознаградят
Твоя улыбка и твой взгляд.
Возлюбленная! Я тобой
Подвигнут был на славный бой.

Ты будешь при дворе одна
Вниманием окружена;
Глашатай скажет и певец:
«Она владычица сердец,
В турнирах билось за неё
Непобедимое копьё.
И ею меч был вдохновлён,
Сразивший мужа стольких жён:
Пришёл султану смертный час -
Его и Магомет не спас.
Сияет золотая прядь.
Числа волос не сосчитать, -
Так нет язычникам числа,
Которых гибель унесла».
Возлюбленная! Честь побед
Тебе дарю; мне — славы нет.
Скорее дверь свою открой!
Оделся сад ночной росой;
Зной Сирии мне был знаком,
Мне холодно под ветерком.
Покои отвори свои -
Принёс я славу в дар любви».

Пока продолжалось пение, отшельник вёл себя, словно присяжный критик нашего времени, присутствующий на первом представлении новой оперы. Он откинулся на спинку сиденья, зажмурился и то слегка вертел пальцами, то разводил руками или тихо помахивал ими в такт музыке. При некоторых переходах мелодии, когда его искушённому вкусу казалось, что голос рыцаря недостаточно высок для исполнения, он сам приходил ему на помощь и подтягивал. Когда баллада была пропета до конца, пустынник решительно заявил, что песня хороша и спета отлично.

— Только вот что я тебе скажу, — сказал он. — По моему мнению, мои земляки саксы слишком долго водились с норманнами и стали на их манер сочинять печальные песенки. Ну к чему добрый рыцарь уезжал из дому? Неужто он думал, что возлюбленная в его отсутствие не выйдет замуж за его соперника? Само собой разумеется, что она не обратила ни малейшего внимания на его серенаду, или как бишь это у вас называется, потому что его голос для неё — всё равно что завыванье кота в канаве… А впрочем, сэр рыцарь, пью за твоё здоровье и за успех всех верных любовников. Боюсь, что ты не таков, — прибавил он, видя, что рыцарь, почувствовавший шум в голове от беспрестанных возлияний, наполнил свою чашу не вином, а водой из кувшина.

— Как же, — сказал рыцарь, — не ты ли мне говорил, что это — вода из благословенного источника твоего покровителя, святого Дунстана?

— Так-то так, — отвечал отшельник, — он крестил в нём язычников целыми сотнями. Только я никогда не слыхивал, чтобы он сам пил эту воду. Всему своё место и своё назначение в этом мире. Святой Дунстан, верно, не хуже нашего знал привилегии весёлого монаха.

С этими словами он взял арфу и позабавил гостя следующей примечательной песенкой, приспособив к ней известный хоровой мотив старинных английских песен дерри-даун. Эти песни, как предполагают, относились к далёкой старине, более далёкой, чем эпоха семи государств англов и саксов; их пели во времена друидов, прославляя жрецов, когда те уходили в лес за омелой.

БОСОНОГИЙ МОНАХ

Ты можешь объехать за несколько лет
Испанию и Византию — весь свет;
Кого б ты ни встретил в заморских краях,
Счастливее всех босоногий монах.
В честь дамы отправился рыцарь в поход,
А вечером раненный насмерть придёт.
Его причащу: если ж дама в слезах,
Утешит её босоногий монах.
Цари своих мантий величье не раз
Меняли на скромность монашеских ряс,

Но вдруг захотеть оказаться в царях
Не мог ни один босоногий монах.
Привольное лишь у монаха житьё:
Чужое добро он сочтёт за своё,
Монаха во всех принимают домах,
Везде отдохнёт босоногий монах,
Ведь лакомства, что для него берегут,
Бывают обычно вкуснее всех блюд;
Всегда он обедает славно в гостях -
Почётнейший гость, босоногий монах.
За ужином пьёт он отменнейший эль,
И мягкую стелют монаху постель:
Хозяина выгонят вон впопыхах,
Чтоб сладко поспал босоногий монах.
Да здравствует бедность одежды моей,
Власть римского папы и вера в чертей!
Рвать розы, не думать совсем о шипах
Могу только я, босоногий монах.

— Поистине, — сказал рыцарь, — спел ты хорошо и весело и прославил своё звание как следует. А кстати о чёрте, святой причетник: неужели ты не боишься, что он когда-нибудь пожалует к тебе как раз во время таких мирских развлечений?

— Мирских? Это я-то мирянин? — возмутился отшельник. — Да я служу в своей часовне верой и правдой две обедни каждый божий день, утреню и вечерню, часы, кануны, повечерия.

— Только не лунными ночами, когда можно поохотиться за дичью, — заметил гость.

— Exceptis excipiendis,[1] — отвечал отшельник, — как наш старый аббат научил меня отвечать, в случае если дерзновенный мирянин вздумает расспрашивать, все ли канонические правила я исполняю в точности.

---

[1] За исключением того, что должно быть исключено (лат.).

— Это так, святой отец, — сказал рыцарь, — но чёрт подстерегает нас именно за исключительными занятиями. Ты сам знаешь, что он всюду бродит, аки лев рыкающий.

— Пусть зарычит, коли посмеет, — сказал монах. — От моей верёвки он завизжит, как визжал от кочерги святого Дунстана. Я сроду не боялся ни одного человека — не боюсь и чёрта с его приспешниками. Молитвами святого Дунстана, святого Дубрика, святых Винибальда и Винифреда, святых Суиберта и Уиллика, а также святого Фомы Кентского, не считая моих собственных малых заслуг перед Богом, я ни во что не ставлю чертей, как хвостатых, так и бесхвостых. Но по секрету скажу вам, друг мой, что никогда не упоминаю о таких предметах до утренней молитвы.

Он перевёл разговор на другое, и попойка продолжалась на славу. Уже много песен было спето обоими, как вдруг их весёлую пирушку нарушил сильнейший стук в дверь лачуги.

Чем была вызвана эта помеха, мы сможем объяснить только тогда, когда возвратимся к другим действующим лицам нашего рассказа, ибо, по примеру старика Ариосто, мы не любим иметь дело только с одним каким-нибудь героем, охотно меняя и персонажей и обстановку нашей драмы.

Глава XVIII

Вперёд! Пойдём мы долом и лощиной,
Где молодой олень бежит за ланью,
Где дуб широкий крепкими ветвями
Свет не пускает в просеку лесную.
Вперёд! Ведь хорошо идти по тропам,
Пока на троне радостное солнце;
Пусть станет мрачным и небезопасным
В обманчивом мерцании Дианы.

«Эттрикский лес»

Когда Седрик Сакс увидел, как сын его упал без чувств на ристалище в Ашби, первым его побуждением было послать своих людей позаботиться о нём, но эти слова застряли у него в горле. В присутствии такого общества он не мог заставить себя признать сына, которого изгнал из дома и лишил наследства. Однако он приказал Освальду не выпускать его из виду и с помощью двух крепостных слуг перенести в Ашби, как только толпа разойдётся. Но Освальд опоздал с исполнением этого распоряжения: толпа разошлась, а рыцаря уже нигде не было видно.

Напрасно кравчий Седрика озирался по сторонам, отыскивая, куда девался его молодой хозяин; он видел кровавое пятно на том месте, где лежал юный рыцарь, но самого рыцаря не видел: словно волшебницы унесли его куда-то. Может быть, Освальд именно так и объяснил бы себе исчезновение Айвенго (потому что саксы были крайне суеверны), если бы случайно не бросилась ему в глаза фигура человека, одетого оруженосцем, в котором он признал своего товарища Гурта. В отчаянии от внезапного исчезновения своего хозяина, бывший свинопас разыскивал его повсюду, позабыв всякую осторожность и подвергая себя нешуточной опасности. Освальд счёл своим долгом задержать Гурта, как беглого раба, чью судьбу должен был решить сам хозяин.

Кравчий продолжал расспрашивать всех встречных, не знает ли кто, куда делся Айвенго. В конце концов ему удалось узнать, что несколько хорошо одетых слуг бережно положили раненого рыцаря на носилки, принадлежавшие одной из присутствовавших на турнире дам, и сразу же унесли за ограду. Получив эти сведения, Освальд решил воротиться к своему хозяину за дальнейшими приказаниями и увёл с собой Гурта, считая его беглецом.

Седрик Сакс был во власти мучительных и мрачных предчувствий, вызванных раной сына. Его патриотический стоицизм сакса боролся с отцовскими чувствами. Но природа всё-таки взяла своё. Однако стоило ему узнать, что Айвенго, по-видимому, находится на попечении друзей, как чувства оскорблённой гордости и негодования, вызванные тем, что он называл «сыновней непочтительностью Уилфреда», снова взяли верх над родительской привязанностью.

— Пускай идёт своей дорогой, — сказал он. — Пусть те и лечат его раны, ради кого он их получил. Ему больше подходит проделывать фокусы, выдуманные норманскими рыцарями, чем поддерживать честь и славу своих английских предков мечом и секирой — добрым старым оружием нашей родины.

— Если для поддержания чести и славы своих предков, — сказала Ровена, присутствовавшая здесь же, — достаточно быть мудрым в делах совета и храбрым в бою, если достаточно быть отважнейшим из отважных и благороднейшим из благородных, то кто же, кроме его отца, станет отрицать…

— Молчите, леди Ровена! Я не хочу вас слушать! Приготовьтесь к вечернему собранию у принца. На сей раз нас приглашают с таким небывалым почётом и любезностью, о каких саксы и не слыхивали с рокового дня битвы при Гастингсе. Я отправлюсь туда немедленно, хотя бы для того, чтобы показать гордым норманнам, как мало меня волнует участь сына, даром что он победил сегодня их храбрейших воинов.

— А я, — сказала леди Ровена, — туда не поеду, и, прошу вас, остерегайтесь, потому что те качества, которые вы считаете твёрдостью и мужеством, можно принять за жестокосердие.

— Так оставайся же дома, неблагодарная! — отвечал Седрик. — Это у тебя жестокое сердце, если ты жертвуешь благом несчастного, притесняемого народа в угоду своему пустому и безответному чувству! Я найду благородного Ательстана и с ним отправлюсь на пир к принцу Джону Анжуйскому.

И он поехал на этот пир, главные события которого мы описали выше. После возвращения из замка саксонские таны в сопровождении всей своей свиты сели на лошадей. Тут-то в суматохе отъезда беглый Гурт в первый раз и попался на глаза Седрику. Мы уже знаем, что благородный сакс возвратился с пиршества отнюдь не в мягком настроении, и ему нужен был повод, чтобы выместить на ком-нибудь свой гнев.

— В кандалы его! В кандалы! — закричал он. — Освальд! Гундиберт! Подлые псы! Почему этого плута до сих пор не заковали?

Не смея противоречить, товарищи Гурта связали его ремённым поводом, то есть первым, что попалось под руку. Гурт подчинился этому без сопротивления, но укоризненно взглянул на хозяина и только сказал:

— Вот что значит любить вашу плоть и кровь больше своей собственной!

— На коней — и вперёд! — крикнул Седрик.

— И давно пора, — сказал высокородный Ательстан. — Боюсь, что, если мы не поторопимся, у достопочтенного аббата Вальтоффа испортятся все кушанья, приготовленные к ужину.

Однако путешественники ехали так быстро, что достигли монастыря святого Витольда прежде, чем произошла та неприятность, которой опасался Ательстан. Настоятель, родом из старинной саксонской фамилии, принял знатных саксонских гостей с таким широким гостеприимством, что они просидели за ужином до поздней ночи — или вернее, до раннего утра. На другой день они только после роскошного завтрака смогли покинуть кров своего гостеприимного хозяина.

В ту минуту, как кавалькада выезжала с монастырского двора, произошёл случай, несколько встревоживший саксов. Из всех народов, населявших в то время Европу, ни один с таким вниманием не следил за приметами, как саксы: большая часть всяких поверий, до сих пор живущих в нашем народе, берёт начало от их суеверий. Норманны в то время были гораздо лучше образованны, притом они были смесью весьма различных племён, с течением времени успевших освободиться от многих предрассудков, вынесенных их предками из Скандинавии; они даже чванились тем, что не верят в приметы.

В данном случае предсказание об угрожающей беде исходило от такого малопочтенного пророка, каким являлась огромная тощая чёрная собака, сидевшая на дворе. Она подняла жалобный вой в ту минуту, когда передовые всадники выехали из ворот, потом вдруг громко залаяла и, бросаясь из стороны в сторону, очевидно намеревалась присоединиться к отъезжающим.

— Не люблю я этой музыки, отец Седрик, — сказал Ательстан, называвший его таким титулом в знак почтения.

— И я тоже не люблю, дядюшка, — сказал Вамба. — Боюсь, как бы нам не пришлось заплатить волынщику.

— По-моему, — сказал Ательстан, в памяти которого эль настоятеля оставил благоприятное впечатление (ибо городок Бёртон уже и тогда славился приготовлением этого живительного напитка), — по-моему, лучше бы воротиться и погостить у аббата до обеда. Не следует трогаться в путь, если дорогу перешёл монах, или перебежал заяц, или если завыла собака. Лучше переждать до тех пор, пока не минует следующая трапеза.

— Пустяки! — сказал Седрик нетерпеливо. — Мы и так потеряли слишком много времени. А собаку эту я знаю. Это пёс моего беглого раба Гурта — такой же бесполезный дармоед, как и его хозяин.

С этими словами Седрик приподнялся на стременах и пустил дротик в бедного Фангса — так как это действительно был Фанге, повсюду сопровождавший своего хозяина и на свой лад выражавший теперь свой восторг по поводу того, что вновь обрёл его. Дротик задел плечо собаки и едва не пригвоздил её к земле. Бедный пёс взвыл ещё пуще прежнего и опрометью кинулся прочь с дороги разгневанного тана.

У Гурта сердце облилось кровью при этом зрелище: Седрик хотел убить его верного друга и помощника, и это задело его гораздо больше, чем то жестокое наказание, которое он сам только что вынес. Он тщетно старался вытереть себе глаза и наконец сказал Вамбе, который, видя своего господина не в духе, счёл более безопасным держаться подальше от него:

— Сделай милость, пожалуйста, вытри мне глаза полой твоего плаща: их совсем разъела пыль, а ремни не дают поднять руки.

Вамба оказал требуемую услугу, и некоторое время они ехали рядом. Гурт всё время угрюмо молчал. Наконец он не выдержал и отвёл свою душу такой речью.

— Друг Вамба, — сказал он, — из всех дураков, находящихся в услужении у Седрика, ты один только так ловок, что можешь угождать ему своей глупостью. А потому ступай и скажи ему, что Гурт ни из любви, ни из страха не станет больше служить ему. Он может снять с меня голову, может отстегать меня плетьми, может заковать в цепи, но я ему больше не слуга. Поди скажи ему, что Гурт, сын Беовульфа, отказывается ему служить.

— Хоть я и дурак, — отвечал Вамба, — но таких дурацких речей и не подумаю передавать ему. У Седрика за поясом ещё довольно осталось дротиков, и ты знаешь, что иной раз он очень метко попадает в цель.

— А мне всё равно, — сказал Гурт, — пускай хоть сейчас убьёт меня. Вчера он оставил валяться в крови на арене Уилфреда, моего молодого хозяина, сегодня хотел убить у меня на глазах единственную живую тварь, которая ко мне привязана. Призываю в свидетели святого Эдмунда, святого Дунстана, святого Витольда, святого Эдуарда Исповедника и всех святых саксонского календаря (надо заметить, что Седрик никогда не произносил имён тех святых, которые были не саксонского происхождения, и все его домочадцы также урезывали свои святцы), — я никогда ему этого не прощу!

— А по-моему, — возразил Вамба, нередко выступавший в роли миротворца, — Седрик вовсе не собирался вбивать Фангса, а хотел только попугать его. Ты заметил, что он привстал на стременах, чтобы пустить дротик через голову собаки, но, на беду, Фангс в эту самую минуту подпрыгнул. Вот он и получил эту царапину, которую я берусь залечить комочком дёгтя.

— Если бы так, — сказал Гурт, — если бы я мог так подумать!.. Да нет! Я видел, как метко он целился, и слышал, как дротик зажужжал в воздухе, а потом, воткнувшись в землю, всё ещё дрожал, как будто с досады, что не попал в цель. Так бросить можно только со злым смыслом. Нет, клянусь любимой свиньёй святого Антония, не стану я ему служить!

И возмущённый свинопас снова погрузился в мрачное молчание, из которого шут не мог его вывести.

Между тем Седрик и Ательстан, ехавшие впереди, беседовали о состоянии страны, о несогласиях в королевской фамилии, о распрях и вражде среди норманских дворян; они обсуждали, возможно ли во время приближавшейся междоусобной войны избавиться от норманского ига или по крайней мере добиться большей национальной независимости. Говоря о подобных предметах, Седрик всегда воодушевлялся. Восстановление независимости саксов было кумиром его души, и этому кумиру он добровольно принёс в жертву своё семейное счастье и судьбу своего сына. Но для того чтобы осуществить этот великий переворот в пользу коренных англичан, необходимо было объединиться и действовать под водительством вождя, и этот вождь должен был происходить из древнего королевского рода. Это требование выдвигали те, кому Седрик поверял свои тайные замыслы и надежды. Ательстан удовлетворял этому условию. Правда, он не отличался большим умом и не блистал никакими талантами, однако у него была довольно представительная фигура, он был не трус, искусен во всяких военных упражнениях и, казалось, охотно прислушивался к советам людей поумнее себя. Сверх того, было известно, что он человек щедрый, гостеприимный и добрый. Но каковы бы ни были достоинства Ательстана, многие из саксов склонны были признавать первенство за леди Ровеной. Она происходила от короля Альфреда, а её отец настолько прославился своей мудростью, отвагой и благородным нравом, что память его высоко чтили все его соотечественники.

Если бы Седрик захотел, ему бы ничего не стоило стать во главе третьей партии, не менее сильной, чем две другие. За Ательстана и леди Ровену говорило их королевское происхождение, но он мог противопоставить им свою храбрость, деятельный нрав, энергию и, главное, ту страстную преданность делу, которая заставила земляков прозвать его Саксом. А по рождению он сам был так знатен, что в этом смысле никому не уступал, за исключением Ательстана и своей питомицы. Но даже тень тщеславного себялюбия была чужда Седрику, и, вместо того чтобы ещё более разъединить свой и без того слабый народ созданием собственной партии, Седрик стремился устранить уже существовавший раскол; важной частью его плана было выдать леди Ровену замуж за Ательстана и таким образом слить воедино обе партии. Препятствием к его осуществлению послужила взаимная привязанность леди Ровены и его сына. Это и было главной причиной изгнания Уилфреда из родительского дома.

Седрик прибегнул к этой суровой мере в надежде, что в отсутствие Уилфреда Ровена изменит свои чувства. Но он ошибся: Ровена оказалась непреклонной, что объяснялось отчасти характером её воспитания. В глазах Седрика Альфред был чем-то вроде божества. Поэтому он относился к последней представительнице его рода с исключительным почтением, какое вряд ли внушали кому бы то ни было принцессы царствующих династий того времени. В его доме каждое желание Ровены считалось законом, и сам Седрик, словно решив, что её права должны быть полностью признаны хотя бы в пределах этого маленького круга, гордился тем, что подчинялся ей, как первый из её подданных.

Она с детства приучилась не только действовать по своей собственной воле, но и повелевать другими; а потому нет ничего удивительного, что в таком вопросе, в котором другие девушки, даже воспитанные в полном подчинении и покорности, склонны проявлять некоторую самостоятельность и способны оспаривать власть своих опекунов и родителей, Ровена высказала возмущение и негодование. Она решительно противилась всякому внешнему давлению и наотрез отказалась давать кому-либо право направлять её привязанности или располагать её наукой наперекор её воле. Свои суждения и чувства она высказывала смело, и Седрик, будучи не в силах противостоять привычному почтительному подчинению её воле, встал в тупик и не знал теперь, каким способом заставить её слушаться своего опекуна.

Тщетно пытался он пленять её воображение картиной будущей королевской власти. Ровена, одарённая большим здравым смыслом, считала планы Седрика совершенно неосуществимыми, а для себя лично нежелательными. Равена и не думала скрывать предпочтение, которое высказывала Уилфреду Айвенго. Более того — она неоднократно заявляла, что скорее пойдёт в монастырь, чем согласится разделить трон с Ательстаном. Она всегда питала презрение к Конингсбургскому тану, а теперь, после стольких неприятностей, перенесённых из-за него, чувствовала к нему нечто вроде отвращения.

Тем не менее Седрик, не очень-то веривший в женское постоянство, всемерно хлопотал о том, чтобы устроить этот брак, полагая, что этим оказывает важную услугу делу борьбы за независимость саксов. Внезапное и романтичное появление сына на турнире в Ашби он справедливо рассматривал как смертельный удар по его надеждам. Правда, родительская любовь на минуту взяла верх над гордостью и преданностью делу саксов. Однако вслед за тем оба эти чувства снова возникли в его душе, и он решил приложить необходимые усилия к соединению Ательстана с Ровеной, считая, что этот брак вместе с другими мерами будет способствовать скорейшему восстановлению независимости саксов.

Теперь он беседовал с Ательстаном о саксонских делах. Надо признаться, что в течение этой беседы Седрику, подобно Хотсперу, не раз пришлось пожалеть что ему приходится побуждать такую «крынку снятого молока» на столь великие дела. Правда, Ательстан был не чужд тщеславия, ему было приятно выслушивать речи о своём высоком происхождении и о том, что он по праву рождения должен пользоваться почётом и властью. Но его мелкое тщеславие вполне удовлетворялось тем почётом, который оказывали ему домочадцы и все окружавшие его саксы. Ательстан встречал опасность без боязни, но был слишком ленив, чтобы добровольно искать её. Он был вполне согласен с Седриком в том, что саксам следовало бы отвоевать себе независимость; ещё охотнее соглашался он царствовать над ними, когда эта независимость будет достигнута. Но лишь только начинали обсуждать планы, как возвести его на королевский престол — тут он оказывался всё тем же Ательстаном Неповоротливым, туповатым, нерешительным и непредприимчивым. Страстные и пылкие речи Седрика так же мало действовали на его вялый нрав, как раскалённое ядро — на холодную воду: несколько мгновений оно шипит и дымится, а затем остывает.

Видя, что убеждать Ательстана почти всё равно, что пришпоривать усталую клячу или ковать холодное железно, Седрик подъехал ближе к своей питомице, но разговор с ней оказался для него едва ли более приятным. Так как его появление прервало беседу леди Ровены с её любимой прислужницей о доблестном Уилфреде и его судьбе, Эльджита в отместку за себя и свою повелительницу тотчас припомнила, как Ательстан был выбит из седла на ристалище, а всякое упоминание об этом плачевном событии было чрезвычайно неприятно Седрику. Таким образом, для честного сакса это путешествие было исполнено всевозможных неприятностей и огорчений. Не раз он принимался мысленно проклинать турнир и того, кто его выдумал, да и себя самого — за то, что имел неосторожность туда поехать.

В полдень, по желанию Ательстана, остановились в роще возле родника, чтобы дать отдых лошадям, а самим немного подкрепиться: хлебосольный аббат щедро снабдил их провиантом на дорогу, который навьючили на осла. Трапеза затянулась надолго, а так как и других помех в пути было много, они потеряли надежду засветло добраться до Ротервуда. Это обстоятельство заставило их поторопиться и ехать гораздо быстрее, чем раньше.

Глава XIX

Те воины, что в свите состоят
Какой-то знатной дамы (как узнал
Я из подслушанного разговора),
Находятся уже вблизи от замка
И в нём намерены заночевать.
«Орра», трагедия

Путешественники должны были теперь углубиться в глухие места дремучих лесов, которые в то время считались крайне опасными из-за множества разбойников или беглецов; доведённые до отчаяния притеснениями и нищетой, крестьяне скрывались в лесах, объединяясь в такие большие ватаги, что местная стража ничего не могла с ними поделать. Впрочем, несмотря на позднее время, Седрик и Ательстан, имея при себе десять человек хорошо вооружённых слуг, не считая Вамбы и Гурта, так как один был шут, а другой — связанный арестант, не опасались нападения этих разбойников. Нужно добавить, что, пускаясь в путь по лесам в столь позднее время, Седрик и Альтестан полагались не только на свою храбрость, но также на своё происхождение и добрую репутацию.

Разбойники были большей частью крестьяне и иомены саксонского происхождения, вынужденные вести такую отчаянную бродячую жизнь из-за жестоких лесных и охотничьих законов; обычно они не трогали своих соплеменников.

Продолжая углубляться в лес, путешественники встревожились, услышав крики, взывавшие о помощи. Подъехав к тому месту, откуда раздавались голоса, они с удивлением увидели лежащие на земле конные носилки; рядом с ними на траве сидела молодая женщина в богатой еврейской одежде, а немного подальше метался старик, который, судя по его жёлтой шапке, тоже был евреем, он бегал взад и вперёд и, ломая себе руки, стенал и жестами выражал такое отчаяние, точно с ним случилось величайшее несчастье.

Сначала на все расспросы Ательстана и Седрика старый еврей взывал ко всем патриархам Ветхого завета, умоляя поразить сынов Измаила, которые сейчас придут и изрубят их острыми мечами. Наконец Исаак из Йорка (ибо это был наш старый приятель) кое-как объяснил, что в Ашби он нанял шесть человек вооружённой стражи на мулах и конные носилки для перевозки больного друга; нанятые люди взялись проводить его до Донкастера. До сих пор они ехали вполне благополучно, но встречный дровосек сказал им, что тут, в лесу, засела большая шайка разбойников. Наёмные слуги выпрягли лошадей из носилок и бежали, покинув Исаака с дочерью, и они не могли ни защищаться, ни продолжать свой путь, каждую минуту ожидая нападения разбойников, которые могли их ограбить и даже убить.

— Если бы угодно было вашей вельможной милости, — говорил Исаак тоном глубочайшего смирения, — дозволить нам продолжать путь под вашей охраной, клянусь скрижалями нашего закона, с тех пор как Израиль был в плену, ни один еврей не платил за услугу так щедро, как мы вам отплатим за такую милость.

— Ах ты, собака! — сказал Ательстан, который особенно хорошо помнил всякие мелкие обиды. — Я ещё не забыл, как ты дерзко держал себя в галерее на ристалище! Хочешь — защищайся, хочешь — беги либо откупись от разбойников, но не ожидай от нас помощи. Если бы разбойники грабили только вас, всесветных грабителей, я бы считал, что они честнейшие люди!

Но Седрик не согласился с таким суровым решением Ательстана.

— Мы лучше вот что сделаем, — сказал он. — Дадим им лошадей и двоих людей из нашей свиты, пускай проводят их до ближнего селения. Мы от этого немного потеряем, а с помощью вашего доброго меча, благородный Ательстан, и остальной прислуги нам нетрудно будет справиться хотя бы и с двумя десятками бродяг.

Ровена, несмотря на страх, вызванный упоминанием о разбойниках, горячо поддержала предложение своего опекуна. И тут Ревекка, безучастная до сих пор, пробралась сквозь толпу слуг к лошади Ровены, преклонила колена и, по восточному обычаю, поцеловала край одежды саксонской леди. Потом она поднялась и, откинув с лица покрывало, стала умолять её во имя великого Бога, которому они обе поклоняются, во имя откровения на горе Синай, в которое они обе веруют, сжалиться над ними и позволить им ехать под охраной их отряда.

— Я не для себя молю вас о такой милости, — говорила Ревекка, — и даже не ради этого несчастного старика. Я знаю, что обижать и обирать наш народ считается у христиан малым грехом, чуть ли не заслугой, и не всё ли равно, где это делается — в городах ли, в пустыне или в чистом поле. Но я обращаюсь к вам ради того, кем и вы дорожите, и умоляю вас, ради этого больного человека, позвольте нам продолжать путь под вашим покровительством. Если с ним приключится беда, то и последние минуты вашей жизни будут отравлены мыслью, что вы не исполнили того, о чём я прошу вас.

Торжественный тон этих слов произвёл сильное впечатление на саксонскую красавицу.

— Этот старик так слаб и беспомощен, — сказала Ровена своему опекуну, — а девушка так молода и привлекательна. Притом с ними опасно больной. Хоть они и евреи, но мы, как христиане, не должны бросать их в такую минуту. Прикажите снять вьюки с двух мулов. Мулов можно впрячь в носилки, а старику и его дочери предоставить пару запасных верховых лошадей.

Седрик охотно согласился на это предложение, а Ательстан потребовал, чтобы евреи ехали позади всех: там их будет сопровождать Вамба со своим щитом из свинины.

— Я свой щит оставил на ристалище, — отвечал шут. — Таков же был удел и многих других рыцарей почище меня.

Ательстан густо покраснел, ибо его самого постигла такая участь на второй день — турнира. Между тем леди Ровена, желая загладить грубую шутку своего неуклюжего поклонника, попросила Ревекку ехать рядом с ней.

— Мне бы не следовало этого делать, — сказала Ребекка с гордым смирением. — Моё общество может оказаться унизительным для моей покровительницы.

Перемещение вьюков совершилось очень быстро. Однако слова «разбойники» было достаточно, чтобы заставить слуг спешить, тем более что приближались сумерки. Во время суматохи Гурта сняли с лошади, и он воспользовался этой минутой, чтобы попросить шута ослабить верёвки, которыми были связаны его руки. Вамба исполнил его просьбу и, быть может, намеренно так небрежно завязал новые узлы, что Гурт без особого труда высвободил руки и юркнул в кусты. Никто не обратил внимания на его бегство.

Новые распоряжения доставили столько хлопот и возни, что Гурта хватились не скоро. Зная о приказе посадить его верхом вместе с одним из слуг, каждый думал, что Гурт сидит за спиной у товарища; когда же они заметили, что Гурт исчез, опасность со стороны разбойников казалась столь непосредственной, что некогда было думать ни о чём другом.

Между тем тропа, по которой ехали путники, стала настолько узкой, что нельзя было проехать по ней более чем двоим всадникам в ряд; к тому же начался спуск в лощину, по которой протекал ручей с осыпающимися или топкими берегами, поросшими низкими кустами ивы. Седрик и Ательстан, ехавшие впереди, поняли, насколько здесь опасно нападение. Однако ни тот, ни другой не имели достаточного боевого опыта. Они решили, что лучше всего как можно скорее проскочить через лощину. Не соблюдая никакого порядка, отряд помчался вперёд. Но едва предводители с частью своих спутников перебрались через ручей, как разбойники набросились на них сразу спереди, сзади и с обеих сторон с такой стремительностью, что всякое сопротивление оказалось невозможным. Кругом раздавались неистовые крики нападавших разбойников:

— Белый Дракон! Белый Дракон! Святой Георгий постоит за старую Англию! — боевой клич нападающих, которые изображали саксонских разбойников.

Враги появились так неожиданно, бросились на путешественников так отважно и расправились с ними так быстро, что, казалось, их было вдвое больше, чем на самом деле.

Оба саксонских вождя попали в плен одновременно, но каждый при таких обстоятельствах, которые служили отражением его характера. Завидев первого врага, Седрик метнул в него дротик и попал на этот раз так метко, что пригвоздил противника к дубу, возле которого тот находился. Справившись с одним, он выхватил меч и, повернув коня, кинулся навстречу другому. Однако Седрик размахнулся мечом с такой запальчивостью, что задел за толстую ветвь соседнего дерева и обезоружил себя этим неловким ударом. Два или три разбойника бросились на него, стащили с лошади и взяли в плен. Ательстан был задержан почти одновременно с Седриком. Он ещё не успел приготовиться к защите, как его стащили с седла и связали.

Слуги, стеснённые поклажей, изумлённые и перепуганные участью своих господ, даже не сопротивлялись; леди Ровена, ехавшая в центре отряда, и еврей с дочерью, бывшие в тылу, также были взяты в плен.

Из всего отряда одному только Вамбе удалось спастись. Он выказал при этом гораздо более мужества, чем те, кто считался умнее его. Он завладел мечом одного из слуг и, размахивая им, заставил нападавших отступить, а затем сделал смелую, но безуспешную попытку пробиться на помощь Седрику. Убедившись, что это невозможно, Вамба улучил удобную минуту, спрыгнул с лошади и скрылся в кустах.

Впрочем, очутившись в безопасности, храбрый шут несколько раз останавливался в нерешимости, раздумывая, не лучше ли воротиться и разделить участь своего господина, к которому он был искренне привязан.

— Слыхал я, как люди восхваляли свободу, — пробормотал он, — а вот теперь мне хотелось бы, чтобы какой-нибудь мудрец надоумил меня, что делать с этой свободой!

Он произнёс эти слова довольно громко и вдруг услыхал очень близко от себя голос, осторожно и тихо проговоривший: «Вамба!» В ту же минуту собака, в которой он сразу узнал Фангса, бросилась к нему.

— Гурт! — ответил Вамба таким же осторожным шёпотом.

И свинопас тотчас предстал перед ним.

— Что это значит? — спросил Гурт поспешно. — Что гам за крики и стук мечей?

— Обычная история, — отвечал Вамба, — всех забрали в плен.

— Кого забрали? — воскликнул Гурт нетерпеливо.

— Нашего господина, и леди Ровену, и Ательстана, и Гундиберта, и Освальда… всех!

— Господи помилуй! — воскликнул Гурт. — Как же они попали в плен и к кому?

— Наш хозяин сразу вступил в драку, — продолжал шут. — Ательстан не поспел, а остальные и подавно. А забрали их чёрные маски и зелёные кафтаны. Теперь все они лежат, связанные, на зелёной траве, словно такие яблоки, вроде тех, что ты трясёшь в лесу на корм своим свиньям. Даже смешно, право! Я бы смеялся, кабы не слёзы! — сказал честный шут, роняя слёзы неподдельного горя.

На лице Гурта отразилось сильное волнение.

— Вамба, — сказал он, — у тебя есть оружие, а храбрости у тебя оказалось больше, чем ума; нас с тобой только двое, но внезапное нападение смелых людей может изменить многое. Пойдём!

— Куда и зачем? — спросил шут.

— Выручать Седрика.

— Не ты ли недавно отказывался служить ему?

— Теперь всё по-другому, — возразил Гурт, — тогда ему было хорошо, а теперь он в беде… Пойдём!

Только что шут собрался повиноваться, как перед ними появился какой-то человек, приказавший им остановиться. Судя по его одежде и вооружению, Вамба сначала принял его за одного из разбойников, взявших в плен Седрика. Однако на нём не было маски, и по роскошной перевязи с великолепным охотничьим рогом, спокойным манерам, повелительному голосу Вамба тотчас узнал в нём того самого иомена по имени Локсли, который одержал победу на состязании стрелков.

— Что значит этот шум? — спросил он. — Кто осмеливается чинить грабёж и насилие в этих лесах?

— Погляди поближе на их кафтаны, — отвечал Вамба, — не принадлежат ли они твоим детям: уж очень похожи они на твой собственный, как два зелёных стручка гороха друг на друга.

— Это я сейчас узнаю, — сказал Локсли, — а вам приказываю, во имя спасения вашей жизни, не сходить с места, пока я не вернусь. И вам и вашим господам будет лучше, если вы послушаетесь меня. Только сперва надо привести себя в такой вид, чтобы походить на этих грабителей.

Говоря это, он снял с себя перевязь с рогом, сорвал перо со своей шапки и всё это передал Вамбе. Потом вынул из сумки маску, надел её и, повторив приказание не трогаться с места, пошёл на разведку.

— Будем, что ли, ждать его, — спросил Вамба, — или попробуем дать тягу? Уж слишком у него наготове всё разбойничье снаряжение, чтобы он был честным человеком.

— А хоть бы он оказался самим чёртом, пусть его, — сказал Гурт. — Нам не будет хуже от того, что мы его подождём. Если он из той же шайки, он теперь успел их предупредить, и нам не удастся ни напасть на них, ни убежать. К тому же за последнее время я убедился, что настоящие разбойники не самые плохие люди.

Через несколько минут иомен вернулся.

— Друг мой Гурт, — сказал он, — я сейчас побывал у тех молодцов и теперь знаю, что это за люди и куда направляются. Я думаю, что они не собираются убивать своих пленников. Нападать на них втроём было бы просто безумием: это настоящие воины, и, как люди опытные, они расставили часовых, которые при первой попытке подойти к ним тотчас поднимут тревогу. Но я надеюсь собрать такую дружину, которая сможет их одолеть, несмотря ни на какие предосторожности. Вы оба слуги, и, как мне кажется, преданные слуги Седрика Сакса — защитника английских вольностей. Найдётся немало английских рук, чтобы выручить его из беды. Идите за мной.

С этими словами он быстро пошёл вперёд, а свинопас и шут молча последовали за ним. Однако Вамба не мог долго молчать.

— Сдаётся мне, — сказал он, разглядывая перевязь и рог, которые всё ещё держал в руках, — что я сам видел, как летела стрела, выигравшая этот славный приз, и было это совсем недавно.

— А я, — сказал Гурт, — готов поклясться своим спасением, что слышал голос того доброго иомена, который выиграл приз, и слышал я его и днём и в ночную пору, и месяц состарился с тех пор никак не больше чем на три дня.

— Любезные друзья мои, — обратился к ним иомен, — теперь не время допытываться, кто я и откуда. Если мне удастся выручить вашего хозяина, вы по справедливости будете считать меня своим лучшим другом. А как меня зовут и точно ли я умею стрелять из лука получше пастуха, и когда я люблю гулять, днём или ночью, — это всё вас не касается, а потому вы лучше не ломайте себе голову.

— Ну, попали мы в львиную пасть! — шёпотом сказал Вамба своему товарищу. — Что теперь делать?

— Тсс! Замолчи, ради бога! — сказал Гурт. — Только не рассерди его своей дурацкой болтовнёй, и увидишь, что всё кончится благополучно.

Глава XX

Осенний вечер мрачен был,
Угрюмый лес темнел вокруг,
Был путнику ночному мил
Отшельнической песни звук.
Казалось, так душа поёт,
Расправив звучные крыла,
И птицей, славящей восход,
Та песня к небесам плыла.

«Отшельник у ручья святого Клементия».

Слуги Седрика, следуя за своим таинственным проводником, часа через три достигли небольшой поляны среди леса, в центре её огромный дуб простирал во все стороны свои мощные ветви. Под деревом на траве лежали четверо или пятеро иоменов; поблизости, освещённый светом луны, медленно расхаживал часовой.

Заслышав приближение шагов, он тотчас поднял тревогу; спящие мигом проснулись, вскочили на ноги, и все разом натянули луки. Шесть стрел легли на тетиву и направились в ту сторону, откуда слышался шорох, но как только стрелки завидели и узнали проводника, они приветствовали его с глубоким почтением.

— Где Мельник? — было его первым вопросом.

— На дороге к Ротерхему.

— Сколько при нём людей? — спросил предводитель, ибо таково было, по-видимому, его звание.

— Шесть человек, и есть надежда на хорошую поживу, коли поможет Николай-угодник.

— Благочестиво сказано! — сказал Локсли. — А где Аллен из Лощины?

— Пошёл на дорогу к Уотлингу — подстеречь приора из Жорво.

— И это хорошо придумано, — сказал предводитель. — А где монах?

— У себя в келье.

— Туда я пойду сам, — сказал Локсли, — а вы ступайте в разные стороны и соберите всех товарищей. Старайтесь собрать как можно больше народу, потому что есть на примете крупная дичь, которую трудно загнать, притом она кусается. На рассвете все приходите сюда, я буду тут... Постойте, — прибавил он. — Я чуть было не забыл самого главного. Пусть двое из вас отправятся поскорее к Торклистону, замку Фрон де Бефа. Отряд переодетых молодцов везёт туда несколько человек пленных. Наблюдайте за ними неотступно. Даже в том случае, если они доберутся до замка, прежде чем мы успеем собраться с силами, честь обязывает нас покарать их. Поэтому следите за ними хорошенько, и пусть самый проворный из вас принесёт мне весть о том, что у них делается.

Стрелки обещали всё исполнить в точности и быстро разошлись в разные стороны. Тем временем их предводитель и слуги Седрика, глядевшие на него теперь с величайшим почтением и некоторой боязнью, продолжали свой путь к часовне урочища Копменхерст.

Когда они достигли освещённой луною поляны и увидели полуразрушенные остатки часовни, а рядом с нею бедное жилище отшельника, вполне соответствующее строгому благочестию его обитателя, Вамба прошептал на ухо Гурту:

— Коли тут точно живёт вор, стало быть, правду говорит пословица: «Чем ближе к церкви, тем дальше от господа бога». Я готов прозакладывать свою шапку, что это так и есть. Послушай-ка, что за песнопение в этой келье подвижника.

В эту минуту отшельник и его гость во всё горло распевали старинную застольную песенку с таким припевом:

Эх, давай-ка чашу, начнём веселье наше,

Милый мой, милый мой!

Эх, давай-ка чашу, начнём веселье наше.

Ты, Дженкин, пьёшь неплохо — ты плут и выпихова!

Эх, давай-ка чашу, начнём веселье наше...

— Недурно поют, право слово! — сказал Вамба, пробуя подтянуть припев. — Но скажите на милость, кто бы мог подумать, что услышит в глухую полночь в келье отшельника такой весёленький псалом.

— Что же тут удивительного, — сказал Гурт. — Всем известно, что здешний причетник — превесёлый парень; он убивает добрую половину всей дичи, какая пропадает в этих местах. Говорят, будто лесной сторож жаловался на него своему начальству, и, если отшельник не образумится, с него сорвут и рясу и скуфью.

Пока они разговаривали, Локсли что было силы стучался в дверь; наконец отшельник и его гость услыхали этот стук.

— Клянусь святыми чётками, — молвил отшельник, — внезапно оборвав свои звонкие рулады, — кто-то стучится! Ради моего клобука, я не хотел бы, чтобы нас застали за таким приятным занятием. У всякого человека есть недоброжелатели, почтеннейший Лентяй; чего доброго, найдутся злые сплетники, которые гостеприимство, с каким я принял усталого путника и провёл с ним часа три ночного времени, назовут распутством и пьянством.

— Вот ведь какая низкая клевета! — сказал рыцарь. — Мне хотелось бы проучить их как следует. Однако это правда, святой причетник, что у всякого человека есть враги. В здешнем краю есть такие люди, с которыми я сам охотнее стал бы разговаривать сквозь решётку забрала, чем с открытым лицом.

— Так надевай скорее на голову свой железный горшок, друг Лентяй, и поспешай, как только можешь. А я тем временем уберу эти оловянные фляги. То, что в них было налито, бултыхается теперь в моей башке. А чтобы не слышно было звяканья посуды, потому что у меня немного руки трясутся, подтяни ту песню, которую я сейчас запою. Тут дело не в словах. Я и сам-то не больно твёрдо их помню.

Сказав это, он громовым голосом затянул псалом: «Из бездны воззвал...» — и принялся уничтожать следы пиршества. Рыцарь, смеясь от души, продолжал облекаться в свои боевые доспехи, усердно подтягивая хозяину всякий раз, как успевал подавить душивший его хохот.

— Что у вас за чёртова заутреня в такой поздний час? — послышался голос из-за двери.

— Прости вам боже, сэр странник, — отвечал отшельник, из-за поднятого шума, а может быть, и спьяну не узнавший голоса, который, однако, был ему очень хорошо знаком. — Ступайте своей дорогой, ради Бога и святого Дунстана, и не мешайте мне и праведному собрату моему читать молитвы.

— Не с ума ли ты сошёл, монах? — отвечал голос снаружи. — Отопри, это я, Локсли!

— А-а! Ну ладно, всё в порядке! — сказал отшельник, обращаясь к гостю.

— Это кто же такой? — спросил Чёрный Рыцарь. — Мне нужно знать.

— Кто такой? Я же говорю тебе, что друг, — отвечал отшельник.

— Какой такой друг? — настаивал рыцарь. — Может быть, он тебе друг, а мне враг?

— Какой друг-то? — сказал отшельник. — Это, знаешь ли, такой вопрос, который легче задать, чем ответить на него. Какой друг? Да вот, коли хорошенько сообразить, это тот самый добряк, честный сторож, о котором я тебе давеча говорил.

— Понимаю, — молвил рыцарь, — значит, он такой же честный сторож, как ты благочестивый монах. Отвори же ему дверь, не то он выломает её.

Между тем собаки, сначала поднявшие отчаянный лай, теперь как будто узнали по голосу того, кто стоял за дверью. Они перестали лаять, начали царапаться в дверь и повизгивать, требуя, чтобы пришедшего скорее впустили. Отшельник снял с двери засовы и впустил Локсли и обоих его спутников.

— Слушай-ка, отче, — сказал иомен, войдя и увидев рыцаря, — что это у тебя за собутыльник?

— Это монах нашего ордена, — отвечал отшельник, покачивая головой, — мы с ним всю ночь молитвы читали.

— Должно быть, он служитель воинствующей церкви, — сказал Локсли, — эта братия теперь повсюду встречается. Я тебе говорю, монах, отложи свои чётки в сторону и берись за дубину. Нам теперь каждый человек дорог — всё равно, духовного ли он звания или светского. Да ты, кажется, помутился в рассудке! — прибавил Локсли, отведя отшельника в сторону и понижая голос. — Как же можно принимать совсем неизвестного рыцаря? Разве ты позабыл наши правила?

— Как — неизвестного? — смело ответил монах. — Я его знаю не хуже, чем нищий знает свою чашку.

— Как же его зовут? — спросил Локсли.

— Как его зовут-то? — повторил отшельник. — А зовут его сэр Энтони Скрэблстон. Вот ещё! Стану я пить с человеком, не зная, как его зовут!

— Ты слишком много пил сегодня, братец, — сказал иомен, — и, того и гляди, слишком много наболтал.

— Друг иомен, — сказал рыцарь, подходя к ним, — не сердись на весёлого хозяина. Он оказал мне гостеприимство, это правда, но если бы он не согласился принять меня, я бы заставил его это сделать.

— Ты бы заставил? — сказал отшельник. — Вот погоди, сейчас я сменю свою серую хламиду на зелёный камзол, и пусть я не буду ни честным монахом, ни хорошим лесником, если не разобью тебе башку своей дубиной.

С этими словами он сбросил с себя широкую рясу и мигом облёкся в зелёный кафтан и штаны того же цвета.

— Помоги мне, пожалуйста, зашнуровать все петли, — сказал он, обращаясь к Вамбе. — За труды я тебе поднесу чарку крепкого вина.

— Спасибо на ласковом слове, — отвечал Вамба, — только не совершу ли я святотатства, если помогу тебе превратиться из святого отшельника в грешного бродягу?

— Не бойся, — сказал отшельник. — Стоит исповедать грехи моего зелёного кафтана моему же серому балахону, и все будет ладно.

— Аминь! — сказал шут. — Суконному грешнику подобает иметь дело с холщовым духовником, так что заодно пускай уж твой балахон даст отпущение грехов и моей куртке.

Говоря это, он помог монаху продеть шнурки в бесчисленные петли, соединявшие штаны с курткой.

Пока они занимались этим, Локсли отвёл рыцаря в сторону и сказал ему:

— Не отрицайте, сэр рыцарь, вы тот самый герой, благодаря которому победа осталась за англичанами на второй день турнира в Ашби.

— Что ж из того, если ты угадал, друг иомен? — спросил рыцарь.

— В таком случае, — отвечал иомен, — я могу считать вас сторонником слабейшей партии.

— Такова прямая обязанность каждого истинного рыцаря, — сказал Чёрный Рыцарь, — и мне было бы прискорбно, если бы обо мне подумали иначе.

— Но для моих целей, — сказал иомен, — мало того, что ты добрый рыцарь, надо, чтобы ты был и добрым англичанином. То, о чём я хочу поговорить с тобой, является долгом всякого честного человека, но ещё большим долгом каждого честного сына этой страны.

— Едва ли найдётся человек, — отвечал рыцарь, — которому Англия и жизнь каждого англичанина была бы дороже, чем мне.

— Охотно этому поверю, — сказал иомен. — Никогда ещё наша страна не нуждалась так в помощи тех, кто её любит. Послушай, я тебе расскажу об одном деле. В нём ты сможешь принять почётное участие, если ты действительно таков, каким мне кажешься. Шайка негодяев, переодетых в платье людей, которые гораздо лучше их самих, захватила в плен одного знатного англичанина, по имени Седрик Сакс, а также его воспитанницу и его друга, Ательстана Конингсбургского, и увезла их в один из замков в этом лесу, под названием Торкилстон. Скажи мне как добрый рыцарь и добрый англичанин: хочешь помочь нам выручить их?

— Произнесённый обет вменяет мне в обязанность это сделать, — отвечал рыцарь, — но я хотел бы знать, кто же просит меня помочь им.

— Я, — сказал иомен, — человек без имени, но друг твоей родины и тех кто любит её. Удовольствуйтесь пока этими сведениями о моей личности, тем более что и сами вы желаете оставаться неизвестным. Знайте, однако, что моё честное слово так же верно, как если бы я носил колотые шпоры.

— Этому я охотно поверю, — сказал рыцарь. — Твоё лицо говорит о честности и твёрдой воле. Поэтому я больше не буду ни о чём тебя расспрашивать, а просто помогу тебе освободить этих несчастных пленников. А там, надеюсь, мы с тобой познакомимся поближе и, расставаясь, будем довольны друг другом.

Между тем отшельник наконец переоделся, а Вамба перешёл на другой конец хижины и случайно услышал конец разговора.

— Вот как, — шепнул он Гурту, — у нас, значит, будет новый союзник? Будем надеяться, что доблесть этого рыцаря окажется не такой фальшивой монетой, как благочестие отшельника или честность иомена. Этот Локсли кажется мне прирождённым охотником за чужой дичью, а поп — гуляка и лицемер.

— Придержи язык, Вамба, сделай милость! — сказал Гурт. — Оно, может быть и так, но явись сейчас хоть сам рогатый чёрт и предложи нам свои услуги, чтобы вызволить из беды Седрика и леди Ровену, боюсь — у меня не хватило бы набожности отказаться от его помощи.

Тем временем отшельник вооружился, как настоящий иомен, мечом, щитом, луком и колчаном со стрелами, через плечо перекинул тяжёлый бердыш. Он первый вышел из хижины, а потом тщательно запер дверь и засунул ключ под порог.

— Ну что, брат, годишься ты теперь в дело, — спросил Локсли, — или хмель всё ещё бродит у тебя в голове?

— Чтобы прогнать его, — отвечал монах, — будет довольно глотка воды из купели святого Дунстана. В голове, правда, жужжит что-то и ноги не слушаются, но всё это мигом пройдёт.

С этими словами он подошёл к каменному бассейну, на поверхности которого падавшая в него струя образовала множество пузырьков, белевших и прыгавших при бледном свете луны, припал к нему ртом и пил так долго, как будто задумал осушить источник.

— Случалось ли тебе раньше выпивать столько воды, святой причетник из Копменхерста? — спросил Чёрный Рыцарь.

— Только один раз: когда мой бочонок с вином рассохся и вино утекло незаконным путём. Тогда мне нечего было пить, кроме воды по щедрости святого Дунстана, — отвечал монах.

Тут он погрузил руки в воду, а потом окунул голову и смыл таким образом все следы полночной попойки.

Протрезвившись окончательно, весёлый отшельник ухватил свой тяжёлый бердыш тремя пальцами и, вертя его над головой, как тростинку, закричал:

— Где они, подлые грабители, что похищают девиц? Чёрт меня побери, коли я не справлюсь с целой дюжиной таких мерзавцев!

— Ты и ругаться умеешь, святой причетник? — спросил Чёрный Рыцарь.

— Полно меня к причетникам причислять! — возразил ему преобразившийся монах. — Клянусь святым Георгием и его драконом, я только до тех пор и монах, пока у меня ряса на плечах... А как надену зелёный кафтан, так могу пьянствовать, ругаться и ухаживать за девчонками не хуже любого лесника.

— Ступай вперёд, балагур, — сказал Локсли, — да помолчи немного; ты сегодня шумишь, как целая толпа монахов в сочельник, когда отец игумен уснул. Пойдёмте, друзья, медлить нечего. Надо поскорее собрать людей, и всё же у нас мало будет народу, чтобы взять приступом замок Реджинальда Фрон де Бефа.

— Что? — воскликнул Чёрный Рыцарь. — Так это Фрон де Беф выходит нынче на большую дорогу и берёт в плен верноподанных короля? Разве он стал вором и притеснителем?

— Притеснителем-то он всегда был, — сказал Локсли.

— А что до воровства, — подхватил монах, — то хорошо, если бы он хоть вполовину был так честен, как многие из знакомых мне воров.

— Иди, иди, монах, и помалкивай! — сказал иомен. — Лучше бы ты попроворнее провёл нас на сборное место и не болтал, о чём следует помалкивать как из приличия, так и ради осторожности!

Глава XXI

Увы, прошло так много дней и лет
С тех пор, как тут за стол садились люди,
Мерцанием свечей озарены!
Но в сумраке высоких этих сводов
Мне слышится времён далёких шёпот,
Как будто медлящие голоса
Тех, кто давно в своих могилах спит.

«Орра», трагедия

Пока принимались все эти меры для освобождения Седрика и его спутников, вооружённый отряд, взявший их в плен, спешил к укреплённому замку, где предполагалось держать их в заключении. Но вскоре наступила полная темнота, а лесные тропинки были, очевидно, мало знакомы похитителям. Несколько раз они останавливались и раза два поневоле возвращались назад. Летняя заря занялась, прежде, чем они попали на верную дорогу, но зато теперь отряд продвигался вперёд очень быстро. В это время между двумя предводителями происходил такой разговор:

— Тебе пора уезжать от нас, сэр Морис, — говорил храмовник рыцарю де Браси. — Для того чтобы разыграть вторую часть нашей мистерии, ведь теперь ты должен выступать в роли освободителя.

— Нет, я передумал, — сказал де Браси. — Я до тех пор не расстанусь с тобой, пока добыча не будет доставлена в замок Фрон де Бефа. Тогда я предстану перед леди Ровеной в моём настоящем виде и надеюсь уверить её, что всему виной сила моей страсти.

— А что заставило тебя изменить первоначальный план, де Браси? — спросил храмовник.

— Это тебя не касается, — отвечал его спутник.

— Надеюсь, однако, сэр рыцарь, — сказал храмовник, — что такая перемена произошла не от того, что ты заподозрил меня в бесчестных намерениях, о которых тебе нашёптывал Фиц-Урс?

— Что я думаю, то пусть остаётся при мне, — отвечал де Браси. — Говорят, что черти радуются, когда один вор обокрадет другого. Но всем известно, что никакие черти не в силах помешать рыцарю Храма поступить по-своему.

— А вождю вольных наёмников, — подхватил храмовник, — ничто не мешает опасаться со стороны друга тех обид, которые он сам чинит всем на свете.

— Не будем без пользы упрекать друг друга, — отвечал де Браси. — Довольно того, что я имею понятие о нравственности рыцарей, принадлежащих к ордену храмовников, и не хочу дать тебе возможность отбить у меня красавицу, ради которой я пошёл на такой риск.

— Пустяки! — молвил храмовник. — Чего тебе бояться? Ведь ты знаешь, какие обеты налагает наш орден!

— Ещё бы! — сказал де Браси. — Знаю также, как эти обеты выполняются. Полно, сэр рыцарь. Все знают, что в Палестине законы служения даме подвергаются очень широкому толкованию. Говорю прямо: в этом деле я не положусь на твою совесть.

— Так знай же, — сказал храмовник, — что я нисколько не интересуюсь твоей голубоглазой красавицей. В одном отряде с ней есть другая, которая мне гораздо больше нравится.

— Как, неужели ты способен снизойти до служанки? — сказал де Браси.

— Нет, сэр рыцарь, — отвечал храмовник надменно, — до служанки я не снизойду. В числе пленных есть у меня добыча, ничем не хуже твоей.

— Не может быть. Ты хочешь сказать — прелестная еврейка? — сказал де Браси.

— А если и так, — возразил Буагильбер, — кто может мне помешать в этом?

— Насколько мне известно, никто, — отвечал де Браси, — разве что данный тобою обет безбрачия. Или просто совесть не позволит завести интригу с еврейкой.

— Что касается обета, — сказал храмовник, — наш гроссмейстер освободит от него, а что касается совести, то человек, который собственноручно убил до трехсот сарацин, может и не помнить свои мелкие грешки. Ведь я не деревенская девушка на первой исповеди в страстной четверг.

— Тебе лучше знать, как далеко простираются твои привилегии, — сказал де Браси, — однако я готов поклясться, что денежные мешки старого ростовщика пленяют тебя гораздо больше, чем чёрные очи его дочери.

— То и другое привлекательно, — отвечал храмовник. — Впрочем, старый еврей лишь наполовину моя добыча. Его придётся делить с Реджинальдом Фрон де Бефом. Он не позволит нам даром расположиться в своём замке. Я хочу получить свою долю в этом набеге и решил, что прелестная еврейка будет моей нераздельной добычей. Ну, теперь ты знаешь мои намерения, значит можешь придерживаться первоначального плана. Сам видишь, что тебе нечего опасаться моего вмешательства.

— Нет, — сказал де Браси, — я всё-таки останусь поближе к своей добыче. Всё, что ты говоришь, вполне справедливо, но меня беспокоит разрешение гроссмейстера, да и те особые привилегии, которые даёт тебе убийство трехсот сарацин. Ты так уверен, что тебе всё простится, что не станешь церемониться из-за пустяков.

Пока между рыцарями происходил этот разговор, Седрик всячески старался выпытать от окружавшей его стражи, что они за люди и с какой целью совершили нападение.

— С виду вы англичане, — говорил он, — а между тем накинулись на своих земляков, словно настоящие норманны. Если вы мне соседи, значит мои приятели: кто же из моих английских соседей когда-либо враждовал со мной? Говорю вам, иомены: даже те из вас, которые запятнали себя разбоем, пользовались моим покровительством; я жалел их за нищету и вместе с ними проклинал их притеснителей, бессовестных дворян. Что же вам нужно от меня? Зачем вы подвергаете меня насилию? Что же вы молчите? Вы поступаете хуже, чем дикие звери; неужели же вы хотите уподобиться бессловесным скотам?

Но все эти речи были напрасны. У его стражи было много важных причин не нарушать молчания, а потому он не мог донять их ни гневом, ни уговорами. Они продолжали всё так же быстро везти его вперёд, пока впереди, в конце широкой аллеи, не возник Торкилстон — древний замок, принадлежавший в те времена Реджинальду Фрон де Бефу. Этот замок представлял собою высокую четырехугольную башню, окружённую более низкими постройками и обнесённую снаружи крепкой стеной. Вокруг этой стены тянулся глубокий ров, наполненный водой из соседней речушки. Фрон де Беф нередко враждовал со своими соседями, а потому позаботился прочнее укрепить замок, построив во всех углах внешней стены ещё по одной башне. Вход в замок, как во всех укреплениях того времени, находился под сводчатым выступом в стене, защищённым с обеих сторон маленькими башенками.

Как только Седрик завидел очертания поросших мхом зубчатых серых стен замка, высившихся над окружавшими их лесами, ему всё сразу стало понятно.

— Понапрасну я обидел воров и разбойников здешних лесов, — сказал он, — подумав, что эти бандиты могут принадлежать к их ватаге… Это всё равно что приравнять лисиц наших лесов к хищным волкам Франции. Говорите, подлые собаки, чего добивается ваш хозяин: моей смерти или моего богатства? Должно быть, ему обидно, что ещё осталось двое саксов, я да благородный Ательстан, владеющих земельными угодьями в этой стране. Так убейте же нас и завершите тем своё злодейство. Вы отняли наши вольности, отнимите и жизнь. Если Седрик Сакс не в силах спасти Англию, он готов умереть за неё. Скажите вашему бесчеловечному хозяину, что я лишь умоляю его отпустить без всякой обиды леди Ровену. Она женщина; ему нечего бояться её, а с нами умрут последние бойцы, которые имеют дерзость за неё заступаться.

Стража на эту речь отвечала молчанием; к тому времени они остановились перед воротами замка. Де Браси трижды протрубил в рог. Тогда стрелки, высыпавшие на стены при их приближении, поспешили сойти вниз, опустить подъёмный мост и впустить отряд в замок. Стража заставила пленников сойти с лошадей и отвела их в зал, где им был предложен завтрак; но никто, кроме Ательстана, не притронулся к нему. Впрочем, потомку короля-исповедника тоже не дали времени основательно заняться поданными яствами, так как стража сообщила ему и Седрику, что их поместят отдельно от леди Ровены. Сопротивляться было бесполезно. Их заставили пройти в большую комнату, сводчатый потолок которой, опиравшийся на неуклюжие саксонские колонны, придавал ей сходство с трапезными залами, какие и теперь ещё можно встретить в наиболее древних из наших монастырей.

Потом леди Ровену разлучили и с её служанками и проводили — очень вежливо, но не спросив о её желании, — в отдельную комнату. Такой же сомнительный почёт был оказан и Ревекке, невзирая на мольбы её отца. Старик в отчаянии предлагал даже деньги, лишь бы дочери дозволено было оставаться при нём.

— Нечестивец, — ответил ему один из стражей, — когда ты увидишь, какая берлога тебе приготовлена, так сам не захочешь, чтобы дочь оставалась с тобой!

И без дальнейших разговоров старого Исаака потащили в сторону от остальных пленных. Всех слуг тщательно обыскали, обезоружили и заперли в особом помещении. Леди Ровену лишили даже присутствия её служанки Эльгиты.

Комната, куда заключили обоих саксонских вождей, в то время служила чем-то вроде караульного помещения, хотя в старину это был главный зал. С тех пор она получила менее важное назначение, потому что нынешний владелец, в числе других пристроек, возводимых ради большего удобства, безопасности и красоты своего баронского жилища, построил себе новый великолепный зал, сводчатый потолок которого поддерживался лёгкими и изящными колоннами, а внутренняя отделка свидетельствовала о большом искусстве в деле украшений и орнаментов, вводимых норманнами в архитектуру.

Исполненный гневных размышлений о прошедшем и настоящем, Седрик взволнованно шагал взад и вперёд по комнате; между тем Ательстан, которому природная апатия заменяла терпение и философскую твёрдость духа, равнодушно относился ко всему, кроме мелких лишений. Но и они так мало его тревожили, что он большей частью молчал, лишь изредка отзывался на возбуждённые и пылки речи Седрика.

— Да, — говорил Седрик, рассуждая сам с собой, но в то же время обращаясь и к Ательстану, — в этом самом зале пировал мой дед с Торкилем Вольфгангером, который угощал здесь доблестного и несчастного Гарольда. Гарольд шёл тогда воевать с норвежцами, ополчившимися против него под предводительством бунтовщика Тости. В этом самом зале Гарольд принял посла своего восставшего брата и дал тогда посланнику такой благородный ответ! Сколько раз, бывало, отец с восторгом рассказывал мне об этом событии! Посланец от Тости был введён в зал, переполненный именитыми саксонскими вождями, которые распивали красное вино, собравшись вокруг своего монарха.

— Я надеюсь, — сказал Ательстан, заинтересованный этой подробностью, — что в полдень они не забудут прислать нам вина и какой-нибудь еды. Поутру мы едва успели дотронуться до завтрака. Притом же пища не идёт мне впрок, если я за неё принимаюсь тотчас после верховой езды, хотя лекари и уверяют, что это очень полезно.

Седрик не обратил внимания на эти замечания и продолжал свой рассказ:

— Посланец от Тости прошёл через весь зал, не боясь хмурых взоров, устремлённых на него со всех сторон, и, остановившись перед троном короля Гарольда, отвесил ему поклон.

«Поведай, государь, — сказал посланец, — на какие условия может надеяться брат твой Тости, если сложит оружие и будет просить у тебя мира?»

«На мою братскую любовь, — воскликнул великодушно Гарольд, — и на доброе графство Нортумберлендское в придачу!»

«А если Тости примет такие условия, — продолжал посланец, — какие земельные угодья даруешь ты его верному союзнику Хардраду, королю норвежскому?»

«Семь футов английской земли! — отвечал Гарольд, пылая гневом. — А если правда, что этот Хардрад такого богатырского роста, мы можем прибавить ещё двенадцать дюймов».

Весь зал огласился восторженными кликами, кубки и рога наполнились вином; вожди пили за то, чтобы норвежец как можно скорее вступил во владение своей «английской землёй».

— И я бы с величайшим удовольствием выпил с ними, — сказал Ательстан, — потому что у меня пересохло во рту, даже язык прилипает к небу.

— Смущённый посланец, — продолжал Седрик с большим воодушевлением, хотя слушатель не проявлял никакого интереса к рассказу, — ретировался, унося с собой для Тости и его союзника зловещий ответ оскорблённого брата. И вот тогда башни Йорка и обагрённые кровью струи Дервента сделались свидетелями лютой схватки, во время которой, показав чудеса храбрости, пали и король норвежский и Тости, а с ними десять тысяч лучшего их войска. И кто бы подумал, что в тот самый день, когда одержана была это великая победа, тот самый ветер, что развевал победные саксонские знамёна, надувал и норманские паруса, направляя их суда к роковым берегам Сассекса! Кто бы подумал, что через несколько дней сам Гарольд лишится своего королевства и получит взамен столько английской земли, сколько назначил в удел своему врагу норвежскому королю! И кто бы подумал, что ты, благородный Ательстан, ты, потомок доблестного Гарольда, и я, сын одного из храбрейших защитников саксонской короны, попадём в плен к подлому норманну, и что нас будут держать под стражей в том самом зале, где наши отцы задавали столь блестящие и торжественные пиры!

— Да, это довольно печально, — отозвался Ательстан. — Надеюсь, что нам назначат умеренный выкуп. Во всяком случае, едва ли они имеют в виду морить нас голодом. Однако полдень уже, наверно, настал, а я не вижу никаких приготовлений к обеду. Посмотрите в окно, благородный Седрик, и постарайтесь угадать по направлению солнечных лучей, близко ли к полудню.

— Может быть, и близко, — отвечал Седрик, — но, глядя на эти расписные окна, я думаю совсем о другом, а не о наших мелких лишениях. Когда пробивали это окно, благородный друг мой, нашим доблестным предкам было неизвестно искусство выделывать стёкла, а тем более их окрашивать. Гордый отец Вольфгангера вызвал из Нормандии художника, дабы украсить этот зал новыми стёклами, которые окрашивали золотистый свет божьего дня всякими причудливыми цветами. Чужестранец явился сюда нищим бедняком, низкопоклонным и угодливым холопом, готовым ломать шапку перед худшим из всей челяди. А уехал он отсюда разжиревший и важный и рассказал своим корыстным соотечественникам о великих богатствах и простодушии саксонских дворян. Это была великая ошибка, Ательстан, ошибка, издавна предвиденная теми потомками Хенгиста и его храбрых дружин, которые преднамеренно хранили и поддерживали простоту старинных нравов. Мы принимали этих чужестранцев с распростёртыми объятиями. Они нам были и друзья и доверенные слуги, мы учились у них ремёслам, приглашали их мастеров. В конце концов мы стали относиться с пренебрежением к честной простоте наших славных предков; норманское искусство изнежило нас гораздо раньше, чем норманское оружие нас покорило. Лучше было бы нам жить мирно и свободно, питаться домашними яствами, чем привыкать к заморским лакомствам, пристрастие к которым связало нас по рукам и по ногам и предало в неволю иноземцу!

— Мне теперь и самая простая пища показалась бы лакомством, — сказал Ательстан. — Я удивляюсь, благородный Седрик, как это вы так хорошо помните прошлое и в то же время забываете, что пора обедать!

— Только понапрасну теряешь время, — пробормотал про себя Седрик с раздражением, — если говоришь ему о чём-либо, кроме еды! Как видно, душа Хардиканута поселилась в нём. Он только и думает, как бы попить да поесть. Увы, — продолжал он, с сожалением глядя на Ательстана, — как жаль, что такой вялый дух обитает в столь величественной оболочке! И надо же, чтобы великое дело возрождения Англии зависело от работы такого скверного рычага! Если он женится на Ровене, её возвышенный дух ещё может пробудить в нём лучшие стороны его натуры… Но какая тут свадьба, когда все мы — и Ровена, и Ательстан, да и сам я — находимся в плену у этого грубого разбойника!.. Быть может, потому он и постарался захватить нас, что опасается нашего влияния и чувствует, что, пока мы на свободе, власть, неправедно захваченная его соплеменниками, может уйти из их рук.

Пока Сакс предавался таким печальным размышлениям, дверь их тюрьмы распахнулась и вошёл дворецкий с белым жезлом в руке — знаком его старшинства среди прочей челяди. Этот важный слуга торжественным шагом вступил в зал, а за ним четверо служителей внесли стол, уставленный кушаньями, вид и запах которых мгновенно изгладили в душе Ательстана все предыдущие неприятности. Слуги, принёсшие обед, были в масках и в плащах.

— Это что за маскарад? — сказал Седрик. — Не воображаете ли вы, что мы не знаем, кто забрал нас в плен, раз мы находимся в замке вашего хозяина? Передайте Реджинальду Фрон де Бефу, — продолжал он, пользуясь случаем начать переговоры, — что единственной причиной совершённого над нами насилия мы считаем противозаконное желание обогатиться за наш счёт. Скажите ему, что мы готовы так же удовлетворить его корыстолюбие, как если бы мы имели дело с заправским разбойником. Пусть назначит выкуп за наше освобождение, и если он не превысит наших средств, мы ему заплатим.

Дворецкий вместо ответа только кивнул головой.

— И ещё передайте Реджинальду Фрон де Бефу, — сказал Ательстан, — что я посылаю ему вызов на смертный бой и предлагаю биться пешим или конным в любом месте через восемь дней после нашего освобождения. Если он настоящий рыцарь, то он не дерзнёт отложить поединок или отказаться дать мне удовлетворение.

— Передам рыцарю ваш вызов, — отвечал дворецкий, — а пока предлагаю вам откушать.

Вызов, посланный Ательстаном, произнесён был недостаточно внушительно: большой кусок, который он усердно прожёвывал в это время, усиливал его природную медлительность и значительно ослаблял впечатление от его гордой речи. Тем не менее Седрик приветствовал её как несомненный признак пробуждения воинственного духа в своём спутнике, равнодушие которого начинало его бесить, невзирая на всё почтение, какое он питал к высокому происхождению Ательстана. Зато теперь, в знак полного одобрения, он принялся от всей души пожимать ему руку, но немного огорчился, когда Ательстан сказал, что «готов сразиться хоть с дюжиной таких молодцов, как Фрон де Беф, лишь бы поскорее выбраться из этого замка, где кладут в похлёбку так много чесноку».

Не обратив внимания на то, что Ательстан вернулся к прежнему безучастию и обжорству, Седрик занял место против него и вскоре доказал, что хотя и мог ради помыслов о бедствиях родины забывать о еде, но за столом с яствами проявлял отличный аппетит, унаследованный им от саксонских предков.

Не успели пленники хорошенько насладиться завтраком, как внимание их было отвлечено от этого важного занятия звуками рога, раздавшимися перед воротами замка. Звуки эти трижды повторили вызов, и притом с такой силой, как будто трубивший в рог был сказочный рыцарь, остановившийся перед заколдованным замком И желавший снять с него заклятие, чтобы стены, башни, зубцы и бойницы исчезли, подобно утреннему туману.

Саксы встрепенулись, вскочили с мест и поспешили к окну, но ничего не увидели, потому что окна выходили во двор замка.

Однако, судя по тому, что в ту же минуту в замке поднялась суматоха, было ясно, что произошло какое-то важное событие.

Глава XXII

О дочь моя! Мои дукаты! Дочь!..
Дукаты христианские мои!
Где суд? Закон? О дочь моя… дукаты!

«Венецианский купец»

Предоставим саксонским вождям вернуться к прерванному завтраку, как только их неудовлетворённое любопытство позволит им отдаться зову не утолённого ещё голода, и посмотрим на ещё более несчастного пленника — Исаака из Йорка. Бедного еврея втолкнули в тюремный подвал замка, находившийся глубоко под землёй, глубже, чем дно окружающего рва, и потому там было очень сыро. Свет проходил туда лишь через одно или два небольших отверстия, до которых пленник не мог достать рукой. Даже в яркий полдень эти дыры пропускали очень мало света, и задолго до захода солнца в подвале становилось темно. Цепи и кандалы, оставшиеся от прежних узников, висели по стенам темницы. В кольцах одних кандалов торчали две полуразрушенные кости человеческой ноги, словно здесь один из заключённых успел не только умереть, но и превратиться в скелет.

В одном конце этого зловещего подземелья находился широкий очаг, над которым была укреплена заржавевшая железная решётка.

Весь вид темницы мог привести в трепет и более храброго человека, чем Исаак. Однако теперь, перед лицом действительной опасности, он был гораздо спокойнее, нежели раньше, когда находился во власти воображаемых ужасов. Любители охоты утверждают, что заяц испытывает большие мучения, пока собаки гонятся за ним, нежели тогда, как попадает им в зубы. Вероятно, и евреи, которым приходилось всегда чего-нибудь опасаться, привыкали к мысли о мучениях, каким их могут подвергнуть, так что какое бы испытание ни предстояло им в действительности, оно не явилось бы для них неожиданностью. А именно неожиданность и заставляет людей терять голову. К тому же Исаак не первый раз попадал в опасное положение. Он был уже довольно опытен и надеялся, что и теперь ему удастся вывернуться из беды, подобно тому как добыча иногда ускользает из рук охотника. Но превыше всего его поддерживало непреклонное упорство его племени и та твёрдая решимость, с которой дети Израиля переносили жесточайшие притеснения властей и насильников, лишь бы не дать своим мучителям того, что те желали от них получить.

В этот час пассивного сопротивления, закутавшись в плащ, чтобы защититься от сырости, Исаак сидел в одном из углов подземелья. Вся его фигура, сложенные руки, растрёпанные волосы и борода, меховой плащ и высокая жёлтая шапка при тусклом и рассеянном свете могли бы послужить отличной моделью для Рембрандта. Так, не меняя позы, просидел Исаак часа три сряду. Вдруг на лестнице, ведшей в подземелье, послышались шаги. Заскрипели отодвигаемые засовы, завизжали ржавые петли, низкая дверь отворилась, и в темницу вошёл Реджинальд Фрон де Беф в сопровождении двух сарацинских невольников Буагильбера.

Фрон де Беф, человек высокого роста и крепкого телосложения, вся жизнь которого проходила на войне или в распрях с соседями, не останавливался ни перед чем ради расширения своего феодального могущества. Черты его лица вполне соответствовали его характеру, выражая преимущественно жестокость и злобу. Многочисленные шрамы от ран, которые на лице другого человека могли бы возбудить сочувствие и почтение, как доказательства мужества и благородной отваги, его лицу придавали ещё более свирепое выражение и увеличивали ужас, который оно внушало. На грозном бароне была надета плотно прилегавшая к телу кожаная куртка, поцарапанная панцирем и засаленная. У него не было иного оружия, кроме кинжала за поясом, уравновешивавшего связку тяжёлых ключей с другой стороны.

Чернокожие невольники, пришедшие вместе с бароном, были не в обычном роскошном одеянии, а в длинных рубашках и штанах из грубого холста. Рукава у них были засучены выше локтей, как у мясников, когда они принимаются за дело на бойне. Оба держали в руках по корзинке. Войдя в темницу, они стали по обеим сторонам двери, которую Фрон де Беф собственноручно накрепко запер. Приняв такие меры предосторожности, он медленной поступью прошёл через весь подвал к Исааку, пристально глядя на него. Этим взглядом он желал отнять у еврея волю — так иные звери, как говорят, парализуют свою добычу. И точно, можно было подумать, что глаза барона имеют подобную силу над несчастным пленником. Иссак сидел неподвижно, раскрыв рот, и с таким ужасом глядел на свирепого рыцаря, что всё тело его как бы уменьшилось в объёме под этим упорным зловещим взглядом лютого норманна. Несчастный Исаак был не в состоянии не только встать и поклониться — он не мог даже снять шапку или выговорить хотя бы слово мольбы: он был убеждён в том, что сейчас начнутся пытки и, быть может, его умертвят.

Величавая фигура норманна всё росла и росла в его глазах, как вырастает орёл в ту минуту, как перья его становятся дыбом и он стремглав бросается на беззащитную добычу. Рыцарь остановился в трех шагах от угла, где несчастный еврей съёжился в комочек, и движением руки подозвал одного из невольников. Чернокожий прислужник подошёл, вынул из своей корзинки большие весы и несколько гирь, положил их к ногам Фрон де Бефа и снова отошёл к двери, где его сотоварищ стоял всё так же неподвижно. Движения этих людей были медленны и торжественны, как будто в их душах заранее жило предчувствие ужасов и жестокостей. Фрон де Беф начал с того, что обратился к злополучному пленнику с такой речью.

— Ты, проклятый пёс! — сказал он, пробуждая своим низким и злобным голосом суровые отголоски под сводами подземелья. — Видишь ты эти весы?

Несчастный Исаак только опустил голову.

— На этих самых весах, — сказал беспощадный барон, — ты отвесишь мне тысячу фунтов серебра по точному счёту и весу, определённому королевской счётной палатой в Лондоне.

— Праотец Авраам! — воскликнул еврей. — Слыханное ли дело назначать такую сумму? Даже и в песнях менестрелей не поётся о тысяче фунтов серебра... Видели ли когда-нибудь глаза человеческие такое сокровище? Да в целом городе Йорке, обыщи хоть весь мой дом и дома всех моих соплеменников, не найдётся и десятой доли того серебра, которое ты с меня требуешь!

— Я человек разумный, — отвечал Фрон де Беф, и если у тебя недостанет серебра, удовольствуюсь золотом. Из расчёта за одну монету золотом шесть фунтов серебра, можешь выкупить свою нечестивую шкуру от такого наказания, какое тебе ещё и не снилось.

— Смилуйся надо мною, благородный рыцарь! — воскликнул Исаак. — Я стар, беден и беспомощен! Недостойно тебе торжествовать надо мной. Не великое дело раздавить червяка.

— Что ты стар, это верно, — ответил рыцарь, — тем больше стыда тем, кто допустил тебя дожить до седых волос, погрязшего по уши в лихоимстве и плутовстве. Что ты слаб, это также, быть может, справедливо, потому что когда же евреи были мужественны или сильны? Но что ты богат, это известно всем.

— Клянусь вам, благородный рыцарь, — сказал Исаак, — клянусь всем, во что я верю, и тем, во что мы с вами одинаково веруем...

— Не произноси лживых клятв, — прервал его норманн, — и своим упорством не предрешай своей участи, а прежде узнай и зрело обдумай ожидающую тебя судьбу. Не думай, Исаак, что я хочу только запугать тебя, воспользовавшись твоей подлой трусостью, которую ты унаследовал от своего племени. Клянусь тем, во что ты не веришь, — тем евангелием, которое проповедует наша церковь, теми ключами, которые даны ей, чтобы вязать и разрешать, что намерения мои тверды и непреложны. Это подземелье — не место для шуток. Здесь бывали узники в десять тысяч раз поважнее тебя, и они умирали тут, и никто об этом не узнавал никогда. Но тебе предстоит смерть медленная и тяжёлая — по сравнению с ней они умирали легко.

Он снова движением руки подозвал невольников и сказал им что-то вполголоса на их языке: Фрон де Беф побывал в Палестине и, быть может, именно там научился столь варварской жестокости. Сарацины достали из своих корзин древесного угля, мехи и бутыль с маслом. Один из них высек огонь, а другой разложил угли на широком очаге, о котором мы говорили выше, и до тех пор раздувал мехи, пока уголья не разгорелись докрасна.

— Видишь, Исаак, эту железную решётку над раскалёнными угольями? — спросил Фрон де Беф. — Тебя положат на эту тёплую постель, раздев догола. Один из этих невольников будет поддерживать огонь под тобой, а другой станет поливать тебя маслом, чтобы жаркое не подгорело. Выбирай, что лучше: ложиться на горячую постель или уплатить мне тысячу фунтов серебра? Клянусь головой отца моего, иного выбора у тебя нет.

— Невозможно! — воскликнул несчастный еврей. — Не может быть, чтобы таково было действительное ваше намерение! Милосердный творец никогда не создаст сердца, способного на такую жестокость.

— Не верь в это, Исаак, — сказал Фрон де Беф, — такое заблуждение — роковая ошибка. Неужели ты воображаешь, что я, видевший, как целые города предавали разграблению, как тысячи моих собратий христиан погибали от меча, огня и потопа, способен отступить от своих намерений из-за криков какого-то еврея?.. Или ты думаешь, что эти чёрные рабы, у которых нет ни роду, ни племени, ни совести, ни закона, ничего, кроме желания их владыки, по первому знаку которого они жгут, пускают в ход отраву, кинжал, верёвку — что прикажут… Уж не думаешь ли ты, что они способны на жалость? Но они не поймут даже тех слов, которыми ты взмолился бы о пощаде! Образумься, старик, расстанься с частью своих сокровищ, возврати в руки христиан некоторую долю того, что награбил путём ростовщичества. Если слишком отощает от этого твой кошелёк, ты сумеешь снова его наполнить. Но нет того лекаря и того целебного снадобья, которое залечило бы твою обгорелую шкуру и мясо после того, как ты полежишь на этой решётке. Соглашайся скорее на выкуп и радуйся, что так легко вырвался из этой темницы, откуда редко кто выходит живым. Не стану больше тратить слов с тобою. Выбирай, что тебе дороже: твоё золото или твоя плоть и кровь. Как сам решишь, так и будет.

— Так пусть же придут мне на помощь Авраам, Иаков и все отцы нашего племени, — сказал Исаак. — Не могу я выбирать, и нет у меня возможности удовлетворить ваши непомерные требования.

— Хватайте его, рабы, — приказал рыцарь, — разденьте донага, и пускай отцы и пророки его племени помогают ему, как знают!

Невольники, повинуясь скорее движениям и знакам, нежели словам барона, подошли к Исааку, схватили несчастного, подняли с полу и, держа его под руки, смотрели на хозяина, дожидаясь дальнейших распоряжений. Бедный еврей переводил глаза с лица барона на лица прислужников, в надежде заметить хоть искру жалости, но Фрон де Беф взирал на него с той же холодной и угрюмой усмешкой, с которой начал свою жестокую расправу, тогда как в свирепых взглядах сарацин, казалось, чувствовалось радостное предвкушение предстоящего зрелища пыток, а не ужас или отвращение к тому, что они будут их деятельными исполнителями.

Тогда Исаак взглянул на раскалённый очаг, над которым собирались растянуть его, и, убедившись, что его мучитель неумолим, потерял всю свою решимость.

— Я заплачу тысячу фунтов серебра, — сказал он упавшим голосом и, несколько помолчав, прибавил: — Заплачу... Разумеется, с помощью моих собратий, потому что мне придётся, как нищему, просить милостыню у дверей нашей синагоги, чтобы собрать такую неслыханную сумму. Когда и куда её внести?

— Сюда, — отвечал Фрон де Беф, — вот здесь ты её и внесёшь весом и счётом, вот на этом самом полу. Неужели ты воображаешь, что я с тобой расстанусь прежде, чем получу выкуп?

— А какое ручательство в том, что я получу свободу, когда выкуп будет уплачен? — спросил Исаак.

— Довольно с тебя и слова норманского дворянина, ростовщичья душа, — отвечал Фрон де Беф. — Честь норманского дворянина чище всего золота и серебра, каким владеет твоё племя.

— Прошу прощения, благородный рыцарь, — робко сказал Исаак, — но почему же я должен полагаться на ваше слово, когда вы сами ни чуточки мне не доверяете?

— А потому, еврей, что тебе ничего другого не остаётся, — отвечал рыцарь сурово. — Если бы ты был в эту минуту в своей кладовой, в Йорке, а я пришёл бы к тебе просить взаймы твоих шекелей, тогда ты назначил бы мне срок возврата ссуды и условия обеспечения. Но здесь моя кладовая. Тут ты в моей власти, и я не стану повторять условия, на которых возвращу тебе свободу.

Исаак испустил горестный вздох.

— Освобождая меня, — сказал он, — даруй свободу и тем, которые были моими спутниками. Они презирали меня, как еврея, но сжалились над моей беспомощностью, из-за меня замешкались в пути, а потому и разделили со мной постигшее меня бедствие; кроме того, они могут взять на себя часть моего выкупа.

— Если ты разумеешь тех саксонских болванов, то знай, что за них истребуют иной выкуп, чем за тебя, — возразил Фрон де Беф. — Знай своё дело, а в чужие дела не суйся.

— Стало быть, — сказал Исаак, — ты отпускаешь на свободу только меня да моего раненого друга?

— Уж не должен ли я, — воскликнул Фрон де Беф, — два раза повторять сыну Израиля, чтобы он знал своё дело, а в чужие не вмешивался? Твой выбор сделан, тебе остаётся лишь уплатить выкуп, да поскорее.

— Послушай, — обратился к нему еврей, — ради того, чтобы добыть этот самый выкуп, который ты с меня требуешь вопреки своей…

Тут он запнулся, опасаясь раздражить сердитого норманна. Но Фрон де Беф рассмеялся и сам подсказал ему пропущенное слово:

— Вопреки моей совести, хотел ты сказать, Исаак? Что же ты запнулся? Я тебе говорил, что я человек рассудительный и легко переношу упрёки проигравшей стороны, даже если проигравший — еврей. А ты не был так терпелив, Исаак, в ту пору, как подавал жалобу на Жака Фиц-Доттреля за то, что он обозвал тебя кровопийцей и ростовщиком, когда ты довёл его до полного разорения.

— Клянусь талмудом, — вскричал еврей, — ваша милость заблуждается: Фиц-Доттрель замахнулся на меня кинжалом в моей собственной комнате за то, что я попросил его возвратить занятые у меня деньги. Срок уплаты долга наступил ещё на пасху.

— Ну, это мне всё равно, — сказал Фрон де Беф, — для меня интереснее узнать, когда я получу своё серебро. Когда ты мне доставишь шекели, Исаак?

— Пусть дочь моя Ревекка поедет в Йорк, — отвечал Исаак, — под охраной ваших служителей, благородный рыцарь, и так скоро, как только всаднику возможно воротиться оттуда обратно, деньги будут доставлены сюда, и вы сможете взвесить и смерить их вот тут, на полу.

— Твоя дочь? — молвил Фрон де Беф, как будто с удивлением. — Клянусь, Исаак, жаль, что я этого не знал. Я думал, что эта чернобровая девушка — твоя наложница, и по обычаю древних патриархов, подавших нам такой пример, приставил её служанкой к сэру Бриану де Буагильберу.

Вопль, вырвавшийся из груди Исаака при этих словах рыцаря, отозвался во всех углах свода и так изумил обоих сарацин, что они невольно выпустили из рук несчастного еврея. Он воспользовался этим, бросился на пол и обхватил колени Реджинальда Фрон де Бефа.

— Сэр рыцарь, — сказал он, — бери всё, что потребовал, бери вдесятеро больше, разори меня, доведи до нищеты. Нет! Порази меня своим кинжалом, изжарь на этом огне, но только пощади дочь мою, отпусти её с честью, без обиды. Заклинаю тебя тою женщиной, от которой ты рождён, пощади честь беззащитной девушки! Она живой портрет моей умершей Рахили, последний оставшийся мне залог её любви, а их было у меня шестеро! Не лишай одинокого вдовца его единственной отрады. Неужели ты хочешь, чтобы родной отец пожалел, что единственная дочь его не лежит рядом с матерью в склепе наших предков?

— Жаль, — молвил норманн, в самом деле как будто тронутый, — жаль, что я не знал об этом прежде. Я думал, что ваше племя ничего не любит, кроме своих мешков с деньгами.

— Не думай о нас так низко, хоть мы и евреи, — сказал Исаак, спеша воспользоваться минутой кажущегося сочувствия. — Ведь и загнанная лисица и замученная дикая кошка любят своих детёнышей, так же и притеснённые, презираемые потомки Авраамовы любят детей своих.

— Положим, что и так, — сказал Фрон де Беф, — вперёд я буду знать это, Исаак, ради тебя. Но теперь уже поздно. Я не могу изменить того, что случилось или должно случиться. Я уже дал слово своему товарищу по оружию, а слову своему я не изменю и для десяти евреев с десятью еврейками в придачу. К тому же почему ты думаешь, что с девушкой приключится беда, если она достанется Буагильберу?

— Неминуемо приключится! — воскликнул Исаак, ломая себе руки в смертельной тоске. — Чего же иного ждать от храмовника, как не жестокости к мужчинам и бесчестья для женщин?

— Нечестивый пёс, — сказал Фрон де Беф, сверкнув глазами и, быть может, радуясь найти предлог для гнева, — не смей поносить священный орден рыцарей Сионского Храма! Придумывай способ уплатить мне обещанный выкуп, не то я сумею заткнуть твою глотку!

— Разбойник, негодяй! — вскричал еврей, невзирая на свою полную беспомощность, будучи не в силах удержать страстного порыва. — Ничего тебе не дам! Ни одного серебряного пенни не увидишь от меня, пока не возвратишь мне дочь честно и без обиды!

— В уме ли ты, еврей? — сурово сказал норманн. — Или твоя плоть и кровь заколдованы против калёного железа и кипящего масла?

— Мне всё равно! — воскликнул Исаак, доведённый до отчаяния поруганным чувством родительской любви. — Делай со мной что хочешь. Моя дочь — поистине кровь и плоть моя, она мне в тысячу раз дороже моего тела, которое ты угрожаешь истерзать. Не видать тебе моего серебра! Ни одной серебряной монетки не дам тебе, назарянин, хотя бы от этого зависело спасение твоей окаянной души, осуждённой на гибель за преступления. Бери мою жизнь, коли хочешь, а потом рассказывай, как еврей, невзирая ни на какие пытки, сумел досадить христианину.

— А вот посмотрим, — сказал Фрон де Беф. — Клянусь благословенным крестом, которого гнушается твоё проклятое племя, ты у меня отведаешь и огня и острой стали. Раздевайте его, рабы, и привяжите цепями к решётке.

Несмотря на слабое сопротивление старика, сарацины сдёрнули с него верхнее платье и только что собрались совсем раздеть его, как вдруг раздались звуки трубы, которые трижды повторились так громко, что проникли даже в глубины подземелья. В ту же минуту послышались голоса, призывавшие сэра Реджинальда Фрон де Бефа. Не желая, чтобы его застали за таким бесовским занятием, свирепый барон дал знак невольникам снова одеть еврея и вместе с прислужниками ушёл из темницы, предоставив Исааку или благодарить бога за своё спасение, или же оплакивать судьбу своей дочери, в зависимости от того, чья участь его больше тревожила — своя ли собственная или дочерняя.

Глава XXIII

Но если трогательность нежных слов
Не может вас ко мне расположить,
Тогда — как воин, а не как влюблённый -
Любить меня вас я заставлю силой.

«Два веронца»

Комната, в которую привели леди Ровену, была убрана с некоторой претензией на роскошь; помещая её здесь, желали, по-видимому, выказать ей особое уважение по сравнению с остальными пленниками. Но жена барона Фрон де Бефа, жившая в этой комнате, умерла очень давно, и немногие украшения, сделанные по её вкусу, успели обветшать. Обивка стен местами порвалась и висела клочьями, кое-где она поблекла от солнца и истлела от времени. Но как ни заброшена была эта комната, она была единственной, которую нашли подходящей для саксонской наследницы.

Тут и оставили её размышлять о своей судьбе, пока актёры, игравшие в этой зловещей драме, готовились к исполнению своих ролей. Эти роли были распределены на совещании, происходившем между Реджинальдом Фрон де Бефом, де Браси и храмовником. Они долго и горячо спорили о тех выгодах, которые каждый из них хотел извлечь для себя из этого дерзкого набега, и наконец решили участь своих несчастных пленников.

Около полудня де Браси, ради которого и был затеян набег, явился выполнять задуманное намерение, то есть добиваться руки и приданого леди Ровены.

Было видно, что он не всё время потратил на совещание со своими союзниками, так как успел нарядиться по последней моде того времени. Зелёный кафтан и маска были отложены в сторону. Длинные, густые волосы его обильными локонами ниспадали на богатый плащ, обшитый мехом. Бороду де Браси сбрил начисто. «Камзол его спускался ниже колен, а пояс с прицепленной к нему тяжёлой саблей был вышит золотом и застёгнут золотой пряжкой. Мы уже имели случай упоминать о нелепой модной обуви того времени, а носки башмаков Мориса де Браси, загнутые вверх и скрученные наподобие бараньих рогов, могли бы взять первый приз на состязании в нелепости костюма. Таков был изысканный наряд тогдашнего щёголя. Впечатление усиливалось красивой наружностью рыцаря, осанка и манеры которого представляли смесь придворной любезности с военной развязностью.

Он приветствовал Ровену, сняв перед ней свой бархатный берет, украшенный золотым аграфом с изображением архангела Михаила, поражающего дьявола. В то время он грациозным движением руки пригласил её сесть. Так как леди Ровена продолжала стоять, рыцарь снял перчатку с правой руки, намереваясь подвести её к креслу. Но леди Ровена жестом отклонила эту любезность и сказала:

— Если я нахожусь в присутствии моего тюремщика, сэр рыцарь, — а обстоятельства таковы, что я не могу думать иначе, — то узнице приличнее стоя выслушать свой приговор.

— Увы, прелестная Ровена, — отвечал де Браси, — вы находитесь в присутствии пленника ваших прекрасных глаз, а не тюремщика. Это де Браси должен получить приговор.

— Я не знаю вас, сэр, — заявила она, выпрямляясь с гордым видом оскорблённой знатной красавицы, — я не знаю вас, а дерзкая фамильярность, с которой вы обращаетесь ко мне на жаргоне трубадура, не оправдывает разбойничьего насилия.

— Твои прелести, — продолжал де Браси в том же тоне, — побудили меня совершить поступки, недостаточно почтительные по отношению к той, кого я избрал царицей моего сердца и путеводною звездой моих очей.

— Повторяю вам, сэр рыцарь, что я не знаю вас, и напоминаю вам, что ни один мужчина, носящий рыцарскую цепь и шпоры, не должен позволять себе навязывать своё общество беззащитной даме.

— Что я вам незнаком, в том действительно заключается моё несчастье, — сказал де Браси, — однако позвольте надеяться, что имя де Браси небезызвестно, оно звучит иногда в песнях и речах менестрелей и герольдов, восхваляющих рыцарские подвиги на турнирах или на поле битв.

— Так и предоставь менестрелям и герольдам восхвалять тебя, сэр рыцарь, — сказала Ровена. — Им это приличнее, чем тебе самому. Скажи мне, кто из них увековечит в песне или в записях турниров достопамятный подвиг нынешней ночи — победу, одержанную над стариком и горстью робких слуг, а также и добычу, доставшуюся победителю, — несчастную девушку, против воли увезённую в разбойничий замок?

— Вы несправедливы, леди Ровена, — сказал рыцарь, смутившись и принимая свой обычный тон, — вы сами бесстрастны и потому не находите оправдания пылкой страсти другого человека, хотя бы она была вызвана вашей красотой.

— Прошу вас, сэр, — сказала Ровена, — прекратить эти речи! Они приличны странствующим менестрелям, но вовсе не подходят рыцарям и дворянам... Я в самом деле принуждена сесть, потому что вы, по-видимому, никогда не кончите произносить такие пошлости, каких и у всякого уличного певца хватит до самого рождества.

— Гордая девица, — с досадой сказал де Браси, — видя, что на все его изысканные любезности она отвечает пренебрежением, — гордая девица, я тебе докажу, что и моя гордость не меньше твоей. Знай же, что я заявил претензии на твою руку тем способом, какой наиболее соответствует твоему нраву. При твоём характере тебя легче покорить с оружием в руках, чем светскими обычаями и учтивыми речами.

— Когда учтивые слова прикрывают грубые поступки, — сказала Ровена, — они похожи на рыцарский пояс на подлом рабе. Я не удивлюсь, что сдержанность так трудна для вас. Вам было бы лучше сохранить одежду и речь разбойника, чем скрывать воровские дела под личиной деликатных манер и любезных фраз.

— Твой совет хорош, — сказал норманн, — и на том смелом языке, который оправдывает смелое дело, я скажу тебе: или ты вовсе не выйдешь из этого замка, или выйдешь супругой Мориса де Браси. Я не привык к неудачам в своих предприятиях, а для норманского дворянина нет надобности оправдываться перед саксонской девицей, которой он делает честь, предлагая ей свою руку. Ты горда, Ровена, но тем более ты годишься мне в жёны. И каким иным способом можешь ты достигнуть высших почестей, как не союзом со мною? Как иначе избавишься ты от жизни в жалком деревенском сарае, где саксы спят вповалку со своими свиньями, составляющими всё их богатство? Как займёшь иначе подобащее тебе почётное положение среди того общества, в котором собралось все, что есть в Англии могущественного и прекрасного?

— Сэр рыцарь, — отвечал Ровена, — тот сарай, о котором вы упомянули с таким презрением, с младенчества служил мне надёжным приютом. Поверьте, что если я когда-нибудь его покину, то не иначе, как с таким человеком, который не станет презрительно отзываться о жилище, где я выросла и воспитывалась.

— Я угадываю вашу мысль, леди, — сказал де Браси, — хотя вы, может быть, думаете, что выразились слишком неясно для моего понимания. Но не воображайте, что Ричард Львиное Сердце когда-либо займёт свой трон. Ещё менее того вероятно, чтобы его любимчик Уилфред Айвенго подвёл вас к его трону и представил ему вас как свою супругу. Другой претендент на вашу руку, возможно, испытывал бы чувство ревности, но на моё решение не может повлиять мысль об этой ребяческой и безнадёжной страсти. Знайте, леди, что этот соперник находится в моей власти. От меня зависит выдать тайну его пребывания в этом замке Реджинальду Фрон де Бефу, а если барон узнает об этом, его ревность будет иметь худшие последствия, чем моя.

— Уилфред здесь? — молвила Ровена презрительно. — Это так же справедливо, как то, что Фрон де Беф — его соперник.

Де Браси с минуту пристально смотрел на неё.

— Ты в самом деле не знала об этом? — спросил он. — Разве ты не знала, что в носилках Исаака везли Уилфреда Айвенго? Нечего сказать, приличный способ передвижения для крестоносца, взявшегося завоевать своею доблестной рукой святой гроб! — И он презрительно рассмеялся.

— Да если бы он и был здесь, — сказала Ровена, принуждая себя говорить равнодушно, хотя вся дрожала от охвативших её мучительных опасений, — в чём же он может быть соперником барону Фрон де Бефу? Чего ему бояться, помимо кратковременного заключения в этом замке, а потом приличного выкупа, как водится между рыцарями?

— Неужели же и ты, Ровена, — сказал де Браси, — подобно всем женщинам, думаешь, что на свете не бывает иного соперничества, кроме как из-за ваших прелестей? Неужели ты не знаешь, что честолюбие и корысть порождают не меньшую ревность, чем любовь? Наш хозяин Фрон де Беф будет отстаивать свои права на богатое баронское поместье Айвенго с таким же рвением, как если бы дело шло о любви какой-нибудь голубоглазой девицы. Но взгляни благосклонно на моё сватовство, и раненому рыцарю нечего будет опасаться Реджинальда Фрон де Бефа, или тебе придётся его оплакивать, потому что он в руках человека, никогда не ведавшего жалости.

— Спаси его, ради господа бога! — молвила Ровена, теряя всю свою твёрдость и холодея от ужаса при мысли об опасности, угрожающей её возлюбленному.

— Это я могу сделать и сделаю, — сказал де Браси. — Когда Ровена согласится стать женою де Браси, кто же осмелится подвергнуть насилию её родственника, сына её опекуна, товарища её детства? Но только твоя любовь может купить ему моё покровительство. Я не такой глупец, чтобы спасать жизнь или устраивать судьбу человека, который может стать моим счастливым соперником. Употреби своё влияние на меня в его пользу, и он будет спасён. Но если ты не захочешь так поступить, Уилфред умрёт, а ты от этого не станешь свободнее.

— В холодной откровенности твоих речей, — сказала Ровена, — есть что-то, что не вяжется с их ужасным смыслом. Я не верю, чтобы твои намерения были так жестоки или твоё могущество было так велико.

— Ну, льсти себя такой надеждой, пока не убедишься в противном, — сказал де Браси. — Твой возлюбленный лежит раненый в стенах этого замка. Он может оказаться помехой для Фрон де Бефа в притязаниях на то, что для Фрон де Бефа дороже чести и красоты. Что ему стоит одним ударом кинжала или дротика прикончить соперника? И даже если бы Фрон де Беф не решился на такое дело, стоит лекарю ошибиться лекарством или служителю выдернуть подушку из-под головы больного, и дело обойдётся без кровопролития. Уилфред теперь в таком положении, что и от этого может умереть. Седрик тоже.

— И Седрик тоже… — повторила Ровена. — Мой благородный, мой великодушный опекун! Я заслужила постигшее меня несчастье, если могла позабыть о судьбе Седрика, думая о его сыне!

— Судьба Седрика также зависит от твоего решения, — сказал де Браси, — советую тебе хорошенько подумать об этом.

До сих пор Ровена выдерживала свою роль с непоколебимой стойкостью, потому что не считала опасность ни серьёзной, ни неминуемой. От природы она была кротка и застенчива, что физиономисты считают неразлучным с белизною кожи и светлорусыми волосами. Однако благодаря условиям воспитания характер её изменился Она привыкла к тому, что все, даже Седрик (державший себя довольно деспотично по отношению к другим), преклонялись перед её волей, и приобрела тот сорт мужества и самоуверенности, который развивается от постоянного почтения и внимательности со стороны всех окружающих. Она не представляла себе, как можно противиться её воле или не исполнять её просьб и желаний.

Но под её величавой самоуверенностью скрывалась мягкая и нежная душа. Поэтому, когда леди Ровену постигла беда, угрожавшая ей самой, её возлюбленному и её опекуну, когда её воля столкнулась с волей сильного, решительного и бесчестного человека, притом имеющего власть над ней и решившегося воспользоваться своим могуществом, она упала духом и растерялась.

Она обвела глазами вокруг себя, как бы ища помощи, издала несколько прерывистых восклицаний, потом подняла сжатые руки к небу и разразилась горькими слезами. Нельзя было видеть горе этого прелестного создания и не тронуться таким зрелищем. Де Браси был тронут, хотя ощущал гораздо больше смущения, чем сочувствия. Он зашёл так далеко, что отступать было уже поздно; однако ж Ровена была в таком состоянии, что ни уговорами, ни угрозами нельзя было на неё подействовать. Он ходил взад и вперёд по комнате, тщетно стараясь успокоить перепуганную девушку и раздумывая, что же ему теперь делать.

«Если, — думал он, — я позволю себе растрогаться слезами этой девицы, как я возмещу себе утрату всех блестящих надежд, ради которых я пошёл на такой риск? Вдобавок, будут смеяться принц Джон и его весёлые приспешники. Но я чувствую, что не гожусь для взятой на себя роли. Не могу равнодушно смотреть на это прелестное лицо, искажённое страданием, на чудесные глаза, утопающие в слезах. Уж лучше бы она продолжала держаться всё так же высокомерно, или я имел бы побольше той выдержки и жестокости, что у барона Фрон де Бефа».

Волнуемый этими мыслями, он только пытался утешить Ровену уверениями, что пока ещё нет никаких оснований для такого отчаяния. Но эти речи внезапно были прерваны громкими звуками охотничьего рога, в ту же минуту встревожившими и других обитателей замка, помешав им выполнить их различные корыстные или распутные планы. Де Браси пришлось покинуть красавицу и поспешить в общий зал. Впрочем, он едва ли сожалел об этом, так как его беседа с леди Ровеной приняла такой оборот, что ему было одинаково трудно как продолжать настаивать на своём, так и отказаться от своих намерений.

Здесь мы считаем не лишним оговориться и привести доводы более серьёзные, нежели сцепление чисто романических событий, в подтверждение того, что представленное нами печальное состояние нравов того времени нимало не преувеличено нами. Прискорбно думать, что храбрые бароны, боровшиеся из-за английских вольностей с представителями коронной власти, те самые бароны, которым мы обязаны существованием этих вольностей, были сами по себе жесточайшими притеснителями и запятнали себя такими крайностями деспотизма, которые были противны не только английским законам, но и велениям самой природы и простого человеколюбия. Но, увы, стоит нам привести хоть одну из многочисленных страниц труда нашего известного историка Генри, собравшего столько ценного материала из летописей тогдашнего времени, чтобы доказать, что трудно выдумать что-либо мрачнее и ужаснее того, что тогда творилось в действительности.

«Саксонская хроника» описывает, какие жестокости учиняли в царствование короля Стефана важные бароны и владельцы замков, которые были все сплошь норманны; это описание служит разительным доказательством того, на какие неистовства были они способны, когда разжигались их буйные страсти:

«Они жестоко угнетали бедняков, заставляя строить себе замки; а когда замки были готовы, они наполняли их порочными людьми, скорее дьяволами, которые хватали без разбора мужчин и женщин, в случае если подозревали, что у них есть деньги, ввергали в темницы и подвергали мучениям более лютым, чем те, которые претерпевали святые мученики. Одних они душили, забивая им рот грязью, других вешали за ноги, или за голову, или за большие пальцы, а под ними разводили огонь. Иным обвязывали головы верёвками с узлами и затягивали узлы, пока не лопались черепа; других бросали в подземелья, кишевшие змеями и жабами...»

Но мы не будем терзать читателя дальнейшими описаниями этих страшных дел.

Другим, пожалуй наиболее сильным, примером того, каковы были горькие плоды завоевания, является следующий исторический факт. Принцесса Матильда, дочь шотландского короля, а впоследствии английская королева, племянница Эдгара Этлинга и мать императрицы германской, следовательно — дочь, супруга и мать коронованных особ, воспитываясь в Англии, принуждена была в ранней молодости постричься в монахини, так как это было для неё единственным средством спастись от распутных преследований норманских дворян. Таково было единственное объяснение, данное ею этому поступку на великом собрании английского духовенства, когда она призвана была заявить, по какой причине приняла монашеский сан. Духовенство признало правильность этой меры, а также и настоятельность причин, её вызвавших, дав, таким образом, несомненное и убедительное подтверждение того, что в то время существовала столь значительная распущенность нравов. Духовенство так и выразилось в своём постановлении: всем известно, что после завоевания Англии королём Вильгельмом его норманские витязи, возгордившись столь великою победой, не признавали никаких законов, исключая своей злой воли, и не только отняли у завоёванных саксов все их земельные угодья и имущество, но посягали на честь их жён и дочерей с самой необузданной наглостью; а потому в то время и вошло в обычай, что женщины и девицы благородных фамилий постригались в монахини, ища защиты в стенах монастырских не по призванию, но единственно ради спасения своей чести от необузданного распутства мужчин.

Таковы были развращённость и падение тогдашних нравов, по единодушному свидетельству собравшегося духовенства, как рассказывает летописец Идмер. Считаем излишним приводить дальнейшие доказательства правдоподобности описанных сцен, а также и тех, которые встретятся дальше, хотя мы приняли за основание своего рассказа только те факты, которые передаёт нам менее достоверная саксонская рукопись.

ГЛАВА XXIV

Как лев, я покорю свою невесту.

Дуглас

Пока описанные нами сцены происходили в различных частях замка, еврейка Ревекка ожидала решения своей участи, запертая в дальней уединённой башне. Сюда привели её двое замаскированных слуг и втолкнули в маленькую комнату, где она очутилась лицом к лицу со старой колдуньей, которая, сидя за пряжей, мурлыкала себе под нос саксонскую песню в такт своему веретену, танцевавшему по полу. При входе Ревекки старуха подняла голову и уставилась на красивую еврейку с той злобной завистью, с какой старость и безобразие, сочетающиеся с болезненным состоянием, взирают на юность и красоту.

— Убирайся прочь отсюда, старый сверчок! — сказал один из спутников Ревекки. — Так приказал наш благородный хозяин. Освободи эту комнату для красотки.

— Да, — проворчала старуха, — вот как нынче награждают за службу. Было время, когда одного моего слова было достаточно, чтобы лучшего из воинов ссадить с седла и прогнать со службы. А теперь мне приходится убираться по приказу такого, как ты, первого попавшегося слуги!

— Нечего разговаривать, Урфрида, — сказал другой, — уходи, вот и всё. Приказы господина надо исполнять быстро. Были и у тебя светлые деньки, а теперь твоё солнце закатилось. Ты теперь всё равно что старая боевая лошадь, пущенная пастись на голый вереск. Хорошо скакала ты когда-то, а нынче хоть рысцой труси, а и то ладно. Ну-ну, пошевеливайся!

— Да преследуют вас всегда дурные предзнаменования! Оба вы нечестивые собаки, — сказала старуха, — и схоронят вас на псарне. Пусть демон Зернобок разорвёт меня на куски, если я уйду из своей собственной комнаты, прежде чем допряду эту пряжу!

— Сама скажи об этом хозяину, старая ведьма, — отвечал слуга и ушёл вместе со своим товарищем, оставив Ревекку наедине со старухой, которой поневоле навязали её общество.

— Какие ещё бесовские дела они затеяли? — говорила старуха, бормоча себе под нос и злыми глазами поглядывая искоса на Ревекку. — Догадаться нетрудно: красивые глазки, чёрные кудри, кожа — как белая бумага, пока монах не наследил по ней своим чёрным снадобьем... Да, легко угадать, зачем её привели в эту одинокую башню: отсюда не услышишь никакого крика, всё равно как из-под земли. Тут по соседству с тобой живут одни совы, моя красавица. На твои крики обратят внимания не больше, чем на их. Чужестранка, кажется, — продолжала она, взглянув на костюм Ревекки. — Из какой страны? Сарацинка или египтянка? Что же ты не отвечаешь? Коли умеешь плакать, небось умеешь и говорить.

— Не сердись, матушка, — сказала Ревекка.

— Э, больше и спрашивать нечего, — молвила Урфрида. — Лисицу узнают по хвосту, а еврейку — по говору.

— Сделай великую милость, — сказала Ревекка, — скажи, чего мне ещё ждать? Меня притащили сюда насильно — может быть, они собираются убить меня за то, что я исповедую еврейскую веру? Коли так, я с радость отдам за неё свою жизнь.

— Твою жизнь, милашка! — отвечала старуха. — Что же им за радость лишать тебя жизни? Нет, поверь моему слову, твоей жизни не угрожает опасность. А поступят с тобой, так как поступили когда-то с родовитой саксонской девицей. Неужели же для еврейки будет зазорно то, что считалось хорошим для саксонки? Посмотри на меня: и я была молода и ещё вдвое краше тебя, когда Фрон де Беф, отец нынешнего, Реджинальда, со своими норманнами взял приступом этот замок. Мой отец и его семь сыновей упорно бились, шаг за шагом защищая своё жилище. Не было ни одной комнаты, ни одной ступени на лестницах, где бы не стало скользко от пролитой ими крови. Они пали, умерли все до единого, и не успели тела их остыть, не успела высохнуть их кровь, как я стала презренной жертвой их победителя.

— Нельзя ли как-нибудь спастись? Разве нет способов бежать отсюда? — сказала Ревекка. — Я бы щедро — о, как щедро! — заплатила тебе за помощь!

— И не думай, — сказала старуха. — Есть только один способ уйти отсюда — через ворота смерти; а смерть долго-долго не открывает их, — прибавила она, качая седой головой. — Но хоть то утешительно, что после нашей смерти другие будут так же несчастны, как были мы. Ну, прощай, еврейка! Что еврейка, что язычница — всё равно! Тебя постигнет та же участь, потому что ты попала во власть людей, которые не ведают ни жалости, ни совести. Прощай! Моя пряжа спрядена, а твоя ещё только начинается.

— Постой, погоди, ради бога! — взмолилась Ревекка. — Останься здесь! Брани меня, ругай, только не уходи! Твоё присутствие всё-таки будет мне некоторой защитой!

— Присутствие самой матери божьей не защитит тебя, — отвечала старуха, указывая на стоявшее в углу изображение девы Марии. — Вот она стоит, посмотри; узнаешь, спасёт ли она тебя от твоей судьбы.

С этими словами она ушла, злорадно усмехаясь, что делало её ещё более безобразной, чем в минуты обычной для неё мрачности. Она заперла за собой дверь, и Ревекка ещё долго слышала, как она бранилась, с трудом спускаясь по крутой лестнице, проклиная каждую ступеньку.

Ревекке угрожала гораздо более ужасная участь, чем леди Ровене. Если саксонская наследница могла рассчитывать на некоторую вежливость в обращении, то еврейке не на что было надеяться, кроме крайней грубости. Зато на её стороне были прирождённая сила воли, острый ум и, кроме того, ей уже приходилось бороться с опасностями. С раннего детства она отличалась твёрдой волей, наблюдательностью и острым умом. Роскошь, которой окружал её отец и которую она видела в домах других богатых евреев, не мешала ей ясно понимать, как ненадёжны были условия, в которых они жили. Подобно Дамоклу на знаменитом пиру, Ревекка непрестанно видела среди всей этой пышности меч, висевший на волоске над головами её соплеменников. Такие размышления постепенно привели её к трезвому взгляду на жизнь и смягчили её характер, который при иных условиях мог бы сделаться надменным и упрямым.

Пример и наставления отца приучили Ревекку к ровному и учтивому обхождению со всеми. Правда, Ревекка была не в силах подражать его угодливости и низкопоклонству, потому что трусость была чужда её душе. Она держала себя с горделивой скромностью, как бы подчиняясь неблагоприятным обстоятельствам, в которые ставила её принадлежность к презираемому племени, но в то же время она сознавала себя достойной более высокого положения, чем то, на которое позволял ей надеяться деспотический гнёт религиозных предрассудков.

Подготовленная таким образом ко всяким неожиданным бедствиям, она не растерялась и в данном случае. Настоящее её положение требовало большого присутствия духа, и она взяла себя в руки.

Прежде всего она тщательно осмотрела комнату и поняла, что надеяться на спасение бегством было нечего. Комната не имела никаких тайных дверей и, находясь в уединённой башне с толстыми наружными стенами, по-видимому, не сообщалась с другими помещениями замка. Изнутри дверь не запиралась ни на ключ, ни на задвижку. Единственное окно отворялось на огороженную зубцами верхнюю площадку, что в первую минуту подало Ревекке надежду на возможность бежать отсюда; но она тотчас убедилась, что оттуда не было хода ни в какие другие здания. Эта площадка представляла собою нечто вроде балкона, защищённого парапетом с амбразурами, где можно было поставить несколько стрелков для защиты башни и боковой обороны.

Таким образом, Ревекке оставалось только запастись терпением и всю надежду возложить на бога, к чему обычно прибегают выдающиеся и благородные души. Ревекка научилась ошибочно толковать священное писание и превратно понимала обещания, данные богом избранному народу израильскому; но она не ошибалась, считая настоящий период часом их испытания и твёрдо веря в то, что настанет день, когда чада Сиона будут призваны разделять блага, дарованные другим народам. Всё, что творилось вокруг неё, показывало, что их настоящее положение было этим временем кары и всяческих гонений, и главнейшею их обязанностью она считала безграничное терпение и безропотное перенесение всяких зол. И на себя она смотрела как на жертву, заранее обречённую на бедствия, и с ранних лет приучала свой ум к встрече с опасностями, которым, вероятно, суждено ей подвергнуться.

Узница вздрогнула и побледнела, когда на лестнице послышались шаги. Дверь тихо растворилась, и мужчина высокого роста, одетый так же, как все бандиты, бывшие причиной её несчастья, медленной поступью вошёл в комнату и закрыл за собой дверь. Надвинутая на лоб шляпа скрывала верхнюю часть его лица. Закутавшись в плащ так, что он прикрывал нижнюю часть лица, он молча стоял перед испуганной Ревеккой. Казалось, он сам стыдился того, что намерен был сделать, и не находил слов, чтобы объяснить цель своего прихода. Наконец Ревекка, сделав над собой усилие, сама решилась начать разговор. Она протянула разбойнику два драгоценных браслета и ожерелье, которые сняла с себя ещё раньше, предполагая, что, удовлетворив его корыстолюбие, она может задобрить его.

— Вот возьми, друг мой, — сказала она, — и, ради бога, смилуйся надо мной и моим престарелым отцом! Это ценные вещи, но они ничто в сравнении с тем, что отец даст тебе, если ты отпустишь нас из этого замка без обиды.

— Прекрасный цветок Палестины, — отвечал разбойник, — эти восточные перлы уступают белизне твоих зубов. Эти бриллианты сверкают, но им не сравниться с твоими глазами, а с тех пор, как я принялся за своё вольное ремесло, я дал обет всегда ценить красоту выше богатства.

— Не бери на душу такого греха, — сказала Ревекка, — возьми выкуп и будь милосерд! Золото тебе доставит всякие радости, а обидев нас, ты будешь испытывать муки совести. Мой отец охотно даст тебе всё, что ты попросишь. И если ты сумеешь распорядиться своим богатством, с помощью денег ты снова займёшь место среди честных людей, сможешь добиться прощения за все прежние провинности и будешь избавлен от необходимости грешить снова.

— Хорошо сказано! — молвил разбойник по-французски, очевидно затрудняясь поддерживать разговор, начатый Ревеккой по-саксонски. — Но знай, светлая лилия, что твой отец находится в руках искуснейшего алхимика. Этот алхимик сумеет обратить в серебро и золото даже ржавую решётку тюремной печи. почтенного Исаака выпарят в таком перегонном кубе, который извлечёт всё, что есть у него ценного, и без моих просьб или твоих молений. Твой же выкуп должен быть выплачен красотой и любовью. Иной платы я не признаю.

— Ты не разбойник, — сказала Ревекка также по-французски: — ни один разбойник не отказался бы от такого предложения. Ни один разбойник в здешней стране не умеет говорить на твоём языке. Ты не разбойник, а просто норманн, быть может благородного происхождения. О, будь же благороден на деле и сбрось эту страшную маску жестокости и насилия!

— Ты так хорошо умеешь угадывать, — сказал Бриан де Буагильбер, отнимая плащ от лица, — ты не простая дочь Израиля. Я назвал бы тебя Эндорской волшебницей, если бы ты не была так молода и прекрасна. Да, я не разбойник, прелестная Роза Сарона. Я человек, который скорее способен увешать твои руки и шею жемчугами и бриллиантами, чем лишить тебя этих украшений.

— Так чего ж тебе надо от меня, — сказала Ревекка, — если не богатства? Между нами не может быть ничего общего: ты христианин, я еврейка. Наш союз был бы одинаково беззаконен в глазах вашей церкви и нашей синагоги.

— Совершенно справедливо, — отвечал храмовник рассмеявшись. — Жениться на еврейке! Despardieux![1] О нет, хотя

[1] Чёрт возьми! (франц.)

бы она была царицей Савской! К тому же да будет тебе известно, прекрасная дочь Сиона, что если бы христианнейший из королей предложил мне руку своей христианнешей дочери и отдал бы Лангедок в приданое, я и туда не мог бы на ней жениться. Мои обеты не позволяют мне любить ни одной девушки иначе, как par amours, — так я хочу любить и тебя. Я рыцарь Храма. Посмотри, вот и крест моего священного ордена.

— И ты дерзаешь призывать его в свидетели в такую минуту! — воскликнула Ревекка.

— Если я это делаю, — сказал храмовник, — тебе-то какое дело? Ведь ты не веришь в этот благословенный символ нашего спасения.

— Я верю тому, чему меня учили, — возразила Ревекка, — и да простит мне бог, если моя вера ошибочна. Но какова же ваша вера, сэр рыцарь, если вы ссылаетесь на свою величайшую святыню, когда собираетесь нарушить наиболее торжественный из ваших обетов.

— Ты проповедуешь очень красноречиво, о дочь Сираха! — сказал храмовник. — Но, мой прекрасный богослов, твои еврейские предрассудки делают тебя слепой к нашим высоким привилегиям. Брак был бы серьёзным преступлением для рыцаря Храма, но за мелкие грешки я мигом могу получить отпущение в ближайшей исповедальне нашего ордена. Мудрейший из ваших царей и даже отец его, пример которого должен же иметь в твоих глазах некоторую силу, пользовались в этом отношении более широкими привилегиями, нежели мы, бедные воины Сионского Храма, стяжавшие себе такие права тем, что так усердно защищаем его. Защитники Соломонова храма могут позволять себе утехи, воспетые вашим мудрейшим царём Соломоном.

— Если ты только затем читаешь библию и жизнеописания праведников, — сказала еврейка, — чтобы находить в них оправдание своему распутству и беззаконию, то повинен в таком же преступлении, как тот, кто извлекает яд из самых здоровых и полезных трав.

Глаза храмовника сверкнули гневом, когда он выслушал этот упрёк.

— Слушай, Ревекка, — сказал он, — до сих пор я с тобой обращался мягко. Теперь я буду говорить как победитель. Я завоевал тебя моим луком и копьём, и, по законам всех стран и народов, ты обязана мне повиноваться. Я не намерен уступить ни пяди своих прав или отказаться взять силой то, в чём ты отказываешь просьбам.

— Отойди, — сказала Ревекка, — отойди и выслушай меня, прежде чем решишься на такой смертный грех. Конечно, ты можешь меня одолеть, потому что бог сотворил женщину слабой, поручив её покровительству мужчины. Но я сделаю твою низость, храмовник, известной всей Европе. Суеверие твоих собратий сделает для меня то, чего я не добилась бы от их сострадания. Каждой прецептории, каждому капитулу твоего ордена будет известно, что ты, как еретик, согрешил с еврейкой. И те, которые не содрогнутся от твоего преступления, всё-таки обвинят тебя за то, что ты обесчестил носимый тобой крест, связавшись с дочерью моего племени.

— Как ты умна, Ревекка! — воскликнул храмовник, отлично сознавая, что она говорит правду: в уставе его ордена действительно существовали правила, запрещавшие под угрозой суровых наказаний интриги вроде той, какую он затеял. И бывали даже случаи, когда за это изгоняли рыцарей из ордена, покрывая их позором. — Ты очень умна, но громко же придётся тебе кричать, если хочешь, чтобы твой голос был услышан за пределами этого замка. А в его стенах ты можешь плакать, стенать, звать на помощь сколько хочешь, и всё равно никто не услышит. Только одно может спасти тебя, Ревекка: подчинись своей судьбе и прими нашу веру. Тогда ты займёшь такое положение, что многие норманские дамы позавидуют блеску и красоте возлюбленной лучшего из храбрых защитников святого Храма.

— Подчиниться моей участи! — сказала Ревекка. — Принять твою веру! Да что ж это за вера, если она покровительствует такому негодяю? Как! Ты лучший воин среди храмовников? Ты подлый рыцарь, монах-клятвопреступник и трус! Презираю тебя, гнушаюсь тобою! Бог Авраама открыл средство к спасению своей дочери даже из этой пучины позора!

С этими словами она распахнула решётчатое окно, выходившее на верхнюю площадку башни, вспрыгнула на парапет и остановилась на самом краю, над бездной. Не ожидая такого отчаянного поступка, ибо до этой минуты Ревекка стояла неподвижно, Буагильбер не успел ни задержать, ни остановить её. Он попытался броситься к ней, но она воскликнула:

— Оставайся на месте, гордый рыцарь, или подойди, если хочешь! Но один шаг вперёд — и я брошусь вниз. Моё тело разобьётся о камни этого двора, прежде чем я стану жертвой твоих грубых страстей.

Говоря это, она подняла к небу свои сжатые руки, словно молилась о помиловании души своей перед роковым прыжком. Храмовник заколебался. Его решительность, никогда не отступавшая ни перед чьей скорбью и не ведавшая жалости, сменилась восхищением перед её твёрдостью.

— Сойди, — сказал он, — сойди вниз, безумная девушка. Клянусь землёй, морем и небесами, я не нанесу тебе никакой обиды!

— Я тебе не верю, храмовник, — сказала Ревекка, — ты научил меня ценить по достоинству добродетели твоего ордена. В ближайшей исповедальне тебе могут отпустить и это клятвопреступление — ведь оно касается чести только презренной еврейской девушки.

— Ты несправедлива ко мне! — воскликнул храмовник с горячностью. — Клянусь тебе именем, которое ношу, крестом на груди, мечом, дворянским гербом моих предков! Клянусь, что я не оскорблю тебя! Если не для себя, то хоть ради отца твоего сойди вниз. Я буду ему другом, а здесь, в этом замке, ему нужен могущественный защитник.

— Увы, — сказала Ревекка, — это я знаю. Но можно ли на тебя положиться?

— Пускай мой щит перевернут вверх ногами, пускай публично опозорят моё имя, — сказал Бриан де Буагильбер, — если я подам тебе повод на меня жаловаться. Я преступал многие законы, нарушал заповеди, но своему слову не изменял никогда.

— Ну хорошо, я тебе верю, — сказала Ревекка, спрыгнув с парапета и остановившись у одной из амбразур, или machicolles, как они назывались в ту пору. — Тут я и буду стоять, — продолжала она, — а ты оставайся там, где стоишь. Но если ты сделаешь хоть один шаг ко мне, ты увидишь, что еврейка скорее поручит свою душу богу, чем свою честь — храмовнику.

Мужество и гордая решимость Ревекки, в сочетании с выразительными чертами прекрасного лица, придали её осанке, голосу и взгляду столько благородства, что она казалась почти неземным существом. Во взоре её не было растерянности, и щёки не побледнели от страха перед такой ужасной и близкой смертью, напротив — сознание, что теперь она сама госпожа своей судьбы, вызвало яркий румянец на её смуглом лице и придало блеск её глазам. Буагильбер, человек гордый и мужественный, подумал, что никогда ещё не видывал такой вдохновенной и величественной красоты.

— Помиримся, Ревекка, — сказал он.

— Помиримся, если хочешь, — отвечала она, — помиримся, но только на таком расстоянии.

— Тебе нечего больше бояться меня, — сказал Буагильбер.

— Я и не боюсь тебя, — сказала она. — По милости того, кто построил эту башню так высоко, по милости его и бога Израилева я тебя не боюсь.

— Ты несправедлива ко мне, — сказал храмовник. — Клянусь землёй, морем и небесами, ты ко мне несправедлива! Я от природы совсем не таков, каким ты меня видишь — жестоким, себялюбивым, беспощадным. Женщина научила меня жестокосердию, а потому я и мстил всегда женщинам, но не таким, как ты. Выслушай меня, Ревекка. Ни один рыцарь не брался за боевое копьё с сердцем, более преданным своей даме, чем моё. Она была дочь мелкопоместного барона. Всё их достояние заключалось в полуразрушенной башне, в бесплодном винограднике да в нескольких акрах тощей земли в окрестностях Бордо. Но имя её было известно повсюду, где оружием совершались подвиги, оно стало известнее, чем имена многих девиц, за которыми сулили в приданое целые графства. Да, — продолжал он, в волнении шагая взад и вперёд по узкой площадке и как бы забыв о присутствии Ревекки, — да, мои подвиги, перенесённые мной опасности, пролитая кровь прославили имя Аделаиды де Монтемар от королевских дворов Кастилии и до Византии. А как она мне отплатила за это? Когда я воротился к ней с почестями, купленными ценой собственной крови и трудов, оказалось, что она замужем за мелким гасконским дворянином, неизвестным за пределами его жалкого поместья. А я искренне любил её и жестоко отомстил за свою поруганную верность. Но моя месть обрушилась на меня самого. С того дня я отказался от жизни и всех её привязанностей. Никогда я не буду знать семейного очага. В старости не будет у меня своего тёплого угла. Моя могила останется одинокой, у меня не будет наследника, чтобы продолжать старинный род Буагильберов. У ног моего настоятеля я сложил все права на самостоятельность и отказался от своей независимости. Храмовник только по имени не раб, а в сущности, он живёт, действует и дышит по воле и приказаниям другого лица.

— Увы, — сказала Ревекка, — какие же преимущества могут возместить такое полное отречение?

— А возможность мести, Ревекка, — возразил храмовник, — и огромный простор для честолюбивых замыслов.

— Плохая награда, — сказала Ревекка, — за отречение от всех благ, наиболее драгоценных для человека.

— Не говори этого! — воскликнул храмовник. — Нет, мщение — это пир богов. И если правда, как уверяют нас священники, что боги приберегают это право для самих себя, значит они считают это наслаждение слишком ценным, чтобы предоставлять его простым смертным. А честолюбие! Это такое искушение, которое способно тревожить человеческую душу даже среди небесного блаженства. — Он помолчал с минуту, затем продолжал: — Клянусь богом, Ревекка, та, которая предпочла смерть бесчестию, должна иметь гордую и сильную душу. Ты должна стать моей. Нет, не пугайся, — прибавил он, — я разумею моей, но добровольно, по собственному желанию. Ты должна согласиться разделить со мною надежды более широкие, чем те, что открываются с высоты царского престола. Выслушай меня, прежде чем ответишь, и подумай, прежде чем отказываться. Рыцарь Храма теряет, как ты справедливо сказала, свои общественные права и возможность самостоятельной деятельности, но зато он становится членом такой могучей корпорации, перед которой даже троны начинают трепетать. Так одна капля дождя, упавшая в море, становится составной частью того непреодолимого океана, что подтачивает скалы и поглощает королевские флоты. Такова же всеобъемлющая сила нашей грозной лиги, и я далеко не последний из членов этого мощного ордена. Я состою в нём одним из главных командоров и могу надеяться со временем получить жезл гроссмейстера. Рыцари Храма не довольствуются тем, что могут стать пятой на шею распростёртого монарха. Это доступно всякому монаху, носящему верёвочные туфли. Нет, наши тяжёлые стопы поднимутся по ступеням тронов, и наши железные перчатки будут вырывать скипетры из рук венценосцев. Даже в царствование вашего тщетно ожидаемого мессии рассеянным коленам вашего племени не видать такого могущества, к какому стремится моё честолюбие. Я искал лишь родственную мне душу, с кем бы мог разделить свои мечты, и в тебе я обрёл такую душу.

— И это говоришь ты женщине моего племени! — воскликнула Ревекка. — Одумайся!

— Не ссылайся, — прервал её храмовник, — на различие наших верований. На тайных совещаниях нашего ордена мы смеёмся над этими детскими сказками. Не думай, чтобы мы долго оставались слепы к бессмысленной глупости наших основателей, которые предписали нам отказаться от всех наслаждений жизни во имя радости принять мученичество, умирая от голода, от жажды, от чумы или от дротиков-дикарей, тщетно защищая своими телами голую пустыню, которая имеет ценность только в глазах суеверных людей. Наш орден скоро усвоил себе более смелые и широкие взгляды и нашёл иное вознаграждение за все наши жертвы. Наши громадные поместья во всех королевствах Европы, наша военная слава, гремящая во всех странах и привлекающая в нашу среду цвет рыцарства всего христианского мира, — всё это служит целям, которые и не снились нашим благочестивым основателям, но мы храним это в тайне от тех слабых умов, которые вступают в наш орден на основании старинного устава и пребывают в старых предрассудках, а мы используем их как слепое орудие нашей воли. Но я не стану больше разоблачать перед тобой наши тайны. Я слышу звуки трубы. Быть может, моё присутствие необходимо. Подумай о том, что я сказал тебе. Прощай! Не прошу прощения за то, что угрожал тебе насилием. Благодаря этому я узнал твою душу. Только на пробном камне узнаётся чистое золото. Я скоро вернусь, и мы ещё поговорим.

Он прошёл через комнату и стал спускаться по лестнице, оставив Ревекку одну. Даже перед лицом страшной смерти, которой она собиралась себя подвергнуть, не испытывала она такого ужаса, какой ощущала при виде яростного честолюбия отважного злодея, во власть которого попала. Когда она возвратилась в башенную комнату, первым её делом было возблагодарить бога за оказанное ей покровительство, моля его и далее простереть свой покров над нею и её отцом. Ещё одно имя проскользнуло в её молитве: то было имя раненого христианина, которого судьба предала в руки кровожадных людей, личных врагов его. Правда, совесть упрекала её за то, что, даже обращаясь к божеству, она в набожной молитве вспоминала о человеке, с которым ей никогда не суждено было соединиться, о назареянине и враге её веры. Но молитва была уже произнесена, и, каковы бы ни были предрассудки её единоверцев, Ревекка не хотела от неё отказаться.

Глава XXV

В жизни своей не видел я таких омерзительных каракулей! Тут сам чёрт ногу сломит!

«Она уступает, чтобы победить»

Войдя в большой зал замка, храмовник застал там де Браси.

— Ваши любовные похождения, — сказал де Браси, — вероятно, были прерваны, как и мои, этими оглушительными звуками. Но вы пришли позднее меня и с явной неохотой, из чего я заключаю, что ваше свидание было гораздо приятнее, чем моё.

— Значит, вы успешно сватались к саксонской наследнице? — спросил храмовник.

— Клянусь костями Фомы Бекета, — отвечал де Браси, — эта леди Ровена, наверно, слышала, что я не выношу женских слёз.

— Вот тебе раз! — молвил храмовник. — Предводитель вольной дружины обращает внимание на женские слёзы? Удивительно! Если несколько капель и упадёт на факел любви, пламя разгорится ещё ярче.

— Спасибо за несколько капель! — возразил де Браси. — Эта девица пролила столько слёз, что потушила бы целый костёр. Такой скорби, таких потоков слёз не видано со времён святой Ниобы, о которой нам рассказывал приор Эймер. Точно сам водяной бес вселился в прекрасную саксонку.

— А в мою еврейку вселился, должно быть, целый легион бесов, — сказал храмовник, — потому что едва ли один бес, будь он хоть сам Аполлион, мог бы внушить ей столько неукротимой гордости, столько решимости. Но где же Фрон де Беф? Этот рог трубит всё громче и пронзительнее.

— Он, вероятно, занялся Исааком, — хладнокровно сказал де Браси. — Возможно, что вопли Исаака заглушают рёв этого рога. Ты, я думаю, знаешь по опыту, сэр Бриан, что когда еврей расстаётся со своими сокровищами на таких условиях, какие, вероятно, поставил ему Фрон де Беф, он так кричит, что из-за его визга не услышишь и двадцати рогов с трубой в придачу. Однако пора послать за хозяином.

Вскоре подоспел к ним и Фрон де Беф, прервавший свои жестокие занятия. Он слегка замешкался на пути в зал, отдавая необходимые приказания слугам.

— Посмотрим, в чём причина такого дьявольского шума, — сказал он.

— Вот письмо. Если не ошибаюсь, оно написано по-саксонски.

Он смотрел на письмо, вертя его в руках, словно надеясь таким путём добраться до его смысла. Наконец он передал его Морису де Браси.

— Не знаю, что это за магические знаки, — сказал де Браси. Он был так же невежествен, как и большинство рыцарей того времени. — Наш капеллан пробовал учить меня писать, — продолжал он, — но у меня вместо букв выходили наконечники копий или лезвия мечей, так что старый поп махнул на меня рукой.

— Дайте мне письмо, — сказал храмовник, — мы хоть тем похожи на монахов, что немножко учимся, чтобы осветить знаниями нашу доблесть.

— Так мы воспользуемся вашими почтенными познаниями, — сказал де Браси. — Ну, что же говорится в этом свитке?

— Это письмо — формальный вызов на бой, — отвечал храмовник. — Но, клянусь вифлеемской богородицей, это самый диковинный вызов, какой когда-либо посылался через подъёмный мост баронского замка, если только это не глупая шутка.

— Шутка! — воскликнул Фрон де Беф. — Желал бы я знать, кто отважился пошутить со мной таким образом. Прочти, сэр Бриан.

Храмовник начал читать вслух:

— «Я, Вамба, сын Безмозглого, шут в доме благородного и знатного дворянина Седрика Ротервудского, по прозванию Сакс, и я, Гурт, сын Беовульфа, свинопас»…

— Ты с ума сошёл! — прервал его Фрон де Беф.

— Клянусь святым Лукой, здесь так написано, — отвечал храмовник и продолжал: — «… я, Гурт, сын Беовульфа, свинопас в поместье вышеозначенного Седрика, при содействии наших союзников и единомышленников, состоящих с нами заодно в этом деле, а именно: храброго рыцаря, именуемого Чёрный Лентяй, и доброго иомена Роберта Локсли, по прозвищу Меткий Стрелок, объявляем вам, Реджинальд Фрон де Беф, и всем, какие есть при вас сообщники и союзники, что вы без всякой причины и без объявления вражды, хитростью и лукавством захватили в плен нашего хозяина и властелина, означенного Седрика, а также высокорожденную девицу леди Ровену из Харготстандстида, а также благородного дворянина Ательстана Конингсбурского, а также и нескольких человек свободно рожденных людей, находящихся у них в услужении, равно как и нескольких крепостных, также некоего еврея Исаака из Йорка с дочерью, а также завладели лошадьми и мулами; указанные высокорожденные особы, со своими слугами и рабами, лошадьми и мулами, а равно и означенные еврей с еврейкой, ничем не провинились перед его величеством, а мирно проезжали королевской дорогой, как подобает верным подданным короля, а потому мы просим и требуем дабы означенные благородные особы, сиречь Седрик Ротервудский, Ровена из Харготстандстида и Ательстан Конингсбургский со своими слугами, рабами, лошадьми, мулами, евреем и еврейкою, а также всё их добро и пожитки были не позже как через час по получении сего выданы нам или кому мы прикажем принять их в целости и сохранности, не повреждёнными ни телесно, ни в рассуждении имущества их. В противном случае объявляем вам, что считаем вас изменниками и разбойниками, намереваемся драться с вами, донимать осадой, приступом или иначе и чинить вам всякую досаду и разорение. Чего ради и молим бога помиловать вас. Писано накануне праздника Витольда, под большим Сборным Дубом на Оленьем Холме; а писал те слова праведный человек, служитель господа, богоматери и святого Дунстана, причетник лесной часовни, что в Копменхерсте».

Внизу документа был нацарапан сначала грубый рисунок, изображавший петушью голову со стоячим гребешком и подписью, что такова печать Вамбы, сына Безмозглого. Крест, начертанный ниже этой почётной эмблемы, обозначал подпись Гурта, сына Беовульфа; затем следовали чётко и крупно написанные слова: «Чёрный Лентяй»; а ещё ниже довольно удачное изображение стрелы служило подписью иомена Локсли.

Рыцари выслушали до конца этот необыкновенный документ и в недоумении переглянулись, не понимая, что это значит. Де Браси первый нарушил молчание взрывом неудержимого хохота, храмовник последовал, правда более сдержанно, его примеру. Но Фрон де Беф, казалось, был недоволен их несвоевременной смешливостью.

— Предупреждаю вас, господа, — сказал он, — что при настоящих обстоятельствах нам следует серьёзно подумать, что предпринять, а не предаваться легкомысленному веселью.

— Фрон де Беф всё ещё не может опомниться с тех пор, как его свалили с лошади, — сказал де Браси. — Его коробит при одном упоминании о вызове, хотя бы этот вызов шёл от шута и от свинопаса.

— Клянусь святым Михаилом, — отвечал Фрон де Беф, — было бы гораздо лучше, если бы ты один отвечал за эту затею, де Браси! Эти людишки не дерзнули бы обращаться ко мне с такой наглостью, если бы им на подмогу не подоспели сильные разбойничьи шайки. В этом лесу множество бродяг. Все они на меня злы за то, что я строго охраняю дичь. Я только раз захватил на месте преступления одного парня — у него ещё и руки были в крови — и велел его привязать к рогам дикого оленя. Правда, тот в пять минут разорвал его в клочья. Так вот, с тех пор столько раз стреляли в меня из лука, точно я та мишень, что стояла на днях в Ашби... Эй ты! — крикнул он одному из слуг. — Посылал ли ты узнать, сколько их там собралось?

— В лесу по крайней мере двести человек, — отвечал слуга.

— Прекрасно! — сказал Фрон де Беф. — Вот что значит предоставить свой замок в распоряжение людей, которые не умеют тихо выполнить своё предприятие! Очень нужно было дразнить этот осиный рой!

— Осиный рой? — сказал де Браси. — Просто трутни, у которых и жала нет. Ведь все они — обленившиеся рабы, которые бегут в леса и промышляют грабежом, чтобы не работать.

— Жала нет? — возразил Фрон де Беф. — Стрела с раздвоенным концом в три фута длиной, что попадает в мелкую французскую монету, — хорошее жало.

— Стыдитесь, сэр рыцарь! — воскликнул храмовник. — Соберём своих людей и сделаем против них вылазку. Один рыцарь и даже один вооружённый воин стоят двадцати таких вояк.

— Ещё бы! — сказал де Браси. — Мне совестно выехать на них с копьём.

— Это было бы верно, — сказал Фрон де Беф, — будь это турки или мавры, сэр храмовник, или трусливые французские крестьяне, доблестный де Браси, но тут речь идёт об английских иоменах. Единственное наше преимущество — рыцарское вооружение и боевые кони. Но на лесных тропинках от них проку мало. Ты говоришь, сделаем вылазку. Да ведь у нас так мало народу, что едва хватит на защиту замка! Лучшие из моих людей — в Йорке; твоя дружина вся целиком там же, де Браси. В замке едва наберётся человек двадцать, не считая той горстки людей, которые принимали участие в вашей безумной затее.

— Ты опасаешься, — спросил храмовник, — что их набралось достаточно, чтобы пойти на приступ замка?

— Нет, сэр Бриан, — ответил Фрон де Беф, — у этих разбойников, правда, очень отважный начальник, но без осадных машин, без составных лестниц и без опытных руководителей они ничего не поделают с моим замком.

— Разошли гонцов к соседям, — сказал храмовник, — пускай поторопятся на выручку к трём рыцарям, осаждаемым шутом и свинопасом в баронском замке Реджинальда Фрон де Бефа.

— Вы шутите, сэр рыцарь! — отвечал барон. — К кому же послать? Мальвуазен, наверно, успел уже отправиться в Йорк со своими людьми, остальные мои союзники — тоже. Да и мне самому следовало бы быть там, если бы не эта проклятая затея.

— Так пошли в Йорк отозвать наших людей обратно, — сказал де Браси. — Если эти бродяги не разбегутся, завидя моё знамя и моих стрелков, я скажу, что они храбрейшие из разбойников, когда-либо пускавших стрелы в зелёных лесах.

— А кто отвезёт такое письмо? — сказал Фрон де Беф. — Они устроят засады на каждой тропинке, поймают гонца и вытащат у него из-за пазухи письмо... Вот что я надумал, — прибавил он, помолчав немного. — Сэр храмовник, ты умеешь не только читать, но и писать... Лишь бы нам отыскать письменные принадлежности моего капеллана, умершего в прошлом году, в разгар святочного веселья.

— Осмелюсь доложить, — вмешался оруженосец, всё ещё стоявший перед хозяином, — старая Урфрида, кажется, хранит их у себя, на память о своём духовнике. Я слышал, как она говорила, будто он был последним человеком, от которого она слыхала такие речи, какие прилично слушать женщинам...

— Так ступай и принеси что нужно, Энгельред, — сказал Фрон де Беф, — а ты, сэр храмовник, напиши ответ на их дерзкий вызов.

— Я бы предпочёл отвечать им мечом, а не пером, — сказал Буагильбер, — но как хотите, будь по-вашему.

Он сел к столу и на французском языке сочинил письмо такого содержания:

Сэр Реджинальд Фрон де Беф и благородные рыцари, его единомышленники и союзники, не принимают вызова со стороны рабов, крепостных и беглых людей. Если лицо, именующее себя Чёрным Рыцарем, действительно имеет честь принадлежать к рыцарскому сословию, ему должно быть известно, что он унизил себя подобным союзом и не имеет права требовать уважения со стороны знатных особ благородного происхождения. Что касается пленных, то мы, соблюдая христианское милосердие, просим вас прислать какое-либо духовное лицо, чтобы исповедать их и примирить с богом, ибо мы порешили казнить их сегодня до полудня и выставить их головы на стенах замка, чтобы показать всем, как мы мало считаемся с теми, кто взялся их освобождать. А потому, как уже сказано, просим прислать священника, дабы приготовить их к смерти. Исполнением нашей просьбы вы окажете последнюю услугу в земной их жизни.

Сложив это письмо, Фрон де Беф отдал его слуге для вручения гонцу, дожидавшемуся у ворот ответа на принесённое им послание.

Иомен, исполнивший это поручение, возвратился в главную квартиру союзников, расположенную под старым, развесистым дубом, на расстоянии трех выстрелов из лука от замка. Здесь Вамба, Гурт, Чёрный Рыцарь и Локсли, а также весёлый отшельник с нетерпением ожидали ответа на свой вызов. Немного дальше виднелось немало отважных иоменов, зелёная одежда и загорелые лица которых показывали, какого рода ремеслом они промышляли. Их собралось уже более двухсот человек, к ним непрестанно присоединялись всё новые и новые отряды. Их вожди только тем и отличались от своих подчинённых, что на шапке у них было по одному перу; во всём остальном они были одеты и вооружены совершенно одинаково с прочими.

Помимо этих ватаг на подмогу сходились саксы из ближайших местечек, а также крепостные люди и слуги из обширных поместий Седрика, явившиеся выручать своего хозяина. Они были вооружены по преимуществу вилами, косами, цепами и другими хозяйственными орудиями. Норманны, придерживаясь обычной политики завоевателей, не позволяли побеждённым саксам владеть мечами и копьями. По этой причине саксы были далеко не так страшны для осаждённых, как могли бы оказаться, если принять в расчёт их крепкое телосложение, их многочисленность, а также воодушевление, с которым они взялись постоять за правое дело. Предводителям этого пёстрого войска и было вручено письмо храмовника.

Прежде всего отдали его отшельнику, прося прочесть, что там написано.

— Клянусь посохом святого Дунстана, — сказал этот почтенный монах, — а этим посохом он собрал такую паству, как ни один святой в раю... Клянусь, что не только не могу прочитать вам то, о чём тут сказано, но не скажу даже, по-французски оно написано или поарабски.

С этими словами он передал письмо Гурту, который угрюмо мотнул головой и отдал его Вамбе. Ухмыляясь с таким хитрым видом, какой мог бы быть у обезьяны при подобных обстоятельствах, шут осмотрел все четыре угла бумаги, потом подпрыгнул и отдал письмо Роберту Локсли.

— Кабы длинные буквы были луки, а короткие — стрелы, я бы что-нибудь разобрал, — сказал честный иомен. — А теперь я так же не могу понять смысл этих знаков, как подстрелить оленя, который гуляет за двенадцать миль отсюда.

— Придётся уж мне послужить вам чтецом, — сказал Чёрный Рыцарь и, взяв письмо из рук Локсли, прочёл его сначала про себя, а потом по-саксонски изложил его содержание своим союзникам.

— Казнить благородного Седрика! — воскликнул Вамба. — Клянусь крестом, ты, должно быть, ошибся, сэр рыцарь.

— Нет, мой почтенный друг, — отвечал рыцарь, — я вам в точности передал то, что тут написано.

— В таком случае, — сказал Гурт, — клянусь святым Фомой, надо взять замок, хотя бы пришлось голыми руками разобрать его по камешку.

— Нам с тобой больше и нечем орудовать, — сказал Вамба, — только мои руки вряд ли годятся на это.

— Это они так говорят, чтобы выиграть время, — сказал Локсли. — Они не решатся на дело, за которое им придётся отвечать своей головой.

— Было бы хорошо, — сказал Чёрный Рыцарь, — если бы кто-нибудь из нас ухитрился проникнуть в замок, чтобы разузнать, как там обстоят дела. Они просят прислать священника для принятия исповеди; по-моему, наш святой отшельник мог бы исполнить эту благочестивую обязанность; заодно он доставил бы нам нужные сведения.

— А, чёрт бы тебя побрал с твоими советами! — воскликнул святой пустынник. — Я же тебе говорил, сэр Лентяй, что когда я сбрасываю рясу, вместе с ней снимаю и мой духовный сан, так что вся моя святость и даже латынь пропадают. В зелёном кафтане я скорее способен подстрелить двадцать оленей, чем исповедать одного христианина.

— Боюсь, — сказал Чёрный Рыцарь, — что здесь никого не найдётся, кто бы годился на роль отца-исповедника.

Все переглядывались между собой и молчали.

— Ну, я вижу, — сказал Вамба после короткой паузы, — что дураку на роду написано оставаться в дураках и совать шею в такое ярмо, от которого умные люди шарахаются. Да будет вам известно, дорогие братья и земляки, что до шутовского колпака я носил рясу и до тех пор готовился в монахи, пока не началось у меня воспаление мозгов и осталось у меня ума не больше чем на дурака. Вот я и думаю, что с помощью той святости, благочестия и латинской учёности, которые зашиты в капюшоне доброго отшельника, я сумею доставить как мирское, так и духовное утешение нашему хозяину, благородному Седрику, а также и его товарищам по несчастью.

— Как ты думаешь, годится он на это? — спросил у Гурта Чёрный Рыцарь.

— Уж право не знаю, — отвечал Гурт. — Если окажется негодным, то это будет первый случай, когда его ум не подоспеет на выручку его глупости.

— Так надевай рясу, добрый человек, — сказал Чёрный Рыцарь, — и пускай твой хозяин через тебя пришлёт нам весть о том, как обстоят дела у них в замке. Там, должно быть, мало народу, так что внезапное и смелое нападение может увенчаться полным успехом. Однако время не терпит, иди скорее.

— А мы между тем, — сказал Локсли, — так обложим все стены кругом, что ни одна муха оттуда не вылетит без нашего ведома. Ты скажи этим злодеям, друг мой, — продолжал он, обращаясь к Вамбе, — что за всякое насилие, учинённое над пленниками, мы с них самих взыщем вдесятеро.

— Pax vobiscum![1] — сказал Вамба, успевший напялить на себя полное монашеское облачение.

Произнося эти слова, он принял степенную и торжественную осанку и чинной поступью отправился выполнять свою миссию.

---

[1] Мир вам! (лат.)

Глава XXVI

Конь вдруг начнёт плестись рысцой,
А клячи вскачь пойдут;
Так станет вдруг шутом святой,
Монахом станет шут.

Старинная песня

Когда шут, облачённый в рясу отшельника и препоясанный узловатою верёвкою, появился перед воротами замка Реджинальда Фрон де Бефа, привратник спросил, как его зовут и зачем он пришёл.

— Pax vobiscum! — отвечал шут. — Я смиренный монах францисканского ордена, пришёл преподать утешение несчастным узникам, находящимся в стенах этого замка.

— Храбрый же ты монах, — сказал привратник, — коли отважился прийти сюда; здесь, за исключением нашего пьяного капеллана, уже двадцать лет не кукарекали такие петухи, как ты.

— Уж, пожалуйста, сделай милость, — сказал мнимый монах, — доложи обо мне хозяину замка. Поверь, что он меня примет охотно. А петух так громко закукарекает, что по всему замку будет слышно.

— Вот за это спасибо! — сказал привратник. — Но если мне достанется за то, что я покинул сторожку ради твоего поручения, я посмотрю, выдержит ли серая одежда монаха стрелу дикого гуся.

С этими словами привратник вышел из башенки и отправился в большой зал замка с небывалым известием, что у ворот стоит святой монах и просит позволения немедленно войти. К немалому его удивлению, хозяин приказал тотчас впустить святого человека, и привратник, поставив часовых охранять ворота, без дальнейших рассуждении отправился исполнять порученное приказание.

Всей храбрости и находчивости Вамбы едва хватило на то, чтобы не растеряться в присутствии такого человека, каким был страшный Фрон де Беф. Бедный шут произнёс своё «pax vobiscum», на которое сильно полагался в исполнении своей роли, таким дрожащим и слабым голосом, каким ещё никогда не возглашали этого приветствия. Но Фрон де Беф привык, чтобы люди всякого сословия трепетали перед ним, так что робость мнимого монаха не возбудила в нём никаких подозрений.

— Кто ты, монах, и откуда? — спросил он.

— Pax vobiscum! — повторил шут. — Я бедный служитель святого Франциска, шёл через эти леса и попал в руки разбойников, как сказано в писании — guidam viator incidit in latrones[1], которые послали меня в этот замок исполнить священную обязанность при двух особах, осуждённых вашим досточтимым правосудием на смерть.

— Так, так, — молвил Фрон де Беф. — А не можешь ли ты мне сказать, святой отец, много ли там этих бандитов?

— Доблестный господин, — отвечал Вамба, — nomen illis legio — имя им легион.

— Ты мне просто скажи, сколько их, монах, не то ни твоя ряса, ни верёвка не защитят тебя.

— Увы, — сказал мнимый монах, — cor meum eructavit[2], что значит — я чуть не умер со страху! Но сдаётся мне, что всех — и иоменов и простолюдинов — там наберётся по крайней мере пятьсот человек.

— Как! — воскликнул храмовник, в эту минуту вошедший в зал. — Так много слетелось этих ос? Значит, пора передавить их зловредный рой.

Он отвёл хозяина в сторону и спросил его:

— Знаешь ты этого монаха?

— Нет, — отвечал Фрон де Беф, — он не здешний, из дальнего монастыря, и я его не знаю.

---

[1] Некий путник попал к разбойникам (лат.).
[2] Сердце моё он исторг (лат.).

— В таком случае не передавай ему на словах того, что ты хотел поручить, — сказал храмовник. — Пускай он отнесёт письмо от имени де Браси с приказанием его вольной дружине поспешить сюда. А тем временем, чтобы этот монах не догадался, в чём дело, дозволь ему выполнить свою задачу и приготовить саксонских свиней к бойне.

— Хорошо, пусть так и будет, — отвечал Фрон де Беф и велел одному из слуг проводить Вамбу в ту комнату, где содержались Седрик и Ательстан.

Между тем нетерпение Седрика всё росло и росло. Он расхаживал из конца в конец по залу с видом человека, который бросается в атаку или берёт приступом крепость. Он то издавал какие-то восклицания, то взывал к Ательстану, который со стоическим хладнокровием ожидал исхода приключения, преспокойно переваривая весьма сытный обед. По-видимому, вопрос, долго ли продлится их тюремное заключение, мало его тревожил: он твёрдо уповал, что, подобно всякому земному злу, когда-нибудь и это кончится.

— Pax vobiscum! — молвил шут, войдя к ним. — Да будет над вами благословение святого Дунстана, святого Дениса, святого Дютока и всех святых!

— Войди, милости просим, — сказал Седрик мнимому монаху. — Зачем ты пришёл к нам?

— Я пришёл приготовить вас к смерти, — отвечал шут.

— Не может быть! — воскликнул Седрик, вздрогнув. — Как они ни злобны, как ни бесстрашны, они не осмелятся учинить такую явную и беспричинную расправу.

— Увы, — сказал шут, — взывать к их человеколюбию было бы столь же напрасно, как удержать закусившую удила лошадь шёлковой ниткой вместо уздечки. А потому подумай хорошенько, благородный Седрик, а также и вы, доблестный Ательстан, какие прегрешения совершили вы во плоти, ибо сегодня же будете призваны к ответу пред высшее судилище.

— Слышишь ты это, Ательстан? — сказал Седрик. — Укрепимся духом для последнего нашего подвига, ибо лучше умереть как подобает мужчинам, нежели жить в неволе.

— Я готов, — сказал Ательстан, — выдержать всё, что может придумать их злоба, и пойду на смерть так же спокойно, как пошёл бы обедать.

— Так приступим к святому таинству, отец мой, — сказал Седрик.

— Погоди минутку, дядюшка, — сказал шут своим обыкновенным голосом, — что это ты больно скоро собрался? Лучше осмотрись хорошенько, прежде чем прыгать во тьму кромешную.

— Право, — сказал Седрик, — его голос мне знаком.

— То голос вашего верного раба и шута, — отвечал Вамба, сбрасывая с головы капюшон. — Если бы вы раньше послушались моего дурацкого совета, вы бы сюда не попали. Последуйте же хоть теперь совету дурака, и вы недолго тут останетесь.

— То есть как же это, плут? — спросил Седрик.

— А вот как, — отвечал Вамба. — Надевай эту рясу и верёвку — только в них ведь и заключается мой священный сан — и преспокойно уходи из замка, а мне оставь свой плащ и пояс, чтобы я мог занять твоё место и прыгнуть за тебя, куда придётся.

— Тебе занять моё место? — сказал Седрик, удивлённый таким предложением. — Но ведь они тебя повесят, бедный мой дурень!

— Пусть делают что хотят, там — как богу угодно, — отвечал Вамба.

— Я надеюсь, что Вамба, сын Безмозглого, может висеть на цепи так же важно, как цепь висела на шее у его предка олдермена.

Ну, Вамба, я согласен принять твое предложение, только с одним условием, — сказал Седрик. — Поменяйся платьем не со мной, а с лордом Ательстаном.

— Э нет, клянусь святым Дунстаном, — отвечал Вамба, — это для меня не подходит! Сын Безмозглого согласен пострадать, спасая жизнь сыну Херварда, но какая же мне корысть помирать из-за человека, отец которого не был знаком с моим отцом?

— Негодяй, — сказал Седрик, — предки Ательстана были владыками Англии!

— Мне всё равно, кем бы они ни были, — возразил Вамба, — но я не желаю, чтобы мне свернули голову ради его предков. А потому, мой добрый хозяин, соглашайтесь скорее на моё предложение либо позвольте мне уйти из этой башни.

— Предоставь старому дереву засохнуть, — продолжал Седрик, — лишь бы сохранилась в целости краса всего леса! Спаси благородного Ательстана, мой верный Вамба. Каждый, в ком течёт саксонская кровь, обязан это сделать. Мы с тобой вместе отдадим себя в жертву ярости жестоких притеснителей. А он, освободившись из плена, пробудит дух мести в наших соплеменниках и отплатит за неё врагам.

— Ну нет, батюшка, — сказал Ательстан, пожимая ему руку. Каждый раз, когда какие-либо крайние обстоятельства расшевеливали его мысль и деятельность, чувства его и деяния были достойны его высокого происхождения. — Нет, — повторил он. — Я скорее соглашусь целую неделю просидеть в этом зале на хлебе и воде, чем воспользуюсь возможностью спастись, которую придумала преданность слуги для его хозяина.

— Вот вы называетесь умными людьми, господа, — сказал шут, — а я слыву дураком. Однако, дядюшка Седрик и братец Ательстан, дурак-то и вынесет решение и тем положит конец всем вашим спорам. Я всё равно что Джонова кобыла, которая никому не даёт на себя садиться, кроме Джона. Я пришёл затем, чтобы спасти своего хозяина. Если он откажется от моей помощи — ну что же, уйду домой, и дело с концом. Преданность нельзя перебрасывать из одних рук в другие, как кольцо или шар в игре. Я согласен болтаться в петле, но не иначе, как вместо моего родового властелина.

— Уходите, благородный Седрик, — сказал Ательстан, — не упускайте такого случая. Ваше присутствие там, вне стен этого замка, воодушевит наших друзей и ускорит наше спасение, а если вы останетесь здесь, все мы пропали.

— А разве там, за стенами, есть надежда на выручку? — спросил Седрик, взглянув на шута.

— И ещё какая надежда! — воскликнул Вамба. — Да будет вам известно, что, натянув мой балахон, вы одеваетесь в мундир полководца. Пятьсот человек собралось под стенами этого замка, и сегодня я был одним из главных предводителей. Моя дурацкая шапка сошла за каску, а погремушка — за маршальский жезл. Вот увидим, много ли они выиграют, сменив дурака на умного человека. Право, я боюсь, как бы они, разжившись премудростью, не потеряли храбрости. Итак, прощай, хозяин, будь милостивее к бедному Гурту и сжалься над его собакой Фангсом, а мой колпак повесь на стену в Ротервуде, в память того, что я отдал свою жизнь за хозяина как верный… дурак.

Последнее слово он произнёс как-то двусмысленно — не то серьёзно, не то в шутку. Слёзы выступили на глазах у Седрика.

— Память о тебе будет жить, — сказал он, — пока верность и любовь будут в чести в этом мире. Если бы я не думал, что найду средства спасти Ровену и тебя, Ательстан, да и тебя тоже, мой бедный Вамба, я бы не дал уговорить себя на такое дело.

Они переоделись, но тут у Седрика возникло новое затруднение.

— Я никаких языков не знаю, кроме своего родного наречия да нескольких фраз по-нормански; как же я буду выдавать себя за настоящего монаха?

— Вся штука в двух словах, — сказал Вамба. — Что бы ни говорили тебе, отвечай: «Pax vobiscum!» При встрече или прощаясь, благословляя или проклиная, повторяй: «Pax vobiscum!» — и всё тут. Для монаха эти словечки так же необходимы, как помело для ведьмы или палочка для фокусника. Произноси только низким голосом и с важностью: «Pax vobiscum!» — и против этого никто не устоит. Стража ли, привратник, рыцарь или оруженосец, пеший или конный —

безразлично: эти слова на всех действуют как заклинание. Если меня завтра поведут вешать (что ещё очень сомнительно), я непременно испытаю силу этих слов на палаче.

— Коли так, — сказал Седрик, — я мигом превращусь в монаха. Pax vobiscum! Надеюсь, что запомню этот пароль. Благородный Ательстан, прощай... Прощай и ты, мой бедняга. Сердце у тебя такое, что стоит любой здоровой головы. Я вас выручу либо возвращусь и умру вместе с вами. Державная кровь саксонских королей не прольётся, пока моя собственная кровь ещё течёт в жилах. Не дам волосу упасть с твоей головы, мой добрый слуга, рисковавший своей жизнью, чтобы спасти хозяина, хотя бы пришлось ради этого пожертвовать своей жизнью. Прощай.

— Прощайте, благородный Седрик! — сказал Ательстан. — Помните, что монахи никогда не отказываются закусить, если им предложат подкрепить силы.

— Прощай, дядюшка! — прибавил Вамба. — Не забывай pax vobiscum.

С такими напутствиями Седрик отправился в путь. Ему очень скоро пришлось испробовать силу магических слов, которым научил его шут. Пробираясь низким сводчатым коридором к большому залу, он вдруг увидел перед собой женскую фигуру.

— Pax vobiscum! — сказал мнимый монах, пытаясь поскорее пройти мимо.

— Et vobis pater reverendissime![1] — ответил ему нежный женский голос.

— Я немножко глух, — отвечал Седрик по-саксонски и проворчал себе под нос: — Чёрт бы побрал дурака и его pax vobiscum! В первый раз выстрелил — и сразу же промахнулся.

Однако в те времена довольно часто случалось, что духовные лица плохо разумели по-латыни, и собеседница Седрика отлично знала это.

---

[1] И вам, преподобный отец! (лат.)

— Прошу вас, преподобный отец, — продолжала она уже по-саксонски, — будьте милосердны, навестите раненого пленника и преподайте ему утешение. За это доброе дело ваш монастырь получит щедрое подаяние, какого ещё никогда не получал.

— Дочь моя, — отвечал Седрик в великом смущении, — мне нельзя оставаться в этом замке и терять время на исполнение обычных моих обязанностей. Я должен уйти как можно скорее. Жизнь и смерть многих зависит от этого.

— Отец мой, молю вас во имя обетов, которые вы на себя приняли, не покиньте несчастного, не откажите ему в своих советах и помощи! — продолжала просительница.

— Чтоб меня чёрт побрал и засадил в Ифрин заодно с душами Одина и Тора, — проговорил в раздражении Седрик.

Он, вероятно, произнёс бы ещё несколько фраз в том же духе, но их беседа была прервана грубым голосом Урфриды — той старухи, что жила в уединённой башенке.

— Что это значит, милочка? — обратилась она к собеседнице Седрика.

— Так-то ты платишь мне за мою доброту, за то, что я позволила тебе выйти из темницы? Святого человека довела до того, что он начал ругаться, чтобы избавиться от приставаний еврейки!

— Еврейки! — воскликнул Седрик, придираясь к случаю, чтобы как-нибудь улизнуть от обеих. — Дай мне пройти, женщина! Не задерживай меня. Я только что исполнил святой долг и не хочу оскверняться.

— Иди сюда, отец мой, — сказала старуха. — Ты не здешний и без провожатого не выберешься из замка. Поди сюда, мне хочется с тобой поговорить. А ты, дочь проклятого племени, ступай к больному и ухаживай за ним, пока я не ворочусь. И горе тебе, если осмелишься ещё раз уйти оттуда без моего разрешения!

Ревекка скрылась. Урфрида, уступая её мольбам, позволила ей уйти из башни, а затем приставила её ухаживать за раненым

Айвенго. Ревекка хорошо понимала, какая опасность угрожает пленным, и не упускала ни малейшего случая что-нибудь сделать для их спасения. Услышав от Урфриды, что в этот безбожный замок попал священник, она надеялась на его защиту заключённых. Для этого она и поджидала в коридоре мнимого монаха. Но мы видели, что попытка её кончилась неудачей.

ГЛАВА XXVII

«Во всём, что ты б сказать могла,
Должны быть грех, печаль и стыд.
Известны все твои дела...
Но что ж преступница молчит?»
«Я стала жертвой новых бед -
От них душа ещё мрачней;
А у меня и друга нет -
Кто б мог внимать тоске моей;
Но выслушай — и дай ответ
На исповедь моих страстей».

Крабб, «Дворец правосудия»

Когда Урфрида криками и угрозами прогнала Ревекку обратно в комнату больного, она насильно потащила за собой Седрика в отдельную каморку и, войдя туда, крепко заперла дверь. После этого она достала с полки флягу с вином и два стакана, поставила их на стол и сказала скорее тоном утверждения, чем вопроса:

— Ты сакс, отец мой? — заметив, что Седрик не торопится с ответом, она продолжала: — Не спорь, не спорь. Звуки родного языка сладки для моих ушей, хотя и редко я их слышу, разве только из уст жалких и приниженных рабов, на которых гордые норманны возлагают лишь самую чёрную работу в этом доме. А ты сакс, отец, и хотя служитель божий, а всё-таки свободный человек. Приятно мне слушать твою речь.

— Разве священники из саков не заходят сюда? — спросил Седрик. — Мне кажется, их долг — утешать отверженных и угнетённых детей нашей земли.

— Нет, не заходят, — отвечала Урфрида, — а если и заходят, то предпочитают пировать за столом своих завоевателей, а не слушать жалобы своих земляков. Так по крайней мере говорят о них, сама-то я мало кого вижу. Вот уже десять лет, как в этом замке не бывало ни одного священника, исключая того распутного норманна, который был здесь капелланом и по ночам пьянствовал вместе с Реджинальдом Фрон де Бефом. Но и он давно отправился на тот свет давать богу отчёт в своей пастырской деятельности. А ты сакс, да ещё саксонский священник, и мне нужно задать тебе один вопрос.

— Да, я сакс, — отвечал Седрик, — но недостоин звания священника. Отпусти меня, пожалуйста! Клянусь, что я вернусь сюда или пришлю к тебе другого духовника, более меня достойного выслушать твою исповедь.

— Погоди ещё немного, — сказала Урфрида, — скоро голос, который ты слышишь, замолкнет в сырой земле. Но я не хочу уходить туда без исповеди в своих грехах, как животное. Так пусть вино даст мне силы поведать тебе все ужасы моей жизни.

Она налила себе стакан и с жадностью осушила его до дна, как бы опасаясь проронить хоть одну каплю. Выпив вино, она подняла глаза и проговорила:

— Оно одурманивает, но ободрить уже не может. Выпей и ты, отец мой, иначе не выдержишь и упадёшь на пол от того, что я собираюсь рассказать тебе.

Седрик охотно отказался бы от такого зловещего приглашения, но её жест выражал такое нетерпение и отчаяние, что он уступил её просьбе и отпил большой глоток вина. Словно успокоенная его согласием, она начала свой рассказ.

— Родилась я, — сказала она, — совсем не такой жалкой тварью, какой ты видишь меня теперь, отец мой. Я была свободна, счастлива, уважаема, любима и сама любила. Теперь я раба, несчастная и приниженная. Пока я была красива, я была игрушкой страстей своих хозяев, а с тех пор как красота моя увяла, я стала предметом их ненависти и презрения. Разве удивительно, отец мой, что я возненавидела род человеческий и больше всего то племя, которому я была обязана такой переменой в моей судьбе? Разве хилая и сморщенная старуха, изливающая свою злобу в бессильных проклятиях, может забыть, что когда-то она была дочерью благородного тана Торкилстонского, перед которым трепетали тысячи вассалов?

— Ты дочь Торкиля Вольфгангера! — сказал Седрик, пятясь от неё. — Ты… ты родная дочь благородного сакса, друга моего отца и его ратного товарища?

— Друг твоего отца! — воскликнула Урфрида. — Стало быть, передо мной Седрик, по прозвищу Сакс, потому что у благородного Херварда Ротервудского только и был один сын, и его имя хорошо известно среди его соплеменников. Но если точно ты Седрик из Ротервуда, что означает твоё монашеское платье? Неужели и ты отчаялся спасти свою родину и в стенах монастыря обрёл пристанище от притеснений?

— Всё равно, кто бы я ни был, — сказал Седрик. — Продолжай, несчастная, свой рассказ об ужасах и преступлениях. Да, преступлениях, ибо то, что ты осталась в живых, — преступление.

— Да, я преступница, — отвечала несчастная старуха. — Страшные, чёрные, гнусные преступления тяжким камнем давят мне грудь, их не в силах искупить даже огонь посмертных мучений. Да, в этих самых комнатах, запятнанных чистой кровью моего отца и моих братьев, в этом доме я жила любовницей их убийцы, рабой его прихотей, участницей его наслаждений. Каждое моё дыхание, каждое мгновение моей жизни было преступлением.

— Несчастная женщина! — воскликнул Седрик. — В то время когда друзья твоего отца, молясь об упокоении души его и всех его сыновей, не забывали в своих молитвах помянуть имя убиенной Ульрики, пока все мы оплакивали умерших и чтили их память, ты жила! Жила, чтобы заслужить наше омерзение и ненависть… Жила в союзе с подлым тираном, умертвившим всех, кто был тебе всего ближе и дороже, с тираном, пролившим кровь младенцев, чтобы не оставить в живых ни одного отпрыска славного и благородного рода Торкиля Вольфгангера. Вот с каким злодеем ты жила… да ещё предавалась наслаждениям беззаконной любви!

— В беззаконном союзе — да, но не в любви, — возразила старуха, — скорее в аду есть место для любви, чем под этими нечестивыми сводами. Нет, в этом я не могу упрекнуть себя. Не было минуты, даже в часы преступных ласк, чтобы я не ненавидела Фрон де Бефа и всю его породу.

— Ненавидела его, а всё-таки жила! — воскликнул Седрик. — Несчастная! Разве у тебя под рукой не было ни кинжала, ни ножа, ни стилета? Счастье твоё, что тайны норманского замка — всё равно что могильные тайны! Если бы я только представил себе, что дочь Торкиля живёт в гнусном союзе с убийцей своего отца, меч истого сакса разыскал бы тебя и в объятиях твоего любовника!

— Неужели действительно ты заступился бы за честь рода Торкиля? — сказала Ульрика (отныне мы можем отбросить её второе имя — Урфрида). — Тогда ты настоящий сакс, каким прославила тебя молва! Даже в этих проклятых стенах, окутанных загадочными тайнами, даже здесь произносили имя Седрика, и я, жалкая и униженная тварь, радовалась при мысли о том, что есть ещё на свете хоть один мститель за наше несчастное племя. У меня тоже бывали часы мщения. Я подстрекала наших врагов к ссорам и во время их пьяного разгула возбуждала среди них смертельную вражду. Я видела, как лилась их кровь, слышала их предсмертные стоны! Взгляни на меня, Седрик, не осталось ли на моём увядшем и гнусном лице каких-нибудь черт, напоминающих Торкиля?

— Не спрашивай об этом, Ульрика, — отвечал Седрик с тоской и отвращением. — Так мертвец напоминает живого, когда бес оживляет бездыханный труп, вызывая его из могилы.

— Пусть будет так, — ответила Ульрика, — а когда-то это бесовское лицо могло посеять вражду между старшим Фрон де Бефом и его сыном Реджинальдом. То, что потом случилось, следовало бы навеки скрыть под покровом адской тьмы, но я подниму завесу и на мгновение покажу тебе то, от чего мертвецы встают из гробов и громко вопиют. Долго разгоралась глухая вражда между тираном отцом и его свирепым сыном. Долго я тайно раздувала эту противоестественную ненависть. Она вспыхнула в час пьяного разгула, и за своим собственным столом мой обидчик пал от руки родного сына… Вот какие тайны прячутся под этими сводами. Развалитесь на куски, проклятые своды, — продолжала она, подняв глаза вверх, — рухните, стены, и задавите всех, кому известна эта чудовищная тайна!

— А ты, преступная и несчастная, — сказал Седрик, — что же сталось с тобой после смерти твоего любовника?

— Угадывай, но не спрашивай. Я осталась здесь и жила, пока преждевременная старость не обезобразила моё лицо. И тогда меня стали осыпать обидами и клеймить презрением там, где прежде слушались и преклонялись передо мною. Прежде было широкое поле для моей мстительности и злобы, а тут я была вынуждена ограничить мою месть мелкими кознями раздражённой служанки или пустой бранью беспомощной старухи; с высоты своей одинокой башни обречена была я слушать отголоски пиров, в которых прежде участвовала, или крики и стоны новых жертв насилия!

— Ульрика, — сказал Седрик, — мне кажется, что в глубине сердца ты всё ещё не перестала сожалеть об утрате тех радостей, которые покупала ценою злодеяний; как же ты дерзаешь обратиться к человеку, облачённому в эти священные одежды? Подумай, несчастная, если бы сам святой Эдуард явился сюда во плоти, что мог бы он сделать для тебя? Царственный исповедник имел от бога дар исцелять телесные язвы, но язвы души исцеляются одним лишь господом богом.

— Погоди, суровый прорицатель! — воскликнула она. — Скажи, что значат новые и страшные чувства, которые с недавних пор стали одолевать меня в моём одиночестве? Почему давно минувшие дела встают передо мною, внушая неодолимый ужас? Какая участь постигнет за гробом ту, которой бог судил пережить на земле столько страданий? Не лучше ли мне обратиться к божествам наших некрещёных предков, к Водену, Герте и Зернебоку, к Мисте и Скогуле, чем переносить те страшные видения, которые терзают меня и наяву и во сне?

— Я не священник, — сказал Седрик, с отвращением отшатываясь от неё, — я не священник, хотя и надел монашеское платье.

— Монах ты или мирянин, мне всё равно, — ответила Ульрика. — За последние двадцать лет я, кроме тебя, не видала никого, кто бы боялся бога и уважал человека. Скажи, неужели мне нет надежды на спасение?

— Я думаю, что тебе пора покаяться, — сказал Седрик. — Прибегни к молитве и покаянию, и дай тебе боже обрести прощение. Но я не могу и не хочу оставаться больше с тобой.

— Постой ещё минуту, — сказала Ульрика, — не покидай меня теперь, сын друга моего отца. Иначе тот демон, что управлял моей жизнью, может ввести меня во искушение отомстить тебе за твоё безжалостное презрение. Как ты думаешь, долго ли пришлось бы тебе прожить на свете, если бы Фрон де Беф застал Седрика Сакса в своём замке и в такой одежде? Он и так уже не спускал с тебя глаз, как хищный сокол с добычи.

— Что ж, пускай, — сказал Седрик. — Пусть он и клювом и когтями растерзает меня, и всё-таки мой язык не произнесёт ни единого слова лжи. Я умру саксом, правдивым в речах и честным на деле. Отойди прочь! Не прикасайся ко мне и не задерживай меня. Сам Реджинальд Фрон де Беф не так омерзителен для моих глаз, как ты, низкое и развратное существо.

— Ну, будь по-твоему, — сказала Ульрика. — Ступай своей дорогой и позабудь в своём высокомерии, что стоящая перед тобой старуха была дочерью друга твоего отца. Иди своим путём. Я останусь одна. Зато и моё мщение будет делом только моих рук. Никто не станет мне помогать, но все услышат о том деянии, на которое я отважусь. Прощай! Твоё презрение оборвало последнюю связь мою с миром. Ведь я надеялась, что мои несчастья смогут пробудить сострадание в моих соплеменниках.

— Ульрика, — сказал Седрик, тронутый её словами, — ты так много вынесла и претерпела в этой жизни, так неужели ты будешь предаваться отчаянию именно теперь, когда глаза твои узрели твои преступления, когда тебе необходимо принести покаяние?

— Седрик, — отвечала Ульрика, — ты мало знаешь человеческое сердце. Чтобы жить так, как я жила, нужно носить в своей душе безумную жажду наслаждений, мести и гордое сознание своей силы. Напиток, слишком ядовитый для человеческого сердца, но отказаться от него нет силы. Старость не даёт наслаждений, морщинистое лицо перестаёт пленять, а мстительность выдыхается, размениваясь на бессильные проклятия. Тогда-то возникают угрызения совести, а с ними — бесплодные сожаления о прошлом и безнадёжность в будущем. И когда все остальные сильные побуждения покидают нас, мы становимся похожи на бесов в аду, которые могут ощущать угрызения, но не раскаиваться никогда... Для раскаяния здесь нет места... Однако твои речи пробудили во мне новую душу. Правду ты сказал: те, кому не страшна смерть, способны на всё. Ты указал мне средства к отмщению, и будь уверен, что я ими воспользуюсь. Доселе в моей иссохшей груди наряду с мщением боролись ещё другие страсти; отныне оно одно воцарится в ней. Ты сам скажешь потом, что, какова бы ни была жизнь Ульрики, её смерть была достойна дочери благородного Торкиля. Перед стенами этого проклятого замка собралась боевая дружина — ступай, веди их скорее в атаку. Когда же увидишь красный флаг на боковой башне, в восточном углу крепости, наступай смелее — норманнам будет довольно дела и внутри замка, и вы сможете прорваться, невзирая на их стрелы и пращи. Иди, прошу тебя. Выполняй своё назначение, а меня предоставь моей судьбе.

Седрик охотно расспросил бы Ульрику подробнее о её планах, но в эту минуту раздался суровый голос Реджинальда Фрон де Бефа:

— Куда девался этот бездельник монах? Клянусь богом, я сделаю из него мученика, если он вздумает сеять предательство среди моей челяди!

— Какое верное чутьё у нечистой совести! — молвила Ульрика. — Но ты не обращай на него внимания, уходи скорее к своим. Возгласи боевой клич саксов, и пусть они запоют свою воинственную песнь. Моя месть послужит им припевом.

Сказав это, она исчезла в боковую дверь, а Реджинальд Фрон де Беф вошёл в комнату. Седрик не без труда принудил себя отвесить гордому барону смиренный поклон, на который тот отвечал небрежным кивком.

— Долго же тебя задержали кающиеся грешники, мой отец! Впрочем, тем лучше для них, потому что это их последняя исповедь. Ты приготовил их к смерти?

— Я нашёл их, — сказал Седрик, кое-как стараясь изъясняться по-французски, — готовыми к самому худшему исходу, так как они знают, кто их хозяин.

— Это что же такое, монах! Твоя речь смахивает на саксонское произношение! — сказал фрон де Беф.

— Я воспитывался в обители святого Витольда, что в Бёртоне, — отвечал Седрик.

— Вот как, — молвил барон. — Было бы лучше, если бы ты был норманном. Но нечего делать — других гонцов нет. Этот Витольдов монастырь в Бёртоне просто совиное гнездо. Давно пора разорить его до основания. Скоро настанет такое время, что ни ряса, ни кольчуга не спасут сакса.

— Да будет воля божия, — проговорил Седрик голосом, дрожавшим от сдержанной ярости, которую Фрон де Беф принял за проявление страха.

— Вижу, — сказал он, — что у тебя душа ушла в пятки и ты уже вообразил себе, что наши воины ворвались в вашу трапезную и хозяйничают в ваших погребах. Но окажи мне сегодня услугу, и, что бы ни случилось с остальной братией, обещаю тебе, что ты сможешь жить так же безопасно, как улитка в раковине.

— Приказывайте, — сказал Седрик, подавляя волнение.

— Так иди за мной, я тебя провожу в боковую калитку.

Фрон де Беф крупными шагами пошёл вперёд и по пути стал наставлять мнимого монаха, шедшего за ним следом, как он должен вести себя.

— Ты видишь, монах, это стадо саксонских свиней, которые дерзнули окружить мой замок Торкилстон? Наговори им чего хочешь насчёт непрочности этой твердыни или вообще скажи что вздумается, лишь бы они ещё сутки простояли под стенами. А ты между тем снеси это письмо. Однако постой. Скажи, ты умеешь читать?

— Нисколько, — отвечал Седрик, — я умею читать только свой требник. Да и то потому, что я знаю наизусть службу господню милостью богородицы и святого Витольда...

— Ну, тем лучше. Итак, отнеси это письмо в замок Филиппа де Мальвуазена. Скажи, что письмо от меня, а писал его храмовник Бриан де Буагильбер и что я прошу его как можно скорее отослать это письмо в Йорк. Впрочем, скажи ему, чтобы он не очень беспокоился за нашу судьбу. Стыдно подумать, что мы вынуждены прятаться от горсточки негодяев, которые обычно пускаются бежать, едва заслышат топот наших коней. Я тебе говорю, монах, ухитрись выдумать какой-нибудь предлог, чтобы удержать на месте этих мерзавцев, пока не подоспеют наши сторонники. Моя мстительность пробудилась, а это такой сокол, который не уснёт, пока не насытится добычей.

— Клянусь моим святым покровителем, — сказал Седрик с такой силой, какой нельзя было ожидать от смиренного монаха, — клянусь и всеми остальными святыми угодниками, живыми и умершими в Англии, ваши приказания будут исполнены! Ни один сакс не уйдёт из под этих стен, если моё влияние будет в силах удержать их здесь.

— Эге, монах, — сказал Фрон де Беф, — ты переменил тон, говоришь твёрдо и смело и сразу так приободрился, словно жаждешь истребления саксонского стада; а между тем ведь эти свиньи тебе сродни!

Седрик был не мастер притворяться и от души пожалел, что с ним нет Вамбы, который, наверно, подсказал бы ему подходящий ответ. Но, как гласит старинная поговорка, нужда изощряет ум, а потому он пробормотал, что если люди разбойничают, то церковь предаёт их отлучению, а государство ставит вне закона.

— Despardieux, — сказал Фрон де Беф, — ты говоришь сущую правду! Я и забыл, что эти негодяи способны ободрать донага жирного аббата ничуть не хуже своих французских собратьев. Ведь это они, кажется, поймали настоятеля Сент-Ивского аббатства, привязали его к дубу и заставили петь обедню, пока шарили в его сундуках и сумках? Нет, клянусь святой девой, эту штуку проделал Готье из Миддлтона, один из наших соратников. Но те, что ограбили часовню Сент-Би и утащили оттуда чашу, дароносицу и подсвечник, были саксы, не правда ли?

— Это были безбожники, — отвечал Седрик.

— Да ещё выпили всё вино и пиво, заготовленное для ваших тайных пирушек, когда вы притворяетесь, будто поститесь и молитесь, а сами пьянствуете. Знаешь, ведь твоё дело — отомстить за такое святотатство.

— Я и то поклялся отомстить, — проворчал Седрик. — Святой Витольд будет свидетелем моей клятвы.

Между тем Фрон де Беф вывел его через калитку ко рву, поперёк которого была перекинута одна доска. Перейдя через ров, они очутились в небольшом барбикене, или внешнем укреплении стены, откуда через хорошо защищённые ворота для вылазок можно было выйти в открытое поле.

— Теперь ступай скорее, — сказал Фрон де Беф. — Только исполни моё поручение, и ты увидишь, что мясо саксов будет здесь так же дёшево, как бывает свинина на бойнях в Шеффилде. Да, вот что: ты, кажется, довольно весёлый поп, так приходи после побоища, я тебе выставлю столько мальвазии, что хватит напоить допьяна весь ваш монастырь.

— Разумеется, мы ещё встретимся, — ответил Седрик.

— А пока вот тебе, — прибавил норманн у последних ворот, сунув в руку Седрика золотую монету. — Но помни: если не выполнишь моего поручения, я с тебя сдеру и рясу и твою собственную шкуру.

— Предоставляю тебе и то и другое, — отвечал Седрик, выйдя за ворота и радостно шагая по чистому полю. — Можешь казнить меня, если в следующий раз, когда мы встретимся, я не заслужу от тебя ничего лучшего.

Тут он обернулся в сторону замка, швырнул золотую монету и проговорил:

— Провалиться бы тебе вместе со своими деньгами, вероломный норманн!

Фрон де Беф не расслышал этих слов, но видел сопровождавшее их движение, которое показалось ему подозрительным.

— Эй, стрелки, — крикнул он часовым, стоявшим на страже у наружного бастиона, — пустите-ка стрелу вдогонку этому монаху! Нет, стойте, — прибавил он, видя, что они уже натягивают луки. — Не нужно стрелять. Ведь другого гонца нет — приходится верить этому. Я думаю, что он не посмеет меня обмануть. В худшем случае придётся заключить договор с теми саксонскими псами, что сидят у меня на цепи. Эй, Жиль Тюремщик, распорядись, чтобы привели ко мне Седрика Ротервудского и другого болвана, его товарища, Конингсбургского. Как его звать, Ательстаном, что ли? У них такие имена, что норманскому рыцарю и выговорить трудно, и во рту остаётся от них привкус ветчины. Дай-ка мне вина — прополоскать рот после этих имён, как говорит весёлый принц Джон. Подай вино в оружейную и туда же приведи пленных.

Приказание было исполнено. Войдя в зал, увешанный множеством всякого оружия, добытого как им самим, так и его отцом, Фрон де Беф застал там обоих саксонских пленных под конвоем четверых его слуг. Вино уже стояло на массивном дубовом столе. Фрон де Беф сначала отпил большой глоток вина, а потом обратился к пленным.

Надвинутая на самые глаза шапка Вамбы, его новая одежда и тусклый мерцающий свет, проникавший в зал сквозь цветные стёкла, помешали грозному барону при его недостаточном знакомстве с наружностью Седрика (редко выезжавшего из пределов своего поместья и не водившего приятельских сношений со своими норманскими соседями) заметить, что главный пленник бежал.

— Ну, саксонские храбрецы, — сказал Фрон де Беф, — как вам нравится гостить в Торкилстоне? Поняли ли вы теперь, что значит брезговать гостеприимством принца из дома Анжу? Помните, как вы отплатили за любезный приём нашему царственному принцу Джону? Клянусь богом и святым Денисом, если вы не заплатите знатного выкупа, я повешу вас за ноги на железной решётке вот этих самых окон, и вы будете там висеть, покуда коршуны и вороны не превратят вас в скелеты… Говорите, саксонские псы, много ли вы дадите за спасение своей подлой жизни? Что скажете вы, вы из Ротервуда?

— Я-то ни копейки не дам, — отвечал бедный Вамба, — а что касается вашего обещания повесить меня за ноги, так это, пожалуй, недурно. У меня, говорят, мозги перевернулись вверх ногами с той минуты, как на меня надели колпак. Так если меня повесят головой вниз — может, мозги-то и станут опять на место.

— Пресвятая Женевьева, — воскликнул Фрон де Беф, — кто это со мной говорит?

Он сшиб шапку Седрика с головы шута и при этом заметил на его шее роковой признак рабства — серебряный ошейник.

— Жиль! Клеман! Псы окаянные! — крикнул разъярённый норманн. — Кого вы мне привели?

— На это, кажется, я могу ответить, — сказал де Браси, только что вошедший в зал. — Это потешный дурак Седрика, тот самый, что так мужественно вступил в состязание с Исааком из Йорка на турнире по вопросу о том, кому занять место почётнее.

— Ну, это я за них решу, — сказал Фрон де Беф, — повешу их на одной виселице, и пускай висят рядом, если его хозяин и этот боров из Конингсбурга не выкупят их жизнь дорогой ценой. Но одним выкупом они от меня не отделаются: пусть дадут обязательство увести с собой толпы бродяг, окруживших замок, подпишут отречение от своих прав и вольностей и признают себя нашими вассалами. Пусть они будут счастливы, если при новом положении в стране, которое скоро наступит, мы оставим за ними право дышать... Ступайте, — обратился он к двоим из прислужников, — приведите мне настоящего Седрика. На этот раз я не стану взыскивать с вас за ошибку, потому что, в самом деле, трудно отличить простого дурака от саксонского франклина.

— Но ваша рыцарская светлость скоро узнает, что среди нас дураков осталось гораздо больше, чем франклинов, — сказал Вамба.

— Что за вздор болтает этот плут? — сказал Фрон де Беф, глядя на слуг, которые, переминаясь с ноги на ногу, робко намекнули, что если это не Седрик, то они не знают, куда он девался.

— Господи помилуй! — воскликнул де Браси. — Должно быть, он бежал, переодевшись монахом!

— Кой чёрт! — крикнул Фрон де Беф. — Стало быть, я сам проводил ротервудского борова до ворот и своими руками выпустил его из замка! А ты, — обратился он к Вамбе, — своим дурачеством перехитрил идиотов, ещё более безмозглых, чем ты, — я тебя посвящу в монашеский сан! Я велю обрить тебе макушку по всем правилам. Эй, кто там! Содрать ему кожу с головы и выбросить его с башни за стену!.. Ну, шут, посмотрим, как ты дальше будешь шутить!

— Благородный рыцарь, ваши поступки лучше ваших слов, — захныкал бедный Вамба, который по привычке острил даже перед смертью. — Коли вы точно нарядите меня в красную шапочку, значит из простого монаха я стану кардиналом.

— Бедняга, — молвил де Браси, — он решил до смерти остаться шутом! Фрон де Беф, не казните его, а подарите мне. Пусть он забавляет мою вольную дружину. Что ты на это скажешь, плут? Согласен ты собраться с духом и отправиться со мной на войну?

— Пожалуй, только надо у хозяина спроситься, потому что, видишь ли, — сказал Вамба, указывая на свой ошейник, — мне нельзя снять этот воротничок без его разрешения.

— Э, норманская пила мигом распилит саксонский ошейник, — сказал де Браси.

— Ещё бы, ваша милость, — сказал Вамба, — оттого, должно быть, и пошла у нас пословица:

Норманские пилы на наших дубах,
Норманское иго на наших плечах,
Норманские ложки в английской каше,
Норманны правят родиной нашей.
Пока все четыре не сбросим долой,
Не будет веселья в стране родной[1].

— Хорош же ты, де Браси, — сказал Фрон де Беф, — стоишь и слушаешь дурацкие россказни, когда нам угрожает опасность! Разве ты не видишь, что они нас перехитрили? Ведь по милости того самого шута, с которым ты вздумал потешаться, нам не удалось снестись с нашими союзниками. Чего же нам ждать, кроме близкого штурма?

— Так пойдём к бойницам, — сказал де Браси. — Разве ты видел, чтобы я был мрачен перед боем? Позови храмовника, пусть он хоть вполовину так же храбро защищает свою жизнь, как бился во славу своего ордена. Да и ты сам взбирайся на стену. Ручаюсь тебе, что саксонским разбойникам не удастся влезть на стены Торкилстона, так же как и залезть на облака. А если предпочитаешь вступить в переговоры с бандитами, почему бы не воспользоваться посредничеством этого почтенного франклина, который так углубился в созерцание бутылки с вином? Эй, сакс, — продолжал он, обращаясь к Ательстану и протягивая ему кружку, — промочи себе глотку этим благородным напитком, соберись с духом и скажи, что ты нам посулишь за своё освобождение?

— То, что я в силах уплатить, — отвечал Ательстан, — лишь бы это не было противно чести и мужеству. Отпусти меня на свободу вместе со всеми моими спутниками, и я дам тысячу золотых выкупа.

---

[1] Перевод Ю. Ременниковой.

— И, кроме того, отвечаешь нам за немедленное отступление этого сброда, что толпится вокруг замка, нарушая мир божеский и королевский? — сказал Фрон де Беф.

— Насколько это будет в моей власти, — отвечал Ательстан, — постараюсь удалить их и не сомневаюсь, что названый отец мой Седрик поможет мне в этом.

— Стало быть, дело улажено, — сказал Фрон де Беф. — Тебя и твоих спутников мы отпустим с миром, а ты за это уплатишь нам тысячу золотых. Сумма довольно незначительная, и ты должен быть нам благодарен, сакс, за то, что мы согласились принять такую безделицу в обмен за ваши особы. Только вот что: эта сделка не касается еврея Исаака.

— Ни его дочери, — сказал храмовник, вошедший в зал во время переговоров.

— Да они и не принадлежат к компании этого сакса, — сказал Фрон де Беф.

— Если бы они были из нашей компании, — сказал Ательстан, — я бы постыдился назваться христианином. Делайте что хотите с этими нечестивцами.

— Вопрос о выкупе не касается также и леди Ровены, — сказал де Браси. — Пусть никто не скажет, что я отказался от такой добычи, не успев хорошенько подраться из-за неё.

— Наш договор, — вмешался Фрон де Беф, — не касается также и этого проклятого шута. Я оставляю его за собой и намерен показать на нём, каково со мной шутки шутить.

— Леди Ровена, — ответил Ательстан с невозмутимым спокойствием, — моя наречённая невеста. Лучше я дам разодрать себя на клочья дикими лошадьми, чем соглашусь расстаться с нею. А невольник Вамба пожертвовал собою для спасения жизни моего названого отца Седрика. Поэтому я скорее сам погибну, чем дозволю нанести ему хотя бы малейшую обиду.

— Твоя наречённая невеста? Леди Ровена просватана за такого вассала, как ты? — сказал де Браси. — Ты, кажется, вообразил, сакс, что вернулись времена вашего семицарствия! Знай же, что принцы из дома Анжу не выдают опекаемых ими невест за людей такого низкого происхождения, как твоё.

— Мой род, гордый норманн, — отвечал Ательстан, — гораздо древнее и чище, чем у какого-нибудь нищего французика, который только тем и зарабатывает на жизнь, что торгует кровью воров и бродяг, набирая их целыми отрядами под своё бесславное знамя. Мои предки были королями: сильные в бою, мудрые в совете, они всякий день угощали за своим столом больше народу, чем ты водишь за собой. Имена их воспеты менестрелями, законы их были закреплены Советом старейшин. Кости их погребались под пение молитв святыми угодниками, а над прахом их воздвигнуты соборы.

— Что, де Браси, попало тебе? — сказал Фрон де Беф, радуясь отповеди, полученной его приятелем. — Сакс отделал тебя довольно метко.

— Да, насколько пленник способен попадать в цель, — отвечал де Браси с притворной беззаботностью. — У кого руки связаны, тот и даёт волю своему языку. Но хотя ты и боек на язык, дружок, — продолжал он, обращаясь к Ательстану, — леди Ровена от этого не станет свободнее.

Ательстан, только что произнёсший небывало длинную для него речь, ничего не ответил на это замечание. Но тут разговор был прерван приходом слуги, который доложил, что у ворот стоит монах и умоляет впустить его.

— Ради святого Беннета, покровителя этой нищей братии, — сказал Фрон де Беф, — желал бы я знать, настоящий ли это монах или опять переодетый обманщик! Обыщите его, рабы, и если окажется, что вас опять надули, я велю вырвать вам глаза, а в раны набить горячих углей.

— Я соглашаюсь подвигнуться вашему гневу, милорд, если этот монах ненастоящий, — сказал Жиль. — Ваш оруженосец Джослин узнал его и готов поручиться, что это не кто иной, как отец Амвросий — монах, служащий приору из Жорво.

— Впустить его! — приказал Фрон де Беф. — По всей вероятности, он принёс нам вести от своего весёлого хозяина. Должно быть, ныне у чёрта праздник и монахи на время освобождены от своих трудов, судя по тому, что так свободно разгуливают по всему краю. Уведите обратно пленных. А ты, сакс, хорошенько подумай о том, что здесь слышал.

— Я требую, — сказал Ательстан, — чтобы меня держали в заключении с почётом и чтобы заботились как следует о моей пище и ночлеге, согласно моему происхождению и правилам обхождения с лицами, подлежащими выкупу. Я заявляю, что тот из вас, кто считает себя старшим, лично ответит мне за посягательство на мою свободу. Я уже посылал тебе вызов через твоего дворецкого, стало быть ты знаешь, чего я требую, и обязан ответить мне. Вот моя перчатка.

— Я не отвечаю на вызов своего пленника, — сказал Фрон де Беф, — и ты также не должен отвечать, Морис де Браси. Жиль, — продолжал он, — повесь перчатку Франклина на один из оленьих рогов там, на стене. Пусть она и висит там до тех пор, пока её владелец не будет выпущен на свободу. А тогда, если он вздумает требовать её обратно или скажет, что я противозаконно взял его в плен, клянусь поясом святого Христофора, он будет иметь дело с человеком, который никогда ещё не отказывался идти навстречу врагу, всё равно пешему или конному, одному или сопровождаемому своими вассалами!

Саксонских пленных увели прочь и в ту же минуту впустили монаха Амвросия, находившегося в полном смятении.

— Вот это настоящий Deus vobiscum![1] — сказал Вамба, проходя мимо духовного лица. — А все остальные были фальшивые.

— Мать пресвятая, — сказал монах, озираясь на собравшихся рыцарей, — наконец-то я в безопасности и среди настоящих христиан!

---

[1] С вами господь (лат.)

— В безопасности — это верно, — сказал де Браси, — а что до настоящих христиан, то вот тебе могущественный барон Реджинальд Фрон де Беф, который чувствует глубочайшее омерзение ко всем евреям. А это добрый рыцарь Храма, Бриан де Буагильбер, беспощадный истребитель сарацин. Коли это плохие христиане — уж не знаю, каких тебе ещё надо!

— Вы друзья и союзники преподобного отца нашего во Христе, приора Эймера из аббатства Жорво, — сказал монах, не замечая иронии в ответе де Браси, — и по рыцарскому обету и по христианскому милосердию ваш долг — выручить его, ибо, как говорит блаженный Августин в своём трактате De Civitate Dei…[1]

— К чёрту всё это! — прервал его Фрон де Беф. — Скорее скажи, в чём дело, монах! Нам некогда слушать тексты из писаний святых отцов.

— Sancta Maria![2] — воскликнул отец Амвросий. — Как быстро эти грешные миряне приходят в раздражение! Но да будет вам известно, храбрые рыцари, что некие лютые злодеи, позабывшие страх божий и уважение к церкви и не убоявшиеся велений святого папского престола — si quis suadente Diabolo…[3]

— Слушай-ка, отче, — сказал храмовник, — всё это мы сами знаем или наперёд угадываем. Скажи-ка лучше прямо, что сталось с твоим хозяином: не в плену ли он, и если в плену, то у кого?

— Так оно и есть, — отвечал Амвросий, — он в руках бесовских слуг. Ими полны здешние леса, и они знать не хотят, что в писании сказано: «Не прикасайся к помазаннику моему и пророкам моим не учиняй никакого зла».

— Вот ещё новая работа для наших мечей, господа, — сказал Фрон де Беф своим товарищам. — Итак, вместо того чтобы прислать нам людей на подмогу, приор Эймер от нас же ожидает помощи! Всегда приходится помогать этим ленивым попам в самое

---

[1] О граде божьем (лат.)
[2] Святая Мария! (лат.)
[3] Если кто по наущению дьявола… (лат.)

неподходящее время. Но говори же, монах, скажи толком: чего хочет от нас твой хозяин?

— Извольте выслушать, — сказал Амвросий. — Учинив дерзновенными руками насилие над нашим преподобным настоятелем, эти бесовские исчадия ограбили все его сундуки и сумки, отняли у него двести монет чистейшего золота и теперь требуют ещё большую сумму денег. Без этого они не соглашаются выпустить его из своих нечестивых рук. А потому преподобный наш отец обращается к вам — к своим друзьям — с просьбой выручить его, то есть уплатить за него требуемый выкуп или же отбить его у неприятеля силой оружия.

— Чёрт бы побрал твоего приора! — сказал Фрон де Беф. — Должно быть, он сегодня натощак хлебнул через край. Где же это видано, чтобы норманский барон раскошеливался в пользу какого-то духовного лица, когда всем известно, что у них денег вдесятеро больше, чем у нас? И что можем мы предпринять для его освобождения силой оружия, когда нас держит взаперти враг в десять раз сильней нас самих и мы с минуты на минуту ожидаем приступа?

— Я и об этом хотел доложить вам, — сказал монах, — да вы так спешите, что не даёте мне договорить. Но, господи помилуй, я уж стар, а эти богопротивные драки совсем сбили меня с толку. Дело в том, что они окружают замок и подвигаются к его стенам.

— На стены! — вскричал де Браси. — Посмотрим, что делают эти негодяи!

Он распахнул решётчатое окно, которое выходило на площадку, одного из выступов, и тотчас крикнул оттуда тем, кто оставался в зале:

— Клянусь святым Денисом, старый монах говорит правду! Они несут большие щиты, а стрелки их на опушке леса темнеют, словно грозовая туча.

Реджинальд Фрон де Беф также взглянул на поле, схватил рог, громко затрубил и приказал своим людям становиться по местам на стены замка.

— Де Браси, охраняй восточную сторону, где стены пониже остальных. Благородный Буагильбер, ты опытен в науке нападения и обороны — возьми на себя присмотр за западной стеной. Я сам стану у барбикена. Но прошу вас, доблестные друзья мои, не ограничиваться обороною одного определённого места. Сегодня мы должны поспевать всюду, помогать всем, кому приходится туго. Нас очень немного, но храбростью и быстротой действий можно возместить этот недостаток. Не забывайте, что мы имеем дело с мошенниками и ворами.

— Благородные рыцари! — вопил отец Амвросий среди поднявшейся суматохи. — Неужели никто из вас не выслушает поручения преподобного отца, приора Эймера из Жорво? Заклинаю тебя, благородный сэр Реджинальд, выслушай меня!

— Отстань! Ступай бормочи свои заклинания небесам, — отвечал разгорячённый норманн, — а нам, на земле, некогда их слушать… Эй, Ансельм, распорядись, чтобы кипятили смолу и масло — мы выльем их на головы этим наглецам! Смотри, чтобы у самострелов было побольше стрел. Поднять на башне моё знамя! То, старое, на котором бычья голова. Эти мерзавцы скоро узнают, с кем им придётся иметь дело.

— Доблестный господин, — приставал к нему отец Амвросий, — я дал обет послушания, должен же я исполнить волю моего настоятеля. Дозволь доложить тебе…

— Уберите этого болтуна! — крикнул Фрон де Беф. — Заприте его в часовню, пускай перебирает свои чётки, пока не кончится побоище. Для святых Торкилстона будет новостью услышать молитвы да акафисты. Такой чести им не оказывали, пожалуй, с тех пор, как изваяли их из камня.

— Не оскорбляй святых, сэр Реджинальд, — сказал де Браси, — нам может понадобиться их помощь, прежде чем мы разгоним этот сброд.

— Ну, я не жду от них никакой помощи, — отвечал Фрон де Беф. — Вот разве притащить их к бойницам да свалить на головы этих злодеев. Там есть святой Христофор, такой огромный, что он один может раздавить целый отряд.

Между тем храмовник наблюдал за движениями неприятеля гораздо внимательнее, нежели грубый Фрон де Беф или его легкомысленный собеседник.

— Клянусь честью моего ордена, — сказал он, — эти люди наступают в таком образцовом порядке, какого трудно было ожидать от них. Посмотрите, как искусно они пользуются каждым деревом или кустарником и как успешно укрываются от наших самострелов. Я не вижу у них ни знамён, ни знаков, но готов прозакладывать свою золотую цепь, что ими предводительствует какой-нибудь рыцарь или благородный дворянин, опытный в военном деле.

— Я вижу его, — сказал де Браси. — Вот мелькают перья рыцарского шлема и блестит панцирь. Видите высокого человека в чёрной кольчуге? Он ведёт вон тот дальний отряд мошенников-йоменов. Клянусь святым Денисом, это, наверно, тот самый рыцарь, которого мы прозвали Чёрным Лентяем. Помнишь, Фрон де Беф, он вышиб тебя из седла на турнире в Ашби?

— Тем лучше, — сказал Фрон де Беф, — значит, он сам напрашивается на мою месть. Это, должно быть, какой-нибудь трус. Недаром он побоялся остаться на ристалище и не решился взять приз, который достался ему случайно. Мне бы, конечно, никогда не удалось встретить его среди дворян и настоящих рыцарей, и я очень рад, что он всё-таки попался мне на глаза среди подлых йоменов.

Тут разговор прервался, так как неприятель решительно двинулся на приступ. Каждый из рыцарей отправился на свой пост в сопровождении тех немногих людей, которых удалось собрать для защиты замка, и стал в холодной решимости ждать грозившего им нападения.

Глава XXVIII

Бродячее отверженное племя
Таинственные знанья сохранило;
Они в пустынях, чащах и морях
Подспудные сокровища находят,
И в их руках полны волшебной силы
Обыкновенные цветы и травы.

«Еврей»

Мы принуждены сделать небольшое отступление, чтобы сообщить читателю некоторые сведения, необходимые для понимания последующего рассказа. Впрочем, читатель и сам, конечно, догадался, что Ревекка упросила своего отца подобрать Айвенго, оставленного без помощи на арене, и увезти его в занимаемый Исааком дом на окраине города Ашби.

При других обстоятельствах ничего не стоило бы уговорить Исаака согласиться на это. От природы человек он был добрый и не способный забыть оказанные ему благодеяния. Но над ним тяготели вековые предрассудки его гонимого племени.

— Праведный Авраам! — воскликнул еврей. — Он хороший юноша, и у меня сердце болит, глядя, как кровь сочится сквозь его вышитую куртку и течёт по панцирю, который недёшево обошёлся… Но взять его к нам в дом… Подумай хорошенько, что ты говоришь! Ведь он христианин, а по нашему закону нам разрешается вступать в сношения с иноверцами и язычниками только по торговым делам.

— Не говори так, дорогой отец! — возразила Ревекка. — Правда, нам не следует участвовать в их играх и веселье, но когда язычник ранен и в несчастье, он становится братом еврея.

— Жаль, что я не знаю, что сказал бы на этот счёт раввин Иаков Бен-Тудель! — сказал Исаак. — Однако нельзя допустить, чтобы этот добрый юноша до смерти истёк кровью! Позови Сифа и Рейбена, пускай несут его в Ашби.

— Нет, — сказала Ревекка, — его надо положить на мои носилки, а я доеду на одной из верховых лошадей.

— Но тогда на тебя будут глазеть эти нечестивые псы! — прошептал Исаак, подозрительно оглядывая толпу рыцарей и оруженосцев.

Ревекка, занятая различными распоряжениями, уже не слушала его, но Исаак схватил её за рукав и вполголоса с ужасом сказал:

— Праведный Аарон! А что, если юноша не выживет? Если он умрёт под нашим кровом, нас обвинят в его смерти, и толпа разорвёт нас на части.

— Не умрёт он, батюшка, — отвечала Ревекка, осторожно высвободив свой рукав из пальцев отца. — Он останется жив, если мы подберём его, но если мы этого не сделаем, то поистине будем отвечать за его гибель перед богом и перед людьми.

— Ох, — молвил Исаак, — мне нестерпимо жалко глядеть на кровь, сочащуюся из его ран, будто каждая капля — золотая монета, уходящая из моего кошелька. И мне ли не знать, что праведная Мириам, дочь раввина Манассии из Византии, душа которого в раю, научила тебя искусству врачевания и ты отлично знаешь свойства зелий и силу эликсиров. А потому поступай как хочешь. Ты у меня хорошая девушка, ты мне ниспослана как благословение божие, как радостная песнь, и мне самому, и дому моему, и всему народу израильскому…

Однако опасения Исаака не были напрасны. Благородный и великодушный поступок Ревекки на обратном пути в Ашби привлёк к ней внимание хищного Бриана де Буагильбера. Храмовник дважды поворачивал коня, чтобы ещё и ещё раз полюбоваться на прекрасную еврейку, и мы уже видели, какое впечатление произвели на него её прелести, когда случай предал её во власть этого бессовестного развратника.

Ревекка, не теряя времени, проводила больного в дом, который временно занимал её отец, и собственными руками омыла и перевязала раны Айвенго. Юные читатели романов и баллад, вероятно, помнят, как часто в те, как говорится, тёмные времена женщины были знакомы с тайнами врачебной науки, и нередко случалось, что за ранеными рыцарями ухаживали красавицы, чьи взоры наносили сердцам воинов неизлечимые раны.

Но евреи, как мужчины, так и женщины, знали медицинскую науку во всех её разновидностях и практиковали с таким успехом, что в случаях тяжких ран или болезней тогдашние монархи и могущественные бароны нередко обращались за помощью к тому или другому мудрецу этого презираемого племени. Еврейские врачи нимало не теряли от того обстоятельства, что среди христиан существовало тогда убеждение, будто бы еврейские раввины имели глубокие познания в колдовстве и особенно в кабалистике, самое название которой произошло от таинственной науки израильских мудрецов. Раввины и не опровергали слухов о своих сношениях со сверхъестественными силами, потому что, с одной стороны, такая молва ничего не прибавляла (да и можно ли было что-либо ещё прибавить!) к той ненависти, которую питали к их национальности, но, с другой стороны, за это к ним относились с меньшим презрением. Еврейского чародея можно было ненавидеть не меньше, чем ростовщика из евреев, но нельзя было обходиться с ним так же презрительно. Впрочем, принимая во внимание некоторые изумительные случаи исцеления ими различных болезней (случаи, занесённые в летописи), можно предполагать, что евреи действительно обладали тайнами врачевания, которые передавали друг другу из рода в род, но тщательно скрывали их от христиан, среди которых жили, по весьма понятному духу обособленности, вытекавшему из их положения гонимой национальности.

Прекрасная Ревекка основательно обучалась всему, чему могли научить её соплеменники; её природные способности и сила её ума помогли ей всё это запомнить, привести в порядок и развить самостоятельным мышлением гораздо глубже того, чего можно было ожидать от юной особы её пола в том веке, когда она жила. Сведения по медицине и врачебному искусству она получила от пожилой женщины по имени Мириам, дочери одного из знаменитейших еврейских раввинов и докторов. Мириам любила Ревекку, как собственную дочь. Ходили слухи, что она передала Ревекке все тайные познания, которые получила от своего мудрого отца. Мириам стала жертвой суеверия и изуверства тех времён. Но её врачебные секреты перешли по наследству даровитой ученице. Ревекка, обладавшая не только красотой, но и обширными познаниями, пользовалась чрезвычайным уважением среди своего народа, её считали почти равной тем одарённым женщинам, о которых упоминается в священном писании. Сам отец её, отдавая невольную дань восхищения её талантам, что не мешало ему любить её безгранично, предоставлял ей несравненно большую свободу, чем было в обычае у евреев, и не только часто спрашивал у неё совета, но, как мы видели, подчас действовал, считаясь с её мнением больше, чем со своим собственным.

Когда Айвенго принесли в жилище Исаака, он всё ещё был в бессознательном состоянии, так как потерял много крови. Ревекка, осмотрев рану и приложив к ней свои лекарства, сказала отцу, что если у больного не будет лихорадки, а бальзам старой Мириам не утратил своей целебной силы, то нечего опасаться за жизнь их гостя и он может завтра же отправиться с ними в Йорк. Исаак немного смутился при таком известии. Его милосердие не простиралось дальше Ашби. Он охотно оставил бы здесь раненого христианина, поручив его уходу тех евреев, у которых он остановился, уверив хозяев этого дома, что все расходы возьмёт на себя. Но Ревекка решительно высказалась против этого, приведя целый ряд веских возражений. Прежде всего она наотрез отказалась передать в другие руки склянку с драгоценным бальзамом из опасения, что таким образом откроется важная врачебная тайна. Кроме того, она напомнила отцу, что Айвенго — любимец Ричарда Львиное Сердце. А между тем в случае возвращения Ричарда в Англию Исаак, снабжавший мятежного принца Джона деньгами, будет сильно нуждаться в могущественном заступнике перед королём.

— Ты права, Ревекка, — в раздумье произнёс Исаак. — Было бы грешно разоблачать секреты блаженной Мириам; когда бог посылает человеку добро, не следует расточать его по-пустому и отдавать другим — всё равно, будет ли то золотая монета, или серебряная, или таинственное снадобье, завещанное тебе мудрым врачом; что бы ни было, раз провидение даровало нам что-либо, мы обязаны хранить его дары. А что касается Ричарда Львиное Сердце, мне лучше попасть в лапы идумейского льва, чем в его руки, если только он узнает о моих денежных сделках с его братом. Поэтому я послушаюсь твоего совета и возьму этого юношу в Йорк. Пусть наш дом будет его домом, пока он не излечится от ран своих. И когда тот, кто прозывается Львиным Сердцем, возвратится в Англию, о чём уже ходят слухи, тогда Уилфред Айвенго послужит мне каменной стеной, чтобы укрыться от королевского гнева. Он добрый юноша и хороший человек — соблюдает назначенный срок и возвращает то, что занял. Он оказывает помощь израильтянину — защитил даже сына отца моего, когда тот был окружён разбойниками и исчадиями дьявола.

Вечер уже подходил к концу, когда Айвенго пришёл в себя и начал сознавать окружающее. Он очнулся от забытья, находясь под смутными впечатлениями, которые естественно сопровождают возврат к сознанию из обморока. Некоторое время он никак не мог связно или последовательно представить себе события вчерашнего дня. Он чувствовал большую слабость и боль от ран. В его уме беспорядочно теснились неясные воспоминания об ударах мечей и копий, о жестоких схватках и нападениях, а в ушах звучали боевые возгласы и бряцанье оружия. Наконец с большим усилием ему удалось отдёрнуть полог своей постели, невзирая на боль от раны, мешавшую ему двигаться.

К своему удивлению, он увидел, что находится в комнате, великолепно убранной в восточном вкусе; ему в первую минуту даже показалось, что он перенесён во время сна обратно в Палестину. Это впечатление ещё усилилось, когда тяжёлая драпировка приподнялась и в комнату проскользнула женщина в богатом восточном одеянии. Вслед за нею вошёл смуглый прислужник.

Раненый рыцарь собрался было обратиться с вопросом к этому прелестному видению, но она, приложив тонкий пальчик к рубиновым устам, приказала ему молчать. Слуга, подойдя к кровати, раскрыл раненого, и прекрасная еврейка проверила, не сползла ли со своего места повязка и нет ли каких-либо осложнений. Она выполнила это с такой грацией, так просто и скромно, что даже и самый строгий блюститель нравов не нашёл бы здесь ничего оскорбительного для женского достоинства. Самая мысль о том, что юная и красивая девушка ухаживает за мужчиной и собственноручно перевязывает ему рану, совершенно заслонялась и исчезала при виде этого благодетельного существа, явившегося на помощь тяжелобольному, чтобы облегчить его страдания и спасти от смерти. Ревекка сделала несколько указаний старому слуге, который часто помогал ей в уходе за больными; тот быстро и ловко повиновался ей.

Ревекка говорила по-еврейски, и звуки незнакомого языка произвели на Айвенго такое чарующее впечатление, словно это были магические заклинания какой-нибудь доброй волшебницы. Они были непонятны для слуха, но мягкость голоса и кроткое выражение лица говорившей ласкали и трогали сердце слушателя. Не пытаясь возобновить вопросы, Айвенго безмолвно подчинился всему, что она считала нужным сделать для него. Но когда всё было кончено и красавица, бывшая его врачом, собралась уходить, он не мог больше противиться овладевшему им любопытству и сказал, обращаясь к ней по-арабски (этот язык он изучил во время своих странствований по Востоку и думал, что он лучше других подходит для стоявшей перед ним девицы в тюрбане и восточном одеянии):

— Прошу вас, любезная девица, будьте так добры…

Но тут она прервала его речь с невольной улыбкой, которая на мгновение озарила её лицо, обычно задумчивое и грустное.

— Я живу в Англии, сэр рыцарь, — сказала она, — и говорю по-английски, хотя по одежде и происхождению принадлежу к другой стране.

— Благородная девица... — начал Айвенго, но Ревекка снова поспешила его прервать.

— Сэр рыцарь, — сказала она, — не величайте меня титулом благородной. Лучше сразу узнайте, что ваша служанка — не более как бедная еврейка, дочь того самого Исаака из Йорка, которому вы недавно оказали покровительство. А потому и он и все его домочадцы обязаны вас окружить самым заботливым уходом и попечениями.

Не знаю, довольна ли была бы прекрасная Ровена, если бы узнала, с каким чувствам её верный рыцарь взирал вначале на красивые черты и блестящие глаза прекрасной Ревекки; блеск этих глаз был так смягчён и как бы затенён густой бахромой шелковистых ресниц, что какой-нибудь менестрель, наверно, сравнил бы их с вечерней звездой, сверкающей из-за переплетающихся ветвей жасмина... Но Айвенго был слишком искренним католиком, чтобы сохранить те же чувства к еврейке. Ревекка сама предвидела это, почему и поспешила назвать имя своего отца. Однако прекрасная и мудрая дочь Исаака была не лишена женских слабостей, и она грустно вздохнула, видя, как быстро у Айвенго почтительное восхищение и даже нежность уступили место холодному и не очень глубокому чувству признательности за неожиданную помощь. Правда, и раньше в обхождении Айвенго не было заметно ничего, кроме естественного для каждого юноши преклонения перед красотой; но в том, что одно слово могло подействовать как магическое заклинание и лишить Ревекку заслуженного благородного преклонения, было нечто унизительное не только для неё, но и для её угнетённого народа, которому не полагалось воздавать должное.

Впрочем, Ревекка благодаря своей мягкости и беспристрастности и не подумали винить Айвенго в том, что он разделял общие предрассудки того времени и своего вероисповедания, как ни больно было ей видеть, что он относится к ней как к представительнице отверженного племени. Напротив, прекрасная еврейка продолжала с теми же терпением и преданностью ухаживать за ним. Она сообщила ему, что им необходимо спешить с отъездом в Йорк и что Исаак решил и его взять с собою и до тех пор заботиться о нём, пока его здоровье не будет окончательно восстановлено. Айвенго решительно воспротивился этому плану, ссылаясь на то, что вовсе не желает доставлять своим благодетелям дальнейшие хлопоты.

— Разве нет в Ашби, — сказал он, — или где-нибудь в окрестностях какого-нибудь франклина или хотя бы богатого крестьянина, который согласился бы взять на своё попечение раненого земляка, пока он не будет в состоянии снова носить оружие? Неужели нет поблизости саксонского монастыря, куда бы меня приняли?.. Нельзя ли по крайней мере перенести меня в Бёртон, где мне наверно, окажет гостеприимство наш родственник, настоятель аббатства святого Витольда?

— Бесспорно, — отвечала Ревекка с печальной улыбкой, — и худший из перечисленных вами приютов был бы для вас более приличным жилищем, нежели дом презренного еврея. Однако, сэр рыцарь, если вы не желаете лишиться своего врача, вам надо ехать с нами. Как вам известно, евреи умеют лечить раны, хоть и не наносят их. А в нашем семействе к тому же ещё со времён царя Соломона хранятся некоторые врачебные секреты, целебную силу одного из этих средств вы испытали. Ни один назареянин... простите, я обмолвилась, сэр рыцарь... ни один христианский лекарь в пределах четырех британских морей не в силах поставить вас на ноги скорее чем через месяц.

— А как скоро ты можешь сделать это? — спросил с нетерпением Айвенго.

— Через восемь дней, если будешь терпеливо и послушно исполнять мои предписания, — отвечала Ревекка.

— Клянусь пречистой девой, — сказал Уилфред, — коли не грех произносить её святое имя в таком месте, теперь ни мне, ни другому рыцарю не время валяться в постели. Если ты выполнишь своё обещание, девица, я тебе заплачу. Добуду денег и наполню шлем серебряными монетами.

— Я своё обещание выполню, — сказала Ревекка, — и ты на восьмой день от настоящего часа облачишься в свои ратные доспехи, если ты даруешь мне только одну великую милость взамен обещанного серебра.

— Если в моей власти исполнить твоё желание, — отвечал Айвенго, — и если честь дозволяет христианскому рыцарю сделать это для особы твоего племени, я с радостью и благодарностью готов удовлетворить твою просьбу.

— Так вот, — сказала Ревекка, — я только о том и хочу просить, чтобы ты впредь верил, что еврей способен оказать христианину добрую услугу, ничего не желая получить взамен, кроме благословения великого отца нашего, одинаково сотворившего и евреев и христиан.

— Грешно мне было бы сомневаться в этом, — ответил Айвенго. — Я без дальнейших колебаний и вопросов вверяюсь твоему искусству, твёрдо надеясь, что благодаря тебе на восьмой день надену свой панцирь.

А теперь, мой добрый врач, скажи мне, не знаешь ли ты чего нового о благородном саксонце Седрике, о его домочадцах? О той красивой даме… — Он запнулся, как бы не решаясь выговорить имя Ровены в доме еврея. — О той, что была избрана королевой турнира?

— О той, которую вы же избрали, сэр рыцарь, — сказала Ревекка. — Ваш выбор заслужил не меньшее одобрение, чем ваша доблесть.

Несмотря на то, что Айвенго потерял очень много крови, лицо его вспыхнуло ярким румянцем при мысли, что, пытаясь скрыть свои настоящие чувства к Ровене, он только яснее их обнаружил.

— Я хотел говорить не о ней, а о принце Джоне, — сказал он. — Кроме того, мне хотелось бы знать, куда девался мой верный оруженосец и почему он теперь не при мне.

— А я воспользуюсь своей властью врача и прикажу вам молчать, — сказала Ревекка. — Пожалуйста, избегайте всяких тревожных мыслей, я постараюсь сообщить вам всё, что вы желаете знать. Принц Джон прервал турнир и поспешно отправился в Йорк вместе со своими дворянами, рыцарями и прелатами, правдой и неправдой собрав столько денег, сколько они могли выжать из тех, кто слывёт в здешней стране богачами. Говорят, что он намеревается завладеть короной своего брата.

— Ну, это ему не удастся без борьбы, — молвил Айвенго, приподнявшись на постели, — если хоть один верноподданный найдётся в Англии. Я буду драться за Ричарда с храбрейшими из его противников.

— Но для того, чтобы вы были в состоянии это сделать, — сказала Ревекка, дотронувшись до его плеча, — вы должны прежде всего слушаться меня и лежать смирно.

— Правда, правда, — сказал Айвенго, — так смирно, как только будет возможно в эти беспокойные времена... Ну, так что же Седрик и его домочадцы? Расскажи скорее о благородном саксонце.

— Только что был у нас его дворецкий, — сказала еврейка. — Прибежал, запыхавшись, к моему отцу за деньгами, которые отец должен Седрику за шерсть.

От этого человека я узнала, что Седрик и Ательстан Конингсбургский ушли из дома принца Джона в великом гневе и тотчас собрались уезжать домой.

— А была ли с ними какая-нибудь дама на этом пиру? — спросил Уилфред.

— Леди Ровена, — отвечала Ревекка с большей определённостью, чем был поставлен вопрос, — леди Ровена не поехала на пир к принцу и теперь, по словам того же дворецкого, отправилась в Ротервуд вместе с своим опекуном. Что же касается вашего верного оруженосца Гурта…

— Ах! — воскликнул рыцарь. — Ты знаешь его имя?.. Да и как тебе не знать, — прибавил он тотчас, — когда ещё вчера он получил от тебя сотню цехинов, — как я теперь убедился, только благодаря твоему великодушию и щедрости!

— Не говори об этом! — сказала Ревекка, сильно покраснев. — Я сама вижу, как язык легко обнаруживает тайны, которые сердце предпочло бы скрыть!

— Но что касается этих денег, — сказал серьёзно Айвенго, — честь обязывает меня возвратить их твоему отцу.

— Делай как тебе угодно, — сказала Ревекка, — но дождись, чтобы миновало восемь дней, а до тех пор не думай и не говори ни о чём таком, что могло бы замедлить твоё выздоровление.

— Хорошо, добрая девушка, — сказал Айвенго, — с моей стороны было бы неблагодарностью сопротивляться твоим велениям… Ещё слово о судьбе бедного Гурта, и больше я ни о чём не буду тебя спрашивать.

— К сожалению, я должна тебе сказать, сэр рыцарь, что он взят под стражу по приказанию Седрика, — отвечала еврейка. Но, заметив, что это известие произвело на Уилфреда удручающее впечатление, она тотчас прибавила: — Впрочем, кравчий Освальд говорил мне, что если Гурт ничем не навлечёт на себя хозяйского гнева, то Седрик простит его, потому что Гурт — верный слуга, всегда был на лучшем счёту и теперь только тем и провинился, что доказал свою преданность сыну Седрика. К тому же он добавил, что если слуги заметят, что Седрик продолжает гневаться на Гурта, то все они, особенно шут Вамба, помогут Гурту бежать с дороги.

— Дай бог, чтобы это удалось им! — сказал Айвенго. — Мне как будто на роду написано приносить несчастье всякому, кто будет питать привязанность ко мне. Мой король почтил меня своей привязанностью, приблизил к себе — и вот, как видишь, родной брат, всем ему обязанный, поднимает оружие против него и хочет завладеть его короной. Моя преданность навлекла гонения на прекраснейшую из женщин. А теперь мой отец в гневе и может убить бедного раба только за его преданность и любовь ко мне. Ты видишь сама, какого носителя злой судьбы вздумалось тебе врачевать и спасать. Образумься, отпусти меня, прежде чем несчастья, следующие за мной по пятам, как гончие псы, настигнут и тебя.

— Нет, — сказала Ревекка, — твоя слабость и печаль, сэр рыцарь, заставляют тебя неправильно толковать волю провидения. Ты возвратился к себе на родину в такое время, когда она всего более нуждается в содействии сильной руки и верного сердца. Ты смирил гордость твоих врагов и брата твоего короля в ту минуту, когда они особенно кичились своим превосходством. Правда, ты тяжело пострадал при этом, но разве ты не видишь, что бог послал тебе и помощь и врача, хотя избрал его из среды презреннейшего племени. Поэтому не падай духом и верь, что провидение сохранило тебя для чудесного подвига, который ты совершишь для своего народа. Прощай! Прими лекарство, которое я тебе пришлю через Рейбена, и после постарайся хорошенько уснуть, чтобы набраться сил для предстоящего тебе завтра переезда.

Айвенго уступил этим доводам и подчинился распоряжению Ревекки. Успокоительное питьё, которое принёс Рейбен, помогло ему уснуть крепким и освежающим сном. Поутру приветливый врач увидел, что больной вполне избавился от всяких признаков лихорадки и способен перенести тяготы утомительного путешествия.

Айвенго положили на конные носилки, в которых его привезли с турнира, так, чтобы ему было удобно и покойно. Только в одном отношении даже мольбы Ревекки не могли обеспечить достаточное внимание к удобствам раненого рыцаря. Подобно тому разбогатевшему путнику, который описан в десятой сатире Ювенала, Исааку всюду чудились воры и грабители. Зная, что и буйные норманские дворяне и отважные саксонские разбойники охотно поживились бы на его счёт, он боялся их как огня. Поэтому он всю дорогу гнал лошадей, останавливался только на самое короткое время и сокращал трапезы. В конце концов ему удалось перегнать Седрика и Ательстана, которые выехали на несколько часов раньше, но задержались в пути благодаря долгому пиру в аббатстве святого Витольда. Но такова была целебная сила бальзама старой Мириам или такой силой обладал организм Айвенго, что он не пострадал от быстрой езды, как того опасалась лечившая его добрая девушка.

Но всё же чрезмерная торопливость Исаака возымела роковые последствия. Его настойчивые требования ехать быстрее вызвали недовольство проводников. Эти нанятые для охраны саксы были далеко не чужды свойственному их национальности пристрастию к покою и сытной еде, за что норманны и прозвали их лентяями и обжорами. Согласившись сопровождать Исаака в надежде полакомиться на его счёт, они были в высшей степени разочарованы, когда оказалось, что тот нигде не позволяет останавливаться. Они протестовали против быстрой езды и опасения загнать лошадей. В конце концов Исаак совсем поссорился с ними из-за количества вина и пива, которое они поглощали при каждой трапезе. Таким образом, когда действительно наступила тревожная минута и опасения Исаака, казалось, начали сбываться, он был покинут недовольными наёмниками, на защиту которых полагался, не позаботясь, однако, расположить их в свою пользу.

Именно в это время, как уже известно читателю, Исаака догнал Седрик, а вслед за тем они все вместе попали в руки де Браси и его товарищей. Сначала никто не обратил внимания на конные носилки. Однако де Браси в поисках леди Ровены вздумалось заглянуть в них. Каково же было его удивление, когда вместо леди Ровены там оказался раненый рыцарь! Думая, что он взят в плен саксонскими разбойниками, и надеясь на популярность своего имени среди саксонцев, Айвенго поспешил назвать себя.

Строгие понятия о рыцарской чести, никогда окончательно не покидавшие де Браси, несмотря на все его легкомыслие и распущенность, запрещали ему совершить какое-либо насилие над рыцарем, находившимся в беспомощном состоянии. Точно так же он не мог предать его во власть Фрон де Бефа, зная, что тот не задумается при первом удобном случае умертвить человека, имевшего право на его поместье. Но в то же время у де Браси не хватило великодушия отпустить на волю своего соперника. Тем более что и по поведению леди Ровены на турнире и ещё раньше, по слухам об изгнании Седриком сына из дома, он знал о предпочтении, оказываемом леди Ровеной Айвенго.

Итак, де Браси оказался способным лишь к чему-то среднему между добром и злом. Он приказал двум из своих слуг ехать по обеим сторонам носилок и никого не подпускать к ним. Если к ним будут приставать с расспросами, хозяин велел им говорить, что это пустые носилки леди Ровены, в которые положили одного из их товарищей, раненного во время свалки. По приезде в Торкилстон, пока храмовник и Фрон де Беф были поглощены своими делами, один — устремив своё внимание на деньги Исаака, а другой — на его дочь, слуги Мориса де Браси отнесли Айвенго, продолжая называть его раненым товарищем, в одну из отдалённых комнат замка. То же объяснение дали они и хозяину дома, когда он потребовал, чтобы они шли на стены и приняли участие в защите замка.

— Раненый товарищ! — воскликнул барон в великом изумлении и гневе.

— Не удивительно, что мужики и иомены отваживаются осаждать баронские замки, а шуты и свинопасы дерзают присылать дворянам вызовы, коли воины превращаются в сиделок при больных, а бойцы из вольной дружины нанимаются стеречь умирающего в ту минуту, когда замок в осаде! Ступайте на стены, проклятые лентяи! — крикнул он таким громовым голосом, что грозное эхо прокатилось под сводчатым потолком. — Я вам говорю, по местам! Не то я все кости вам переломаю этой дубиной.

Слуги угрюмо отвечали, что и сами рады идти на стены, лишь бы Фрон де Беф взялся оправдать их перед хозяином, который приказал им ухаживать за умирающим.

— За умирающим, мошенники! — кричал Фрон де Беф. — Говорю вам: мы все превратимся в умирающих, если не примемся за дело как следует! Я сейчас пришлю вам смену — приставлю другую сиделку к вашему презренному товарищу. Эй, Урфрида! Проклятая старуха! Эй, саксонская ведьма! Не слышишь, что ли? Ступай, ухаживай за раненым негодяем, раз за ним непременно нужен уход, а эти плуты пусть возьмутся за оружие! Вот вам два арбалета, молодцы, и к ним вороты и стрелы. Становитесь у бойницы и смотрите, чтобы каждый выстрел попадал в саксонскую башку!

Слуги де Браси, скучавшие в бездействии, с радостью отправились на свои посты, а забота о раненом Айвенго была возложена на Урфриду, или Ульрику. Но она в это время терзалась такими жгучими воспоминаниями, была так поглощена сознанием пережитых обид и надеждой на мщение, что очень охотно передала Ревекке обязанность присматривать за раненым.

Глава XXIX

О воин доблестный, взойди на башню,
Взгляни на поле, расскажи о битве.
Шиллер, «Орлеанская дева»

Минуты серьёзной опасности нередко совпадают с минутами сердечной откровенности. Душевное волнение заставляет нас забыть об осторожности, и мы обнаруживаем такие чувства, которые в более спокойное время постарались бы скрыть, если не в силах вовсе подавить их. Очутившись опять у постели Айвенго, Ревекка сама удивилась той острой радости, которую ощутила при этом, несмотря на всю опасность их положения. Нащупывая его пульс и спрашивая о здоровье, она дотрагивалась до него так нежно и говорила так ласково, что невольно обнаружила гораздо более горячее участие, чем сама того хотела. Голос её прерывался, и рука её дрожала, и только холодный вопрос Айвенго: «Ах, это вы, любезная девица?» — заставил её прийти в себя и вспомнить, что испытываемое ею чувство никогда не может стать взаимным. Чуть слышный вздох вырвался из её груди. Однако дальнейшие вопросы о его здоровье она задавала уже тоном спокойной дружбы.

Айвенго поспешил ответить, что чувствует себя прекрасно, гораздо лучше, чем мог ожидать.

— И всё благодаря твоему искусству, милая Ревекка! — прибавил он.

«Он назвал меня милой Ревеккой, — подумала про себя девушка, — но таким равнодушным и небрежным тоном, что он не подходит к этому слову. Его боевой конь или охотничья собака для него дороже презренной еврейки!»

— Мой дух страждет, добрая девушка, — продолжал Айвенго, — от тревоги гораздо сильнее, нежели тело мучиться от боли. Из того, что при мне говорили здесь мои бывшие сторожа, я догадался, что нахожусь в плену. А если я не ошибаюсь, грубый голос человека, который только что прогнал их отсюда, принадлежит Фрон де Бефу; по-видимому, мы в его замке. Если так, то чем же это может кончиться и каким образом могу я защитить Роверу и моего отца?

«А о еврее и о еврейке он не упоминает, — подумала опять Ревекка. — Да и что ему за дело до нас, и как справедливо наказывает меня бог за то, что я позволила себе так много думать о рыцаре».

Осудив таким образом самое себя, она поспешила сообщить Айвенго все сведения, какие успела собрать. Но их было очень немного. Ревекка сообщила ему, что в замке всем распоряжаются храмовник Буагильбер и барон Фрон де Беф, что снаружи замок осаждают, — но кто — неизвестно. Она сказала ему ещё, что в настоящую минуту в замке заходится христианский священник, который, быть может, знает больше.

— Священник! — радостно воскликнул Айвенго. — Позови его сюда, Ревекка, если можно! Скажи, что больной просит его духовного утешения. Скажи ему что хочешь, только приведи сюда. Должен же я предпринять что-нибудь! Но как я могу действовать, не зная, как обстоит дело?

Согласно этому желанию Айвенго, Ревекка попыталась привести Седрика в комнату раненого рыцаря. Но мы видели, что ей это не удалось из-за вмешательства Урфриды, также подстерегавшей мнимого монаха. Ревекка возвратилась к Айвенго сообщить ему об этом.

Они не успели даже посетовать на свою неудачу и придумать какой-нибудь иной план, как глухой шум, уже давно раздававшийся в замке, превратился в отчаянный грохот и гам.

Наверху, вдоль зубчатых стен, равно как и по узким и извилистым лестницам и коридорам, ведущим к бойницам и другим защитным пунктам, раздавались тяжёлые и торопливые шаги вооружённых слуг. Слышны были голоса рыцарей, воодушевлявших своих подчинённых и распоряжавшихся обороной; их возгласы заглушались звоном оружия и воинственными кликами тех, к кому они обращались. Как ни тревожны были эти звуки, говорившие о чём-то ещё более ужасном, в них было всё же что-то торжественное, и благородная душа Ревекки не могла не почувствовать этого даже в минуту страшной опасности. Глаза её загорелись, хотя вся кровь отхлынула от щёк, и она, трепеща от ужаса, смешанного с восторгом, шёпотом повторяла не то про себя, не то обращаясь к своему собеседнику слова из священного писания: «Колчан грохочет, копьё и щит сверкают... раздаются голоса начальников и возгласы воинов!»

Но Айвенго, подобно боевому коню, описанному там же, сгорал от нетерпения и всей душой стремился принять участие в бою, который предвещали все эти воинственные звуки.

— Если бы мне доползти хотя бы до того окошка, — говорил он, — хотя бы поглядеть, как произойдёт эта битва! Если бы мне добыть лук и пустить стрелу или хоть раз ударить секирой ради нашего освобождения! Но всё напрасно, всё напрасно — я бессилен и безоружен!

— Не волнуйся, благородный рыцарь, — сказала Ревекка. — Слышишь, как всё вдруг смолкло? Может быть, и не будет битвы.

— Ничего ты не понимаешь! — нетерпеливо сказал Уилфред. — Это затишье означает только, что все воины заняли свои места на стенах и сейчас ждут нападения. То, что мы слышали, было лишь отдалённым предвестником штурма. Через несколько минут услышишь, как он разразится во всей своей ярости... Ах, если бы мне доползти как-нибудь до того окна!

— Такая попытка будет тебе во вред, благородный рыцарь, — заметила Ревекка, но, видя его крайнее волнение, прибавила: — Я сама стану у окна и, как умею, буду описывать тебе, что там происходит.

— Нет, не надо, не надо! — воскликнул Айвенго. — Каждое окно, каждое малейшее отверстие в стенах послужит целью для стрелков. Какая-нибудь шальная стрела...

— Вот было бы хорошо! — пробормотала Ревекка про себя, твёрдой поступью взойдя на две или три ступени, которые вели к окну.

— Ревекка, милая Ревекка! — воскликнул Айвенго. — Это совсем не женское дело. Не подвергай себя опасности, тебя могут ранить или убить, и я всю жизнь буду мучиться сознанием, что я тому причиной. По крайней мере возьми тот старый щит, прикройся им и постарайся как можно меньше высовываться из-за оконной решётки.

Ревекка сейчас же последовала его указаниям и, загородив нижнюю часть окна старым щитом, так ловко укрылась под его защитой, что почти с полной безопасностью для себя могла видеть всё происходившее за стенами замка и сообщить Айвенго, как осаждающие готовились к штурму. Место, занятое ею, было особенно пригодно для этой цели, потому что окно находилось на углу главного здания и Ревекка могла видеть не только то, что происходило вне замка, но и передовое укрепление, на которое, по-видимому, намеревались прежде всего напасть осаждающие. Это была небольшая башня, предназначенная для того, чтобы защищать те самые боковые ворота, через которые Фрон де Беф выпустил Седрика. Они отделялись от остальной крепости глубоким рвом, и, убрав дощатый мостик, легко было прервать сообщение между этим укреплением и замком. Внутри передового укрепления были ворота против ворот в стене самого замка, и всё оно было обнесено крепким частоколом. По числу людей, отряженных на защиту этого форта, Ревекка могла заключить, что осаждённые особенно опасались нападения с этой стороны. Да и сами осаждающие сосредоточили против него свои главные силы, считая его самым слабым из всех укреплений замка.

Она поспешила сообщить Айвенго эти подробности, прибавив:

— На опушке леса сплошной стеной стоят стрелки, но они в тени, под деревьями, очень немногие вышли в открытое поле.

— А под каким они знаменем? — спросил Айвенго.

— Я не вижу ни знамён, ни флагов, — отвечала Ревекка.

— Это странно! — пробормотал рыцарь. — Идти на штурм такой крепости — и не развернуть ни знамени, ни флагов! Не видно ли по крайней мере, кто их вожди?

— Всех заметнее рыцарь в чёрных доспехах, — сказала еврейка. — Он один из всех вооружён с головы до ног и, по-видимому, всем распоряжается.

— Какой девиз на его щите? — спросил Айвенго.

— Что-то вроде железной полосы поперёк щита и на чёрном поле — висячий замок голубого цвета.

— Оковы и скрепы лазурные, — поправил её Айвенго (употребляя выражения, принятые в геральдике). — Не знаю, у кого бы мог быть такой девиз, хотя чувствую, что в эту минуту он был бы вполне пригоден для меня самого! А что написано на щите?

— На таком расстоянии я едва вижу девиз, — отвечала Ревекка, — и то он появляется тогда только, когда солнце ударяет в щит.

— А других вождей незаметно? — продолжал расспрашивать раненый.

— Отсюда я никого не вижу, — сказала Ревекка, — но нет сомнения, что на замок наступают и с других сторон. Кажется, они теперь двинулись вперёд. Приближаются… Боже, помилуй нас! Какое страшное зрелище! Те, что идут впереди, несут огромные щиты и дощатые заграждения. Остальные следуют за ними, на ходу натягивая луки. Вот они подняли луки… Бог Моисеев, прости сотворённых тобою!

Её описания были внезапно прерваны сигналом к приступу. Осаждающие пронзительно затрубили в рог, а со стен зазвучали норманские трубы и барабаны, задорно отвечавшие на вызов неприятеля. Оглушительный шум усиливался яростными криками осаждающих и осаждённых. Саксонцы кричали: «Святой Георгий за весёлую Англию!», а норманны возглашали: «En avant De Bracy! Beau-seant! Beau-seant! Front-de-Boeuf a la rescousse!» — «Вперёд, де Браси! Босеан! Босеан! Фрон де Беф, на подмогу!», смотря по тому, у которого из командующих состояли они на службе.

Однако не одними криками надеялись обе стороны решить судьбу этого дня. Яростный натиск осаждающих встретил отчаянный отпор со стороны осаждённых. Стрелки, привыкшие в своих скитаниях по лесам мастерски управляться с луком и стрелами, действовали так «единокупно», по старинному выражению, что ни один пункт, в котором защитники замка хоть на минуту показывались наружу, не ускользнул от метких стрел длиною в целый ярд. Стрельба была такая частая и ровная, что стрелы падали, как град, хотя каждая из них имела свою особую цель. Они десятками влетали в каждую бойницу или амбразуру, в каждое окно, где мог случайно находиться кто-нибудь из защитников, и в самом скором времени двое или трое защитников были убиты и несколько человек ранены. Но сторонники Реджинальда Фрон де Бефа и его союзники, вполне полагаясь на своё отличное вооружение и неприступность замка, обнаружили упорство в защите, равное ярости осаждающих. На беспрерывно сыпавшуюся на них тучу стрел они отвечали выстрелами из своих арбалетов, луков, пращей и других метательных снарядов. Осаждающие пользовались очень слабым прикрытием и поэтому несли гораздо большие потери, чем осаждённые. Свист стрел и метательных снарядов сопровождался громкими возгласами, отмечавшими всякую значительную потерю или удачу с той или другой стороны.

— А я должен тут лежать недвижимо, точно расслабленный монах, — восклицал Айвенго, — пока другие ведут игру, от которой зависит моя свобода или смерть! Посмотри опять в окно, добрая девушка, только осторожно, чтобы стрелки тебя не приметили! Выгляни и скажи мне, идут ли они на приступ?

Подкрепив себя безмолвной молитвой, Ревекка терпеливо и смело заняла опять своё место у окна, прикрывшись щитом так, чтобы снизу нельзя было её увидеть.

— Что ты видишь, Ревекка? — снова спросил раненый рыцарь.

— Только тучу летящих стрел. Они мелькают так часто, что у меня рябит в глазах и я не могу рассмотреть самих стрелков.

— Это не может продолжаться долго, — сказал Айвенго. — Что же можно сделать с помощью одних луков да стрел против каменных стен и башен? Посмотри, прекрасная Ревекка, где теперь Чёрный Рыцарь и как он себя ведёт, потому что каков предводитель, таковы будут и его подчинённые.

— Я не вижу его, — отвечала Ревекка.

— Подлый трус! — воскликнул Айвенго. — Неужели он бросит руль, когда буря разыгралась?

— Нет, он не отступает, не отступает! — сказала Ревекка. — Вот он, я его вижу: он ведёт отряд к внешней ограде передовой башни. Они валят столбы и частоколы, рубят ограду топорами. Высокие чёрные перья развеваются на его шлеме над толпой, словно ворон над ратным полем. Они прорубили брешь в ограде... ворвались... Их оттеснили назад. Во главе защитников — барон Фрон де Беф. Его громадная фигура высится среди толпы... Опять бросились на брешь и дерутся врукопашную... Бог Иакова! Точно два бешеных потока встретились и смешались! Два океана, движимых противными ветрами!

Она отвернулась от окна, как бы не в силах более выносить столь страшное зрелище.

— Выгляни опять, Ревекка, — сказал Айвенго, превратно поняв причину её движения, — стрельба из луков теперь, наверно, стала реже, раз они вступили в рукопашный бой. Посмотри ещё, теперь не так опасно стоять у окна.

Ревекка снова выглянула и почти тотчас воскликнула:

— Святые пророки! Фрон де Беф схватился с Чёрным Рыцарем! Они дерутся один на один в проломе, а остальные только смотрят на них и кричат. Боже праведный, заступись за угнетённых и пленных! — Тут она воскликнула: — Он упал!

— Кто упал? — спросил Айвенго. — Ради пресвятой девы, скажи, кто упал?

— Чёрный Рыцарь, — отвечала Ревекка чуть слышно, но вслед за тем закричала с радостным волнением: — Нет, нет, благодарение богу битв! Он опять вскочил на ноги и дерётся так, как будто в одной его руке таится сила двадцати человек. У него меч переломился надвое... Он выхватил топор у одного из иоменов... Он теснит барона Фрон де Бефа удар за ударом. Богатырь клонится и содрогается, словно дуб под топором дровосека. Упал!.. Упал!

— Кто? Фрон де Беф? — вскричал Айвенго.

— Да, Фрон де Беф! — отвечала еврейка. — Его люди бросились ему на помощь. Во главе их стал гордый храмовник. Общими силами они вынуждают рыцаря остановиться. Теперь потащили Фрон де Бефа во внутренний двор замка.

— Осаждающие ведь прорвались за ограду? — спросил Айвенго.

— Да, да, прорвались! — воскликнула Ревекка. — Прижали защитников к наружной стене! Иные приставляют лестницы, другие вьются, как пчёлы, стремясь взобраться, вскакивают на плечи друг другу. На них валят камни, брёвна, стволы деревьев летят им на головы. Раненых оттаскивают прочь, и тотчас же на их место становятся новые бойцы. Боже великий, не затем же ты сотворил человека по твоему образу и подобию, чтобы его так жестоко обезображивали руки его братьев!

— Ты не думай об этом, — сказал Айвенго, — теперь не время предаваться таким мыслям... Скажи лучше, которая сторона уступает? Кто одолевает?

— Лестницы повалены, — отвечала Ревекка, содрогаясь, — воины лежат под ними, распростёртые как раздавленные черви!.. Осаждённые взяли верх!

— Помоги нам, святой Георгий! — воскликнул рыцарь. — Неужели эти предатели иомены отступают?

— Нет, — сказала Ревекка, — они ведут себя как подобает отважным иоменам. Вот теперь Чёрный Рыцарь со своей огромной секирой подступает к воротам, рубит их. Гул от наносимых им ударов можно услышать сквозь шум и крики битвы. Ему на голову валят со стен камни и брёвна. Но храбрый рыцарь не обращает на них никакого внимания, словно это пух или перья!

— Клянусь святым Иоанном, — радостно сказал Айвенго, приподнявшись на локте, — я думал, что во всей Англии только один человек способен на такое дело!

— Ворота дрогнули! — продолжала Ревекка. — Вот они трещат, распадаются под его ударами... Они бросились через пролом, взяли башню! О боже, хватают защитников и бросают в ров с водою! О люди, если в вас есть что-либо человеческое, пощадите же тех, кто более не может вам сопротивляться!

— А мостик? Мостик, соединяющий башню с замком? Они и им овладели? — добивался Айвенго.

— Нет, — отвечала Ревекка, — храмовник уничтожил доску, по которой они перешли через ров. Немногие из защитников спаслись с ним в стенах замка. Слышишь эти вопли и крики? Они возвещают тебе, какая участь постигла остальных. Увы, теперь я знаю, что зрелище победы ещё ужаснее зрелища битвы!

— Что они теперь делают? — сказал Айвенго. — Посмотри опять! Теперь не время падать в обморок при виде крови.

— Затихли на время, — отвечала Ревекка. — Наши друзья укрепляются в завоёванной башне. Она так хорошо укрывает их от выстрелов неприятеля, что осаждённые лишь изредка посылают туда свои стрелы, и то больше ради того, чтобы тревожить их, а не наносить вред.

— Наши друзья, — сказал Уилфред, — не откажутся от своего намерения захватить замок, которое так доблестно начали приводить в исполнение. Они уже многого достигли. Я возлагаю все мои надежды на доброго рыцаря, своим топором проломившего дубовые ворота и железные скрепы... Странно, — продолжал он бормотать, — неужели есть на свете ещё один, способный на такую безумную отвагу? Оковы и скрепы на чёрном поле... Что бы это могло означать? Ревекка, ты не видишь других знаков, по которым можно бы узнать этого Чёрного Рыцаря?

— Нет, — отвечала еврейка, — всё на нём черно как вороново крыло. Ничего не вижу, никаких знаков. Но после того как я была свидетельницей его мощи и доблести в бою, мне кажется, что я его узнаю и отличу среди тысячи других воинов. Он бросается в битву, точно на весёлый пир. Не одна сила мышц управляет его ударами — кажется, будто он всю свою душу вкладывает в каждый удар, наносимый врагу. Отпусти ему, боже, горе кровопролития! Это страшное и величественное зрелище, когда рука и сердце одного человека побеждают сотни людей.

— Ревекка, — сказал Айвенго, — ты описываешь настоящего героя. Если они бездействуют, то лишь потому, что собираются с силами либо придумывают способ переправиться через ров. С таким начальником, каким ты описала этого рыцаря, не может быть ни малодушных опасений, ни хладнокровного промедления, ни отказа от смелого предприятия, ибо чем больше препятствий и затруднений, тем больше славы впереди. Клянусь честью моего дома! Клянусь светлым именем той, которую люблю! Я отдал бы десять лет жизни — согласился бы провести их в неволе — за один день битвы рядом с этим доблестным рыцарем и за такое же правое дело!

— Увы! — сказала Ревекка, покидая своё место у окна и подходя к постели раненого рыцаря. — Такая нетерпеливая жажда деятельности, такое возбуждение и борьба со своей слабостью непременно задержат твоё выздоровление! Как ты можешь надеяться наносить раны другим людям, прежде чем заживёт твоя собственная рана?

— Ах, Ревекка, — отвечал он, — ты не можешь себе представить, как трудно человеку, искушённому в рыцарских подвигах, оставаться в бездействии подобно какому-нибудь монаху или женщине, в то время как вокруг него другие совершают доблестные подвиги! Ведь бой — наш хлеб насущный, дым сражения — тот воздух, которым мы дышим! Мы не живём и не хотим жить иначе, как окружённые ореолом победы и славы!

Таковы законы рыцарства, мы поклялись их выполнять и жертвуем ради них всем, что нам дорого в жизни.

— Увы, доблестный рыцарь, — молвила прекрасная еврейка, — что же это, как не жертвоприношение демону тщеславия и самосожжение перед Молохом? Что будет вам наградой за всю кровь, которую вы пролили, за все труды и лишения, которые вы вынесли, за те слёзы, которые вызвали ваши деяния, когда смерть переломит ваши копья и опередит самого быстрого из ваших боевых коней?

— Что будет наградой? — воскликнул Айвенго. — Как что? Слава, слава! Она позлатит наши могилы и увековечит наше имя!

— Слава? — повторила Ревекка. — Неужели та ржавая кольчуга, что висит в виде траурного герба над тёмным и сырым склепом рыцаря, или то полустёртое изваяние с надписью, которую невежественный монах с трудом может прочесть в назидание страннику, — неужели это считается достаточной наградой за отречение от всех нежных привязанностей, за целую жизнь, проведённую в бедствиях ради того, чтобы причинять бедствия другим? Или есть сила и прелесть в грубых стихах какого-нибудь странствующего барда, что можно добровольно отказаться от семейного очага, от домашних радостей, от мирной и счастливой жизни, лишь бы попасть в герои баллад, которые бродячие менестрели распевают по вечерам перед толпой подвыпивших бездельников?

— Клянусь душою Херварда, — нетерпеливо сказал рыцарь, — ты говоришь, девушка, о том, чего не можешь знать! Тебе хотелось бы потушить чистый светильник рыцарства, который только и помогает нам распознавать, что благородно, а что низко. Рыцарский дух отличает доблестного воителя от простолюдина и дикаря, он учит нас ценить свою жизнь несравненно ниже чести, торжествовать над всякими лишениями, заботами и страданиями, не страшиться ничего, кроме бесславия. Ты не христианка, Ревекка, оттого и не ведаешь тех возвышенных чувств, которые волнуют душу благородной девушки, когда её возлюбленный совершает высокий подвиг, свидетельствующий о силе его любви. Рыцарство! Да знаешь ли ты, девушка, что оно источник чистейших и благороднейших привязанностей, опора угнетённых, защита обиженных, оплот против произвола властителей! Без него дворянская честь была бы пустым звуком.

И свобода находит лучших покровителей в рыцарских копьях и мечах!

— Правда, — сказала Ревекка, — я происхожу из такого племени, которое отличалось храбростью только при защите собственного отечества и даже в те времена, когда оно ещё было единым народом, не воевало иначе, как по велению божества или ради защиты страны от угнетения. Звуки труб больше не оглашают Иудею, и её униженные сыны стали беспомощными жертвами гонения. Правду ты сказал, сэр рыцарь: доколе бог Иакова не явит из среды своего избранного народа нового Гедеона или Маккавея, не подобает еврейской девушке толковать о сражениях и о войне.

Гордая девушка произнесла последние слова таким печальным тоном, который ясно показывал, как глубоко она чувствует унижение своего народа. Быть может, к этому чувству примешивалось ещё горькое сознание, что Айвенго считает её чуждой вопросам чести и не способной ни питать в своей душе высокие чувства, ни высказывать их.

«Как мало он меня знает, — подумала про себя Ревекка, — если воображает, что в моей душе живут лишь трусость и низость, раз я себе позволила неодобрительно отозваться о рыцарстве назареян! Как бы я была счастлива, если бы богу было угодно источить всю мою кровь по капле, чтобы вывести из плена колено Иудино! Да что я говорю! Хотя бы этой ценой господь позволил мне освободить моего отца и его благодетеля из оков притеснителей. Тогда эти высокомерные христиане увидели бы, что дочь избранного богом народа умирает так же храбро, как и любая из суетных назарейских девушек, хвастающихся происхождением от какого-нибудь мелкого вождя с дикого, холодного Севера!»

Она посмотрела на раненого рыцаря и проговорила про себя:

«Он спит! Истомлённый ранами и душевной тревогой, воспользовался минутой затишья, чтобы погрузиться в сон. Разве это преступление, что я смотрю на него, и, может быть, в последний раз! Кто знает, пройдёт немного времени, и эти красивые черты не будут более оживлены энергией и смелостью, которые не покидают их даже и во сне? Лицо осунется, уста раскроются, глаза нальются кровью и остановятся. И тогда каждый подлый трус из проклятого замка волен будет попирать ногами этого гордого и благородного рыцаря, и он останется недвижим... А отец мой? О мой отец! Горе дочери твоей, если она позабыла о твоих сединах, заглядевшись на золотистые кудри юности! Не за то ли покарал Иегова недостойную дочь, которая думает о пленном чужестранце больше, чем о своём отце, забывает о бедствиях Иудеи и любуется красотой иноверца? Но я вырву эту слабость из своего сердца, хотя бы оно разодралось на куски и истекло кровью!»

Она плотнее закуталась в покрывало и, отвернувшись от постели раненого рыцаря, села к нему спиной, укрепляя (или по крайней мере стараясь укрепить) свой дух не только против внешних зол, но и против тех предательских чувств, которые бушевали в ней самой.

Глава XXX

Взгляни на ложе смертное его.
Совсем не так, на крыльях слёз и вздохов.
Безгрешная душа взлетает ввысь,
Как жаворонок, что взмывает к небу
На утренней росе, под ветерком, -
Ансельм иначе умирает.

Старинная пьеса

Во время затишья, которое наступило после первого успеха нападающих, пока одна партия укреплялась на завоёванных позициях, а вторая готовилась к обороне, храмовник и Морис де Браси сошлись в большом зале замка.

— Где Фрон де Беф? — спросил де Браси, который ведал обороной замка с противоположной стороны. — Правду ли говорят, будто он убит?

— Нет, жив, — отвечал храмовник хладнокровно, — жив пока; но, будь на его плечах та же бычья голова, что нарисована у него на щите, и будь она закована хоть в десять слоёв железа, ему бы всё-таки не удалось устоять против этой роковой секиры. Ещё несколько часов, и Фрон де Беф отправится к праотцам. Мощного соратника лишился в его лице принц Джон.

— Зато сатане большая прибыль, — заметил де Браси. — Вот что значит кощунствовать над ангелами и святыми угодниками и приказывать валить их изображения и статуи на головы этим мерзавцам иоменам!

— Ну и глуп же ты! — сказал храмовник. — Твоё суеверие равно безбожию Реджинальда Фрон де Бефа. Оба вы одинаково безрассудны: один — в своей вере, другой — в своём неверии.

— Benedicite, сэр рыцарь! — сказал де Браси. — Прошу, не давай воли своему языку. Клянусь царицей небесной, я лучший христианин, чем ты и члены твоего братства. Недаром поговаривают, что в лоне святейшего ордена рыцарей Сионского Храма водится немало еретиков, и сэр Бриан де Буагильбер из их числа.

— Теперь нам не до молвы, — сказал храмовник, — подумаем лучше о том, как бы нам отстоять замок… Ну, что ты скажешь об этих подлых иоменах, как они дерутся на твоей стороне замка?

— Дерутся как сущие дьяволы, — отвечал де Браси. — Великое множество их подступило к стенам под предводительством чуть ли не того самого плута, который выиграл приз в стрельбе из лука, — я узнал его рог и перевязь. Вот результат хвалёной политики старого Фиц-Урса — ведь это он подзадоривал этих проклятых рабов бунтовать против нас. Если бы на мне не было непробиваемой брони, этот негодяй семь раз подстрелил бы меня так же хладнокровно, как матёрого оленя. В каждую спайку моего панциря он попадал длиннейшей стрелой. Не носи я под панцирем испанской кольчуги, мне бы несдобровать.

— Но вы всё-таки удержали за собой позицию? — спросил храмовник. — Мы свою башню потеряли.

— Это серьёзная потеря! — сказал де Браси. — Под прикрытием этой башни негодяи могут подступить к замку гораздо ближе. Если не смотреть за ними в оба, того и гляди они проберутся в какой-нибудь незащищённый угол или в забытое окошко и застанут нас врасплох. Нас так мало, что нет возможности оборонять каждый пункт. Люди и без того жалуются, что чуть только высунешься из-за стены, сейчас на тебя посыплется столько стрел, сколько не попадает в приходскую мишень под праздник. Вот и Фрон де Беф при смерти; стало быть, нечего ждать помощи от его бычьей головы и звериной силы. Как вы полагаете, сэр Бриан, не договориться ли нам в силу необходимости с этими мерзавцами, выдав им пленников?

— Что? — воскликнул храмовник. — Выдать наших пленников и стать всеобщим посмешищем? Какие доблестные вояки: сумели ночной порой напасть на беззащитных проезжих и взять их в плен, а среди бела дня не сумели защитить крепкий замок против скопища каких-то бродяг и воров под предводительством шутов да свинопасов! Стыдись подавать подобные советы, Морис де Браси. Пусть этот замок обрушится на меня и похоронит моё тело и мой позор, прежде чем я соглашусь на такую низкую и бесславную сделку.

— Ну что же, пойдём защищать стены, — молвил де Браси беспечно. — Ещё не родился тот человек, будь он хоть турок или храмовник, который бы меньше меня ценил жизнь. Но, надеюсь, нет ничего позорного в том, что мне хотелось бы иметь теперь под рукой человек сорок бойцов из моей храброй дружины. О мои бравые копьеносцы! Если бы вы знали, как туго приходится сегодня вашему начальнику, то я бы скоро увидел своё знамя над вашими пиками! И тогда мы мигом бы справились с этими подлыми бунтовщиками!

— Мечтать можешь о чём угодно, — сказал храмовник, — но подумай, как бы получше наладить оборону с теми воинами, которые у нас налицо. Это большею частью слуги барона Фрон де Бефа, заслужившие ненависть местного населения тысячью дерзких поступков.

— Тем лучше, — сказал де Браси, — значит, эти рабы будут защищаться до последней капли крови, лишь бы ускользнуть от мщения крестьян. Идём же и будем драться, Бриан де Буагильбер. Останусь ли я жив или умру — увидишь, что сегодня поведение Мориса де Браси будет достойно родовитого и благородного дворянина.

— По местам! — воскликнул храмовник.

И оба пошли на стены, чтобы сделать всё возможное для обороны крепости. Они оба считали, что наиболее опасным пунктом были ворота напротив той передовой башни, которой успел овладеть неприятель. Правда, эта башня отделялась от самого замка глубоким рвом, наполненным водою, и осаждающим нельзя было иначе подступиться к стенам и атаковать ворота, как преодолев это препятствие. Тем не менее и храмовник и де Браси полагали, что если осаждающие будут действовать по тому плану, который уже обнаружил их предводитель, то они при помощи отчаянного натиска постараются привлечь к этому пункту главные силы защитников замка, а тем временем примут все меры, чтобы использовать малейшую оплошность обороняющихся в других местах. Ввиду малочисленности защитников замка рыцари могли только расставить по всем стенам часовых, чтобы они в случае неожиданного нападения немедленно подняли тревогу. Было решено, что де Браси займётся обороной ворот против передовой башни, а храмовник наберёт человек двадцать в резерв, готовых защитить любое место замка, которое окажется под угрозой нападения.

Утрата передовой башни ухудшила положение осаждённых ещё и потому, что, хотя стены замка были гораздо выше этой башни, осаждённые не могли, как прежде, определить движение неприятеля. Разбросанные по лугу деревья и кустарники так близко подходили к боковым воротам башни, что осаждающие имели возможность незаметно для противника провести туда сколько угодно людей. Поэтому де Браси и храмовник не могли предугадать, где именно развернётся главное наступление, и их воины, несмотря на свою отвагу, всё время находились под гнётом тревожной неизвестности, как всегда бывает, когда люди, окружённые врагами, не знают ни времени нападения, ни способов атаки, подготовляемой неприятелем.

Между тем властелин осаждённого замка лежал на смертном одре, испытывая телесные и душевные муки. У него не было обычного утешения всех ханжей того суеверного времени, надеявшихся заслужить прощение и искупить свои грехи щедрыми пожертвованиями на церковь и этим способом притупить свой страх. И хотя купленное таким путём успокоение было не более похоже на душевный мир, следующий за искренним раскаянием, чем сонное оцепенение от опиума похоже на здоровый и натуральный сон, всё-таки такое состояние духа было легче переносить, нежели угрызения пробудившейся совести. Среди всех пороков Фрон де Бефа, человека грубого и алчного, корыстолюбие было наиболее сильным: он предпочитал пренебрегать церковью и её служителями, нежели покупать себе отпущение грехов ценой золота и земельных угодий. Храмовник, безбожник совсем иного порядка, неправильно понимал своего приятеля, говоря, что Фрон де Беф не в состоянии разумно объяснить причины своего неверия и презрения к установленным обрядам, ибо барон мог ответить на это, что церковь слишком дорого продаёт свои товары, что духовную свободу, которую она пустила в продажу, можно было купить, подобно должности старшего начальника Иерусалимского ордена, за «огромную сумму», и Фрон де Беф предпочитал отрицать целебное действие медицины, чтобы не платить врачу.

Но вот настала такая минута, когда все земные сокровища начали утрачивать свои прелести, и сердце жестокого барона, которое было не мягче мельничного жернова, исполнилось страха, глядя в чёрную пучину будущего. Лихорадочное состояние его тела ещё более усиливало мучительную тревогу души; его предсмертные часы проходили в борьбе проснувшегося ужаса с привычным упорством непреклонного нрава — состояние безвыходное и страшное, и можно сравнить его лишь с пребыванием в тех грозных сферах, где раздаются жалобы без надежд, где угрызения совести не сопровождаются раскаянием, где царствует сознание неизъяснимого мучения и наряду с ним — предчувствие, что нет ему ни конца, ни утоления!

— Куда запропастились эти попы, — ворчал барон, — эти монахи, что за такую дорогую цену устраивают свои духовные представления! Где теперь все босоногие кармелиты, для которых старый Фрон де Беф основал монастырь святой Анны, ограбил в их пользу своего наследника, отобрав у него столько хороших угодий, тучных нив и выгонов? Где теперь эти жадные собаки? Небось пьянствуют где-нибудь, попивают эль либо показывают свои фокусы у постели какого-нибудь подлого мужика!.. А меня, наследника их благодетеля, меня, за кого они обязаны молиться по распоряжению дарственной грамоты, эти неблагодарные подлецы допускают умирать без исповеди и причащения, точно бездомную собаку, что бегает по выгону. Позовите мне храмовника: он ведь тоже духовное лицо и может что-нибудь сделать. Но нет: я лучше чёрту исповедуюсь, чем Бриану де Буагильберу, которому ни до рая, ни до ада нет дела. Слыхал я, что старые люди сами за себя молятся, таким не надо ни просить, ни подкупать лицемерных попов. Но я не смею.

— Вот как, Фрон де Беф сам сознаётся, что чего-то не смеет? — произнёс у его постели чей-то прерывистый, пронзительный голос.

Фрон де Беф был настолько потрясён и совесть его была так нечиста, что, когда раздался этот вопрос, ему почудилось, будто он слышит голос одного из тех бесов, которые, по суеверным понятиям того времени, обступают умирающего человека, стараясь рассеять и отвлечь его от благочестивых размышлений о вечном блаженстве.

Он содрогнулся, но, тотчас призвав на помощь обычную свою решимость, воскликнул:

— Кто там? Кто ты, дерзающий отзываться на мои речи голосом, похожим на карканье ночного ворона? Стань перед моей постелью, чтобы я мог видеть тебя.

— Я твой злой дух, Реджинальд Фрон де Беф, — отвечал голос.

— Так покажись мне в своём телесном образе, коли ты настоящий бес, — сказал умирающий рыцарь. — Не думай, что я испугаюсь тебя. Клянусь страшным судом, если бы я мог бороться с ужасами, обступившими меня теперь, как прежде — с земными опасностями, то ни рай, ни ад не посмели бы сказать, что я отступаю от борьбы.

— Думай о своих грехах, Реджинальд Фрон де Беф, — сказал странный, почти нечеловеческий голос, — думай о своём бунтарстве, о корыстолюбии, об убийствах! Кто подстрекал распутного Джона против седого отца, против великодушного брата?

— Кто бы ты ни был — бес, монах или чёрт, — ты изрыгаешь ложь! — воскликнул Фрон де Беф. — Не я подстрекал Джона к восстанию, не я один. Нас было до пятидесяти рыцарей и баронов, цвет всех графств средней Англии. Лучше нас не было бойцов в государстве. Почему же я один должен отвечать за грех, совершённый полестней таких людей? Лживый бес, я презираю тебя! Уходи и не смей больше являться. Если ты смертный — дай мне умереть спокойно; если сатана — твой час ещё не настал.

— Нет, я не дам тебе умереть спокойно, — повторил тот же голос. — Умирая, ты будешь думать о своих злодеяниях, о стонах, раздававшихся в этих стенах, о крови, впитавшейся в пол твоего замка.

— Твоя низкая злоба меня не собьёт с толку! — возразил Фрон де Беф с мрачным и натянутым смехом. — Что касается нечестивого еврея, то мой поступок с ним был богоугодным делом; за что же тогда люди, обагряющие свои руки кровью сарацин, почитаются святыми? Саксонские свиньи, которых я уничтожил, были врагами моей родины, моего рода и моего повелителя. Ха-ха! Как видишь, не удалось тебе меня пронять. Что, убежал? Я заставил тебя молчать.

— Нет, гнусный отцеубийца, не заставил! — отвечал голос. — Подумай о своём отце, припомни его смерть, вспомни зал пиршества, где пол был залит его кровью, пролитой рукой его собственного сына.

— Ага, — произнёс барон после довольно продолжительного молчания, — ты знаешь это! Поистине ты дух зла, всеведущий, как говорят монахи. Я считал эту тайну погребённой в моей груди и в груди той, которая была искусительницей и участницей моего преступления. Уйди, бес, оставь меня! Отыщи саксонскую колдунью Ульрику. Она одна могла бы поведать тебе то, чему мы с ней были единственными свидетелями. Иди к ней, говорю я: она омыла его раны и придала убитому вид умершего естественной смертью. Иди к ней: она соблазнила меня, она уговорила меня совершить это гнусное дело, она же и отплатила мне за него ещё более гнусной наградой. Пускай же и она отведает той муки, которой я теперь мучаюсь, — хуже этого не будет и в аду.

— Она и так уже отведала этой муки, — сказала Ульрика, подходя к постели барона Фрон де Бефа. — Она давно пила из этой горькой чаши, но её горечь смягчилась теперь, когда она увидела, что и тебе приходится пить из неё. Напрасно ты скрежещешь зубами, Реджинальд, и угрожаешь глазами, нечего сжимать кулаки. Ещё недавно твоя рука, подобно руке знаменитого предка, передавшего тебе своё имя, могла одним ударом свалить быка, а теперь она так же слаба и беспомощна, как моя.

— Подлая, лютая ведьма! — проговорил Фрон де Беф. — Зловещая сова! Так это ты пришла издеваться над человеком, которого сама же погубила?

— Да, Реджинальд Фрон де Беф, — ответила она, — это я, Ульрика, дочь убитого Торкиля Вольфгангера, сестра его зарезанных сыновей. Это я пришла требовать отчёта у тебя и всего твоего рода: что сталось с моим отцом и семьёй, с моим именем, с честью — со всем, что отнял у меня проклятый род Фрон де Бефов? Подумай о перенесённых мною обидах и скажи: правду ли я говорю? Ты был моим злым духом, а я хочу быть твоим. Я буду мучить тебя до последнего твоего вздоха.

— Мерзкая фурия, — воскликнул Фрон де Беф, — ты не будешь свидетельницей моего конца! Эй, Жиль, Клеман, Юстес, Сен-Мор, Стивен! Схватите эту проклятую ведьму и сбросьте её с высоты стен! Она предала нас саксонцам! Эй, Сен-Мор, Клеман, подлые трусы, рабы, куда вы запропастились?

— Ну-ка, позови их ещё, доблестный барон, — молвила старуха со злобной усмешкой, — созывай своих вассалов, пригрози им за промедление кнутом и тюрьмой. Но знай, могучий вождь, что отныне не будет тебе ни ответа, ни помощи, ни повиновения. Слышишь ты эти страшные звуки? — продолжала она, внезапно меняя тон; до них вновь доносился оглушительный шум разгоревшейся битвы. — Эти крики возвещают падение твоего дома. Скреплённое потоками крови могущество баронов Фрон де Бефов потрясено до самых основ руками тех врагов, которых ты так презирал. Ведь там саксы, Реджинальд! Презренные саксы берут приступом стены твоего замка! Что же ты лежишь тут, как избитый холоп? Ведь саксы овладевают твоей твердыней!

— Боги и бесы! — вскричал раненый рыцарь. — О, если бы хоть на минуту воротилась моя прежняя сила, чтобы дотащиться до места боя и умереть как подобает рыцарю!

— И не думай об этом, храбрый воин! — возразила она. — Ты умрёшь не как честный воин, а как лисица в своей норе, когда крестьяне поджигают хворост вокруг её логова.

— Врёшь, ненавистная старуха! — воскликнул Фрон де Беф. — Мои слуги — отважные молодцы, мои стены крепки и высоки! Мои ратные товарищи не побоятся любого полчища саксов, хотя бы их вождями были сам Хенгист и Хорса! Это боевой клич храмовника и воинов — вольной дружины покрывает шум битвы. Клянусь честью, когда мы зажжём потешный костёр на радостях нашей победы, ты сгоришь в нём — и тело и кости твои сгорят! А я доживу до того времени, когда буду знать, что ты из земного огня попала в адское пламя, в то сатанинское царство, которое никогда ещё не порождало худшего беса, чем ты.

— Думай что хочешь, — отвечала Ульрика, — пока не убедишься в другом... Да нет, — сказала она, прерывая самое себя, — можешь и сейчас узнать свою участь, которую не могут предотвратить ни всё твоё могущество, ни сила и отвага, хотя она подготовлена моими слабыми руками. Замечаешь ли ты удушливый дым, который чёрными клубами ходит по комнате? Ты, может быть, думаешь, что у тебя в глазах темнеет и начинается предсмертное удушье? Нет, Реджинальд, тому причина иная. Ты помнишь про хворост и дрова, что сложены внизу, под этими комнатами?

— Женщина! — воскликнул Фрон де Беф вне себя от ярости. — Неужели ты подожгла его? Так и есть — замок объят пламенем!

— Да, пожар разгорается быстро, — сказала Ульрика с устрашающим спокойствием. — Вскоре я подам сигнал осаждающим, чтобы они смелее теснили тех, кто бросится тушить пожар. Прощай, Фрон де Беф! Пускай Миста, Скогула и Зернебок, божества древних саксов, или бесы, как зовут их нынешние монахи, займут место утешителей у твоего смертного одра — Ульрика покидает тебя. Но знай, если это может тебя утешить, знай, что Ульрика пойдёт с тобой одной дорогой и разделит твою кару, как делила твои злодеяния. Прощай, отцеубийца, прощай навсегда! И пусть каждый камень этих сводов обретёт язык и повторяет: «Отцеубийца!»

С этими словами она вышла из комнаты, и Фрон де Беф расслышал, как заскрипел громадный ключ и два раза повернулся в дверном замке, лишив его всякой надежды на спасение. В исступлении и тревоге он стал изо всех сил звать на помощь слуг и союзников:

— Стивен и Сен-Мор! Клеман и Жиль! Я сгорю здесь без помощи. Помогите, помогите! Храбрый Буагильбер, отважный де Браси! Это я, Фрон де Беф, призываю вас! Это я, ваш хозяин, предатели вассалы! Ваш союзник, соратник, вероломные рыцари-обманщики! Пусть проклятия разразятся над вашими малодушными головами за то, что вы бросили меня на погибель!.. Но они не слышат, не могут слышать: мой голос заглушается шумом битвы. А дым всё гуще, всё чернее, уже огонь пробивается сквозь пол. О, хоть бы один глоток чистого воздуха, а там пусть гибель! — В безумном припадке отчаяния и тоски несчастный то отдавал какие-то боевые приказания, то бормотал невнятные речи, проклиная себя самого, и род человеческий, и сами небеса.

— Вон показались красные языки пламени сквозь густой дым! — восклицал он. — Сатана идёт против меня под знаменем своей стихии. Прочь, злой дух! Я не пойду за тобой без моих товарищей! Все, все тебе предназначены, все защитники этих стен. Ты думаешь, Фрон де Беф согласится пойти к тебе один? Нет! И безбожный храмовник, и распутный де Браси, и Ульрика, гнусная развратница, и слуги, что помогали мне во всём, и саксонские псы, и проклятые евреи, мои пленники, — все, все пойдут со мной... Славная компания по дороге в ад! Ха-ха-ха! — В исступлении он расхохотался, и своды потолка ответили эхом. — Кто здесь хохочет? — воскликнул Фрон де Беф изменившимся голосом, ибо шум битвы не мог заглушить отзвуки его безумного смеха. — Кто смеялся? Ульрика, это ты? Отвечай же, ведьма! Скажи хоть слово, и я прощу тебя. Только ты могла смеяться в такую минуту или сам сатана! Прочь! Прочь!

Глава XXXI

Вперёд, мои друзья! В брешь, напролом!
Закроем брешь стеной английских тел!
... Вы, иомены мои,
Вы англичане родом — покажите,
Что от природы и по воспитанью
Вы храбрецы...
«Король Генрих V»

Хотя Седрик не слишком полагался на слова Ульрики, всё же он поспешил сообщить Чёрному Рыцарю и иомену Локсли о данном ею обещании. Они были рады узнать, что в осаждённой крепости у них есть союзница, которая в случае нужды облегчит им доступ в замок. И Чёрный Рыцарь и Локсли были вполне согласны с саксом, что следует попытаться во что бы то ни стало взять стены приступом, так как это единственное средство выручить пленных, попавших в руки жестокого барона Фрон де Бефа.

— Потомок короля Альфреда в опасности, — сказал Седрик.

— Честь благородной дамы в опасности, — прибавил Чёрный Рыцарь.

— Клянусь образом святого Христофора, что у меня на перевязи, — воскликнул иомен, — если бы дело шло только о спасении верного слуги, бедняги Вамбы, я бы не пожалел своей руки или ноги, лишь бы ни один волос не упал с его головы!

— И я также, — сказал отшельник. — Как можно, сэры! Я уверен, что дурак — такой дурак, который ни в чём не виноват, да ещё мастер своего дела и умеет придать вкус и смак каждой чаше вина, не хуже доброго ломтя ветчины, — такой дурак, братцы, говорю я, всегда может рассчитывать на умного монаха. Тот за него и помолится и подерётся, пока сам не забудет, как читать молитвы и орудовать бердышом! — С этими словами он завертел над головой своей тяжёлой дубиной, словно это был лёгкий пастушеский посох.

— Дело говоришь, святой причетник! — воскликнул Чёрный Рыцарь. — Это так же верно, как если бы это говорил не ты, а сам святой Дунстан. Ну, добрый мой Локсли, не пора ли благородному Седрику принять на себя начальство и вести нас на приступ?

— Нет, я не возьмусь, — возразил Седрик. — Я не обучен ни искусству осады, ни обороны тех твердынь, которые норманские тираны воздвигли в нашей угнетённой стране. Драться я готов в первых рядах. Но мои честные соседи знают, что я не солдат и не обучен воинскому искусству вести штурм крепостей.

— Коли так, благородный Седрик, — сказал Локсли, — я с охотой возьмусь командовать стрелками, и повесьте меня на том дубе, под которым собирался мой отряд, если хоть один из защитников, показавшийся из-за стен, не будет осыпан таким множеством стрел, сколько бывает чесноку в рождественском окороке.

— Хорошо сказано, бравый иомен! — отвечал Чёрный Рыцарь. — Если вы считаете меня подходящим человеком для командования и если среди этих смелых молодцов найдётся достаточное количество желающих идти за настоящим английским рыцарем, каким я смело могу считать себя, я с радостью предлагаю своё искусство и боевой опыт — и поведу атаку на стены замка.

Распределив таким образом роли, вожди пошли на приступ, исход которого уже известен читателю.

Когда передовая башня была завоёвана, Чёрный Рыцарь послал эту радостную весть иомену Локсли; в то же время он просил Локсли как можно внимательнее наблюдать за осаждёнными и помещать им сосредоточить свои силы для внезапной атаки, чтобы снова отбить взятое у них укрепление. Для рыцаря было особенно важно не допустить неприятеля произвести вылазку: он знал, что плохо вооружённые и вовсе не обученные добровольцы, которыми он командовал, не будут в состоянии выдержать натиск опытных воинов, составлявших свиту норманских рыцарей, так как те не только превосходили осаждающих своим вооружением, но и обладали спокойной самоуверенностью, возникающей под влиянием дисциплины и долгих военных упражнений.

Рыцарь воспользовался временем затишья, приказав соорудить плавучий мост или, вернее, длинный плот, с помощью которого он надеялся перебраться через ров. Устройство такого плота задерживало дальнейшее наступление, но предводители не очень жалели об этом промедлении, тем более что оно давало возможность Ульрике оказать осаждающим обещанную помощь.

Когда плот был готов. Чёрный Рыцарь обратился к осаждающим с такой речью:

— Больше ждать нечего, друзья мои. Солнце склоняется к западу, а у меня есть такое дело, которое не дозволит мне провести с вами ещё один день. К тому же будет чудо, если на помощь противнику из Йорка не подоспеет конница. Нам надо торопиться. Один из вас пойдёт к Локсли и скажет ему, чтобы он начинал стрельбу из луков с противоположной стороны замка и подвигался вперёд, как бы на приступ. А вы, стойкие английские молодцы, оставайтесь со мной и приготовьтесь спустить на воду плот, как только откроют ворота башни. Смело следуйте за мной по доскам и помогите мне разбить вон те ворота в главной стене крепости. Те из вас, кто не желает участвовать в этом деле или у кого нет подходящего оружия, пусть займут вершину передовой башни, хорошенько натянут луки и стреляют в каждого, кто покажется на противоположной стене замка. Благородный Седрик, ты возьмёшь на себя труд распоряжаться остающимися?

— О нет! Клянусь душой Херварда, — отвечал Сакс, — распоряжаться я не умею! Но пусть потомство проклинает меня и в могиле, если я не стану биться в первом ряду, куда бы ты ни повёл нас. Ведь это моё кровное дело, и потому мне прилично идти впереди всех.

— Подумай, однако, благородный Сакс, — возразил рыцарь, — на тебе ни панциря, ни кольчуги, ты в одном лёгком шлеме, а вместо ратных доспехов у тебя только шит да меч.

— Тем лучше, — отвечал Седрик. — Тем легче мне будет лезть на эту стену. И — не сочти за похвальбу, сэр рыцарь, — я тебе покажу сегодня, что саксонец с обнажённой грудью так же смело идёт в бой, как норманн в стальном панцире.

— Ну, так с богом! — сказал Чёрный Рыцарь. — Растворяйте ворота и спускайте на воду плавучий мост.

Ворота, которые вели из передовой башни ко рву и приходились напротив ворот для вылазок в главной стене замка, внезапно распахнулись. Плот столкнули на воду. Он образовал поперёк рва скользкий и опасный переход, на котором умещалось не больше двух человек в ряд. Вполне сознавая, как важно захватить неприятеля врасплох, Чёрный Рыцарь, а за ним и Седрик спрыгнули на плавучий мост и быстро перебрались на другой берег. Тут рыцарь принялся наносить громовые удары топором по воротам замка. От сыпавшихся сверху стрел и камней он был несколько защищён остатками подъёмного моста, уничтоженного храмовником во время отступления из передовой башни. Часть настила этого моста вместе с подъёмными блоками так и осталась прикреплённой к верхнему выступу портала, образуя нечто вроде навеса над Седриком и рыцарем. Люди, перешедшие по плавучему мосту вслед за рыцарем, были лишены этого прикрытия. Двое, пронзённые стрелами, были убиты наповал, двое других упали в ров, остальные поспешно скрылись в башне.

Положение Седрика и Чёрного Рыцаря было поистине опасно. Оно было бы ещё опаснее, если бы не дружная помощь стрелков, засевших в передовой башне: они не переставали осыпать стрелами бойницы на стенах, отвлекая внимание защитников замка и мешая им обрушивать на обоих вождей метательные снаряды, которые угрожали уничтожить навес над их головами. Тем не менее грозившая Чёрному Рыцарю опасность увеличивалась с каждой минутой.

— Не стыдно ли вам! — кричал де Браси своим солдатам. — Какие же вы стрелки, если эти два пса хозяйничают под самыми стенами замка! Сворачивайте зубцы с вершины стены и валите их вниз! Доставьте ломы, рычаги и своротите вот этот зубец! — Он указал на тяжёлый каменный выступ, украшенный резьбой и выдававшийся над парапетом.

В эту минуту осаждающие увидели красный флаг, выставленный из окна угловой башни, о которой Ульрика говорила Седрику. Отважный иомен Локсли, пробираясь в передовое укрепление, чтобы узнать, как идёт осада, первый заметил этот сигнал.

— Георгий Победоносец! — крикнул он. — Святой Георгий за Англию! Вперёд, смелые иомены! Что же вы оставили рыцаря и благородного Седрика? Вдвоём, что ли, они будут штурмовать крепость? Эй, монах, шальная голова, покажи, как ты умеешь драться за свои чётки! Вперёд, отважные иомены! Замок наш, у нас есть союзники внутри крепости. Видите красный флаг? Это условный сигнал. Замок Торкилстон наш! Подумайте о чести, о добыче! Ещё одно усилие — и мы возьмём крепость!

С этими словами он натянул лук и пронзил стрелой грудь одного из воинов, который, по приказу де Браси, принялся сдвигать огромный камень со стены, собираясь обрушить его на головы Седрика и Чёрного Рыцаря. Другой воин выхватил из рук умирающего железный лом, которым тот орудовал, подсунул его под каменный зубец, но меткая стрела вонзилась в его шлем, и он мёртвый упал через парапет в ров, полный воды. Остальные бойцы растерялись, видя, что никакие доспехи не могут устоять против страшного стрелка.

— Струсили, подлецы? — крикнул де Браси. — Mount joye Saint Denis![1] Подайте мне лом!

Он схватил лом и начал подсовывать под камень, который был так велик и тяжёл, что если бы упал вниз, то, наверно, сломал бы упоры подъёмного моста, служившие прикрытием для осаждающих, и, кроме того, потопил бы плот, по которому они переправились через ров. Все увидели опасность, и даже храбрейшие (в том числе

[1] Храни нас, святой Денис! (старофранц.)

и отважный отшельник) не решались ступить на плот. Локсли трижды стрелял в де Браси, и всякий раз стрела отскакивала от его непроницаемой брони.

— Чёрт бы побрал твои испанские доспехи! — ворчал Локсли. — Будь они сработаны английским кузнецом, мои стрелы давно бы прокололи их насквозь, как шёлк или холстину. — И он закричал во весь голос: — Эй, товарищи! Друзья! Благородный Седрик! Идите назад! Дайте свалить глыбу!

Но они не слышали его голоса, так как грохот, производимый топором рыцаря, разбивавшего ворота, мог бы заглушить даже двадцать боевых труб. Правда, верный Гурт спрыгнул на мостик и побежал предупредить Седрика об угрожавшей опасности или разделить его участь. Но предупреждение пришло бы слишком поздно, потому что громадный камень начинал уже колебаться и де Браси в конце концов свалил бы его вниз, если бы у самого его уха не раздался голос храмовника:

— Всё пропало, де Браси: замок горит.

— Да ты с ума сошёл! — воскликнул рыцарь.

— Вся западная сторона охвачена пламенем. Я пробовал тушить, но всё было тщетно.

Бриан де Буагильбер сообщил эту ужасную новость с суровым спокойствием, составлявшим основную черту его характера; но не так принял это известие его изумлённый товарищ.

— Святые угодники! — сказал де Браси. — Что делать? Обещаю поставить святому Николаю в Лиможе подсвечник из чистого золота...

— Не торопись со своими обетами, — прервал его храмовник. — Выслушай меня, веди своих людей вниз, будто бы на вылазку, раствори ворота. Там на плоту только двое человек, опрокинь их в ров, а сам со своими людьми бросайся к передовой башне. Тем временем я подоспею к наружным воротам и буду атаковать башню с той стороны. Если нам удастся снова овладеть этим пунктом, будь уверен, что мы сумеем защищаться до тех пор, пока не придут к нам на выручку, или по крайней мере сдадимся на выгодных условиях.

— Это хорошая мысль, — сказал де Браси. — Я свою задачу выполню… А ты, храмовник, меня не выдашь?

— Вот тебе моя рука и перчатка, не выдам, — отвечал Буагильбер. — Но надо спешить! Скорее, во имя бога!

Де Браси наскоро собрал своих людей и бросился вниз, к воротам, которые приказал распахнуть настежь. Как только это было исполнено, чудовищная сила Чёрного Рыцаря позволила ему ворваться внутрь, невзирая на сопротивление де Браси и его воинов. Двое передовых тотчас упали мёртвыми, а остальные были оттеснены назад, как ни старался их начальник остановить отступавших.

— Скоты! — кричал де Браси. — Неужели вы дадите двоим овладеть нашим единственным средством к спасению?

— Да ведь это сам чёрт! — сказал один старый воин, сторонясь от ударов Чёрного Рыцаря.

— А хоть бы и чёрт! — возразил де Браси. — В ад вы, что ли, хотите от него бежать? Замок горит, негодяи! Пусть отчаяние придаст вам храбрости, или пустите меня вперёд — я сам разделаюсь с этим рыцарем!

И вправду, в этот день де Браси постоял за свою рыцарскую честь и показал, что он достоин славы, завоёванной им в междоусобных войнах этого ужасного времени. Сводчатый проход в стене, куда вели ворота, стал ареной рукопашной схватки двух бойцов. Гулко отдавались под каменными сводами яростные удары, которые наносили они друг другу: де Браси — мечом, а Чёрный Рыцарь — тяжёлым топором. Наконец де Браси получил такой удар, отчасти отражённый щитом, что во весь рост растянулся на каменном полу.

— Сдавайся, де Браси, — сказал Чёрный Рыцарь, склонившись над ним и занеся над решёткой его забрала роковой кинжал, которым рыцари приканчивали поверженных врагов (оружие это называлось кинжалом милосердия), — сдавайся, Морис де Браси, покорись без оглядки, не то сейчас тебе конец!

— Не хочу сдаваться неизвестному победителю, — отвечал де Браси слабым голосом, — скажи мне своё имя или прикончи меня... Пусть никто не сможет сказать, что Морис де Браси сдался в плен безымянному простолюдину.

Чёрный Рыцарь прошептал несколько слов на ухо поверженному противнику.

— Сдаюсь в плен, — отвечал норманн, переходя от упрямого и вызывающего тона к полной, хотя и мрачной покорности.

— Ступай в передовую башню, — сказал победитель властно, — и там ожидай моих приказаний.

— Сначала позволь доложить тебе, — сказал де Браси, — что Уилфред Айвенго, раненый и пленённый, погибнет в горящем замке, если не оказать ему немедленной помощи.

— Уилфред Айвенго, — воскликнул Чёрный Рыцарь, — в плену и погибает! Если хоть один волос на его голове опалит огнём, всё население замка ответит мне за это жизнью. Укажи мне, в которой он комнате.

— Вон там витая лестница, — сказал де Браси. — Взойди наверх, она ведёт в его комнату... Если угодно, я провожу тебя, — прибавил он покорным тоном.

— Нет, иди в передовую башню и жди моих распоряжений. Я тебе не доверяю, де Браси.

В продолжение этой схватки и последовавшего за ней краткого разговора Седрик во главе отряда, среди которого особенно видное место занимал отшельник, оттеснил растерявшихся и впавших в отчаяние воинов де Браси; одни из них просили пощады, другие тщетно пытались сопротивляться, а большая часть бросилась бежать ко внутреннему двору. Сам де Браси поднялся на ноги и печальным взглядом проводил своего победителя.

— Он мне не доверяет! — прошептал де Браси. — Но разве я заслужил его доверие?

Он поднял меч, валявшийся на полу, снял шлем в знак покорности и, перейдя через ров, отдал свой меч иомену Локсли.

Пожар между тем разгорался всё сильнее; отсветы его постепенно проникли в ту комнату, где Ревекка ухаживала за раненым Айвенго. Шум возобновившейся битвы пробудил его от короткого сна. По его настоятельной просьбе заботливая сиделка снова заняла место у окна, с тем чтобы наблюдать за ходом борьбы и сообщать ему, что делается под стенами; но некоторое время она ничего не могла разобрать, так как всё заволокло какимто смрадным туманом. Наконец дым чёрными клубами ворвался в комнату; затем, невзирая на оглушительный шум сражения, послышались крики: «Воды, воды!» — и они поняли, что им угрожает новая опасность.

— Замок горит! — сказала Ревекка. — Пожар! Как нам спастись?

— Беги, Ревекка, спасай свою жизнь, — сказал Айвенго, — а мне уже нет спасения.

— Я не уйду от тебя, — отвечала Ревекка. — Вместе спасёмся или погибнем. Но, великий боже, мой отец, отец! Какая судьба постигнет его?

В эту минуту дверь распахнулась настежь, и на пороге появился храмовник. Вид его был ужасен: золочёные доспехи — проломлены и залиты кровью, а перья на шлеме частью сорваны, частью обгорели.

— Наконец-то я нашёл тебя, Ревекка! — сказал он. — Ты увидишь теперь, как я сдержу своё обещание делить с тобой и горе и радости. Нам остался один только путь к спасению. Я преодолел десятки препятствий, чтобы указать тебе этот путь, — вставай и немедля иди за мной.

— Одна я не пойду, — сказала Ревекка. — Если ты рождён от женщины, если есть в тебе хоть капля милосердия, если твоё сердце не так жестоко, как твоя железная броня, — спаси моего старого отца, спаси этого раненого рыцаря.

— Рыцарь, — отвечал храмовник со свойственным ему спокойствием, — всякий рыцарь, Ревекка, должен покоряться своей участи, хотя бы ему пришлось погибнуть от меча или огня. И какое мне дело до того, что станет с евреем?

— Свирепый воин, — воскликнула Ревекка, — я скорее погибну в пламени, чем приму спасение от тебя!

— Тебе не придётся выбирать, Ревекка, — один раз ты заставила меня отступить, но ни один смертный не добьётся от меня этого дважды.

С этими словами он схватил испуганно кричавшую девушку и унёс её вон из комнаты, невзирая на её отчаянные крики и на угрозы и проклятия, которые посылал ему вслед Айвенго:

— Храмовник, подлый пёс, позор своего ордена! Отпусти сейчас же эту девицу! Предатель Буагильбер! Это я, Айвенго, тебе приказываю! Негодяй! Ты заплатишь мне за это своей кровью.

— Я бы, пожалуй, не нашёл тебя, Уилфред, если бы не услышал твоих криков, — сказал Чёрный Рыцарь, входя в эту минуту в комнату.

— Если ты настоящий рыцарь, — отвечал Уилфред, — не заботься обо мне, а беги за тем похитителем, спаси леди Ровену и благородного Седрика.

— Всех по порядку, — сказал Рыцарь Висячего Замка, — но твоя очередь первая.

И, схватив на руки Айвенго, он унёс его так же легко, как храмовник унёс Ревекку, добежал с ним до ворот и, поручив свою ношу заботам двух иоменов, сам бросился обратно в замок выручать остальных пленных.

Одна башня была вся объята пламенем; огонь стремительно вырывался изо всех окон и бойниц. Но в других частях замка толщина стен и сводчатых потолков ещё противилась действию огня, и тут бушевала человеческая ярость, едва ли не более страшная и разрушительная, чем пламя пожара. Осаждающие преследовали защитников замка из одной комнаты в другую и, проливая их кровь, удовлетворяли ту жажду мести, которая давно уже накопилась у них против свирепых воинов тирана Фрон де Бефа. Большинство защищалось до последнего вздоха; немногие просили пощады, но никто не получил её. Воздух был наполнен стонами и звоном оружия, на полу было скользко от крови умирающих и раненых.

Среди этого смятения Седрик бегал по всему замку, отыскивая Ровену, а верный Гурт, поминутно рискуя жизнью, следовал за ним, чтобы отвратить удары, направленные на его хозяина. Благородному Саксу посчастливилось достигнуть комнаты его питомицы в ту минуту, когда она уже совершенно отчаялась в возможности спасения и, крепко прижимая к груди распятие, сидела в ожидании неминуемой смерти. Седрик поручил Ровену попечениям Гурта, приказав проводить её до передовой башни, куда путь был уже очищен от врагов и ещё не был преграждён пожаром. Покончив с этим делом, честный Седрик поспешил на выручку своему другу Ательстану, твёрдо решившись любой ценой спасти последнего отпрыска саксонской королевской фамилии. Но находчивость Вамбы уже обеспечила свободу ему самому и его товарищу по злоключениям, прежде чем Седрик дошёл до старинного зала.

Когда шум битвы возвестил, что сражение в самом разгаре, Вамба принялся кричать изо всех сил: «Святой Георгий и дракон! Победоносец святой Георгий, постой за родную Англию! Ура, наша взяла!» Чтобы эти крики были страшнее, он стал грохотать ржавым оружием, находившимся в зале, где они были заключены.

Часовой, стоявший в смежной комнате, струсил, но ещё больше испугался он шума, производимого Вамбой, и, растворив настежь наружную дверь, побежал доложить храмовнику, что неприятель ворвался в старый зал. Между тем пленники без всяких затруднений вышли в эту смежную комнату, а оттуда пробрались во двор замка, где разыгрывалась последняя схватка. Тут был высокомерный Буагильбер, верхом на коне, окружённый горстью конных и пеших защитников замка, сплотившихся вокруг своего знаменитого вождя, в надежде под его руководством как-нибудь спастись отсюда. Подъёмный мост был по его распоряжению спущен, но осаждающие уже успели занять его. Стрелки, которые до сих пор только издали обстреливали своими стрелами эту часть замка, как только увидели пожар и заметили, что подъёмный мост спускают, кинулись к воротам, чтобы помешать бегству защитников и обеспечить себе долю добычи, прежде чем замок успеет сгореть.

В то же время часть осаждающих, прорвавшаяся со стороны передового укрепления, только что проникла во двор и яростно нападала на уцелевших защитников, которые, таким образом, подверглись нападению и спереди и с тыла.

Одушевлённые отчаянием и ободрённые примером своего бесстрашного вождя, оставшиеся защитники замка дрались с величайшим мужеством; их было немного, но они были хорошо вооружены, и им удалось несколько раз оттеснить напиравшую на них толпу осаждающих. Ревекка, посаженная на лошадь одного из сарацинских невольников Буагильбера, находилась в самой середине его маленького отряда, и храмовник, невзирая на беспорядочный кровавый бой, всё время заботился о её безопасности. Он беспрестанно возвращался к ней и, не думая о том, как защитить самого себя, держал перед ней свой треугольный, выложенный сталью щит. Время от времени он покидал её, выскакивал вперёд, выкрикивая боевой клич, опрокидывал на землю нескольких передовых бойцов из числа нападавших и тотчас снова возвращался к Ревекке.

Ательстан, который, как известно читателю, был великий лентяй, но не трус, увидев на коне женскую фигуру, так ревностно охраняемую рыцарем Храма, вообразил, что это леди Ровена и что Буагильбер задумал её похитить, несмотря на её отчаянное сопротивление.

— Клянусь душой святого Эдуарда, — воскликнул он, — я отниму её у этого зазнавшегося рыцаря, и он умрёт от моей руки!

— Что вы делаете? — закричал Вамба. — Погодите! Поспешить — людей насмешить. Клянусь моей погремушкой, что это вовсе не леди Ровена. Вы посмотрите, какие у неё длинные чёрные волосы. Ну, раз вы не умеете отличать чёрного от белого, можете быть вождём, а я вам не свита. Не дам ломать себе кости неведомо ради кого. Да на вас и панциря нет. Подумайте, да разве шёлковая шапка устоит против стального меча? Ну, повадился кувшин по воду ходить, тут ему и голову сломить! Deus vobiscum, доблестный Ательстан! — заключил он свою речь, выпустив полу камзола, за которую старался удержать сакса.

Ательстан мигом схватил с земли палицу, выпавшую из рук умирающего бойца, и, размахивая ею направо и налево, кинулся к отряду храмовника, каждым ударом сбивая с ног то того, то другого из защитников замка, что при его мощной силе, разжигаемой внезапным припадком ярости, было нетрудно. Очутившись вскоре в двух шагах от Буагильбера, он громко крикнул ему:

— Поворачивай назад, вероломный храмовник! Отдавай сейчас ту, которой ты недостоин коснуться! Поворачивай» говорят тебе, ты, разбойник и лицемер из разбойничьего ордена!

— Пёс! — произнёс Буагильбер, заскрежетав зубами. — Я покажу тебе, что значит богохульствовать против священного ордена рыцарей Сионского Храма!

С этими словами он повернул коня и, заставив его взвиться на дыбы, приподнялся на стременах, а в то мгновение, когда лошадь опускалась на передние ноги, использовал силу её падения и нанёс Ательстану сокрушительный удар мечом по голове.

Правду говорил Вамба, что шёлковая шапка не защитит от стального меча. Напрасно Ательстан попытался парировать удар своей окованной железом палицей. Острый меч храмовника разрубил её, как тростинку, и обрушился на голову злополучного сакса, который замертво упал на землю.

— А! Босеан! — воскликнул Буагильбер. — Вот как мы расправляемся с теми, кто оскорбляет рыцарей Храма. Кто хочет спастись — за мной!

И, устремившись через подъёмный мост, он, пользуясь замешательством, вызванным падением Ательстана, рассеял стрелков, пытавшихся остановить его. За ним поскакали его сарацины и человек пять-шесть воинов, успевших вскочить на коней. Отступление храмовника было тем более опасно, что целая туча стрел понеслась вслед за ним и его отрядом. Ему удалось доскакать до передовой башни, которой Морис де Браси должен был овладеть, согласно их первоначальному плану.

— Де Браси! — закричал он. — Де Браси, здесь ли ты?

— Здесь, — отозвался де Браси, — но я пленный.

— Могу я выручить тебя? — продолжал Буагильбер.

— Нет, — отвечал де Браси, — я сдался в плен на милость победителя и сдержу своё слово. Спасайся сам. Сокол прилетел. Уходи из Англии за море. Больше ничего не смею тебе сказать.

— Ладно, — сказал храмовник, — оставайся, коли хочешь, но помни, что и я сдержал своё слово. Какие бы соколы ни прилетали, полагаю, что от них можно укрыться в прецептории Темплстоу, — это убежище надёжное, туда я и отправлюсь, как цапля в своё гнездо.

Сказав это, он поскакал дальше, а за ним и его свита.

После отъезда храмовника те из защитников замка, которым не удалось бежать с ним, продолжали оказывать отчаянное сопротивление осаждавшим, так как не надеялись на пощаду. Огонь быстро распространялся по всему зданию. Вдруг Ульрика, виновница пожара, появилась на верху одной из боковых башен, словно какая-то древняя фурия, и громко запела боевую песню, похожую на те, какие во времена язычества распевали саксонские скальды на полях сражений. Её растрёпанные волосы длинными прядями развевались вокруг головы, безумное упоение местью сверкало в её глазах, она размахивала в воздухе своей прялкой, точно одна из роковых сестёр, по воле которых прядётся и прекращается нить человеческой жизни. Предание сохранило несколько строф того варварского гимна, который она пела среди окружённого огнём побоища:

Точите мечи,
Дракона сыны!
Факел зажги,
Хенгиста дочь!
Мы не на пиршестве мясо разрежем
Крепким, широким и острым ножом.
Факел не к мирному ложу невесты
Пламенем синим нам путь осветит.
Точите мечи — ворон кричит!
Факел зажги — ревёт Зернебок!
Точите мечи. Дракона сыны!
Факел зажги, Хенгиста дочь!
Тучею чёрною замок окутан,
Как всадник — на туче летящий орёл.
Наездник заоблачный, ты не тревожься,
Пир твой готов.
Девы Валгаллы, ждите гостей -
Хенгиста племя вам их пошлёт.
О чернокудрые девы Валгаллы,
Радостно в бубны бейте свои!
Множество воинов гордых придёт
К вам во дворец.
Вот темнота опустилась на замок,
Тучи вокруг собрались.
Скоро они заалеют, как кровь!
Красная грива того, кто леса разрушает,
Взметнётся над ними!
Это он, сжигающий замки,
Пылающим знаменем машет,
Знамя его багровеет
Над полем, где храбрые бьются.

Рад он звону мечей и щитов,
Любит лизать он шипящую кровь,
что из раны течёт.
Всё погибает, всё погибает!
Меч разбивает шлемы,
Копьё пронзает доспехи,
Княжьи хоромы огонь пожирает.
Удары таранов разрушат ограду.
Всё погибает! Всё погибает!
Хенгиста род угас,
Имя Хорсы забыто!
Не бойтесь судьбы своей, дети мечей!
Пусть кинжалы пьют кровь, как вино!
Угощайтесь на пиршестве битвы!
Озаряют вас стены в огне!
Крепко держите мечи, пока горяча ваша кровь,
Ни пощады, ни страха не знайте!
Мщения время пройдёт,
Ненависть скоро угаснет,
Скоро сама я погибну!

Неудержимое пламя победило теперь все препятствия и поднялось к вечерним небесам одним громадным огненным столбом, который был виден издалека. Одна за другой обрушивались высокие башни; горящие крыши и балки летели вниз; сражающиеся были вытеснены со двора замка. Немногие из побеждённых, оставшиеся в живых, разбежались по соседним лесам. Победители с изумлением и даже со страхом взирали на пожар, отблески которого окрашивали багровым цветом их самих и их оружие. Исступлённая фигура саксонски Ульрики ещё долго виднелась на верхушке избранного ею пьедестала. Она с воплями дикого торжества взмахивала руками, словно владычица пожарища, ею зажжённого. Наконец и эта башня с ужасающим треском рухнула, и Ульрика погибла в пламени, уничтожившем её врага и тирана. Ужас сковал язык всем бойцам, и в течение нескольких минут они не шелохнулись, только осеняли себя крёстным знамением. Потом раздался голос Локсли:

— Радуйтесь, иомены: гнездо тиранов разрушено! Тащите добычу на сборное место, к дубу у Оленьего холма: на рассвете мы честно разделим всё между собою и нашими достойными союзниками, которые помогли нам выполнить это великое дело мщения.

Глава XXXII

Есть в каждом государстве свой порядок:
Уставы городов, царей указы,
И даже у разбойников лесных
Гражданственности видим мы подобье.
Так повелось не со времён Адама -
Законы были созданы позднее,
Чтобы тесней объединить людей.

Старинная пьеса

Утренее солнце озарило лужайки дубового леса. Зелёные ветви засверкали каплями жемчужной росы. Лань вывела детёныша из чащи на открытую поляну, и не было поблизости ни одного охотника, чтобы выследить и облюбовать стройного оленя, который величавой поступью расхаживал во главе своего стада.

Разбойники собрались вокруг заветного дуба у Оленьего холма. Они провели ночь, подкрепляя свои силы после вчерашней осады: одни — вином, другие — сном, а многие слушали или сами рассказывали различные происшествия боя или же подсчитывали добычу, попавшую после победы в распоряжение их начальника.

Добыча эта была очень значительна. Несмотря на то, что многое сгорело во время пожара, бесстрашные молодцы всё-таки награбили множество серебряной посуды, дорогого оружия и великолепного платья. Однако никто из них не пытался самовольно присвоить себе хотя бы малейшую часть добычи, в ожидании дележа сваленной в общую кучу.

Место сборища было у старого дуба. Но это было не то дерево, к которому Локсли привёл в первый раз Гурта и Вамбу. Этот дуб стоял среди лесной котловины, на расстоянии полумили от разрушенного замка Торкилстон. Локсли занял своё место — трон из дёрна, воздвигнутый под сплетёнными ветвями громадного дерева, а его лесные подданные столпились кругом. Он указал

Чёрному Рыцарю место по правую руку от себя, а слева посадил Седрика.

— Простите меня за мою смелость, благородные гости, — сказал он, — но в этих дебрях я повелитель: это моё царство, и мои отважные вассалы возымели бы низкое понятие о моём могуществе, если бы я вздумал в пределах своих владений уступить власть кому-нибудь другому... Но где же наш капеллан? Куда девался куцый монах? Христианам прилично начать деловой день с утренней молитвы.

Оказалось, что никто не видел причетника из Копменхерста.

— Помилуй бог! — сказал вождь разбойников. — Надеюсь, что наш весёлый монах опоздал потому, что чуточку пересидел, беседуя с флягою вина. Кто его видел после взятия замка?

— Я, — отозвался Мельник. — Я видел, как он возился у дверей одного подвала и клялся всеми святыми, что отведает, какие у барона Фрон де Бефа водились гасконские вина.

— Ну, — сказал Локсли, — пусть же святые, сколько их ни есть, охранят его от искушения там напиться. Как бы он не погиб под развалинами замка. Мельник, возьми с собой отряд людей и ступай туда, где ты его приметил в последний раз. Полейте водой изо рва накалившиеся камни. Я готов разобрать все развалины по камешку, только бы не лишиться моего куцего монаха.

Несмотря на то, что каждому хотелось присутствовать при дележе добычи, охотников исполнить поручение предводителя нашлось очень много. Это показывало, насколько все были привязаны к своему духовному отцу.

— А мы тем временем приступим к делу, — сказал Локсли. — Как только пройдёт молва о нашем смелом деле, отряды де Браси, Мальвуазена и других союзников барона Фрон де Бефа пустятся нас разыскивать, и нам лучше поскорее убраться из здешних мест... Благородный Седрик, — продолжал он, обращаясь к Саксу, — добыча разделена, как видишь, на две кучи: выбирай, что тебе понравится, для себя и для своих слуг, участников нашего общего сражения.

— Добрый иомен, — сказал Седрик, — сердце моё подавлено печалью. Нет более благородного Ательстана Конингсбургского, последнего отпрыска блаженного Эдуарда Исповедника. С ним погибли такие надежды, которым никогда более не сбыться. Его кровь погасила такую искру, которую больше не раздуть человеческим дыханием. Мои слуги, за исключением немногих, состоящих теперь при мне, только и ждут моего возвращения, чтобы перевезти его благородные останки к месту последнего успокоения. Леди Ровена пожелала воротиться в Ротервуд, и необходимо проводить её под охраной сильного отряда вооружённых слуг. Так что мне бы следовало ещё раньше отбыть из этих мест. Но я ждал не добычи — нет, клянусь богом и святым Витольдом, ни я, ни кто-либо из моих людей не притронется к ней! Я ждал только возможности принести мою благодарность тебе и твоим храбрым товарищам за сохранение нашей жизни и чести.

— Как же так, — сказал Локсли, — мы сделали самое большее только половину дела. Если тебе самому ничего не нужно, то возьми хоть что-нибудь для твоих соседей и сторонников.

— Я достаточно богат, чтобы наградить их из своей казны, — отвечал Седрик.

— А иные, — сказал Вамба, — были настолько умны, что сами себя наградили. Не с пустыми руками ушли. Не все ведь ходят в дурацких колпаках.

— И хорошо сделали, — сказал Локсли. — Наши уставы обязательны только для нас самих.

— А ты, мой бедняга, — сказал Седрик, обернувшись и обняв своего шута, — как мне наградить тебя, не побоявшегося предать своё тело оковам и смерти ради моего спасения? Все меня покинули, один бедный шут остался мне верен.

Когда суровый тан произносил эти слова, в глазах у него стояли слёзы — такого проявления чувства не могла вызвать даже смерть Ательстана; в беззаветной преданности шута было нечто такое, что взволновало Седрика гораздо глубже, чем печаль по убитому.

— Что же это такое? — сказал шут, вырываясь из объятий своего хозяина. — Ты платишь за мои услуги солёной водой? Этак и шуту придётся плакать за компанию. А как же он станет шутить? Слушай-ка, дядюшка, если, в самом деле, хочешь доставить мне удовольствие, прости, пожалуйста, моего приятеля Гурта за то, что он украл одну недельку службы у тебя и отдал её твоему сыну.

— Простить его! — воскликнул Седрик. — Не только прощаю, но и награжу его. Гурт, становись на колени!

Свинопас мгновенно повиновался.

— Ты больше не раб и не невольник, — промолвил Седрик, дотронувшись до него жезлом, — отныне ты свободный человек и волен проживать в городах и вне городов, в лесах и в чистом поле. Дарую тебе участок земли в моём Уолбругемском владении, прими его от меня и моей семьи в пользу твою и твоей семьи отныне и навсегда, и пусть бог покарает всякого, кто будет тому противиться.

Уже не раб, а свободный человек и землевладелец, Гурт вскочил на ноги и дважды высоко подпрыгнул.

— Кузнеца бы мне, пилу! — воскликнул он. — Долой этот ошейник с вольного человека! Благородный господин мой, от вашего дара я стал в два раза сильней и драться за вас буду в два раза лучше! Свободная душа в моей груди! Совсем другим человеком стал и для себя и для всех! Что, Фанге, — продолжал он, обращаясь к верному псу, который, увидев восторг своего хозяина, принялся в знак сочувствия скакать около него, — узнаешь ли ты своего хозяина?

— Как же, — сказал Вамба, — мы с Фангсом всё ещё признаём тебя, Гурт, даром что сами не избавились от ошейника; лишь бы ты нас не забывал теперь, да и сам не слишком бы забывался.

— Скорее я себя самого забуду, чем тебя, мой друг и товарищ, — сказал Гурт, — а если бы свобода тебе подходила, Вамба, хозяин, наверно, дал бы волю и тебе.

— Нет, братец Гурт, — сказал Вамба, — не подумай, что я тебе завидую: раб-то сидит себе у тёплой печки, а вольный человек сражается. Сам знаешь, что говорил Олдхелм из Момсбери: дураку за обедом лучше, чем умному в драке.

Послышался стук копыт, и появилась леди Ровена в сопровождении нескольких всадников и большого отряда пеших слуг. Они весело потрясали своими пиками и стучали алебардами, радуясь её освобождению. Сама она, в богатом одеянии, верхом на гнедом коне, вновь обрела свою прежнюю величавую осанку. Только необычайная бледность её напоминала о перенесённых страданиях. Её прелестное лицо было грустно, но в глазах светились вновь пробудившиеся надежды на будущее и признательность за избавление от минувших зол. Она знала, что Айвенго жив, и знала, что Ательстан умер. Первое наполняло её сердце искренним восторгом, и она чувствовала невольное (и довольно простительное) облегчение от сознания, что теперь кончились её недоразумения с Седриком в том вопросе, в котором её желания расходились с замыслами её опекуна.

Когда Ровена приблизилась к месту, где сидел Локсли, храбрый иомен и все его сподвижники встали и пошли ей навстречу. Щёки её окрасились румянцем, она приветствовала их жестом руки и, наклонившись так низко, что её великолепные распущенные косы на минуту коснулись гривы коня, в немногих, но достойных словах выразила самому Локсли и его товарищам свою признательность за всё, чем она была им обязана.

— Да благословит вас бог! — сказала она в заключение. — Молю бога и его пречистую матерь наградить вас, храбрые мужи, за то, что вы с опасностью для своей жизни заступились за угнетённых. Кто из вас будет голоден, помните, что у Ровены есть чем накормить вас, для жаждущих у неё довольно вина и пива. А если бы норманны вытеснили вас из здешних мест, знайте, что у Ровены есть свои лесные угодья, где её спасители могут бродить сколько им вздумается, и ни один сторож не посмеет спрашивать, чья стрела поразила оленя.

— Благодарю, благородная леди, — отвечал Локсли, — благодарю за себя и за товарищей. Но ваше спасение само является для нас наградой. Скитаясь по зелёным лесам, мы совершаем немало прегрешений, так пусть же избавление леди Ровены зачтётся нам во искупление грехов.

Ровена ещё раз низко поклонилась и повернула коня, но не отъехала, дожидаясь, пока Седрик прощался с Локсли и его сподвижниками. Но тут совершенно неожиданно она очутилась лицом к лицу с пленным де Браси. Он стоял под деревом в глубоком раздумье, скрестив руки на груди, и Ровена надеялась, что он её не заметит. Но он поднял голову, и при виде её яркая краска стыда залила его красивое лицо. С минуту он стоял нерешительно, потом шагнул вперёд, взял её лошадь под уздцы и опустился на колени:

— Удостоит ли леди Ровена бросить хоть один взгляд на пленного рыцаря, опозоренного воина?

— Сэр рыцарь, — отвечала Ровена, — в действиях, подобных вашим, настоящий позор не в поражении, а в успехе.

— Победа должна смягчать сердца, — продолжал рыцарь. — Лишь бы мне знать, что леди Ровена прощает оскорбление, нанесённое ей под влиянием несчастной страсти, и она вскоре увидит, что де Браси сумеет служить ей и более благородным образом.

— Прощаю вас, сэр рыцарь, — сказала Ровена, — прощаю как христианка.

— Это значит, что она вовсе и не думает его прощать, — сказал Вамба.

— Но я никогда не прощу тех зол и бедствий, которые были последствиями вашего безумия, — продолжала Ровена.

— Отпусти уздечку, не держи коня этой дамы! — сказал Седрик подходя. — Клянусь ясным солнцем, если бы ты не был пленником, я бы пригвоздил тебя к земле моим дротиком. Но будь уверен, Морис де Браси, что ты ещё ответишь мне за своё участие в этом гнусном деле.

— Пленному угрожать легко, — сказал де Браси. — Впрочем, какой же вежливости можно ждать от сакса!

Он отступил на два шага и пропустил Ровену вперёд.

Перед отъездом Седрик горячо благодарил Чёрного Рыцаря и приглашал его с собой в Ротервуд.

— Я знаю, — говорил он, — что у вас, странствующих рыцарей, всё счастье — на острие копья. Вас не прельщают ни богатства, ни земли. Но удача в войне переменчива, подчас захочется тихого угла и тому, кто всю жизнь воевал да странствовал. Ты себе заработал такой приют в Ротервуде, благородный рыцарь. Седрик так богат, что легко может поправить твоё состояние, и всё, что имеет, он с радостью предлагает тебе. Поэтому приезжай в Ротервуд и будь там не гостем, а сыном или братом.

— Я и то разбогател от знакомства с Седриком, — отвечал рыцарь. — Он научил меня ценить саксонскую добродетель. Я приеду в Ротервуд, честный Сакс, скоро приеду, но в настоящее время неотложные и важные дела мешают мне воспользоваться твоим приглашением. А может случиться, что, приехав, я потребую такой награды, которая подвергнет испытанию даже твою щедрость.

— Заранее на всё согласен, — молвил Седрик, с готовностью хлопнув ладонью по протянутой ему руке в железной перчатке. — Бери что хочешь, хотя бы половину всего, что я имею.

— Ну, смотри не расточай своих обещаний с такой лёгкостью, — сказал Рыцарь Висячего Замка. — Впрочем, я всё же надеюсь получить желаемую награду. А пока прощай!

— Я должен предупредить тебя, — прибавил Сакс, — что, пока будут продолжаться похороны благородного Ательстана, я буду жить в его замке, Конингсбурге. Залы замка будут всё время открыты для всякого, кто пожелает участвовать в погребальной тризне. Я говорю от имени благородной Эдит, матери покойного Ательстана: двери этого замка всегда будут открыты для того, кто так храбро, хотя и безуспешно, потрудился ради избавления Ательстана от норманских оков и от норманского меча.

— Да, да, — молвил Вамба, занявший своё обычное место возле хозяина, — там будет превеликое кормление. Жалко, что благородному Ательстану нельзя покушать на своих собственных похоронах. Но, — прибавил шут с серьёзным видом, подняв глаза к небу, — он, вероятно, теперь ужинает в раю, и, без сомнения, с аппетитом.

— Не болтай и поезжай вперёд! — сказал Седрик. Воспоминания об услуге, недавно оказанной Вамбой, смягчили его гнев, вызванный неуместной шуткой дурака.

Ровена грациозно помахала рукой, посылая прощальное приветствие Чёрному Рыцарю. Сакс пожелал ему удачи, и они отправились в путь по широкой лесной дороге.

Едва они отъехали, как из чащи показалась другая процессия и, обогнув опушку леса, направилась вслед за Седриком, Ровеной и их свитой. То были монахи соседнего монастыря, привлечённые известием, что Седрик сулит богатые пожертвования на «помин души». Они сопровождали носилки с телом Ательстана и пели псалмы, пока вассалы покойного печально и медленно несли его на плечах в замок Конингсбург. Там его должны были схоронить в усыпальнице рода Хенгиста, от которого Ательстан вёл свою длинную родословную. Молва о его кончине привлекла сюда многих его вассалов, и они в печали следовали за носилками. Разбойники снова встали, оказывая этим уважение смерти, как перед тем красоте. Тихое пение и мерное шествие монахов напоминали им о тех ратных товарищах, которые пали накануне, во время сражения. Но подобные воспоминания недолго держатся в умах людей, проводящих жизнь среди опасностей и смелых нападений: не успели замереть вдали последние отголоски похоронных песнопений, как разбойники снова занялись дележом добычи.

— Доблестный рыцарь, — сказал Локсли Чёрному Рыцарю, — без вашего мужества и могучей руки нас неминуемо постигла бы неудача, а потому не угодно ли вам выбрать из этой кучи добра то, что вам понравится, на память о заветном дубе?

— Принимаю ваше предложение так же искренне, как вы его сделали, — отвечал рыцарь, — и прошу вас отдать в моё распоряжение сэра Мориса де Браси.

— Он и так твой, — сказал Локсли, — и это для него большое счастье. Иначе висеть бы ему на самом высоком суку этого дерева, а вокруг мы повесили бы его вольных дружинников, каких удалось бы изловить. Но он твой пленник, и потому я его не трону, даже если бы он перед этим убил моего отца.

— Де Браси, — сказал Чёрный Рыцарь, — ты свободен! Ступай! Тот, кто взял тебя в плен, гнушается мстить за прошлое. Но впредь будь осторожен, берегись, как бы не постигла тебя худшая участь. Говорю тебе, Морис де Браси, берегись!

Де Браси молча низко поклонился, и когда повернулся, чтобы уйти, все иомены разразились проклятиями и насмешками. Гордый рыцарь остановился, повернулся к ним лицом, скрестил руки, выпрямился во весь рост и воскликнул:

— Молчать, собаки! Теперь залаяли, а когда травили оленя, так не решались подойти! Де Браси презирает ваше осуждение и не ищет ваших похвал. Убирайтесь назад в свои логова и трущобы, подлые грабители. Молчать, когда благородные рыцари говорят вблизи ваших лисьих нор!

Если бы предводитель иоменов не поспешил вмешаться, эта неуместная выходка могла бы навлечь на Мориса де Браси целую тучу стрел. Между тем де Браси схватил за повод одного из осёдланных коней, выведенных из конюшен барона Фрон де Бефа и составлявших едва ли не самую ценную часть награбленной добычи, мигом вскочил на него и ускакал в лес.

Когда сумятица, вызванная этим происшествием, несколько улеглась, предводитель разбойников снял со своей шеи богатый рог и перевязь, недавно доставшиеся ему на состязании стрелков близ Ашби.

— Благородный рыцарь, — сказал он Чёрному Рыцарю, — если не побрезгаете принять в подарок охотничий рог, побывавший в употреблении у английского иомена, прошу вас носить его в память о доблестных ваших подвигах. А если есть у вас на уме какая-нибудь затея и если, как нередко случается с храбрыми рыцарями, понадобится вам дружеская помощь в лесах между Трентом и Тисом, вы только протрубите в этот рог вот так: «Уо-хо-хо-о!» — и очень может быть, что тотчас явится вам подмога.

Тут он несколько раз кряду протрубил сигнал, пока рыцарь не запомнил его.

— Большое спасибо за подарок, отважный иомен! — сказал рыцарь. — Лучших помощников, чем ты и твои товарищи, я и искать не стану, как бы круто мне ни пришлось.

Он взял рог и, в свою очередь, затрубил тот же сигнал так, что по всему лесу пошли отголоски.

— Славно ты трубишь, очень чисто у тебя выходит, — сказал иомен. — Провалиться мне на этом месте, коли ты не такой же знатный охотник, как знатный воин. Бьюсь об заклад, что ты на своём веку пострелял довольно дичи. Друзья, хорошенько запомните этот призыв: он будет сигналом Рыцаря Висячего Замка. Всякого, кто его услышит и не поспешит на помощь, я велю гнать из нашего отряда тетивой от его собственного лука.

— Слава нашему предводителю! — закричали иомены. — Да здравствует Чёрный Рыцарь Висячего Замка! Пусть скорее нас позовёт, мы докажем, что рады служить ему!

Наконец Локсли приступил к дележу добычи и проделал это с похвальным беспристрастием. Десятую долю всего добра отчислили в пользу церкви и на богоугодные дела; ещё одну часть отделили в своеобразную общественную казну; другую часть — на долю вдов и сирот убитых, а также на панихиды за упокой души тех, которые не оставили после себя семьи. Остальное поделили между всеми членами отряда согласно их положению и заслугам. Во всех сомнительных случаях начальник находил удачное решение, и ему подчинялись беспрекословно. Чёрный Рыцарь немало удивлялся тому, как эти люди, стоявшие вне закона, сумели установить в своей среде такой справедливый и строгий порядок, и всё, что он видел, подтверждало его высокое мнение о беспристрастности и справедливости их предводителя.

Каждый отобрал свою долю добычи; казначей с четырьмя рослыми иоменами перетаскал всё предназначенное в общую казну в какое-то потаённое место; но всё добро, отчисленное на церковь, оставалось нетронутым.

— Хотелось бы мне знать, — сказал Локсли, — что сталось с нашим весёлым капелланом. Прежде никогда не случалось, чтобы он отсутствовал, когда надо было благословить трапезу или делить добычу. Это его дело — распорядиться десятой долей нашей добычи; быть может, эта обязанность зачтётся ему во искупление некоторых нарушений монашеского устава. Кроме того, есть у меня тут поблизости пленный, тоже духовного звания, так мне бы хотелось, чтобы наш монах помог мне с ним обойтись как следует. Боюсь, не видеть нам больше нашего весельчака.

— Я бы искренне пожалел об этом, — сказал Чёрный Рыцарь, — я у него в долгу за гостеприимство и за весёлую ночь, проведённую в его келье. Пойдём назад, к развалинам замка; быть может, там что-нибудь узнаем о нём.

Только он произнёс эти слова, как громкие возгласы иоменов возвестили приближение того, о ком они беспокоились. Богатырский голос монаха был слышен ещё издали.

— Расступитесь, дети мои! — кричал он. — Шире дорогу вашему духовному отцу и его пленнику! Ну-ка, ещё раз! Здоровайтесь погромче! Я возвратился, мой благородный вождь, как орёл с добычей в когтях.

И, прокладывая дорогу сквозь толпу под всеобщий хохот, он торжественно приблизился к дубу. В одной руке он держал тяжёлый бердыш, а в другой — уздечку, конец которой был обмотан вокруг шеи несчастного Исаака. Бедный еврей, согбенный горем и ужасом, насилу тащился за победоносным монахом.

— Где же Аллен-менестрель, чтобы воспеть мои подвиги в балладе или хоть побасёнку сочинить? Ей-богу, этот шут гороховый всегда путается под ногами, когда ему нечего делать, а вот когда он нужен, чтобы прославить доблесть, его и в помине нет!

— Куцый монах, — сказал предводитель, — ты, кажется, с раннего утра промочил себе горло? Скажи на милость, кого это ты подцепил?

— Собственным мечом и копьём добыл себе пленника, благородный начальник, — отвечал причетник из Копменхерста, — или, лучше сказать, луком и алебардой. А главное, я его избавил от худшего плена. Говори, еврей, не я ли тебя вырвал из власти сатаны? Разве я не научил тебя истинной вере в святого отца и деву Марию? Не я ли всю ночь напролёт пил за твоё здоровье и излагал тебе таинства нашей веры?

— Ради бога милосердного, — воскликнул бедный еврей, — отвяжите меня от этого сумасшедшего, то есть, я хотел сказать, от этого святого человека!

— Как так, еврей? — сказал отшельник, принимая грозный вид. — Ты опять отступаешь от веры? Смотри у меня, если вздумаешь снова впасть в беззаконие! Хоть ты и не слишком жирен, всё-таки тебя можно поджарить. Слушай хорошенько, Исаак, и повторяй за мной: «Ave Maria…»

— Нет, шальной монах, кощунствовать не дозволяется, — сказал Локсли. — Расскажи лучше, где и как ты нашёл своего пленника?

— Клянусь святым Дунстаном, — сказал отшельник, — нашёл я его в таком месте, где думал найти кое-что получше. Я спустился в подвалы посмотреть, нельзя ли спасти какое-нибудь добро, потому что хоть и правда, что стакан горячего вина, вскипячённого со специями, годится на сон грядущий и для императора, однако зачем же сразу кипятить его так много? Вот ухватил я бочонок испанского вина и пошёл созвать на помощь побольше народу. Но где же разыщешь этих лентяев? Известно, их никогда нельзя найти, если нужно сделать доброе дело. Вдруг вижу крепкую дверь. Ага, подумал я, вот, значит, где самые-то отборные вина — они в отдельном тайнике. А перепуганный виночерпий, видно, сбежал, оставив ключ в замке. Я вошёл в тайник, а там ровно ничего нет. Только ржавые цепи валяются да ещё вот этот еврей-собака, который сдался мне в плен на милость победителя. Я едва успел пропустить стаканчик вина для подкрепления сил после возни с нечестивцем и собирался вместе с пленником вылезть из подвала, как вдруг раздался страшнейший грохот, точно гром ударил. Это обрушилась одна из крайних башен — чёрт бы побрал того, кто её так худо выстроил! — и обломками завалило выход из подвала. Тут стали валиться одна башня за другой, и я подумал — не жить мне больше на свете.

В моём звании непристойно отправляться на тот свет в обществе еврея, ну я и замахнулся алебардой, чтобы раскроить ему череп, да жаль стало его седых волос. Тогда отложил я боевое оружие, взялся за духовное и стал обращать еврея в христианскую веру. И верно, с благословения святого Дунстана, семя попало на добрую почву. Всю ночь напролёт объяснял я ему значение таинств и совсем обессилел, потому что если я и прихлёбывал изредка по глоточку вина для подкрепления, так это не в счёт. Вот Гилберт и Виббальд — свидетели. Они скажут, в каком виде меня застали, я совсем обессилел.

— Как же, — сказал Гилберт, — мы и вправду свидетели. Когда мы разгребли щебень и с помощью святого Дунстана отыскали ход в подвал, бочонок с вином оказался наполовину пуст, еврей полумёртв, а монах почти совсем обессилен, как он говорит.

— Вот и врёшь, негодяй! — возразил обиженный монах. — Ты сам со своими товарищами и выпил весь бочонок и сказал, что это только утренняя порция. А я — будь я еретик, коли не берег этого вина для нашего начальника! Но это не беда. Главное, что я обратил еврея, и он понимает всё, что ему говорил, почти так же хорошо, как я сам, коли не лучше.

— Слушай-ка, еврей, — сказал Локсли, — это правда? Точно ли ты отказался от своей веры?

— Пощадите меня, милосердный господин! — сказал еврей. — Я ни словечка не расслышал из всего, что почтенный прелат говорил мне в течение этой ужасной ночи! Увы, я так терзался и страхом, и печалью, и горем, что если бы даже сам святой праотец Авраам пришёл поучать меня, я и то оставался бы глух к его голосу.

— Врёшь, еврей, ведь сам знаешь, что врёшь! — сказал монах. — Я тебе напомню только одно словечко из всего нашего разговора: помнишь, как ты обещался отдать всё своё состояние нашему святому ордену?

— Клянусь богом, милостивые господа, — воскликнул Исаак, встревоженный ещё больше прежнего, — никогда мои уста не произносили такого обета! Я бедный, нищий старик, боюсь, что теперь даже и бездетный! Сжальтесь надо мной, отпустите меня!

— Нет, — подхватил отшельник, — если ты отказываешься от обещания, данного в пользу святой церкви, ты подлежишь строжайшему наказанию.

Сказав это, он поднял алебарду и собирался рукояткой хорошенько стукнуть несчастного еврея, но Чёрный Рыцарь заступился за старика и тем самым обратил гнев святого отца на собственную особу.

— Клянусь святым Фомой из Кента, — закричал причетник, — я тебя научу соваться не в своё дело, сэр Лентяй, даром что ты спрятался в железный ящик!

— Ну-ну, — сказал рыцарь, — зачем же на меня гневаться? Ведь ты знаешь, что я поклялся быть тебе другом и товарищем.

— Ничего такого я не знаю, — отвечал монах, — а хочу с тобой подраться, потому что ты пустомеля и нахал.

— Как же так, — возразил рыцарь, которому, по-видимому, нравилось поддразнивать своего недавнего хозяина, — неужели ты забыл, что ради меня (я не хочу поминать искушения в образе винной фляги и пирога) ты добровольно нарушил свой обет воздержания и поста?

— Знаешь ли, друг, — молвил отшельник, сжимая свой здоровенный кулак, — я хвачу тебя по уху!

— Таких подарков я не принимаю, — сказал рыцарь. — Зато могу взять у тебя пощёчину взаймы. Изволь, только я тебе отплачу с такими процентами, каких и пленник твой никогда не видывал.

— А вот посмотрим, — сказал монах.

— Стой! — закричал Локсли. — Что ты это затеял, шальной монах? Ссориться под нашим заветным деревом?

— Это не ссора, — успокоил его рыцарь, — а просто дружеский обмен любезностями. Ну, монах, ударь, как умеешь. Я устою на месте. Посмотрим, устоишь ли ты.

— Тебе хорошо говорить, имея на голове этот железный горшок, — сказал монах, — но всё равно я тебя свалю с ног, будь ты хоть сам Голиаф в медном шлеме.

Отшельник обнажил свою жилистую руку по самый локоть и изо всех сил ударил рыцаря кулаком по уху. Такая затрещина могла бы свалить здорового быка, но противник его остался недвижим, как утёс. Громкий крик одобрения вырвался из уст иоменов, стоявших кругом: кулак причетника вошёл в пословицу между ними, и большинство на опыте узнало его мощь — кто в шуточных потасовках, а кто и в серьёзных.

— Видишь, монах, — сказал рыцарь, снимая свою железную перчатку, — хотя на голове у меня и было прикрытие, но на руке ничего не будет. Держись!

— Geman meam dedi vapulatori — сиречь, подставляю щеку мою ударяющему, — сказал монах, — и я наперёд говорю тебе: коли ты сдвинешь меня с места, я дарю тебе выкуп с еврея полностью.

Так говорил монах, принимая гордый и вызывающий вид. Но от судьбы не уйдёшь. От могучего удара рыцаря монах кубарем полетел на землю, к великому изумлению всех зрителей. Однако он встал и не выказал ни гнева, ни уныния.

— Знаешь, братец, — сказал он рыцарю, — при такой силе надо быть осторожнее. Как я буду теперь обедню служить, коли ты мне челюсть свернул? Ведь и на дудке не сыграешь, не имея нижних зубов. Однако вот тебе моя рука, как дружеский залог того, что обмениваться с тобой пощёчинами я больше не буду, это мне невыгодно. Стало быть, конец всякому недоброжелательству. Давай возьмём с еврея выкуп, потому что как горбатого только могила исправит, так и еврей всегда останется евреем.

— Монах-то не так уверен в обращении еврея с тех пор, как получил по уху, — сказал Мельник.

— Отстань, бездельник! Что ты там болтаешь насчёт обращения? Что такое, никто меня не уважает! Все стали хозяевами, а слуг нет! Говорю тебе, парень: я был немножко нетвёрд на ногах, когда добрый рыцарь меня ударил, а то я непременно устоял бы. Если же ты желаешь ещё потолковать на этот счёт, так давай я тебе докажу, что умею дать сдачи.

— Будет вам, перестаньте! — сказал Локсли. — А ты, еврей, подумай о своём выкупе. Ты понимаешь, что мы добрые христиане и не можем допустить, чтобы ты оставался среди нас. Вот ты и подумай на досуге, какой выкуп в силах предложить, а я пока займусь допросом другого пленного.

— А много ли удалось захватить людей Фрон де Бефа? — спросил Чёрный Рыцарь.

— Ни одного такого, который мог бы дать за себя выкуп, — ответил Локсли. — Было несколько трусливых подлецов, да мы их отпустили на волю — пускай ищут других хозяев. Для мщения и ради выгоды и так было довольно сделано, а эта кучка сброда и вся-то не стоила медной монеты. Тот пленный, о котором я упомянул, более ценная добыча: это щёголь монах, наверно ехал в гости к своей возлюбленной, судя по его франтовской одежде и по убранству его коня. Да вот и почтенный прелат идёт, бойкий как сорока.

Тут двое иоменов привели и поставили перед зелёным троном начальника нашего старого знакомого — приора Эймера из аббатства Жорво.

Глава XXXIII

... Цвет воинства, а что же наш
Тит Ларций?
Марцин
Он занят составлением указов:
Велит одних казнить, других изгнать,
С тех выкуп требует, а тем грозит.
«Кориолан»

Черты лица и осанка пленного аббата выражали забавную смесь оскорблённой гордости, растерянности и страха.

— Что это значит, господа? — заговорил он таким тоном, в котором разом отразились все эти три чувства. — Что за порядки у вас, скажите на милость? Турки вы или христиане, что так обращаетесь с духовными лицами? Знаете ли вы, что значит налагать руки на слуг господа? Вы разграбили мои сундуки, разорвали мою кружевную ризу тончайшей работы, которую и кардиналу было бы не стыдно надеть. Другой на моём месте попросту отлучил бы вас от церкви, но я не злопамятен, и если вы сейчас велите подать моих лошадей, отпустите мою братию, возвратите в целости мою поклажу, внесёте сотню крон на обедни в аббатстве Жорво и дадите обещание не вкушать дичи до будущей троицы, тогда я, может быть, постараюсь как-нибудь замять эту безрассудную проделку, и о ней больше речи не будет.

— Преподобный отец, — сказал главарь разбойников, — мне прискорбно думать, что кто-либо из моих товарищей мог так обойтись с вами, чтобы вызвать с вашей стороны надобность в таком отеческом наставлении.

— Какое там обхождение! — возразил аббат, ободрённый мягким тоном Локсли. — Так нельзя обходиться и с породистой собакой, не только с христианином, а тем более с духовным лицом, да ещё приором аббатства Жорво! Какой-то пьяный менестрель по имени Аллен из Лощины — nebulo quidam[1] — осмелился грозить мне телесным наказанием и даже смертью, если я не уплачу четырехсот крон выкупа, помимо всего, что он у меня награбил, а там было одних золотых цепочек и перстней с самоцветными камнями на несметную сумму. Да, кроме того, они переломали и попортили своими грубыми руками много ценных вещиц, как-то: ящичек с духами, серебряные щипчики для завивки волос…

— Может ли быть, чтобы Аллен из Лощины поступил так невежливо с особой вашего священного звания? — спросил предводитель.

— Всё это такая же истина, как евангелие от святого Никодима, — отвечал приор. — При этом он ругался на своём грубом северном наречии и поклялся повесить меня на самом высоком дереве в этом лесу.

— Да неужели клялся? В таком случае, преподобный отец, по-моему вам придётся удовлетворить его требования. Потому что, видите ли, Аллен из Лощины такой человек, что коли раз сказал, то непременно сдержит своё слово.

— Вы всё шутите, — сказал растерявшийся приор с натянутым смехом. — Я и сам большой охотник до удачной шутки. Однако — ха-ха-ха! — эта шутка продолжается уже целую ночь напролёт, так что пора бы её прекратить.

— Я теперь так же серьёзен, как монах в исповедальне, — отвечал Локсли. — Вам придётся уплатить порядочный выкуп, сэр приор, иначе вашей братии предстоит избирать себе нового настоятеля, потому что вы уже не воротитесь к своей пастве.

— Да вы что — христиане или нет? Как вы осмеливаетесь держать такие речи, обращаясь к духовному лицу? — сказал приор.

— Как же, мы христиане, и даже держим своего капеллана, — отвечал разбойник. — Позовите нашего весёлого монаха, путь выступит вперёд и приведёт почтенному аббату тексты, подходящие к настоящему случаю.

---

[1] Некий мошенник (лат.).

Отшельник, немного протрезвившийся, напялил монашеский балахон поверх своего зелёного кафтана, наскрёб в своей памяти несколько латинских фраз, когдато заученных наизусть, и, выйдя из толпы, сказал:

— Преподобный отец, deus facial salvam benignitatem vestram![1] Добро пожаловать в наши леса!

— Это что за нечестивый маскарад? — сказал приор. — Друг мой, если ты действительно духовное лицо, ты бы лучше научил меня, как избавиться от этих людей, чем кривляться да гримасничать, словно ярмарочный плясун.

— Поистине, преподобный отец, — отвечал монах, — я только и знаю один способ, которым ты можешь освободиться. Мы празднуем сегодня святого Андрея — стало быть, собираем десятину.

— Только не с церкви, надеюсь, добрый брат мой? — спросил приор.

— И с церкви и с мирян, — отвечал отшельник, — а потому, сэр приор, facite vobis amicos de Mammone iniquitatis — вступай в дружбу с мамоною беззакония, иначе никакая дружба тебе не поможет.

— Люблю весёлых охотников, всем сердцем люблю! — сказал приор более спокойно. — Ну полно, к чему эти строгости! Я ведь и сам большой мастер охотничьего дела и умею трубить в рог так зычно и чисто, что каждый дуб мне отзывается. Со мной можно бы и помягче обойтись.

— Дайте ему рог, — сказал Локсли, — пускай покажет своё хвалёное искусство.

Приор Эймер протрубил сигнал. Предводитель только головой покачал.

— Сэр приор, — сказал он, — трубить-то ты умеешь, но этим от нас не отделаешься. Мы не можем отпустить тебя на волю за одну музыку. К тому же я вижу, что ты только портишь старинные

[1] Да пошлёт господь спасение вашей милости! (лат.)

английские роговые лады разными французскими тру-ля-ля. Нет, приор, за них ты заплатишь ещё пятьдесят крон штрафа сверх выкупа, и поделом: не порти старинных сигналов псовой охоты.

— Ну, друг, — промолвил аббат недовольным тоном, — тебе, я вижу, трудно угодить. Прошу тебя, будь посговорчивее насчёт моего выкупа. Одним словом, раз уж мне придётся послужить дьяволу, скажи напрямик: сколько ты желаешь с меня взять, чтобы отпустить на все четыре стороны без десятка сторожей?

— Не сделать ли так, — шепнул начальнику отряда его помощник, — чтобы аббат назначил выкуп с еврея, а еврей пусть назначит, сколько взять с аббата?

— Ты хоть и безмозглый парень, а выдумал отличную штуку! — отвечал Локсли. — Эй, еврей, поди сюда! Посмотри, вот преподобный отец Эймер, приор богатого аббатства в Жорво. Скажи, много ли можно взять с него выкупа? Я поручусь, что ты до тонкости знаешь, каковы доходы их монастыря.

— О, ещё бы мне не знать, — сказал Исаак. — Я постоянно веду торговые дела с преподобными отцами, покупаю у них и пшеницу, и ячмень, и разные плоды земные, а также много шерсти. О, это богатейшая обитель, и святые отцы у себя в Жорво кушают сытно и пьют сладкие вина. Ах, если бы у такого отверженного бедняка, как я, было такое пристанище да ещё такие ежегодные и ежемесячные доходы, тогда я дал бы много золота и серебра в награду за своё освобождение из плена!

— Ах ты, собака! — воскликнул приор. — Тебе, я думаю, всех лучше известно, что мы до сих пор в долгу за недостроенный придел к храму…

— И за доставку в ваши погреба обычных запасов гасконского вина в прошлом году, — перебил его еврей, — но это пустяки.

— Что он там за вздор несёт, нечестивый пёс! — сказал приор. — Послушать его, так подумаешь, что наша святая братия задолжала за вино, которое разрешено нам пить propter necessitatem, et ad frigus depellendum [1] . Подлый еврей богохульствует против святой церкви, а христиане слушают и не остановят его!

— Это всё пустые слова, — сказал Локсли. — Исаак, реши, сколько с него взять, чтобы целиком не содрать с него шкуры.

— Шестьсот крон, — сказал Исаак. — Эту сумму почтенный приор вполне может уплатить вашей доблестной милости. От этого он не разорится.

— Шестьсот крон, — повторил начальник с важностью. — Ну хорошо, я доволен. Ты справедливо решил, Исаак. Так, значит, шестьсот крон. Таково решение, сэр приор.

— Решено, решено! — раздались крики разбойников. — Сам Соломон не мог бы лучше рассудить.

— Ты слышал приговор, приор? — спросил начальник.

— С ума вы сошли, господа! — сказал приор. — Где же я возьму такую сумму? Если я продам и дароносицу и подсвечники с алтаря, и то я едва выручу половину этой суммы! А для этого нужно мне самому поехать в Жорво. Впрочем, можете оставить у себя заложниками моих двух монахов.

— Ну, на это нельзя полагаться, — сказал начальник. — Лучше ты у нас оставайся, а монахов мы пошлём за выкупом. Мы голодом тебя морить не станем: стакан вина и кусок запечённой дичи всегда к твоим услугам, а если ты в самом деле настоящий охотник, мы тебе покажем такую охоту, какой ты и не видывал.

— А не то, коли вашей милости угодно, — вмешался Исаак, желавший заслужить милость разбойников, — я могу послать в Йорк за шестью сотнями крон, взяв их заимообразно из доверенного мне капитала, лишь бы его высокопреподобие господин приор согласился выдать мне расписку.

— Расписку он тебе даст, какую хочешь, Исаак, — сказал Локсли, — и ты сразу заплатишь выкуп и за приора Эймера и за себя.

---

[1] Вследствие необходимости и для защиты от холода (лат.).

— За себя! Ах, доблестные господа, — сказал еврей, — я совсем разорённый человек! Попросту говоря — нищий: если я заплачу за себя, положим, пятьдесят крон, мне придётся пойти по миру.

— Ну, это пускай рассудит приор, — возразил начальник. — Отец Эймер, как вы полагаете, может ли этот еврей дать за себя хороший выкуп?

— Может ли он? — подхватил приор. — Да ведь это Исаак из Йорка, такой богач, что мог бы выкупить из ассирийского плена все десять колен израильских! Я лично с ним очень мало знаком, но наш келарь и казначей ведут с ним дела, и они говорят, что его дом в Йорке полон золота и серебра. Даже стыдно, как это возможно в христианской стране.

— Погодите, отец, — сказал еврей, — умерьте свой гнев. Прошу ваше преподобие помнить, что я никому не навязываю своих денег. Когда же духовные лица или миряне, принцы и аббаты, рыцари и монахи приходят к Исааку, стучатся в его двери и занимают у него шекели, они говорят с ним совсем не так грубо. Тогда только и слышишь: «Друг Исаак, сделай такое одолжение. Я заплачу тебе в срок — покарай меня бог, коли пропущу хоть один день», или: «Добрейший Исаак, если тебе когда-либо случалось помочь человеку, то будь и мне другом в беде». А когда наступает срок расплаты и я прихожу получать долг, тогда иное дело — тогда я «проклятый еврей». Тогда накликают все казни египетские на наше племя и делают всё, что в их силах, дабы восстановить грубых, невежественных людей против нас, бедных чужестранцев.

— Слушай-ка, приор, — сказал Локсли, — хоть он и еврей, а на этот раз говорит правду. Поэтому перестань браниться и назначь ему выкуп, как он тебе назначил.

— Надо быть latro famosus[1] (это латинское выражение, но я его объясню когда-нибудь впоследствии), — сказал приор, — чтобы поставить на одну доску христианского прелата и некрещёного еврея. А впрочем, если вы меня просите назначить выкуп с этого

---

[1] Сущим разбойником (лат.).

подлеца, я прямо говорю, что вы останетесь в накладе, взяв с него меньше тысячи крон.

— Решено! Решено! — сказал вождь разбойников.

— Решено! — подхватили его сподвижники. — Христианин доказал, что он человек воспитанный, и поусердствовал в нашу пользу лучше еврея.

— Боже отцов моих, помоги мне! — взмолился Исаак. — Вы хотите вконец погубить меня, несчастного! Я лишился сейчас дочери, а вы хотите отнять у меня и последние средства к пропитанию?

— Коли ты бездетен, еврей, тем лучше для тебя: не для кого копить деньги, — сказал Эймер.

— Увы, милорд, — сказал Исаак, — ваши законы воспрещают вам иметь семью, а потому вы не знаете, как близко родное детище родительскому сердцу... О Ревекка, дочь моей возлюбленной Рахили! Если бы каждый листок этого дерева был цехином и все эти цехины были моей собственностью, я бы отдал все эти сокровища, чтобы только знать, что ты жива и спаслась от рук назареянина.

— А что, у твоей дочери чёрные волосы? — спросил один из разбойников. — Не было ли на ней шёлкового покрывала, вышитого серебром?

— Да! Да! — сказал старик, дрожа от нетерпения, как прежде трепетал от страха. — Благословение Иакова да будет с тобою! Не можешь ли сказать мне что-нибудь о ней?

— Ну, так, значит, её тащил гордый храмовник, когда пробивался через наш отряд вчера вечером, — сказал иомен. — Я хотел было послать ему вслед стрелу, уж и лук натянул, да побоялся нечаянно попасть в девицу, так и не выстрелил.

— Ох, лучше бы ты выстрелил! Лучше бы твоя стрела пронзила её грудь! Лучше ей лежать в могиле своих предков, чем быть во власти развратного и лютого храмовника! Горе мне, горе, пропала честь моего дома!

— Друзья, — сказал предводитель разбойников, — хоть он и еврей, но горе его растрогало меня. Скажи честно, Исаак: уплатив нам тысячу крон, ты в самом деле останешься без гроша?

Этот вопрос Локсли заставил Исаака побледнеть, и он пробормотал, что, может быть, всё-таки останутся кое-какие крохи.

— Ну ладно, — сказал Локсли, — торговаться мы не станем. Без денег тебе так же мало надежды спасти своё дитя из когтей сэра Бриана де Буагильбера, как тупой стрелой убить матёрого оленя. Мы возьмём с тебя такой же выкуп, как с приора Эймера, или ещё на сто крон дешевле. Эта сотня составила бы мою долю, и я от неё отказываюсь в твою пользу, от этого никто из нашей почтенной компании не пострадает. Таким образом, мы не совершим ещё одного ужасного греха: не оценим еврейского купца так же высоко, как христианского прелата, а у тебя в кармане останется пятьсот крон на выкуп дочери. Храмовники любят блеск серебряных шекелей не меньше, чем блеск чёрных очей. Поспеши пленить Буагильбера звоном монет, не то может случиться большая беда. Судя по тому, что нам донесли лазутчики, ты его застанешь в ближайшей прецептории ордена. Так ли я решил, лихие мои товарищи?

Иомены по обыкновению выразили своё полное согласие с мнением вождя. А Исаак, утешенный вестью, что его дочь жива и можно попытаться её выкупить, бросился к ногам великодушного разбойника; он тёрся бородой о его башмаки и ловил полу его зелёного кафтана, желая облобызать её.

Локсли попятился назад и, стараясь высвободиться, воскликнул не без некоторого презрения:

— Ну, вставай скорее! Я англичанин и не охотник до таких восточных церемоний. Кланяйся богу, а не такому бедному грешнику, как я.

— Да, Исаак, — сказал приор Эймер, — преклони колена перед богом в лице его служителя, и кто знает — быть может, искреннее твоё раскаяние и добрые пожертвования на усыпальницу святого Роберта доставят неожиданную благодать и тебе и твоей дочери

Ревекке. Я скорблю об участи этой девицы, ибо она весьма красива и привлекательна. Я её видел на турнире в Ашби. Что же касается Бриана де Буагильбера, то на него я имею большое влияние. Подумай же хорошенько, чем ты можешь заслужить моё благоволение, дабы я ему замолвил за тебя доброе слово.

— Ох, ох, — стонал еврей, — со всех сторон меня обобрать хотят! Попал в плен к ассирийцам, и египтянин также считает меня своей добычей!

— Какой же иной участи может ожидать твоё проклятое племя? — возразил приор. — Ибо что говорится в священном писании: «Verbum domini projecerunt, et sapientia est nulla in eis», то есть отвергли слово божие, и мудрости нет в них; «propterea dabo mulieres eorum exteris» — и отдам жён их чужестранцам, то есть храмовникам, в настоящем случае, «et thesauros eorum hceredibus alienis» — а сокровища их другим, сиречь, в настоящем случае, вот этим честным джентльменам.

Исаак громко застонал и стал ломать руки в припадке скорби и отчаяния.

Тут Локсли отвёл Исаака в сторону и сказал ему:

— Обдумай хорошенько, Исаак, как тебе действовать; мой совет — постарайся задобрить этого попа. Он человек тщеславный и алчный и, кроме того, сильно нуждается в деньгах на удовлетворение своих прихотей, так что тебе легко ему угодить. Не думай, что я поверил твоим уверениям, будто бы ты очень беден. Я прекрасно знаю железный сундук, в котором ты держишь мешки с деньгами. Да это ещё что! Я знаю и тот большой камень под яблоней, что скрывает потайной ход в сводчатый подвал под твоим садом в Йорке.

Исаак побледнел.

— Но ты не опасайся меня, — продолжал иомен, — потому что мы с тобою ведь старые приятели. Помнишь ли ты больного иомена, которого дочь твоя Ревекка выкупила из йоркской тюрьмы и держала у себя в доме, пока он совсем не выздоровел? Когда же он поправился и собрался уходить от вас, ты дал ему серебряную монету на дорогу. Хоть ты и ростовщик, а никогда ещё не помещал своего капитала так выгодно, как в тот раз: эта серебряная монета сберегла тебе сегодня целых пятьсот крон.

— Стало быть, ты тот самый человек, кого мы звали Дик Самострел? — сказал Исаак. — Мне и то казалось, будто твой голос мне знаком.

— Да, я Дик Самострел, — отвечал главарь, — а также Локсли.

— Только ты ошибаешься, мой добрый Дик Самострел, касательно этого самого сводчатого подвала. Бог свидетель, что там ничего нет, кроме кое-какого товара, с которым я охотно поделюсь с тобой, а именно: сто ярдов зелёного линкольне кого сукна на камзолы твоим молодцам, сотня досок испанского тисового дерева, годного на изготовление луков, и сто концов шёлковой тетивы, ровной, круглой… Вот это всё я пришлю тебе, честный Дик, за твоё доброе ко мне расположение… Только, уж пожалуйста, мой добрый Дик, помолчим насчёт сводчатого подвала.

— Будь спокоен, буду молчать, как сурок. И поверь, что я искренне печалюсь о судьбе твоей дочери. Но помочь делу не могу. В открытом поле мои стрелы бессильны против копий храмовника: он мигом сотрёт меня в порошок. Если бы я знал, что с Буагильбером была Ревекка, я бы попытался тогда её освободить. А теперь одно средство: действуй хитростью. Ну, хочешь, я за тебя войду в сделку с приором?

— С благословения бога, Дик, делай как знаешь, только помоги мне выручить моё родное детище!

— Только не ввязывайся не вовремя со своими расчётами, — сказал разбойник, — тогда я сговорюсь с аббатом.

Локсли пошёл к Эймеру, Исаак последовал за ним как тень.

— Приор Эймер, — сказал Локсли, — прошу тебя, подойди ко мне сюда, под дерево; говорят, будто ты больше любишь доброе вино и приятное женское общество, чем это подобает твоему званию, сэр аббат. Но до этого мне нет дела. Ещё говорят, что ты любишь породистых собак и резвых лошадей, и легко может статься, что, имея пристрастие к вещам, которые обходятся дорого, ты не откажешься и от мешка с золотом. Но я никогда не слышал, чтобы ты любил насилие и жестокость. Ну так вот: Исаак не прочь доставить тебе кошелёк с сотней марок серебра на твои удовольствия и прихоти, если ты уговоришь своего приятеля храмовника, чтобы он отпустил на свободу дочь Исаака.

— И возвратил бы её честно и без обиды, как взял от меня, иначе я не плательщик, — сказал еврей.

— Молчи, Исаак, — остановил его разбойник, — не то я не стану вмешиваться. Что вы скажете на моё предложение, приор Эймер?

— Это дело довольно сложное, — отвечал приор. — С одной стороны, это доброе дело, а с другой — оно на пользу еврею и потому противно моей совести. Впрочем, если еврей пожертвует сверх того что-нибудь на церковные нужды, например на пристройку общей спальни для братии, я, пожалуй, возьму грех на душу и помогу ему выручить его дочь.

— Мы не станем спорить с вами из-за каких-нибудь двадцати марок серебра на спальню — помолчи, Исаак! — или из-за пары серебряных подсвечников для алтаря, — сказал главарь.

— Как же так, мой добрый Дик Самострел… — попробовал опять вмешаться Исаак.

— Добрый… кой чёрт, добрый! — перебил его Локсли, теряя всякое терпение. — Если ты будешь ставить свою мерзкую наживу на одну доску с жизнью и честью своей дочери, ей-богу я сделаю тебя нищим не позже как через три дня.

Исаак съёжился и замолчал.

— А кто поручится мне за исполнение этих обещаний? — спросил приор.

— Когда Исаак воротился домой, добившись успеха благодаря вашему посредничеству, — ответил главарь, — клянусь святым Губертом, я уж прослежу, чтобы он честно расплатился с вами звонкой монетой. Не то я расправлюсь с ним таким манером, что он скорее согласится заплатить в двадцать раз больше.

— Ну хорошо, Исаак, — сказал Эймер, — давай сюда свои письменные принадлежности. А впрочем, нет. Я скорее останусь целые сутки без пищи, чем возьму в руки твоё перо. Однако где же мне взять другое?

— Если ваше преподобие не побрезгает воспользоваться чернильницей еврея, перо я вам сейчас достану, — предложил Локсли.

Он натянул лук и выстрелил в дикого гуся, летевшего в вышине над их головами впереди целой стаи, которая направлялась к уединённым болотам далёкого Холдернесса. Слегка взмахивая крыльями, птица, пронзённая стрелой, упала на землю.

— Смотрите-ка, приор, — сказал Локсли, — тут вам такое множество гусиных перьев, что всему аббатству в Жорво на сто лет хватит, благо ваши монахи не ведут летописей.

Приор уселся и не спеша сочинил послание к Бриану де Буагильберу. Потом тщательно запечатал письмо и вручил его еврею, говоря:

— Это будет тебе охранной грамотой и поможет не только найти доступ в прецепторию Темплстоу, но и добиться освобождения дочери. Только смотри предложи хороший выкуп за неё, потому что, поверь мне, добрый рыцарь Буагильбер принадлежит к числу тех людей, которые ничего не делают даром.

— Теперь, приор, — сказал главарь, — я не стану задерживать тебя. Напиши только расписку Исааку на те шестьсот крон, которые назначены за твой выкуп. Я сам получу их с него, но если я услышу, что ты вздумаешь торговаться с ним или оттягивать уплату, клянусь пресвятой Марией, я сожгу твоё аббатство с тобой вместе, хотя бы мне пришлось за это быть повешенным десятью годами раньше, чем следует.

Приор менее охотно принялся писать расписку, но всё-таки написал, что взятые заимообразно у Исаака из Йорка шестьсот крон он обязуется возвратить ему в такой-то срок честно и непременно.

— А теперь, — сказал приор Эймер, — я попрошу возвратить мне мулов и лошадей, отпустить на свободу сопровождавших меня преподобных отцов, а также выдать мне обратно драгоценные перстни, бриллианты, равно как и дорогое платье, отобранное у меня.

— Что касается ваших монахов, сэр приор, — сказал Локсли, — мы их, конечно, тотчас отпустим, потому что было бы несправедливо их задерживать. Лошадей и мулов также отдадут вам, дадим и немного денег, чтобы вы могли благополучно доехать до Йорка. Было бы жестоко лишать вас средств для этого путешествия. Но что до перстней, цепочек, запонок и прочего, вы должны понять, что мы народ совестливый и не решимся подвергать ваше преподобие искушению праздного тщеславия. Ведь вы давали обет отказаться от мирской суеты и от всех мирских соблазнов, так зачем же мы будем искушать вас, возвращая вам перстни, цепочки и иные светские украшения?

— Подумайте хорошенько, господа, над тем, что вы делаете! — сказал приор. — Ведь это значит налагать руку на церковное имущество. Эти предметы inter res sacras[1], и я не знаю, какие бедствия могут вас постигнуть за то, что вы, миряне, прикасаетесь к ним своими руками.

— Об этом я позабочусь, ваше преподобие, — вмешался отшельник из Копменхерста, — я сам буду носить эти вещи.

— Друг или брат мой, — сказал приор в ответ на такое неожиданное разрешение своих сомнений, — если ты действительно принадлежишь к духовному сословию, прошу тебя серьёзно подумать об ответственности, какую ты понесёшь перед своим епархиальным начальством за участие в событиях нынешнего дня.

---

[1] В числе священных предметов (лат.).

— Э, друг приор, — возразил отшельник, — надо тебе знать, что я принадлежу к очень маленькой епархии. В ней я сам себе начальник и не боюсь ни епископа Йоркского, ни аббатов, ни приора из Жорво.

— Стало быть, ты не настоящий священник, — сказал приор, — а просто один из тех самозванцев, которые беззаконно присваивают себе священное звание, кощунствуют над богослужением и подвергают опасности души тех, кто получает от них наставления: lapides pro pane condonantes iis, то есть камни им дают вместо хлеба, как говорится в писании.

— Да у меня, — сказал отшельник, — башка лопнула бы от всей этой латыни, если бы её помнить, а потому она помаленьку и вылетела из моих мозгов. Что же касается того, чтобы избавить свет от тщеславия и франтовства таких попов, как ты, отобрав у них перстеньки и прочую нарядную дребедень, так я нахожу, что это вполне законное и похвальное дело.

— А я нахожу, что ты наглый самозванец! — воскликнул приор вне себя от гнева. — Отлучаю тебя от церкви!

— Сам ты вор и еретик! — заорал отшельник, также взбешённый. — Я не намерен переносить твои оскорбления, да ещё в присутствии моих прихожан! Как не стыдно тебе порочить меня, своего собрата? Ossa ejus perfringam, — я тебе все кости переломаю, как сказано в Вульгате.

— Ого! — воскликнул Локсли. — Вот до чего договорились преподобные отцы! Ну, монах, перестань. А ты, приор, сам знаешь, что не все свои грехи замолил перед богом, так не приставай больше к нашему отшельнику. Слушай, отшельник, отпусти с миром преподобного аббата — ведь он уже заплатил выкуп.

Иомены кое-как разняли разъярённых монахов, которые продолжали перебраниваться на плохом латинском языке. Приор выражался более гладко и свободно, но отшельник превосходил его силой и выразительностью своей речи. Наконец приор опомнился и сообразил, что роняет своё достоинство, вступая в споры с разбойничьим капелланом. Он позвал своих спутников, и они вместе отправились в дорогу, безо всякой пышности, но более сообразно апостольскому званию, чем при начале своего путешествия.

Локсли оставалось получить у еврея какое-нибудь обязательство в том, что он уплатит выкуп за себя и за приора. Исаак выдал за своей подписью вексель в тысячу сто крон на имя одного из своих собратий в Йорке, прося, кроме того, передать ему некоторые товары, тут же в точности обозначенные.

— Ключ от моих складов находится у брата моего Шебы, — проговорил он с глубоким вздохом.

— И от сводчатого подвала также? — шепнул ему Локсли.

— Нет, нет... Боже сохрани! — сказал Исаак. — Недобрый тот час, когда кто-либо проникнет в эту тайну!

— Со мной ты ничем не рискуешь, — сказал разбойник, — лишь бы по твоему документу можно было действительно получить обозначенную в нём сумму. Да что ты, Исаак, окаменел, что ли? Или совсем одурел? Неужели из-за потери тысячи крон ты позабыл об опасном положении своей дочери?

Еврей вскочил на ноги.

— Нет, Дик, нет... Сейчас я пойду! Ну, прощай, Дик, — сказал он затем. — Не могу назвать тебя добрым, но не смею, да и не хочу считать злым.

На прощание предводитель разбойников ещё раз посоветовал Исааку:

— Не скупись на щедрые предложения, Исаак, не жалей своей мошны ради спасения дочери. Поверь, если и в этом деле станешь беречь золото, потом оно отзовётся тебе такой мукою, что легче было бы, если бы тебе его влили в глотку расплавленным.

Исаак с глубоким стоном согласился с этим.

Он отправился в путь в сопровождении двух рослых лесников, которые взялись проводить его через лес и в то же время служить ему охраной.

Чёрный Рыцарь, всё время с величайшим интересом следивший за всем, что тут происходило, в свою очередь начал прощаться с разбойниками. Он не мог не выразить своего удивления по поводу того порядка, какой он видел в среде людей, стоящих вне закона.

— Да, сэр рыцарь, — отвечал иомен, — случается, что и плохое дерево даёт добрые плоды, а плохие времена порождают не одно лишь зло. В числе людей, оказавшихся вне закона, без сомнения есть такие, которые пользуются своими вольностями с умеренностью, а иные, быть может, даже жалеют, что обстоятельства принудили их приняться за такое ремесло.

— И, по всей вероятности, — спросил рыцарь, — я теперь беседую с одним из их числа?

— Сэр рыцарь, — ответил разбойник, — у каждого из нас свой секрет. Предоставляю вам судить обо мне как вам угодно. Я сам имею на ваш счёт кое-какие догадки, но очень возможно, что ни вы, ни я не попадаем в цель. Но так как я не прошу вас открыть мне вашу тайну, не обижайтесь, коли и я вам своей не открою.

— Прости меня, отважный иомен, — сказал рыцарь, — твой упрёк справедлив. Но может случиться, что мы ещё встретимся и тогда не станем друг от друга скрываться. А теперь, надеюсь, мы расстанемся друзьями?

— Вот вам моя рука в знак дружбы, — сказал Локсли, — и я смело могу сказать, что это рука честного англичанина, хотя сейчас я и разбойник.

— А вот тебе моя рука, — сказал рыцарь, — и знай, что я почитаю за честь пожать твою руку. Ибо кто творит добро, имея неограниченную возможность делать зло, тот достоин похвалы не только за содеянное добро, но и за всё то зло, которого он не делает. До свидания, храбрый разбойник!

Так расстались эти славные боевые товарищи. Рыцарь Висячего Замка сел на своего крепкого боевого коня и поехал через лес.

Глава XXXIV

Король Иоанн
Мой друг, послушай, что тебе скажу я:
Он, как змея, мне преграждает путь.
Куда я ни ступлю — повсюду он.
Я выразился, кажется, понятно?
«Король Иоанн»

Принц Джон давал в Йоркском замке большой пир и пригласил на него тех дворян и церковников, с помощью которых надеялся завладеть престолом своего брата. Вальдемар Фиц-Урс, его хитрый и ловкий пособник, тайно орудовал среди собравшихся, стараясь поднять их на открытое выступление. Но дело задерживалось из-за отсутствия нескольких главных заговорщиков. Для успешного выполнения такого замысла нельзя было обойтись без суровой настойчивости и отчаянной храбрости барона Фрон де Бефа, без отваги и задора Мориса де Браси, без боевой опытности Бриана де Буагильбера. Принц Джон и его любимый советчик втайне проклинали их безрассудное поведение, но не решались действовать без них. Еврей Исаак также куда-то скрылся, а с ним исчезла и надежда на порядочную сумму денег, которую принц хотел занять у местных евреев через его посредство. В такую критическую минуту недостаток в денежных средствах мог оказаться гибельным.

Поутру на другой день после падения замка Торкилстон в городе Йорке распространился слух, будто де Браси, Буагильбер и союзник их Фрон де Беф взяты в плен или убиты. Фиц-Урс сам сообщил принцу об этом слухе, прибавив, что считает его очень правдоподобным, так как у рыцарей был совсем небольшой отряд, с которым они собирались напасть на Седрика и его спутников.

В другое время принц счёл бы подобное насилие очень забавным, но на этот раз такой поступок задерживал выполнение его собственных замыслов, а потому он стал порицать его участников. Он горячо толковал о соблюдении законов, о нарушении порядка и неприкосновенности частной собственности, словно его устами говорил сам король Альфред.

— Своевольные грабители! — кричал принц. — Если я когда-нибудь стану английским королём, я буду вешать таких ослушников на подъёмных мостах их собственных замков!

— Но для того чтобы сделаться английским королём, — хладнокровно сказал присяжный советчик принца, — необходимо, чтобы ваша светлость не только терпеливо переносили своеволие этих грабителей, но и оказывали бы им покровительство, несмотря на то, что они то и дело нарушают законы, которые вы намерены охранять с таким похвальным усердием. Нечего сказать, велика была бы для нас выгода, если бы неотёсанные саксы осуществили намерения вашей светлости и превратили подъёмные мосты феодальных замков в виселицы! А этот Седрик как раз такой человек, которому подобные мысли могут прийти в голову. Вашей светлости хорошо известно, что нам было бы опасно начать выступление, не имея в своих рядах барона Фрон де Бефа, де Браси и храмовника, а с другой стороны, мы зашли слишком далеко, чтобы отступать.

Принц Джон с раздражением хлопнул себя ладонью по лбу и начал крупными шагами расхаживать по комнате.

— Подлецы, — сказал он, — предатели! Покинули меня в такую важную минуту!

— Скорее можно их назвать повесами, — сказал Вальдемар, — потому что они занимаются пустяками вместо серьёзного дела.

— Что же делать? — спросил принц, останавливаясь перед Вальдемаром.

— Все необходимые распоряжения мною уже сделаны, — отвечал Фиц-Урс. — Я не пришёл бы к вашей светлости говорить о такой неудаче, если бы не сделал до этого всё, что было в моих силах, чтобы помочь делу.

— Ты всегда был моим добрым гением, Вальдемар, — сказал принц. — Если у меня всегда будет такой канцлер, моё царствование будет прославлено в летописях этой страны. Ну, как же ты распорядился?

— Я приказал Луи Винкельбранду, старшему помощнику Мориса де Браси, трубить сбор дружины, сесть на коней, развернуть знамя и скакать к замку барона Фрон де Бефа на выручку нашим друзьям.

Принц Джон покраснел, как своенравный и балованный ребёнок, воображающий, что его оскорбляют.

— Клянусь ликом господним, — сказал он, — не слишком ли много ты на себя берёшь, Вальдемар Фиц-Урс? Какова дерзость! Велит и в трубы трубить и знамя распускать, тогда как — мы сами здесь присутствуем и никаких приказаний на этот счёт не отдавали!

— Простите, ваше высочество, — сказал Фиц-Урс, в душе проклиная пустое тщеславие своего патрона, — но медлить было нельзя — каждая минута дорога, а потому я и признал возможным распорядиться лично в деле, столь важном для преуспевания вашей светлости.

— Я тебе прощаю, Фиц-Урс, — промолвил принц с важностью. — Доброе намерение искупает твою необдуманную поспешность... Но кого я вижу? Клянусь крестом, это сам де Браси! И в каком странном виде он является перед нами!

И точно, это был де Браси. Его лицо разгорелось от бешеной скачки, шпоры были окровавлены. Всё его вооружение носило явные следы недавней упорной битвы: оно было проломлено, измято, во многих местах обагрено кровью, забрызгано грязью, а пыль густым слоем покрывала рыцаря с головы до ног. Отстегнув шлем, он поставил его на стол и с минуту стоял молча, словно не решаясь объявить привезённые вести.

— Де Браси, — спросил принц Джон, — что это значит? Говори, я тебе приказываю. Саксы, что ли, возмутились?

— Говори, де Браси, — сказал Фиц-Урс почти в одно слово с принцем.

— Ты всегда был мужественным человеком. Где храмовник? Где Фрон де Беф?

— Храмовник бежал, — ответил де Браси, — а барона Фрон де Бефа вы больше не увидите: он погиб в раскалённой могиле, среди пылающих развалин своего замка. Я один спасся и пришёл поведать вам об этом.

— Озноб пробирает от таких вестей, — сказал Вальдемар, — хоть ты и говоришь о пожаре и пламени!

— Худшая весть впереди, — сказал де Браси и, подойдя ближе к принцу, проговорил тихим и выразительным голосом: — Ричард здесь, в Англии. Я его видел и говорил с ним.

Принц Джон побледнел, зашатался и ухватился за спинку дубовой скамьи, чтобы не упасть, как человек, раненный в грудь.

— Ты бредишь, де Браси, — воскликнул Фиц-Урс, — этого не может быть!

— Это чистейшая правда, — сказал де Браси. — Я был его пленником, он говорил со мной.

— Ты говорил с Ричардом Плантагенетом? — продолжал допрашивать Фиц-Урс.

— Да, с Ричардом Плантагенетом, — отвечал де Браси, — с Ричардом Львиное Сердце, с Ричардом, королём английским.

— И ты был его пленником? — спросил Вальдемар. — Стало быть, он идёт во главе сильного войска?

— Нет, он был лишь с горстью вольных иоменов, и они не знают, кто он. Я слышал, как он выражал намерение расстаться с ними. Он присоединился к ним только для того, чтобы помочь им взять замок Торкилстон.

— Так, так, — молвил Фиц-Урс, — в этом виден весь Ричард. Настоящий странствующий рыцарь, всегда готовый на всякие приключения, как какой-нибудь сэр Гай или сэр Бевис, в надежде на свою силу и ловкость. А важные государственные дела между тем запущены, и даже жизнь его в опасности. Что же ты предлагаешь, де Браси?

— Я? Я предлагал Ричарду услуги моей вольной дружины, но он отказался. Отведу своих людей в Гулль, посажу на суда и уеду с ними во Фландрию. В смутные времена военному человеку везде найдётся дело. А ты, Вальдемар? Не пора ли тебе отложить политику в сторону, взяться за копьё и отправиться вместе со мной?

— Я слишком стар, Морис. К тому же у меня дочь, — отвечал Вальдемар.

— Отдай её за меня, Фиц-Урс. С помощью меча я сумею доставить ей всё, что подобает её высокому происхождению, — сказал де Браси.

— Нет, — отвечал Фиц-Урс, — я думаю укрыться в здешнем храме святого Петра. Архиепископ — мой названый брат.

Пока они беседовали, принц Джон очнулся от оцепенения, в которое повергла его неожиданная весть. Он внимательно прислушивался к разговору своих сторонников.

«Они от меня отступаются, — думал он. — Рассеялись, как сухие листья при первом порыве ветра. Силы бесовские! Неужели ничего нельзя будет предпринять, когда эти подлецы покинут меня?»

Он помолчал, потом разразился натянутым смехом, придавшим поистине дьявольское выражение его лицу и голосу, прервал их разговор этим смехом.

— Ха-ха-ха, друзья мои! Клянусь ликом святой девы, я считал вас умными людьми и храбрецами. И что же! Вы отказываетесь от богатства, от почестей, от радостей жизни — словом, от всего, что нам сулила благородная затея. Отказываетесь в такую минуту, когда стоит лишь сделать один смелый шаг — и мы одержим победу.

— Не понимаю, на что вы рассчитываете, — сказал де Браси. — Как только разнесётся слух, что Ричард воротился, около него мигом соберётся целая армия, и тогда нам конец. Я бы вам посоветовал, милорд, бежать во Францию либо искать покровительства королевы-матери.

— Я ни у кого не ищу защиты! — надменно отвечал принц Джон. — Мне стоит сказать одно слово брату, и безопасность моя обеспечена. Но хотя вы оба, — и ты, де Браси, и ты, Вальдемар Фиц-Урс, — не задумываясь отступаетесь от меня, мне было бы не очень приятно смотреть, как ваши отрубленные головы торчат над Клиффордскими воротами. Ты, кажется, воображаешь, Вальдемар, что хитрый архиепископ не выдаст тебя даже у алтаря, если такое предательство поможет ему выслужиться перед Ричардом? А ты, де Браси, должно быть, позабыл, что на пути отсюда в Гулль стоит лагерем Роберт Эстотвил и граф Эссекс созвал туда своих приверженцев? Если мы имели причины опасаться этих скопищ ещё до возвращения Ричарда, то как ты полагаешь — чью сторону примут теперь их вожди? Поверь мне, у одного Эстотвиля достаточно войска, чтобы потопить тебя со всей твоей вольной дружиной в водах Хамбера.

Фиц-Урс и де Браси в страхе переглянулись.

— Нам остаётся одно средство, — продолжал принц, и лицо его омрачилось, как тёмная ночь. — Тот, кого мы страшимся, странствует в одиночку. Надо где-нибудь настигнуть его.

— Я за это не возьмусь, — поспешно отвечал де Браси. — Он взял меня в плен и помиловал. Я не согласен повредить хотя бы одно перо на его шлеме.

— Да кто же тебе велит наносить ему вред? — молвил принц Джон с резким смехом. — Ты, пожалуй, ещё будешь рассказывать, что я тебя подговариваю его убить. Нет, тюрьма лучше всего. А где он будет заключён, в Австрии или в Англии, не всё ли равно? Он очутится в том самом положении, в каком был, когда мы начинали своё предприятие. Ведь мы затеяли всё дело в надежде, что Ричард останется в плену в Германии. Известно, что дядя наш, Роберт, жил и умер в замке Кардифф.

— Так-то так, — сказал Вальдемар, — но ваш предок Генрих гораздо крепче сидел на престоле, чем это возможно для вашей светлости. По-моему, самая лучшая тюрьма та, от которой ключ хранится у пономаря; нет лучше подземелья, чем склеп под церковью. Больше мне нечего сказать.

— Тюрьма ли, могила ли — это меня не касается, — сказал де Браси.

— Я умываю руки.

— Негодяй! — сказал принц Джон. — Надеюсь, ты не донесёшь ему о нашей беседе?

— Я ещё никогда не был доносчиком, — надменно сказал де Браси, — и не привык, чтобы меня называли негодяем.

— Полно, полно, сэр рыцарь, — вмешался Вальдемар. — А вы, государь, простите щепетильность доблестного де Браси. Я надеюсь его уговорить.

— Даром потратишь своё красноречие, Фиц-Урс, — возразил де Браси.

— Ну, полно, мой добрый сэр Морис, — продолжал хитрый дипломат. — Не кидайтесь в сторону, точно испуганный конь. Чего вам бояться? Этот Ричард... Не далее как третьего дня твоим самым большим желанием было встретиться с ним лицом к лицу на ратном поле. Я сто раз слышал, как ты мечтал об этом.

— Да, — молвил де Браси, — лицом к лицу в открытом бою. А когда же я говорил, что желал бы напасть на него в глухом лесу?

— Какой же ты рыцарь, если это тебя пугает? — сказал Вальдемар. — Разве Ланселот де Лак и сэр Тристрам стяжали свою славу в сражениях? Они именно тем и прославились, что нападали на богатырей и великанов в глубине диких неизведанных лесов.

— Да, — сказал де Браси, — только ручаюсь, что ни Тристрам, ни Ланселот не справились бы в рукопашной схватке с Ричардом Плантагенетом. А отправляться вдвоём против одного человека у них было не в обычае.

— Ты с ума сошёл, де Браси! — сказал Фиц-Урс. — Ведь ты наёмный начальник вольной дружины, за деньги взявшейся служить принцу Джону. Тебе известно, где находится наш враг, и ты колеблешься, тогда как судьба твоего хозяина, участь твоих товарищей, собственная жизнь твоя и честь каждого из нас поставлены на карту!

— Я вам говорю, — угрюмо сказал де Браси, — что он даровал мне жизнь. Правда, он прогнал меня с глаз долой, отказался от моих услуг. Стало быть, я не обязан ему ни повиновением, ни преданностью. Но я не могу поднять на него руку.

— Да этого и не требуется. Пошли Луи Винкельбранда с двумя десятками твоих копейщиков.

— У вас довольно и своих мерзавцев, — сказал де Браси, — из моих ни один не пойдёт на это дело.

— И упрям же ты, де Браси! — сказал принц Джон. — Неужели ты меня покинешь после всех твоих уверений в преданности и усердии?

— Я не хочу вас покидать, — сказал де Браси. — Я готов служить вам, как подобает рыцарскому званию, на турнирах и в ратном поле. Но эти тёмные дела противны произнесённым мною обетам.

— Вальдемар, подойди ко мне поближе, — сказал принц Джон. — Какой я несчастный принц! Вот у отца моего, короля Генриха, были верные слуги: стоило ему сказать, что ему надоел такой-то бунтарь из духовного звания, и кровь Фомы Бекета — даром что его почитали святым!

— пролилась на ступени алтаря, у которого он служил. О Траси, Морвил, Брито, отважные и преданные слуги! Исчезли ваши имена, ваше мужество, и нет подобных вам по доблести! Хоть у Реджинальда Фиц-Урса и остался сын, но он не унаследовал ни верности, ни отваги своего отца.

— Нет, у него нет недостатка ни в том, ни в другом! — сказал Вальдемар Фиц-Урс. — Если больше некому выполнить это опасное дело, я беру его на себя. Отец мой дорого поплатился за свою славу усердного приверженца, но он доказал свою преданность более лёгким способом, нежели тот, что предстоит мне. Для меня легче было бы напасть на всех святых, упоминаемых в святцах, чем поднять копьё против Львиного Сердца. Де Браси, поручаю тебе поддержать бодрое настроение среди наших союзников. Будь личным телохранителем принца. Если мне удастся прислать вам благоприятную весть, успех нашего предприятия обеспечен. Эй, паж беги ко мне домой и скажи оружейнику, чтобы ждал меня в полной готовности! Передай Стивену Уезеролу, дюжему Торсби и трём копьеносцам из Спайнгау чтобы немедленно явились ко мне. И пускай позовут Хью Бардона, разведчика... Прощай, государь, до лучших времён!

Сказав это, он вышел из комнаты.

— Отправляется брать в плен моего брата, — сказал принц Джон Морису де Браси, — и чувствует при этом так же мало угрызений совести, как будто дело идёт о лишении свободы какого-нибудь саксонского франклина. Надеюсь, что он строго выполнит наши предписания и с должным почтением отнесётся к особе нашего любезного брата Ричарда.

Де Браси вместо ответа только усмехнулся.

— Клянусь пресвятой девой, — продолжал принц, — мы дали ему точнейшие указания. Только ты, может быть, не слыхал нашего разговора, потому что мы с ним стояли в нише окна. Я строго приказал ему беречь Ричарда, и горе Вальдемару, если он преступит мою волю!

— Не лучше ли мне сходить к нему, — сказал де Браси, — и ещё раз повторить повеления вашей светлости? Если я не слыхал ваших слов, так, может быть, и Вальдемар их не расслышал?

— Нет, нет! — сказал принц раздражённо. — Он расслышал, поверь мне. К тому же мне нужно с тобой потолковать. Подойди сюда, Морис, дай мне опереться на твоё плечо.

В этой дружеской позе они обошли весь зал, и принц завёл приятельскую беседу в таком тоне:

— Какого ты мнения об этом Вальдемаре Фиц-Урсе, мой милый де Браси? Он надеется быть при мне канцлером. Но мы хорошенько подумаем, прежде чем поручить такую важную должность человеку, который не слишкомто уважает нашу семью, судя по тому, с какой охотой он взялся захватить Ричарда. Ты, может быть, думаешь, что несколько потерял наше расположение из-за того, что так смело отказался от этого неприятного поручения? Нет, Морис. Моё уважение к тебе скорее усилилось при виде твоей честности и твёрдости. Случается, что нам оказывают большие услуги, а мы всё-таки не в силах ни любить, ни уважать тех, кто их оказывает. Бывает также, что отказываются нам служить, а мы ещё больше уважаем этих ослушников. Я нахожу, что арестовать моего несчастного брата — не такая великая заслуга, чтобы за неё награждать титулом канцлера. Но зато ты своим рыцарским отказом заслуживаешь жезл главного маршала. Подумай-ка об этом, де Браси, и поди исполняй своё дело.

— Капризный тиран! — бормотал про себя де Браси, выйдя от принца.

— Плохо будет тому, кто тебе доверится. Твой канцлер! Скажите пожалуйста! Тот, кто доверится твоей совести, быстро станет жертвой. Но главный маршал Англии, — проговорил он, простирая руку вперёд, как бы желая схватить этот жезл, и принимая величавую осанку, — это такое звание, ради которого стоит потрудиться.

Как только де Браси вышел из его покоев, принц Джон позвал слугу и сказал ему:

— Скажи Хью Бардону, нашему старшему разведчику, чтобы пришёл ко мне тотчас после того, как поговорит с Вальдемаром Фиц-Урсом.

Через самое короткое время, в течение которого принц тревожными, быстрыми шагами прохаживался по комнате, старший разведчик явился к нему.

— Бардон, — сказал принц, — что тебе приказывал Вальдемар?

— Прислать ему двух отважных людей, хорошо знакомых с северными лесными чащами и умеющих разыскивать следы человека и лошади.

— И ты можешь дать ему таких людей?

— Будьте спокойны, государь, — отвечал глава шпионов. — Один — из Хексамшира, он так же ловко выслеживает тайндейлских и тевиотдейлских воров, как гончая собака чует след раненого оленя. Другой — из Йоркшира; он на своём веку пострелял немало дичи в Шервудских лесах; он знает каждую тропинку, каждый брод, каждую полянку и овраг отсюда вплоть до Ричмонда.

— Ну хорошо, — молвил принц. — А сам Вальдемар тоже едет с ними?

— Немедленно, государь, — сказал Бардон.

— А кто ещё при нём? — спросил принц Джон беспечным тоном.

— С ним поедет дюжий Торсби и Уезерол, которого за его жестокость прозвали Стивен Стальное Сердце, и ещё трое северян из бывшего отряда Ральфа Миддлтона; их зовут копьеносцами из Спайнгау.

— Хорошо, — сказал принц Джон и, помолчав с минуту, прибавил: — Бардон, необходимо, чтобы ты установил строгий надзор за Морисом де Браси, но только так, чтобы он об этом не проведал. Время от времени доноси нам, как он себя держит, с кем беседует, что затевает. Постарайся всё узнать в точности, так как ответственность падает на тебя.

Хью Бардон поклонился и вышел.

— Если Морис мне изменит, — сказал принц Джон, — если он меня предаст, как того можно ожидать, судя по его поведению, я с него голову сниму, хотя бы в эту минуту сам Ричард был у ворот города Йорка.

ГЛАВА XXXV

В пустыне дикой тигра разбудить,
У льва голодного отнять добычу -
Всё лучше, чем расшевелить огонь
Слепого изуверства.

Неизвестный автор

Возвратимся теперь к Исааку из Йорка. Усевшись верхом на мула, подаренного ему разбойником, он в сопровождении двух иоменов отправился в прецепторию Темплстоу вести переговоры о выкупе своей дочери. Прецептория находилась на расстоянии одного дня пути от разрушенного замка Торкилстон, и он надеялся засветло добраться туда. Поэтому, как только лес кончился, он отпустил проводников, наградив их за труды серебряной монетой, и стал погонять своего мула с таким усердием, какое дозволяли его слабые силы и крайняя усталость. Но не доезжая четырех миль до Темплстоу, он почувствовал себя дурно: в спине и во всём теле поднялась такая ломота, а душевная тревога так изнурила его и без того слабый организм, что лишь с большим трудом дотащился он до небольшого торгового местечка, где проживал еврейский раввин, известный своими медицинскими познаниями и хорошо знакомый Исааку.

Натан Бен-Израиль принял своего страждущего собрата с тем радушием, которое предписывается еврейскими законами и строго исполняется. Он тотчас уложил его в постель и заставил принять лекарство против лихорадки, начавшейся у бедного старика под влиянием испытанных им ужасов, утомления, побоев и горя.

На другой день поутру Исаак собрался встать и продолжать свой путь, но Натан воспротивился этому не только как гостеприимный хозяин, но и как врач, утверждая, что такая неосторожность может стоить ему жизни.

Исаак возразил на это, что от его поездки в Темплстоу зависит больше, чем его жизнь и смерть.

— В Темплстоу? — повторил Натан с удивлением. Он ещё раз пощупал пульс Исаака и пробормотал себе под нос: — Лихорадки как будто нет, однако бредит или слегка помешался.

— Отчего же мне не ехать в Темплстоу? — сказал Исаак. — Я с тобою не стану спорить, Натан, что это — жилище людей, которые ненавидят презираемых сынов избранного народа, считая их камнем преткновения на своём пути; однако тебе известно, что по важным торговым делам мы иногда вынуждены сноситься с кровожадными назарейскими воинами и бывать в прецепториях храмовников так же, как в командорствах иоаннитских рыцарей.

— Знаю, знаю, — сказал Натан, — но известно ли тебе, что там теперь Лука Бомануар, начальник ордена, или гроссмейстер?

— Этого я не знал! — сказал Исаак. — По последним известиям, какие я имел от наших соплеменников из Парижа, Бомануар был в столице Франции и умолял Филиппа о помощи в борьбе против султана Саладина.

— После этого он прибыл в Англию неожиданно для своих собратий, — продолжал Бен-Израиль. — Он явился с поднятой рукой, готовый карать и преследовать. Лицо его пылает гневом против нарушителей обетов, произносимых при вступлении в их орден, и сыны Велиала трепещут перед ним. Ты, вероятно, и прежде слыхал его имя?

— Да, оно мне очень знакомо, — отвечал Исаак. — Язычники говорят, что этот Лука Бомануар казнит смертью за каждый проступок против назарейского закона. Наши братья прозвали его яростным истребителем сарацин и жестоким тираном сынов израильских.

— Правильно дано это прозвище! — заметил Натанцелитель. — Других храмовников удаётся смягчить, посулив им наслаждения или золото, но Бомануар совсем не таков: он ненавидит сладострастие, презирает богатство и стремится всей душой к тому, что у них называется венцом мученика. Бог Иаков да ниспошлёт скорее этот венец ему и всем его сподвижникам! Этот гордый человек занёс свою железную руку над головами сынов Иудеи, как древний Давид над Эдомом, считая убиение еврея столь же угодным богу, как и смерть сарацина. Он подвергает хуле и поношению даже целебность наших врачебных средств, приписывая им сатанинское происхождение. Покарай его бог за это!

— И всё-таки, — сказал Исаак, — я должен ехать в Темплстоу, хотя бы лик Бомануара пылал, как горнило огненное, семь раз раскалённое…

Тут он наконец объяснил Натану, почему он так спешит. Раввин внимательно выслушал Исаака, выказал ему своё сочувствие и, по обычаю своего народа, разорвал на себе одежду, горестно сетуя:

— О, дочь моя! О, дочь моя! О, горе мне! Погибла краса Сиона! Когда же будет конец пленению Израиля!

— Ты видишь, — сказал ему Исаак, — почему мне невозможно медлить. Быть может, присутствие этого Луки Бомануара, их главного начальника, отвлечёт Бриана де Буагильбера от задуманного злодеяния. Быть может, он ещё отдаст мне мою возлюбленную дочь Ревекку.

— Так поезжай, — сказал Натан Бен-Израиль, — и будь мудр, ибо мудрость помогла Даниилу даже во рву львином. Однако, если окажется возможным, постарайся не попадаться на глаза гроссмейстеру, ибо предавать гнусному посмеянию евреев — его любимое занятие и утром и вечером. Может быть, всего лучше было бы тебе с глазу на глаз объясниться с Буагильбером — носятся слухи, будто среди этих окаянных назареян нет полного единодушия… Да будут прокляты их нечестивые совещания, и да покроются они позором! Но ты, брат, возвратись ко мне, словно в дом отца твоего, и дай мне знать о своих делах. Я твёрдо надеюсь, что привезёшь с собою и Ревекку, ученицу премудрой Мириам, которую оклеветали эти нечестивцы: целебное действие её лекарств они называли колдовством.

Исаак распростился с другом и через час подъехал к прецептории Темплстоу.

Обитель рыцарей Храма была расположена среди тучных лугов и пастбищ, дарованных ордену мирянами благодаря усердию прежнего настоятеля. Постройки были прочные — прецептория была тщательно укреплена, что в тогдашние беспокойные времена было не лишним. Двое часовых в чёрных одеяниях и с алебардами на плечах стояли на страже у подъёмного моста. Другие такие же мрачные фигуры мерным шагом прохаживались взад и вперёд по стенам, напоминая скорее привидения, чем живых воинов. Все младшие чины этого ордена носили платье чёрного цвета с тех пор, как выяснилось, что в горах Палестины завелось множество самозваных братьев, носивших белые одежды, подобно рыцарям и оруженосцам этого ордена, и также выдававших себя за храмовников, но своим поведением навлёкших самую позорную репутацию на рыцарей Сионского Храма. Время от времени по двору проходил кто-нибудь из рыцарей в длинной белой мантии, со склонённой головой и сложенными на груди руками. При встречах друг с другом они молча обменивались медленными и торжественными поклонами. Молчание было одним из правил их устава, согласно библейским текстам: «Во многоглаголании несть спасения» и «Жизнь и смерть во власти языка». Аскетическая строгость устава, давно сменившаяся распутной и вольной жизнью, снова вступила в свои права под суровым оком Боменуара.

Исаак остановился у ворот, раздумывая, как ему лучше всего пробраться в ограду обители. Он отлично понимал, что вновь пробуждённый фанатизм храмовников не менее опасен для его несчастного племени, чем их распущенность. Вся разница заключалась в том, что теперь религия могла стать источником ненависти и изуверства братии, и раньше он подвергся бы обидам и вымогательствам из-за своего богатства.

В это время Лука Боменуар прогуливался в садике прецептории, который лежал в границах внешних укреплений, и вёл доверительную и печальную беседу с одним из членов своего ордена, вместе с ним приехавшим из Палестины.

Гроссмейстер был человек преклонных лет; его длинная борода и густые щетинистые брови давно уже поседели, но глаза сверкали таким огнём, который и годы не в состоянии были погасить. Когда-то он был грозным воином, и суровые черты его худощавого лица сохраняли выражение воинственной свирепости. Вместе с тем во внешности этого изувера аскетическая измождённость сочеталась с самодовольством святоши. Однако в его осанке и лице было нечто величественное, сразу было видно, что он привык играть важную роль при дворах монархов различных стран и повелевать знатными рыцарями, отовсюду стекавшимися под знамя его ордена. Он был высок ростом, статен и, невзирая на старость, держался прямо. Его мантия из грубого белого сукна с красным восьмиконечным крестом на левом плече была сшита со строгим соблюдением всех правил орденского устава. На ней не было никакой меховой опушки, но по причине преклонного возраста гроссмейстера его камзол был подбит мягчайшей овчиной, что допускалось и уставом ордена,

— большей роскоши он себе не мог позволить. В руке он держал ту странную абаку, или трость, с которой обыкновенно изображают храмовников. Вместо набалдашника у неё был плоский кружок с выгравированным на нём кольцом, в середине которого был начертан восьмиконечный крест ордена. Собеседник великого сановника носил такую же одежду. Однако крайнее подобострастие в его обращении с начальником показывало, что равенства между ними не было. Прецептор (ибо таково было звание этого лица) шёл даже не рядом с гроссмейстером, но несколько позади, на таком расстоянии, чтобы тот мог с ним разговаривать, не оборачиваясь.

— Конрад, — говорил гроссмейстер, — дорогой товарищ моих битв и тяжких трудов, тебе одному могу я поверить свои печали. Тебе одному могу сказать, как часто с той поры, как я вступил в эту страну, томлюсь я желанием смерти и как стремлюсь успокоиться в лоне праведников. Ни разу не пришлось мне увидеть в Англии ничего такого, на чём глаз мог бы остановиться с удовольствием, кроме гробниц наших братии под тяжёлой кровлей нашего соборного храма в здешней гордой столице. «О доблестный Роберт де Рос! — воскликнул я в душе, созерцая изваяния этих добрых воинов-крестоносцев. — О почтенный Уильям де Маршал! Отворите свои мраморные кельи и примите на вечный покой усталого брата, который охотнее боролся бы с сотней тысяч язычников, чем быть свидетелем падения своего священного ордена!»

— Совершенно справедливо, — отвечал Конрад Монт-Фитчет, — всё это святая истина. Наши английские братья ведут жизнь ещё более неправедную, нежели французские.

— Потому что здешние богаче, — сказал гроссмейстер. — Прости мне, брат, если я несколько похвалюсь перед тобой. Ты знаешь, как я жил, как соблюдал каждую статью нашего устава, как боролся с бесами, воплощёнными в образе человеческом или потерявшими его, как поражал этого рыкающего льва, который бродит вокруг нас. Всюду, где он встречался мне, я его побивал как рыцарь и усердный священнослужитель, согласно велению блаженной памяти святого Бернарда. Ut Leo semper feriatur[1]. И, клянусь святым Храмом, моё ревностное усердие пожирало моё существо, моё бытие, даже мышцы и самый мозг в костях моих. Клянусь святым Храмом, кроме тебя и очень немногих соблюдающих строгий устав нашего ордена, не вижу я таких людей, которым в глубине души мог бы дать священный титул брата. Что сказано в нашем законе и как они исполняют его? Сказано: не носить суетных украшений, не иметь перьев на шлеме, ни золотых шпор, ни раззолоченных уздечек. А между тем кто самые большие щёголи, как не наши воины Храма? Устав воспрещает делать одну птицу средством ловли другой, воспрещает убивать животных из лука или арбалета, возбраняет трубить в охотничьи рога и даже пришпоривать коня в погоне за дичью. И что же? Кто, как не храмовники, выезжает на охоту с соколами, занимается стрельбой, травлей по лесам и другими суетными забавами! Им воспрещено читать чтолибо без особого разрешения настоятеля, воспрещено и слушать чтение каких бы то ни было книг, кроме тех, которые читаются вслух во время общей трапезы. А между тем они

[1] Чтобы избегать поцелуев всех женщин (лат.).

преклоняют слух к пению праздных менестрелей и зачитываются пустыми росказиями. Им предписано искоренять колдовство и ересь, а они, по слухам, изучают окаянные кабалистические знаки евреев и заклинания язычников-сарацин. Устав велит им быть умеренными в пище, питаться кореньями, похлёбкой, кашей, есть мясо не более трех раз в неделю, потому что привычка к мясным блюдам — позорное падение, а посмотришь — столы их ломятся от изысканных яств. Им следует пить одну воду, а между тем среди весёлых гуляк сложилась уже пословица: «Пить как храмовник». Взять хотя бы этот сад, наполненный диковинными цветами из дальних стран Востока. Он гораздо более похож на сад, окружающий гарем какого-нибудь мусульманского владыки, чем на скромный участок земли на котором христианские монахи разводят необходимые им овощи. Ах, Конрад, если бы только этим ограничивались отступления от нашего устава! Тебе известно, что нам воспрещалось общение с теми благочестивыми женщинами, которые вначале были сопричислены к нашему ордену в качестве сестёр. Воспрещалось, на том основании, что как сказано в главе сорок шестой устава, исконный враг человечества при помощи женщин многих совращал с пути к царствию небесному. А в последней главе, служащей как бы краеугольным камнем чистого и непорочного учения, преподанного нам блаженным основателем ордена, нам возбраняется даже родным сёстрам и матерям нашим воздавать лобзание ut omnium mulierum fugiantur oscula[1]. Но мне стыдно говорить, стыдно даже подумать, какие тёмные пороки гнездятся ныне в нашем ордене! Души благочестивых основателей ордена Гуго де Пайена, Готфрида де Сент-Омера и тех семерых, которые прежде других заключили союз, посвятив себя служению Храму, — их души и в раю не знают себе покоя. Я созерцал их, Конрад, в ночных видениях. Святые очи их источали слезы о грехах и заблуждениях своих собратий, о гнусном и постыдном сладострастии, в коем они погрязли. «Бомануар, — говорили они, — ты спишь! Проснись! Вот оно, пятно на здании церковном,

[1] Чтобы избегать поцелуев всех женщин (лат.).

неискоренимое и тлетворное, как дыхание проказы, с незапамятных времён впитавшееся в стены заражённых домов. Воины креста, которые должны бы избегать взгляда женских очей, как змеиного жала, открыто живут во грехе не только с женщинами своего племени, но и с дочерьми проклятых язычников и ещё более проклятых евреев. Боманусар, ты спишь! Встань же и отомсти за правое дело! Умертви грешников обоего пола! Вооружись мечом Финеаса!» Видение рассеялось, Конрад, но, проснувшись, я всё ещё слышал бряцание их кольчуг и видел, как развевались полы их белоснежных мантий. И я поступлю так, как они повелели мне: я очищу стены Храма, а нечистые камни, рассадник заразы, я вышвырну вон.

— Подумай, преподобный отец, — сказал Монт-Фитчет, — ведь эта плесень благодаря времени и привычке въелась глубоко. Твои преобразования будут праведны и мудры, но не лучше ли приступить к ним осторожнее?

— Нет, Монт-Фитчет, — отвечал суровый старик. — Это нужно сделать резко и неожиданно. Наш орден в очень тяжёлом положении, вся его будущность зависит от настоящей минуты. Трезвость, самоотречение, благочестие наших предшественников повсюду создали нам могущественных приверженцев. Наша надменность, наши богатства и роскошное житьё восстановили против нас сильных врагов. Мы должны выбросить накопленные сокровища, которые соблазняют великих мира сего, мы должны отбросить всякую самонадеянность и надменность, потому что она обидна для них; мы должны искоренить распущенность, которая опозорила нас на весь мир. Иначе, попомни моё слово, орден рыцарей Храма исчезнет с лица земли, и народы не найдут его следов.

— Боже, сохрани и помилуй от такого бедствия! — молвил прецептор.

— Аминь! — торжественно произнёс гроссмейстер. — Но мы должны заслужить помощь божию. Говорю тебе, Конрад: ни силы небесные, ни земные владыки не могут более терпеть порочность нынешнего поколения. Почва, на которой мы строим своё здание, колеблется, чем более мы стремимся возвеличиться, тем скорее обрушимся в бездну. Нужно вернуться назад, доказать, что мы верные защитники креста и по своему призванию жертвуем не только своими похотями и порочными склонностями, но и всеми удобствами, всеми утехами жизни, даже семейными привязанностями, и действуем как люди, убеждённые в том, что многие радости, вполне законные для других, для нас, воинов, посвятивших себя защите святого Храма, незаконны и непростительны.

В эту минуту на дорожке сада появился оруженосец в поношенном платье (новички, поступавшие на искус в этот монашеский орден, обязаны были одеваться в обноски старших рыцарей). Он почтительно поклонился гроссмейстеру и молча остановился перед ним, ожидая позволения говорить.

— Ну вот, — сказал гроссмейстер, — не приличнее ли выглядит Дамиан, облечённый в ризы христианского смирения, в почтительном безмолвии перед своим начальником, чем два дня тому назад, когда я застал его в пёстром наряде, прыгающим, словно попугай! Говори, мы разрешаем тебе, зачем ты пришёл?

— Благородный и преподобный отец, — отвечал оруженосец, — у ворот стоит еврей и просит дозволения переговорить с братом Брианом де Буагильбером.

— Ты хорошо сделал, что пришёл доложить мне об этом, — сказал гроссмейстер. — В нашем присутствии каждый прецептор — такой же член ордена, как и остальная братия, и не должен иметь своей воли, но обязан исполнять волю своего начальника. Как в писании сказано: «Что достигло его слуха, в том и обязан мне послушанием…» А что касается этого Буагильбера, то нам особенно важно знать о его делах, — прибавил гроссмейстер, обращаясь к своему спутнику.

— По слухам, это храбрый и доблестный рыцарь, — сказал Конрад.

— Это слух справедливый, — сказал гроссмейстер. — В доблести мы ещё не уступаем нашим предшественникам, героям креста. Но когда брат Бриан вступал в наш орден, он казался мне человеком угрюмым и разочарованным. Казалось, что, произнося обеты и отказываясь от мира, он поступал не по искреннему влечению, а скорее с досады на какую-то неудачу, заставившую его искать утешения в покаянии. С тех пор он превратился в деятельного и пылкого мятежника. Он ропщет, строит козни; он стал во главе тех, кто оспаривает наши права. Он забыл, что власть наша знаменуется всё тем же символом креста, состоящего из двух пересекающихся жезлов: один жезл дан нам как опора для слабых, а другой — для наказания виновных. Дамиан, — продолжал он, обратившись к послушнику, — приведи сюда еврея.

Оруженосец, низко поклонившись, вышел и через несколько минут возвратился в сопровождении Исаака из Йорка.

Ни один невольник, призванный пред очи могучего властелина, не мог бы с большим почтением и ужасом приближаться к его трону, чем Исаак подходил к гроссмейстеру. Когда он очутился на расстоянии трех ярдов от него, Бомануар мановением своего посоха приказал ему не подходить ближе. Тогда еврей стал на колени, поцеловал землю в знак почтения, потом поднялся на ноги и, сложив руки на груди, остановился перед храмовником с поникшей головой, в покорной позе восточного раба.

— Дамиан, — сказал гроссмейстер, — распорядись, чтобы сторож был готов явиться по первому нашему зову. Никого не впускать в сад, пока мы не уйдём отсюда.

Оруженосец отвесил низкий поклон и удалился.

— Еврей, — продолжал надменный старик, — слушай внимательно. В нашем звании не подобает вести с тобою продолжительные разговоры, притом мы ни на кого не любим тратить время и слова. Отвечай как можно короче на вопросы, которые я буду задавать тебе. Но смотри, говори правду. Если же твой язык будет лукавить передо мною, я прикажу вырвать его из твоих нечестивых уст.

Исаак хотел что-то ответить, но гроссмейстер продолжал:

— Молчать, нечестивец, пока тебя не спрашивают! Говори, зачем тебе нужно видеть нашего брата Бриана де Буагильбера?

У Исаака дух занялся от ужаса и смущения. Он не знал, что ему делать. Если рассказать всё, как было, это могут признать клеветой на орден. Если не говорить, то как же иначе выручить Ревекку? Бомануар заметил его смертельный страх и снизошёл до того, что слегка успокоил его.

— Не бойся за себя, несчастный еврей, — сказал он, — говори прямо и откровенно. Ещё раз спрашиваю: какое у тебя дело к Бриану де Буагильберу?

— У меня к нему письмо, — пролепетал еврей, — смею доложить вашему доблестному преподобию, письмо к сэру благородному рыцарю от приора Эймера из аббатства в Жорво.

— Вот в какие времена мы с тобой живём, Конрад! — сказал гроссмейстер. — Аббат-цистерцианец посылает письмо воину святого Храма и не может найти лучшего посланца, чем этот безбожник еврей! Подай сюда письмо!

Еврей дрожащими руками расправил складки своей шапки, куда для большей сохранности спрятал письмо, и хотел приблизиться, намереваясь вручить его самому гроссмейстеру. Но Бомануар грозно крикнул:

— Назад, собака! Я не дотрагиваюсь до неверных иначе, как мечом. Конрад, возьми у него письмо и дай мне.

Приняв таким способом в свои руки послание приора, Бомануар тщательно осмотрел его со всех сторон и начал распутывать нитку, которой оно было обмотано.

— Преподобный отец, — сказал Конрад опасливо, хотя в высшей степени почтительно, — ты и печать сломаешь?

— А почему же нет? — молвил Бомануар, нахмурив брови. — Разве не сказано в сорок второй главе «De Lectione Literarum»[1], что рыцарь Храма не должен получать письма даже от родного отца

[1] «О чтении писем» (лат.).

без ведома гроссмейстера и обязан читать их не иначе как в его присутствии?

Он сначала бегло прочёл письмо про себя, причём на лице его изобразились удивление и ужас; затем перечитал его вторично и наконец, протянув Конраду, ударил рукой по исписанным листкам и воскликнул:

— Нечего сказать, хорошая тема для письма от одного христианского мужа к другому! Особенно если оба довольно видные духовные лица. Когда же, — спросил он, торжественно возведя глаза к небу, — когда же, господи, снизойдёшь ты на ниву и отвеешь плевелы от зёрна доброго?

Монт-Фитчет взял письмо из рук начальника и стал читать.

— Читай вслух, Конрад, — сказал гроссмейстер, — а ты, — он обратился к Исааку, — слушай внимательно, ибо мы учиним тебе допрос.

Конрад прочёл вслух следующее:

— *«Эймер, милостию божьею приор цистерцианского монастыря святой Марии в Жорво, сэру Бриану де Буагильберу, рыцарю священного ордена храмовников, с пожеланием доброго здоровья и обильных даров кавалера Бахуса и дамы Венеры. Что до нас лично, дорогой брат, мы в настоящую минуту находимся в плену у неких беззаконных и безбожных людей, не побоявшихся задержать нашу особу и назначить с нас выкуп. При этом случае узнали мы и о несчастии, постигшем барона Фрон де Бефа, и о твоём бегстве с прекрасной еврейской чародейкой, которая околдовала тебя своими чёрными очами. Сердечно порадовались мы твоему спасению от плена. Но тем не менее просим тебя: будь как можно осторожнее с этой новой Эндорской волшебницей. Ибо частным образом нам удалось узнать, что ваш гроссмейстер, который ничего не смыслит ни в чёрных очах, ни в алых ланитах, едет к вам из Нормандии, чтобы помешать вам веселиться и поправлять ваши ошибки. А потому усердно советуем вам соблюдать осторожность, дабы вас застали бодрствующими, как сказано в святом писании, Invenientur vigilantes, а так как отец Ревекки, богатый еврей Исаак из Йорка, просит у меня, чтобы я замолвил за него словечко перед тобою, то я и поручаю ему сие послание и притом серьёзно советую и даже умоляю непременно взять за эту девицу выкуп, так как он отвалит за неё столько денег, что на них можно будет достать полсотни девиц на менее опасных условиях. Подожди только, когда мы снова будем вместе. Тогда повеселимся» как подобает истинным братьям, причём не забудем и винной чаши. Ибо в писании сказано: «Vinum loetificat cor hominis"[1], а также: «Rex delectabitur pulchritudine tua»[2].*

В ожидании столь приятного свидания желаю тебе доброго здоровья. Писано в вертепе разбойников, в часы утренней молитвы.

Эймер, приор аббатства святой Марии, что в Жорво.

Postscriptum. А твоя золотая цепь недолго у меня погостила: она досталась ворам и отныне будет красоваться на шее одного из разбойников. Он повесит на неё свой охотничий свисток, которым сзывает собак».

— Что ты на это скажешь, Конрад? — спросил гроссмейстер. — Вертеп разбойников! Для такого приора это и есть самое подходящее жилище. Нечего дивиться, что десница божья поднялась на нас и в Святой Земле мы теряем один город за другим, что неверные отбивают у нас землю пядь за пядью, если завелись среди нас такие духовные сановники, как этот Эймер. Только желал

[1] Вино веселит сердце человека (лат.).
[2] Царь насладится твоей красотой (лат.).

бы я знать, что он разумеет под именем «новой Эндорской волшебницы»? — обратился он вполголоса к своему наперснику.

Конрад гораздо лучше настоятеля был знаком с условным языком тогдашних любезников, быть может даже сам когда-нибудь пользовался им. Он объяснил слова, поставившие в тупик гроссмейстера, заметив, что многие светские люди употребляют подобные выражения, говоря о своих любовницах. Но это объяснение не удовлетворило упрямого фанатика.

— Нет, Конрад, тут кроется нечто более серьёзное. В простоте души ты и не подозреваешь, что это может быть целая пучина беззакония. Ревекка из Йорка, должно быть, воспитанница той самой Мириам, о которой ты, наверно, слыхал. Увидишь, что еврей сам сознаётся в этом.

— И, повернувшись к Исааку, он громко спросил: — Так, значит, твоя дочь — пленница Бриана де Буагильбера?

— Это так, ваше доблестное преподобие, — проговорил трепещущий Исаак. — Какой потребуется выкуп с бедного человека, я готов...

— Молчать! — сказал гроссмейстер. — Дочь твоя занималась врачеванием или нет?

— Как же, милостивый господин, — отвечал Исаак гораздо смелее, — и рыцари, и иомены, и оруженосцы, и вассалы благословляют счастливый дар, ниспосланный ей от бога. Многие могут засвидетельствовать, что она своим искусством исцелила их, когда все другие средства уже не могли помочь. Бог Израилев благословляет её труды.

Бомануар с горькой усмешкой взглянул на Конрада.

— Видишь, брат, — сказал он, — каковы ухищрения врага человеческого! Вот какие приманки закидывает он для уловления душ, давая им жалкое продление земной жизни взамен вечного блаженства за гробом. Недаром говорится в нашем святом уставе: Semper percutiatur leo vorans[1]. Восстанем на льва! Ополчимся на

[1] Пусть лев пожирающий всегда будет поражаем (лат.).

губителя! — воскликнул он, потрясая в воздухе своим посохом и как бы угрожая нечистой силе. Потом, обращаясь к еврею, он спросил: — Твоя дочь лечит, конечно, нашёптыванием, заклинаниями, талисманами и прочими кабалистическими средствами?

— Ах, нет, преподобный и храбрый рыцарь, — отвечал Исаак, — лечит она бальзамом, обладающим чудесными свойствами.

— А откуда она достала секрет этого состава? — спросил Бомануар.

— Её научила премудрая Мириам, — сказал Исаак с запинкой. — Мудрая и почтенная женщина нашего племени.

— Ага, лукавый еврей! — воскликнул гроссмейстер. — Это, должно быть, та самая Мириам, о колдовских кознях которой знает весь мир христианский. (При этих словах гроссмейстер осенил себя крёстным знамением). Её тело было сожжено у позорного столба и пепел рассеян на четыре стороны. И пусть то же будет со мною и с моим орденом, если я не поступлю так же с ученицей этой ведьмы. Я отучу её колдовать и своими чарами привлекать воинов святого Храма! Дамиан, гони этого еврея вон, за ворота! Если он вздумает упираться или возвращаться назад, убей его на месте. А с дочерью его мы поступим так, как предписывает христианский закон и как прилично нашему высокому сану.

Бедного Исаака схватили за шиворот и вытолкали вон из прецептории, невзирая на его мольбы и щедрые посулы. Ему ничего не оставалось делать, как возвратиться в дом раввина и постараться через него получить хоть какие-нибудь сведения об участи дочери. До сих пор он страшился за её честь, теперь он трепетал за её жизнь. Между тем гроссмейстер приказал позвать к себе прецептора обители Темплстоу.

Глава XXXVI

Я не мошенник. Все живут притворством.
Благодаря притворству нищий жив,
А у придворного есть чин и земли.
С притворством воинство и духовенство
Равно знакомы. Все с ним неразлучны;
Ведь в церкви, в лагере и в государстве
Добиться ничего нельзя одной
Правдивостью. На этом мир стоит.

Старинная пьеса

Альберт Мальвуазен, настоятель, или, на языке ордена, прецептор, обители Темплстоу, был родным братом уже известного нам Филиппа Мальвуазена. Подобно своему брату, он был в большой дружбе с Брианом де Буагильбером.

Среди развратных и безнравственных людей, которых немало числилось в ордене Храма, Альберт из Темплстоу по праву занимал одно из первых мест, но, в отличие от смелого Буагильбера, он умел скрывать свои пороки и честолюбивые замыслы под личиной лицемерного благочестия и пылкого фанатизма, к которому в душе питал презрение. Если бы гроссмейстер не приехал так неожиданно, он не нашёл бы в Темплстоу никаких упущений. Но даже и теперь, когда его застали врасплох, Альберт Мальвуазен так подобострастно и с таким сокрушением выслушал упрёки своего взыскательного начальника и так усердно принялся водворять аскетическое благочестие в своей обители, где ещё накануне царила полная распущенность, что Лука Бомануар возымел теперь гораздо более высокое мнение о нравственности местного прецептора, чем в первые дни по приезде.

Но благоприятное мнение гроссмейстера резко изменилось, когда он узнал, что Альберт Мальвуазен принял в стены своей обители пленную еврейку, по всей вероятности находившуюся в любовной связи с одним из братьев ордена. И когда Альберт явился на зов, гроссмейстер встретил его с необычайной суровостью.

— В здешней обители ордена рыцарей святого Храма, — строго сказал Бомануар, — находится женщина еврейского племени, привезённая сюда одним из наших братьев во Христе и водворённая здесь с вашего разрешения, сэр прецептор.

Альберт Мальвуазен был крайне смущён. Злосчастная Ревекка была помещена в одной из самых отдалённых, потайных частей здания. Были приняты всевозможные меры предосторожности, дабы её присутствие осталось неизвестным. Во взгляде гроссмейстера прецептор прочёл гибель и себе и Буагильберу, в случае если он не сумеет предотвратить надвинувшуюся бурю.

— Что же вы молчите? — продолжал гроссмейстер.

— Дозволяется ли мне отвечать? — произнёс Мальвуазен тоном глубочайшего смирения, хотя, в сущности, своим вопросом хотел только выиграть время, чтобы собраться с мыслями.

— Говори, я разрешаю, — сказал гроссмейстер. — Отвечай, знаешь ли ты главу нашего святого устава: De commilitonibus Templi in sancta civitate, qui cum miserrimis mulieribus versantur, propter oblectationem carnis?[1]

— Конечно, высокопреподобный отец, — отвечал прецептор. — Как бы я мог достигнуть столь высокой степени в нашем ордене, если бы не знал важнейших статей его устава?

— Ещё раз спрашиваю тебя, как могло случиться, что ты позволил осквернить священные стены сей обители, допустив, чтобы один из братьев привёз сюда любовницу, да ещё колдунью?

— Колдунью? — повторил Альберт Мальвуазен. — Силы небесные да будут с нами!

— Да, да, брат, колдунью, — строго произнёс гроссмейстер. — Именно так. Посмеешь ли ты отрицать, что эта Ревекка, дочь подлого ростовщика Исаака из Йорка и ученица гнусной колдуньи

---

[1] О рыцарях храма в Святом городе, которые ради услаждения плоти общаются с злосчастными женщинами (лат.).

Мириам, об этом даже подумать стыдно, в настоящую минуту находится в стенах твоей прецептории?

— Благодаря вашей мудрости, преподобный отец, — сказал прецептор,

— тёмная завеса спала с глаз моих. Я никак не мог понять, почему такой доблестный рыцарь, как Бриан де Буагильбер, мог так увлечься прелестями этой женщины. Я принял её в обитель с той целью, чтобы помешать их дальнейшему сближению, ибо в противном случае наш храбрый и почтенный брат во Христе подвергался опасности впасть в великий грех.

— Стало быть, до сих пор между ними не было ничего такого, что было бы нарушением обетов? — спросил гроссмейстер.

— Как, под нашим кровом! — с ужасом произнёс прецептор, осеняя себя крёстным знамением. — Сохрани нас, святая Магдалина и десять тысяч праведных дев! Нет! Если я и погрешил, приняв её в нашу обитель, то лишь потому, что надеялся искоренить безрассудную привязанность нашего брата к этой еврейке. Его страсть к ней казалась мне до того странной и противоестественной, что я мог приписать её только припадку умопомешательства, и думал, что легче излечить его состраданием, нежели попрёками. Но раз ваша высокочтимая мудрость обнаружила, что эта распутная еврейка занимается колдовством, быть может, этим и объясняется его непонятное и безумное увлечение.

— Так и есть! Так и есть! — воскликнул Бомануар. — Вот видишь, брат Конрад, как опасно бывает поддаваться лукавым ухищрениям сатаны. Смотришь на женщину только для того, чтобы усладить своё зрение и полюбоваться тем, что называется её красотой, а извечный враг, лев рыкающий, и овладевает нами в это время. А какой-нибудь талисман или иное волхвование довершает дело, начатое от праздности и по легкомыслию. Весьма возможно, что в настоящем случае брат Бриан заслуживает скорее жалости, чем строгой кары, более нуждается в поддержке, нежели в наказании лозою, и наши увещания и молитвы отвратят его от этого безумия и вернут заблудшего в ряды братии.

— Было бы достойно сожаления, — сказал Конрад Монт-Фитчет, — если бы орден потерял одного из лучших воинов именно тогда, когда наша святая община особенно нуждается в помощи своих сынов. Бриан де Буагильбер собственноручно уничтожил до трехсот сарацин.

— Кровь этих окаянных псов, — сказал гроссмейстер, — будет угодным и приятным приношением святым и ангелам, которых эти собаки поносили. С благостной помощью святых мы постараемся рассеять чары, в сетях которых запутался наш брат. Он расторгнет узы этой новой Далилы, как древний Самсон разорвал верёвки, которыми связали его филистимляне, и опять будет умерщвлять полчища неверных. Что же касается гнусной волшебницы, околдовавшей рыцаря святого Храма, то её, несомненно, следует предать смертной казни.

— Но английские законы… — начал было прецептор, обрадованный тем, что так удачно отвратил гнев гроссмейстера от себя и Буагильбера, но всё же опасаясь, как бы Бомануар не зашёл слишком далеко.

— Английские законы, — прервал его гроссмейстер, — дозволяют и предписывают каждому судье чинить суд и расправу в пределах, на которые простирается его правосудие. Всякий барон имеет право задержать, судить и приговорить к казни колдунью, которая была обнаружена в его владениях. Так неужели же гроссмейстеру ордена храмовников откажут в этом праве в пределах одной из прецепторий его ордена? Нет! Мы будем её судить и осудим. Колдунья исчезнет с лица земли, и бог простит причинённое ею зло. Приготовьте большой зал для суда над колдуньей.

Альберт Мальвуазен поклонился и вышел, но, прежде чем распорядиться приготовить зал для суда, он отправился искать Бриана де Буагильбера, чтобы сообщить ему о вероятном исходе дела.

Он застал Бриана в бешенстве от отпора, который он снова только что получил от прекрасной еврейки.

— Какое безрассудство! — воскликнул он. — Какая неблагодарность отвергать человека, который среди потоков крови и пламени рисковал собственной жизнью ради её спасения! Клянусь богом, Мальвуазен, пока я искал её, вокруг меня валились и трещали горящие потолки и перекладины. Я служил мишенью для сотен стрел; они стучали о мой панцирь, точно град об оконные ставни, но, не заботясь о себе, я прикрывал моим щитом её. Всё это претерпел я ради неё; а теперь эта своенравная девушка меня же упрекает, зачем я не дал ей там погибнуть, и не только не выказывает никакой признательности, но не даёт ни малейшей надежды на взаимность. Словно бес, наградивший её племя упорством, собрал все свои силы и вселился в неё одну.

— А по-моему, вы оба одержимы дьяволом, — сказал прецептор. — Сколько раз я вам советовал соблюдать осторожность, если не воздержание! Не я ли вам повторял, что на свете многое множество христианских девиц, которые сочтут грехом для себя отказать такому храброму рыцарю le don cTamoureux merci?[1] Так нет же, вам непременно понадобилось обратить вашу привязанность на эту упрямую и своенравную еврейку! Я начинаю думать, что старый Лука Бомануар прав в своём предположении, что она вас околдовала.

— Лука Бомануар! — воскликнул Буагильбер с укоризной. — Так-то ты соблюдаешь предосторожности, Мальвуазен! Как же ты мог допустить, чтобы этот выживший из ума сумасброд узнал о присутствии Ревекки в прецептории?

— А что же мне было делать? — сказал прецептор. — Я не пренебрегал ни одной мелочью, чтобы сохранить дело в тайне, но кто-то пронюхал и донёс, а кто донёс, сам чёрт или кто другой, про то известно только чёрту. Но я, как умел, постарался выгородить тебя. Ты не пострадаешь. Лишь бы ты отрёкся от Ревекки. Тебя

---

[1] В своей привязанности (франц.).

жалеют... считают тебя жертвою волхвования; а она колдунья и должна за это понести кару.

— Ну нет, клянусь богом, я этого не допущу! — сказал Буагильбер.

— А я клянусь богом, что так должно быть и так будет! — сказал Мальвуазен. — Ни ты, ни кто другой не в силах её спасти. Лука Бомануар заранее решил, что казнь еврейки послужит очистительной жертвой за все любовные грехи рыцарей Храма. А тебе известно, какова его власть, и он, конечно, воспользуется ею для осуществления столь премудрого и благочестивого намерения.

— Наши потомки никогда не поверят, чтобы могло существовать такое бессмысленное изуверство! — воскликнул Буагильбер, в волнении расхаживая взад и вперёд по комнате.

— Чему они поверят или не поверят, я не знаю, — спокойно сказал Мальвуазен, — но я отлично знаю, что в наше время и духовенство и миряне, по крайности девяносто девять человек на каждую сотню, провозгласят аминь на решение нашего гроссмейстера.

— Знаешь, что я придумал? — сказал Буагильбер. — Ты ведь мне друг, Альберт, помоги мне. Устрой так, чтобы она могла бежать. А я увезу её куда-нибудь подальше, в безопасное и потаённое место.

— Не могу, если бы и хотел, — возразил прецептор. — Весь дом полон прислужниками гроссмейстера или его приверженцами. Притом, откровенно говоря, я не хотел бы впутываться в эту историю, даже имея надежду выйти сухим из воды. Я уже довольно рисковал для тебя, и мне вовсе нет охоты заслужить понижение в должности или даже потерять место прецептора из-за прекрасных глаз какой-то еврейки. Послушайся моего совета: брось эту погоню за дикими гусями и направь своего сокола на какую-нибудь другую дичь. Подумай, Буагильбер: твоё теперешнее положение, твоё будущее — всё зависит от того места, какое ты занимаешь в ордене. Если ты заупрямишься и не откажешься от своей страсти к этой Ревекке, помни, что ты тем самым дашь право Бомануару исключить тебя из ордена. Бомануар, конечно, не упустит такого случая. Он ревниво охраняет верховный жезл в своей старческой руке и очень хорошо знает, что ты стремишься получить этот жезл. Он тебя погубит непременно, особенно если ты ему доставишь такой прекрасный предлог, как заступничество за еврейскую колдунью. Лучше уступи ему на этот раз, потому что помешать ты всё равно не можешь. Вот когда его жезл перейдёт в твои собственные твёрдые руки, тогда можешь сколько угодно ласкать иудейских девиц или сжигать их на костре — как тебе заблагорассудится.

— Мальвуазен, — сказал Буагильбер, — какой же ты хладнокровный…

— … друг, — подсказал прецептор, поспешно прерывая его фразу из опасения, чтобы Буагильбер не сказал чего-нибудь похуже. — Да, я хладнокровный друг, а потому и могу подать тебе разумный совет. Ещё раз повторяю, что спасти Ревекку невозможно. Ещё раз говорю тебе, что ты и себя погубишь вместе с ней. Иди лучше, покайся гроссмейстеру: припади к его ногам и скажи ему…

— Только не к его ногам! Нет, я просто пойду к старому ханже и выскажу…

— Ну хорошо, — продолжал Мальвуазен спокойно, — объяви ему, что ты страстно любишь эту пленную еврейку. Чем больше ты будешь распространяться о своей пламенной страсти, тем скорее он поспешит положить ей конец, казнив твою прелестную чародейку. Между тем, сознавшись в нарушении обетов, не жди уж никакой пощады со стороны братии; тогда тебе придётся променять то могущество и высокое положение, на которые ты надеешься в будущем, на судьбу наёмного воина, участвующего в мелких столкновениях между Фландрией и Бургундией.

— Ты говоришь правду, Мальвуазен, — сказал Бриан де Буагильбер после минутного размышления. — Я не дам старому изуверу такого сильного оружия против себя. Ревекка не заслужила того, чтобы из-за неё я жертвовал своей честью и будущим. Я отрекусь от неё. Да, я её предоставлю на волю судьбы, если только…

— Не ставь никаких условий, раз ты уже принял такое разумное решение, — сказал Мальвуазен. — Что такое женщина, как не игрушка, забавляющая нас в часы досуга? Настоящая цель жизни — в удовлетворении честолюбия. Пускай погибают сотни таких хрупких существ, как эта еврейка, лишь бы ты смело двигался вперёд на пути к славе и почестям... Ну, а теперь я покину тебя: не следует, чтобы нас видели за дружеской беседой. Пойду распорядиться, чтобы приготовили зал к предстоящему судилищу.

— Как! — воскликнул Буагильбер. — Так скоро!

— О да, — отвечал прецептор, — суд всегда совершается очень быстро, если судья заранее вынес приговор.

Оставшись один, Буагильбер прошептал:

— Дорого ты обойдёшься мне, Ревекка! Но почему я не в силах покинуть тебя, как советует этот бездушный лицемер? Я сделаю ещё одно усилие ради твоего спасения. Но берегись! Если ты опять отвергнешь меня, моё мщение будет так же сильно, как и моя любовь. Буагильбер не может жертвовать своей жизнью и честью, если ему платят за это только попрёками и презрением.

Прецептор едва успел отдать необходимые приказания, как к нему пришёл Конрад Монт-Фитчет и заявил, что гроссмейстер предполагает немедленно судить еврейку по обвинению в колдовстве.

— Это обвинение, несомненно, не соответствует действительности, — сказал прецептор. — Мало ли у нас врачей из евреев, и никто не считает их колдунами, хотя они и достигают удивительных успехов в деле исцеления больных.

— Гроссмейстер другого мнения, — сказал МонтФитчет. — Вот что, Альберт, я с тобой буду вполне откровенен. Колдунья она или нет, всё равно: пусть лучше погибнет какая-то еврейка, чем допустить, чтобы Бриан де Буагильбер погиб для нашего дела или чтобы наш орден был потрясён внутренними раздорами. Ты знаешь, какого он знатного происхождения и как прославился в битвах. Знаешь, с каким почтением относятся к нему многие из братии. Но всё это не поможет, если гроссмейстер усмотрит в нём не жертву, а сообщника этой еврейки. Даже если бы она воплощала в себе души всех двенадцати колен своего племени, и то лучше, чтобы она одна пострадала, чем вместе с ней погиб бы и Буагильбер.

— Я только сейчас убеждал его отказаться от неё, — сказал Мальвуазен. — Однако имеются ли улики, чтобы осудить эту Ревекку за колдовство? Быть может, гроссмейстер ещё изменит своё намерение, когда убедится, что доказательства слишком шатки.

— Нужно подкрепить их, Альберт, — возразил Монт-Фитчет. — Нужно найти подтверждения... Понимаешь?

— Понимаю, — ответил прецептор. — Я сам готов всеми мерами служить преуспеянию нашего ордена. Но у нас так мало времени! Где же мы найдём подходящих свидетелей?

— Мальвуазен, я тебе говорю, что их необходимо найти, — повторил Конрад. — Это послужит на пользу и ордену и тебе самому. Здешняя обитель Темплстоу — небогатая прецептория. Обитель по имени «Божий дом» вдвое богаче. Тебе известно, что я пользуюсь некоторым влиянием на нашего старого владыку. Отыщи людей, нужных для этого дела, и ты будешь прецептором «Божьего дома» в плодородной области Кента. Что ты на это скажешь?

— Видишь ли, — сказал Мальвуазен, — в числе слуг, прибывших сюда вместе с Буагильбером, есть два молодца, которых я давно знаю. Они прежде служили у моего брата, Филиппа де Мальвуазена, а от него перешли на службу к барону Фрон де Бефу. Быть может, им известно что-нибудь о колдовстве этой женщины.

— Так иди скорее, отыщи их. И слушай, Альберт; если несколько золотых освежат их память, ты денег не жалей.

— Они за один цехин готовы будут присягнуть, что у них родная мать — колдунья, — сказал прецептор.

— Так поторопись, — сказал Монт-Фитчет, — в полдень надо приступить к делу. С тех пор как наш владыка присудил к сожжению Амета Альфаги, мусульманина, который крестился, а потом опять перешёл в ислам, я ни разу ещё не видел его таким деятельным.

Тяжёлый колокол на башне замка пробил полдень, когда Ревекка услышала шаги на потайной лестнице, которая вела к месту её заключения. Судя по топоту, было ясно, что поднимаются несколько человек, и это обстоятельство обрадовало её, так как она больше всего боялась посещений свирепого и страстного Буагильбера. Дверь отворилась, и Конрад Монт-Фитчет и прецептор Мальвуазен вошли в комнату в сопровождении стражи в чёрном одеянии и с алебардами.

— Дочь проклятого племени, — сказал прецептор, — встань и следуй за нами!

— Куда и зачем? — спросила Ревекка.

— Девица, — отвечал Конрад, — твоё дело не спрашивать, а повиноваться! Однако знай, что тебя ведут в судилище, и ты предстанешь перед лицом гроссмейстера нашего святого ордена, и там ты дашь ответ в своих преступлениях.

— Хвала богу Авраамову, — сказала Ревекка, благоговейно сложив руки. — Один титул судьи, хотя бы враждебного моему племени, подаёт мне надежду на покровительство. Я пойду за вами с величайшей охотой.

Медленным и торжественным шагом спустились они по лестнице, прошли длинную галерею и через двустворчатые двери вступили в обширный зал, где должен был совершиться суд.

Нижняя часть просторного зала была битком набита оруженосцами и иоменами, и Ревекке пришлось пробираться сквозь толпу при содействии прецептора и Монт-Фитчета, а также и сопровождавших её четверых стражей. Проходя к назначенному ей месту с поникшей головой и со скрещёнными на труди руками, Ревекка даже не заметила, как кто-то из толпы сунул ей в руку обрывок пергамента. Она почти бессознательно взяла его и продолжала держать, ни разу не взглянув на него. Однако уверенность, что в этом страшном собрании у неё есть какой-то доброжелатель, придала ей смелости оглядеться. И она увидела картину, которую мы попытаемся описать в следующей главе.

ГЛАВА XXXVII

Жесток закон, что запрещает горе
И о людском не даст грустить позоре;
Жесток закон, что запрещает смех
При виде милых, радостных утех;
Жесток закон: людей карая строго,
Тирана власть зовёт он властью бога.

«Средневековье»

Трибунал, перед которым должна была предстать несчастная и ни в чём не повинная Ревекка, помещался на помосте огромного зала, который мы уже описывали как почётное место, занимаемое хозяевами и самыми уважаемыми гостями, и был обычною принадлежностью каждого старинного дома.

На этом помосте на высоком кресле, прямо перед подсудимой, восседал гроссмейстер ордена храмовников в пышном белом одеянии; в руке он держал посох, символ священной власти, увенчанный крестом ордена. У ног его стоял стол, за которым сидели два капеллана, на обязанности которых лежало вести протокол процесса. Их чёрные одеяния, бритые макушки и смиренный вид составляли прямую противоположность воинственному виду присутствовавших рыцарей — как постоянных обитателей прецептории, так и приехавших приветствовать своего гроссмейстера. Четверо прецепторов занимали места позади кресла гроссмейстера и на некотором от него расстоянии; ещё дальше, на таком же расстоянии от прецепторов, на простых скамьях, сидели рядовые члены ордена, а за ними на том же возвышении стояли оруженосцы в белоснежных одеяниях.

Картина была чрезвычайно торжественной; в присутствии гроссмейстера рыцари старались изобразить на своих лицах, обычно выражавших воинскую отвагу, важность, которая подобает людям духовного звания.

По всему залу стояла стража, вооружённая бердышами, и толпилось множество народа, собравшегося поглазеть на гроссмейстера и на колдунью-еврейку. Впрочем, большинство зрителей принадлежало к обитателям Темплстоу и потому носило чёрные одежды. Соседним крестьянам также был открыт доступ в зал суда. Бомануар желал, чтобы как можно больше народу присутствовало при столь назидательном зрелище. Большие голубые глаза гроссмейстера блестели, и на лице его отражалось сознание важности принятой на себя роли.

Заседание открылось пением псалма, в котором принял участие Бомануар, присоединив свой глубокий, звучный голос, не потерявший силы, несмотря на преклонный возраст. Раздались торжественные звуки «Venite, exultemus Domino»[1]. Этот псалом храмовники часто пели, вступая в битву с земными врагами, и Лука Бомануар счёл его наиболее уместным в данном случае, так как был уверен, что ополчается против духа тьмы и непременно восторжествует над ним. Сотни мужских голосов, привычных к стройному пению хоралов, вознеслись под своды и рокотали среди арок, создавая приятный и торжественный поток звуков, напоминающих грохот мощного водопада.

Когда пение смолкло, гроссмейстер медленно обвёл глазами всё собрание и заметил, что место одного из прецепторов было свободно. Место это принадлежало Бриану де Буагильберу, покинувшему его и стоявшему около одной из скамей, занятых рыцарями. Левой рукой он приподнял свой плащ, словно желая скрыть лицо, в правой держал меч, задумчиво рисуя его остриём какие-то знаки на дубовом полу.

— Несчастный, — проговорил вполголоса гроссмейстер, удостоив его сострадательного взгляда. — Замечаешь, Конрад, как он страдает от нашего святого дела? Вот до чего при содействии нечистой силы может довести храброго и почтенного воина легкомысленный взгляд женщины! Видишь, он не в силах смотреть на нас. И на неё не в силах взглянуть. Как знать, не бес ли его

[1] Придите, вознесём хвалы господу (лат.).

мучит в эту минуту, что он с таким упорством выводит на полу эти кабалистические знаки? Не замышляет ли он покушение на нашу жизнь и на спасение души нашей? Но нам не страшны дьявольские козни, и мы не боимся врага рода человеческого! Semper leo percutiaturl.[1]

Эти замечания, произнесённые шёпотом, были обращены к одному лишь наперснику владыки — Конраду Монт-Фитчету. Затем гроссмейстер возвысил голос и обратился ко всему собранию:

— Преподобные и храбрые мужи, рыцари, прецепторы, друзья нашего святого ордена, братья и дети мои! И вы также, родовитые и благочестивые оруженосцы, соискатели честного креста! Также и вы, наши братья во Христе, люди всякого звания! Да будет известно вам, что не по недостатку личной нашей власти созвали мы настоящее собрание, ибо я, смиренный раб божий, силою сего вручённого мне жезла облечён правом чинить суд и расправу во всём, касающемся блага нашего святого ордена. Преподобный отец наш святой Бернард, составивший устав нашей рыцарской и святой общины, упомянул в пятьдесят девятой главе оного, что братья могут собираться на совет не иначе, как по воле и приказанию своего настоятеля, а нам и другим достойным отцам, предшественникам нашим в сём священном сане, предоставил судить, по какому поводу, в какое время и в каком месте должен собираться капитул нашего ордена. При этом вменяется нам в обязанность выслушать мнение братии, но поступить согласно собственному убеждению. Однако когда бешеный волк забрался в стадо и унёс одного ягнёнка, добрый пастырь обязан созвать всех своих товарищей, дабы они луками и пращами помогали ему истребить врага, согласно всем известной статье нашего устава: «Всемерно и во всякое время предавать льва избиению». А посему призвали мы сюда еврейскую женщину по имени Ревекка, дочь Исаака из Йорка, — женщину, известную своим колдовством и гнусными волхвованиями. Этим колдовством возмутила она кровь и повредила рассудок не простого человека, а рыцаря. Не мирянина,

[1] Пусть лев будет всегда поражаем! (лат.).

а рыцаря, посвятившего себя служению святого храма, и не рядового рыцаря, а прецептора нашего ордена, старшего по значению и почёту. Собрат наш Бриан де Буагильбер известен не только нам, но и всем здесь присутствующим как храбрый и усердный защитник креста, совершивший множество доблестных подвигов в Святой Земле и многих других святых местах, очистив их от скверны кровью язычников, поносивших их святость. Не менее чем своей храбростью и воинскими заслугами, прославился он среди братии и мудростью своей, так что рыцари нашего ордена привыкли видеть в нём собрата, к которому перейдёт сей жезл, когда господу угодно будет избавить нас от тягости владеть им. Когда же мы услышали, что этот благородный рыцарь внезапно изменил уставу нашего Храма и, вопреки произнесённым обетам, невзирая на товарищей, презрев открывающуюся ему будущность, связался с еврейской девицей, рисковал ради неё собственной жизнью и, наконец, привёз её и водворил в одну из прецепторий нашего ордена, — чему мы могли приписать всё это, как не дьявольскому наваждению или волшебным чарам? Если бы мы могли думать иначе, ни высокий сан его, ни личная доблесть, ни его слава не помешали бы нам подвергнуть его строгому наказанию, дабы искоренить зло. Auferte malum ex vobis[1]. Ибо в этой прискорбной истории мы находили целый ряд преступлений против нашего святого устава. Во-первых, рыцарь действовал самовольно, в противность главе тридцать третьей: «Quod nullus juxta propriam voluntatem incedat»[2]. Во-вторых, вступил в сношения с особой, отлучённой от церкви, а в главе пятьдесят седьмой сказано: «Ut fratres non participent cum excommunicatis»[3], следовательно, обрёк себя Anathema Maranatha[4]. В-третьих, он знался с чужеземными женщинами, вопреки главе «Ut fratres non conversantur cum extraneis

[1] Исторгните зло из среды вашей (лат.).
[2] Что никто не должен входить по своей воле (лат.).
[3] Чтобы братья не общались с отлучёнными от церкви (лат.).
[4] Отлучению и проклятию (лат.).

mulieribus»[1]. В-четвёртых, не избегал, но есть основание опасаться, что сам просил поцелуи женщины, а этого, согласно последней статье нашего устава «Ut fugiantur oscula»[2], есть повод к великому соблазну для воинов святого креста. За все эти богомерзкие прегрешения Бриана де Буагильбера следовало бы исторгнуть из нашего братства, хоть бы он был правой рукой и правым глазом нашего ордена.

Гроссмейстер умолк. По всему собранию прошёл тихий ропот. Иные из молодых людей начинали было посмеиваться, слушая рассуждения гроссмейстера о статье «De osculis fugiendis»[3], но теперь и они присмирели и с замиранием сердца ждали, что он скажет дальше.

— Такова, — сказал гроссмейстер, — была бы тяжёлая кара, которой подлежал рыцарь Храма, если бы нарушил столько важнейших статей нашего устава по собственной воле. Если же с помощью колдовства и волхвований рыцарь подпал под власть сатаны лишь потому, что легкомысленно взглянул на девичью красу, то мы вправе скорее скорбеть о его грехах, нежели карать за них; нам подобает, наложив на него наказание, которое поможет ему очиститься от беззакония, всю тяжесть нашего гнева обратить на суд дьявольский, едва не послуживший к его окончательной гибели. А потому выступайте вперёд все, кто был свидетелями этих деяний, дабы мы могли выяснить, может ли правосудие наше удовлетвориться наказанием нечестивой женщины, или же нам надлежит с сокрушённым сердцем покарать также и нашего брата.

Вызвано было несколько человек, которые показали, что они сами видели, как Буагильбер рисковал своей жизнью, спасая Ревекку из пылающего здания, и каким подвергал себя опасностям, заботясь единственно только о ней. Подробности этого происшествия описывались с теми преувеличениями, которые свойственны простым людям, когда их воображение поражено

---

[1] Чтобы братья не общались с чужеземными женщинами (лат.).
[2] Чтобы избегать поцелуев (лат.).
[3] О необходимости воздержания от поцелуев (лат.).

каким-нибудь необычайным событием. К тому же склонность ко всему чудесному усиливалась здесь приятным сознанием, что их показания доставляют видимое удовольствие важному сановнику. Благодаря этому опасности, которым в действительности подвергался Буагильбер, приобрели в их рассказах чудовищные размеры. Пылкая отвага, проявленная рыцарем ради спасения Ревекки, выходила, судя по этим показаниям, за пределы не только благоразумия, но и величайших подвигов рыцарской преданности. А его почтительное отношение к речам красавицы, жёстким и полным упрёков, изображалось с такими прикрасами, что для человека, прославившегося гордостью и надменным нравом, казалось сверхъестественным.

Затем был вызван прецептор обители Темплстоу, рассказавший о приезде Буагильбера с Ревеккой в прецепторию. Мальвуазен давал показания очень осмотрительно. Казалось, он всячески старается пощадить чувства Буагильбера, однако по временам он вставлял в свой рассказ такие намёки, которые показывали, что он считает рыцаря впавшим в какое-то безумие. С тяжким вздохом прецептор покаялся в том, что сам принял Ревекку и её любовника в свою обитель.

— Всё, что я мог сказать в оправдание моего поступка, — сказал он в заключение, — уже сказано мною на исповеди перед высокопреподобным отцом гроссмейстером. Ему известно, что я сделал это не из дурных побуждений, хотя поступил неправильно. Я с радостью готов подвергнуться любому наказанию, какое ему угодно будет наложить на меня.

— Ты хорошо сказал, брат Альберт, — сказал Боменуар. — Твои побуждения не были дурны, так как ты рассудил за благо остановить заблудшего брата на пути к погибели, но поведение твоё было ошибочно. Ты поступил как человек, который, желая остановить коня, хватает его за стремя, вместо того чтобы поймать за узду. Так можно только повредить себе и не достигнуть цели. Наш благочестивый основатель повелел нам читать «Отче наш» тринадцать раз на заутрене и девять раз за вечерней, а ты читай вдвое против положенного. Храмовнику трижды в неделю дозволяется кушать мясо, но ты постись во все семь дней. Такое послушание назначается тебе на шесть недель, по истечении которых ты и отбудешь срок своего наказания.

С лицемерным видом глубочайшей покорности прецептор Темплстоу поклонился владыке до земли и вернулся на своё место.

— Теперь, братья, — сказал гроссмейстер, — будет уместно углубиться в прошлое этой женщины и проверить, способна ли она колдовать и наводить порчу на людей. Судя по всему, что мы здесь слышали, приходится думать, что заблудший брат наш действовал под влиянием бесовского наваждения и волшебных чар.

Герман Гудольрик был четвёртым из прецепторов, присутствовавших на суде. Трое остальных были Конрад Монт-Фитчет, Альберт Мальвуазен и сам Бриан де Буагильбер. Герман, старый воин, лицо которого покрывали шрамы от мусульманских сабель, пользовался большим почётом и уважением среди своих собратий. Он встал и поклонился гроссмейстеру, который тотчас дозволил ему говорить.

— Я желал бы узнать, высокопреподобный отец, из уст брата нашего, доблестного Бриана де Буагильбера, что он сам думает обо всех этих удивительных обвинениях и о своей злосчастной страсти к этой девице.

— Бриан де Буагильбер, — сказал гроссмейстер, — ты слышал вопрос нашего брата Гудольрика? Повелеваю тебе ответить ему!

Буагильбер повернул голову в сторону гроссмейстера, но продолжал безмолвствовать.

— Он одержим бесом молчания, — сказал гроссмейстер, — Сгинь, сатана! Говори, Бриан де Буагильбер, заклинаю тебя крестом, этим символом нашего святого ордена!

Буагильбер с величайшим усилием подавил возрастающее негодование и презрение, зная, что, обнаружив их, он ничего не выиграет.

— Бриан де Буагильбер, — отвечал он, — не может отвечать, высокопреподобный отец, на такие дикие и нелепые обвинения. Но если затронут его честь, он будет защищать её своим телом и вот этим мечом, который нередко сражался за пользу христианства.

— Мы тебе прощаем, брат Бриан, — сказал гроссмейстер, — хоть ты и согрешил перед нами, похваляясь своими боевыми подвигами, ибо восхваление собственных заслуг идёт от дьявола. Но мы даруем тебе прощение, видя, что ты говоришь не сам от себя, а по наущению того, кого мы, с божьей помощью, изгоним из среды нашей.

Презрение и злоба сверкнули в чёрных глазах Буагильбера, но он ничего не ответил.

— Ну вот, — продолжал гроссмейстер, — хотя на вопрос нашего брата Гудольрика и не было дано прямого ответа, но мы будем продолжать наше расследование, братия. С благословения нашего святого покровителя мы до конца раскроем тайну этого зла. Пусть те, кому что-либо известно о жизни и поступках этой женщины, выступят вперёд и свидетельствуют о том перед нами.

В дальнем конце зала послышались какой-то шум и суматоха; на вопрос гроссмейстера, что там происходит, ему отвечали, что в толпе есть калека, которому подсудимая возвратила возможность двигаться, излечив его чудодейственным бальзамом.

Из толпы вытолкнули вперёд бедного крестьянина, саксонца родом. Он был в смертельном страхе, ожидая наказания за то, что его вылечила от паралича еврейка. Однако это излечение не было полным: бедняга до сих пор мог передвигаться только на костылях.

Крайне неохотно, с горькими слезами рассказал он, что два года тому назад, когда он проживал в Йорке и работал столяром у богатого еврея Исаака, он внезапно заболел и слёг в постель; тогда Ревекка стала лечить его каким-то бальзамом, пахнувшим пряностями, который вернул ему способность двигаться. А когда он немного поправился, она дала ему с собой баночку этой драгоценной мази и денег на возвращение домой, к отцу, живущему вблизи обители Темплстоу.

— И дозвольте доложить вашей преподобной милости, — закончил свидетель, — не может того быть, чтобы эта девица имела на меня злой умысел, хотя и правда, на её беду, она еврейка. Однако, когда я мазался её зельем, я всякий раз читал про себя «Отче наш» и «Верую», а снадобье от того действовало не хуже.

— Молчи, раб, — сказал гроссмейстер, — и ступай прочь! Таким скотам, как ты, только и пристало лечиться у дьявольских знахарей да работать на пользу исчадий сатаны! Я тебе говорю: враг рода человеческого насылает болезнь только для того, чтобы её вылечить и тем вызвать доверие к дьявольскому врачеванию. У тебя ещё осталась та мазь, о которой ты говоришь?

Крестьянин дрожащей рукой полез себе за пазуху и вытащил оттуда маленькую баночку с крышкой, на которой было написано несколько слов еврейскими буквами. Для большинства присутствующих это было явным доказательством, что сам дьявол стряпал снадобье. Бомануар перекрестился, взял в руки баночку и, хорошо зная восточные языки, без труда прочёл надпись: «Лев из колена Иуды победил».

— Удивительна власть сатаны! — молвил гроссмейстер. — Ведь сумел же он обратить священное писание в орудие богохульства, смешав отраву с необходимою нам пищей! Нет ли здесь лекаря, который бы мог нам сказать, из чего приготовлена эта волшебная мазь?

Двое медиков, как они себя величали, — один монах, а другой цирюльник, — выступили вперёд и, рассмотрев бальзам, объявили, что состав этой мази им совершенно неизвестен, а пахнет она мирой и камфарой, каковые суть, по их мнению, восточные травы. Однако, движимые профессиональною ненавистью к успешной сопернице по ремеслу, они не преминули намекнуть, что мазь сделана из каких-нибудь таинственных, колдовских зелий противозаконным способом; что сами они хотя и не колдуны, но основательно знакомы со всеми отраслями медицины, насколько она совместима с исповеданием христианской веры. По окончании этой врачебной экспертизы сакс смиренно попросил, чтобы ему возвратили мазь, приносившую облегчение, но гроссмейстер нахмурился и спросил его:

— Как тебя зовут?

— Хигг, сын Снелля, — отвечал крестьянин.

— Так слушай же, Хигг, сын Снелля, — сказал Бомануар, — лучше быть прикованным к ложу, чем исцелиться, принимая снадобья нечестивых еретиков, и начать ходить. И лучше также вооружённой рукой отнять у еврея его сокровища, нежели принимать от него подарки или работать на него за деньги. Ступай и делай, как я приказываю.

— Ох, — сказал крестьянин, — как угодно вашей преподобной милости! Для меня-то уж поздно последовать вашему поучению — я ведь калека, — но у меня есть два брата, они служат у богатого раввина Натана Бен-Самуэля, так я передам им слова вашего преподобия, что лучше ограбить еврея, чем служить ему честно и усердно.

— Что за вздор болтает этот негодяй! Гоните его вон! — сказал Бомануар, не зная, как опровергнуть этот практический вывод из своего наставления.

Хигг, сын Снелля, смешался с толпой, но не ушёл, ожидая решения участи своей благодетельницы. Он остался послушать, чем кончится её дело, хотя и рисковал при этом снова встретиться с суровым взглядом судьи, перед которым трепетало от ужаса всё его существо.

В эту минуту гроссмейстер приказал Ревекке снять покрывало. Она впервые нарушила своё молчание и сказала со смиренным достоинством, что для дочерей её племени непривычно открывать лицо, если они находятся перед собранием незнакомцев. Её нежный голос и кроткий ответ пробудили в присутствующих чувство жалости. Но Бомануар, считавший особой заслугой подавить в себе всякие чувства, когда речь шла об исполнении того, что он считал своим долгом, повторил своё требование. Стража бросилась вперёд, намереваясь сорвать с неё покрывало, но она встала и сказала:

— Нет, заклинаю вас любовью к вашим дочерям. Увы, я позабыла, что у вас не может быть дочерей! Хотя бы в память ваших матерей, из любви к вашим сёстрам, ради соблюдения благопристойности, не дозволяйте так обращаться со мною в вашем присутствии! Но я повинуюсь вам, — прибавила она с такой печальной покорностью в голосе, что сердце самого Бомануара дрогнуло, — вы старейшины, и по вашему приказанию я сама покажу вам лицо несчастной девушки.

Она откинула покрывало и взглянула на них. Лицо её отражало и застенчивость и чувство собственного достоинства. Её удивительная красота вызвала общее изумление, и те из рыцарей, которые были помоложе, молча переглянулись между собой. Эти взгляды, казалось, говорили, что необычайная красота Ревекки гораздо лучше объясняет безумную страсть Буагильбера, чем её мнимое колдовство. Но особенно сильное впечатление произвело выражение её лица на Хигга, сына Снелля.

— Пустите меня, пустите! — закричал он, обращаясь к страже, охранявшей выходную дверь. — Дайте мне уйти отсюда, не то я умру с горя — ведь я свидетельствовал против неё!

— Полно, бедняга, успокойся, — сказала Ревекка, услышавшая его восклицание. — Ты не сделал мне вреда, сказав правду, и не можешь помочь мне слезами и сожалением. Успокойся, прошу тебя, иди домой и позаботься о себе.

Стража сжалилась над Хиггом и, опасаясь, что его громкие причитания навлекут на них гнев начальства, решила выпроводить его из зала. Но он обещал молчать, и ему позволили остаться.

Вызвали двух наёмников, которых Альберт Мальвуазен заранее научил, что им показывать. Хотя они оба были бессердечными негодяями, однако даже их поразила дивная красота пленницы. В первую минуту оба как будто растерялись; однако Мальвуазен бросил на них такой выразительный взгляд, что они опомнились и снова приняли уверенный вид. С точностью, которая могла бы показаться подозрительной менее пристрастным судьям, они дали целый ряд показаний. Многие из них были целиком вымышлены, другие касались простых, естественных явлений, но обо всём этом рассказывалось в таком таинственном тоне и с такими подробностями и толкованием, что даже самые безобидные происшествия принимали зловещую окраску. В наше время подобные свидетельские показания были бы разделены на два разряда, а именно — на несущественные и на невероятные. Но в те невежественные и суеверные времена эти показания принимались за доказательства виновности.

Так, например, свидетели говорили о том, что иногда Ревекка что-то бормочет про себя на непонятном языке, а поёт так сладко, что у слушателей начинает звенеть в ушах и бьётся сердце; что по временам она разговаривает сама с собою и поднимает глаза кверху, словно в ожидании ответа; что покрой её одежды странен и удивителен — не такой, как у обыкновенной честной женщины; что у неё на перстнях есть таинственные знаки, а покрывало вышито какими-то диковинными узорами.

Все эти рассказы об обыкновенных вещах были выслушаны с глубочайшей серьёзностью и зачислены в разряд если не прямых доказательств, то косвенных улик, подтверждающих сношения Ревекки с нечистой силой.

Но были и другие показания, более важные, хотя и явно вымышленные; тем не менее невежественные слушатели отнеслись к ним с полным доверием. Один из солдат видел, как Ревекка излечила раненого человека, вместе с ними прибывшего в Торкилстон. По его словам, она начертила какие-то знаки на его ране, произнося при этом таинственные слова (которых он, слава богу, не понял), и вдруг из раны вышла железная головка стрелы, кровотечение остановилось, рана зажила, и умиравший человек спустя четверть часа сам вышел на крепостную стену и стал помогать свидетелю устанавливать машину для метания камней в неприятеля. Эта выдумка сложилась, вероятно, под впечатлением того, что Ревекка ухаживала за раненым Айвенго, привезённым в Торкилстон. В заключение свидетель подтвердил своё показание, вытащив из сумки тот самый наконечник, который, по его уверению, так чудесно вышел из раны. А так как эта железная штука оказалась весом в целую унцию, то не оставалось никаких сомнений в достоверности рассказа, каким бы чудесным он ни казался.

Товарищ его с ближайшей зубчатой стены укреплений видел, как Ревекка во время разговора с Буагильбером вскочила на парапет и собиралась броситься с башни. Чтобы не отстать от собрата, этот молодец рассказал, что, став на край парапета, Ревекка обернулась белоснежным лебедем, трижды облетела вокруг замка Торкилстон, потом снова опустилась на башню и приняла вид женщины.

И половины этих веских показаний было бы достаточно, чтобы уличить в колдовстве бедную безобразную старуху, даже если бы она не была еврейкой. Но даже молодость и дивная красота Ревекки не могли перевесить всей тяжести этих улик, усугубляемых тем, что обвиняемая была еврейкой.

Гроссмейстер собрал мнения своих советчиков и торжественно спросил Ревекку, что она может сказать против смертного приговора, который он намерен сейчас произнести.

— Взывать к вашему состраданию, — сказала прекрасная еврейка голосом, дрогнувшим от волнения, — было бы, как я вижу, напрасно и унизительно. Объяснять вам, что лечение больных и раненых не может быть неугодно богу, в которого все мы верим, было бы тщетно. Доказывать, что многие поступки, в которых обвиняют меня эти люди, совершенно невозможны, бесполезно: по-видимому, вы верите в их возможность. Точно так же бессмысленно оправдываться в том, что моя одежда, мой язык и мои привычки чужды вам, ибо свойственны моему народу — я чуть не сказала: моей родине, но, увы, у нас нет отечества. В своё оправдание я не стану даже разоблачать моего притеснителя, который стоит здесь и слышит, как на меня возводят ложное обвинение, а его из тирана превращают в жертву. Пусть бог рассудит меня с ним, но мне легче перенести любую казнь, какую вам угодно будет присудить мне, чем выслушивать предложения, которыми этот воплощённый дьявол преследовал меня, свою пленницу, беззащитную и беспомощную девушку. Но он одной с вами веры, а потому малейшее его возражение имеет в ваших глазах большую цену, чем торжественные клятвы несчастной еврейки. Стало быть, бесполезно было бы пытаться обратить против него возведённые на меня обвинения. Но я спрашиваю его — да, Бриан де Буагильбер, я обращаюсь к тебе самому — скажи, разве все эти обвинения не ложны? Разве всё это не самая чудовищная клевета, столь же нелепая, как и смертоносная?

Наступило молчание. Взоры всех устремились на Бриана де Буагильбера. Он молчал.

— Говори же, — продолжала она, — если ты мужчина, если ты христианин! Говори! Заклинаю тебя одеянием, которое ты носишь, именем, доставшимся тебе в наследие от предков, рыцарством, которым ты похваляешься. Честью твоей матери, могилой и прахом твоего отца! Молю тебя, скажи: правда ли всё, что здесь было сказано?

— Отвечай ей, брат, — сказал гроссмейстер, — если только враг рода человеческого, с которым ты борешься, не одолел тебя.

Буагильбера, казалось, обуревали противоречивые страсти, которые исказили лицо его судорогой. Наконец он смог только с величайшим усилием выговорить, глядя на Ревекку:

— Письмена, письмена…

— Вот, — молвил Бомануар, — вот это поистине неоспоримое свидетельство. Жертва её колдовства только и могла сослаться на роковые письмена, начертанные заклинания, которые вынуждают его молчать.

Но Ревекка иначе истолковала эти слова. Мельком взглянув на обрывок пергамента, который она продолжала держать в руке, она прочла написанные там поарабски слова: «Проси защитника».

Гул, прошедший по всему собранию после странного ответа Буагильбера, дал время Ревекке не только незаметно прочесть, но и уничтожить записку. Когда шёпот замолк, гроссмейстер возвысил голос:

— Ревекка, — сказал он, — никакой пользы не принесло тебе свидетельство этого несчастного рыцаря, который, видимо, всё ещё находится во власти сатаны. Что ты можешь ещё сказать?

— Согласно вашим жестоким законам мне остаётся только одно средство к спасению, — сказала Ревекка. — Правда, жизнь была очень тяжела для меня, по крайней мере в последнее время, но я не хочу отказываться от божьего дара, раз господь дарует мне хоть слабую надежду на спасение. Я отрицаю все ваши обвинения, объявляю себя невиновной, и показания ложными. Требую назначения божьего суда, и пусть мой защитник подтвердит мою правоту.

— Но кто же, Ревекка, — сказал гроссмейстер, — согласится выступить защитником еврейки, да ещё колдуньи?

— Бог даст мне защитника, — ответила Ревекка. — Не может быть, чтобы во всей славной Англии, стране гостеприимства, великодушия и свободы, где так много людей всегда готово рисковать жизнью во имя чести, не нашлось человека, который захотел бы выступить во имя справедливости. Я требую назначения поединка. Вот мой вызов.

Она сняла со своей руки вышитую перчатку и бросила её к ногам гроссмейстера с такой простотой, и с таким чувством собственного достоинства, которые вызвали общее изумление и восхищение.

Глава XXXVIII

... Тебе бросаю вызов
И храбрость воинскую покажу
В единоборстве нашем.
«Ричард II»

Красота и выражение лица Ревекки произвели глубокое впечатление даже на самого Луку Бомануара. От природы он не был ни жестоким, ни даже суровым. Но он всегда был человеком бесстрастным, с возвышенными, хотя и ошибочными представлениями о долге, и сердце его постепенно ожесточилось благодаря аскетической жизни и могущественной власти, которой он пользовался, а также вследствие его уверенности в том, что на нём лежит обязанность карать язычников и искоренять ересь. Суровые черты его лица как будто смягчились, пока он смотрел на стоявшую перед ним прекрасную девушку, одинокую, беспомощную, но защищавшуюся с удивительным присутствием духа и редкой отвагой. Он дважды осенил себя крёстным знамением, как бы недоумевая, откуда явилась такая необычайная мягкость в его душе, в таких случаях всегда сохранявшей твёрдость несокрушимой стали. Наконец он заговорил.

— Девица, — сказал он, — если та жалость, которую я чувствую к тебе, есть порождение злых чар, наведённых на меня твоим лукавством, то велик твой грех перед богом. Но думаю, что чувства мои скорее можно приписать естественной скорби сердца, сетующего, что столь красивый сосуд заключает в себе гибельную отраву. Покайся, дочь моя, сознайся, что ты колдунья, отрекись от своей неправой веры, облобызай эту святую эмблему спасения, и всё будет хорошо для тебя — и в этой жизни и в будущей. Поступи в одну из женских обителей строжайшего ордена, и там будет тебе время замолить свои грехи и подвергнуться достойному покаянию. Сделай это — и живи. Чем тебе так дорог закон Моисеев, что ты готова умереть за него?

— Это закон отцов моих, — отвечала Ревекка, — он снизошёл на землю при громе и молнии на вершине горы Синай из огненной тучи. Если вы христиане, то и вы этому верите. Но, по-вашему, этот закон сменился новым, а мои наставники учили меня не так.

— Пусть наш капеллан выступит вперёд, — сказал Бомануар, — и внушит этой нечестивой упрямице…

— Простите, если я вас прерву, — кротко промолвила Ревекка, — но я девушка и не умею вести религиозные споры. Однако я сумею умереть за свою веру, если на то будет воля божия. Прошу вас ответить на мою просьбу о назначении суда божьего.

— Подайте мне её перчатку, — сказал Бомануар, — Вот поистине слабый и малый залог столь важного дела, — продолжал он, глядя на тонкую ткань маленькой перчатки. — Видишь, Ревекка, как непрочна и мала твоя перчатка по сравнению с нашими тяжёлыми стальными рукавицами, — таково и твоё дело по сравнению с делом Сионского Храма, ибо вызов брошен всему нашему ордену.

— Положите на ту же чашу весов мою невиновность, — отвечала Ревекка, — и шёлковая перчатка перетянет железную рукавицу.

— Стало быть, ты отказываешься признать свою вину и всё-таки повторяешь свой смелый вызов?

— Повторяю, благородный сэр, — отвечала Ревекка.

— Ну, да будет так, во имя божие, — сказал гроссмейстер, — и пускай господь обнаружит истину!

— Аминь! — произнесли все прецепторы, а за ними и всё собрание хором повторило то же слово.

— Братия, — сказал Бомануар, — вам известно, что мы имели полное право отказать этой женщине в испытании божьим судом, но хоть она и еврейка и некрещёная, всё-таки она существо одинокое и беззащитное. Она прибегла к покровительству наших мягких законов, и мы не можем ответить ей отказом. Кроме того, мы не только духовные лица, но рыцари и воины, а потому для нас было бы позорно уклоняться от поединка. Следовательно, дело обстоит так: Ревекка, дочь Исаака из Йорка, на основании многочисленных веских улик обвиняется в том, что околдовала одного из благородных рыцарей нашего ордена, а в оправдание своё вызвала нас на бой — по суду божию. Как, по-вашему, преподобные братья, кому следует вручить этот залог, назначив его в то же время защитником нашей стороны в предстоящей битве?

— Бриану де Буагильберу, — сказал прецептор Гудольрик, — тем более что ему лучше всех известно, на чьей стороне правда.

— Однако, — сказал гроссмейстер, — как же быть, если наш брат Бриан всё ещё находится под влиянием чар или талисмана? Впрочем, мы сделали эту оговорку лишь ради предосторожности, ибо ничьей доблестной руке из всего нашего ордена не доверили бы мы с большею готовностью как это, так и любое другое важное дело.

— Преподобный отец, — отвечал прецептор Гудольрик, — никакой талисман не в силах одолеть рыцаря, который выступает на бой за правое дело на божьем суде.

— Ты рассудил правильно, брат, — согласился гроссмейстер. — Альберт Мальвуазен, вручи этот залог Бриану де Буагильберу. Тебе, брат Бриан, поручаем мы это дело, дабы ты мужественно вступил в бой, не сомневаясь в том, что победа достанется правому. А тебе, Ревекка, мы даём два дня сроку, чтобы найти себе защитника.

— Не много же вы даёте мне времени, — сказала Ревекка. — Я чужестранка и не вашей веры, так что нелегко мне будет найти человека, который рискнул бы своей жизнью и честью ради меня, да ещё в бою против рыцаря, слывущего знаменитым бойцом.

— Более мы не можем откладывать, — отвечал гроссмейстер, — битва должна состояться в нашем присутствии, а важные дела заставляют нас отбыть отсюда не позже как через три дня.

— Да будет воля божья, — молвила Ревекка. — Возлагаю на него всё моё упование — у господа одно мгновение имеет такую же силу, как целый век.

— Это ты хорошо сказала, девица, — заметил гроссмейстер, — но нам отлично известно, кто умеет принимать на себя ангельский образ. Значит, остаётся лишь назначить место, приличное для битвы, а также, если понадобится, то и для казни. Где прецептор здешней обители?

Альберт Мальвуазен, всё ещё державший в руке перчатку Ревекки, стоял возле Буагильбера и что-то горячо ему доказывал вполголоса.

— Как, — сказал гроссмейстер, — он не хочет принимать залог?

— Нет, он хочет, он принял залог, высокопреподобный отец, — отвечал Мальвуазен, проворно сунув перчатку под свою мантию. — Что же касается места для поединка, то, по моему мнению, для этой цели всего пригоднее ристалище святого Георгия, близ нашей прецептории.

— Хорошо, — сказал гроссмейстер. — Ревекка, на это ристалище ты должна представить своего защитника. Если же ты не исполнишь этого или если твой защитник будет побеждён на суде божьем, ты умрёшь, как колдунья, согласно приговору. Пусть наш суд и решение будут записаны и это решение прочитано во всеуслышание, дабы никто не мог отговориться незнанием нашего постановления.

Один из капелланов, исправлявших должность писцов, внёс протокол заседания в огромную книгу, куда записывались все деяния рыцарей Храма, собиравшихся ради подобных целей. Когда он кончил, другой капеллан громко прочитал вслух приговор гроссмейстера, который, в переводе с нормано-французского языка, звучит следующим образом:

«Ревекка, еврейка, дочь Исаака из Йорка, будучи обличаема в колдовстве, обольщении и иных пагубных деяниях против одного из рыцарей святейшего ордена Сионского Храма, не признала себя виновною; она утверждает, что свидетельские показания, в сей день данные против неё, лживы, злостны и недобросовестны. Посредством законного отвода собственной особы, как непригодной для ратного дела, она предлагает выставить себе защитника, дабы решить дело божьим судом, и ручается, что оный её защитник сразится за неё по всем правилам истинных рыцарских законов и обычаев, в чём представила свой залог, приняв на себя ответственность за все расходы и убытки. Оный залог её вручён благородному дворянину и рыцарю Бриану де Буагильберу, члену святого ордена Храма, и рыцарь этот должен биться в помянутом поединке от имени своего ордена и ради собственной защиты, так как лично пострадал от порчи и вредоносных волхвований жалобщицы. А посему высокопреподобный отец и могущественный господин Лука, маркиз Бомануар, изволил удовлетворить означенное прошение и согласиться на замещение её личности посредством полномочного заступника и назначил поединок на третий день от сего дня, а местом оного избрал ристалище в ограде святого Георгия, близ прецептории Темплстоу. Сверх того, гроссмейстер повелевает жалобщице явиться на поединок в лице своего заступника, в противном же случае она подвергнется казни, установленной законом за колдовство и волхвования. Равно повелевает он явиться в назначенный срок на ристалище и защитнику ордена, угрожая провозгласить его в противном случае подлым предателем. При сём оный благородный лорд и высокопреподобный отец назначил помянутой битве состояться в его личном присутствии, с соблюдением всех правил и обычаев, пристойных для настоящего случая. И да поможет бог правому делу».

— Аминь! — произнёс гроссмейстер, а за ним повторили все присутствующие.

Ревекка ничего не сказала, но, сложив руки, устремила глаза к небу. Потом скромно напомнила гроссмейстеру, что следует дозволить ей снестись со своими друзьями, чтобы известить их о том положении, в котором она находится, и просить их отыскать защитника, который может за неё сразиться.

— Это законно и справедливо, — сказал гроссмейстер, — Избери сама посыльного, которому могла бы довериться, и мы дозволим ему свободный доступ в ту келью, где ты содержишься.

— Нет ли здесь кого-нибудь, — сказала Ревекка, — кто из любви к справедливости или за щедрое вознаграждение согласился бы исполнить поручение несчастной девушки, находящейся в бедственном положении?

Все молчали. В присутствии гроссмейстера никто не решался выказать участие к оклеветанной пленнице, из опасения, что его могут заподозрить в сочувствии к евреям. Этот страх был так силён, что пересиливал даже охоту получить обещанную награду, а о чувстве сострадания нечего было и говорить. Несколько минут Ревекка в невыразимой тревоге ждала ответа и наконец воскликнула:

— Да неужели в такой стране, как Англия, я буду лишена последнего, жалкого способа спасти свою жизнь из-за того, что никто не хочет оказать мне милости, в которой не отказывают и худшему из преступников!

Хигг, сын Снелля, наконец подал голос. Он сказал:

— Хотя я калека, но всё же кое-как могу двигаться благодаря её милосердной помощи. Я исполню твоё поручение, — продолжал он, обращаясь к Ревекке, — я постараюсь поспешить, насколько могу при моём убожестве. Уж как бы я был рад, если бы мои ноги были так быстры, чтобы исправить зло, какое наделал тебе мой язык! Ох, когда я поминал о твоём милосердии, не думал я, что тебе же от этого будет хуже.

— Всё в руках божьих, — сказала Ревекка. — Он может и слабейшим орудием выручить из плена иудеев. А для выполнения его предначертаний и улитка годится не хуже сокола. Отыщи Исаака из Йорка. Вот тебе деньги, тут их довольно для уплаты за лошадь и за посыльного. Доставь ему письмо от меня. Не знаю, быть может, само небо внушает мне это чувство, а только я убеждена, что не этой смертью мне суждено умереть и что найдётся для меня заступник. Прощай. Жизнь и смерть зависят от твоего проворства.

Крестьянин принял из её рук письмо, заключавшее несколько строк на еврейском языке. Многие в толпе уговаривали его не прикасаться к нечестивой записке. Но Хигг твёрдо решил оказать услугу своей благодетельнице. Она, по его словам, спасла ему тело, и он был уверен, что она не захочет погубить его душу.

— Я достану себе, — сказал он, — добрую лошадь у соседа Ботана и на ней поскачу в Йорк.

Но, по счастью, ему не пришлось так спешить: за четверть мили от ворот прецептории навстречу ему попались два всадника, которых он по их одежде и высоким жёлтым шапкам тотчас признал за евреев. Поравнявшись с ними, он увидел, что один из них был его прежний хозяин Исаак из Йорка, а другой — раввин Бен-Самуэль. Они прослышали, что в прецептории собрался капитул ордена храмовников под председательством гроссмейстера и что там происходит суд над колдуньей. Поэтому они и направились к прецептории, но держались несколько поодаль от неё.

— Брат Бен-Самуэль, — говорил Исаак, — не знаю отчего, но моя душа неспокойна. Обвинения в колдовстве часто возводят на людей нашего племени и такой клеветой прикрывают злодейства, учиняемые над евреями.

— Будь спокоен, брат, — отвечал лекарь, — ты имеешь возможность всегда поладить с назареянами, потому что богат, а следовательно, во всякое время можешь купить себе у них всякие льготы. Деньги имеют такую же власть над грубыми умами этих нечестивцев, как в древности печать Соломона над злыми духами... Но что за жалкий калека идёт к нам по дороге, опираясь на костыли? Он, верно, хочет со мной посоветоваться. Друг мой, — продолжал он, обращаясь к Хигту, сыну Снелля, — я не откажу тебе во врачебной помощи, но я никогда не даю нищим, просящим милостыню на большой дороге. Ступай прочь. Что это? У тебя, кажется, ноги парализованы? Но ты можешь всё-таки заработать себе пропитание руками. Правда, на посылки ты не годишься, и хорошим пастухом тоже не будешь, и в солдаты тебя не примут, и к нетерпеливому хозяину на службу лучше не поступай, но всё-таки есть такие занятия... Брат, что с тобой? — воскликнул он, прервав свою речь и повернувшись к Исааку; тот, пробежав письмо, поданное Хиггом, испустил глубокий стон, упал со своего мула на землю и лежал без сознания, как умирающий.

В великом смятении раввин соскочил с седла и поспешил пустить в ход все средства, чтобы привести в чувство своего друга. Он достал даже из кармана инструмент для пускания крови, как вдруг Исаак ожил, сорвал с себя шапку и, схватив горсть дорожной пыли, осыпал ею голову. Сначала врач подумал, что столь внезапное и резкое проявление чувств есть признак умопомешательства, и ещё раз взялся за ланцет, но вскоре убедился в противном.

— Дитя моей печали! — воскликнул Исаак. — Тебя следовало назвать не Ревеккой, а Бенони. Зачем, кому это нужно, чтобы твоя смерть свела меня в могилу и чтобы я в отчаянии скорбящего сердца, умирая, проклинал бога?

— Брат, — сказал потрясённый раввин, — ты ли произносишь такие слова, будучи отцом во Израиле? Ведь дочь твоя, надеюсь, ещё жива?

— Жива, — ответил Исаак, — но лишь как Даниил, ввергнутый в ров со львами! Она в плену у этих дьяволов, и они обрекли её на жестокую казнь, не пощадив ни юности её, ни дивной красоты! А она ли не была венцом пальмовым, украшавшим свежей зеленью мою седую голову… И она должна увянуть в одну ночь, как тыква Ионы! Дитя любви моей! Дитя моих преклонных лет! О Ревекка, дочь Рахили! Смерть уже покрыла тебя своей мрачной тенью!

— Да ты прочти письмо, — сказал раввин, — быть может, мы ещё найдём средство спасти её.

— Читай лучше сам, брат, — отвечал Исаак, — мои глаза обратились в источник слёз.

Лекарь взял письмо и прочёл вслух по-еврейски:

— «Исааку, сыну Адоникама, иноверцами называемому Исааком из Йорка, привет, да будет с тобой мир и благословение, обетование да умножится тебе на многие годы. Отец мой, я обречена на казнь за то, чего не ведала душа моя, — за колдовство и волхвование. Отец мой, если можно, найди сильного человека, который бы ради меня сразился мечом и копьём, по обычаю назареян, на ристалище близ Темплстоу на третий день от сего дня. Быть может, бог отцов наших даст ему силу защитить неповинную, заступиться за беззащитную. Если же это будет невозможно, пусть девушки нашего племени оплачут меня как умершую, ибо я погибну, как олень, поражённый рукою охотника, и как цветок, срезанный косой земледельца. А потому подумай, что можно сделать и есть ли возможность меня спасти. Есть один такой воин из назареян, который мог бы взяться за оружие в мою защиту. Это Уилфред, сын Седрика, у иноверцев именуемый Айвенго. Но он в настоящее время ещё не в силах облечься в ратные доспехи. Тем не менее дай ему знать об этом, ибо он пользуется любовью и почётом среди могучих сынов своего племени и был в плену вместе с нами, а потому может найти мне защитника среди своих товарищей. И скажи ему, Уилфреду, сыну Седрика, что останется ли Ревекка в живых или умрёт, она и в жизни и в смерти неповинна в том грехе, в котором её обвиняют. И если такова будет воля божия, что ты лишишься своей дочери, не оставайся, отец, в этой стране кровопролитий и жестокостей, но отправляйся в Кордову, где брат твой проживает в безопасности под покровительством трона, занимаемого Боабдилом, сарацином, ибо жестокость мавританского народа к сынам Иакова далеко не столь ужасна, как жестокость английских назареян».

Исаак довольно спокойно выслушал чтение письма, но как только Бен-Самуэль окончил его, он снова начал выражать свою скорбь, раздирая на себе одежды, посыпая голову пылью и восклицая:

— О, дочь моя, дочь моя! Плоть от плоти моей! Кость от костей моих!

— Ободрись, — сказал раввин, — печалью ничему не поможешь, препояшь свои чресла и ступай отыскивай этого Уилфреда, сына Седрика. Может быть, он окажет тебе помощь если не личной доблестью, то хоть советом, ибо этот юноша весьма угоден Ричарду, прозванному у назареян Львиным Сердцем, а по стране всё упорнее распространяются слухи, что он воротился. Может быть, юноша выпросит у него грамоту за его подписью и печатью с повелением остановить злодеяние кровожадных людей, которые осмелились присвоить святое имя Храма своему ордену.

— Я отыщу его, — сказал Исаак, — отыщу, ибо он хороший юноша и питает сострадание к гонимым сынам Иакова. Но он ещё не в силах владеть оружием, а какой же другой христианин захочет сразиться за угнетённую дочь Сиона?

— Ах, — сказал раввин, — ты говоришь, как будто вовсе не знаешь христиан! Золотом ты купишь их доблесть точно так же, как золотом покупаешь себе безопасность. Ободрись, соберись с духом и поезжай разыскивать Уилфреда Айвенго. Я тоже не буду сидеть сложа руки, ибо великий грех покинуть тебя в таком несчастье. Я отправлюсь в город Йорк, где теперь собрались многие воины и сильные мужи, и, без сомнения, найду среди них охотника сразиться за твою дочь. Ибо золото — их божество и они готовы из-за денег во всякое время прозакладывать свою жизнь, как закладывают земельные угодья. Слушай, брат мой, ведь ты не отступишься от обещаний, какие мне придётся, быть может, предложить им от твоего имени?

— О, конечно, брат! — отвечал Исаак. — И благодарю создателя, давшего мне утешителя в моей скорби. Однако ты не соглашайся сразу на всякое их требование, потому что таково свойство этих людей, что они запрашивают фунты, а потом согласны принять и унции. Поступай как тебе угодно, ибо я совсем потерял голову, и к чему мне будет всё моё золото, если погибнет дитя любви моей?

— Прощай, — сказал лекарь, — и да сбудется всё, как того желает твоё сердце.

Они обнялись на прощанье и разъехались в разные стороны. Калека остался на дороге и некоторое время смотрел им вслед.

— Эти собаки, — сказал он, — не обратили на меня внимания, как если бы я был раб, или турок, или такой же еврей, как они сами, а я, слава богу, вольный человек и цеховой мастер. Могли бы, кажется, бросить мне хоть серебряную монетку. Я не обязан разносить их неосвященные каракули да ещё опасаться, что они меня заворожат, как добрые люди предсказывали. Много ли мне прибыли от того червонца, что дала мне девчонка, если придётся на пасху идти на исповедь и поп так меня застращает, что я ему вдвое больше заплачу за отпущение. Того и гляди, назовут меня еврейской почтой, да и останешься с этой кличкой на всю жизнь. Должно быть, эта девушка и в самом деле околдовала меня. Да и со всеми так было, кто имел с ней дело, всё равно еврей или христианин, — все её слушали. Но вот как подумаю о ней, кажется отдал бы и мастерскую свою и все инструменты, лишь бы спасти её жизнь.

Глава XXXIX

О дева, ты неумолимо бесстрастна,
Я ж гордостью спорю с тобой.
Сьюард

Под вечер того дня, когда происходил суд над Ревеккой (если только это можно назвать судом), кто-то тихо постучал в дверь её темницы. Но она не обратила никакого внимания, потому что была занята чтением вечерних молитв, которые закончила пением гимна; мы попытаемся перевести его в следующих словах:

Когда Израиля народ
Из рабства шёл, бежав от бед,
Он знал: его господь ведёт,
Ужасным пламенем одет;
Над изумлённою землёй
Столб дыма шёл, как туча, днём,
А ночью отблеск огневой
Скользил за пламенным столбом.
Тогда раздался гимн похвал
Великой мудрости твоей,
И воин пел, и хор звучал
Сиона гордых дочерей.
Нам в нашей горестной судьбе
Нет больше знамений твоих:
Забыли предки о тебе,
И ты, господь, забыл о них!
Теперь невидим ты для нас,
Но если светит яркий день,
В обманчиво счастливый час
Нас облаком своим одень;
И в тёмной грозовой ночи,
Когда вокруг лишь мгла и дым,
Ты нас терпенью научи

И светом озари своим.
Нет арф у нас. Разрушен храм.
Мы столько вынесли обид!
Наш не курится фимиам,
И звучный тамбурин молчит.
Но ты сказал нам, наш отец:
«От вас я жертвы не приму;
Смирение своих сердец
Несите к храму моему!»

Когда звуки этого гимна замерли, у дверей опять раздался осторожный стук.

— Войди, — отозвалась Ревекка, — коли друг ты мне, а если недруг — не в моей воле запретить тебе войти.

— Это я, — сказал Бриан де Буагильбер, входя, — а друг ли я или недруг, это будет зависеть от того, чем кончится наше свидание.

Встревоженная появлением человека, неудержимую страсть которого она считала главной причиной своих бедствий, Ревекка попятилась назад с взволнованным и недоверчивым, но далеко не робким видом, показывавшим, что она решила держаться от него как можно дальше и ни за что не сдаваться. Она выпрямилась, глядя на него с твёрдостью, но без всякого вызова, видимо не желая раздражать его, но обнаруживая намерение в случае нужды защищаться до последней возможности.

— У тебя нет причин бояться меня, Ревекка, — сказал храмовник, — или, вернее, тебе нечего бояться меня теперь.

— Я и не боюсь, сэр рыцарь, — ответила Ревекка, хотя учащённое дыхание не соответствовало героизму этих слов. — Вера моя крепка, и я вас не боюсь.

— Да и чего тебе опасаться? — подтвердил Буагильбер серьёзно. — Мои прежние безумные порывы теперь тебе не страшны. За дверью стоит стража, над которой я не властен. Им предстоит вести тебя на казнь, Ревекка. Но до тех пор они никому не позволят обидеть тебя, даже мне, если бы моё безумие, —

потому что ведь это чистое безумие, — ещё раз побудило бы меня к этому.

— Слава моему богу, — сказала еврейка. — Смерть меньше всего страшит меня в этом жилище злобы.

— Да, пожалуй, — согласился храмовник, — мысль о смерти не должна страшить твёрдую душу, когда путь к ней открывается внезапно. Меня не пугает удар копья или меча, тебе же прыжок с высоты башни или удар кинжала не страшны по сравнению с тем, что каждый из нас считает позором. Заметь, что я говорю о нас обоих. Очень может быть, что мои понятия о чести так же нелепы, как и твои, Ревекка, но зато мы оба сумеем умереть за них.

— Несчастный ты человек! — воскликнула Ревекка. — Неужели ты обречён рисковать жизнью из-за верований, которых не признаёт твой здравый смысл? Ведь это всё равно, что отдавать свои сокровища за то, что не может заменить хлеба. Но обо мне ты так не думай. Твоя решимость зыблется на бурных и переменчивых волнах людского мнения, а моя держится на скалах вечности.

— Перестань, — сказал храмовник, — теперь бесполезны такие рассуждения. Ты обречена умереть не той быстрой и лёгкой смертью, которую добровольно избирает скорбь и радостно приветствует отчаяние, но смертью медленной, в ужасных пытках и страданиях, которую присуждают за то, что дьявольское ханжество этих людей называет твоим преступлением.

— А кому же, — возразила Ревекка, — если такова будет моя участь, кому я ею обязана? Конечно, тому, кто из эгоистичных, низких побуждений насильно притащил меня сюда, а теперь — уж и не знаю, ради каких целей — пришёл запугивать меня, преувеличивая ужасы той горькой участи, которую сам же мне уготовил.

— Не думай, — сказал храмовник, — не думай, что я был виновен в этом. Я собственной грудью оборонил бы тебя от этой опасности, как защищал тебя от стрел.

— Если бы ты это делал с благородным намерением оказать покровительство невиновной, — сказала Ревекка, — я была бы благодарна тебе за эту заботу, но ты с тех пор столько раз ставил себе в заслугу этот поступок, что мне противна стала жизнь, сохранённая той ценою, которую ты требуешь от меня.

— Оставь свои упрёки, Ревекка, — сказал храмовник, — у меня довольно и своего горя, не усугубляй его своими нападками.

— Так чего же ты хочешь, сэр рыцарь? — спросила еврейка. — Говори прямо, если ты пришёл не для того, чтобы полюбоваться причинённым тобою несчастьем, говори. А потом, сделай милость, оставь меня. Переход от времени к вечности короток, но страшен, а мне остаётся так мало часов, чтобы приготовиться к нему.

— Я вижу, Ревекка, — сказал Буагильбер, — что ты продолжаешь считать меня виновником тех страданий, от которых я хотел бы тебя избавить.

— Сэр рыцарь, я не желаю попрекать тебя. Но разве не твоей страсти я обязана своей ужасной участью?

— Ты заблуждаешься. Это неправда, — поспешно возразил храмовник. — Ты приписываешь мне то, чего я не мог предвидеть и что случилось помимо моей воли. Мог ли я предугадать неожиданный приезд сюда этого полоумного старика, который благодаря нескольким вспышкам безумной отваги и благоговению глупцов перед его бессмысленными самоистязаниями возвеличен превыше своих заслуг, а теперь он царит над здравым смыслом, надо мной и над сотнями членов нашего ордена, которые и думают и чувствуют как люди, свободные от тех нелепых предрассудков, которые являются основанием для его суждений и поступков.

— Однако, — сказала Ревекка, — и ты был в числе судей; и хотя ты знал, что я невиновна, ты не протестовал против моего осуждения и даже, насколько я понимаю, сам выступишь на поединке суда божьего, чтобы доказать мою преступность и подтвердить приговор.

— Терпение, Ревекка! — сказал храмовник. — Ни один народ не умеет покоряться времени так, как твой, и, покоряясь ему, вести свою ладью, используя даже противные ветры.

— В недобрый час научился Израиль такому печальному искусству, — молвила Ревекка. — Но человеческое сердце под влиянием несчастий делается покорным, как твёрдая сталь под действием огня, а тот, кто перестал быть свободным гражданином родной страны, поневоле должен гнуть шею перед иноземцами. Таково проклятие, тяготеющее над нами, сэр рыцарь, заслуженное нашими прегрешениями и грехами отцов наших. Но вы, вы, кто превозносит свою свободу как право первородства, насколько же глубже ваш позор, когда вопреки вашим собственным убеждениям, вы унижаетесь до потворства предрассудкам других людей.

— В твоих словах есть горькая правда, Ревекка, — сказал Буагильбер, в волнении шагая взад и вперёд по комнате, — но я пришёл не за тем, чтобы обмениваться с тобой упрёками. Знай, что Буагильбер никому в мире не уступает, хотя, смотря по обстоятельствам, иногда меняет свои планы. Воля его подобна горному потоку: если на пути его встречается утёс, он может на некоторое время уклониться от прямого пути в своём течении, но непременно пробьётся вперёд и найдёт дорогу к океану. Ты помнишь обрывок пергамента, на котором был написан совет потребовать защитника? Как ты думаешь, кто это написал, если не Буагильбер? В ком ином могла ты пробудить такое участие?

— Короткая отсрочка смертной казни, и ничего больше, — отвечала Ревекка. — Не много пользы мне от этого; и неужели ничего другого ты не мог сделать для той, на голову которой обрушил столько горя и наконец привёл на край могилы?

— Нет, это далеко не всё, что я намерен был сделать для тебя, — сказал Буагильбер. — Если бы не проклятое вмешательство того старого изувера и глупца Гудольрика (он, будучи рыцарем Храма, всё-таки притворяется, будто думает и рассуждает так же, как все), роль бойца за честь ордена поручили бы не прецептору, а одному из рядовых рыцарей. Тогда бы я сам при первом призыве боевой трубы явился на ристалище — конечно, под видом странствующего рыцаря, искателя приключений — и с оружием в руках объявил бы себя твоим заступником. И если бы Бомануар выставил против меня не одного, а двоих или троих из присутствующих братьев, не сомневаюсь, что я каждого поочерёдно вышиб бы из седла одним и тем же копьём. Вот как я намерен был поступить, Ревекка. Я отстоял бы твою невиновность и от тебя самой надеялся бы получить награду за свою победу.

— Всё это пустая похвальба, сэр рыцарь, — сказала Ревекка, — ты хвастаешься тем, что мог бы совершить; однако ты счёл более удобным действовать совсем по-иному. Ты принял мою перчатку. Значит, мой защитник — если только для такого одинокого существа, как я, найдётся защитник, — явившись на ристалище, должен будет сразиться с тобой. А ты всё ещё представляешься моим другом и покровителем.

— Я и хочу быть твоим другом и покровителем, — отвечал храмовник, — но подумай, чем я при этом рискую или, лучше сказать, какому бесславию неминуемо подвергнусь. Так не осуждай же меня, если я поставлю некоторые условия, прежде чем ради твоего спасения пожертвую всем, что для меня было дорого.

— Говори, — сказала Ревекка, — я не понимаю тебя.

— Ну хорошо, — сказал Буагильбер, — я буду говорить всё, как не говорит даже грешник, пришедший на исповедь к своему духовному отцу. Если я не явлюсь на ристалище, Ревекка, я лишусь своего сана и доброго имени — потеряю всё, чем дышал до сих пор — уважение моих товарищей и надежду унаследовать то могущество, ту власть, которой теперь владеет старый изувер Лука де Бомануар и которой я воспользовался бы иначе. Таков будет мой удел, если я не явлюсь сразиться с твоим заступником. Чёрт бы побрал этого Гудольрика, устроившего мне такую дьявольскую западню! И да будет проклят Альберт Мальвуазен, остановивший меня, когда я хотел бросить твою перчатку в лицо выжившему из ума изуверу, который мог поверить нелепой клевете на существо, столь возвышенное и прекрасное, как ту.

— К чему теперь все эти напыщенные речи в льстивые слова! — сказала Ревекка. — Тебе предстоял выбор: пролить кровь неповинной женщины или рискнуть своими земными выгодами и надеждами. Зачем ты всё это говоришь — твой выбор сделан.

— Нет, Ревекка, — сказал рыцарь более мягким голосом, подойдя к ней поближе, — мой выбор ещё не сделан. Нет. И знай — тебе самой предстоит сделать выбор. Если я появлюсь на ристалище, я обязан поддержать свою честь и боевую славу. И тогда, будет ли у тебя защитник или не будет, — всё равно ты умрёшь на костре, привязанная к столбу, ибо не родился ещё тот рыцарь, который был бы мне равен в бою или одолел меня, разве только Ричард Львиное Сердце да его любимец Уилфред Айвенго. Но, как тебе известно, Айвенго ещё не в силах носить панцирь, а Ричард далеко, в чужеземной тюрьме. Итак, если я выеду на состязание, ты умрёшь, хотя бы твоя красота и побудила какого-нибудь пылкого юношу принять вызов в твою защиту.

— К чему ты столько раз повторяешь одно и то же?

— Для того, — ответил храмовник, — чтобы ты яснее могла представить себе ожидающую тебя участь.

— Так переверни её другой стороной, — сказала еврейка, — что тогда будет?

— Если я выеду, — продолжал Буагильбер, — и покажусь на роковом ристалище, ты умрёшь медленной и мучительной смертью, в такой пытке, какая предназначена для грешников за гробом. Если же я не явлюсь, меня лишат рыцарского звания, я буду опозорен, обвинён в колдовстве, в общении с неверными; знатное имя, ещё более прославленное моими подвигами, станет мне укором и посмешищем. Я утрачу свою славу, свою честь, лишусь надежды на такое величие и могущество, какого достигали немногие из императоров. Пожертвую честолюбивыми замыслами, разрушу планы столь же высокие, как те горы, по которым язычники чуть не взобрались на небеса, если верить их сказаниям, и всем этим, Ревекка, я готов пожертвовать, — прибавил он, бросаясь к её ногам, — откажусь и от славы, и от величия, и от власти, хотя она уже почти в моих руках, — всё брошу, лишь бы ты сказала: «Буагильбер, будь моим возлюбленным».

— Это безрассудно, сэр рыцарь, — отвечала Ревекка, — Торопись, поезжай к регенту, к королеве-матери, к принцу Джону. Из уважения к английской короне они не могут позволить вашему гроссмейстеру так своевольничать. Этим ты можешь оказать мне действительное покровительство, без всяких жертв со своей стороны и не требуя от меня никаких наград.

— Я не хочу иметь с ними дела, — продолжал он, хватаясь за полу её платья, — я обращаюсь только к тебе. Что же заставляет тебя делать такой выбор? Подумай, будь я хоть сам сатана, — ведь смерть ещё хуже сатаны, а мой соперник — смерть.

— Я не взвешиваю этих зол, — сказала Ревекка, опасаясь слишком прогневить необузданного рыцаря, но преисполненная твёрдой решимости не только не принимать его предложений, но и не прикидываться благосклонной к нему. — Будь же мужчиной, призови на помощь свою веру. Если правда, что ваша вера учит милосердию, которого у вас больше на словах, чем на деле, избавь меня от страшной смерти, не требуя вознаграждения, которое превратило бы твоё великодушие в низкий торг.

— Нет! — воскликнул надменный храмовник, вскакивая. — Этим ты меня не обманешь! Если я откажусь от добытой славы и от будущих почестей, я сделаю это только ради тебя, и мы спасёмся не иначе, как вместе. Слушай, Ревекка, — продолжал он снова, понизив голос. — Англия, Европа — ведь это не весь мир. Есть и другие страны, где мы можем жить, и там я найду простор для своего честолюбия. Поедем в Палестину. Там живёт мой друг Конрад, маркиз де Монсеррат, человек, подобный мне, свободный от глупых предрассудков, которые держат в оковах наш прирождённый здравый смысл. Скорее можно вступить в союз с Саладином, чем терпеть пренебрежение этих изуверов, которых мы презираем. Я проложу новые пути к величию, — продолжал он, расхаживая крупными шагами по комнате,

— Европа ещё услышит звонкую поступь того, кого изгнала из числа сынов своих. Сколько бы миллионов крестоносцев ни посылала она во имя защиты Палестины, какое бы великое множество сарацинских сабель ни давало им отпор, никто не сумеет пробиться так глубоко в эту страну, из-за которой состязаются все народы, никто не сможет основаться там так прочно, как я и те мои товарищи, которые пойдут за мной и в огонь и в воду, что бы там ни делал и ни говорил этот старый ханжа. И ты будешь царицей, Ревекка. На горе Кармель создадим мы тот престол, который я завоюю своей доблестью тебе, и вместо гроссмейстерского жезла у меня в руке будет царский скипетр.

— Мечты, — молвила Ревекка, — одни мечты и грёзы! Но если бы и осуществились они наяву, мне до них нет дела. Какого бы могущества ты ни достиг, я его не смогу разделять с тобою. Для меня любовь к Израилю и твёрдость в вере так много значат, что я не могу уважать человека, если он охотно отрекается от родины, разрывает связь с орденом, которому клялся служить, и всё это только для того, чтобы удовлетворить страсть к женщине чуждого ему племени. Не назначай платы за моё избавление, сэр рыцарь, не продавай великодушного подвига — окажи покровительство несчастию из одного милосердия, а не из личных выгод. Обратись к английскому престолу. Ричард преклонит слух к моим молениям и освободит меня от жестокости моих мучителей.

— Ни за что, Ревекка, — отвечал храмовник с яростью. — Уж если я отрекусь от моего ордена, то сделаю это ради тебя одной! Но если ты отвергнешь мою любовь, мои честолюбивые мечты останутся со мной. Я не позволю одурачить тебя! Склонить голову перед Ричардом! Просить милости у этого гордого сердца! Никогда этого не будет, Ревекка! Орден Храма в моём лице не падёт к ногам Ричарда! Я могу отказаться от ордена, но унизить или предать его — никогда.

— Все мои надежды — на милость божью, — сказала Ревекка, — люди, как видно, не помогут.

— Так знай, — отвечал храмовник. — Ты очень горда, но и я тоже горд. Если я появлюсь на ристалище в полном боевом вооружении, никакие земные помыслы не помешают мне пустить в ход всю мою силу, всё моё искусство. Подумай же, какова будет тогда твоя участь! Ты умрёшь смертью злейших преступников, тебя сожгут на пылающем костре, и ничего не сохранится от этого прекрасного образа, даже тех жалких останков, о которых можно было б сказать: вот это недавно жило, двигалось... Нет, Ревекка, женщине не перенести мысли о такой участи. Ты ещё уступишь моим желаниям!

— Буагильбер, — отвечала еврейка, — ты не знаешь женского сердца или видел только таких женщин, которые утратили лучшие женские достоинства. Могу тебя уверить, гордый рыцарь, что ни в одном из самых страшных сражений не обнаруживал ты такого мужества, какое проявляет женщина, когда долг или привязанность призывает её к страданию. Я сама женщина, изнеженная воспитанием, от природы робкая и с трудом переносящая телесные страдания; но когда мы с тобой явимся на роковое ристалище, ты — сражаться, а я — на казнь, я твёрдо уверена, что моя отвага будет много выше твоей... Прощай, я не хочу больше терять слов с тобою. То время, которое осталось дочери Израиля провести на земле, нужно употребить иначе: она должна обратиться к утешителю, который отвратил лицо своё от её народа, но никогда не бывает глух к воплям человека, искренне взывающего к нему.

— Значит, мы расстаёмся, — проговорил храмовник после минутного молчания. — И зачем бог допустил нас встретиться в этом мире! Почему ты не родилась от благородных родителей и в христианской вере! Клянусь небесами, когда я смотрю на тебя и думаю, где и когда я тебя снова увижу, я начинаю жалеть, что не принадлежу к твоему отверженному племени. Пускай бы рука моя рылась в сундуках с декелями, не ведая ни копья, ни щита, гнул бы я спину перед мелкой знатью и наводил бы страх на одних лишь должников!.. Вот до чего я дошёл, Ревекка, вот чего бы желал, чтобы только быть ближе к тебе в жизни, чтобы избавиться от той страшной роли, какую должен сыграть в твоей смерти.

— Ты говоришь о евреях, какими сделали их преследования людей, тебе подобных, — сказала Ревекка. — Гнев божий изгнал евреев от отечества, но трудолюбие открыло им единственный путь к власти и могуществу, и на этом одном пути им не поставили преград. Почитай древнюю историю израильского народа и скажи: разве те люди, через которых Иегова творил такие чудеса среди народов, были торгаши и ростовщики? Знай же, гордый рыцарь, что среди нас немало есть знатных имён, по сравнению с которыми ваши хвалёные дворянские фамилии — всё равно что тыква перед кедром. У нас есть семья, родословное древо которых восходит к тем временам, когда в громе и молнии являлось божество, окружённое херувимами... Эти семьи получали свой высокий сан не от земных владык, а от Голоса, повелевавшего их предкам приблизиться к богу и властвовать над остальными. Таковы были князья из дома Иакова!

Щёки Ревекки загорелись румянцем, пока она говорила о древней славе своего племени, но снова побледнели, когда она добавила со вздохом:

— Да, таковы были князья иудейские, ныне исчезнувшие. Слава их попрана, как скошенная трава, и смешана с дорожной грязью. Но есть ещё потомки великого рода, есть и такие, что не посрамят своего высокого происхождения, и в числе их будет дочь Исаака, сына Адоникама. Прощай! Я не завидую почестям, добытым ценою крови человеческой, не завидую твоему варварскому роду северных язычников, не завидую и вере твоей, которая у тебя на языке, но которой нет ни в твоём сердце, ни в поступках.

— Я околдован, клянусь небесами! — сказал Буагильбер. — Мне начинает казаться, что выживший из ума скелет был прав, я не в силах расстаться с тобой, точно меня удерживает какая-то сверхъестественная сила. Прекрасное создание! — продолжал он, подходя к ней ближе, но с великим почтением. — Так молода, так хороша, так бесстрашна перед лицом смерти! И обречена умереть в позоре и в мучениях. Кто может не плакать над тобой? Двадцать лет слёзы не наполняли мои глаза, а теперь я плачу, глядя на тебя. Но этому суждено свершиться, ничто не спасёт тебя. Мы с тобой оба — слепые орудия судьбы, неудержимо влекущие нас по предназначенному пути, как два корабля, которые несутся по бурным волнам, а бешеный ветер сталкивает их между собой на общую погибель. Прости меня, и расстанемся как друзья. Тщетно старался я поколебать твою решимость, но и сам остаюсь твёрд и непреклонен, как сама несокрушимая судьба.

— Люди нередко сваливают на судьбу последствия своих собственных буйных страстей, — сказала Ревекка. — Но я прощаю тебя, Буагильбер, тебя, виновника моей безвременной смерти. У тебя сильная душа; иногда в ней вспыхивают благородные и великие порывы. Но она — как запущенный сад, принадлежащий нерадивому хозяину: сорные травы разрослись в ней и заглушили здоровые ростки.

— Да, Ревекка, — сказал храмовник, — я именно таков, как ты говоришь: неукротимый, своевольный и гордый тем, что среди толпы пустоголовых глупцов и ловких ханжей я сохранил силу духа, возвышающую меня над ними. Я с юности приучался к воинским подвигам, стремился к высоким целям и преследовал их упорно и непоколебимо. Таким я и останусь: гордым, непреклонным, неизменным. Мир увидит это, я покажу ему себя; но ты прощаешь меня, Ревекка?

— Так искренне, как только может жертва простить своему палачу.

— Прощай, — сказал храмовник и вышел из комнаты.

Прецептор Альберт Мальвуазен с нетерпением ожидал в соседнем зале возвращения Буагильбера.

— Как ты замешкался! — сказал Альберт. — Я был вне себя от беспокойства. Что, если бы гроссмейстер или Конрад, его шпион, вздумали зайти сюда? Дорого бы я поплатился за своё снисхождение!.. Но что с тобою, брат? Ты еле держишься на ногах, и лицо твоё мрачно, как ночь. Здоров ли ты, Буагильбер?

— Здоров, — отвечал храмовник, — здоров, как несчастный, который знает, что через час его казнят. Да нет, впрочем, — вдвое хуже, потому что иные из приговорённых к смерти расстаются с жизнью, как с изношенной одеждой. Клянусь небесами, Мальвуазен, эта девушка превратила меня в тряпку! Я почти решился идти к гроссмейстеру, бросить ему в лицо отречение от ордена и отказаться от жестокости, которую навязал мне этот тиран.

— Ты с ума сошёл! — сказал Мальвуазен. — Таким поступком ты погубишь себя, но не спасёшь еврейку, которая, по всему видно, так дорога тебе. Бомануар выберет вместо тебя кого-нибудь другого на защиту ордена, и осуждённая всё равно погибнет.

— Вздор! Я сам выступлю на её защиту, — ответил храмовник надменно, — и тебе, Мальвуазен, я думаю, известно, что во всём ордене не найдётся бойца, способного выдержать удар моего копья.

— Эх, — сказал лукавый советчик, — ты совсем упускаешь из виду, что тебе не дадут ни случая, ни возможности выполнить твой безумный план. Попробуй пойти к Луке Бомануару, объяви ему о своём отречении от клятвы послушания и посмотри, долго ли после этого деспотичный старик оставит тебя на свободе. Ты едва успеешь произнести эти слова, как очутишься на сто футов под землёй, в темнице тюремной башни прецептории, где будешь ждать суда, — а судить тебя будут, как подлого отступника и малодушного рыцаря. Если же решат, что всё-таки ты околдован, тебя закуют в цепи, отвезут в какой-нибудь отдалённый монастырь, запрут в уединённую келью, и ты будешь валяться там на соломе, в темноте, одуревший от заклинаний и насквозь промокший от святой воды, которой будут тебя усердно поливать, чтобы изгнать из тебя беса. Нет, ты должен явиться на ристалище, Бриан, иначе ты погиб!

— Я вырвусь отсюда и убегу! — сказал Буагильбер. — Убегу в какую-нибудь дальнюю страну, куда ещё не проникли человеческая глупость и изуверство. По крайней мере ни одна капля крови этой прекрасной девушки не прольётся при моём участии.

— Тебе не удастся бежать, — сказал Мальвуазен. — Твои безумства возбудили подозрения, и тебя не выпустят из стен прецептории. Пойди попытайся. Подойди к воротам, прикажи спустить подъёмный мост, и ты увидишь, исполнят ли твоё приказание. Ты удивлён, обижен? Но для тебя же лучше, что это так. Твоё бегство ни к чему не приведёт. Твой герб будет перевёрнут, ты обесславишь своих предков и сам будешь изгнан из ордена. Подумай хорошенько: куда деваться от стыда твоим товарищам, когда Бриана де Буагильбера, лучшего бойца в рядах храмовников, публично провозгласят предателем и собравшиеся освищут твоё имя? Каково будет горе французского двора! С какой радостью надменный Ричард узнает, что тот самый рыцарь, который доставил ему немало хлопот в Палестине и едва не омрачил его всесветную славу, сам потерял честь и доброе имя из-за еврейки и всё-таки не смог спасти её, даже ценой такой великой жертвы.

— Мальвуазен, — сказал рыцарь, — благодарю тебя. Ты затронул ту струну, которая сильнее всего волнует мою душу. Будь что будет, но слово «изменник» никогда не станет рядом с именем Буагильбера. Дай бог, чтобы сам Ричард или один из его хвалёных любимчиков выехал против меня на ристалище. Но нет, там будет пусто — никто не захочет рискнуть жизнью за неповинную, одинокую...

— Тем лучше для тебя, если дело этим кончится, — сказал прецептор.

— Если её защитник не явится, не ты будешь повинен в смерти злосчастной девицы, а гроссмейстер, приговоривший её к казни. На нём и будет лежать ответственность за это дело, и он его поставит себе не в вину, а в заслугу, достойную всяких похвал.

— Это правда, — сказал Буагильбер, — если не будет у неё защитника, я буду лишь частью пышного зрелища, то есть появлюсь на ристалище верхом на коне в полном вооружении, но не приму никакого участия в том, что последует дальше.

— Разумеется! — подхватил Мальвуазен. — Не больше, чем статуя Георгия Победоносца в церковной процессии.

— Что ж, пусть будет так, как я решил прежде, — сказал надменный храмовник. — Она меня отвергла и унизила, пренебрегла мною. Для чего я стану жертвовать ей своей славой и уважением других людей? Мальвуазен, я выеду на ристалище.

Сказав эти слова, он поспешно вышел из зала, а прецептор последовал за ним, дабы присмотреть и поддержать его в принятом решении, ибо он сам был сильно заинтересован в успехах Буагильбера, ожидая для себя больших выгод в случае, если тот со временем станет во главе ордена, не говоря уже о надеждах получить место, обещанное ему Конрадом Монт-Фитчетом с условием, чтобы он всячески способствовал осуждению несчастной Ревекки. Оспаривая лучшие побуждения в душе своего друга, Мальвуазен имел над ним все преимущества хитрого и хладнокровного себялюбца в борьбе с человеком, одержимым пылкими и противоречивыми страстями. Тем не менее потребовалось всё его искусство, чтобы заставить Буагильбера следовать принятому решению. Он должен был неотступно наблюдать за своим другом, чтобы тот опять не вздумал бежать, и предупреждать возможность его встречи с гроссмейстером, чтобы не допустить его до открытого с ним разрыва; кроме того, Альберт должен был снова и снова приводить различные доводы в пользу того, что Бриан обязан явиться на ристалище, так как на судьбу Ревекки это не может оказать никакого влияния, а для негр самого является единственным способом спастись от бесславия и позора.

Глава XL

Вновь Ричард стал самим собой,
Прочь, тени!
«Ричард III»

Но возвратимся к приключениям Чёрного Рыцаря. Отъехав от заветного дуба великодушного разбойника, он направил свой путь к соседнему монастырю, скромному и небогатому, носившему название аббатства святого Ботольфа, куда после падения замка Торкилстон перевезли раненого Айвенго под надзором верного Гурта и великодушного Вамбы. Пока мы не станем говорить о том, что произошло между Уилфредом и его избавителем. Довольно сказать, что после долгой и важной беседы аббат разослал гонцов в разные стороны, а на другой день поутру Чёрный Рыцарь собрался уезжать из монастыря, взяв с собой в проводники шута Вамбу. Перед отъездом рыцарь обратился к Айвенго и сказал ему:

— Мы с тобой увидимся в Конингсбурге, замке покойного Ательстана, куда отправился твой отец Седрик на поминки по своему благородному родственнику. Я посмотрю там на твою саксонскую родню, сэр Уилфред, и познакомлюсь с ними покороче. И ты туда приезжай, я берусь примирить тебя с отцом.

Сказав это. Чёрный Рыцарь ласково простился с Айвенго, который выразил пламенное желание проводить своего спасителя. Но об этом Чёрный Рыцарь и слышать не хотел.

— Сегодня отдыхай хорошенько, — сказал он. — Пожалуй, и завтра ты ещё не в силах будешь пуститься в дорогу. Мне не нужно иного проводника, кроме честного Вамбы; он будет играть при мне роль попа или шута, смотря по моему настроению.

— А я, — сказал Вамба, — готов служить вам от всего сердца. Я охотно побываю на поминках Ательстана, потому что, коли еда будет не очень сытная, а подавать будут не часто, он восстанет из мёртвых и начнёт взыскивать с поваров, прислуги и кравчего. А это такое зрелище, что стоит посмотреть. Я уж надеюсь, сэр рыцарь, что ваша доблесть будет мне защитой перед моим хозяином Седриком, когда моё остроумие потерпит неудачу.

— Но на что может пригодиться моя доблесть, шут, там, где бессильно твоё остроумие? Разреши-ка мне эту загадку.

— Видите ли, сэр рыцарь, — отвечал Вамба, — шутка может много сделать. Услужливый и наблюдательный плут сразу подмечает, которым глазом сосед его хуже видит, и с этой стороны держится, когда тот разгорячится и даст волю своим страстям. А доблесть — это дюжий малый, который прёт напролом. Ему нипочём и прилив и бурные ветры, знай себе гребёт веслом и в конце концов причалит к берегу. А потому, добрый сэр рыцарь, я буду пользоваться только ясной погодой в душе моего благородного хозяина, а в бурное время, уж надеюсь, вы потрудитесь меня выручать.

— Сэр Рыцарь Висячего Замка, раз уж вам угодно так называть себя, — сказал Айвенго, — боюсь, что вы изволили избрать себе в проводники чересчур болтливого и назойливого шута. Но он знает каждую тропинку в лесу не хуже любого охотника; притом, как вы сами видели, бедняга верен и надёжен, как булат.

— Ничего, — молвил рыцарь, — лишь бы он сумел указать мне дорогу. Что за беда, если он захочет позабавить меня в пути. Ну, прощай, Уилфред, выздоравливай, друг мой. Но смотри, я тебе запрещаю выезжать по крайней мере до завтра.

С этими словами он протянул руку Уилфреду, который её поцеловал, простился с аббатом, сел на коня и поехал в сопровождении одного Вамбы.

Айвенго проводил их взглядом, пока они не скрылись в чаще окружающих лесов, потом воротился в монастырь.

Но вскоре после ранней обедни он послал сказать аббату, что желает его видеть. Старик прибежал в испуге и с беспокойством осведомился, как он себя чувствует.

— Лучше, — отвечал он, — гораздо лучше, нежели мог надеяться вначале: или моя рана была не так серьёзна, как я думал, судя по большой потери крови, или целебный бальзам оказал на неё чудесное действие, но я себя так чувствую, что, пожалуй, могу надеть панцирь; это большое счастье, потому что мне такие мысли приходят на ум, что я не могу больше здесь оставаться в бездействии.

— Сохрани бог, — сказал аббат, — чтобы сын Седрика Сакса покинул нашу обитель, прежде чем зажили его раны. Стыдно нам будет, если мы допустим это!

— Я и сам не покинул бы вашу гостеприимную обитель, святой отец, — сказал Айвенго, — если бы не чувствовал себя способным пуститься в дорогу и если бы не было в том нужды.

— А что же вынуждает тебя к такому внезапному отъезду? — допрашивал аббат.

— Разве никогда вам не случалось, святой отец, томиться зловещим предчувствием, ожидать какой-то беды, тщетно доискиваясь, какая бы могла быть тому причина? — сказал рыцарь. — Разве никогда не омрачалась ваша душа, словно зелёный луг в солнечный день, над которым вдруг проходит чёрная туча, предвестница грозы? Разве ты не думаешь, что такие предчувствия достойны нашего внимания, что, быть может, это ангелы-хранители подают нам весть о близкой опасности?

— Не отрицаю, — сказал аббат, осеняя себя крёстным знамением, — такие вещи случаются, и они бывают от бога. Но подобные внушения приходят недаром и клонятся к пользе и преуспеянию. А ты, раненый и немощный, на что ты можешь пригодиться тому, за кем желаешь следовать? Ведь в случае нападения ты не в силах будешь защищать его.

— Ты ошибаешься, приор, — сказал Айвенго, — сил у меня довольно, и я отлично могу выдержать бой со всяким, кто захочет со мной помериться. Но если бы это и не было нужно, разве я не могу быть ему полезен иными способами, кроме оружия? Слишком хорошо известно, что саксы не любят норманнов. Как знать, что может случиться, если он вдруг явится среди них в такую минуту, когда сердца их раздражены смертью Ательстана, а головы отуманены чрезмерным употреблением вина. Сдаётся мне, что его появление в такое время может иметь в высшей степени опасные последствия. Вот я и решился или предупредить беду или разделить его участь. А для того чтобы я мог исполнить своё намерение, прошу тебя: достань мне верховую лошадь, у которой шаг был бы помягче, чем у моего боевого коня.

— Что ж, — отвечал почтенный аббат, — я тебе уступлю мою испанскую кобылу: она ходит иноходью, жаль только, что всё-таки не такой ровной, как лошадка приора Сент-Альбанской обители. Могу, однако ж, поручиться, что у моей Метлы — так зову я своего иноходца — очень мягкая и ровная рысь. И она очень послушная лошадка, пожалуй только у проезжего фокусника найдётся скотина ещё послушнее моей. Но ведь та даже умеет плясать меж разложенных яиц. А едучи на Метле, я сочинял целые проповеди, и хорошие выходили проповеди, одинаково поучительные как для монастырской братии, так и для прочих христианских душ.

— Так, пожалуйста, преподобный отец, прикажите сейчас же оседлать Метлу и велите Гурту принести сюда моё вооружение.

— Однако ж, любезный сэр, — сказал аббат, — я прошу вас принять в соображение, что Метла так же неопытна по части оружия, как и её хозяин. Я не ручаюсь за то, что может произойти, когда она увидит ваши доспехи, а в особенности, когда почует их тяжесть на себе. О, Метла, я вам скажу, животное преумное и не потерпит на себе никакой излишней тяжести. Один раз случилось, что я у соседнего священника захватил взаймы только один том латинского сочинения «Fructus Temporum»[1], так моя лошадь до тех пор не соглашалась выйти за ворота, пока я не заменил увесистую книжицу обычным своим малым требником.

— Поверьте, святой отец, — сказал Айвенго, — я не стану беспокоить вашу лошадь излишней тяжестью, а если она заупрямится, так ей же будет хуже.

[1] «Плод времени» (лат.).

Эти слова были произнесены в ту минуту, когда Гурт прикреплял к сапогам рыцаря пару больших позолоченных шпор, способных убедить любую упрямую лошадь, что для неё выгоднее всего повиноваться воле ездока.

Острые колёсики, торчавшие на сапогах Айвенго, произвели на аббата такое впечатление, что он начал раскаиваться в том, что так любезно предложил свою лошадь.

— Позвольте, любезный сэр! — воскликнул он. — Моя Метла совсем не выносит шпор. Я было и позабыл об этом. Лучше подождите немного, я пошлю за кобылой моего эконома — он живёт тут поблизости, на ферме. Вам придётся подождать какой-нибудь час, а уж эта лошадь, наверно, будет послушна, так как на ней возят дрова, а овса никогда ей не дают.

— Благодарю вас, преподобный отец, я предпочитаю воспользоваться первоначальным вашим предложением, тем более что, как я вижу, вашу Метлу уже подвели к воротам. Гурт повезёт моё вооружение, а что касается остального, будьте спокойны: так как я не навалю ей на спину лишней тяжести, то надеюсь, что и она не выведет меня из терпения. А теперь прощайте.

И Айвенго быстро и легко сбежал с крыльца, чего нельзя было ожидать от недавно раненного человека. Он вскочил на лошадь, желая избежать приставаний аббата, который поспешил за ним так проворно, как только позволяли ему тучность и преклонный возраст, всё время восхваляя свою Метлу и умоляя рыцаря обращаться с ней осторожнее.

— Она находится теперь в самом опасном возрасте для девицы, — сказал старик, смеясь своей же шутке, — так как ей недавно пошёл пятнадцатый год.

Но Уилфред был слишком озабочен, чтобы выслушивать важные советы аббата и его забавные шутки. Поэтому, сев на кобылу и приказав своему оруженосцу (так Гурт назывался теперь) не отставать, он направился в лес по следам Чёрного Рыцаря, между тем как аббат восклицал, стоя у ворот монастыря и глядя ему вслед:

— Пресвятая дева! Как прытки и проворны эти вояки! И зачем я ему доверил свою Метлу! Если с ней случится недоброе, как я без неё обойдусь при моей ломоте в костях. А всё-таки, — продолжал он рассуждать, спохватившись, — как я не пожалел бы собственных старых и больных костей для блага старой Англии, так и моя Метла пускай послужит тому же правому делу. Может статься, они сочтут нашу бедную обитель достойной какого-нибудь богатого вклада. А если они этого не сделают, потому что великие мира сего легко забывают услуги маленьких людей, и то ничего: я найду себе награду в сознании, что поступил правильно. А теперь, кажется, самое время созвать братию к завтраку в трапезную. Только кажется мне, что на этот зов они сходятся гораздо охотнее, чем на звон к заутрене и к обедне!

И настоятель аббатства святого Ботольфа побрёл назад в трапезную занять председательское место за столом, на который только что подали вяленую треску и пиво на завтрак монахам. Отдуваясь, с важным видом уселся он за стол и начал делать туманные намёки насчёт того, что монастырь вправе ожидать теперь щедрых даров, да и сам он оказал кое-какие важные услуги. В другое время подобные речи возбудили бы всеобщее любопытство. Но так как треска была очень солёной, а пиво — довольно крепким, братия слишком усердно работала челюстями и не могла как следует навострить уши. Летописи упоминают лишь об одном лице, обратившем внимание на таинственные слова настоятеля, — об отце Диггори. У него была сильная зубная боль, так что он мог жевать лишь одной стороной, поэтому он кое-что расслышал и даже задумался над слышанным.

Тем временем Чёрный Рыцарь и его проводник не спеша подвигались вперёд сквозь лесную чащу. Бравый рыцарь то напевал себе под нос песни влюблённых трубадуров, то задавал своему спутнику забавные вопросы, Благодаря этому их беседа была пересыпана прибаутками и песнями. Нам хотелось бы дать читателю хоть приблизительное понятие об их разговоре.

Итак, вообразите себе рыцаря высокого роста, плотного телосложения, широкоплечего, могучего, верхом на крупном вороном коне, как бы нарочно созданном для него, так легко он нёс своего тяжёлого седока. Верх забрала на шлеме всадника был поднят, чтобы легче было дышать, наустник же оставался застёгнутым, так что черты лица было трудно разобрать. Всего лучше были видны его загорелые скулы, покрытые здоровым румянцем, и большие голубые глаза, блестевшие из-под поднятого забрала. Осанка и манеры рыцаря выражали беззаботное веселье и удаль, изобличая ум, не способный предвидеть опасность, но всегда готовый отразить её. Мысль об опасностях была ему привычна, как это естественно для того, кто посвятил себя войне и приключениям.

Шут был в обычном своём пёстром одеянии, но события последнего времени заставили его заменить деревянный меч острым палашом и продолговатым щитом. При штурме Торкилстона выяснилось, что он очень недурно владеет этим оружием, хотя такое искусство было необязательно для его ремесла. В сущности, умственный недостаток Вамбы выражался лишь в том, что он был одержим какой-то нервной непоседливостью, ни в каком положении не мог оставаться спокойным или последовательно вести рассуждения. Однако он был проворен и ловок и если дело не требовало большой выдержки и постоянства, мог толково выполнить любое поручение или подхватить на лету любую мысль. Сидя верхом, он ни минуты не оставался в покое: то и дело поворачивался в седле, сползал то на шею лошади, то на самый круп, то обе ноги свешивал на один бок, то садился лицом к хвосту, кривлялся, гримасничал, как настоящая обезьяна, и наконец так надоел лошади, что она сбросила его, и он во весь рост растянулся на зелёной траве. Этот случай сильно позабавил рыцаря, но спутник его после этого стал спокойнее.

В ту минуту, когда мы настигли их в пути, эта весёлая пара распевала старинную песню. Рыцарь Висячего Замка исполнял её довольно искусно, а шут только подтягивал ему и пел припев. Содержание песни было следующее:

Рыцарь

Анна-Мария, солнце взошло,
Анна, любимая, стало светло,
Туман разошёлся, и птицы запели.
Анна, мой друг, подымайся с постели!
Анна, вставай! Озарился восток,
Слышишь охотничий радостный рог?
Вторят ему и деревья и скалы.
Анна-Мария, вставай — солнце встало!
Ваиба
О Тибальт, мой милый, совсем ещё рано;
Мне спится так сладко! Я, Тибальт, не встану!
И что наяву может радовать нас
В сравнении с тем, что я вижу сейчас?
Пусть охотник трубит в свой рожок всё чудесней
И птицы встречают зарю своей песней, -
Счастливее их я бываю во сне,
Но, Тибальт, не думай, что снишься ты мне.

— Славная песня, — сказал Вамба, когда оба закончили припев. — Клянусь моей дурацкой шапкой, и нравоучение прекрасное. Мы её часто певали с Гуртом. Когда-то мы с ним были товарищами, а теперь он, по милости божьей и по господской воле, сам себе господин и вольный человек. А однажды нам с ним изрядно досталось из-за этой самой песни: мы так увлеклись, что два часа лишних провалялись в постели, распевая её сквозь сон. С тех пор как вспомню этот напев, так у меня кости и заноют. Однако я всё-таки спел партию Анны-Марии в угоду вам, сэр.

После этого шут сам затянул другую песню, а рыцарь подхватил мотив и стал ему вторить.

Рыцарь и Вамба

Приехали славные весельчаки, -
Об этом есть в песенке старой рассказ, -
У вдовушки Викомба просят руки.
И может ли вдовушка дать им отказ?

Был рыцарь из Тиндаля первый средь них, -
Об этом есть в песенке старой рассказ, -
Кичился он славою предков своих.
Вдовы был, конечно, немыслим отказ.
«Мой дядя был сквайром, и лордом — отец», -
Так начал он свой горделивый рассказ.
Ушёл восвояси хвастливый храбрец -
Услышал он вдовушки смелый отказ.
Вамба
«Я родом из Уэльса!» — второй говорит. -
Об этом есть в песенке старой рассказ, -
Он кровью поклялся, что он родовит.
Вдовы был, конечно, немыслим отказ.
«Я Морган ап Гриффит ап Хью, — я Давид
Ап Тюдор ап Рейс», — свой повёл он рассказ;
Вдова же в ответ: «Меня это страшит:
Как выйти мне замуж за стольких зараз?»
А третий был иомен, что в Кенте живёт, -
Об этом есть в песенке старой рассказ, -
И вдовушке он описал свой доход,
А иомену дать невозможно отказ.
Оба
Отвергнут один и другой дворянин,
О иомене слышим зато мы рассказ:
Он в Конте живёт, получает доход,
И иомену дать невозможно отказ.

— Хотел бы я, — сказал рыцарь, — чтобы наш гостеприимный хозяин из-под заветного дуба или его капеллан, — весёлый монах — услышали эту песню во славу иоменов.

— Ну, я этого не хотел бы, — сказал Вамба, — разве что ради того рожка, который висит у вас на перевязи.

— Э, — молвил рыцарь, — это знак дружеского расположения со стороны Локсли, но вряд ли мне когда-нибудь он понадобится. Впрочем, я уверен, что у случае нужды стоит только затрубить в него, как тотчас явится на выручку целая ватага этих славных иоменов.

— Я бы сказал: боже упаси, — возразил шут, — кабы не знал, что по милости этого рожка они во всякое время пропустят нас без всякой обиды.

— Что ты хочешь сказать? — спросил рыцарь. — Или ты думаешь, что, если бы не этот залог приязни, они бы на нас напали?

— Я ничего не говорю, — сказал Вамба, — уши бывают и у зелёных ветвей, как и у каменных стен... Но разгадай мне загадку, сэр рыцарь: когда пустая винная бутыль и пустой кошелёк лучше, чем полные?

— Да никогда, я думаю, — отвечал рыцарь.

— Ну, за такой ответ тебе не стоило бы давать ни полной бутыли, ни набитого кошелька. Знай же, что опорожнить бутыль следует перед тем, как передать её саксу, а деньги высыпать и оставить дома перед тем, как пускаться в зелёный лес.

— Стало быть, ты считаешь наших приятелей за настоящих грабителей? — сказал Рыцарь Висячего Замка.

— Эх, милостивый господин, разве я это говорил? — возразил Вамба.

— Если человек пускается в дальний путь, его лошади легче будет, когда с неё снимут мешок, а ему самому легче будет спасти свою душу, коли у него отберут то, что есть корень всякого зла. Поэтому я не назову бранным словом людей, которые оказывают подобные услуги. Только мешок свой лучше оставлю дома, да и кошелёк спрячу в сундук, чтобы избавить добрых людей от лишнего труда.

— Однако мы обязаны молиться за них, друг мой, невзирая на то, что ты так отзываешься о них.

— Молиться-то за них я готов от всего сердца, — сказал Вамба, — только лучше в городе, а не здесь. Не то и нам пришлось бы так же туго, как тому аббату, которого они заставили петь обедню, посадив его в дупло дуба вместо кафедры.

— Говори что угодно, Вамба, — сказал рыцарь, — а всё-таки эти иомены сослужили верную службу твоему хозяину Седрику в Торкилстоне.

— Что правда, то правда, — отвечал Вамба, — но и тут они помогли на манер своих расчётов с господом богом.

— Какие же это расчёты, Вамба? Ну-ка расскажи, — попросил его спутник.

— А вот какие, — ответил шут. — С богом они ведут двойной счёт, как, бывало, наш старый эконом называл свои цифры. Такой же расчёт, какой ведёт Исаак со своими должниками: дать поменьше, а за это в кредит получить побольше, вот и они рассчитывают за всякое благое дело получить воздаяние в семикратном размере, согласно священному писанию.

— Поясни примером, Вамба, я не мастер считать и в цифрах ничего не смыслю, — сказал рыцарь.

— Ну, коли вы такой недогадливый, — отвечал Вамба, — так я поясню вашей милости, что эти честные молодцы соблюдают ровный счёт, и на каждое доброе дело у них приходится другое, менее похвальное. Подадут, например, нищему монаху одну серебряную монету, а у жирного аббата стащат сотню золотых... Или окажут помощь бедной вдове, а в лесу расцелуют пригожую девицу...

— Какое же из этих дел доброе, а какое злое? — прервал его рыцарь.

— Вот так загадка! Отличная загадка! — воскликнул Вамба. — Что и говорить, с умным поведёшься — ума наберёшься. Я готов побожиться, сэр рыцарь, что лучше этого вы не могли сказать, когда служили пьяную всеношную с шалым отшельником... Наши лесные приятели иной раз построят домишко бедняку, а соседний замок сожгут; починят крышу над церковью, а ризницу ограбят; бедного колодника выручат из тюрьмы, а гордого судью укокошат; или попросту говоря, освободят саксонского франклина и для этого живьём сожгут норманского барона. Что и говорить, добрые они воры и самые любезные грабители, но повстречаться с ними выгоднее в такое время, когда у них побольше грехов.

— Как так, Вамба? — спросил рыцарь.

— Да потому, что в это время у них совесть просыпается и они не прочь произвести расчёты с господом богом. Но когда они свели расчёты и у них с богом вышло так на так, тогда спаси, боже, тех, с кого они откроют новый счёт задолженности. Плохо будет тому путешественнику, кто первым попадётся им под руку после их доброго дела в Торкилстоне. А всё-таки, — прибавил Вамба, понизив голос и подъехав поближе к рыцарю, — водятся здесь такие встречные, которые для проезжих гораздо опаснее, чем наши разбойники.

— Кто же это такие? Ведь ни волков, ни медведей у нас не водится,

— сказал рыцарь.

— Зато у нас водится вооружённая челядь Мальвуазена, — сказал Вамба, — и уж поверьте, что полдюжины таких молодцов стоят целой стаи добрых волков! Теперь они выехали на добычу, да с ними же рыщут и солдаты, бежавшие из Торкилстона. Так что, если бы мы с ними повстречались, дорого пришлось бы нам поплатиться за наши подвиги. А что, сэр рыцарь, если бы, к примеру, попалась нам пара таких молодцов, что бы вы сделали?

— Если бы они вздумали преградить нам дорогу, пригвоздил бы мерзавцев к земле моим копьём.

— А если бы они оказались вчетвером?

— И тех угостил бы тем же, — отвечал рыцарь.

— А если бы их было шестеро, а нас с вами двое, вот как теперь, — продолжал Вамба, — неужели вы не вспомнили бы о роге Локсли?

— Что? Звать на помощь против подобной своры? — воскликнул рыцарь.

— Да один настоящий рыцарь может разогнать их, как осенний ветер гонит сухую листву!

— Так, так, — сказал Вамба, — я у вас попрошу позволения рассмотреть поближе этот самый рог, издающий такие мощные звуки.

Рыцарь отстегнул застёжку своей перевязи и удовлетворил любопытство своего спутника, передав ему рог. Вамба сию же минуту надел его себе на шею.

— Тра-ли-ра-ля! — пропел шут. — Теперь и я сумею протрубить сигнал не хуже кого другого.

— Ах вот как, плут! — сказал рыцарь. — Отдай рог обратно!

— Будьте спокойны, сэр рыцарь, он будет у меня в сохранности. Когда доблесть путешествует рядом с глупостью, рог следует надевать на глупость, потому что она умеет лучше трубить.

— Берегись, мошенник, — сказал Чёрный Рыцарь, — ты слишком много себе позволяешь! Смотри не выводи меня из терпения!

— А вы лучше не грозите мне, сэр рыцарь, — отвечал шут, отъехав на почтительное расстояние от раздражённого рыцаря, — иначе глупость даст тягу и предоставит доблести самой искать себе дорогу в лесу.

— На этом ты меня поймал, это верно, — сказал рыцарь, — притом, по правде говоря, недосуг мне с тобой браниться. Пожалуй, оставь рог при себе, только поедем скорее.

— А вы не станете меня обижать? — спросил Вамба.

— Я тебе говорю, что не стану, плут ты этакий!

— Нет, вы прежде дайте мне в том своё рыцарское слово, — продолжал Вамба, с опаской приближаясь к Рыцарю Висячего Замка.

— Ну, даю тебе рыцарское слово, а теперь не мешкай и указывай дорогу.

— Ладно, — сказал шут, с готовностью подъезжая к рыцарю. — Значит, доблесть с глупостью опять поприятельски поехали рядом. Дело в том, что я, в самом деле, не охотник до таких затрещин, какую вы тогда закатили отшельнику. И покатился его преподобие на траву, словно кегля от удачного удара! Ну, раз глупость овладела рожком, пускай доблесть маленько расправит свои члены да взмахнёт гривой. Если не ошибаюсь, вон в том кустарнике нас поджидает тёплая компания. Засаду нам устроили.

— С чего это ты взял? — спросил рыцарь.

— А с того и взял, что раза два или три видел, как среди зелени мелькали шишаки. Будь они честные люди, они бы выехали на открытую тропинку. Но эта чаща — как раз подходящее место для таких переделок.

— Клянусь честью, — ответил рыцарь, опуская забрало, — на этот раз ты прав!

И хорошо, что он успел это сделать, потому что в ту же секунду из придорожных кустов вылетели три стрелы, пущенные ему в голову и в грудь; одна из них вонзилась бы ему в мозг, если бы не отскочила от стального забрала. Две остальные попали в нагрудник и в щит, висевший у него на шее.

— Спасибо оружейнику, прочно сработал мои доспехи! — сказал рыцарь. — Вамба, вперёд! Схватимся с ними!

С этими словами он направил коня на кусты. Навстречу ему выскочили из чащи шесть или семь вооружённых всадников и во весь опор понеслись на него с копьями наперевес. Три копья разлетелись на куски, как бы ударившись о стальную башню. Глаза Чёрного Рыцаря сверкнули гневом сквозь узкие глазницы забрала. Он величаво приподнялся на стременах и крикнул:

— Что это значит? Вместо ответа воины выхватили мечи и напали на него со всех сторон.

— Умри, тиран! — кричали они.

— Ага! Вот тебе, во славу святого Эдуарда! Вот тебе, во славу Георгия Победоносца! — С каждым возгласом Чёрный Рыцарь сшибал на землю воина. — Вот как, у нас есть изменники?

Как ни были храбры его противники, однако они попятились назад от могучей руки, каждый взмах которой сулил им смерть. Казалось, что он один одолеет всех врагов. Но тут подоспел рыцарь в синих доспехах, до сих пор державшийся поодаль; он пришпорил своего коня и, направив копьё не на всадника, а на лошадь, смертельно ранил это благородное животное.

— Это предательский удар! — воскликнул Чёрный Рыцарь, когда его конь повалился набок, увлекая его за собою.

В ту же минуту Вамба затрубил в рог: всё совершилось с такой быстротой, что он не успел сделать этого раньше. Внезапный звук рога заставил убийц снова попятиться назад, а Вамба, невзирая на то, что был плохо вооружён, не задумываясь ринулся вперёд и помог Чёрному Рыцарю встать.

— Не стыдно ли вам, подлые трусы! — воскликнул рыцарь в синем панцире, казавшийся предводителем. — Уж не разбежались ли вы от простого рожка, на котором вздумал поиграть шут?

Ободрённые этими словами, они снова напали на Чёрного Рыцаря, который прислонился к стволу толстого дуба и отбивался одним мечом. Вероломный рыцарь вооружился между тем другим копьём и, выждав минуту, когда его могучий противник вынужден был отбиваться со всех сторон, помчался на него с намерением пригвоздить его копьём к дереву. Но Вамба помешал и на этот раз. Не обладая большой силой, но отличаясь ловкостью, шут воспользовался тем, что бойцы, занятые борьбой с рыцарем, не обращали на него внимания, и успел предотвратить нападение Синего Рыцаря, покалечив ноги его лошади ударом палаша. Конь и всадник покатились на землю. Однако положение Чёрного Рыцаря оставалось крайне опасным, так как его со всех сторон теснили воины, вооружённые с головы до ног. Он непрерывно оборонялся мечом от нападающих и уже начал изнемогать от усталости, как вдруг меткая стрела положила на месте одного из самых рослых его противников. В ту же минуту на поляну высыпала толпа йоменов под предводительством Локсли и весёлого отшельника. Они немедля приняли участие в борьбе, и вскоре негодяи все до одного полегли мёртвые или смертельно раненные.

Чёрный Рыцарь поблагодарил своих избавителей с таким величавым достоинством, какого они раньше не замечали в нём, принимая его скорее за отважного воина, чем за знатную особу.

— Прежде чем выразить признательность моим преданным и усердным друзьям, — сказал он, — для меня чрезвычайно важно узнать, кто такие эти неожиданные враги. Вамба, подними забрало Синего Рыцаря. Он, кажется, начальник шайки.

Шут подбежал к предводителю убийц, который лежал, придавленный своим конём, и так сильно расшибся, что был не в состоянии ни бежать, ни сопротивляться.

— Ну-ка, храбрый воин, — сказал Вамба, — дай я тебе послужу оруженосцем, как послужил конюхом. Я тебя с лошади снял, я же с тебя и шлем сниму.

С этими словами он довольно бесцеремонно снял шлем с головы Синего Рыцаря, и глазам зрителей представились седые кудри и лицо, которое Чёрный Рыцарь никак не ожидал встретить при подобных обстоятельствах.

— Вальдемар Фиц-Урс! — воскликнул он в изумлении. — Что могло побудить человека твоего звания и с твоей доброй славой взяться за такое гнусное дело?

— Ричард, — отвечал пленный рыцарь, подняв на него глаза, — плохо же ты разбираешься в людях, если не знаешь, до чего могут довести честолюбие и мстительность.

— Мстительность? — повторил Чёрный Рыцарь. — Но я никогда не обижал тебя. За что же ты мне мстишь?

— За мою дочь, Ричард, на которой ты не захотел жениться. Разве это не достаточная обида для норманна такого же знатного рода, как и ты?

— Твоя дочь? — спросил Чёрный Рыцарь. — Вот странный предлог для вражды, дошедшей до кровавой расправы! Отойдите прочь, — господа, мне нужно поговорить с ним наедине. Ну, Вальдемар Фиц-Урс, теперь говори чистую правду: сознавайся, кто тебя подбил на это предательство?

— Сын твоего отца, — отвечал Вальдемар. — Как видишь, он карает тебя за то лишь, что ты был непокорным сыном своего отца.

Глаза Ричарда сверкнули негодованием, но лучшие чувства пересилили в нём гнев. Он провёл рукой по лбу и с минуту стоял, глядя в лицо поверженному барону, в чертах которого гордость боролась со стыдом.

— Ты не просишь пощады, Вальдемар? — сказал король.

— Кто попал в лапы льва, тот знает, что это было бы бесполезно, — отвечал Фиц-Урс.

— Так бери её непрошеную, — сказал Ричард, — лев не питается падалью. Дарю тебе жизнь, но с тем условием, что в течение трех дней ты покинешь Англию, поедешь укрыть свой позор в своём нормандском замке и никогда не дерзнёшь упоминать имя Джона Анжуйского в связи с этим вероломным преступлением. Если ты окажешься на английской земле позднее положенного мною срока, то умрёшь, а если малейшим намёком набросишь тень на честь моего дома, клянусь святым Георгием, не уйдёшь от меня и даже в церкви от меня не спасёшься! Я тебя повешу на башне твоего собственного замка на пищу воронам... Локсли, я вижу, что ваши иомены успели уже переловить разбежавшихся коней. Дайте одну лошадь этому рыцарю и отпустите его с миром!

— Если бы я не думал, что слышу голос, которому должен повиноваться беспрекословно, — отвечал иомен, — я бы с охотой послал вслед этому подлецу добрую стрелу, чтобы избавить его от длинного путешествия.

— У тебя английская душа, Локсли, — сказал Чёрный Рыцарь, — и ты чутьём угадал, что обязан мне повиноваться. Я Ричард Английский!

При этих словах, произнесённых с величием, подобающим высокому положению и благородному характеру Ричарда Львиное Сердце, все иомены преклонили колена, почтительно выразили свои верноподданнические чувства и просили прощения в своих провинностях.

— Встаньте, друзья мои, — милостиво сказал Ричард, глядя на них с обычной приветливостью, успевшей потушить пламя внезапного гнева. Выражение его лица, хотя и горевшего ещё от сильного напряжения, уже ничем не напоминало о недавней отчаянной схватке. — Встаньте, друзья мои! Ваши бесчинства как в лесах, так и в чистом поле искупаются верной службой, которую вы сослужили моим несчастным подданным под стенами Торкилстона, а также и тем, что сегодня выручили из беды вашего короля. Встаньте, мои вассалы, и будьте мне впредь добрыми подданными. А ты, храбрый Локсли...

— Не зовите меня более Локсли, государь, и узнайте то имя, которое получило широкую известность и, быть может, достигло даже и вашего царственного слуха... Я Робин Гуд из Шервудского леса.

— Стало быть, король разбойников и глава добрых молодцов? — сказал король. — Кто же не знает твоего имени! Оно прогремело до самой Палестины! Но будь уверен, мой славный разбойник, ни одно дело, совершённое в моё отсутствие и в порождённые им смутные времена, не будет вменено тебе в преступление.

— Вот уж правду говорит пословица, — вмешался тут Вамба, несколько менее развязно, чем обычно, -

Когда уходит кот,

Нет у мышей забот.

— Как, Вамба, и ты здесь! — сказал Ричард. — Я так давно не слышал твоего голоса, что думал — ты спасся бегством.

— Это я-то спасся бегством? Как бы не так! — сказал Вамба. — Когда же видно, чтобы глупость добровольно расставалась с доблестью? Вон лежит жертва моего меча — славный серый мерин. Я бы предпочёл, чтобы он стоял здесь в добром здоровье, а на его месте валялся его хозяин. Сначала я немного сплоховал, это верно, потому что пёстрая куртка — не такая хорошая защита от острых копий, как стальной панцирь. Но хоть я и не всё время сражался мечом, согласитесь, что я первый протрубил сбор.

— И очень кстати, честный Вамба, — сказал король. — Я не забуду твоей верной услуги.

— Confiteor! Confiteor! [1] — раздался смиренный голос поблизости от короля. — Ох, остальная латынь вся из головы вылетела! Но я сам исповедуюсь в смертном грехе и прошу только, чтобы простились мне мои прегрешения перед тем, как меня поведут на казнь!

Ричард оглянулся и увидел весёлого отшельника, который, стоя на коленях, перебирал чётки, а дубинка его, изрядно поработавшая во время недавней свалки, лежала на траве рядом с ним. Он состроил такую рожу, которая по его мнению, должна была выражать глубочайшее сокрушение: глаза закатил, а углы рта опустил книзу, словно шнурки у кошелька, по выражению Вамбы. Однако все эти признаки величайшего раскаяния не внушили особого доверия, так как на лице отшельника проглядывало сильное желание расхохотаться, а глаза его так весело блестели, что и страх и покаяние были, очевидно, притворны.

— Ты с чего приуныл, шальной монах? — сказал Ричард. — Боишься, что твой епископ узнает, как ты усердно служишь молебны богородице и святому Дунстану?.. Не бойся, брат: Ричард, король Англии, никогда не выдаст тех секретов, которые узнает за бутылкой.

— Нет, премилостивейший государь, — отвечал отшельник (всем любителям народных баллад про Робина Гуда известный под именем брата Тука), — мне страшен не посох епископа, а царский скипетр. Подумать только, что мой святотатственный кулак дерзнул коснуться уха помазанника божия!

— Ха-ха! — рассмеялся Ричард. — Вот откуда ветер дует! А я позабыл о твоём тумаке, хотя после того у меня весь день в ухе звенело. Правда, затрещина была знатная, но я сошлюсь на свидетельство этих добрых людей: разве я не отплатил тебе той же

---

[1] Каюсь (лат.).

монетой? Впрочем, если считаешь, что я у тебя в долгу, я готов сию же минуту…

— Ох, нет, — отвечал монах, — я своё получил сполна, да ещё с лихвой! Дай бог вашему величеству все свои долги платить так же аккуратно.

— Если бы можно было всегда расплачиваться тумаками, мои кредиторы не жаловались бы на пустую казну, — сказал король.

— А всё же, — сказал отшельник, снова состроив плаксивую рожу, — я не знаю, какое будет на меня наложено наказание за этот богопротивный удар.

— Об этом, брат, и говорить не стоит, — сказал король. — Мне столько доставалось ударов от руки всяких язычников и неверных, что нет причины сетовать на одну-единственную пощёчину от такого святого человека, каков причетник из Копменхерста. А не лучше ли будет, друг мой, и для тебя и для святой церкви, если я добуду тебе позволение сложить с себя духовный сан и возьму тебя в число своей стражи, дабы ты столь же усердно охранял нашу особу, как прежде охранял алтарь святого Дунстана?

— Ах, государь, — сказал монах, — смиренно прошу ваше величество простить меня и уволить от такой милости! Если бы вы знали, до чего я изленился! Святой Дунстан (да предстательствует он за нас перед господом!) стоит себе преспокойно в своей нише, хотя я и забываю иногда помолиться ему в погоне за какимнибудь оленем. И по ночам иногда отлучаюсь из кельи, занимаюсь пустяками, а святой Дунстан — ни гугу! Самый спокойный хозяин, уж поистине миротворец, хоть и вырезан из дерева. Если же я буду иоменом и телохранителем при особе моего государя — это, конечно, большая честь, но стоит мне маленько отвлечься в сторону, пострелять дичи в лесу, утешить ли вдовицу где-нибудь в укромном уголке, так и пойдут розыски: «Куда девался этот монах, вражий пёс?» Или: «Кто знает, где запропастился проклятый Тук?» А лесные сторожа станут говорить: «Один этот расстрига уничтожает больше дичи, чем все остальные охотники!» Или: «Какую ни завидит робкую лань, сейчас вдогонку за ней!» Короче говоря, государь мой милостивый, оставьте вы меня на прежнем месте. А если будет, такая ваша милость, что пожелаете оказать мне, бедному служителю святого Дунстана в Копменхерсте, какое-нибудь благодеяние, то всякий дар я приму с великой благодарностью.

— Понимаю! — молвил король. — И дарую тебе, благочестивому служителю церкви, право охоты в моих Уорнклиффских лесах. Смотри, однако ж, я тебе разрешаю убивать не более трех матёрых оленей на каждое время года. Но готов прозакладывать своё звание христианского рыцаря и английского короля, что ты воспользуешься этим правом иначе и будешь бить по тридцати штук.

— Уж это как водится, ваше величество, — сказал отшельник. — Молитвами святого Дунстана я найду способ приумножить ваше щедрое даяние.

— Я в этом не сомневаюсь, братец. А так как дичь не так вкусна всухомятку, нашему эконому дан будет приказ доставлять тебе ежегодно бочку испанского вина, бочонок мальвазии да три бочки эля первейшего сорта. Если и этим ты не утолишь свою жажду, приходи ко двору и сведи знакомство с моим дворецким.

— А что же для самого святого Дунстана? — сказал монах.

— Получишь ещё камилавку, стихарь и покров для алтаря, — продолжал король, осеняя себя крёстным знамением. — Но не будем балагурить на этот счёт, чтобы не прогневить бога тем, что больше думаем о своих забавах, чем о молитве и о прославлении его имени.

— За своего покровителя я ручаюсь! — радостно подхватил монах.

— Ты отвечай лучше за себя самого, — молвил король сурово, но тотчас же протянул руку смущённому отшельнику, который ещё раз преклонил колено и поцеловал её.

— Моей разжатой руке ты оказываешь меньшее уважение, чем сжатому кулаку, — сказал король Ричард, — перед ней только на колени стал, а перед кулаком растянулся плашмя.

Но отшельник побоялся продолжать беседу в таком шутливом тоне, видя, что это не всегда выходит удачно, — предосторожность, далеко не лишняя для тех, кому случается разговаривать с монархами. Поэтому вместо ответа он низко поклонился королю и отступил назад.

В эту минуту появились на сцене ещё два новых лица.

Глава XLI

Привет вам, о доблестные господа!
Бедны мы, зато веселы мы всегда!
Вас зовём без стыда
Туда, где оленей пасутся стада.
Пожалуйста, милости просим сюда!
Макдональд

Вновь прибывшие были Уилфред Айвенго, верхом на кобыле ботольфского аббата, и Гурт на боевом коне, принадлежавшем самому рыцарю. Велико было изумление Уилфреда, когда он увидел своего монарха забрызганным кровью, а на поляне вокруг него шесть или семь человек убитых. Не менее удивило его и то что Ричард был окружён таким множеством людей, по виду похожих на вольных иоменов, то есть на разбойников, а в лесу это была довольно опасная свита для короля. Айвенго не знал, как ему следует обращаться с Ричардом: как с королём или как со странствующим Чёрным Рыцарем. Король вывел его из затруднения.

— Ничего не опасайся, Уилфред, — сказал он, — здесь можешь признавать меня Ричардом Плантагенетом, потому что, как видишь, я окружён верными английскими сердцами, хотя они немножко и сбились с прямого пути по милости своей горячей английской крови.

— Сэр Уилфред Айвенго, — сказал отважный вождь разбойников, выступая вперёд, — я ничего не могу прибавить к словам его величества. Но всё-таки с гордостью скажу, что из числа людей, пострадавших за последнее время, нет у короля слуг более верных и преданных, чем мы!

— Я в этом не сомневаюсь, — сказал Уилфред, — раз ради них ты, добрый иомен. Но что означает это зловещее зрелище? Здесь мёртвые тела, и панцирь моего государя забрызган кровью?

— На нас напали изменники, Айвенго, — сказал король, — и только благодаря этим отважным молодцам измена получила законную кару. А впрочем, мне только сейчас пришло в голову, что ты тоже изменник, — прибавил Ричард улыбаясь, — и самый непокорный изменник. Не мы ли решительно запретили тебе уезжать из аббатства святого Ботольфа, пока не заживёт твоя рана?

— Она зажила, — сказал Айвенго, — осталась одна царапина. Но зачем, о зачем, благородный государь, сокрушаете вы сердца верных слуг и подвергаете опасности жизнь вашу, предпринимая одинокие поездки и ввязываясь в приключения, словно ваша жизнь не имеет большей цены, чем жизнь простого странствующего рыцаря, который ценит только то, что может добыть мечом и копьём!

— А Ричард Плантагенет и не ищет иной славы, — отвечал король, — ему всего дороже та слава, которую он добывает своим мечом и копьём. Да, Ричард Плантагенет больше гордится победой, одержанной в одиночку своей твёрдой рукой и мечом, чем завоёванной во главе стотысячного войска.

— Но подумайте о вашем королевстве, государь, — сказал Айвенго, — вашему королевству грозит распад и междоусобная война, а вашим подданным угрожают тысячи зол, если они лишатся своего монарха в одной из тех стычек, в которые вам угодно вмешиваться каждый божий день, вроде той, от которой вы только что спаслись.

— Вот как, моё королевство, мои подданные? — нетерпеливо спросил Ричард. — Могу сказать, сэр Уилфред, что если я делаю глупости, то мои подданные платят мне тем же. Например, есть у меня вернейший слуга Уилфред Айвенго, который не слушается моих приказаний, но позволяет себе делать выговоры своему королю за то, что король не поступает точно по его советам. Кто из нас имеет больше поводов укорять другого? Ну, прости меня, мой верный Уилфред. Я недаром скрывал своё пребывание. Некоторое время мне необходимо оставаться в безвестности, как я уже объяснил тебе вчера в аббатстве святого Ботольфа. Это нужно для того, чтобы дать время моим друзьям и верным вассалам собрать свои дружины. Ибо к тому времени, когда всем станет» известно, что Ричард вернулся, он должен иметь такое войско, чтобы сразу устрашить врагов и подавить задуманный мятеж, не обнажив меча. Пройдут ещё сутки, прежде чем Эстотвил и Бохун наберут достаточно сил, чтобы двинуться на Йорк. Сперва нужно получить вести с юга — от Солсбери да от Бошана из графства Уорикшир, а потом ещё с севера — от Малтона и Перси. Тем временем лорд-канцлер должен заручиться содействием Лондона. Внезапное моё появление может подвергнуть меня таким опасностям, от которых не защитит меня и собственный добрый меч, даже в союзе с меткими стрелами отважного Робина, дубинкой брата Тука и охотничьим рогом моего мудрого Вамбы.

Уилфред поклонился с покорным видом. Он знал, что было совершенно бесполезно бороться с духом удалого рыцарства, так часто вовлекавшим его государя в опасности, которых тот легко мог избежать; искать же их, что он делал, было совершенно непростительно в его положении.

Поэтому юный рыцарь вздохнул и промолчал, а Ричард, очень довольный, что заставил его замолчать, хотя и чувствовал в душе справедливость его укоров, завёл разговор с Робин Гудом.

— А что, разбойничий король, — сказал Ричард, — не найдётся ли у вас чего-нибудь перекусить твоему брату королю? Эти предатели заставили меня потрудиться, и я проголодался.

— По правде сказать, — отвечал Робин Гуд, — а лгать вашему величеству я не стану, — наши съестные припасы состоят главным образом из… — Он замялся и, видимо, находился в затруднении.

— Из дичи, вероятно? — весело подсказал Ричард. — Что же лучше такого кушанья? Притом, если королю не сидится дома и он сам своей дичи не стреляет, нечего ему шуметь, когда она попадает к нему в руки убитой.

— Если ваше величество, — сказал Робин, — ещё раз удостоите своим присутствием одно из сборных мест дружины Робина Гуда, в дичи недостатка не будет. Найдутся и кружка доброго эля и кубок довольно порядочного вина как приправа к еде.

Разбойник пошёл вперёд, указывая дорогу, а весёлый король последовал за ним, вероятно испытывая большее удовольствие от предстоящей трапезы с Робином Гудом и его лесными товарищами, чем от пышного пира за королевским столом среди блестящей свиты. Ричард Львиное Сердце ничего так не любил, как заводить новые знакомства и пускаться в неожиданные приключения; если при этом встречались серьёзные опасности, для него было высшим наслаждением преодолевать их. Король, наделённый львиным сердцем, был образцом рыцаря, совершающего блестящие, но бесполезные подвиги, описываемые в романах того времени; слава, добытая собственной доблестью, была для него гораздо дороже той, какую он мог бы приобрести мудростью и правильной политикой своего правления. Поэтому его царствование было подобно полёту стремительного и сверкающего метеора, который, проносясь по небу, распространяет ненужный и ослепительный свет, а затем исчезает, погружаясь в полную тьму. Его рыцарские подвиги послужили темой для бесчисленных песен бардов и менестрелей, но он не совершил никаких плодотворных деяний из числа тех, о которых любят повествовать историки, ставя их в пример потомству.

Зато теперь, в компании случайных спутников, Ричард чувствовал себя как нельзя лучше. Он был весел, благодушен и приветлив к людям любого звания и положения.

В тени огромного дуба наскоро приготовлена была незатейливая трапеза для английского короля, окружённого людьми, нарушавшими законы его государства, но в эту минуту служившими ему телохранителями и придворной свитой. Когда пошла в ход бутыль с вином, грубые дети лесов быстро утратили всякую боязнь перед королём. Начались песни, шутки, хвастливые рассказы об удачных разбойничьих подвигах и успешных для них нарушениях законов; собутыльники увлекались, и ни один и не вспоминал, что всё это говорится перед лицом законного властелина. Весёлый монарх не более остальных придавал значение своему высокому титулу, смеялся, шутил и опрокидывал полные кубки. Однако врождённый здравый смысл Робина Гуда внушил ему желание поскорее покончить с этой пирушкой, пока ничто ещё не нарушило общего согласия, тем более что он видел, как начал хмуриться и волноваться Уилфред Айвенго.

— Нам очень лестно, — сказал Робин вполголоса Уилфреду, — находиться в обществе нашего доблестного монарха, но я не хотел бы, чтобы он терял среди нас время, которое при данных обстоятельствах так дорого для государства.

— Ты правильно рассудил, славный Робин Гуд, — сказал Уилфред так же тихо. — К тому же надо тебе знать, что шутить с королями, хотя бы под самую весёлую руку, всё равно что заигрывать со львёнком, который каждую минуту может выпустить когти и показать клыки.

— Этого-то я и боюсь, — сказал Робин Гуд. — У меня народ грубый и по природе и по занятиям, а король благодушен, но вспыльчив. Нельзя даже предвидеть, чем можно ему не угодить и как мои молодцы примут его гнев. Пора бы как-нибудь прекратить эту пирушку.

— Так придумай, как это сделать, — сказал Айвенго, — потому что все мои намёки побуждают его только затягивать её.

— Значит, мне предстоит рисковать только что приобретённым прощением и милостью короля, — задумчиво произнёс Робин Гуд. — Но, клянусь святым Христоформ, будь что будет. Я бы не стоил его милостей, если б не рисковал потерять их для его же пользы... Эй, Скетлок, поди стань вон там, за кустами, и протруби мне норманский сигнал. Да проворнее у меня, иначе берегись!

Скетлок повиновался распоряжению своего предводителя, и не прошло пяти минут, как пирующие были подняты со своих мест звуком его рожка.

— Это сигнал Мальвуазена, — сказал Мельник, встрепенувшись и хватаясь за свой лук.

Отшельник бросил бутыль и взялся за дубину. Вамба поперхнулся на какой-то прибаутке и стал разыскивать свой меч и щит. Все остальные тоже взялись за оружие.

Людям, ведущим жизнь, полную опасностей, нередко случается сразу переходить от обеда к битве, а для Ричарда такой переход только усиливал удовольствие. Он крикнул, чтобы ему подали его шлем и те доспехи, которые он было снял перед обедом, и пока Гурт помогал ему надеть их, он усердно уговаривал Уилфреда, под страхом своего гнева, не принимать участия в побоище, которое считал неизбежным.

— Ты за меня сто раз сражался, Уилфред, я сам был тому свидетелем. Сделай мне удовольствие сегодня, сиди смирно и смотри, как Ричард будет биться ради своего друга и вассала.

Между тем Робин Гуд разослал людей в разные стороны, будто бы на разведку, и когда убедился, что собеседники разошлись и трапеза окончена, подошёл к Ричарду, успевшему вооружиться с головы до ног, и, преклонив перед ним колено, попросил короля простить его.

— За что ещё? — с раздражением спросил Ричард. — Кажется, мы уже объявили тебе прощение за все прошлые провинности. Или ты думаешь, что наше слово — всё равно что перо, летящее по ветру? Ведь ты, надеюсь, с тех пор ещё не успел ни в чём провиниться?

— В том-то и дело, что успел, — отвечал иомен, — если считать за грех то, что я обманул своего государя для его же пользы. Тот рог, который мы слышали, принадлежал не Мальвуазену: это я сам велел трубить с целью прекратить пиршество, так как думал, что оно отнимет у вас драгоценные часы, нужные для иных, более важных дел.

Сказав это, Робин поднялся на ноги, сложил руки на груди и с выражением скорее почтительным, чем покорным, ждал, что скажет ему король. Видно было, что он сознаёт вину, но всё-таки убеждён в чистоте своих побуждений. Краска гнева залила щёки Ричарда, но это была лишь минутная вспышка, и чувство справедливости тотчас одержало верх над нею.

— Шервудский король пожалел своей дичи и вина для короля Англии, — сказал Ричард. — Ну ладно, смелый Робин! Когда приедешь ко мне в гости в весёлый Лондон, надеюсь, я окажусь менее скупым хозяином. А впрочем, ты правильно поступил. Ну, так на коней и в путь! Уилфред и то уж целый час в нетерпении. Скажика мне, добрый Робин, бывал ли у тебя в отряде такой друг, который мало того, что подаёт советы, но ещё хочет руководить каждым твоим движением и прикидывается несчастным всякий раз, как ты вздумаешь поступить по-своему?

— Как же, есть у меня помощник, — отвечал Робин, — по прозвищу Маленький Джон. Его теперь нет с нами: он отправился в дальнюю экспедицию, на границу Шотландии. Я признаюсь вашему величеству, его советы часто меня тяготят. Однако, подумав, я не могу на него сердиться, зная, что он в своём усердии думает только о моей пользе.

— А ты прав, честный иомен, — сказал Ричард. — Будь при мне с одной стороны Айвенго, который дал бы мне нужный совет, сопроводив его своим хмурым и печальным видом, а с другой стороны — ты, надувающий меня ради моей же пользы, я бы ничего не мог решить по своей воле, впрочем как и всякий король христианской или языческой страны... Ну что ж, господа, в путь. Отправимся с лёгким сердцем в Конингсбург, а об этом забудем.

Робин Гуд сказал Ричарду, что послал в ту сторону отряд, который сейчас же предупредит их, если по дороге окажется какая-либо засада. Но, по всей вероятности, путь туда вполне безопасен. В противном случае они вовремя будут оповещены об опасности и смогут отступить на соединение с сильным отрядом стрелков, во главе которых он сам решил двинуться в том же направлении.

Такое внимание к его безопасности тронуло Ричарда и рассеяло последние следы досады на хитрость, которой предводитель разбойников заставил его тронуться в путь. Он ещё раз протянул руку Робину Гуду, подтвердил уверения в полном прощении за прошлое и в своём благоволении в будущем, а также выразил твёрдую решимость ограничить произвол в применении лесных законов, под давлением которых так много английских йоменов превратилось в бунтовщиков.

Но благие намерения Ричарда не успели осуществиться из-за его безвременной кончины. Новый уста» об охране лесов и охоты был вырван из рук короля Джона, когда он вступил на престол после смерти своего братагероя.

Что до Робина Гуда, его дальнейшей судьбы и смерти от руки предателя, — рассказ обо всём этом можно найти в тех старинных песенках, отпечатанных готическими буквами, которые когда-то продавались по полупенни за штуку.

Теперь дороже золота они.

Предсказание разбойника сбылось: король в сопровождении Айвенго, Гурта и Вамбы без всякой помехи проехал по намеченной дороге и ещё засветло достиг замка Конингсбург.

Мало есть в Англии местностей более красивых, чем окрестности этой древней твердыни. Среди холмов, расположенных амфитеатром, протекает тихая, спокойная река Дон, обрамлённая лесами вперемежку с возделанными нивами. На горе, над самой рекой, возвышается окружённый крепкими стенами и глубокими рвами древний замок, саксонское название которого показывает, что до завоевания норманнами здесь была резиденция английских королей. Наружные крепостные стены, по всей вероятности, были выстроены норманнами, но главное здание носит следы глубокой древности. Оно стоит на холме в одном из углов внутреннего двора и образует полный круг, не более двадцати пяти футов в диаметре. Стены его чрезвычайно толсты и подпёрты, или защищены, с внешней стороны шестью громадными устоями. Эти массивные устои, широкие у основания, суживаются вверху; у вершины они полые и образуют своего рода башенки, сообщающиеся с внутренней частью строения. Эта тяжёлая громада видна издалека, и её странные формы и удивительные устои так же интересны для любителей живописных видов, как внутреннее устройство любопытно для любителя старины, перенося его воображение к временам семицарствия. Вблизи замка есть курган, предполагаемая могила знаменитого Хенгиста, а на соседнем кладбище множество замечательных памятников седой старины.

Когда Ричард и его свита достигли этого неуклюжего, но величественного здания, вокруг него ещё не было каменных стен. По-видимому, саксонский зодчий израсходовал всё своё искусство на защиту главной твердыни, но не позаботился о наружных укреплениях, так как вместо них был поставлен простой частокол.

Большой чёрный флаг, поднятый на вершине главной башни, возвещал о том, что похоронные торжества всё ещё продолжаются и тело хозяина дома ещё не предано земле. На этом флаге не было никаких эмблем, указывающих на происхождение и звание покойного. В то время гербы едва начинали входить в употребление среди норманнов, а саксы и вовсе не знали о них. Но над воротами висел другой флаг — с изображением белой лошади, что служило указанием на национальность и знатное происхождение умершего, так как было знаменем Хенгиста и его саксонских воинов.

Вокруг замка царило необычайное оживление. Похоронные торжества сопровождались тогда щедрым угощением не только близких покойного и его вассалов, но и всех случайных прохожих. На поминках богатого и знатного Ательстана это хлебосольство развернулось особенно широко.

Поэтому толпы народа непрерывно спускались и поднимались по горе, на которой стоял замок. Когда же король и его спутники въехали через растворённые настежь ворота во двор замка, глазам их представилась картина, которая совсем не вязалась с мрачным похоронным обрядом. В одном углу ограды повара жарили быка и жирных овец, в другом стояли открытые бочки с пивом, предоставленные в полное распоряжение прохожих. И всюду небольшие группы людей всякого звания, поедавшие обильное угощение и запивавшие его домашним пивом. Тут толпились и полунагие саксонские рабы, голодавшие полгода подряд и пришедшие сюда, чтобы хоть один денёк попить и поесть вволю. Там зажиточные горожане и цеховые мастера угощались с большим разбором, степенно обсуждая количество затраченных припасов и искусство пивовара. Кое-где виднелись и бедные дворяне норманского происхождения. Они отличались от прочих бритыми подбородками, короткими плащами, а также тем, что держались особняком и с величайшим презрением смотрели на всё окружающее, не упуская в то же время случая угоститься за счёт щедрых хозяев.

Само собою разумеется, что нищие сновали по всему двору, вперемежку с солдатами, воротившимися, по их словам, из Палестины. Разносчики раскладывали здесь свои товары; бродячие мастеровые расспрашивали о работе; тут же разные странники, богомольцы, самозваные монахи, саксонские менестрели и уэльские барды бормотали молитвы и извлекали нестройные звуки из своих арф, шестиструнных скрипок и гитар. Один прославлял Ательстана в горестном панегирике, другой пел песню о его родословной, перечисляя трудные имена его благородных предков. Не было недостатка в фокусниках и скоморохах; их представления в таком месте и по такому поводу никому не казались неуместными или предосудительными. В этом отношении взгляды саксов отличались крайней простотой. Если человек с горя захотел есть — вот ему пища, если захотел пить — вот питьё, а если его брала тоска — вот и развлечения. И гости всем этим пользовались без малейшего стеснения. Но время от времени, как бы вспоминая, по какому случаю они сюда явились, все мужчины принимались стонать, а женщины (их тоже было немало) начинали вопить и причитать во весь голос.

Таково было зрелище, представшее глазам Ричарда и его спутников при входе в ограду замка Конингсбург. Дворецкий, или сенешаль, не удостаивал вниманием беспрестанно приходивших и уходивших гостей низшего звания, вмешиваясь в дело лишь в тех случаях, когда надо было наводить порядок. Однако он был невольно поражён наружностью короля и Айвенго, лицо которого показалось ему хорошо знакомым. К тому же появление рыцарей было довольно редким случаем на саксонских торжествах и считалось большой честью для покойника и его семейства. Эта важная персона в траурном одеянии и с белым жезлом в руке выступила вперёд и расчистила дорогу среди разношерстеной толпы для Ричарда и Айвенго ко входу в башню.

Гурт и Вамба остались на дворе, где они тотчас повстречали приятелей и дожидались, пока их позовут.

ГЛАВА XLII

Я видел — одевали труп Марчелло.
И слышалось торжественное пенье.
Вокруг и плакали и голосили;
Обычно так поют и причитают
Старухи, что проводят ночь у гроба.

Старинная пьеса

Вход в главную башню Конингсбурга очень своеобразен и свидетельствует о грубой простоте той эпохи, в которую был выстроен этот замок. Несколько очень крутых, почти отвесных ступенек ведут в низкий проход в южной стене башни, сквозь который любознательный исследователь старины может (или мог по крайней мере несколько лет тому назад) проникнуть внутрь замка и по узенькой лестнице, высеченной в толще самой стены, подняться на третий этаж.

Два нижних этажа служили погребами или казематами и получали свет и воздух через четырехугольное отверстие в полу третьего этажа; проникнуть туда можно было только при помощи переносной деревянной лестницы. Сообщение с четвёртым поддерживалось через ходы в устоях замка.

Такими-то сложными путями и повели доброго короля Ричарда и его верного Айвенго в круглый зал, занимавший весь третий этаж. Пока они медленно подвигались по крутым лестницам, Уилфред постарался так закутаться в плащ, чтобы скрыть своё лицо. Он считал неуместным показываться отцу, пока король не подаст ему знака.

В зале вокруг большого дубового стола сидело человек двенадцать знатных саксов, собравшихся из всех соседних округов. Всё это были старики или люди пожилые, ибо молодое поколение, к великому неудовольствию старших, последовало примеру Уилфреда Айвенго, нарушив многие из преград, полвека отделявших покорённых саксов от победивших норманнов. Унылый и печальный вид этих почтенных людей, их безмолвие и грустные позы составляли разительную противоположность веселью и оживлению, царившим под стенами замка. Их распущенные по плечам седые волосы, длинные, окладистые бороды, куртки старинного покроя и широкие чёрные плащи вполне соответствовали простоте своеобразной комнаты, где они заседали, и придавали им вид древних поклонников Одина, оживших лишь для того, чтобы оплакивать былое величие своего племени.

Седрик занимал место рядом с остальными, но, по общему молчаливому соглашению, был главным лицом в этом зале. Когда вошёл Ричард (известный ему лишь как храбрый Рыцарь Висячего Замка), Седрик важно встал с места и, подняв кубок, произнёс приветствие: «Добро пожаловать!» Король, уже освоившийся с обычаями своих саксонских подданных, ответил: «За ваше здоровье!» — и выпил кубок, поданный ему прислужником. Та же любезность оказана была Уилфреду, но он только поклонился в ответ, боясь, как бы его не узнали по голосу.

Когда эта предварительная церемония была кончена, Седрик опять встал и, подав руку Ричарду, повёл его в тесную и бедную капеллу, как бы выдолбленную в толще одного из устоев крепости. Так как вместо окон здесь была одна узкая бойница, то внутри помещения царила почти полная темнота. Только два дымных факела бросали слабый красноватый свет на сводчатый потолок, голые стены и грубый каменный алтарь с распятием.

Перед этим алтарём установлен был гроб, а по обеим сторонам его по три монаха, стоя на коленях, с благочестивым видом перебирали чётки и бормотали молитвы. За эту церемонию мать покойного Ательстана внесла богатейший вклад на помин души в монастырь святого Эдмунда. Для того чтобы в полной мере заслужить её приношение, вся братия (за исключением одного только хромого пономаря) переселилась на время в Конингсбург, где по шесть человек одновременно выполняли богослужение при гробе Ательстана, а остальные, не теряя времени, угощались всеми яствами, какие в ту пору предлагались в замке, не забывая и о развлечениях. При отправлении богослужения у гроба благочестивые монахи пуще всего заботились о том, чтобы духовные песнопения не прекращались ни на одну секунду, из опасения, как бы Зернобок, этот Аполлион древних саксов, не наложил своих когтей на покойника. Не менее заботливо охраняли они от прикосновения мирян погребальный покров на гробе, так как этот покров употреблялся при похоронах святого Эдмунда и, следовательно, мог подвергнуться осквернению, если бы до него коснулась рука непосвящённого. Если верить, что все эти заботы и знаки внимания могли принести какую-либо пользу покойнику, то он имел полное право ожидать их от монастырской братии святого Эдмунда, потому что, помимо ста золотых марок, внесённых когда-то самим Ательстаном на помин своей души, мать покойного уже объявила о намерении пожертвовать обители большую часть земель и угодий, принадлежавших её сыну, на вечное поминовение его души и души её мужа.

Ричард и Уилфред вошли за Седриком в часовню и, когда он торжественно указал им на гроб безвременно почившего Ательстана, набожно перекрестились и пробормотали краткую молитву об упокоении его души.

Исполнив этот благочестивый обряд, Седрик подал им знак следовать за ним и, бесшумно скользя по каменному полу, повёл их дальше. Поднявшись на несколько ступеней, он с величайшей осторожностью отворил дверь небольшой молельни рядом с часовней. Это была квадратная комнатка, не больше восьми футов в длину и ширину, уместившаяся, так же как и капелла, в толще стены; узкая бойница, служившая вместо окна и обращённая на запад, сильно расширялась внутри комнаты.

Лучи заходящего солнца проникли в это тёмное убежище и озарили величавую женщину, лицо которой хранило следы былой красоты. Длинное траурное платье и покрывало из чёрного крепа оттеняли белизну её кожи и прелесть роскошных светлых волос, ещё не посеребрённых временем. Лицо её выражало самую глубокую печаль, какая только может быть совместима с христианской покорностью. На каменном столе перед нею стояло распятие из слоновой кости и возле него — раскрытый молитвенник в золотом окладе и с застёжками из того же драгоценного металла; его страницы были украшены затейливыми заглавными буквами и рисунками.

— Благородная Эдит, — сказал Седрик, с минуту постояв в молчании, дабы дать время Ричарду и Уилфреду рассмотреть хозяйку дома, — я привёл к тебе почтенных незнакомых людей. Они пришли разделить твою печаль. Вот это — доблестный рыцарь, он храбро сражался ради освобождения из плена того, кого мы ныне оплакиваем.

— Благодарю его за доблестный подвиг, — отвечала леди Эдит, — хотя богу не угодно было, чтобы этот подвиг увенчался успехом. Благодарю также за любезность, побудившую его и его спутника прийти сюда, чтобы увидеть вдову Аделинга, мать Ательстана, в часы её тяжёлого горя. Вашему попечению, мой добрый родственник, поручаю я наших достойных гостей и уверена, что они не испытают недостатка в гостеприимстве, пока оно существует в этих печальных стенах.

Гости отвесили глубокий поклон опечаленной матери и удалились вслед за своим гостеприимным проводником.

Другая винтовая лестница привела их наверх, в зал точно таких же размеров, как тот, в который они вошли с самого начала. Этот зал занимал четвёртый этаж здания. Когда дверь комнаты приоткрылась, послышалось унылое хоровое пение. Войдя, они застали там собрание почтенных матрон и девиц из знатных саксонских семейств. Четыре девушки, с Ровеной во главе, пели гимн душе умершего; но мы из этого поэтического произведения могли разобрать лишь две или три строфы:

У бренных тел
Один удел -
В прах превратится плоть.
Всему взамен -
Распад и тлен,

Его не побороть.
Оставив нас,
Ты в этот час
Летишь в обитель зла,
Чтоб в вышине,
Горя в огне,
Душа спастись могла.
От муки той
Слова святой
Тебя освободят.
Петь будем мы
Свои псалмы -
И ты покинешь ад.

Под это тихое и печальное пение четырех девушек остальные занимались вышиванием, по собственному вкусу и умению, большого шёлкового покрова на гроб Ательстана или выбирали из расставленных перед ними корзин цветы и плели венки. Девицы держали себя скромно, как полагалось на похоронах, но нельзя было сказать, что они горевали. Иные украдкой перешёптывались или улыбались, что всякий раз вызывало нарекания со стороны пожилых дам. Можно было заметить, что некоторые из девиц гораздо больше думали о том, идёт ли к ним траурный наряд, чем о печальной церемонии. Нужно сознаться, что появление двух незнакомых рыцарей ещё более усилило это настроение: девушки стали оглядываться, шептаться и подталкивать друг друга. Одна Ровена, слишком гордая, чтобы быть тщеславной, поклонилась своему избавителю с любезной грацией. Она была серьёзна, но не печальна, и нельзя было решить, чем был вызван её озабоченный вид — отсутствием известий о судьбе Айвенго или же кончиной её родственника.

Седрик, как мы уже не раз имели случай заметить, не отличался особой проницательностью, и уныние его питомицы казалось ему столь глубоким и естественным, что он счёл приличным объяснить его гостям, шепнув им на ухо: «Она была наречённой невестой благородного Ательстана». Вряд ли это сообщение могло побудить Уилфреда особенно грустить о кончине конингсбургского тана и сочувствовать тем, кто его оплакивал.

Обойдя с гостями все покои замка, где происходили погребальные торжества, Седрик провёл их в небольшую комнату, предназначенную, по его словам, для почётных гостей, которые были не так близко знакомы с покойным, а потому, быть может, не желали проводить всё время с теми, для кого эта скорбь была особенно чувствительна. Сказав, что им немедленно будет доставлено всё, что они пожелают, он уже собрался уходить, но Чёрный Рыцарь удержал его за руку.

— Позвольте вам напомнить, благородный тан, — сказал он, — что когда мы с вами в последний раз расставались, вы обещали за те услуги, которые мне удалось оказать вам, сделать мне подарок.

— Всё, что угодно, благородный рыцарь, — сказал Седрик, — но в такую печальную минуту...

— Я и об этом подумал, — прервал его король, — но у меня мало времени. К тому же, мне кажется, что в тот час, когда мы опустим в могилу благородного Ательстана, было бы желательно похоронить вместе с его останками некоторые предрассудки и несправедливые суждения...

— Сэр Рыцарь Висячего Замка, — сказал Седрик, покраснев и, в свою очередь, прерывая гостя, — я надеюсь, что подарок, которого вы просите, касается только вашей собственной особы. Во всё, что относится к чести моего дома, постороннему человеку не подобает вмешиваться.

— Я и не желаю вмешиваться, — сказал король мягко, — во всяком случае, до тех пор, пока вы не признаете, что я на это имею некоторое право. До сих пор вы меня знали под именем Чёрного Рыцаря Висячего Замка. Знайте же, что я Ричард Плантагенет.

— Ричард Анжуйский! — воскликнул Седрик, отступив в величайшем изумлении.

— Нет, благородный Седрик, я Ричард, король английский. Заветное моё желание заключается в том, чтобы все сыны Англии жили между собою в мире и согласии… Что же, почтенный тан, ты и не думаешь преклонить колено пред твоим государем?

— Перед норманской кровью оно никогда не преклонялось, — сказал Седрик.

— Тогда воздержись от присяги, — сказал король, — пока не убедишься, что я одинаково покровительствую и норманнам и саксам.

— Государь, — отвечал Седрик, — я всегда отдавал справедливость твоей храбрости и достоинствам. Знаю также, на чём основаны твои права на корону: ты потомок Матильды, а она была племянницей Эдгара Атлинга и дочерью шотландского короля Малькольма. Но Матильда, хоть и королевской саксонской крови, не была наследницей престола.

— Я не буду спорить с тобой о моих правах, благородный тан, — сказал Ричард спокойно, — но попрошу тебя оглянуться вокруг и сказать, кого же ты теперь можешь выставить мне соперником.

— И ты явился сюда только затем, чтобы сказать мне об этом? — сказал Седрик. — Пришёл укорять меня в гибели моего племени, когда ещё не засыпана могила последнего отпрыска саксонских королей! — При этих словах лицо его омрачилось гневом. — Это смелый и опрометчивый шаг!

— Нисколько, клянусь святым крестом! — возразил король. — Я поступил так в полной уверенности, что один храбрый человек может положиться на другого, ничего не опасаясь.

— Ты хорошо сказал, государь, и я признаю, что ты король Англии и будешь им впредь, невзирая на моё слабое сопротивление. Не смею прибегнуть к тому средству, которое могло бы этому помешать, хоть ты и ввёл меня в сильное искушение.

— А теперь вернёмся к моей просьбе, — сказал король, — и я её выскажу так же прямо и откровенно, как ты отказался признать во мне законного короля. Итак, на основании данного тобою слова и под страхом обвинения в вероломстве и клятвопреступлении прошу, чтобы ты простил доброго рыцаря Уилфреда Айвенго и снова даровал ему свою родительскую любовь. Согласись, что в этом примирении и я лично заинтересован, так как оно касается счастья моего друга и должно прекратить распри среди моих верных подданных.

— Это Уилфред? — спросил Седрик, указывая на сына.

— Отец, отец! — воскликнул Айвенго, бросаясь к его ногам. — Даруй мне твоё прощение!

— Дарую, сын мой, — сказал Седрик, поднимая его с пола. — Потомок Херварда знает, как держать своё слово, даже если оно дано норманну. Но ты должен носить одежду наших предков — чтобы не было в моём доме куцых плащей, пёстрых шапок и перьев! Если хочешь быть сыном Седрика, то и держись как потомок саксонского рода. Ты, я вижу, хочешь что-то сказать, — продолжал он сурово, — и я заранее знаю, о чём будет речь. Знай, что леди Ровена два года будет ходить в трауре по своему наречённому. Все наши саксонские предки отказались бы от нас, если бы мы вздумали говорить о другом союзе, ещё не успев опустить в могилу того, с кем она должна была соединиться, кто и знатностью и родом своим был несравненно достойнее её руки, нежели ты. Сам Ательстан сбросил бы с себя гробовые пелены и призрак его предстал бы перед нами, чтобы воспретить такое оскорбление его памяти.

Казалось, будто этими словами Седрик действительно вызвал призрак. Только он успел их произнести, как дверь распахнулась, и на пороге явился Ательстан — в длинном саване, бледный, худой, похожий на выходца с того света.

Его появление произвело на всех потрясающее впечатление. Седрик попятился к стене, прислонился к ней, словно был не в силах держаться на ногах, и, широко разинув рот, уставился на своего друга неподвижным взглядом. Айвенго крестился, произнося молитвы, посаксонски, по-латыни и на нормано-французском наречии. А Ричард вперемежку то читал молитву: «Benedicite», то ругался по-французски: «Mort de ma vie!»[1]

Между тем в нижнем этаже слышался ужасный шум и раздавались крики: «Держи их, монахов-предателей! Упрятать их в подземелье! Швырнуть их с самой высокой башни!»

— Именем божьим заклинаю тебя, — сказал Седрик, обращаясь к тому, кого он принимал за призрак своего умершего друга, — если ты смертный — говори! Если же ты бесплотный дух — поведай, зачем ты явился к нам и что я могу сделать для упокоения твоей души? Живой или мёртвый, благородный Ательстан, откройся Седрику!

— Погоди, — отвечал призрак очень спокойно, — дай сперва перевести дух и отдохнуть немного. Ты спрашиваешь, жив ли я? Вот уж именно чуть жив — как человек, три дня сидевший на хлебе и воде, — три дня, но они мне показались тремя веками. Да, отец Седрик, на хлебе и воде! Клянусь небесами и всеми святыми, иной пищи у меня не было целых трое суток, и только по воле бога случилось так, что я здесь и могу рассказать об этом.

— Как же так, благородный Ательстан, — сказал Чёрный Рыцарь, — я сам видел, как вы пали от руки бешеного храмовника в Торкилстоне. Я думал, да и Вамба нам говорил, что вам прорубили череп до самых зубов.

— Вы ошиблись, сэр рыцарь, а Вамба просто соврал, — сказал Ательстан. — Зубы у меня все целы, и я докажу это сегодня за ужином. Впрочем, за это нечего благодарить храмовника: просто меч перевернулся в его руке и удар пришёлся плашмя; к тому же я отразил его плицей. Будь у меня на голове стальной шишак, я бы не заметил этого удара и сам так бы хватил Буагильбера, что он бы не сбежал. А тут я упал, правда оглушённый, но невредимый. В этой драке на меня навалились убитые и раненые норманны и иомены, а я так и не пришёл в сознание до тех пор, пока не очнулся в гробу, по счастью не заколоченном; гроб стоял перед

[1] Да будет воля твоя! (лат.)

алтарём в монастырской церкви святого Эдмунда. Я несколько раз чихал, стонал, наконец пришёл в себя и собрался было встать, как на шум прибежали сильно испуганные пономарь с аббатом. Они, конечно, очень удивились, но совсем не обрадовались, когда увидели живым того человека, наследством которого собрались поживиться. Я попросил у них вина. Вина-то они дали, но, должно быть» подсыпали в него снотворного, потому что я заснул крепче прежнего и проспал очень долго. Когда же я проснулся, то оказалось, что руки у меня связаны, а ноги стянуты так крепко, что до сих пор, как вспомню, щиколотки ноют. В помещении было совсем темно, видимо, это была подземная темница проклятого монастыря, а судя по затхлому, смрадному запаху, ею пользовались как покойницкой. Я никак не мог сообразить, что же это со мной происходит, но тут заскрипела дверь и вошли два негодяя монаха. Они принялись меня уверять, что я попал в чистилище, только я сразу узнал по голосу и одышке отца настоятеля. Святые угодники! Совсем по-другому заговорил, и тон совсем не тот, каким он, бывало, просил меня отрезать ему ещё ломоть говядины! Проклятый пёс! Ведь пировал у меня с первого дня рождества до крещения.

— Погодите, благородный Ательстан, — сказал король, — переведите дух и рассказывайте спокойней. Будь я проклят! Но ваш рассказ стоит того, чтобы его послушать как роман.

— Ну, — сказал Ательстан, — клянусь бромхольским крестом, нет ничего похожего на роман! Краюха ячменного хлеба да кувшин воды — вот всё, что они давали мне, скаредные прохвосты; мой отец и я обогатили их, раньше их доходов только всего и было, что копчёное сало да мерка зёрна, которые они вымогали у рабов и крепостных за свои молитвы, — гнездо гнусных, неблагодарных гадюк! Ячменный хлеб и вода из канавы такому благодетелю! Ну, погодите, я их выкурю из гнёзда, пусть даже отлучают меня от церкви!

— Именем пресвятой девы, благородный Ательстан, — сказал Седрик, хватая его за руку, — скажи, как же ты избавился от неминуемой опасности? Смягчились ли их сердца?

— Их сердца смягчились! — воскликнул Ательстан. — Ну нет, скорее скалы растают от солнца. Я бы и до сих пор оставался там, если бы не поднялась суматоха из-за моих поминок: они, как рой пчёл из улья, прилетели сюда обжираться, а уж им-то хорошо было известно, как и где я заживо похоронен. Я сам слышал, как они пели погребальные псалмы, но мне и в голову не приходило, что это они пекутся о моей душе, а тем временем морят голодом моё тело. В конце концов они ушли, а я долго ждал, что мне дадут чего-нибудь поесть. И не диво: хромой пономарь слишком усердно занялся собственным угощением, чтобы подумать обо мне. Наконец он явился и едва сполз по ступеням, так его качало, да и несло же от него вином и пряностями! Должно быть, хорошая еда расположила его к милосердию, потому что он принёс мне кусок пирога и флягу вина. Я поел, выпил и подкрепился. На моё счастье, пономарь был так пьян, что не мог исправно исполнять обязанности тюремщика. Уходя, он повернул ключ, но дверь не захлопнул, так что она приоткрылась. От света, сытной еды и вина в голове у меня прояснилось. Железная скоба, к которой были прикреплены мои цепи, совсем перержавела, чего не подозревали ни я, ни этот подлец аббат. У них в проклятом подвале такая сырость, что и железо не может долго выдержать.

— Вы бы отдохнули, благородный Ательстан, — сказал Ричард, — вам следует чем-нибудь подкрепиться, прежде чем закончить рассказ об этих страшных событиях.

— Подкрепиться? — молвил Ательстан. — Я сегодня уже раз пять поел, а впрочем, не худо бы отведать вот этой сочной ветчины. Прошу вас, любезный сэр, выпить со мной кружку вина.

Гости, всё ещё не опомнившиеся от удивления, выпили за здоровье воскресшего хозяина дома, и он продолжал свой рассказ. Теперь слушателей у него было гораздо больше. Леди Эдит, сделав все нужные распоряжения, последовала за своим восставшим из гроба сыном. Вслед за ней набралось столько любопытных, сколько могла вместить тесная комната; остальные же столпились в дверях и на лестнице. Они подхватывали на лету то, что успевали услышать из рассказа Ательстана, и передавали дальше. Переходя из уст в уста, история окончательно искажалась и доходила до ушей толпы, собравшейся на дворе замка, в неузнаваемом виде. Между тем Ательстан продолжал рассказ о своём освобождении:

— Кое-как вывернув железную скобу, я с трудом вылез из подвала, потому что цепи были тяжёлые, а я совсем ослабел от такого поста. Долго я бродил наугад, но весёленькая песенка привела меня в то помещение, где почтенный пономарь служил молебен чёрту с какимто здоровенным монахом в сером балахоне с капюшоном — больше похожим на вора, чем на духовную особу. Я появился внезапно, в могильном саване, под звон цепей — сущий выходец с того света. Оба остолбенели, но когда я кулаком сшиб с ног пономаря, его собутыльник замахнулся на меня тяжёлой дубиной.

— Бьюсь об заклад, что это был наш отшельник! — сказал Ричард Уилфреду Айвенго.

— А хоть бы сам чёрт, мне всё равно, — сказал Ательстан. — По счастью, он промахнулся, а когда я подступил, чтобы сцепиться с ним, он бросился бежать. В связке ключей, что висели у пономаря на поясе, я нашёл один, которым отомкнул кандалы и так освободился от цепей. Думал было той же связкой вышибить мозги у этого мерзавца, да вспомнил, что он усладил мою неволю куском пирога и флягой вина, и пожалел. Дал я ему несколько хороших пинков и оставил валяться на полу; потом, захватив кусок жареного мяса и кожаную флягу с вином, которым угощались преподобные отцы, я поспешил в конюшню. Там, в отдельном стойле, я нашёл моего лучшего скакуна, очевидно припрятанного почтеннейшим аббатом для себя, и помчался сюда со всей быстротой, на какую была способна лошадь. Народ в ужасе разбегался, принимая меня за привидение, тем более что я, из опасения быть узнанным, надвинул колпак савана на лицо. Меня и в собственный замок не впустили бы, если б не подумали, что я помощник фокусника, который потешает народ во дворе замка, что довольно странно, принимая во внимание, что они тут собрались на похороны хозяина… Дворецкий вообразил, что я нарочно так нарядился для участия в представлении, и пропустил меня в замок. Я явился к матушке и наскоро перекусил, а потом отправился искать вас, мой благородный друг.

— И застаёшь меня, — сказал Седрик, — готовым немедленно взяться за осуществление наших смелых замыслов, касающихся завоевания чести и свободы. Говорю тебе: ещё ни одна утренняя заря не была так благоприятна для освобождения саксонского племени, как заря завтрашнего дня.

— Пожалуйста, не толкуй мне о том, что кого-то нужно освобождать,

— сказал Ательстан. — Спасибо, что хоть сам-то я освободился. Для меня теперь важнее всего хорошенько наказать подлеца аббата. Повешу его на самой верхушке конингсбургской башни как есть — в стихаре и в епитрахили, а если его жирное брюхо не пролезет по лестнице, велю втащить его по наружной стене.

— Но, сын мой, — сказала леди Эдит, — подумай о его священном сане!

— Я думаю о своём трехдневном посте, — отвечал Ательстан, — и жажду крови каждого из них. Фрон де Беф сгорел живьём, а виноват был меньше их, потому что кормил своих пленников вполне сносно, если не считать, что в последний раз в похлёбку положили слишком много чесноку. Сколько раз эти лицемеры и неблагодарные рабы сами напрашивались ко мне на обед, а мне даже не дали пустой похлёбки и головки чесноку! Всех казню, клянусь душой Хенгиста!

— Но римский папа, мой благородный друг… — начал Седрик.

— А хоть бы и сам сатана, мой благородный друг, — перебил его Ательстан. — Казню, да и только! Будь они самые лучшие монахи на земле, мир обойдётся и без них.

— Стыдись, благородный Ательстан! — сказал Седрик. — Стоит ли заниматься такими ничтожными людишками, когда перед тобой открыто поприще славы! Скажи вот этому норманскому принцу, Ричарду Анжуйскому, что хоть у него и львиное сердце, но он не вступит без борьбы на престол Альфреда, пока жив потомок святого Исповедника, имеющий право его оспаривать.

— Как! — воскликнул Ательстан. — Разве это — благородный король Ричард?

— Да, это Ричард Плантагенет, — отвечал Седрик, — и едва ли следует напоминать тебе, что он добровольно приехал сюда в гости, — следовательно, нельзя ни обидеть его, ни задержать в плену. Ты сам хорошо знаешь свои обязанности по отношению к гостям.

— Ещё бы мне не знать! — сказал Ательстан. — А также и обязанности верноподданного: от всего сердца свидетельствую ему свою верность и готовность служить.

— Сын мой, — воскликнула леди Эдит, — подумай о твоих королевских правах!

— Подумай об английских вольностях, отступник! — сказал Седрик.

— Матушка, и вы, друг мой, оставьте ваши попрёки, — сказал Ательстан. — Хлеб, вода и тюрьма — великолепные укротители честолюбия. Я встал из могилы гораздо более разумным человеком, чем сошёл в неё. Добрую половину этих тщеславных глупостей напел мне в уши не кто иной, как тот же вероломный аббат Вольфрам, а вы теперь сами можете судить, что он за советчик. С тех пор как начались эти планы и переговоры, я только и знал, что спешные поездки, плохое пищеварение, драки да синяки, плен и голодовку. К тому же я знаю, что всё это кончится избиением нескольких тысяч невинных людей. Говорю вам: я хочу быть королём только в своих собственных владениях и нигде больше! И первым делом моего правления будет повесить аббата.

— А как же Ровена? — спросил Седрик. — Надеюсь, ты не намерен её покинуть?

— Эх, отец Седрик, будь же благоразумен! — сказал Ательстан. — Леди Ровена ко мне совсем не расположена. Для неё один мизинец перчатки моего родственника Уилфреда дороже всей моей особы. Вот она сама тут и может подтвердить справедливость моих слов. Нечего краснеть, Ровена: нет ничего зазорного в том, что ты любишь пригожего и учтивого рыцаря больше, чем деревенского увальня франклина. И смеяться тоже нечего, Ровена, потому что исхудалое лицо и могильный саван вовсе не заслуживают смеха. А коли непременно хочешь смеяться, я найду тебе более подходящую причину. Дай мне руку, или, лучше сказать, ссуди её мне, так как я прошу её по дружбе. Ну вот, Уилфред Айвенго, объявляю, что я отказываюсь… Эге, клянусь святым Дунстаном, Уилфред исчез. Неужто у меня от истощения всё ещё в глазах рябит? Мне казалось, что он сию минуту стоял тут.

Все стали оглядываться в поисках Айвенго, но он исчез. Наконец выяснилось, что за ним приходил какойто еврей и что после короткого разговора с ним Уилфред позвал Гурта, потребовал свой панцирь и вооружение и уехал из замка.

— Любезная родственница, — сказал Ательстан Ровене, — я не сомневаюсь, что только особо важное дело могло заставить Уилфреда отлучиться. Иначе я сам с величайшим удовольствием возобновил бы…

Но в ту минуту, как, озадаченный отсутствием Уилфреда, он выпустил руку Ровены, она тотчас ускользнула из комнаты, находя, вероятно, своё положение слишком затруднительным.

— Ну, — сказал Ательстан, — из всех живущих на земле менее всего можно полагаться на женщину, правда не считая монахов и аббатов. Ей-богу, я думал, что она по крайности скажет мне спасибо да ещё поцелует придачу. Эти могильные пелены, наверно, заколдованы; все бегут от меня как от чумы… Обращаюсь теперь к вам, благородный король Ричард, и повторяю свою клятву в верности, как подобает подданному.

Но король тоже скрылся, и никто не знал, куда. Потом уже узнали, что он поспешно сошёл во двор, позвал того еврея, с которым разговаривал Айвенго, и после минутной беседы с ним потребовал, чтобы ему как можно скорее подали коня, сам вскочил в седло, заставил еврея сесть на другую лошадь и помчался с такой быстротой, что, по свидетельству Вамбы, старый еврей наверняка сломит себе шею.

— Клянусь святыми угодниками, — сказал Ательстан, — должно быть, за время моего отсутствия Зернебок овладел замком. Я воротился в могильном саване, можно сказать — восстал из гроба, и с кем ни заговорю, тот исчезает, заслышав мой голос! Но лучше об этом не толковать. Что ж, друзья мои, те из вас, которые остались тут, пойдёмте в трапезный зал, поужинаем, пока ещё кто-нибудь не исчез. Надеюсь, что на столе всего вдоволь, как подобает на поминках саксонского дворянина знатного рода. Коли слишком замешкаемся — кто знает, не унесёт ли чёрт наш ужин?

Глава XLIII

Пусть Моубрея грехи крестец сломают
Его разгорячённому коню
И на ристалище он упадёт,
Презренный трус!
«Ричард II»

Возвратимся теперь к стенам прецептории Темплстоу в час, когда кровавый жребий должен был решить, жить или умереть Ревекке. Вокруг стен было очень людно и оживлённо. Сюда, как на сельскую ярмарку или храмовой праздник, сбежались все окрестные жители.

Желание посмотреть на кровь и смерть — явление не только того тёмного и невежественного времени, хотя тогда народ привык к таким кровавым зрелищам, в которых один храбрец погибал от руки другого во время рыцарских состязаний, поединков или смешанных турниров. И в наше, более просвещённое время, при значительном смягчении нравов, зрелище публичной казни, кулачный бой, уличная свалка или просто митинг радикалов собирают громадные толпы зевак, которые при этом нередко рискуют собственными боками и, в сущности, вовсе не интересуются личностями героев дня, а только желают посмотреть, как всё обойдётся, и решить, по образному выражению возбуждённых зрителей, который из героев кремень, а кто просто куча навоза.

Итак, взоры многочисленной толпы были обращены к воротам прецептории Темплстоу в надежде увидеть редкостную процессию.

Ещё больше народа окружало ристалище прецептории. То была гладкая поляна, прилегавшая к стенам обители и тщательно выровненная для военных и рыцарских упражнений членов ордена.

Арена была расположена на мягком склоне покатого холма и была обнесена прочным частоколом, а так как храмовники охотно приглашали желающих полюбоваться их искусством и рыцарскими подвигами, то вокруг было настроено множество галерей и наставлено скамеек для зрителей.

Для гроссмейстера в восточном конце ристалища был устроен трон, окружённый почётными сиденьями для прецепторов и рыцарей ордена. Над троном развевалось священное знамя храмовников, называвшееся Босеан, — это название было эмблемой храмовников, и в то же время их боевым кличем.

На противоположном конце ристалища стоял врытый в землю столб; вокруг него лежали дрова, между которыми оставался проход в роковой круг для жертвы, предназначенной к сожжению. К столбу были привинчены цепи, которыми должны были её привязать. Возле этого ужасного сооружения стояло четверо чернокожих невольников. Их чёрные лица, в те времена малознакомые английскому населению, наводили ужас на толпу, смотревшую на них как на чертей, собравшихся исполнять своё дьявольское дело.

Невольники стояли недвижно, лишь изредка поправляя или перекладывая хворост, по указанию слуги, игравшего роль их начальника. Они не глядели на народ, как будто не замечая его присутствия, и вообще ни на что не обращали внимания — только выполняли свои страшные обязанности. Когда, разговаривая друг с другом, они растягивали толстые губы и обнажали белые зубы, как бы усмехаясь, казалось, будто им весело при мысли о предстоящей трагедии; перепуганные зрители начинали верить, что это и есть те самые бесы, с которыми водилась колдунья, а вот теперь ей вышел срок, и они станут её поджаривать.

В толпе перешёптывались, рассказывая друг другу о том, что за последнее смутное время успел натворить сатана, и при этом, конечно, не преминули приписать ему всякие были и небылицы.

— Слыхали вы, дядюшка Деннет, — говорил один крестьянин другому, пожилому человеку, — слыхали вы, что чёрт унёс знатного саксонского тана, Ательстана из Конингсбурга?

— Знаю. Но ведь он сам же и принёс его назад, по милости божьей и молитвами святого Дунстана.

— Как так? — спросил молодцеватый юноша в зелёном кафтане с золотым шитьём. За ним шёл коренастый подросток с арфой за плечами, что указывало на их профессию. Менестрель казался не простого звания: на нём была богато вышитая нижняя куртка, а на шее висела серебряная цепь с ключом для натягивания струн на арфе. На правом рукаве, повыше локтя, была серебряная пластинка, но вместо обычного изображения герба того барона, к домашней челяди которого принадлежал менестрель, на пластинке было выгравировано одно только слово: «Шервуд».

— О чём вы тут толкуете? — спросил молодцеватый менестрель, вмешиваясь в беседу крестьян. — Я пришёл сюда искать тему для песни, но, клянусь святой девой, вместо одной напал, кажется, на две.

— Достоверно известно, — сказал пожилой крестьянин, — что после того, как четыре недели Ательстан Конингсбургский был мёртв…

— Это выдумка, — прервал его менестрель, — я сам видел его живым и здоровым на турнире в Ашби де ла Зуш.

— Ну нет, он умер, это верно, — сказал молодой крестьянин, — или его утащили из здешнего мира. Я сам слышал, как монахи в обители святого Эдмунда пели по нём панихиду. А в Конингсбурге были богатые поминки. Я было хотел туда сходить, да Мейбл Перкинс…

— Да, да, умер Ательстан, — сказал старик, покачивая головой, — и такая это жалость, потому что немного уже остаётся старинной саксонской крови…

— Да что же случилось, господа честные? Расскажите, пожалуйста, — прервал менестрель довольно нетерпеливо.

— Да, да, расскажите, как было дело, — вступился дюжий монах, стоявший возле них, опершись на толстую палку, более похожую на дубину, чем на посох богомольца, и, вероятно, исполнявшую обе должности, смотря по надобности. — Да рассказывай покороче, — прибавил он, — потому что времени остаётся немного.

— Изволите видеть, преподобный отец, — сказал старый Деннет, — к пономарю в обители святого Эдмунда пришёл в гости один пьяный поп...

— Я и слушать не хочу, что бывают на свете такие животные, как пьяные попы, — возразил на это монах, — а если и бывают, то негоже, чтобы мирянин так отзывался о духовном лице! Соблюдай приличия, друг мой, и скажи, что святой человек был погружён в размышления, а от этого нередко бывает, что голова кружится и ноги дрожат, словно желудок переполнен молодым вином. Я на себе испытал такое состояние.

— Ну ладно, — отвечал Деннет. — Так вот, к пономарю у святого Эдмунда пришёл в гости святой брат. Монах этот так себе, забулдыга: из всей дичи, что пропадает в лесу, половина убита его руками, звон оловянной кружки для него куда приятнее церковного колокола, а один ломоть ветчины ему милее десяти листов его требника. Однако ж он славный парень, весельчак, мастер и на дубинках подраться, и из лука стрелять, и поплясать — не хуже любого молодца в Йоркшире.

— Последние твои слова, Деннет, — сказал менестрель, — спасли тебе пару рёбер.

— Полно, я не боюсь его, — сказал Деннет. — Конечно, я Теперь немного состарился и не так уже поворотлив, как прежде. А посмотрел бы ты, как я, бывало, дрался на ярмарке в Донкастере.

— Историю-то расскажите мне, историю! — снова пристал менестрель.

— Вся история в том и заключается, что Ательстана Конингсбургского похоронили в обители святого Эдмунда.

— Это ложь, а попросту — брехня, — сказал монах. — Я собственными глазами видел, как его понесли в замок Конингсбург.

— Ну, так сами и рассказывайте, коли так! — сказал Деннет, раздосадованный тем, что его непрестанно прерывают. Его товарищу и менестрелю стоило немалого труда уговорить старика продолжать своё повествование. Наконец он сказал:

— И вот эти двое трезвых монахов, раз его преподобие непременно хочет, чтобы они были трезвыми, добрую половину летнего дня пили себе добрый эль, и вино, и всякую всячину, как вдруг услышали протяжный стон, потом звяканье цепей, потом на пороге комнаты появился покойный Ательстан, да и говорит: «А, нерадивые пастыри!..»

— Вздор! — поспешно перебил монах. — Он ни одного слова не сказал!

— Вот как! — сказал менестрель, отводя монаха прочь от крестьян. — У тебя опять новое приключение, брат Тук.

— Тебе я скажу, Аллен из Лощины, — сказал отшельник. — Я видел Ательстана так же ясно, как живой может видеть живого. И саван на нём, и такой тяжёлый запах, как из могилы. Бочка вина не смоет этого из памяти!

— А ещё что скажешь? — сказал менестрель. — Смеёшься ты надо мной!

— Хочешь — верь, хочешь — не верь, — продолжал монах, — я его хватил дубиной так, что от моего удара и бык свалился бы, а дубина прошла через него, как сквозь столб дыма.

— Клянусь святым Губертом, — сказал менестрель, — это презанятная история и стоит того, чтобы переложить её в стихи на мотив старинной песни «Приключилась с монахом превеликая беда…»

— Ладно, смейся, коли тебе охота, — отвечал Тук. — Только такую песнь я петь не стану. Пусть лучше привидение или сам чёрт утащит меня с собой в преисподнюю, если запою. Нет, нет! Я тут же решил потрудиться ради спасения души — подсобить сжечь колдунью, подраться за правое дело или сделать ещё что-нибудь угодное богу. Затем и пришёл сюда.

Внезапно удар большого колокола церкви святого Михаила в Темплстоу, старинного здания, возвышавшегося среди посёлка на некотором расстоянии от прецептории, прервал их беседу. Один за другим редкие и зловещие удары колокола раскатывались отдалённым эхом и наполняли воздух звуками железного надгробного плача. Унылый звон, возвещавший начало церемонии, заставил содрогнуться сердца присутствующих; все взоры обратились к стенам прецептории в ожидании выхода гроссмейстера и преступницы.

Наконец подъёмный мост опустился, ворота распахнулись, и выехали сначала рыцарь со знаменем ордена, предшествуемый шестью трубачами, за ними прецепторы, по два в ряд, потом гроссмейстер верхом на великолепной лошади в самом простом убранстве, за ним Бриан де Буагильбер в блестящих боевых доспехах, но без копья, щита и меча, которые несли за ним оруженосцы. Лицо его, отчасти скрытое длинным пером, спускавшимся с его шапочки, отражало жестокую внутреннюю борьбу гордости с нерешительностью. Он был бледен как смерть, словно не спал несколько ночей сряду. Однако он управлял нетерпеливым конём привычной рукой искусного наездника и лучшего бойца ордена храмовников. Осанка его была величава и повелительна, но, вглядываясь пристальнее в выражение его мрачного лица, люди читали на нём нечто такое, что заставляло их отворачиваться.

По обеим сторонам его ехали Конрад Монт-Фитчет и Альберт Мальвуазен, исполнявшие роль поручителей боевого рыцаря. Они были в длинных белых одеждах, которые члены ордена носили в мирное время. За ними ехали другие рыцари Храма и длинная вереница оруженосцев и пажей, одетых в чёрное; это были послушники, добивавшиеся чести посвящения в рыцари ордена. За ними шёл отряд пешей стражи, также в чёрных одеждах, а в середине виднелась бледная фигура подсудимой, тихими, но твёрдыми шагами подвигавшейся к месту, где должна была решиться её судьба.

С неё сняли все украшения, опасаясь, что среди них могут быть амулеты, которыми, как тогда считалось, сатана снабжает свою жертву, чтобы помешать ей покаяться даже на пытке. Вместо ярких восточных тканей на ней была белая одежда из самого грубого полотна. Но на её лице запечатлелось трогательное выражение смелости и покорности судьбе, и даже в этой одежде, без всяких украшений, кроме распущенных длинных чёрных волос, она внушала всем такое сострадание, что никто не мог без слёз смотреть на неё. Даже самые закоснелые ханжи жалели, что такое прекрасное создание превращено в сосуд злобы и стало преданной рабой сатаны.

Вслед за жертвой шла толпа низших чинов, служителей прецептории. Они двигались в строгом порядке, сложа руки на груди и потупив глаза в землю.

Процессия медленно поднялась на отлогий пригорок, на вершине которого расположено было ристалище, проникла внутрь ограды, обошла её кругом справа налево и, достигнув снова тех же ворот, остановилась. Тут произошла небольшая задержка, так как гроссмейстер и все остальные всадники, кроме Буагильбера и его поручителей, сошли с коней, которых немедленно увели за ограду состоявшие при рыцарях конюхи и оруженосцы.

Несчастную Ревекку подвели к чёрному стулу, поставленному рядом с костром. При первом взгляде на страшное место казни, такой же ужасной для воображения, как и мучительной для тела, она вздрогнула, закрыла глаза и, вероятно, молилась про себя, судя по тому, что губы её шевелились; но она ничего не произносила вслух. Через минуту она открыла глаза, пристально посмотрела на костёр, как бы желая мысленно освоиться с предстоящей участью, потом медленно отвела свой взор.

Между тем гроссмейстер занял своё место, и, когда все рыцари расположились вокруг него и за его спиной в строгом соответствии со званием каждого из них, раздались громкие и протяжные звуки труб, возвестившие, что суд собрался и приступает к действиям.

Мальвуазен в качестве поручителя за Буагильбера выступил вперёд и положил к ногам гроссмейстера перчатку еврейки, служившую залогом предстоящей битвы.

— Доблестный государь и преподобный отец, — сказал Мальвуазен, — вот стоит добрый рыцарь Бриан де Буагильбер, прецептор ордена храмовников, который, приняв залог поединка, ныне положенный мною у ног вашего преподобия, тем самым обязался исполнить долг чести в состязании нынешнего дня для подтверждения того, что сия еврейская девица, по имени Ревекка, по справедливости заслуживает осуждения на смертную казнь за колдовство капитулом сего святейшего ордена Сионского Храма. И вот здесь стоит этот рыцарь, готовый честно и благородно сразиться, если ваше преподобие изъявит на то своё высокочтимое и мудрое согласие.

— А присягал ли он в том, что будет биться за честное и правое дело? — спросил гроссмейстер. — Подайте сюда распятие и аналой.

— Государь и высокопреподобный отец, — с готовностью отвечал Мальвуазен, — брат наш, здесь стоящий, принёс уже клятву в правоте своего обвинения в присутствии храброго рыцаря Конрада Монт-Фитчета. Здесь же присягать ему не подобает, принимая во внимание, что противница его не христианка и, следовательно, не может принести присягу.

Это объяснение показалось удовлетворительным, к великой радости Мальвуазена: хитрец заранее предвидел, как трудно и, пожалуй, даже невозможно будет уговорить Бриана де Буагильбера публично произнести такую клятву, а потому придумал отговорку, чтобы избавить его от этого.

Выслушав объяснения Альберта Мальвуазена, гроссмейстер приказал герольду выступить вперёд и выполнить свою обязанность. Снова зазвучали трубы, и герольд, выйдя на арену, воскликнул громким голосом:

— Слушайте! Слушайте! Слушайте! Вот храбрый рыцарь сэр Бриан де Буагильбер, готовый сразиться со всяким свободнорождённым рыцарем, который захочет выступить на защиту еврейки Ревекки, вследствие дарованного ей права выставить за себя бойца на поединке. Таковому её заступнику преподобный и доблестный владыка гроссмейстер, здесь присутствующий, дозволяет биться на равных правах, предоставляя ему одинаковые условия в отношении места, направления солнца и ветра и всего прочего, до сего доброго поединка относящегося.

Опять зазвучали трубы, и затем наступила тишина, длившаяся довольно долго.

— Никто не желает выступить защитником? — сказал гроссмейстер. — Герольд, ступай к подсудимой и спроси её, ожидает ли она кого-нибудь, кто захочет биться за неё в настоящем деле.

Герольд пошёл к месту, где сидела Ревекка. В ту же минуту Буагильбер внезапно повернул свою лошадь и, невзирая на все попытки Мальвуазена и Монт-Фитчета удержать его, поскакал на другой конец ристалища и очутился перед Ревеккой одновременно с герольдом.

— Правильно ли это и допускается ли уставами поединка? — сказал Мальвуазен, обращаясь к гроссмейстеру.

— Да, Альберт Мальвуазен, допускается, — отвечал Бомануар, — ибо в настоящем случае мы взываем к суду божьему и не должны препятствовать сторонам сноситься между собою, дабы не помешать торжеству правды.

Тем временем герольд говорил Ревекке следующее:

— Девица, благородный и преподобный владыка гроссмейстер приказал спросить: есть ли у тебя заступник, желающий сразиться в сей день от твоего имени, или ты признаешь себя справедливо осуждённой на казнь?

— Скажите гроссмейстеру, — отвечала Ревекка, — что я настаиваю на своей невиновности, не признаю, что я заслуживаю осуждения, и не хочу сама быть повинна в пролитии собственной крови. Скажите ему, что я требую отсрочки, насколько то допускается его законами, и подожду, не пошлёт ли мне заступника милосердный бог, к которому взываю в час моей крайней скорби. Но если по прошествии назначенного срока не будет мне защитника, то да свершится святая воля божия!

Герольд воротился к гроссмейстеру и передал ответ Ревекки.

— Сохрани боже, — сказал Лука Бомануар, — чтобы кто-нибудь мог пожаловаться на нашу несправедливость, будь то еврей или язычник! Пока вечерние тени не протянутся с запада на восток, мы подождём, не явится ли заступник этой несчастной женщины. Когда же солнце будет клониться к закату, пусть она готовится к смерти.

Герольд сообщил Ревекке эти слова гроссмейстера. Она покорно кивнула головой, сложила руки на груди и подняла глаза к небу, как будто искала там помощи, на которую едва ли могла рассчитывать на земле. В эту страшную минуту она услышала голос Буагильбера. Он говорил шёпотом, но она вздрогнула, и его речь вызвала в ней гораздо большую тревогу, чем слова герольда.

— Ревекка, — сказал храмовник, — ты слышишь меня?

— Мне до тебя нет дела, жестокосердный, — отвечала несчастная девушка.

— Да, но ты понимаешь, что я говорю? — продолжал храмовник. — Я сам пугаюсь звуков своего голоса и не вполне понимаю, где мы находимся и для какой цели очутились здесь. Эта ограда, ристалище, стул, на котором ты сидишь, эти вязанки хвороста… Я знаю, для чего всё это, но не могу себе представить, что это действительность, а не страшное видение. Оно наполняет ум чудовищными образами, но рассудок не допускает их возможности.

— Мой рассудок и все мои чувства, — сказала Ревекка, — убеждают меня, что этот костёр предназначен для сожжения моего тела и открывает мне мучительный, но короткий переход в лучший мир.

— Это всё призраки, Ревекка, и видения, отвергаемые учением ваших же саддукейских мудрецов. Слушай, Ревекка, — заговорил Буагильбер с возрастающим одушевлением, — у тебя есть возможность спасти жизнь и свободу, о которой и не помышляют все эти негодяи и ханжи. Садись скорей ко мне за спину, на моего Замора, благородного коня, ещё ни разу не изменившего своему седоку. Я его выиграл в единоборстве против султана трапезундского. Садись, говорю я, ко мне за спину, и через час мы оставим далеко позади всякую погоню. Тебе откроется новый мир радости, а мне — новое поприще для славы. Пускай произносят надо мной какие им угодно приговоры — я презираю их! Пускай вычёркивают имя Буагильбера из списка своих монастырских рабов — я смою кровью всякое пятно, каким они дерзнут замарать мой родовой герб!

— Искуситель, — сказала Ревекка, — уйди прочь! Даже и в эту минуту ты не в силах ни на волос поколебать моё решение. Вокруг меня только враги, но тебя я считаю самым страшным из них. Уйди, ради бога!

Альберт Мальвуазен, встревоженный и обеспокоенный их слишком продолжительным разговором, подъехал в эту минуту, чтобы прервать беседу.

— Созналась она в своём преступлении, — спросил он у Буагильбера, — или всё ещё упорствует в отрицании?

— Именно, упорствует и отрекается, — сказал Буагильбер.

— В таком случае, благородный брат наш, — сказал Мальвуазен, — тебе остаётся лишь занять твоё прежнее место и подождать до истечения срока. Смотри, тени уже начали удлиняться. Пойдём, храбрый Буагильбер, надежда нашего священного ордена и будущий наш владыка.

Произнеся эти слова примирительным тоном, он протянул руку к уздечке его коня, как бы с намерением увести его обратно, на противоположный конец ристалища.

— Лицемерный негодяй! Как ты смеешь налагать руку на мои поводья? — гневно воскликнул Буагильбер, оттолкнув Мальвуазена, и сам поскакал назад, к своему месту.

— Нет, у него ещё много страсти, — сказал Мальвуазен вполголоса Конраду Монт-Фитчету, — нужно только направить её как следует; она, как греческий огонь, сжигает всё, до чего ни коснётся.

Два часа просидели судьи перед ристалищем, тщетно ожидая появления заступника.

— Да оно и понятно, — говорил отшельник Тук, — потому что она еврейка. Клянусь моим орденом, жалко, право, что такая молодая и красивая девушка погибнет из-за того, что некому за неё подраться. Будь она хоть десять раз колдунья, да только христианской веры, моя дубинка отзвонила бы полдень на стальном шлеме свирепого храмовника.

Общее мнение склонялось к тому, что никто не вступится за еврейку, да ещё обвиняемую в колдовстве, и рыцари, подстрекаемые Мальвуазеном, начали перешёптываться, что пора бы объявить залог Ревекки проигранным. Но в эту минуту на поле показался рыцарь, скакавший во весь опор по направлению к арене… Сотни голосов закричали: «Заступник, заступник!» — и, невзирая на суеверный страх перед колдуньей, толпа громкими кликами приветствовала въезд рыцаря в ограду ристалища. Но, увидев его вблизи, зрители были разочарованы. Лошадь его, проскакавшая многие мили во весь дух, казалось, падала от усталости, да и сам всадник, так отважно примчавшийся на арену, еле держался в седле от слабости, или от усталости, или от того и другого.

На требование герольда объявить своё имя, звание и цель своего прибытия рыцарь ответил смело и с готовностью:

— Я, добрый рыцарь дворянского рода, приехал оправдать мечом и копьём девицу Ревекку, дочь Исаака из Йорка, доказать, что приговор, против неё произнесённый, несправедлив и лишён основания, объявить сэра Бриана де Буагильбера предателем, убийцей и лжецом, в подтверждение чего готов сразиться с ним на сём ристалище и победить с помощью божьей, заступничеством богоматери и святого Георгия.

— Прежде всего, — сказал Мальвуазен, — приезжий обязан доказать, что он настоящий рыцарь и почётной фамилии. Наш орден не дозволяет своим защитникам выступать против безымянных людей.

— Моё имя, — сказал рыцарь, открывая забрало своего шлема, — более известно, чем твоё, Мальвуазен, да и род мой постарше твоего. Я Уилфред Айвенго.

— Я сейчас не стану с тобой драться, — сказал храмовник глухим, изменившимся голосом. — Залечи сперва свои раны, достань лучшего коня, и тогда, быть может, я сочту достойным себя выбить из твоей головы этот дух ребяческого удальства.

— Вот как, надменный храмовник, — сказал Айвенго, — ты уже забыл, что дважды был сражён моим копьём? Вспомни ристалище в Акре, вспомни турнир в Ашби! Припомни, как ты похвалялся в столовом зале Ротервуда и выложил свою золотую цепь против моего креста с мощами в залог того, что будешь драться с Уилфредом Айвенго ради восстановления твоей потерянной чести. Клянусь моим крестом и святыней, что хранится в нём, если ты сию же минуту не сразишься со мной, я тебя обесславлю, как труса, при всех дворах Европы и в каждой прецептории твоего ордена!

Буагильбер в нерешительности взглянул на Ревекку, потом с яростью воскликнул, обращаясь к Айвенго:

— Саксонский пёс, бери своё копьё и готовься к смерти, которую сам на себя накликал!

— Дозволяет ли мне гроссмейстер участвовать в сем поединке? — сказал Айвенго.

— Не могу оспаривать твои права, — сказал гроссмейстер, — только спроси девицу, желает ли она признать тебя своим заступником. Желал бы и я, чтобы ты был в состоянии, более подходящем для сражения. Хотя ты всегда был врагом нашего ордена, я всё-таки хотел бы обойтись с тобой честно.

— Нет, пусть будет так, как есть, — сказал Айвенго, — ведь это — суд божий, его милости я и поручаю себя... Ревекка, — продолжал он, подъехав к месту, где она сидела, — признаешь ли ты меня своим заступником?

— Признаю, — отвечала она с таким волнением, какого не возбуждал в ней и страх смерти. — Признаю, что ты защитник, посланный мне провидением. Однако ж, нет, нет! Твои раны ещё не зажили. Не бейся с этим надменным человеком. Зачем же и тебе погибать?

Но Айвенго уж поскакал на своё место, опустил забрало и взялся за копьё. То же сделал и Буагильбер. Его оруженосец, застёгивая забрало шлема у храмовника, заметил, что лицо Буагильбера, которое всё утро оставалось пепельно-бледным, несмотря на множество разных страстей, обуревавших его, теперь вдруг покрылось багровым румянцем.

Когда оба бойца встали на места, герольд громким голосом трижды провозгласил:

— Исполняйте свой долг, доблестные рыцари! После третьего раза он отошёл к ограде и ещё раз провозгласил, чтобы никто, под страхом немедленной смерти, не дерзнул ни словом, ни движением препятствовать или вмешиваться в этот честный поединок. Гроссмейстер, всё время державший в руке перчатку Ревекки, наконец бросил её на ристалище и произнёс роковое слово:

— Начинайте! Зазвучали трубы, и рыцари понеслись друг на друга во весь опор. Как все и ожидали, измученная лошадь Айвенго и сам ослабевший всадник упали, не выдержав удара меткого копья храмовника и напора его могучего коня. Все предвидели такой исход состязания. Но несмотря на то, что копьё Уилфреда едва коснулось щита его противника, к общему удивлению всех присутствующих, Буагильбер покачнулся в седле, потерял стремена и упал на арену.

Айвенго высвободил ногу из-под лошади и быстро поднялся, стремясь попытать счастья с мечом в руках. Но противник его не вставал. Айвенго наступил ногой ему на грудь, приставил конец меча к его горлу и велел ему сдаваться, угрожая иначе немедленной смертью. Буагильбер не отвечал.

— Не убивай его, сэр рыцарь! — воскликнул гроссмейстер. — Дай ему исповедаться и получить отпущение грехов, не губи и душу и тело. Мы признаем его побеждённым.

Гроссмейстер сам сошёл на ристалище и приказал снять шлем с побеждённого рыцаря. Его глаза были закрыты, и лицо пылало всё тем же багровым румянцем. Пока они с удивлением смотрели на него, глаза его раскрылись, но взор остановился и потускнел. Румянец сошёл с лица и сменился мертвенной бледностью. Не повреждённый копьём своего противника, он умер жертвой собственных необузданных страстей.

— Вот поистине суд божий, — промолвил гроссмейстер, подняв глаза к небу. — Fiat voluntas tua![1]

---

[1] Да будет воля твоя! (лат.)

Глава XLIV

Как сплетня кумушки, рассказ окончен.
Уэбстер

Когда общее изумление несколько улеглось, Уилфред Айвенго спросил у гроссмейстера, как верховного судьи настоящего поединка, так ли мужественно и правильно выполнил он свои обязанности, как требовалось уставом состязания.

— Мужественно и правильно, — отвечал гроссмейстер. — Объявляю девицу свободной и неповинной! Оружием, доспехами и телом умершего рыцаря волен распорядиться по своему желанию победитель.

— Я равно не хочу и пользоваться его доспехами и предавать его тело на позор, — сказал рыцарь Айвенго. — Он сражался за веру христианскую. А ныне он пал не от руки человеческой, а по воле божьей. Но пусть его похоронят тихо и скромно, как подобает погибшему за неправое дело. Что касается девушки…

Его прервал конский топот. Всадников было так много и скакали они так быстро, что под ними дрожала земля. На ристалище примчался Чёрный Рыцарь, а за ним — многочисленный отряд конных воинов и несколько рыцарей в полном вооружении.

— Я опоздал, — сказал он, озираясь вокруг, — Буагильбер должен был умереть от моей руки… Айвенго, хорошо ли было с твоей стороны брать на себя такое дело, когда ты сам едва держишься в седле?

— Сам бог, государь, покарал этого надменного человека, — отвечал Айвенго. — Ему не суждена была честь умереть той смертью, которую вы предназначили ему.

— Мир ему, — молвил Ричард, пристально вглядываясь в лицо умершего, — если это возможно: он был храбрый рыцарь и умер в стальной броне, как подобает рыцарю. Но нечего терять время. Бохун, исполняй свою обязанность!

Из среды королевской свиты выступил рыцарь и, положив руку на плечо Альберта Мальвуазена, сказал:

— Я арестую тебя, как государственного изменника! До сих пор гроссмейстер молча дивился внезапному появлению такого множества воинов. Теперь он заговорил:

— Кто смеет арестовать рыцаря Сионского Храма в пределах его прецептории и в присутствии гроссмейстера? И по чьему повелению наносится ему столь дерзкая обида?

— Я арестую его, — отвечал рыцарь, — я, Генри Бохун, граф Эссекс, лорд-главнокомандующий войсками Англии.

— И по приказанию Ричарда Плантагенета, здесь присутствующего, — сказал король, открывая забрало своего шлема, — Конрад Монт-Фитчет, счастье твоё, что ты родился не моим подданным. Что до тебя, Мальвуазен, ты и брат твой Филипп подлежите смертной казни до истечения этой недели.

— Я воспротивлюсь твоему приговору, — сказал гроссмейстер.

— Гордый храмовник, ты не в силах это сделать, — возразил король.

— Взгляни на башни своего замка, и ты увидишь, что там развевается королевское знамя Англии вместо вашего орденского флага. Будь благоразумен, Бомануар, и не оказывай бесполезного сопротивления. Твоя рука теперь в пасти льва.

— Я подам на тебя жалобу в Рим, — сказал гроссмейстер — Обвиняю тебя в нарушении неприкосновенности и вольностей нашего ордена.

— Делай что хочешь, — отвечал король, — но ради твоей собственной безопасности сейчас лучше не толкуй о нарушении прав. Распусти членов капитула и поезжай со своими последователями в другую прецепторию, если только найдётся такая, которая не стала местом изменнического заговора против короля Англии. Впрочем, если хочешь, оставайся. Воспользуйся нашим гостеприимством и посмотри, как мы будем вершить правосудие.

— Как! Мне быть гостем там, где я должен быть повелителем? — воскликнул гроссмейстер. — Никогда этого не будет! Капелланы, возгласите псалом «Quare fremuerunt gentes»![1] Рыцари, оруженосцы и служители святого Храма, следуйте за знаменем нашего ордена Босеан!

Гроссмейстер говорил с таким достоинством, которое не уступало самому королю Англии и вдохнуло мужество в сердца его оторопевших и озадаченных приверженцев. Они собрались вокруг него, как овцы вокруг сторожевой собаки, когда заслышат завывание волка. Но в осанке их не было робости, свойственной овечьему стаду, напротив — лица у храмовников были хмурые и вызывающие, а взгляды выражали вражду, которую они не смели высказать словами. Они сомкнулись в ряд, и копья их образовали тёмную полосу, сквозь которую белые мантии рыцарей рисовались на фоне чёрных одеяний свиты подобно серебристым краям чёрной тучи. Толпа простонародья, поднявшая было против них громкий крик, притихла и в молчании взирала на грозный строй испытанных воинов. Многие даже попятились назад.

Граф Эссекс, видя, что храмовники стоят в боевой готовности, дал шпоры своему коню и помчался к своим воинам, выравнивая их ряды и приводя их в боевой порядок против опасного врага. Один Ричард, искренне наслаждавшийся испытываемой опасностью, медленно проезжал мимо фронта храмовников, громко вызывая их:

— Что же, рыцари, неужели ни один из вас не решится преломить копьё с Ричардом? Эй, господа храмовники! Ваши дамы, должно быть, уж очень смуглы, коли ни одна не стоит осколка копья, сломанного в честь её!

— Слуги святого Храма, — возразил гроссмейстер, выезжая вперёд, — не сражаются по таким пустым и суетным поводам. А с тобой, Ричард Английский, ни один храмовник не преломит копья в моём присутствии. Пускай папа и монархи Европы рассудят нас с тобой и решат, подобает ли христианскому принцу защищать то

[1] «Из-за чего задрожали народы» (лат.).

дело, ради которого ты сегодня выступил. Если нас не тронут — и мы уедем, никого не тронув. Твоей чести вверяем оружие и хозяйственное добро нашего ордена, которое оставляем здесь; на твою совесть возлагаем ответственность в том соблазне и обиде, какую ты нанёс ныне христианству.

С этими словами, не ожидая ответа, гроссмейстер подал знак к отбытию. Трубы заиграли дикий восточный марш, служивший обычно сигналом к выступлению храмовников в поход. Они переменили строй и, выстроившись колонной, двинулись вперёд так медленно, как только позволял шаг их коней, словно хотели показать, что удаляются лишь по приказу своего гроссмейстера, а никак не из страха перед выставленными против них превосходящими силами.

— Клянусь сиянием богоматери, — сказал король Ричард, — жаль, что эти храмовники такой неблагонадёжный народ, а уж выправкой и храбростью они могут похвалиться.

Толпа, подобно трусливой собаке, которая начинает лаять, когда предмет её раздражения поворачивается к ней спиной, что-то кричала вслед храмовникам, выступившим за пределы прецептории.

Во время суматохи, сопровождавшей отъезд храмовников, Ревекка ничего не видела и не слышала. Она лежала в объятиях своего престарелого отца, ошеломлённая и почти бесчувственная от множества пережитых впечатлений. Но одно слово, произнесённое Исааком, вернуло ей способность чувствовать.

— Пойдём, — говорил он, — пойдём, дорогая дочь моя, бесценное моё сокровище, бросимся к ногам доброго юноши!

— Нет, нет, — сказала Ревекка. — О нет, не теперь! В эту минуту я не решусь заговорить с ним! Увы! Я сказала бы больше, чем… Нет, нет… Отец, скорее оставим это зловещее место!

— Но как же, дочь моя, — сказал Исаак, — как можно не поблагодарить мужественного человека, который, рискуя собственной жизнью, выступил с копьём и щитом, чтобы освободить тебя из плена? Это такая услуга, за которую надо быть признательным.

— О да, о да! Признательным и благодарным, благодарным свыше всякой меры, — сказала Ревекка, — но только не теперь. Ради твоей возлюбленной Рахили молю тебя, исполни мою просьбу — не теперь.

— Нельзя же так, — настаивал Исаак, — не то они подумают, что мы неблагодарнее всякой собаки.

— Но разве ты не видишь, дорогой мой отец, что здесь сам король Ричард, и, стало быть...

— Правда, правда, моя умница, моя премудрая Ревекка! Пойдём отсюда, пойдём скорее. Ему теперь деньги понадобятся, потому что он только что воротился из Палестины, да говорят ещё, что вырвался из тюрьмы... А если бы ему понадобился предлог к тому, чтобы меня обобрать, довольно будет и того, что я имел дело с его братом Джоном... Лучше мне пока не попадаться на глаза королю.

И, в свою очередь увлекая Ревекку, он поспешно увёл её с ристалища к приготовленным носилкам и благополучно прибыл с нею в дом раввина Натана Бен-Израиля.

Таким образом, еврейка, судьба которой в этот день представляла для всех наибольший интерес, скрылась, никем не замеченная, и всеобщее внимание устремилось теперь на Чёрного Рыцаря. Толпа громко и усердно кричала: «Многая лета Ричарду Львиное Сердце! Долой храмовников!»

— Несмотря на эти громогласные заявления верноподданнических чувств, — сказал Айвенго, обращаясь к графу Эссексу, — хорошо, что король проявил предусмотрительность и вызвал тебя, благородный граф, и отряд твоих воинов.

Граф Эссекс улыбнулся и тряхнул головой.

— Доблестный Айвенго, — сказал он, — ты так хорошо знаешь нашего государя, и всё же ты заподозрил его в мудрой предосторожности! Я просто направлялся к Йорку, где, по слухам, принц Джон сосредоточил свои силы, и совершенно случайно встретился с королём. Как настоящий странствующий рыцарь, наш Ричард мчался сюда, желая самолично решить судьбу поединка и тем самым завершить эту историю еврейки и храмовника. Я с моим отрядом последовал за ним почти против его воли.

— А какие вести из Йорка, храбрый граф? — спросил Айвенго. — Мятежники ждут нас там?

— Не более, чем декабрьские снега ждут июльского солнца, — отвечал граф. — Они разбежались! И как ты думаешь, кто поспешил привезти нам эти вести? Сам принц Джон, своею собственной персоной.

— Предатель! Неблагодарный, наглый изменник! — сказал Айвенго. — И Ричард приказал посадить его в тюрьму?

— О, он его так принял, как будто встретился с ним после охоты! — сказал граф. — Указал на меня и на наших воинов и говорит ему: «Вот видишь, брат, со мной тут сердитые молодцы, так ты поезжай лучше к матушке, передай ей мою сыновнюю любовь и почтение и оставайся при ней, пока не умиротворятся умы людей».

— И это всё? — спросил Айвенго. — Как не сказать, что таким милостивым обхождением король сам напрашивается на предательство.

— Именно, — отвечал Эссекс. — Но можно ведь сказать и то, что человек сам напрашивается на смерть, пускаясь в битву, когда у него ещё не зажила опасная рана.

— Прощаю тебе насмешку, граф, — сказал Айвенго, — но помни, что я рисковал лишь собственной жизнью, а Ричард — благом целого королевства.

— Тот, кто легкомысленно относится к своему благу, редко отличается заботливостью о других, — возразил Эссекс. — Однако поедем скорее в замок, потому что Ричард задумал примерно наказать некоторых второстепенных членов заговора, даром что простил самого главного зачинщика.

Из последовавшего затем судебного следствия, занесённого в рукописную летопись, явствует, что Морис де Браси бежал за море и поступил на службу к Филиппу, королю Франции, что Филипп

Мальвуазен и его брат Альберт, прецептор в Темплстоу, были казнены, что Вальдемар Фиц-Урс, являвшийся душою заговора, отделался изгнанием из Англии, а принц Джон, в пользу которого он был составлен, не получил даже выговора от своего добродушного брата. Впрочем, никто не пожалел об участии обоих Мальвуазенов: они понесли вполне заслуженную кару, потому что многократно проявляли двоедушие, жестокость и деспотизм.

Вскоре после поединка в Темплстоу Седрик Сакс был приглашён ко двору Ричарда; своим местопребыванием король сделал в это время город Йорк, чтобы лично содействовать успокоению провинций, где сильнее всего сказались происки его брата Джона.

Получив приглашение, Седрик сначала ворчал и злился, однако повиновался. В сущности, возвращение Ричарда положило конец всякой надежде на восстановление саксонской династии на английском престоле, ибо, кого бы саксонская партия ни выставила своим кандидатом, в случае междоусобной войны она не имела бы никаких шансов на успех при той чрезвычайной популярности, которою пользовался Ричард, всеми любимый за свои личные добрые качества и боевую славу, несмотря на то, что он правил государством, проявляя своенравное легкомыслие и был то чрезмерно снисходителен, то крайне строг и почти деспотичен.

Кроме того, даже Седрик с неохотой вынужден был признать, что его проект брака Ровены с Ательстаном для объединения саксов окончательно рухнул, так как заинтересованные стороны решительно воспротивились ему. Он совершенно не ожидал подобной развязки — даже тогда, когда жених и невеста ясно и откровенно высказались против этого союза; Седрик никак не мог поверить, чтобы две особы королевской крови могли из личных соображений отказываться от брака, столь необходимого для блага нации. Тем не менее таков был неоспоримый факт: Ровена всегда выражала нерасположение к Ательстану, а теперь и Ательстан не менее решительно заявил, что ни за что не будет более свататься к Ровене. Перед такими препятствиями принуждено было отступить даже и великое упрямство, от природы свойственное Седрику, так как ему приходилось насильно тащить под венец двух людей, которые упорно сопротивлялись. Он, впрочем, попробовал ещё раз произвести решительный натиск на Ательстана. Но, приехав к нему, Седрик застал этого воскресшего отпрыска саксонских королей занятым войной с местным духовенством.

После всех смертельных угроз аббату святого Эдмунда дух мстительности, по-видимому, оставил Ательстана, то ли потому, что сам он был по природе слишком ленив и благодушен, то ли уступая просьбам своей матери, леди Эдит, которая, подобно большинству дам того времени, была почитательницей духовных лиц. Он ограничился трехдневным заключением аббата и всей монастырской братии в подвальных помещениях замка Конингсбург на самой скудной пище. За такую жестокость аббат пригрозил ему отлучением от церкви и составил длинный список желудочных и кишечных болезней, нажитых им и его монахами вследствие испытанного ими тиранства и беззаконного задержания в тюрьме.

Седрик застал своего друга Ательстана до такой степени поглощённым этими препирательствами и изобретением средств к обороне против преследований духовенства, что ни о чём ином он и думать не хотел. Когда же произнесено было имя Ровены, благородный Ательстан попросил позволения опорожнить за её здоровье полный кубок и выразил пожелание, чтобы она скорее сочеталась браком с его родственником Уилфредом. Очевидно, с Ательстаном ничего нельзя было поделать. По выражению Вамбы, с тех пор вошедшему во всеобщее употребление, «коли петух не драчливый, из него не сделаешь бойца».

Итак, к достижению цели, к которой стремились влюблённые, оставались лишь два препятствия: упрямство Седрика и его предубеждение против норманской династии. Первое из этих чувств постепенно смягчилось под влиянием ласк его питомицы и той гордости, которую он не мог не испытывать, видя славу своего сына. К тому же ему лестно было породниться с домом Альфреда, раз потомок Эдуарда Исповедника решительно отказался от этой чести.

Отвращение Седрика к королям норманской крови также начинало ослабевать. С одной стороны, он ясно видел, что избавить Англию от новой династии не было никакой возможности, а такое убеждение значительно способствует признанию правящего короля. С другой стороны, король Ричард выказывал ему лично большое внимание, искренне наслаждался резким юмором Седрика и, по свидетельству той же рукописной хроники, сумел так очаровать благородного Сакса, что не прошло и недели со дня его приезда ко двору, как он дал согласие на брак своей питомицы леди Ровены с сыном своим Уилфредом Айвенго.

Свадьба нашего героя совершилась в самом величественном из храмов — в кафедральном соборе города Йорка. Сам король присутствовал на бракосочетании, и, судя по вниманию, какое он оказал в этом и во многих других случаях дотоле притесняемым и униженным саксам, они увидели, что мирными средствами могли добиться гораздо больших успехов, чем в результате ненадёжного успеха в междоусобной войне.

Церемония бракосочетания была исполнена со всем тем великолепием, какое римские прелаты умеют придавать своим торжествам.

Гурт, нарядно одетый, исполнял должность оруженосца при молодом хозяине, которому он так преданно служил; тут же был и самоотверженный Вамба, в новом колпаке с великолепным набором серебряных колокольчиков. Гурт и Вамба вместе с Уилфредом переносили бедствия и опасности, а потому имели полное право разделять с ним его благополучие и счастье.

Но, помимо домашней свиты, эта блестящая свадьба была отмечена присутствием множества знатных норманнов и саксонских дворян, при всеобщем восторге низших классов, приветствовавших в союзе этой четы залог будущего мира и согласия двух племён; с того периода времени эти враждующие племена слились и потеряли своё различие. Седрик дожил до начала этого слияния, ибо, по мере того как обе национальности встречались в обществе и заключали между собою брачные союзы, норманны умеряли свою спесь, а саксы утрачивали свою неотёсанность. Впрочем, тот смешанный язык, который ныне мы называем английским, окончательно вошёл в употребление при лондонском дворе только в царствование Эдуарда III; и в то же время, по-видимому, исчезли последние следы розни между норманнами и саксами.

Прошло два дня после счастливого бракосочетания, и леди Ровена сидела в своей комнате, когда Эльгита доложила ей, что какая-то девица просит позволения поговорить с ней без свидетелей. Ровена удивилась, подумала, поколебалась, но любопытство пересилило, и она кончила тем, что приказала просить девицу к себе.

Вошла девушка высокого роста и благородной наружности. Длинное белое покрывало скорее оттеняло, чем скрывало изящество её фигуры и величавую осанку. Манеры её были почтительны, но без всякой примеси страха и без желания снискать расположение. Ровена была всегда готова прийти на помощь и проявить внимание к чувствам других. Она встала и хотела взять гостью за руку и подвести её к креслу, но та оглянулась на Эльгиту и ещё раз попросила о разрешении побеседовать с леди Ровеной наедине. Как только Эльгита ушла (что сделала очень неохотно), прекрасная посетительница, к великому удивлению леди Айвенго, преклонила колено, прижала обе руки к своему лбу и, склонившись до пола, поцеловала край вышитой одежды Ровены, невзирая на её сопротивление.

— Что это значит? — сказала удивлённая новобрачная. — Почему вы мне оказываете столь необычное почтение?

— Потому что вам, леди Айвенго, я могу законно и достойно отдать долг благодарности, которой обязана Уилфреду Айвенго, — сказала Ревекка, вставая и снова приняв обычную свою осанку, исполненную достоинства и спокойствия. — Простите, что я осмелилась оказать вам знаки почтения, принятые у моего народа.

Я та несчастная еврейка, для спасения которой ваш супруг рисковал жизнью на ристалище в Темплстоу, когда всё было против него.

— Любезная девица, — сказала Ровена, — в тот день Уилфред Айвенго лишь в слабой мере отплатил вам за неусыпный уход и врачевание его ран, когда с ним случилось такое несчастье. Скажите, не можем ли он и я ещё чем-нибудь быть вам полезны?

— Нет, — спокойно отвечала Ревекка, — я лишь попрошу вас передать ему на прощание выражение моей признательности и мои наилучшие пожелания.

— Разве вы уезжаете из Англии? — спросила Ровена, всё ещё не вполне опомнившись от удивления, вызванного таким необыкновенным посещением.

— Уезжаю, миледи, ещё до конца этого месяца. У моего отца есть брат, пользующийся особым расположением Мухаммеда Боабдила, короля гранадского. Туда мы и отправимся и будем жить там спокойно и без обиды, заплатив дань, которую мусульмане взимают с людей нашего племени.

— Разве в Англии вы не пользуетесь такой безопасностью? — сказала Ровена. — Мой муж в милости у короля, да и сам король — человек справедливый и великодушный.

— В этом я не сомневаюсь, леди, — сказала Ревекка, — но англичане — жестокое племя. Они вечно воюют с соседями или между собою, безжалостны и готовы пронзить друг друга мечом. Небезопасно жить среди них детям нашего племени. В этой стране войн и кровопролитий, окружённой враждебными соседями и раздираемой внутренними распрями, странствующий Израиль не может надеяться на отдых и покой.

— Но вы, — сказала Ровена, — вы сами, без сомнения, ничего не должны опасаться. Ты, что бодрствовала у одра раненого Уилфреда Айвенго, — продолжала она с возрастающей горячностью, — тебе нечего бояться в Англии, где и саксы и норманны наперебой будут воздавать тебе почести.

— Твои речи, леди, хороши, — сказала Ревекка, — а твои намерения ещё лучше. Но этого не может быть: бездонная пропасть пролегает между нами. Наше воспитание, наши верования ни вам, ни нам не дозволяют перешагнуть через эту пропасть. Прощай, но, прежде чем я уйду, окажи мне одну милость. Фата новобрачной скрывает твоё лицо; дай мне увидеть черты, столь прославленные молвою.

— Они едва ли таковы, чтобы стоило на них смотреть, — сказала Ровена, — но в надежде, что и ты сделаешь то же, я откину фату.

Она приподняла фату и то ли от сознания своей красоты, то ли от застенчивости покраснела так сильно, что её щёки, лоб, шея и грудь покрылись краской. Ревекка также вспыхнула, но лишь на мгновение. Через минуту она справилась со своими чувствами, и краска сбежала с её лица, как меняет цвет алое облако, когда солнце садится за горизонт.

— Леди, — сказала она, — ваше лицо, которое вы соблаговолили мне показать, долго будет жить в моей памяти. В нём преобладают кротость и доброта, а если среди этих прекрасных качеств можно найти оттенок мирской гордости или тщеславия, то можно ли винить плоть земную в том, что она обладает земными свойствами? Долго буду я вспоминать ваше лицо и благодарить бога за то, что покидаю моего благородного избавителя в союзе с той…

Глаза её наполнились слезами, и она умолкла, потом поспешно отёрла их и на тревожные расспросы Ровены отвечала:

— Нет, я здорова, леди, совсем здорова. Но сердце моё переполняется горестью при воспоминании о Торкилстоне и ристалище в Темплстоу. Прощайте! Я не исполнила ещё одной, самой незначительной части своего долга. Примите этот ларец и не удивляйтесь тому, что найдёте в нём.

Ровена открыла небольшой ящичек в серебряной оправе и увидела ожерелье и серьги из бриллиантов несметной ценности.

— Это невозможно, — сказала она, отдавая Ревекке ларчик. — Я не смею принять такой драгоценный подарок.

— Оставьте его у себя, леди, — сказала Ревекка. — Вы обладаете властью, знатностью, влиянием — у нас же только и есть богатство, источник нашей силы, а также и нашей слабости. Ценою этих погремушек, будь они в десять раз дороже, не купишь и половины того, чего вы достигнете, молвив одно слово. Стало быть, для вас это подарок не особенно ценный, а для меня, если я расстаюсь с ними, и подавно. Позвольте мне думать, что вы не такого ужасного мнения о моём народе, как ваши простолюдины. Неужели вам кажется, что я ценю эти сверкающие камешки больше, чем свою свободу? Или что мой отец считает их дороже чести своей единственной дочери? Возьмите их, леди. Мне они совсем не нужны. Я никогда больше не буду носить драгоценностей.

— Значит, вы несчастны? — сказала Ровена, поражённая тоном, каким Ревекка произнесла последние слова. — О, оставайтесь у нас! Праведные наставники сумеют убедить вас отказаться от вашей ложной веры, а я буду вам вместо сестры.

— Нет, леди, — отвечала Ревекка с той же спокойной грустью, — это невозможно. Не могу я менять веру отцов моих, как меняю платье в зависимости от климата той страны, где собираюсь поселиться. А несчастная не буду. Тот, кому я посвящу остаток своей жизни, будет мне утешителем, если я исполню его волю.

— Стало быть, и у вас есть монастыри, и вы хотите укрыться в одном из них? — спросила Ровена.

— Нет, леди, — отвечала еврейка, — но в нашем народе со времён Авраама и до наших дней всегда были женщины, посвящавшие свои мысли богу, а дела — подвигам любви к людям. Они ухаживают за больными, кормят голодных, помогают бедным. И Ревекка будет делать то же. Скажи это твоему властелину, если случится, что он спросит о судьбе той, которую спас от смерти.

Голос Ревекки невольно дрогнул, и в нём послышалась такая нежность, которая обнаружила нечто большее, чем она думала выразить. Девушка поспешила проститься с Ровеной.

— Прощайте, — сказала Ревекка, — пусть тот, кто сотворил и евреев и христиан, осыплет вас всеми благами жизни… Корабль, на котором мы отплываем отсюда, подымет якорь, как только мы доберёмся до гавани.

Она тихо выскользнула из комнаты, оставив Ровену в таком удивлении, как будто ей явился какой-то призрак. Прекрасная саксонка не преминула рассказать об этой необычайной посетительнице своему мужу, на которого рассказ не произвёл глубокое впечатление.

Айвенго долго и счастливо жил с Ровеной, ибо с ранней юности их связывали узы взаимной любви. И любили они друг друга ещё более оттого, что испытали столько препятствий к своему соединению. Но было бы рискованным слишком подробно допытываться, не приходило ли ему на ум воспоминание о красоте и великодушии Ревекки гораздо чаще, чем то могло понравиться прекрасной наследнице Альфреда.

Айвенго успешно служил при Ричарде и по-прежнему пользовался милостью короля. Вероятно, он достиг бы самых высших почестей, если бы этому не помешала преждевременная смерть Львиного Сердца, павшего у замка Шалю, близ Лиможа. С кончиной этого великодушного, но опрометчивого и романтического монарха погибли все честолюбивые мечты и стремления Уилфреда Айвенго. А к самому Ричарду можно применить те стихи, которые написал доктор Джонсон о шведском короле Карле:

Рукой презренной он сражён в бою
У замка дальнего, в чужом краю;
И в грозном имени его для нас
Урок и назидательный рассказ.

КОММЕНТАРИИ

Ричард I Львиное Сердце — английский король (1189-1199), участник третьего крестового похода. Во времена его правления в Англии продолжались феодальные смуты и междоусобная борьба.

Логан Джон (1748-1788) — шотландский поэт, автор религиозных гимнов, поэм и трагедии «Руннемед».

Иаков V — король Шотландии (1513-1542). Вёл борьбу с феодалами, опираясь на католическую церковь.

Повелитель верующих — Имеется в виду основатель мусульманской религии Мухаммед (Магомет).

Перси Томас (1729-1811) — английский учёный и поэт. В 1765 г. опубликовал сборник старинных английских баллад, куда вошли и баллады о Робине Гуде.

Эдуард IV — английский король (1461-1483). Занимал престол в период феодальной междоусобной войны Алой и Белой Розы, длившейся с перерывами с 1455 до 1485 г. Пытался проводить самостоятельную, независимую от парламента, политику укрепления королевской власти.

Фальстаф — персонаж из хроники Шекспира «Генрих IV» (1597) и комедии «Виндзорские насмешницы» (1598). В. Скотт имеет в виду слова Фальстафа, обращённые к принцу: «Видит бог, хотел бы я раздобыть себе доброе имя, да не знаю, где продаётся такой товар» («Генрих IV», ч. I, акт I, сц. 2).

Чёрный принц — Эдуард, принц Уэльский (1330-1376), сын английского короля Эдуарда III. Командовал отрядами английских войск в первый период так называемой Столетней войны между Англией и Францией, длившейся с 1337 по 1453 г.

«Пороховой заговор» — неудачное покушение католиков на жизнь английского короля Иакова I в 1605 г.

Имеются в виду слова Неемана Сирийского — библейского героя-полководца.

Чосер Джефри (1340-1400) — знаменитый английский поэт, автор «Кентерберийских рассказов».

Цитата из «Венецианского купца» Шекспира (акт III, сц. 1).

Ингульфус Кройдонский монах, и де Винсау — средневековые английские летописцы.

Фруассар — французский хронист XIV в.

Стефан — английский король (1135-1154). Вёл длительную междоусобную борьбу за власть с королевой Матильдой.

Генрих II Плантагенет — английский король (1154-1189). Провёл ряд реформ с целью укрепления королевской власти и ограничения феодальных междоусобиц.

Норманский герцог Вильгельм (1066-1087) — первый английский король из среды завоевателей-норманнов, прозванный Вильгельмом Завоевателем.

Битва при Гастингсе — 14 октября 1066 г. в сражении при Гастингсе высадившиеся в Англии норманские войска герцога Вильгельма разгромили англосаксонское войско короля Гарольда. С этого времени в Англии установилось господство норманнов.

Вильгельм II Рыжий — английский король (10871100), правление которого отличалось деспотизмом.

Эдуард III — английский король (1327-1377); в правление Эдуарда III началась Столетняя война.

Друиды — жрецы у древних кельтов, населявших территорию Британии до англосаксонского завоевания (V в.).

Суайн, порк. — Завоеватели-норманны принесли с собой нормано-французский язык. Англосаксонское население тогдашней Британии говорило на своём родном языке. Впоследствии английский язык сложился на англосаксонской основе, но под сильным влиянием нормано-французского языка. Из последнего в английский язык вошло немало слов. Слово англосаксонского происхождения **swine** (суайн) в современном языке означает «свинья», слово pork (порк), заимствованное из нормано-французского, — «свинина». Вальтер Скотт обыгрывает эту разницу в значении двух слов, показывая на их примере социальные различия в положении саксов и норманнов.

Олдермен — правитель графства, позднее — член городского управления. В данном случае этому слову придан шутливый оттенок.

Оке, Биф, Каф, Во — Слова англосаксонского происхождения ox (оке) и calf (каф) означают соответственно «бык» и «телёнок», слова нормано-французского происхождения beef (биф) и veau (во) — «говядина» и «телятина».

Оберон — сказочный король лесных духов.

Эвмей — один из персонажей поэмы Гомера «Одиссея», раб-свинопас, верный своему хозяину.

Орден Храма (или орден Тамплиеров) возник в 1119 г. Обладал не только значительными земельными владениями, но и большим политическим влиянием.

Один — верховный бог в древнегреческой мифологии.

Хервард — один из вождей англосаксонского народного движения против норманских завоевателей.

Семицарствие — В конце VI — начале VII вв. в центральной и южной частях современной Англии было расположено семь англосаксонских королевств: Кент, Уэссекс, Сассекс, Эссекс, Нортумбрия, Восточная Англия, Мерсия. В 829 г. все они объединились в единое государство — Англию.

Томсон Джеймс (1700-1748) — представитель раннего сентиментализма в английской поэзии XVIII в. Автор дидактической поэмы «Времена года».

Сигнальный колокол. — Завоеватели-норманны ввели закон, согласно которому по звуку сигнального колокола во всех домах должны были гаситься огни.

Альфред — король англосаксонского королевства Уэссекс (871-900). Сыграл видную роль в становлении англо-саксонской государственности в эпоху раннего средневековья.

Великая лесная хартия. — Завоевав Англию, норманны установили жестокие охотничьи законы, получившие название Великой лесной хартии. Обширные леса были объявлены королевскими заповедниками, где запрещалась охота. Эти законы вызывали возмущение англосаксонского, населения.

Саладин (Салах-ад-дин) — султан Сирии и Египта (1171-1193), выдающийся полководец, воевавший против европейских крестоносцев на Ближнем Востоке. Попытка последних воспрепятствовать успешным действиям Саладина вылилась в третий крестовый поход (1189-1192).

В эпиграфе цитата из «Венецианского купца» Шекспира (акт III, сц. 1).

Поклонники Мухаммеда и Термаганта — мусульмане.
Сэр Тристрам — герой средневековых рыцарских романов.

Норталлертон — местность в Англии, где в 1138 г. произошло сражение между шотландцамм и норманнами. В этой битве на стороне шотландцев сражались саксы.

Иоанниты (госпитальеры) — члены духовно-рыцарского ордена, созданного крестоносцами в Палестине в 1118 г. Впоследствии орден иоаннитов был преобразован в мальтийский орден с резиденцией на острове Мальта.

Сен-Жан У Акр — крепость в Сирии, из-за которой шли бои между крестоносцами и сарацинами во время третьего крестового похода.

В эпиграфе цитата из «Венецианского купца» Шекспира (акт I, сц. 3).

Итака — один из Ионических островов. В «Илиаде» и «Одиссее» Гомера — родина Одиссея.

Джон (Иоанн Безземельный) — английский король (1199-1216), вступивший на престол после смерти своего брата Ричарда I. Проводил жестокую политику притеснения народа, попирал феодальные привилегии дворянства, права горожан и рыцарей. В романе «Айвенго» выведен как принц Джон, брат ещё правившего в то время Ричарда I Львиное Сердце.

Да сокрушатся колёса их колесниц подобно тому, как сокрушились они у колесниц фараоновых! — Исаак имеет в виду библейскую легенду, согласно которой египетский фараон, преследуя евреев, которых Моисей вывел из Египта, был остановлен богом. Бог лишил колесницу фараона колёс и тем замедлил движение.

Драйден Джон (1631-1700) — английский поэт, драматург и литературный критик, представитель классицизма. В эпиграфе цитата из поэмы Драйдена «Паламон и Арсит».

Французский король Филипп. — Имеется в виду Филипп II Август (1165-1223), стремившийся укрепить королевскую власть и расширить владения французского королевства.

Реал — старинная испанская серебряная монета.

Лорд-сенешаль — должностное лицо, ведавшее внутренним распорядком при дворе.

Маршал — В средние века так назывался придворный, следивший за королевскими конюшнями, а также за порядком на турнирах.

Симарра — верхнее женское платье у евреев.

У от Тиррел — Народное предание приписывает ему убийство короля Вильгельма II Рыжего во время охоты.

Филистимляне — древний народ, живший в Палестине; вели войны с иудеями. Исаак употребляет слово «филистимлянин» для обозначения человека, враждебного его племени.

В эпиграфе цитата из трагедии К. Марло (15641593) «Мальтийский еврей» (акт II).

Цехин — старинная венецианская золотая монета.

...**праведные праотцы всех двенадцати колен нашего племени!** — В библии говорится, что древние евреи разделялись на двенадцать колен (племён), согласно двенадцати сыновьям

Иакова, внука Авраама, от которых они якобы вели своё происхождение.

Голиаф — библейский персонаж, великан.

В эпиграфе цитата из «Двух веронцев» Шекспира (акт IV, сц. 1).

Щедрость еврея — поистине такое же чудо, как та вода, которую его предки иссекли из камня в пустыне. — Имеется в виду странствование евреев в пустыне после описанного в библии исхода их из Египта. Страдая в пустыне от жажды, евреи, утверждает библия, нашли помощь у бога, который избрал своим орудием пророка Моисея. Последний будто бы ударом жезла добыл воду из камня.

Тауэр — средневековый замок в Лондоне, в течение многих столетий являвшийся государственной тюрьмой.

Ленные поместья — земли, которые крупные феодалы раздавали своим сторонникам и вассалам за службу на войне.

Бекет Томас (ок. 1118-1170) — деятель английской католической церкви. С 1162 г. занимал пост архиепископа Кентерберийского. Был убит тайными агентами короля Генриха II.

Круглый стол короля Артура. — В средневековых рыцарских романах (XII-XIII вв.) рассказывалось о короле Артуре и его рыцарях, пировавших за круглым столом, где все сидели на равных местах.

Уортон Томас (1728-1790) — английский поэт, в произведениях которого воспевалось средневековье.

Карл Великий — король франкского государства (768-814), с 800 г. — император. В состав — империи Карла Великого входили территории современной Франции, северной и средней Италии, западной и южной Германии и др.

Дом Анжу. — Королевская династия Плантагенетов в Англии, к которой принадлежали Ричард Львиное Сердце и принц Джон, происходила от норманских графов из рода Анжу.

Они уже видели на стене начертанные письмена. — Одна из библейских легенд рассказывает, что во время пира у вавилонского царя Валтасара на стене появились непонятные письмена, внушавшие ужас всем присутствующим. Пророк Даниил, разгадав их смысл, объяснил, что письмена предвещают скорую гибель Валтасара.

Канцлер — одно из высших должностных лиц в средневековой Англии. Ведал оформлением королевских актов и государственной печатью.

Сирвента — жанровая форма поэзии провансальских трубадуров (XII в.). Сирвенты писались на политические и военные темы.

Ок — язык, распространённый в средневековом Провансе, где в XII в. получила большое развитие рыцарская поэзия.

Виреле — старофранцузская стихотворная форма, состоящая из трех трехстиший.

Ариосто Лодовико (1474-1533)-итальянский поэт позднего Возрождения, автор поэмы «Неистовый Роланд».

Эдуард Исповедник (1035-1066) — англосаксонский король. Покровительствовал норманскому дворянству и церкви. Впоследствии был объявлен святым.

Хот спёр — персонаж из исторической хроники Шекспира «Генрих IV». часть I, отличающийся горячим и неукротимым нравом. Имеются в виду слова из акта II, сц. 3.

«5тр. 200. **Гора Синай**. — Согласно Ветхому завету, на горе Синай в Палестине пророку Моисею даны были богом скрижали, на которых были начертаны десять заповедей.

Белый Дракон — боевой клич англосаксов.

Гроссмейстер — глава духовно-рыцарского ордена.

Король-исповедник. — Имеется в виду англосаксонский король Эдуард Исповедник.

Гарольд (ок. 1022-1066) — последний англосаксонский король, погибший в битве при Гастингсе.

Госту — претендент на англосаксонский престол, которого поддерживала Норвегия (XI в.). Гарольд, правивший в то время

Англией, нанёс поражение войскам Тости, но затем сам был разбит Вильгельмом Завоевателем.

В эпиграфе цитата из «Венецианского купца» Шекспира (акт II, сц. 8).

В эпиграфе цитата из «Двух веронцев» Шекспира (акт IV, сц. 4).

Матильда — английская королева (1141-1153). Во время её правления в Англии царила длительная феодальная анархия.

Дуглас Гэвин (1474-1522) — шотландский поэт. Перевёл на английский язык поэму Вергилия «Энеида».

Эндорская волшебница — по библейской легенде, предсказала еврейскому царю Саулу гибель в сражении с филистимлянами.

Мудрейший из ваших царей и даже отец его... — Буагильбер имеет в виду древнееврейского царя Соломона и его отца Давида. Соломон, по утверждению библии, имел семьсот жён и триста наложниц.

Эпиграф взят из пьесы английского писателя О. Голдсмита (1728-1774).

Св. Ниоба (или Ниобея) — в греческой мифологии жена фиванского царя, у которой Аполлон и Артемида умертвили детей в наказание за то, что Ниобея оскорбила их мать Латону. Имя Ниобеи стало символом материнского страдания. Буагильбер, незнакомый с античной мифологией, принимает Ниобею за христианскую святую.

Тор — древнегерманский бог грома и молнии.

Крабб Джордж (1754-1832) — английский поэт. В своих поэмах изображал жизнь английской деревни на рубеже XVIII-XIX веков.

Идумейский лев. — Идумея — древняя страна к югу от Палестины.

Ювенал Децим Юний (ок. 60-х — после 127 г.) — выдающийся римский сатирик эпохи Империи.

Босеан — священное знамя ордена тамплиеров.

Молох — бог солнца в древней Финикии, Карфагене и Иудее. Молоху приносились человеческие жертвы.

Гедеон и Маккавей — полководцы древнего Израиля и Иудеи.

Хенгист и Хорса — легендарные герои англосаксов.

В эпиграфе цитата из «Короля Генриха V» Шекспира (акт III, сц. 1).

Прецептория — местный орган управления делами ордена тамплиеров.

Скальды — древние скандинавские певцы и слагатели песен.

Валгалла — в древнескандинавской мифологии — местопребывание душ воинов, павших в сражении. Девы Валгаллы (валькирии), исполняя волю верховного бога Одина, должны были решать судьбу сражающихся воинов.

В эпиграфе цитата из «Кориолана» Шекспира (акт I, сц. 6)

Мамона — символ богатства. В данном случае слова «мамона беззакония» в устах Тука имеют иронический оттенок.

...**выкупить из ассирийского плена все десять колен израильских**... — В 722 г. до н.э. северное Израильское царство было захвачео ассирийцами, а значительная часть населения уведена в Вавилон. В 597 и 586 гг. до н.э. такая же участь постигла Иудейское царство и его столицу Иерусалим. Эти исторические события получили отображение в библии, на которую ссылается в данном случае приор Эймер.

Вульгата — латинский перевод священного писания.

В эпиграфе цитата из «Короля Иоанна» Шекспира (акт. III, сц. 3).

Сэр Гай — герой английских баллад.

Сэр Бевис — легендарный англосаксонский герой XI в.

Королева-мать-Элеонора Пуату (1122-1204), жена английского короля Генриха II, мать Ричарда Львиное Сердце и Иоанна Безземельного.

... **дядя наш Роберт** — норманский герцог Роберт VI, который был заключён в тюрьму своим братом.

Ланселот де Лак — герой средневековых рыцарских романов. С образом Ланселота была связана тема любви к замужней даме, широко распространённая в рыцарской литературе XII-XIII вв.

Когда же будет конец пленению Израиля! — Упоминание об ассиро-вавилонском пленении имеет здесь иносказательный смысл. Натан скорбит по поводу тех гонений, которым подвергались евреи в средние века.

...**ибо мудрость помогла Даниилу**... — Даниил — библейский пророк, деятельность которого приурочена ко времени вавилонского пленения. В библии рассказывается, что, получив широкую известность своей «учёностью», Даниил был сделан одним из ближайших соправителей персидского царя Дария. Но враги обвинили Даниила в несоблюдении царского указа. Тогда он был брошен в ров, где находились львы, которые, однако, его не тронули.

Устав. — Имеются в виду строгие правила монашеских орденов, установленные в результате деятельности Бернарда Клервоского.

Финеас — легендарный библейский персонаж, ревнитель веры.

Се. Бернард — Бернард Клервоский (1091-1153), средневековый мистик, известный своими преследованиями еретиков, один из инициаторов второго крестового похода.

...**у богатого раввина Натана Бен-Самуэля**. — Натан БенСамуэль и Натан Бен-Израиль (см. стр. 368) — одно и то же лицо.

В эпиграфе цитата из «Ричарда II» Шекспира (акт I, сц. 1).

Тыква Ионы. — По библейской легенде, бог вырастил за одну ночь тыкву для пророка Ионы.

Конрад, маркиз де Монсеррат — правитель Монсерратского маркграфства в Италии (XII в.), участник третьего крестового похода.

Гора Кармель — расположена в Палестине. На ней был сооружён храм монашеского ордена кармелитов, основанного в 1156 г.

Саддукейские мудрецы. — Учение саддукеев получило распространение в древней Иудее во II-I вв. до н.э. и выражало идеологию иудейской знати и высшего духовенства. Саддукеи отрицали бессмертие души.

Греческий огонь — легко воспламеняющаяся зажигательная смесь. Широко применялась в военных действиях на море и суше.

Уэбстер Джон (1580? — 1625?) — английский драматург, современник Шекспира. Автор трагедий «Белый дьявол», «Герцогиня Мальфи», а также нескольких комедий.

Лимож — город в центральной Франции; в XII в. находился во владениях, принадлежавших английским королям из династии Плантагенетов.

Доктор Джонсон. — Имеется в виду английский писатель и языковед Сэмюел Джонсон (1709-1784).

ОГЛАВЛЕНИЕ

www.ingramcontent.com/pod-product-compliance
Lightning Source LLC
Chambersburg PA
CBHW060613310726
48982CB00003B/547

* 9 7 8 1 7 6 3 7 9 5 6 9 3 *